後撰和歌集前後

杉谷寿郎　著

青簡舎

後撰和歌集前後　目次

第一編

第一編 …… 1
第一章　定家の本文 …… 3
第二章　古今和歌集 …… 33
第一節　徳川美術館蔵伝藤原為家筆本 …… 35
第二節　古今集の意義と特徴 …… 58
第三節　古今集歌の表現 …… 82
一　花橘の香　82
二　奥山にもみぢふみわけ鳴く鹿の　84
三　峰に別るる白雲　98
第四節　歌枕 …… 103
一　大荒木の森の下草　103
二　長柄橋　110
第三章　後撰和歌集 …… 121
第一節　諸本とその研究概要 …… 123
一　定家本系統　123

二 汎清輔本系統 134
三 古本系統 138
四 承保三年奥書本系統 145
第二節 定家嘉禎二年書写本考 …… 151
第三節 本文の改変 …… 177
一 伝西行筆白河切—詞書の更改— 177
二 伝二条為冬筆残欠本—混成本の生成— 201
伝二条為冬筆本後撰和歌集影印 244
第四節 非定家本系古筆切 …… 274
一—一 伝藤原清輔筆切 274
一—二 伝慈円筆切 292
二—一 伝中院通方筆切 329
二—二 伝阿仏尼筆角倉切・伝園基氏筆木曽切 338
二—三 伝冷泉為相筆切・伝後伏見院筆切 366
三—一 伝資経筆切 377
三—二 伝冷泉為尹筆切 387

四　伝寂蓮筆切　401
五―一　伝源頼政筆切　414
五―二　伝藤原為家筆切（一）系　419
五―三　伝藤原為家筆切（三）系　426
五―四　伝二条為藤筆切　433
五―五　伝坊門局筆切・伝津守国夏筆切　451
五―六　伝世尊寺行尹筆切　458
第五節　表現の類型性……462
第六節　後撰集における万葉集歌……478
Ⅰ　478
Ⅱ　489
Ⅲ　494
第七節　後撰集と大和物語……510
Ⅰ　510
Ⅱ　516
第四章　拾遺和歌集……529

第一節 後撰集から拾遺集へ …… 531
第二節 定家貞応元年九月本—筑後切とその本文— …… 538
第三節 日本大学蔵伝二条為明筆本 …… 564

第二編 …… 597

第一章 枕草子 …… 599
第一節 清少納言の生涯 …… 601
第二節 枕草子の性格 …… 612
一 は型章段—聞きおきつるもの— 612
二 宮廷サロンと歌がたり 624
第三節 章段研究 …… 635
一 清少納言摂津在住時贈答歌の時期 635
二 清少納言の詠歌免除願 638
第二章 源氏物語 …… 643
第一節 紫式部の宮仕えと交遊 …… 645

第二節　斎宮女御と源氏物語……653
第三章　更級日記……659
第一節　更級日記の構造……661
第二節　宮仕え記事……674
第三節　旅と歌……683
主要書誌情報索引……699
あとがき……711

第一編

第一章　定家の本文

(1)

定家は本文の書写に関して、

無《ク》二字《ニ》誤一早速《ノ》故（『明月記』承元元年（一二〇七）四月二九日、定家四六歳）

と評され、またみずからも、

平生所レ書《ク》之物、以《テ》レ無《キヲ》二落字一為《ス》二悪筆之一得《ト》一、耄老《ノ》心脱《シ》二数行《ヲ》一、書二入《ル》之《ヲ》一心中為《ス》レ恥《ト》（『明月記』寛喜三年（一二三一）八月一五日、定家七〇歳）

と言っている。すなわち正確であって早いことが自他ともに許された定家の本文書写の取柄であったとしてよい。ところが、定家七四歳の文暦二年（一二三五）蓮華王院宝蔵本を貫之自筆と認めて書写した『土佐日記』は、

をとこもすといふ日記といふものを、むなもして心みんとてするなり

と書き出されているが、翌年息為家が同本をもって書写した本、また後年同本を書写した松木宗綱本系統および三条西実隆本系統には、

をとこもすなる日記といふものををむなもしてみんとてするなり

とある。『土佐日記』定家筆本には、為家筆本などと対比した場合、このような本文の異同をはじめとして、漢字、仮名、仮名づかいの相違などもきわめて多くみられる。熊本守雄氏[1]は、これを池田亀鑑氏は「定家の老齢のための注意力の減退に原因するもの」と言われるが、「そのほとんどは、誤字・脱字・衍字のいわゆる誤謬現象ではなく、意識的な修正・削除・加筆の類の校訂であって、定家による意改と判断されるものである。定家の手になる本文改訂の

結果といわざるを得ない」とされている。

定家は「老眼」（『明月記』建保元年（一二一三）一〇月一三日、五二歳。寛喜二年（一二三〇）三月二八日、六九歳など）をしきりに嘆いているが、このような定家の本文は老齢ゆえに生じたことなのか、あるいは校訂によるものなのか、はたまた両因相俟ってのことなのか、定家の本文の実態について、三代集ごとに『後撰集』を中心に考察してみたいと思う。

(2)

定家本『古今集』の親本は父俊成の昭和切であるが、西下経一氏(2)は定家本は「俊成本に対してどれだけの了見を加えて」成り立っているのか、その「著しいもの」として次の九項目を挙げておられる。

(イ)　仮名序の古注を二行細書にした。

(ロ)　墨滅歌を巻末にまとめた。但し建保二年本では巻十の終に墨滅作者と墨滅歌を載せてゐる。

(ハ)　眞名序の処置に迷ったことは建保五年本の奥書のごとくで、ある時はこれを載せ、ある時は載せなかった。

(ニ)　昭和切は所々本文の傍に異本の本文を書いてゐるが、定家が本文の方を捨てて傍記または校異に従ったものが十三個所ある。

(ホ)　昭和切に従はないで、永暦二年本に従ったと見られる所が四個所ある。

(ヘ)　三種の俊成本（了佐切を除いて）に従はなかったことの明らかなものが十九個所ある。

(ト)　明らかに定家の校訂したものがある。

(チ)　どこから導き出したか不明の不思議な本文がある。

(リ)　明らかに定家の失勘と思はれるものが相当ある。

すなわち、定家は俊成本の形態を変え、本文は取捨選択しているばかりか改訂まで行っていることが知られる。その本文の選択、改訂については、片桐洋一氏(3)が具体的な検討を通して次のように述べられている。

藤原定家の『古今集』書写の態度は、親本をただ忠実に書写するだけというのではなく、親本を土台にしつつも、他の諸本や他の諸説を参照して、適宜これに改訂を加えてゆくといった体のものであったこと、もはや疑うべくもないのである。しかも注意すべきは、これらの具体例に見られる定家の改訂態度が、諸本を渉猟してその多きに就くというようなものでもなければ、伝本を系統的に遡源して唯一の原本を見きわめるというようなものでもなく、「何の証本をも不用。家の本は、ことはり叶て歌のききよき説を執侍也」(『顕注密勘』定家言)と彼自身がいみじくも言っているように、あくまでも「論理が整い」「しらべのよい」『古今集』的な「完成された歌」「整った歌」への志向のもとに行なった「鑑賞的本文校訂」であったというわけである。

定家の『古今集』校訂についてはこのような成果を得ているが、『後撰集』についても片桐洋一(4)・真下和子氏(5)が関連して書かれた論文において、次のようなことをその成果として挙げられている。

(1)「定家の書写態度は決して原本そのまま忠実に写すという態度ではなく、いわば校訂するという態度だった」(真下氏)

(2)「彼が本文を問題にするのは、いわば問題ある個所に限られており」(片桐氏)

(3)「私意のみで改竄しなかったことは確かである」(片桐氏)

(4)　定家天福本は「非常に整った本文で」、異本系より「三代集的表現をより多く持っている」(真下氏)・「洗練されたものになっている」(片桐氏)

(5)　定家本は「良い所、エッセンスを集めた校訂本であり、その底には定家の①資料収集の熱意。②和歌に対する自信。③合理主義などが強く作用している」（真下氏）

このうち(2)に関して、真下氏は、定家が天福二年本の時点で見て同本に朱でもって校異を施した行成筆本についての検討から、「彼にとってはあくまで「家本」が中心であり、その「家本」で問題となる個所のみ他本を参照するという校合態度であった」と言われている。この「「家本」で問題となる個所」は、天福本の当該本文個所と奥書、また『三代集之間事』『僻案抄』に取り上げられていて、清輔本との対比、批判とからめられていることが多い。従って、それらの個所が定家のもっとものの関心事であったとみることが出来よう。が、『三代集之間事』『僻案抄』における定家のあり方についてはすでに川平ひとし氏[6]が精細に解析されており、対清輔説についても東野泰子[7]によってより明確にされていて、天福二年本ののちの定家校訂本である嘉禎二年本における行成本の摂取についても拙稿[8]で述べたことがある。そこで、ここでは、行成本は『後撰集』を撰進した撰和歌所別当藤原伊尹の孫行成の筆本ゆえ、定家は同本を『証本』（天福二年本奥書・『僻案抄』）と認めて、嘉禎二年本において行成本が批判の対象でもあった清輔本と同文であっても、「家本」本文を捨て行成本の本文を摂取していっており、『僻案抄』でもその旨を述べているという、定家晩年の柔軟な校訂態度を確認するにとどめておきたい。本稿では、それ以外の一般の定家本の本文を観察してみようと思う。

(3)

定家本『後撰集』の親本は、『古今集』と同じく、俊成本であったとみておいてよかろうかと思う。しかし、俊成本『後撰集』そのものは伝存していないので、俊成『古来風躰抄』をみてみると、その「後撰集の歌はしすこし、ま

たところどころしるし申し侍るべきなり」として掲出されている四二首（初撰本）のうち、

たいしらす　　よみ人しらす

ゆきふりてとしのくれぬるときにこそつゐにみとりの松もみえけれ

この一首が定家本諸本――㈠無年号本…⑴A類本・⑵B類本、㈡年号本…⑴承久三年五月二一日本・⑵貞応元年七月一二日本・⑶貞応元年九月三日本・⑷貞応二年九月二日本・⑸寛喜元年四月一日本・⑹天福二年三月二日本・⑺嘉禎二年一二月二九日本――にはみえない。定家が排除したとみられるこの歌は、『古今集』340番歌でもあるので、定家は『後撰集』においても俊成本を整備する方向でもって校訂していったものとみられる。

また、定家本が成立してからも、その歌序をみてみると、次掲の歌の有無・歌序移動表にみるように、整備していったことが知られる。

●歌の有無（○＝アリ、×＝ナシ、△＝伝本によりアリ・ナシ、―＝貞応元年九月本（筑後切）不明部分。歌番号は天福本、以下同じ）

●歌序移動

⑴　6　10　7　8　9　11（無年号本A類）――6　7　8　9　10　11（無年号本B類・年号本諸本）

⑵　153　156　154　157（無年号本A類）――153　154　155　156　157（無年号本B類・年号本諸本）

⑶　1069　1072　1073　1070　1071　1074（無年号本A類）――1069　1070　1071　1072　1073　1074（無年号本B類・年号本諸本）

⑷　1084　1088　1085　1086　1087　1089（無年号本A類・B類）――1084　1085　1086　1087　1088　1089（年号本諸本）

このうち、定家現存最初期の校訂本である無年号本A類にのみない歌四首については、一系の伝本しか知られない現存本に問題があるのかもしれなく、また450の次「かんなつき」の歌は前歌と初句が同じであって、年号本以降におけ

歌番号	初句（無年号本A類）	無年号本 A	無年号本 B	年号本 承久三	年号本 貞元七	年号本 貞元九	年号本 貞二	年号本 寛喜元	年号本 天福二	年号本 嘉禎二	備考
155	ときわかす	×	○	○	○	—	○	○	○	○	
276の次	むつことも	○	×	×	×	—	×	×	×	×	古今集1015
296	あきのよを	×	○	○	○	—	○	○	○	○	
343	なにしおへは	×	○	○	○	—	○	○	○	○	
375	はつしくれ	×	○	○	○	—	○	○	○	○	443と重出
450の次	かんなつき	○	○	△	×	—	×	×	×	×	
558の次	私此本在恋一 おもはむと	○	×	×	×	—	×	×	×	×	665と重出
757の次	春部ニあり可止 〽いもかいへの	○	×	×	×	—	×	×	×	×	41と重出
1203詞作の次	〽みちしらぬ	○	×	×	×	—	×	×	×	×	1205と重出

る誤脱歌である可能性の高いものである。これに対して、無年号本A類にあって同B類以降の諸本にない歌をみると、276の次「むつことも」の歌は『古今集』歌、558の次「おもはむと」の歌は集中重出歌であることが注記されており、757の次「いもかいへの」の歌にも「春部ニ在可止」と注記されて合点が施されており、1203詞書作者名の次にある「みちしらぬ」の歌にも合点が施されている。注記からも知られるように、定家はこれらの歌が『古今集』歌、集中重出歌であるゆえに切り出したものとみてよい。さらには、初期の校訂本の歌序をも改めているのであるが、これらの事

実から定家は整序を旨として集の形態にまで手を加えていることが知られる。ただし、無年号本B類以降の定家本諸本には、集中重出歌が七首、『古今集』歌が一五首ほどある。定家はひとつの方針のもとに集の改訂を行ったが、それは徹底した改訂というほどには至っていないということもまた注意しておかなければならなかろう。

(4)

さて次に、作者名表記という面から定家の校訂についてみたいが、まず定家本の展開の上で注目すべき表記を掲出してみると次のようである。

なお、以下の論述で用いる『後撰集』の諸本は、次のように系統づけられる。

一、汎清輔本系統　㈠二荒山本、㈡(1)片仮名本・(2)伝慈円筆本・(3)承安三年本

二、古本系統　㈠(1)白河切・堀河本、㈡胡粉地切、㈢行成本、㈣(1)烏丸切・(2)㋑慶長本・㋺雲州本

三、承保本系統

四、定家本系統　㈠(1)無年号本A類本・(2)同B類本、㈡年号本（承久・貞応・天福本など）

(1)22番歌「わがせこに」の歌は『万葉集』の赤人歌（1426）であり、平安時代にも秀歌撰などで赤人の代表歌のひとつとして取り上げられてきた歌である。従って本歌は「赤人」歌でよいのではあるが、『後撰集』においては『万葉集』歌が二四首ほど入集しているものの、302「天智天皇御製」以外に『万葉集』歌人の名を記している歌はなくて、『万葉集』そのものは撰集資料としていないとみられる。それゆえか、非定家本においても「赤人」を作者名としているもの（慶長本・承保本）と「よみ人しらず」歌としているものとに分れている。定家本においては、無年号本の時点では『古来風躰抄』の表記にみるように俊成本を継承してか、「赤人」の表記を有しているが、承久三年本（奥書

	(1)	(2)	(3)	(4)	(5)	(6)	(7)	(8)	(9)	(10)	(11)
	22	67	229	288	302	425	430	614	615	633	672
古来風躰抄	山辺赤人	―	―	―	あめのみかとの御歌	―	―	―	―	閑院三のみこ貞元	―
無年号本A類	赤人	左兵衛督師尹朝臣	藤原兼三朝臣	前中宮宣旨	あめのみかとの御製	大納言伊望かむすめ	源のわたすの朝臣	大納言あきたゝ	権中納言時望	閑院三のみこ	源すくる
無年号本B類	あかひと 一本無	左兵衛督師尹朝臣	藤原のかねみの朝臣	前中宮少将内侍	あめのみかとの御製 天智天皇	大納言伊望女	源わたすの朝臣	大納言あきたゝ	権中納言時望	閑院三のみこ	源すくるの朝臣
承久三年五月本	ナシ	藤原師尹朝臣	藤原兼三	中宮宣旨	天智天皇御製	平伊望朝臣	みなもとのわたす	藤原顕忠朝臣	平時望朝臣	貞元のみこ	源すくる
貞応元年七月本	〃	〃	〃	前中宮宣旨	〃	〃	〃	〃	〃	〃	〃
貞応元年九月本（筑後切）	〃	―	―	―	―	―	―	―	―	―	―
貞応二年九月本	〃	〃	〃	〃	〃	〃	〃	〃	〃	〃	〃
寛喜元年四月本	〃	左兵衛督師尹朝臣	〃	前中宮少将内侍	あめのみかとの御製	〃	〃	〃	〃	〃	〃
天福二年三月本	〃	藤原師尹朝臣	〃	中宮宣旨	天智天皇御製	〃	〃	〃	〃	〃	〃
嘉禎二年十一月本	〃	〃	〃	前中宮宣旨	〃	〃	〃	〃	〃	〃	〃

⑫	756	仲平朝臣ひはのおとゝなり（再撰本欠部分）	なりひらの朝臣	なりひらの朝臣枇杷左大臣哥也	枇杷左大臣	〃	―	〃	〃	〃	〃
⑬	769	―	三のみこ	三のみこ或本紀内親王	紀内親王一本三のみこ	〃	―	〃	〃	〃	〃
⑭	931	―	閑院三のみこ	さたもとのみこ	〃	〃	―	〃	〃	〃	〃
⑮	953	―	右大臣	右大臣在小野宮集	左大臣	〃	―	〃	〃	〃	右大臣
⑯	1093	―	真さうほうし	ナシ（「素性法師」1092）	〃	〃	―	〃	〃	〃	〃
⑰	1169	―	むさし	つり殿のみこのもとに侍ける武蔵	むさし釣殿のみこの家に侍ける	〃	〃	〃	むさし	武蔵つりとのゝみこの家に侍ける	〃
⑱	1182	―	いへあるしのとしこ	いへあるしとしこ	俊子	〃	〃	〃	〃	〃	家ぬしのとし他本としこ
⑲	1281	藤原国忠	藤原くにたゝ	藤原たゝくに	〃	〃	―	〃	〃	〃	〃
（※1）	308 417 1245	―	文屋朝康文屋やすひて	文屋朝康文屋康秀	〃	〃	―	〃	〃	文室朝康文室康秀	〃
（※2）	658 531 695 554 710 647	平貞文（710）	平貞文	〃	〃	平定文	―	平貞文	〃	平定文	〃

［各本の表記は、複数伝本がある場合その大勢に従っている。］

に「以此本重書写已四ケ度」とあり、以後採るべき本文の基礎づけが成されたものとみられる）においては、無年号本B類では『万葉集』歌そのものは資料としていないという定家の判断があったのではないかとみられる。

⑵「藤原師尹」は、天暦元年（九四七）六月から同七年九月まで（その間一〇日の中断はあったが）左兵衛督であった（『公卿補任』）。従って「左兵衛督師尹朝臣」という表記は妥当なものといえる。しかるに、定家は無年号本時点における この官名による表記を、承久三年本以降の年号本（一本しか伝存していなくて無年号本B類による改訂を受けている寛喜元年本を除いて考える。⑷⑸も同じ）では、「藤原師尹朝臣」と改めている。同様に、⑹天慶二年（九三九）薨じた伊望の極官は大納言、⑻顕忠は天暦二年（九四八）から天徳四年（九六〇）まで大納言であり、⑼時望は天慶元年（九三八）中納言で薨じているので「権中納言」という表記には問題があるものの、それぞれまずは「大納言伊望女」「大納言顕忠」「権中納言時望」でよいのであるが、承久三年本以降は姓名・朝臣による表記に改めている。この定家の所為は、『後撰集』の作者表記は、男性官人の場合、大臣は「左大臣」「河原左大臣」など「大臣」をもって表わすが、大臣以外の四位以上は「藤原敏行朝臣」など姓名に「朝臣」を付し、五位以下は「凡河内躬恒」など無階称で姓名のみをもって表記するのが一般であることと関係してのこととみられる。すなわち、定家は俊成本の面影を色濃く残していたであろう無年号本時点の官名による表記を、かくあるべしという立場からか、年号本では姓名・朝臣をもってする一般的な表記に改めて統一をはかったものとみられる。

⑶承平五年（九三五）までの事蹟が知られる「藤原兼三」は、顕昭『勅撰和歌作者目録』に「従四位下」、『尊卑分脈』に「従四位」とあり、朝臣が付くのが本来である。また、⑺天徳三年（九五九）卒した「源済」は、『勅撰和歌作者目録』に「従五位上」、『尊卑分脈』に「従五上」とあって、朝臣を付さないのが通常である。⑾「源俊」は、天暦

五年（九五二）一〇月一日「右中弁従四位下源朝臣俊」（『政事要略』）とみえるので、撰和歌所が設置された同年一〇月晦日以前に四位となっていた。従って、定家本の表記には正誤はあるものの、何らかの論拠があったのであろう、承久三年本では無年号本時点での表記を改めたり調整したりしている。

一方、(4)は終始揺れをみた表記であるが、(5)(10)(13)(14)の天皇、親王、内親王の表記は、前三者は承久三年本、(14)は無年号本B類において実名をもってする表記に改め、他の表記との統一をはかっている。

(12)は、清輔が『袋草紙』（故撰集子細、後撰集）において「此集有不審、恋部第三業平歌云々」としているように、作者表記には問題があり、諸本には業平（古本系統の堀河本・雲州本、承保本系統、定家無年号本）と仲平（定家年号本）の両様の表記がある。この両様の表記は、もともと「なりひら」「なかひら」という類似の仮名の混同から生じたものとみられるが、本歌は『伊勢集』のいわゆる伊勢日記のうちにあって、藤原仲平の歌としてよいものである。定家は無年号本の時点で採っていた「なりひらの朝臣」を、B類本勘注にみるようにその考証の結果、年号本においては仲平に改めている。それも、『古来風躰抄』にみる「仲平朝臣」などではなく、大臣の一般的表記に従って「枇杷左大臣」としている。

(15)は、非定家本の古本系統（堀河本・（慶長本）・雲州本）が「右大臣」、承保本系統は「左大臣」の両様であり、定家本では無年号本時点の「右大臣」が承久三年本以降の年号本では「左大臣」に改められている。その論拠は、無年号本B類の勘注「在小野宮集」すなわち小野宮左大臣実頼の家集にある歌（ただし現存本は『義孝集』混入本でなし）であることにある（なお、本歌は右大臣『師輔集』歌であるが、『後撰集』による増補部分の歌である）。(19)は、承安三年清輔本、古本系統の堀河本（雲州本は「藤原のふたゝ」）、承保本系統の非定家本がとり、『古来風躰抄』にもみる「藤原国忠」という表記を、定家本も最初期の無年号本A類で採っているが、無年号本B類からは「藤原忠国」と改めている。681番歌の場合は、汎清輔本系統の二荒山本表記なし・片仮名本「藤原忠国」、古本系統の堀河本・雲州本および承保本系統が「藤原国忠」であるのに対して、定家本は当初から「藤原忠国」であって最終校訂本の嘉禎二年本のみ「藤原くにたゝ」である。これも何らかの論拠に基づいての改訂であろう。⒄⒅では、年号本における表記の統一がみられる。⒃は、非定家本の「遍昭」（承安三年清輔本・堀河本・承保本）・「真静法師」（雲州本）に対して、定家本の無年号本B類以降の各本には作者名がなくて、前歌の「素性法師」が及ぶかたちとなっている。本歌はその詞書「西院の后御ぐしおろさせ給てをこなはせ給ける時」によると、西院后正子内親王は承和七年（八四〇）に出家しているので、素性の時代（父の遍昭が八一五〜八九〇）よりも以前の詠と知られる。無年号本B類以降に表記がないのは、その時点での誤脱が継承されたものとみられる。誤脱といえば、冷泉家の証本で現在底本として広く用いられている天福二年本には、それ以前、以後の定家本にある255「よみ人しらず」がなく、前歌の「つらゆき」が261にまで及ぶかたちとなっている。その誤脱は詞書においてもみられ、例えば、606「年月をへてしのひていひ侍ける人に」という無年号本時点にはあった詞書を、承久三年本以降の年号本では脱してしまったために、前歌の「人をいひはしめんとて」が及び、「かくれぬに忍わひぬるわか身哉ゐてのかはつと成やしなまし」の歌内容とそぐわない事態を招いている。

ところで、定家本『古今集』においては、嘉禄二年（一二二六）三月一五日本（徳川美術館本）までは康秀・朝康の姓が「文屋」という表記であるが、嘉禄二年四月九日本（冷泉家証本）からは「文室」となっており、「平貞文」も「平定文」に改められている。『後撰集』においても、寛喜元年（一二二九）本までは非定家本諸本や『古来風躰抄』と同じ⑴「文屋」であったが、天福二年（一二三四）本以降は「文室」に変更している。また、非定家本に両様みられる「貞文」「定文」の表記は、寛喜元年本まで採ってきた（貞応元年七月本の「定文」という表記は天福本による後世の校訂結果であろう）※⑵「貞文」を、天福二年本から「定文」に改めている。定家は、「ふんや」氏はもともと「文室」

氏であることを論拠とし（六国史にみえる）、「さたふん」は「平定文」（『古今集目録』）・「延喜五年四月廿八日定文歌合」（『廿巻本類聚歌合』）といったような記録をもとに改訂したのであろう。

以上、作者名における定家本の表記をみてきたが、定家は論拠をもってその表記を改訂しており、表記の統一もはかっていることが知られた。それは俊成から受け継いだ本文を家本として墨守するのではなく、かなり自由な定家流の整備の方向をとった改訂であった。とともに、定家本といえども誤脱もままあるということにも注目しておかなければならなかろう。なお、定家本におけるこのような作者表記のあり方をみるとき、その作者表記ことに「朝臣」の有無から『後撰集』の成立年代が考証されもしてきたが、一本の表記をもとに考証することがいかに危険であるかということが知られようかと思う。

(5)

次に、詞書にみる定家本の現象についてみてみたい。

かねすけのあそむのねやのまへにこうはいをうゑてふたとせはかりはなもさかてかるゝやうにて侍けるかみとせはかりありてはなゝとさきたりけるをゝむなともそのはなをゝりてみすのうちよりこのはなをはいかゝみるとていたしてはへりけれは（二荒山本）

兼輔朝臣のねやのまへに紅梅をうへて侍けるを三とせ許のゝち花さきなとしけるを女ともその枝をゝりてすのうちよりこれはいかゝといひいたして侍けれは（天福本）

46春ことにさきまさるへき花なれはことしをもまたあかすとそ見る

46番歌の詞書を、非定家本は二荒山本、定家本は天福本により代表させて示したが、定家本には雲州本を除く非定家本諸本に共通してある圏点部分がない。これは定家本における簡略化か脱落が予想される現象である。また、本歌の左注は、定家無年号本と年号本とのあいだに異同があり、

はしめて宰相になりたりける年の春にそ侍ける（無年号本）

はしめて宰相になりて侍ける年になん（年号本）

のようである。年号本では、詞書、歌詞から自明である「春」などが除かれた可能性があろう。

やよひのつごもり　　　　　　　　　　　つらゆき

143ゆくさきになりもやするとたのしみを春の限はけふにそ有ける

　　　　　　　　　　　　　　　　　　　よみ人しらす

144花しあらは何かははるのおしからんくるともけふはなけかさらまし（天福本）

144番歌の詞書は、非定家本諸本すべてと定家無年号本に「おなしこゝろを」とあり、定家年号本には右掲のごとくない。これは誤脱なのではなくて、143番歌の詞書が及ぶかたちで十分であるために除かれたものなのかもしれない。すなわち、定家の本文合理化が予想される事象なのであるが、

宇多院に侍ける人にせうそこつかはしける返事も侍らさりければ

　　　　　　　　　　　　　　　　　　　よみ人しらす

1034うたのゝはみゝなし山かよふこ鳥よふこゑにたにこたへさるらん

返し　　　　　　　　　　　　　　　　　女五のみこ

1035耳なしの山ならすともよふことり何かはきかん時ならぬねを（天福本）

この1035番歌の作者名は、定家年号本以外の諸本には、

「カノ院ノ女五のみこ」（承安三年清輔本）・「宇多院女五親王」（堀河本）・「亭子院の女五の宮」（慶長本）・「宇多院女子親王」（雲州本）・「宇多院の女五のみこ」（承保本）、「宇多院の女五のみこ」（定家無年号本）とあり、「女五のみこ」に「カノ院ノ」「亭子院の」「宇多院の」が冠されている。定家年号本にはそれがないが、贈歌1034番歌の詞書に「宇多院に侍ける人に」とあるので、明白であるということから省略されたものなのであろう。熊本守雄氏(9)は『恵慶集』との対比から「定家本拾遺集においては、その詞書が簡略化される傾向にある」とされているが、『後撰集』においても定家本は校訂が進むにつれてその本文が簡略化、合理化される傾向にあると言えそうである。

さつきのなかあめのころひとのもとにまかりたりけるにこれかれものいひはへりけるほとにおもひわすれてひさしうありてきたりつるひとはありやとゝひはへりけれはいひいれはへりける（二荒山本）

さみたれふるころ人のもとにまかりけるにこれかれものなといひける程に思わすれてやゝひさしくありてきたりつる人はありやとゝひけれはいひいれて侍ける（雲州本）

五月のなかあめのころひさしくたえ侍りにける女のもとにまかりたりけれは女（承保本）

五月なかあめのころ人の許にまかりけるにこれかれものゝたうひけるほとに思わすれてやゝひさしくありてきたりつらん人はありやとゝひけれはいひいれて侍ける（定家無年号本A類）

五月なかあめのころひさしくたえ侍にける女のもとにまかりたりけれは　をんな（定家無年号本B類・同年号本）

185つれ〴〵となかむる空の郭公とふにつけてそねはなかれける

これは、定家無年号本B類の時点から詞書が簡略になっている例として挙げたもので、汎清輔本系統（二荒山本・

片仮名本・承安三年清輔本）は二荒山本、古本系統（白河切・堀河本・慶長本・雲州本）は雲州本で代表させ、これに承保本系統と定家本系統の諸本本文を対照して示した。定家現存最初期の校訂本である無年号本A類は、汎清輔本系統および古本系統の詞書に近いものであったが、無年号本B類からはより簡略な承保本とほぼ同文の詞書となっている。一系の本文しか伝わらない無年号本A類の扱いは慎重でなければならないであろうが、あるいは定家はB類本において承保本の詞書を取り入れたという場合も考えられるのかもしれない。以後の定家本は歌の作者も男性から「をんな」へと転じている。

(6)

定家本『後撰集』は、歌詞においても校訂が成され、本文が展開していっている。

小弍につかはしける　　　藤原朝忠朝臣

70時しもあれ花のさかりにつらけれはおもはぬ山にいりやしなまし

返し

71わかためにおもはぬ山のをとにのみ花さかりゆく春をうら見む（天福本）

71番歌の結句は、非定家諸本は「きみをうらみん」（二荒山本）・「人をかくみん」（堀河本）・「春をうらみむ」（雲州本）・「人をうらみん」（承保本）であり、定家本も初期の無年号本までは非定家本で優勢な「人をうらみん」であるが、承久三年本以降の年号本では「春をうらみむ」という本文に変っている。相手を直接怨む表現となる「きみ」「人」よりも「春」の方が「花」との関係でよく、また恋の歌ではあっても巻二・春中の歌としては「春」の方がよりふさわしいこととなろう。定家の「春」本文の選択はそのようなところにあったのかもしれない。

444はつしくれふるほともなくさほ山の梢あまねくうつろひにけり

この444番歌の結句は、非定家本に「いろつきにけり」（二荒山本・片仮名本・伝慈円筆本・慶長本・雲州本）と「うつろひにけり」（白河切・堀河本・承保本）の両様の本文があり、定家本は無年号本A類の「いろつきにけり」に対して同B類本から「うつろひにけり」となっている。巻八・冬部の巻頭部の歌としては、意味的には同じことになるとしても、「いろつく」よりも「うつろふ」の方がよりふさわしいことからの選択であったのではなかろうか。因に、『是則集』では秋部にあって「色つく」の本文である。

332きえかえり物思秋の衣こそ涙の河の紅葉なりけれ

この歌の第三句は、非定家本諸本、定家無年号本の「心こそ」に対して、寛喜元年本を除く定家年号本は「衣こそ」という本文を採っている。『深養父集』も「心こそ」の本文であり、この心を紅に染めるという表現はほかにも、

紅に染めし心もたのまれす人をあくには移るてふなり（『古今集』1044）

のようにみられはする。しかし、「涙の河の紅葉」は、

涙の色の　紅は　我らかなかの　時雨にて　秋の紅葉と（『古今集』1006）

のように血の涙を意味しており、その血の涙は、

紅に袖そ移ろふ恋しきや涙の川の色にやあるらむ（『貫之集』598）

いかにして恋をかくさむ紅のやしほの衣まくりてにして（『古今六帖』3488）

紅に染めし衣のたのまれす人をあくにしかへると思へは（『古今六帖』3492）

など、袖・衣に染みるものであった。定家が「心こそ」の表現を捨て「衣こそ」の表現を採るようになったのは、この袖・衣を紅に染めるというより一般的な表現に付くということにあったのではなかろうか。

500としくれて春あけかたになりぬれは花のためしにまかふ白雪

この歌の結句は、伝慈円筆本の「ふれるゆきかな」を除く汎清輔本系統の諸本（二荒山本・片仮名本・承安三年清輔本）は「ふれるゆきかも」、古本系統の諸本（白河切・堀河本・胡粉地切・雲州本。慶長本は「（まかふ）ゆきかも」か）も「ふれるゆきかも」で、承保本系統は「まかふ白雲」、定家本系統は無年号本A類が「ふれる白雪」で、無年号本B類以降は「まかふ白雪」である。定家が万葉調の「ふれるゆきかも」でもまた初期の「ふれる白雪」でもなく、承保本にみる「まかふ白雪」という本文を採るようになったのは、雪と花との色が見わけがつかなくて見間違うことをいう場合、当代一般に、

我宿の梅の初花昼は雪夜は月とも見えまかふかな（『後撰集』26）

降る雪に色はまかひぬ梅花香にこそにたるものなかりけれ（『拾遺集』14）

など、「まかふ」が用いられていたことに拠っていよう。定家も見紛うことをいう場合、その詠歌に、

白雲とまかふ桜にさそはれて心そかゝる山のはことに（『拾遺愚草』209）

里わかぬ月をは色にまかへつゝよもの嵐ににほふ梅かえ（同1007）

野も山もおなし雪とはまかへとも春は木ことに匂ふ梅かえ（同2091）

などのように用いている。武井和人氏[10]に「詠歌・古典校勘といふ、一見余り関係がないと思はれがちな領域を、定家といふ人格を通して繋げようとした試論」があるが、このようなより一般的な表現への志向には、歌人定家がその根底にあることを窺わせよう。『僻案抄』の「ゆきかへる八十氏人の玉かつらかけてそたのむあふひてふ名を〔161〕やそ氏人とは八十氏人とかけり。世にあるおほくの人と云心也。ふるくはかくよめるを、是につきて宇治河を八十氏河とよむに、又近代宇治の里人をやそうち人とよめる哥おほかり」などのような注にも、歌人としての立場が顕れてい

る。

女につかはしける　　　　　贈太政大臣

808ひたすらにいとひはてぬる物ならはよしの、山にゆくゑしられし

返し　　　　伊　勢

809わかやとゝたのむ吉野に君しいらはおなしかさしをさしこそはせめ

808番歌の初句は、非定家本に「ひたふるに」（承安三年清輔本・承保本）と「ひたすらに」（堀河本・慶長本）の両様の本文があり、『伊勢集』も伝本によってふたつにわかれている。定家本は、初期の無年号本では俊成本を継承したらしく、『古来風躰抄』と同じ「ひたふるに」の本文を採っていたが、承久三年本以降の年号本では「ひたすらに」と改訂している。ところが、贈太政大臣が相手も同じ伊勢に贈った、

830ひたふるに思なわひそふるさるゝ人の心はそれそよのつね

この歌では定家本はすべて（非定家本諸本も）「ひたふるに」である。当代「ひたふるに」「ひたすらに」というふたつの用語が通用していたとはいえ、定家は同じ巻の近い位置にある両歌の本文を、一方では改訂し一方ではそのまま保存しているのである。定家の本文校訂が必ずしも徹底しているものではないという事例となろう。この点に関しては、天福本の奥書にも記した関心ある「題しらす　よみ人も」という書式について、行成本には、「よみ人しらす」とあることを、三四個所にもわたる各本文に注記しているが、他の一三個所には注記がみられない、といったことなどが想記される。

818住吉の岸にきよするおきつ浪まなくかけてもおもほゆる哉

「住吉の岸」（『古今集』906・『拾遺集』587）、「住の江の岸」（『古今集』559・905）は両様用いられており、『後撰集』定家本

においても「住吉の岸」（561・1210）、「住の江の岸」（672・1022・1096）が諸本異同なく用いられている。従って、両様の本文が併存していてもよいのではあるが、818番歌の場合は一首のうちで、無年号本Ａ類・承久三年本・貞応二年本・嘉禎二年本が「住の江の岸」、貞応元年七月本・寛喜元年本・天福二年本が「住吉の岸」、無年号本Ｂ類が伝本により相方があるというように揺れている。これは本文伝来上の問題に帰すべきことのようではあるが、定家の校訂における揺れにも関わりがないとは言えまい。定家自身、

いかにせむたのめしさとを住の江の岸におふてふ草にまかへて（『拾遺愚草』1575）

秋の夜はつむといふ草のかひもなしまつさへつらき住吉の岸（同1638）

と両様に詠んでいる。

(7)

以上、『後撰集』を通して定家の校訂についてみてきたが、その校訂は『僻案抄』で取り上げているような重要個所など問題のある個所のみといった限定的なものではなく、集の形態から一般的な個々の本文にまで及ぶ全面的なものであった。集の形態や表記は整備の方向をとり、表記は簡潔にして合理的に、表現は一般的でこなれたことばを採用していっている。その改訂には、典拠や論拠があってのことはもとよりであるが、かくあるべしという意識のもとに成された場合もあるとみておいてよさそうである。また、その校訂は徹底したもののようにみえて必ずしもそうではなく、なかには考えが揺れたまま柔軟に対処していて、一元的に処していない場合もある。さらには、誤脱もままあるということにも注目しておかなければならなかろう。定家の校訂は概して、清輔が、諸本の167「あしひきの山下水」・214「月の霜」の本文に対して、

167ヒトヒキノヤマシタミツハユキカヨヒコトノネニサヘナカルヘラナリ（片仮名本・『奥義抄』）
214ココヒカクナカムルソテノツユケキハ月ノカサヲヤアキトミツラム（片仮名本・『奥義抄』）

といった誤謬ともみられる本文に固執していっているのとは対蹠的であるといえよう。

(8)

さて、ここで、定家の本文の位置ということに関して、私家集を例にあげて付言しておきたい。

『高光集』には、定家筆切が模写一葉を含めて八葉知られている。いまその一部本文を、平安時代の書写になる西本願寺本・伝俊頼筆切・伝行成筆切（模写）および流布本と対照してみると次のようである。

	西本願寺本	伝俊頼筆切	定家筆切	伝行成筆切（模）	流布本
	きたのかたかくれた まへるころ	北宮かくれたまへる ころ	北宮かくれたまひつ るころ	きたのみやうせたま ふころ	北［小（内真河正）］ 宮かくれたまへ［つ （彰）］るころ
12	世中はかくこそ見ゆれつ く〳〵とおもへはかりの やとりなりけり	よのなかはかくこそみゆ れつく〳〵とおもへはか りのやとりなりけり	世のなかはかくこそみゆ れつく〳〵とおもへはか りのやとりなりけり	よのなかはかくこそあり けれつく〳〵と	よの中はかくこそみゆれ つく〳〵とおもへはかり のやとりなりけり
19	白河の水のこたかきかけ みれはうつれるいろもか へらさりけり		［模写］ しらかはの水のあやうき かけみれはいつれもいろ		しらかはの松［水 （河）本］のいろこきかけ みれはいつれる［れも

22

法し大納言のむすめ
の左衛門　。。いかな
りしをりにか
いふことのいなひかたさ
に白露のおきて[　]
[　]あかしつれ本とそ
すけまさの朝臣をか
たらひわたりてとの
ゐしたる夜もろとも
にといひてさはるこ
とやありけむみえた
まはさりける又の日

そちの大納言のむす
め左衛門督にいかな
りしをりにか
いふことのいなひかたさ
に白露のおきゐてのみも
あかしつるかな
すけまさの朝臣をか
たらひわたりてとの
ひしたるよもろとも
にとひてさはること
やありけむみえ

もかはらさりけり
師の大納言のむすめ
左衛門督　。いかなり
しおりにか
いふことのなひきかたさ
にしらつゆの[　]ゐての
みもあかしつるかな
すけまさの朝臣をか
たはらひ　。。てと
のゐしたる夜もろと
もにといひてさはる
ことやありけむみえ
たまはされけれはま
たの日

（内）・しか（真）・れか
（河正）」色も「は（内）」
かはらさりけり
師「うちの（内真河
正）」大納言のむす
め左衛門督にいかな
りしおりにか
いふことのなひき《イナヒ》かたさ
にしらつゆ《ナキアカシツレ》のおきゐての《テネヲコソ》
みもあかしつるかな
すけまさの朝臣をか
たらひわたりてとの
ゐしたるよもろとも
にと「ナシ（内真河
正）」いひてさはる
事やありけんみえた
うは「ナシ（書）・
たまは（彰内）・た
らは（真河正）」さ

28	ほとへたるおほつかなさもあるものを一夜はかりにまさるわひしさ		ほとへたるおほつかなさもあるものをひとよはかりにまさるわひしさ		りけれはまたの日ほとへたるおほつかなさもあるものをひとよはかりにまさるわひしさ

（流布本は高松宮旧蔵本を底本とし、書陵部本［510-12］＝書、彰考館本［巳8］＝彰、内閣文庫本［201 433］＝内、長野市旧真田家本＝真、河野記念館本＝河、正保版本＝正を校合）

まず、12番の定家筆切の詞書「北宮かくれたまひつるころ」は、諸本と対比してみると、「つる」ということばは『続詞花集』の入集歌（910）には「きたのみやかくれ給ひつるころ」とみえるが、平安時代の書写本にはみえない。また、19番歌の歌詞は特異なものとみられ、22番歌では助詞「に」を脱していて歌の作者が異なってしまい、28番歌でも「わたり」ということばを脱していよう。さらに、22番歌の下句は「おきゐてのみもあかしつるかな」であったようで、流布本の書入れから推測される西本願寺本の「おきてねをこそなきあかしつれ」と対立して、伝俊頼筆切と同文であったとみられるものの、二句の「なひきかたさに」は西本願寺本・伝俊頼筆切と異なっていて、後世の流布本にみえる本文となっている。

このように、『高光集』定家筆切の本文は、勅撰集の場合のように大幅な校訂は施されていないようではあるが、平安時代に書写されたどの本文とも異なっているものであることが知られよう。ともに、この対照を通して、西本願寺本はかなり特異な本文を有しており、伝俊頼筆切、伝行成筆切も他と異なっていて、平安時代の本文はかなり流動的なものであったことも知られる。これはひとつには、名筆や美術的な面により関心が払われている文献が今日に伝えられていることと関係があろうが、とにかく揺れ動いているといえよう。これに対して、流布本と称して江戸時代刊・写の西本願寺本の転写本を除く七本をかなり任意に選択して校合して示したが、その本文は古写本のどれとも一致していないもので、相互には異文があるがそれは転写による派生ないしは小規模な校訂程度にとどまっているもので、かなり固定的であるといえる。なお、この点に関しては、すでに「定家の時代までは、古典の本文が大きく揺れ動いてゐたことは広く知られてゐる。そして定家以後、古典の本文はいくらかの例外を除き、概ね固定して行く」という武井和人氏(11)の発言がある。ともあれ、『高光集』は、西本願寺本（『私家集大成』底本）、流布の正保版本などそれら一本に拠って読むことは問題であるということであるが、もとより定家筆切が八葉あることを尊重して、それのみを基準にしたり依拠したりして考えることは危険であるということになろう。

私家集についていまひとつ『貫之集』をみておきたい。『貫之集』には定家筆切が数葉あって、その本文は西本願寺本や御所本とは淵源を同じくするものの異文があり、後世の正保版本など流布本とほとんど一致している。例えば次のようである。

	定家筆切	正保版本	西本願寺本	御所本
312	世と丶もにとりのあみはるやとなれはみはか丶らむとくる人もなし	よと丶もに鳥のあみはる宿なれはみはか丶らんとくる人もなし	よと丶もにとりのあみはるやとなれはこ丶ちか丶らんくるひともなし	よと丶もにとりのあみつるよとなれはみあかられともくるひともなし
554	なかき夜に思あかしてあさつゆのおきてしくれはそてそひちぬる	なかき夜を思ひあかして朝露のおきてしくれは袖そひちぬる	なかき夜をおもひあかしてあさつゆのおきてしくれはそてそぬれける	なかきよをおもひあかしてあさつゆのをきてしくれは袖そぬれける

また、『貫之集』には、定家が伝寂然筆本に大幅な改訂を施した村雲切が多数伝存しており、この定家改訂の本文

をたどってゆくと、正保版本など歌仙家集本系の本文と一致することが多い(12)。

	18	154	155
村雲切	ころもうつ かせさむみわかころ《かり》もて、をうつときそはきのしたは、うつろひ《いろまさり》にける	八月あまた《人々》人のいゑのはなををるほりうふる所 見る人もなきやとなれはいろことにさかへうつろ《まかへうへけ》ふ《る》はなにさりける	はきの花のもとにしかなく さをしか《鹿のね》やいか、いひけむあきはきのにほふときしもつまをこふらむ
正保版本	ころもうつ 風さむみわかゝり衣うつ時そ萩の下葉は色まさりける	八月人々あまた人の家の花をおるほりうふる所 みる人もなきやとなれは色ことにほかへうつろふ	花にしかなく さをしかやいかゝいひけん秋はきの匂ふ時しもつまをこふらん
西本願寺本	禱衣 風さむみわかゝらころもうつときそはきのしたはもいろまさりける	八月数人掘野花 みる人もなきのへなれは色ことにほかへうつろふはなにそありける	鹿鳴花 さほしかやいかゝ云けむあきはきのにほふ時しもつまをこふらん
御所本	ころもうつ かせさむみわかころもうつときにこそはきのしたはもいろまさりけれ	八月あまたの人野の花をほる みる人はなき野へなれはいろことにほかへうつろふはなにさりける	はきのはな さをしかやいかゝいひけむあきはきのにほふ時しもつまをこふらむ
伝為氏筆本	擣衣 風さむみ我ころも手をうつときそはきのしたはは色つきにける		

18番歌においては、伝寂然筆本の第二句「わかころもてを」を定家は「わかかりころも」と訂したが、正保版本は

他の諸本とは異なって定家改訂通りの本文を有しており、結句も定家改訂通り「いろまさりける」となっている。また、154番歌の詞書においては、正保版本は定家の加えた「人々」は入れ、抹消した本文はそのまま残しているかたちとなっていて、西本願寺本や御所本と対比してみると重複した内容となっている。さらに、正保版本154番歌の結句「花にしかなく」は、他の歌仙家集本系本文も同文であるが、村雲切の結句のはじめ二字「はな」から155番歌の詞書の末尾「しかなく」へと続けた本文となっている。

かくして、正保版本をはじめとする歌仙家集本系『貫之集』[13]の本文の淵源は定家本であったことが知られ、それも154155番歌の例からみると、定家が伝寂然筆本を自家の本文で大幅に改訂した村雲切であったようにみられる。とすれば、『私家集大成』の底本が正保版本、『新編国歌大観』の底本が陽明文庫本（近・サ・68）であるように、今日我々は定家本から派生して混態化した歌仙家集本系の本文で『貫之集』を読んでいることになる。揺れ動いている平安時代の本文に、ひとつのかたちを与えた定家本の内実を念頭においておかなければならないであろう。

(9)

定家は多数の古典を書写し、今日にまで伝えてくれた。それには定家への尊崇からなる定家本の転写も与っていることながら、その恩恵は計り知れないものがある。なかでも定家は三代集などは幾度も書写校訂しており、多種の本文が今日に伝えられているが、その校訂は定家流のあるべき方向をとっての展開をみせており、平安時代の本文そのものを伝えているものでは必ずしもなかった。また、私家集においても、定家本は以後固定的となる流布本の親本の位置にあることが多いが、それは揺れ動いている平安時代の本文にひとつのかたちを与えたもののようである。定家本やその系統本で本文を読む場合、このような定家の本文の内実をまず知る必要があろう。また、定家本の本文の有り様を捕捉すれば、平安時代の本文を捉える道もさらに開けてくることになろうかと思う。

注

(1) 熊本守雄氏「定家による古典の校訂作業について――拾遺和歌集における校訂を中心に――」(「山口女子大国文」第二号、昭和五五年七月)。
(2) 西下経一氏『古今集の伝本の研究』(昭和二九年、明治書院)。
(3) 片桐洋一氏「古今和歌集本文臆見――俊成本・定家本の成立を中心に――」(「国語国文」昭和四四年六月。『古今和歌集の研究』平成三年一一月、明治書院所収)。
(4) 片桐洋一氏「後撰和歌集の伝本」(「女子大文学」第一七号、昭和四〇年一一月。『古今和歌集以後』平成一二年一〇月、笠間書院所収)。
(5) 真下和子氏「後撰集定家本についての一考察」(「女子大文学」第一七号、昭和四〇年一一月)。
(6) 川平ひとし氏「『三代集之間事』読解」(「跡見学園女子大学国文学科報」第一一号、昭和五八年三月)・「『僻案抄』書誌稿一・二・三」(「跡見学園女子大学紀要」第一六・一七・一八号、昭和五八・五九・六〇年三月)。
(7) 東野泰子氏「定家歌学と六条家説――『僻案抄』をめぐって――」(「文学史研究」第三三号、平成三年一二月)。
(8) 拙稿「後撰集定家嘉禎二年書写本考」(「日本大学人文科学研究所研究紀要」第四三号、平成四年三月)。
(9) 熊本守雄氏前掲論文。
(10) 武井和人氏「定家の古典校勘の一基盤――詠歌とのかかはり――」(「研究と資料」第七号、昭和五七年七月。『中世和歌の文献学的研究』平成元年七月、笠間書院所収)。
(11) 武井和人氏前掲論文。
(12) 拙稿「歌仙家集本系貫之集の本文の成立――村雲切・定家筆貫之集切との関係から――」(上村悦子氏編『論叢王朝文学』

昭和五三年、笠間書院）。

（13）藤田洋治氏「歌仙家集・正保版本の一性格・その一——伊勢・赤人・家持・貫之・元輔・兼輔の家集を中心に——」（「東京成徳短期大学紀要」第二五号、平成四年三月）。

本稿は、平成五年五月二四日に行われた国文学研究資料館調査員会議における講演を文章化したものである。

〔追記1〕本稿では、旧稿「歌仙家集本系貫之集の本文の成立——村雲切・定家筆切との関係から——」（上村悦子氏編『論叢王朝文学』、昭和五三年一二月、笠間書院。拙著『平安私家集研究』所収）の考察結果を用いて、定家の本文の成り立ちをみる一例とした。

この論に関連して、近年、久保木秀夫氏は「『貫之集』伝寂然筆村雲切と藤原定家筆断簡」（「かがみ」第四五号、平成二七年三月）において、『古筆学大成　第一八巻』（平成三年五月、講談社）・『冷泉時雨亭叢書　第一四巻』（平成五年二月、朝日新聞社）における多量の資料紹介および大東急記念文庫蔵『拘摹古筆帖』などを活用して、『貫之集』における定家の本文の成り立ちをより具体的に明らかにされている。

〔追記2〕片桐洋一氏は『平安文学の本文は動く』（平成二七年六月、和泉書院）において、定家本『貫之集』は「村雲切」から成り立った「定家筆貫之集切」であったという見解を示されている。

第二章　古今和歌集

第一節　徳川美術館蔵伝藤原為家筆本

（1）

徳川美術館蔵の伝藤原為家筆本『古今和歌集』は、幕末のころに編纂された『御道具帳御側渡四』に、「綾小路俊資筆詠哥大概」「冷泉為和筆夜鶴」「細川幽斎筆木綿手襁」などとともに、

一、御哥書　古今和歌集（了任極札紙有／為家卿筆）　壱冊

と記載されている。が、それ以前の江戸期における各種道具帳には記載がみられないので、本書が徳川家に入ったのはさほど早い時代のことではなさそうである。そのかみは、本書（以下徳川本と称する）に添えられている寛文五年（一六六五）の古筆勘兵衛（了任。一六二九〜一六七四）の折紙に、

猶以付札を相調候而進上仕候

這古今和歌集全部一冊遂拝
覧申候為家卿御真蹟也
殊更桑門融覚と御名有之候
最可謂希有之珍宝雖不及

記之任御所望染錐毛而已
寛文五暦
五月上旬
古筆勘兵衛 山琴
平村（花押）
中山小兵衛殿 参

とあるので、中山小兵衛（未確認）の所蔵であったものとみられる。
徳川本は二重箱に収められている。外箱は桐印籠蓋造で、箱表に

に二番え
ら　三
為家筆
古今和歌集 金粉字形箱書付 烏丸殿光広卿

と墨書され、箱蓋裏に、

歌書
納（黒印）廿一番
数（黒印）
天 歌書　拾八号

と書かれた貼札がある。内箱は、菊・桔梗・薄の秋草金蒔絵、四周金縁どりのある黒漆印籠蓋造で、左肩に金泥にて「古今和歌集」とある。その筆者については、古筆了仲（一六五六〜一七三六）の、

　古今集箱蓋書付金粉字形

　　烏丸大納言光広卿正筆

という切紙が存している。箱内側は金総梨子地である。

　この二重箱に収められている徳川本は、表紙が縦一六・八糎、横一四・五糎、本紙が縦一六・七糎、横一四・四糎の六半升形列帖装の一帖である。表紙は茶地七宝に梅花文緞子、題簽などはない。見返しは、表が金銀箔を施した絹に金銀砂子にて富士山・霞・土坡の型抜き、裏が金銀箔を施した絹に金銀砂子にて山・霞の型抜きである。本文料紙は斐紙で、九括りから成っている。第一括りは一一紙であるが、最下紙の右面は見返しの内に入れられているので二一丁。第二括りは一三紙で二六丁。第三括りから第六括りまでは各一二紙で各二四丁。第七括りは一三紙で二六丁。第八括りは一四紙で二八丁。第九括りは八紙で、最下紙の左面は見返しの内に入れられており一五丁である。従って全一〇七紙、二一二丁である。頭に一丁、尾に三丁の遊紙があり、墨付は第二丁裏に始まり二〇九丁表で終る二〇八丁である。これは切紙の、

　　古今集紙数覚

　一紙数弐百拾弐枚

　　内弐百八枚　墨付

　　同四枚　白紙

　此目百六匁有

この記載と合致するものである。

書写様式は、仮名・真名両序が一面一〇行、本文は一面一一行、歌上下句別の二行で、詞書はほぼ一字下りとなっている。本文は完存しており、「イ」本校異が少しくある。

本文の筆者については、古筆勘兵衛が極札に、

為家卿古今和歌集 全部 桑門融覚と御名有之 〔山琴〕

と、奥書の「桑門融覚」により藤原為家（一一九八～一二七五）と極めている。ところが、この為家署名から丁を改めて「弘安四年三月六日」の書写奥書があり、その弘安四年（一二八一）は為家薨後六年目にあたっている。従って、筆者を為家とすることはできなく、『ふみのみち』（昭和六〇年三・四月の徳川美術館特別陳列図録）では、「筆者は為家でなくその子為氏の可能性が強い」としている。二条為氏（一二二二～一二八六）ならば、弘安四年に六〇歳、父為家本をもって書写したということになり、書写奥書の「以慈父卿自筆之本不違一字書写之訖」にもよく適うこととなる。ただし、為氏の譲状、書状、またその筆とされている『古今集』『貫之集』とは異筆のように認められる。

なお、上掲の折紙・切紙・極札の四紙は、「冷泉為家卿筆古今集　鑑定書」と書してある別箱に一括して収められている。その箱蓋裏には「明治四十四年夏此箱新調」とある。

(2)

さて、この徳川本は、昭和六〇年三・四月の「特別陳列　ふみのみち＝尾州徳川家伝来の歌書・古書箱＝」展（於徳川美術館）において、はじめて公にされたもので、それまでは永らく筐底に秘されていた。わずかに、松田武夫氏

『王朝和歌集の研究』の、「大島雅太郎氏所蔵の光悦流整版本の書入中」にみる奥書、および「タ　為家卿真蹟本徳川家蔵　弘安四年古写本」としてその校異があるという紹介によって、定家年号本中の一校訂本の存在が知られ、諸家に引用されるという程度であった。従って本文の全貌が公開されるのは本書が最初ということになる。

その徳川本の奥書は次のようである。

此集所称家々雖説々多且任師
説又加了簡為後学証本不顧老
耄之不堪手自書之近代僻案好
士以書生之失錯称有職秘事可謂
道之魔姓不用之但如此用捨可随
其身所好不可存自他之差別志同
者可随之
　嘉禄二年三月十五日　戸部尚書
　于時頽齢六十一歳　桑門融覚」二〇八丁裏

右一冊以慈父卿自筆之本
不違一字書写之訖
　于時弘安四年三月六日」二〇九丁表

このうち「此集……随之」は、貞応・嘉禄・嘉禎年間の定家本古今集に同種の奥書がみられ、固定的となっていたものであった。がその間に「若干変遷している語句がある」ことを、久曽神昇氏が『古今和歌集成立論』で指摘されている。いまその表示の一部を借用すると、

貞応元年六月本	近代僻案之好士	有職之秘事	志同者可随之
貞応元年九月本 同元年十一月本 同二年七月本	近代僻案(之)好士	有職(之)秘事	志同者可随之
嘉禄二年三月本	近代僻案好士	有職秘事	志同者可随之
嘉禄二年四月本	近代僻案之輩	有職之秘事	志同者可用之
嘉禎二年七月本	近代僻案之輩	先達之秘説	志同者可用之
嘉禎三年正月本	近代僻案之輩	先達之秘説	志同者可用之
嘉禎三年八月本	近代僻案之輩	先達之秘説	志同者可用之

このように、徳川本の用語はそれ以前の校訂本たる貞応年間の各本と対応するものであることが知られる。

ついである二行の奥書は、このうち「嘉禄二年三月十五日　戸部尚書　于時頽齢六十一歳」が定家の奥書とみなされてきている。同様の奥書は、次期の校訂本に「嘉禄二年四月九日　戸部尚書（花押）　于時頽齢六十五寧堪右筆哉」とあるので、そのようにみてもよい。ただし、嘉禄二年（一二二六）定家は六五歳であって民部卿（戸部尚書はその唐名）在任中、従って奥書の「六十一歳」は、「校合の結果、他本から転載されたもので」「明らかな誤謬」（松田氏）、「六十五歳の誤か」（西下経一氏『古今集の伝本の研究』）、「貞応元年六月本に「于レ時頽齢六十一」とあるので、校合などの際に混じたものであらうか。或は単なる誤写であるかも知れない」（久曽神氏）のように言われている。それにしても、この二行の奥書のうち残る「桑門融覚」は、書写者ないしは相伝者としての為家の署名ということになろうが、どうも落ち着きがわるい。ここは、たとえば、「建長八年七月六日更以相伝秘本校合朱点等悉所写也桑門融覚」（貞応

元年六月本）、「此本付属大夫為相　于時頽齢六十八　桑門融覚」（嘉禄二年四月本）などのごとくあるべきところであろう。また、徳川本の奥書は、「嘉禄二年三月十五日　戸部尚書」が一行分、「于時頽齢六十一歳　桑門融覚」が一行分として書かれている。これらの点からみると、前一行が定家の奥書、後一行が為家の奥書であって、その間に定家・為家の「于時頽齢」云々がともにあるために目移りにより誤脱してしまったなどといった事態も予想されなくもなかろう。とにかく後一行分を為家奥書とした場合、為家六一歳は弘長二年（一二六二）となる。一方、不備ないしは混乱のもとにある為家の署名を疑うという立場もあろう。そうすれば、次いである弘安四年（一二八一）の為氏ととりうる書写奥書も疑わしいものということになってこよう。

奥書については、このように疑念を残すところがあるものの、徳川本が定家の嘉禄二年三月一五日書写本の本文を伝えているということに変りはあるまい。すなわち定家年号本中の一本なのであるが、その年号本は、松田武夫氏『王朝和歌集の研究』（昭和一一年）、山岸徳平氏『伊達家本古今集解説』（昭和一三年）、日野西資孝氏『定家本三代集解説』（昭和一六年）、松田武夫氏『勅撰和歌集の研究』（昭和一九年）、西下経一氏『古今集の伝本の研究』（昭和二九年）、久曽神昇氏『古今和歌集成立論』（昭和三六年）などの諸研究により、次の一六種あることが明らかにされている（書写本名・西暦・定家年齢・現存本なき場合の典拠書名の順に記す）。

1承元三年六月一九日本　1209（48）拾遺愚草・諸雑記
2建保二年秋本　1214（53）明月記・毘沙門堂本古今集註ほか
3建保五年二月一〇日本　1217（56）明月記・版本校異
4貞応元年六月一日本　1222（61）諸雑記
5貞応元年六月一〇日本　1222（61）

6貞応元年九月二二日本　1222（61）
7貞応元年一一月二〇日本　1222（61）
8貞応二年七月二二日本　1223（62）
9嘉禄二年三月一五日本　1226（65）
10嘉禄二年四月九日本　1226（65）
11安貞元年閏三月一二日本　1227（66）明月記
12嘉禎二年七月本　1236（75）
13嘉禎三年正月二三日本　1237（76）
14嘉禎三年八月一五日本　1237（76）
15嘉禎三年一〇月一二日本　1237（76）
16嘉禎三年一〇月二八日本　1237（76）

この一覧によると、徳川本の9嘉禄二年三月一五日本は、二条家の証本とされた8貞応二年七月二二日本（貞応本と通称されている本。以下この名称を用いる）と、冷泉家の証本となった10嘉禄二年四月九日本（冷泉家に現存。嘉禄本と通称されている本。以下この名称を用いる）との間に位置し、なかでも後者とはきわめて近い時点における書写本であることが知られる。そこで、貞応本・嘉禄本との対比から徳川本の本文内容を観察してみたいと思う。

（3）

まず、『古今栄雅抄』の「序」の冒頭に、「凡古今集の仮字序ばかりにて、真字序のなきを嘉禄の本といふ。俊成卿はこれを用い、定家卿は奥に真名序のあるを、貞応の本といふをもちゐらる、と也」という一文がある。この文のように、貞応本には本文の前に仮名序、後に真名序を有しているが、嘉禄本には本文に先立って仮名序があるのみで、真名序はない。徳川本は書写年次が後者に近いものであるにもかかわらず、前者の貞応本と同じく両序を有している。

また、貞応・嘉禄両証本の相違点に関し、『古今和歌集両度聞書』に、仮名序古注中の「あさかやま」の歌について、「此歌嘉禄冷泉家伝本には爰に書入たり。貞応二条家本には無之」とある。この嘉禄本における「あさかやま」の歌は、定家筆伊達家本の京極為兼・冷泉為相の識語によれば、文永九年（一二七二）に為兼が為家から三代集の伝受をうけた時、為兼が本歌のあるべきことを申し出、調査したところ後高倉院御本に存していたので、為家が「書入」れたものであり、また伊達家本のそれは永仁二年（一二九四）に為兼が書入れたものであると知られる。従って、これは定家の与り知らぬことであるが、徳川本は「あさかやま」の歌を有している。

さらに、『古今童蒙抄』に「平定文　貞応本には貞文とかけり。定の字正説也」とある。この定家本における表記法の違いは『後撰集』においてもみられ、天福二年本がそれ以前の校訂本の「平貞文」に対して「平定文」の表記をとっており、定家の校勘発展の一事象としてみられるものである。徳川本のこの表記が貞応本、嘉禄本のどちらに対応するかをみてみると次のようである（八個所すべて作者名表記である。依拠本文は後述）。

	貞応本	徳川本	嘉禄本
(1) 238	平さたふん	平さたふん	平さたふん
(2) 242	平貞文	平貞文	平定文
(3) 279	平さたふん	平さたふむ	平さたふん
(4) 666	平貞文	平貞文	平定文

(5) 670	平貞文	平貞文	平定文
(6) 823	平貞文	平さたふん	平さたふん
(7) 964	平さたふん	平さたふん	平定文
(8) 1033	平貞文	平貞文	平定文

徳川本は貞応本系の表記である。また、人名表記については、貞応本の「文屋」に対して、嘉禄本は「文室」であるという相違がある（『後撰集』においてもこの展開がある）。

	貞応本	徳川本	嘉禄本
(1) 序	ふんやのやすひて	ふんやのやすひて	ふんやのやすひて
(2) 8	文屋やすひて	文屋やすひて	ふんやのやすひて
(3) 225	文屋あさやす	文屋あさやす	文室あさやす
(4) 249	文屋やすひて	文屋康秀	文室やすひて
(5) 445	文屋やすひて	文屋康秀	文室やすひて
(6) 846	文屋やすひて	文屋康秀	文室やすひて
(7) 938	文屋のやすひて	文屋やすひて	文室のやすひて
(8) 997	文屋ありすゑ	文屋ありすゑ	文室ありすゑ

この場合も徳川本は貞応本系の表記である。

一方、貞応本は巻一・春上の若菜歌群中の歌序が、17「かすが野は」・18「み山には」・19「春日野の」・20「梓弓」であるのに対して、嘉禄本は17「かすかのは」・18「春日野ゝ」・19「み山には」・20「梓弓」と、18・19番歌が逆順

となっている。この個所において徳川本は、

貞応本	徳川本	嘉禄本
18み山には	18かすかの、	18春日野、
19春日野の	19み山には	19み山には

のように、嘉禄本と同じ歌序をとっている。

以上のように、徳川本の形態は、貞応本・嘉禄本の両要素を合せ持つものではあるが、どちらかといえば貞応本の方とより密接な関係にあるとすることができようかと思う。

(4)

それではさらに立ち入って、個個の本文についてみてみたい。そこで、貞応本は『日本古典文学大系　古今和歌集』や『古今集校本』の底本となっている梅沢本により、嘉禄本は定家筆本の透写本である高松宮家本をもって代表させ、徳川本と対照してみることとした。本文校合は田辺俊一郎氏を煩わせた。

その対照においてまず注目されるのは、本文そのものではないが、徳川本には貞応・嘉禄両本にある勘物類がないということである。それらの多くは定家本の勘注とみられるもので、校訂を重ねるに従って増していく傾向にある。それが徳川本にみられないのは、転写の際に省筆されてしまったとみてよいのであろう。

次に、徳川本には貞応・嘉禄両本が同文でそれと異なる本文がきわめて多く存しているということが注目される。それも漢字・仮名の相違はもとより、仮名づかい・音便による違い、送り仮名・人名など体言をつなぐ「の」の有無（また「イ本」校異・判読不明個所も）を考慮しないでのことである。そのうちでも徳川本の作者名表記は特有のものが

多い。

そせい法し（徳川本）―そせい（貞応・嘉禄本）　109　126　181　947
紀つらゆき　―つらゆき　160　170　232　415　436　838　915
清原深養父　―ふかやふ　166　603
紀友則　―とものり　207　405　437　440　442　684　787　854
壬生忠岑　―たゝみね　235　462　586　592　839
在原業平朝臣　―なりひらの朝臣　868　884　969
大江千里　―千さと　1065

これらは徳川本の書写時点において「法し」や姓を統一的に増補したものとみられる。そのほか次のような異同がある（略称。詞＝詞書。作＝作者名。歌＝歌詞。左＝左注）。

〔序〕つかはしたりけるときに（徳川本）―つかはしたりけるに（貞応・嘉禄本）。これは―これには。かゝるへくもなむ―かゝるへくなむ。くれるにも―くねるにも。けふりたゝす―煙たゝすなり。ひろまりける―ひろまりにける。哥にはあやしく―哥にあやしく。むつましみ―なつかしみ。人しるらめや―人はしらすや。それかなかにも―それかなかに。うたのさまをも―うたのさまを。

〔巻一〕6歌・うくひすそなく―うくひすのなく。16歌・いへゐしをれは―いへゐしせれは。35歌・かにそしみける―かにそしみぬる。42詞・さたかにかくなむ―さたかになん。43詞・梅花の―梅の花。48歌・おもひてにせむ―思いてにせん。49詞・みて―みてよめる。61詞・うるふ月の―うるふ月。

〔巻二〕70歌・おもひなさまし―思まさまし。76詞・よめる―よみける。76歌・かせのたよりは―風のやとりは。

79詞・よめる―見てよめる。81歌・花なれ―花なれは。82歌・しつこゝろなき―しつ心なし。93歌・はなのちるらむ―花のみゆらん。102歌・はなのかけかは―花のかけかも。121歌・山ふきのいろ―山吹の花。123歌・あやなくさきそ―あやなゝさきそ。134詞・哥合に―哥合の。

〔巻三〕135歌・いつかきまさむ―いつかきなかむ。

〔巻四〕177詞・とき―時に。189歌・かきりなりけり―かきりなりける。191歌・秋のゆふくれ―あきのよの月。209歌・なきつるかりか―なきぬるかりか。211歌・色つきにけり―うつろひにけり。219詞・秋の野にて―秋のゝに。237詞・うへたりけるを―うへたりけるをみて。244歌・なくゆふくれの―なく夕かけの。245歌・あきはいろ〳〵―秋は色〳〵の。

〔巻五〕250歌・わたつみの―わたつうみの。269左・つかうまつる―つかうまつれる。276詞・よめる―よみける。288歌・みちもみなから―道とみなから。309歌・見ぬ人のため―みん人のため。310詞・よめる―よめりける。

〔巻六〕319歌・山のたきつ―山のたきつせ。328歌・きえてつもれる―ふりてつもれる。328歌・ふるさとは―山さとは。329詞・ふる―ふれる。334左・此哥は―この哥。

〔巻七〕343歌・ちよにやちよを―千世にやちよに。348詞・読る―よみける。351歌・すくる月日は―すくす月日は。

〔巻八〕370歌・こひしかるへき―こひしかるへし。392詞・しけるに―しける時に。396詞・かへり給にける―かへりたまひける。397詞・まかりいて侍ける―まかりいてける。400歌・しらたまは―しらたまを。405歌・したひもの―したのおひの。

〔巻九〕406詞・よめる―よみける。406左・なかまろ―なかまろを。406左・いてたりける―いてたちける。409左・人丸か也―人まろかうた也。411詞・おもひて―思わひて。411詞・さるおりしも―さるおりに。412歌・かりそなくなくなる—かりそなくなる。415詞・あつまのかたへ—あつまへ。415詞・まかりける—まかりける時。417詞・たちまのくにへ—たちまのくにのゆへ。420詞・読る—よみける。

〔巻一〇〕439歌・しる人のなき—しる人そなき。447歌・見るよしもなし—みるよしもなき。453歌・もゆともみえね—もゆともみえぬ。454詞・はせを—はせをは。454歌・人につみつゝ—人に見えつゝ。464詞・百合草—百和香。464歌・あかすちらして—あかすちらしゝ。468詞・はをはしめけるを—はをはしめるを。468詞・よめる—よみける。

〔巻一一〕476詞・よみて—よむて。478歌・くさのわつかに—草のはつかに。478歌・みえしきみかも—みえしきみはも。481歌・わつかにこゑを—はつかにこゑを。483歌・こなたこなたに—こなたかなたに。498歌・梅のほすゑに—梅のほつ《はつ》えに。500歌・したもえにせん—したもえをせん。501歌・かみはうけすも—神はうけすそ。501歌・なりにけるかな—なりにけらしも。512歌・あはさらめやは—あはさらめやも。516歌・いかにみしよか—いかにねしよか。517歌・命をこふる—いのちをかふる。535歌・人はしるらん—人はしらなん。551歌・けぬとはいはむ—けぬとかいはん。

〔巻一二〕554歌・かへしてそぬる—かへしてそきる。589詞・まかりて—まかりつゝ。591歌・したにこかれて—したに流て。592歌・冬くさの—うき草の。594歌・いつしかひとを—なにしか人を。602歌・わか身をこふる—わか身をかふる。

〔巻一三〕616詞・ものをいひて—ものらいひて。622歌・あはてぬるよそ—あはてこしよそ。642歌・たちぬへき—たちぬへみ。646歌・こよひさためよ—世人さためよ。652歌・いろにいてなむ—色にいつなゆめ。656歌・みるかわひしき—みるかわひしさ。657歌・はるもこん—よるもこむ。664歌・をとはのたきの—をとはの山の。665歌・みるめのまへに—みるめのうらに。

〔巻一四〕680歌、〔く〕つるわかこひ—もゆる我こひ。702歌・ひきの、つら、—ひきのつ、ら。702左・この哥—このうたは。702左・あめのみかと—あめのみかとの。715歌・きけはかなしも—きけはかなしな。716歌・わすれぬことの—わすれぬ物の。718歌・まつそかなしき—まつそこひしき。720左・この哥は—このうた。736歌・をきところなき—をき所なし。738歌・まとひなん—まとはなん。740詞・ときに—とき。

〔巻一五〕747作・なりひらの朝臣—在原なりひらの朝臣。754歌・かすならむ身は—かすならぬ身は。764歌・おもはぬに—おもはぬを。775歌・あめもふりなむ—雨もふらなん。784詞・かよひける—すみける。785歌・かせは、やみなり—かせはやみなり。792歌・きえてわか身と—きえてうき身と。794歌・よしやよしや人こそ—よしや人こそ。798歌・世をうくひと—よをうくひすと。820歌・もえつるよりも—もみつるよりも。821歌・ふくとふきぬる—ふきとふきぬる。823歌・ふくうらかへす—ふきうらかへす。

〔巻一六〕838詞・時に—時。842歌・おもひやるかな—おもひぬるかな。848歌・いろなかりける—色なかりけり。852詞・おほいまうちきみ—おほいまうちきみの。853詞・せんさい—せんさいも。854詞・哥とも—うたともと。857詞・かのみこの—かのみこ。858詞・まかりける—まかれりける。859詞・心ち—こ、ちの。860歌・をかぬはかりそ—をかぬはかりを。862詞・まかりける—まかりけるを。

〔巻一七〕885詞・かへらんと—かへられんと。888歌・ありこしものを—ありし物也。889歌・我むかしは—我もむかしは。903歌・あはましものを—あはまし物か。912歌・たまつしまかな—玉津島かも。914歌・こを思ひ—君をおもひ。916歌・なりぬへらなり—なりぬへらなる。918歌・けふゆけは—けふゆけと（貞「一本きたれとも」嘉「一本にきたれとも」）。918歌・ものにそありけり—物にそありける。920詞・おはしましたりける—おはしましたりけり。924歌・とる人もなし—とる人もなき。931詞・みてよめる—よめる。

〔巻一八〕944歌・もの、さひしき―物のわひしき。957歌・なにおひぬらん―なにおひいつらん。960歌・なけきつゝ―なつけつゝ。968詞・七条中宮―七条の中宮の。968詞・たてまつりける―たてまつれりける。972歌・うつらとなりて―うつらとなきて。972歌・きみをこさらん―君はこさらん。973左・なにはの―なにはなる。973左・まかり―まかりて。994左・すみわたりける―すみわたりけり。994左・家もわろく―家もわるく。994左・のおとこ―この男。994左・かうちへゆく―かうちへいく。994左・こと心もやあり―こと心もやある。

〔巻一九〕1001歌・あはれとおもへは―あはんとおもへは。1003歌・人まつこそは―人まろこそは。1003歌・いにしへもくすりけかせる―ナシ。1014作・藤原かねすけ―藤原かねすけの朝臣。1024歌・なきこゝちする―なき心ちかな。1052歌・なにそとはけく―なにそはよけく。1058歌・ことを、もに、―事を、もにと。1063歌・こともはつかし―事そやさしき。

〔巻二〇〕1073歌・しまこきかへる―嶋こきかくる。1075歌・さかはの―さかきはの。1087歌・霧たちかくし―きりたちくもり。1099歌・おほのうらに―おふのうらに。

〔墨滅歌〕1105左・このうたは―このうた。1108歌・いさやかは―名とりかは(貞)・なとり河《いさや》(嘉)。1108左・この哥は―この哥。1109詞・たてまつる―たてまつれる。

これら徳川本が貞応・嘉禄両本と異なる個所のなかには、徳川本の、

81えたよりもあたにちりにし花なれ　おちても水のあはとこそなれ

412きたへゆくかりそなくなくなるにつれてこしかすはたらてそかへるへらなる

などのような誤脱、衍字がみられる。また、徳川本の、

百合草　　読人しらす

464花ことにあかすちらしてかせなれはいくそはくわかうしとかはおもふ

この物名歌の詞書は、その歌詞からみて貞応・嘉禄両本のごとく「百和香」とあるべきであり、「あかすちらして」の「て」は「し」の誤写であろう。さらに、

191しらくもにはねうちかはしとふ雁のかすさへみゆる秋のゆふくれ（徳川本）

白雲にはねうちかはしとふかりのかすさへみゆるあきのよの月（貞応・嘉禄本）

516よひ〳〵にまくらさためむかたもなしいかにみしよかゆめにみえけむ（徳川本）

夜ゐ〳〵に枕さためん方もなしいかにねしよかゆめにみえけん（貞応・嘉禄本）

これらはその歌意からみて、貞応・嘉禄両本のごとくあるべきところであろう。このように、徳川本が貞応・嘉禄両本と異文である個所には、徳川本の側の誤謬と認めうる本文がきわめて多くある。徳川本は残念ながら定家筆本の姿を忠実に伝えているとは言い難いようである。

では、その他の異文個所においては、徳川本の本文は貞応本・嘉禄本に対してどのような対応を示すであろうか（備考欄には、徳川本が貞応本と同文である時には「貞」、嘉禄本と同文である時には「嘉」と記した。傍注本文を有している場合でもそれを考慮せず、本行の本文によって示した）。

歌番号	種別	貞応本	徳川本	嘉禄本	備考
	序	あまてるおほ神	あまてるおほむ神	あまてるおほむ神	嘉
	序	おほさゝきのみかと	おほさゝきのみかとの	おほさゝきのみかとをの	嘉
	序	いつゝには	いつゝには	いつゝに	貞

	序	おほんめには	おほむめに（「は」削取）	おほむめに	嘉
	序	深草の	深草のみかとの	深草のみかとの	嘉
	序	おほめくみ	おほむめくみ	おほむめくみ	嘉
25	詞	おほせられし時	おほせられし時	おほせられし時に	貞
30	詞	こしにまかりける	こしへまかりける	こしへまかりける	嘉
36	歌	笠にぬふ《とい》てふ	かさにぬふてふ	笠にぬふといふ	貞
57	作	きのとものり	紀とものり	とものり	貞
59	歌	さきにけらしも《な》	さきにけらしも	さきにけらしな	貞
120	詞	藤花	ふちのはなの	藤の花の	嘉
143	詞	きゝて	きゝてよめる	きゝてよめる	嘉
156	作	きのつらゆき	紀貫之	つらゆき	貞
159	詞	題しらす	たいしらす	（ナシ）	貞
161	歌	山ひこの《は》	山ひこは	山ひこは	嘉
179	作	凡河内みつね	凡河内みつね	みつね	貞
251	詞	哥合しける時	哥合しける時に	哥合しける時に	嘉
272	詞	うへたりけるを	うへたりけるを	うへたりけるに	貞
275	歌	思し花を	おもひしきくを	思し菊を	嘉
290	歌	ちれはなりける	ちれはなりけり	ちれはなりけり	嘉

300	詞	なかれけるを	なかれけるを	流けるを見て	貞
357	詞	かきたりける	かき□りける	かきつけたりける	
374	詞	わかれける時に	わかれけるときに	わかれける時	貞
377	詞	まかり申けれは	まかり申けれは	まかり申しけれは	貞
382	歌	あるかひは	あるかひは	あるかひも	貞
387	詞	まかりける時に	まかりける時に	まかりける時	貞
394	歌	君《立》とまるへく	たちとまるへく	君《たち》とまるへく	嘉
396	歌	しもはみゆらん	しもはみゆらん	しもは見るらむ	貞
416	詞	まかりける時に	まかりける時	まかりける時	嘉
417	詞	人〳〵	人々	人〳〵の	貞
420	詞	おはしましたりける	おはしましける	おはしましける	嘉
442	歌	はなふみしたく	花ふみしたく	はなふみちらす《したく》	貞
463	歌	秋くれと	秋くれと	秋くれは	貞
489	歌	こひぬ日はなし	こひぬ日はなし	こひぬ日そなき	貞
556	詞	ことはを	ことはを	ことを	貞
556	詞	つかはせりける	つかはしける	つかはしける	嘉
572	作	きのつらゆき	きのつらゆき	つらゆき	貞
584	歌	秋のよの	あきの田の	秋の田の	嘉

632	詞	かへりて	かへりて	かへりきて	貞
656	歌	人めをもると	人めをもると	人めをよくと	貞
663	歌	色にいてめや	いろにいてめや	色にいてめやは	貞
745	詞	しのひに	しのひに	しのひて	貞
745	詞	いそきかへる	いそきかへる	いそきか《て》へる	貞
783	歌	こゝろこの葉に	こゝろ木のはに	心のこのはに	貞
831	詞	おさめてける	おさめてける	おさめける	貞
833	歌	ねてもみて《え》けり	ねてもみてけり	ねても見えけり	貞
844	歌	衣の袖の	ころものそての	衣の袖は	貞
849	歌	君に別し	きみにわかれし	君をわかれし	貞
852	詞	身まかりてのち	身まかりて後	身まかりて《の》のち	貞
862	詞	人につけて	人につけ	人につけ	嘉
869	詞	くにつねの朝臣	国経朝臣	くにつねの朝臣の	貞
869	詞	うへのきぬ《の》	うへのきぬの	うへのきぬ	貞
870	詞	たまはりけれは	給はれりけれは	たまはれりけれは	嘉
892	左	したくさ	したくさおいぬれは	したくさおいぬれは	嘉
916	詞	まかれりける時に	まかれりける時	まかれりけるころ《時》	嘉
930	詞	けれはよめる	○《けれは》よめる	けれは	貞

937	歌	いかにと、は、	いかにと、は、	いか、と、は、	貞
938	詞	やすひてか	やすひてか	やすひて	貞
961	詞	なかされて	なかされて	なかされ	貞
971	歌	いと、深草	いと、ふかくさ	いと、深草の	貞
974	歌	いつこをみつの	いつこをみつの	いつらをみつの	貞
1005	歌	うち《はつ》しくれ	うちしくれ	はつしくれ	貞
1027	歌	我おほしといふ	われおほしといふ	我おほしてふ	貞
1067	詞	よませ	よませ	うたよませ	貞
1069	左	日本記	日本記	日本紀	貞

（巻一九部立　雑躰　雑躰　雑躰哥）
（墨滅歌1105　（ナシ）桂宮下　桂宮下）

以上のようで、徳川本の本文は、その独自の異文を除いた場合、殆んど貞応本あるいは嘉禄本と同文であって、そのいずれかと対応するものであることが知られる。この事実は、定家の校訂が、前段階の貞応本に拠りながらも、少しく本文を展開させたが、その展開はそのまま次の校訂本たる嘉禄本に継承されていっているということを示していよう。まさしく両本の中間にある本文であるということである。中間ではあるがその片寄りという面からみると、貞応本の方にかなり偏しているといえる。そのことは、田村緑氏が「貞応本と嘉禄本の間――定家本古今和歌集の本文異同をめぐって――」（『国語国文』昭和六〇年一〇月号）において、広く諸本の本文を対照した結果として挙げられた「貞応本と嘉禄本を考える、目安の箇所」をみてみると判然とする。

歌番号	種別	貞応本	徳川本	嘉禄本	備考
36	歌	笠にぬふて《とい》ふ	かさにぬふてふ	笠にぬふといふ	貞
59	歌	さきにけらしも《な》	さきにけらしも	さきにけらしな	貞
275	歌	思し花を	おもひしきくを	思し菊を	嘉
463	歌	秋くれと	秋くれと	秋くれは	貞
489	歌	こひぬ日はなし	こひぬ日はなし	こひぬ日そなき	貞
656	歌	人めをもると	人めをもると	人めをよくと	貞
844	歌	衣の袖の	ころものそての	衣の袖は	貞
849	歌	君に別し	きみにわかれし	君をわかれし	貞
937	歌	いかにとゝはゝ	いかにとゝはゝ	いかゝとゝはゝ	貞

すなわち、徳川本においては貞応本の本文が根幹をなしており、それを継承したものであって、定家の校訂はこの時点で固定的ともいえるものとなっていたことが知られる。奥書の文章もそれを示している。

それでは、徳川本と嘉禄本との差違は何かといえば、嘉禄本にはこれら本文のほかにも、真名序の不載、「貞文」「文屋」から「定文」「文室」への表記の変更という事実もあるゆえ、それは定家の校訂の発展であると認められる。後撰集定家年号本における貞応・寛喜本から天福本への展開と同じく、古今集においても嘉禄本においてひとつの展開があったとみられる。徳川本における、貞応本と異なり嘉禄本と同文であるという本文は、その展開へのきざしであるとすることができよう。

なお、以上のような貞応本・嘉禄本間の相違点や本文異同の検討は、代表的とはいえ各一本を基にして行なったものである。両本の諸本の現状は、相互に入りくみ何をもって両本の特徴とするか判然としないことが、蔵中スミ氏「嘉禄本『古今和歌集』考異考」（『帝塚山学院短期大学研究年報』第三〇号、昭和五七年）・田村緑氏（前掲論文）によって明らかにされている。従って本論も部分的な修正は今後必要となってこようとは思うが、徳川本の本文の位置づけについての大筋はさして動くようなことはあるまいと考えている。

〔追記1〕本稿では藤原定家が『古今集』を校訂書写したことが知られる回数を一六回分として掲出した（四一頁）。が、近年片桐洋一氏は『古今和歌集以後』（平成一二年一〇月、笠間書院）所収論文「初期の定家本『古今和歌集』――関西大学図書館蔵建保五年奥書本瞥見」において、奥書に「建保五年二月十日」とある新出の書写本をの存在を報告された。従って、定家の『古今集』の校訂書写が知られるのは一七回分であるということになった。

〔追記2〕本稿は徳川美術館蔵の藤原定家嘉禄二年（一二二六）三月一五日系の伝本で、奥書に定家男為家（一一九八～一二七五）の名がある伝為家筆本である。その直後の定家校訂本である冷泉家蔵嘉禄二年四月九日定家自筆本は、冷泉家蔵為家筆貞応二年七月二二日本とともに、『冷泉家時雨亭叢書　第二巻』（平成六年一二月、朝日新聞社）に複製されている。また、定家筆本としては無年号本が久曽神昇氏『藤原定家筆　古今和歌集』（平成三年五月、汲古書院）に公刊されている。

第二節　古今和歌集の意義と特徴（講演録）

今、御紹介にあずかりました杉谷でございます。
私の専門は国文学のほうですので、古今和歌集の歌について考えてみたいと思います。

ところで、浄瑠璃に「仮名手本忠臣蔵」という作品がございますが、義士の討ち入りを心底から支えました町人の天河屋義平のことを「花は桜木人は武士と申せども、いっかないっかな武士も及ばぬ御所存」と評しております。ここに見られます「花は桜木人は武士」というのはどうもその当時の諺であったようで、「花の中で桜が最もすぐれているように、人の中では武士が最もすぐれている」、そういうようなことを言う内容として用いられております。

ここで、花の中で最も桜がすぐれていると、こういうように江戸時代に言われておりますが、今日でも花の中で桜はどうも日本人がすべてきれいだという、あるいは日本民族の血が騒ぐという、そういう対象なんです。そして、その桜につきまして、いつごろ咲くかとか、あるいはどこそこの桜は何分咲きかという、テレビで、あるいは天気予報でもそういうようなことを言って桜を賞翫しているわけですが、そのようなことが外国にあるのかということで二、三の外国の人に聞きましたら、そんなことはなく、これは日本特有の事柄であろうということです。

しかしながら、実際はといいますと、桜ほど嫌いな花はないという方が中にはいらっしゃるのですね。なぜかといいますと、花が終わってしばらくして桜並木の下を通ると毛虫がたれ下がってくる、あるときには首筋に入ってしまった、したがってあんな嫌な木はないと、こういうように実際は思っている人があるはずなんです。実際にそういう人にも会いましたが、しかしながら、その人が、私は桜ほど嫌いな花はないとみんなの前で公言できるかというと、それを言った場合にはどうでしょうか。あの人はやっぱり変わっているというような評を受けるに違いないんです。それはなぜでしょうか。桜は愛（め）でなければならない、美しいものであるという観念、実際は必ずしも一〇〇％そうではないのに、日本民族の血が騒いで、新入社員がいちばん初めにする仕事は、会社の花見の場所を取るという仕事で、それがうまくいくとあいつは有能だと言われる。そうじゃないとやっぱり使いものにならないと、こういうように言われます。

それほどまでに日本民族の血が騒ぐのはどういうことなのだろうかと言いますと、これは実は結論から言いますと、古今集がつくり上げた世界なのです。それをまずちょっと確認しておきたいと思いますが、どれほどまでにそういう風潮であったかということは、山田孝雄の『櫻史』という本を見れば一目瞭然なんです。奈良時代から平安時代にかけての桜の花はどのように多く歌に詠まれるようになったか、その変遷をたどってみるとよくわかるのです。

まず奈良時代の万葉集で一番多く詠まれた、花を鑑賞する草や木では、萩が一番なんです。それから二番目が梅、三番目が橘、四番目が桜で、五番目が藤なんです。すなわち桜は四番目なんです。それが平安時代になりまして、九〇五年成立と考えられる古今集を見ますと、桜が一番で、梅が二番、三番が女郎花、四番が菊、五番が萩というふうに、古今集では桜が五十五首と飛び抜けて多いんです。その後ずっと見ていきますと、八代集を通して一番目に桜がある、しかもほかの材料を引き離して桜が断然一番であるという、こういう現象が見られます。

古今集以下の八代集で桜の歌がなぜこんなに多いのかといいますと、それは春の部に桜の歌をたくさん収めているという、そういう結果でございます。どの程度かといいますと、古今集では全体で桜の歌は五十五首あるわけですが、春の部にかたまって四十一首ある。こういうふうに春の部に桜の歌が多い結果であるわけです。花の中で桜が多いということから、三番目の勅撰集、拾遺集の時代、これは大体西暦一〇〇〇年ぐらいと考えていただければいいのですが、その時代になりますと、単に「花」と言えば桜を指すという時代になってまいりました。以後、花と言えば桜であるという、こういう世界が形成されることになります。

それでは、古今集の春の部に桜が多いというのは、どういう経緯でこうなってきたのでしょうか。万葉集以降見ていきますと、春の歌がかたまってある場合に、桜の歌は必ずしも一番ではない。古今集に至るまで桜の歌が第一番であるということはないんです。そうしますと、勅撰集において桜が断然一番であるという、そういうふうな世界は古今集の春の部で形成された世界であったということができます。

なぜこのような世界が今日まで及んでいるのか、そのために日本の文学、あるいはもっと大きく言うと日本の文化において古今集の占める位置というものを見ていきたく思います。ここに古今著聞集の一節を引用します。

帥民部卿経信卿、又この人にをとらざりけり。白河院西河に行幸のとき、詩歌管絃の三の舟をうかべて、其道の人〳〵をわかちてのせられけるに、経信卿遅參のあひだ、ことのほかに御気色あしかりけるに、とばかりまたれてまいりたりけるが、三事かねたる人にて、みぎはにひざまづきて、「やゝ、いづれの舟にてもよせ候へ」と、いはれたりける、時にとりていみじかりけり。かくいはんれうに遅參せられけるとぞ。さて管絃の船に乗て詩歌を献ぜられたりけり。三船にのるとはこれなり。

これは平安後期の歌人に源経信という人がおりまして、白河院が京都の大井川に行幸をし、古今著聞集一行目の一番下にあります詩歌管絃—漢詩と、歌と、管楽器・弦楽器—この三種類の舟を浮かべたときに、白河院の機嫌が悪かったんです。遅れて経信がやってきて、どれに乗るのかと聞かれたから、どれでもいいから寄せろと言って、結果的には管絃の舟（音楽の舟）に乗って詩と歌とを献上したという話であります。ということは、どれでも経信はできる。漢詩もつくれるし、歌もつくれるし、音楽も演奏することができる。この三つのことを「三舟（さんしゅう）の才」「三船（さんせん）の才」と言っておりますが、ほかにも同じような話が見られまして、漢詩文・和歌・管絃、この三つが当時の貴族の男性の基本的な教養であったということをこれで見ることができます。

それでは女性のほうはどうかといいますと、次に『枕草子』を引用いたします。

村上の御時に、宣耀殿の女御ときこえけるは、小一条の左の大殿の御女におはしけると、誰かは知りたてまつらざらむ。まだ、姫君ときこえける時、父大臣の教へきこえたまひけることは、「一つには、御手をならひたまへ。次には、琴の御ことを、人よりことに弾きまさらむとおぼせ。さては、古今の歌廿巻を、みなうかべさせたまふを、御学問にはせさせたまへ」となむ、きこえたまひけるときこしめしおきて、御物忌なりける日、古今を持てわたらせたまひて、御几帳をひき隔てさせたまひければ、女御、「例ならずあやし」と、おぼしけるに、草子をひろげさせたまひて、「某の月、何のをり、某の人のよみたる歌は、いかに」と、問ひきこえさせたまふを、「かうなりけり」と、心得たまふもをかしきものの、「ひがおぼえをもし、わすれたるところもあらば、いみじかるべきこと」と、わりなうおぼしみだれぬべし。

村上とは村上天皇のことで、九五〇年前後の治世ですが、宣耀殿の女御で、天皇の奥さんで后の下の位の人、第二夫人格であった人で芳子という人がおりました。その人はお父さんの左大臣の藤原師尹が、将来の后がね、すなわち后予定者として送り込もうと教養を身につけさせていた。そのときにお父さんが娘に言ったことで、それはどういうことかといいますと、「一つには、御手をならひたまへ」と。まず第一に手を習えと、すなわち習字をしろ、書道を上達させろと。「次には、琴の御ことを、人よりことに弾きまさらむとおぼせ」、第二番目には、琴のこと、これは七絃の琴ですが、その琴を人より上手に弾くように心がけよと。「さては、古今の歌廿巻を、みなうかべさせたまふを、御学問にはせさせたまへ」、第三番目には、古今集の歌二十巻、巻一から巻二十まで、大体千百首ありますが、それをみんな暗唱すること、これを学問にしなさいと諭したわけです。そして、実際に女御となったときに、村上天皇がお父さんの教育のことを聞いていたので、古今集を持って女御のところへ行って、こういうときに詠んだ歌はどの歌だ、何という歌かと言ったら、全部覚えていてそれに答えたということです。そういう話が『枕草子』に出てまいります。そうしますと、女性の教養としては、まず書道、それから音楽、和歌なんです。

そうしますと、男女の教養で共通しておりますのは、対象となる楽器は違いますけれども、音楽、すなわち楽器を弾くということ、それから和歌に関すること、これが共通しているわけです。平安時代の貴族の教養の基礎は、一つには和歌であったということがここからもわかります。

今日、平安時代の文学といえば『源氏物語』とか『枕草子』をはじめとして、いわゆる散文がもてはやされております。実際に世の中でもそうですし、学生が卒業論文の対象に選ぶのもほとんど散文で、和歌はあまり見向きもしないというのが現状なんですが、それは今日的な見方であって、実は文学といえば、男性の場合は漢詩文も入りますけれども、共通なのは和歌でありました。

物語はどういう位置であったかといいますと、『三宝絵詞』という本の中に、「物語といひて女の御心をやるものなり」と出てきます。世の中に物語というものがあるけれども、それは女性のなぐさみ物であるというわけです。物語とは現在で言いますと簡単な小説、あるいは普段の心のなぐさみ、週刊誌程度、こういうふうに考えられていたわけで、物語はそんなに価値のあるものではなかったわけです。

こういうふうなことから見ましても、和歌が文学の中心として位置していたということがわかります。その和歌の典例といいますか、西洋風に言いますとバイブルといいますか、そういうふうなものになってまいりましたのが、第一番目の勅撰和歌集である古今集であったわけです。そしてずっと長い間その古今集が歌を詠む場合の手本とされてまいりました。藤原定家の記したもので『詠歌大概』という歌論書に「つねに古歌の景気を観念して心をそむべし。ことに見習ふべきは、古今・伊勢物語・後撰・拾遺・三十六人集の中にことなる上手の歌を心にかくべし」と出てきます。歌を詠む場合の手本になるもの、その中の第一番目に古今集が上がってくるわけです。また、『愚見抄』という歌学書でも「古今集は初心のため、また錬磨の人のため、ともにわたりて終止よかるべし」と記されておりまず。

古今集は歌を詠むための初心者、あるいは錬磨の人、練達の士、ベテランでも格別にいいものである。すなわち手本とすべきものであると言われ、古今集が長い間バイブルと目されてまいりました。

そのために皆さんがお書きのときに手本とされておりまず古今集がたくさん残っておりますように、文学の写本の中で何がお手本として一番かというと、今日でも残っているのは古今集なんです。それほどまでに古今集は多く写され、それほどまでにポピュラーな作品であったということが言えます。

私ども先年まで角川書店の『古筆手鑑大成』というものを編集しておりました。やっと終わってほっとしているんですけれども、それは十六巻で、実際には手鑑の数にいたしますと十三巻なんです。その貼ってある古筆切の一枚一枚がどんな内容のものかということを見てみました。そうしますと、韻文が断然多く、それをさらに分けてまいりますと、和歌が千百八十九枚、これを見てもいかに和歌が文学の中心であったかということがおわかりになるかと思います。しかも和歌の古筆切のうち古今集は二百十枚ございました。和歌の中の十七・六％が古今集なんです。作品別に見ますと、二番目に多いのが新古今集の百二十八枚で、和漢朗詠集は百枚、源氏物語は七十枚です。源氏物語は大部ですので、簡単に写本ができないということもございますが、古今集がいかに多いかということがこれからもおわりかと思います。

では、古今集一辺倒でずっと続いてきたものなのかどうか。これを見てみますと、二位に新古今集が出てまいりますように、新古今集が鎌倉時代にできましてから、その後新しい歌風として珍重されました。が、やはり古今集の伝統というものは大きなもので、例えば古今集の研究者の新井栄蔵さんはこういうふうに言っております。

「わが国の文化の大きな曲がり角ごとに」「『古今和歌集』に対する姿勢を定める事が文化再形成の重要な契機となっている。一千年ちかくにわたり、そのような対象となし得た事、それ自体が『古今和歌集』が字義通りに〝古典（クラシック）〟であったことを示している」。この言葉のように古今集の伝統はずっと一千年にも及んでまいりました。それがまさに古今集がバイブルであったわけです。

しかし、古今集は、明治三十一年、正岡子規が『歌よみに与ふる書』という論文を何回か発表いたしまして、例えばこういうふうに宣言しております。「貫之は下手な歌よみにて古今集はくだらぬ集に有之候」あるいは、「只々自己が美と感じたる趣味を成るべく善く分るやうに現すが本来の主意に御座候」すなわち歌というものは、古今集をずっと習ってきたから、みんな古今集流の歌を詠む。ものの見方も古今集的である。何でも古今集の表現にかえて詠まれる。個の美の感動というものがない。それではだめなんだと。近代国家になって、従来の表現にとらわれずに、自分が美と感じたところを率直に表現するのが新しい短歌なんだと、こういうふうに宣言するまで、古今集の支配というものは続いてまいりました。そのために、桜というものは鑑賞すべきである、賞翫すべきであるというのが古今集でつくり上げた世界で、それがずっと伝統として重んじられてきて、明治に至るまでその世界が保持されてきたわけです。だから日本人にとっては桜というものは賞翫する、愛でるべき花であるという、そういう伝統が、近代国家になって短歌の革新がございました後もなおかつ続いているわけです。そういう意義を日本の文学、あるいは日本の文化の中に占めているのが古今集の世界であったということでございます。

いま一つ、「愁思」というものが俳句ではどのように取り上げられているかということを見てみたいと思います。そこにこういう解説がございます。「秋は人々を感じやすくする。物にふれ、事にふれ、もの思うことが多い。秋のあはれ、寂しさ、静けさ、そういうものが、一つになった心持ちである。」と、こういう解説です。この立場から俳句を詠むというわけです。秋はどういうシーズンだと問われますと、大体我々はこのように答えます。しかし実際はといいますと、個人の体験からいくとどうでしょうか。秋ほどいいシーズンはない、うれしいシーズンはないという方もおられます。家族が結婚をする、あるいは出産がある、それはいつも秋なんだと。我が家、あるいは私にとって秋ほど楽しいシーズンはないと。それに対して春はいつも葬儀とか法事ばかりで、春ほどもの思いのシーズンはないという方も実際にはあるはずなんです。

この解説のように、秋はわびしいもの、寂しいもの、もの思いをするものというのは、これはどこから出てきたかといいますと、実は小島憲之さんが既に明確に言っているんです。万葉集の中には、秋そのもの、秋のシーズンがものわびしいとか寂しいとか、もの思いとか、そういう歌は一首もないと言っているんです。確かにそうなんです。だから、秋のそういう固定観念は日本の民族がもともとから持っていた感情ではないんです。

では、どこから出てきたかというと、中国文学のほうの漢詩にたくさん「秋思」というのが出てまいります。日本の平安時代の初期、あるいはそれ以前に漢詩文が非常に隆盛になりました。日本では勅撰集は漢詩文のほうが先で、平安初期にできました。中国の詩をまねて、すなわち先進国の文学をまねて、どんどん漢詩が詠まれました。平安の都になったとき、桓武天皇が今の京都に七九四年に遷都したわけですが、そのときは政治形態からすべて古いものを断ち切って、中国の物まねをいたしました。どうやら服装まで改めて、中国服を着ていたようです。だから文学と言えば漢詩になって、和歌はすたれました。

その時代の漢詩を見てみますと、秋をテーマにしたものがたくさんあり、「秋は哀れぶべきものである。一年の順序としての秋がやってきて、はやくもつめたくなることを哀れがる。」あるいは、「秋は哀れである。草木の葉がゆらゆらと落ちることが悲しい。」「秋は哀れである。秋の夜が長くはるかであるのがつらい。」とか、秋というものは何につけても哀愁の情を催すものであるという、こういう世界が詠まれておりますが、これは日本人の本来持っていた秋に対する感情ではないんです。

それを実は和歌が、古今集の時代に撰者たちを中心に漢詩を習いまして、しきりに秋のもの思いの歌を詠んだのです。

古今集の秋の部にはまず立秋の歌があります。それから次に秋風の歌がありまして、七夕の歌へと続く。そして秋をテーマにした歌がまとまって一八四番から一九〇番まであります。この歌を見てみますと、例えば一八四番歌、

木の間よりもりくる月の影みれば心づくしの秋はきにけり

これは秋になって透いてきた木と木の間からもれてくる月の影、つまり月の光のことですが、その月光を見ていると、心をつくす秋が来たということが知られるという意です。

また、一八五番では、

おほかたの秋くるからにわが身こそかなしき物と思ひ知りぬれ

とあり、秋というものはみんなに来るはずなのに、私はものがなしくなってしまうという意になります。秋は私だけじゃないのに特にものがなしく感じる。

それから一八六番では、

わがためにくる秋にしもあらなくに虫の音きけばまづぞかなしき

とあり、私のためにやってくる秋じゃないのに、虫の鳴き声を聞くとまずは悲しくなる。虫の音を聞いて喜んでもいいんでしょうが、ここは悲しくならなければならないんですという意。

それから一八七番では、

物ごとに秋ぞかなしきもみぢつゝうつろひゆくを限りとおもへば

とあり、何かにつけて秋はかなしいものである、紅葉しながら移ろっていく、色あせていく、それがもう限度だと思うと秋はかなしい。

こういうように何かにつけて秋というものは哀しいものだ、もの思いをするものだという歌ばかりが選ばれております。こういう歌だけを選んできたという意図、それは秋というものは哀しいものでなければならないというのは実は漢詩の世界にならってこういう歌を詠んで、古今集がつくり上げた秋の感情というものなのです。

では、古今集がつくり上げた秋の心というものはどうであったのかといいますと、こんな歌が後世にございます。

ことごとにかなしかりけりむべしこそ秋の心を愁といひけり

これは平安末期の歌ですが、ものごとが何かにつけて悲しいことだ、なぜ秋は悲しいかというと、秋の心を愁えているというからなんです。「秋」と「心」を重ねると「愁」という字になるというわけです。なるほどなと言っているんです。

あるいは、西行の歌に、

おしなべてものを思はぬ人にさへ心をつくる秋の初風

ものを思わない人でもいろいろと寂しい感情がわいてくる秋だというわけです。

あるいは、江戸時代の歌で、

世の中の憂きこと知らぬ御仏もものさびしらに見ゆる秋かな

仏様を見ると憂いがないはずなのに、何となくものさびしげに見える。秋はそうなんだというわけです。

このようにこれらの歌は古今集の世界が揺曳して、その伝統のもとに歌が詠まれてきています。

紹巴という連歌師が秀吉に連歌のつくり方、あるいは言葉の説明をした書物で、「連歌至宝抄」というものがありますが、秋について紹巴はこういうふうに説明しています。

「秋は常に見る月もひとしほ光さやけくおもしろきやうに詠め、四季とも置く露もことさら秋はげしくて、草にも木にも置き余る風情に仕るものに候。」

これはいつも月はあるんだが、秋は月を格別なものとして詠むべきだ。いつも露というものは草木に置いてあるものの、秋は格別露が置く、そういう風情として詠むべきものだというわけです。

それから、

「秋の心、人により所により賑はしきことも御入候へども、野山の色も変り、ものさびしくあはれなる体、秋の本意なり。」

これは、秋の人の心というものは人によっては賑わしいこと、いいことがあっても、野山の色も変わっていくし、ものさびしく悲哀の感情を込めて詠む、それが秋の連歌、発句というものを詠む本意なんだと、そう詠むべきだというわけです。

あるいは、

「秋の夜長にもいよいよ飽かぬ人も候へども、暁の寝覚めに心を澄まし、来し方行く末のことなど思い続け、明しかねたるさま、尤もに候。」

これは秋の夜長にも飽きない、秋の夜長はなかなかいいと、堪能している人が実際にはあっても、暁起きをして心を澄ませ、過去未来のことをいろいろと思い続けて、秋の夜長を明しかねた、そのような立場で詠むべきだと言っております。

これはどうでしょうか。実際はそうでなくてもいいんだけれども、このように詠めといっているのは、実は古今集の伝統というものがずっと韻文の世界に及んできているということをここにも見ることができます。

秋は哀しくなければならないというのは、実は古今集の世界からあったということなんですが、どうかこれから秋というものは、現代人の我々にとっては嬉しいことがあったら喜んでもらって結構だろうと思います。

日本文学における古今集の影響というものをほんの一、二例ですが見てまいります。近代国家になっても何か秋はものがなしい、もの思い、これは皆さんの感情にずっと植えつけられているかと思います。その証拠に、西洋の人に秋はものがなしいか、あるいはもみじは鑑賞するかと聞きましたところ、そんなことはないと言います。もう一つは、もみじというものを日本人は鑑賞するらしいけれども、あれはただ自然現象として落ちていくだけの話であると西洋の人は言います。あるいは虫の音のほうはどうかと聞きますと、大抵の人はあれはやかましいものであると言います。虫の音というものを脳のどこで聞くかというのが西洋人と日本人と違っているようです。だからそれは生理的な問題で、感覚の問題ではないようです。日本人はそういうふうな世界をいまだに持っている。しかしそれは多くは古今集の伝統がいまだに及んでいるという、そういうことが言えそうです。

次に、古今集の特色について話を進めていきたいと思います。

ここに古今集の中から歌の第五句に「あやまたれけり」という言葉があるものを選びました。四首ございます。

宿近く梅の花植ゑじあぢきなく待つ人の香にあやまたれけり

これは自分の家の近くには梅の花は植えまい。それは待つ人の香、当時の人々は着物に香をたきしめておりましたので、もちろん風情もありますけれども、実際は匂消しですね、その香の匂いと間違えるからというわけです。

み吉野の山辺に咲ける桜花雪かとのみぞあやまたれける

吉野の山に咲いている桜は、あれは雪じゃないかと見間違うことだ。

ひさかたの雲の上にて見る菊は天つ星とぞあやまたれける

これは「ひさかたの」というのは枕詞で、「雲」にかかります。雲の上で菊を見るということはどこで見るのかというと、雲上人という言葉がありますように、宮中のことを指します。宮中で見る菊は、空の星かと見間違える。雲の上で見るから空の星だというわけです。

また、

花見つつ人待つときは白妙の袖かとのみぞあやまたれける

これは、花を見ながら人を待っているときには、白いあの人の袖かと見間違うことだと。

今は三番目の歌を中心に見ていきたく思います。雲の上の菊が「天つ星」であるというのは、何でそういうことを言うのかというと、雲の上だから天つ星なんですが、同じような発想の歌がございます。

大空をとりかへすともきかなくに星かと見ゆる秋の菊かな（新撰万葉集）

秋の菊は星かと見えると。

けふ引きて雲井に移す菊の花天つ星とぞあやまたれける（兼輔集）

これも雲井の菊を空の星かと見間違えるわけです。このように詠んでいますが、これは何事かといいますと、「葉如雲花似星」という漢詩の表現がございます。これは中国文学をまねした日本の漢詩です。中国文学では、星を菊に見立てる、そういう世界が行われた。それが日本の漢詩に入ってきて、さらに歌に入ってきたというわけです。そういうふうに古今集の歌は中国文学の影響を受けているとともに、例えば人の袖を花と見間違える、あるいは桜を雪と見間違える、梅の香と人の香りとを見間違える、それを「あやまたれけり」というふうに表現したのは何かといいますと、「千顆瑠璃多誤月」というふうに漢詩で表現されておりますように、漢詩の「誤」を「あやまたれけり」と表現したということなんです。漢詩の世界の言葉を取り入れたわけです。このように漢詩の言葉も取り入れるし、表現も取り入れる、詠み方も取り入れる、こういうようにして古今集時代の新しい歌はかなり成り立っているということがわかります。

また、何々を何々に見立てるということ、これは「古今集」の歌には非常に多いんです。雪を花に、露を玉に、あるいはもみじを錦に見立てるといったように、古今集ではかなりいろいろなものをいろいろなものに見立てております。これはそもそも漢詩にならったわけで、必ずしも実際の光景を見て詠んだ歌ではありません。たとえ実際の光景を見て詠んだ歌であっても、漢詩文の世界に表現を還元して詠む。そういうふうに古今集の歌は、見立てをとりましても、かなり趣向を構えて頭でつくり上げる。理知的であるし、観念的である。それは一つは見立て表現というものからも出てきている。そのもとをたずねれば、今お話したようなところにたどり着いていくということです。

古今集の歌は、趣向を構えて、理知的で、観念的であると言いましたが、それはいつごろからかといいますと、古今集の歌というのは、万葉集と重なる時代の歌から、古今集の成立する九〇五年の時代の歌までございます。それをごく大まかに見ますと、古今集には「よみ人しらず」の歌が多いんですが、これは大体「万葉集」から平安初期にかけての古い歌になります。その次は八五〇年代前後からの六歌仙の時代、小町や業平の時代の歌、それから、九〇〇年あたりの撰者の時代の歌、当代の歌、このように区切る事ができます。

観念的な歌はいつごろからかといいますと、六歌仙時代に芽生えてまいりまして、撰者時代に極端に多くなったと言うことができます。

寛平御時、「古き歌奉れ」、と仰せられければ、「竜田河もみぢ葉流る」と言ふ歌を書きて、その同じ心に、よめりける　　興風

寛平御時というのは、宇多天皇の御代、古今集が編纂された醍醐天皇の一つ前の天皇で、八〇〇年代のおしまいごろの天皇です。そのときに古い歌を献上しろと言われたので、「竜田河もみぢ葉流る」という古歌を書いて、それと同じ趣旨で詠んだ歌であります。興風というのは八〇〇年のおしまいから九〇〇年にかけて活躍した当代の歌人。

深山よりおちくる水の色見てぞ秋はかぎりと思いしりぬる

奥深い山から、「おちる」というのは現在の言葉のように上から下へ（おちる）ということではなくて、急流であるという意で、落ちるようにはやく流れる、それが「おちくる」なんです。落ちるように早く流れてくる「水の色」は何

かといいますと、水の色というのは無色ではないかと言われるかもしれませんが、それは流れている紅葉の色ですね、水に流れている紅葉の色を見て、秋はもうおしまいである、秋はもう限度である、と知ったことだという、こういう歌なのです。

ところで、この歌は「竜田河もみぢ葉流る」という歌と同じ趣旨で詠んだというんですが、実際にその歌は古今集の二八四番に入っておりまして、これは「よみ人しらず」時代の古い歌です。

たつた河もみぢ葉ながる神奈備の三室の山に時雨ふるらし

たつた河にもみじの葉が流れている。この分だとあの上流の神奈備の三室の山には時雨が降っているようだ。現在はある色素が変化して紅葉させる、そういうことがわかっておりますけれども、当時は時雨とか露は、紅葉を促進させるもの、紅葉を促すものとして考えられておりました。

さて、その二つの歌を比べてみますと、これは当然対応しているわけです。

興風の歌の「深山より」というのは、「よみ人しらず」の「神奈備の三室の山」に対応しています。それから、「おちくる水の色見てぞ」は「たつた河もみぢ葉ながる」に、「秋はかぎりと思しりぬる」は「時雨ふるらし」に対応しております。この対応している表現を見てみますと、「よみ人しらず」の古い歌は実際の地名を言いますし、紅葉が流れている、時雨が降ると、実際に即して、非常に具象的、具体的なんです。それに対して興風の歌はといいますと、現実をそのまま詠んでいるのではないということがわかります。非常に知的で、対象を頭の中で一旦濾過して表現しているということがわかります。

この古今集の代表的な当代の歌は、このように万葉集に近い歌から変わってきているわけですけれども、それをいま一つの、古今集の修辞法というものの一部から見てみたいと思います。

古今集の技巧は、先ほどの見立てもそうなんですが、そのほかに、序詞とか、枕詞、擬人法、縁語、掛詞などいろいろございます。そのうち万葉集に少ないのは縁語、掛詞でして、これが逆に古今集の表現の特色でもあるのですが、ここでは当代の歌のあり方を見るために、万葉集などにもある技巧の序詞を取り上げてみたいと思います。

序詞というのは何かといいますと、

吉野川岩切通し行く水の音には立てじ恋は死ぬとも

を例にいたしますと「吉野川岩切通し行く水の」に対して、「音には立てじ恋は死ぬとも」、実はこれは恋の歌で、歌で言いたいことは、音には立てまい、声には出しますまい、たとえ恋死にしてしまっても、私の恋心を表には出しますまいという、こういうことを歌った歌です。その上の「吉野川岩切通し行く水の」というのは、「音」を出すために技巧的につけた修飾的な部分なんです。実際はある程度内容がありますけれども、形から言うと技巧的な部分です。「水の音」から、「音には立てじ」、声には出さない、その「音」に転換している。「行く水の」までがいわゆる序詞と言われる部分です。

序詞というのは、一般的には辞典なんかを見ますと、先ほど出てきた枕詞のように、「たらちねの」「はは」とか、「あしひきの」「山」とかいうふうに、五音の枕詞はどういう言葉にかかるかということが大体決まっております。それに対して、七音以上であって、長くて、どの言葉にかかっていくかは決まっていない、そういうふうな修飾的な技巧的な部分が序詞であると定義されています。そして、さらにその序詞は原則的に意味を持たないというふうに解説されているのが一般的です。

しかし、古今集の当代の歌を見てみますと、現在、和歌文学辞典等の解説で記されていることが、実はどうもそれが当てにならないということがあるのです。次に古今集四七八番歌を引用します。

春日祭にまかれりける時に、もの見に出でたりける女のもとに、家を尋ねて遣はせりける　壬生忠岑

奈良の春日神社の祭りに行ったとき、祭の見物に出ていた女性のもとに、その女性の家を探して贈った歌という詞書の意。壬生忠岑は古今集の選者ですから、当代の歌人です。その歌はどんな歌かというと、

春日野の雪間をわけて生ひいでくる草のはつかに見えしきみはも

これは春になって、雪は積もっているけれども、まだらに融け出した、その雪と雪との間から生えてくる春の草、その草のようにというわけです。そうすると、技巧を中心に見ますと、「草の」までが「はつかに」という言葉を出す序詞とされることが多いんです。そして、「はつかに」というのは、わずかにという意味で、わずかに見えたあなたであると詠んでいるわけです。「はも」というのは詠歎的に添えた言葉です。この歌は忠岑が春日の祭に行っていて女性をちらっと見た。どういう状況かというと、女性は一般的にはこの時代は車の中にいるのが普通です。夫以外の男性に顔を見せるということはないわけです。そこで車の中から見物していた。それを風が吹いて車のカーテンがちょっと揺れたのか、あるいはすだれのすき間から見えたのか、ちらっと見た。それを相手に送ったわけです。わずかに見えたあなたであると。

わずかに見たって、そんなこと関係ないじゃないかということなんですが、実は隠れているはずの女性の姿をちらっと見るということは、男性にとって当時は大変なことであったということなのです。女性にとってもそういう姿を見られたということは大変なマイナスになる。だからこういう歌を贈られたら、私は見られた、あの人になびかなければならないかなという、そういう感情になるんですね。男性のほうもそれを目当てにこういう歌を贈った。これだけでお互いに通じているわけです。

光源氏が、蛍兵部卿宮、弟を呼んで、玉鬘のところで蛍を放つ。そうすると蛍兵部卿宮は玉鬘を蛍の光でほんのり

と見てしまう。それ以来、蛍兵部卿宮は玉鬘のとりになってしまう、のぼせ上がってしまう。そういうのが一般なんです。あるいは、当時の猫は首をひもでつながれていたようで、そこで猫がじゃれてすだれをちょっと持ち上げた一瞬に、そこから柏木が女三宮を見てしまった。そのために最後には柏木はのぼせ上がってしまって、とうとう密通となってしまうという、そこまでいくわけです。

したがいまして、古今集忠岑歌はわずかにあなたを見たというのは、そういうような意味合いを持っているということなんです。平安時代貴族の男女の関係はそうであったようです。

さて、「草の」までを詠んだのはなぜかといいますと、春日野を持ち出したのは、当地であるということ、それで持ち出したのには違いないんですが、なぜ例として新芽が出てくるのを出したのか。春日野というのはどういうふうに歌に詠まれているかといいますと、

春日野はけふはな焼きそ若草のつまもこもれり我もこもれり（古今集一七・伊勢物語一二）

春日野は今日は野焼きをしないでください。新芽を出すために春に野焼きをやりますね。それをしないでください。なぜかというと、彼女もこもっているし、私もこもっているから。すなわち枯れ草の中で逢引している、そこで枯れ草を焼かれたらえらいことになるというわけです。

春日野の飛火の野守出でて見よいまいく日ありて若菜つみてむ（古今集一八）

春日野の飛火というのは現在もございます。野守は野の番人をする人、「のもり」です。今、何日たったら、若菜をつむことができるでしょうかというんです。若菜というのは、春先に出てくる食べられる植物の新芽です。その新芽を当時の人々はこぞって食べました。この時代には宮廷の行事にまでなった若菜です。後の春の七草です。

春日野の若菜つみにや白妙の袖ふりはへて人のゆくらむ（古今集二二）

春日野の若菜をつむためであろうか、白い袖を振りながら人が行くことだ。

　春日野に若菜つみつつ万代を祝ふ心は神ぞ知るらむ（古今集三五七）

春日野に若菜をつみながら、いつまでもと長寿を願っているのは春日神社の神様も知っているであろう。こういうふうに詠まれておりますように、春日野というのは春夏秋冬ございまして、実際に秋に奈良に行っても春日野はございますが、特に古今集に詠まれている春日野は、若草であったり、若菜であったりするんです。春日野というのは、若菜を詠むものなんだと。そういう歌ばかりを集めているということです。そして、これにならった歌が詠まれ、こういうふうにどんどん類型化していくわけです。「春日野の雪間をわけて生ひいでくる草」、この草は何かといいますと、春日野とセットになった若菜のことなんです。そうすると、序詞と言われる部分は、これは勝手に詠んだ歌ではなくて、春日野といえば若菜と結びついている、その前提のもとに詠んでいるということなんです。それが一つわかります。

　もう一つは、若菜は、先ほども申し上げたように、春先に芽を出してくる食用の草でして、この歌ではそれが雪間をわけて生え出した状態であるから、若菜は若菜でもまだほんの淡い若菜であるんです。緑もまだ淡い新芽です。その状態というのは、ほんのわずかに女性を見た状態である、それとともに、そういう状態で見た女性はまだ初々しくて、世なれていない、そういう清楚とも言える女性をほうふつとさせるものがございます。

　このように既にある表現によりながら序詞の部分は組み立てられているのですが、こういうふうに歌を詠んでいきますと、序詞と言われている部分が、「はつかに見えしきみはも」という部分の意味と関連していないわけはないし、なおさら、わずかに見たあなたの状態をより微妙に具象的に表現しているということになります。女性を見た状態と、女性の様子とを込めて、技巧的序詞と言われる部分ができ上がっている。単なる技巧に終わっているのではないということがわかります。

さて、古今集の当代の歌の序詞というものを見てまいりましたが、慣用されて特定の背景を持った言葉、忠岑の歌では「春日野の若菜」というもの、それを導入するとより具象的に表現している、微に入り細をうがつ表現をしているということがわかりました。それは忠岑が序詞という技巧を強いて用いた、古い万葉なんかの表現にならったというよりも、むしろ序詞の方法、技法を新しく用いて、一つの表現のあり方というものを獲得していると言ったほうがいいかもしれません。既にある表現にのっかって、より微妙に表現する技法として用いているのですから、その歌は当然ながら対象を見てそれを実際に詠むというよりも、既にある表現によって知的に構成している、そういうことがおわかりになるかと存じます。

その知的に表現された歌の例をいま一つ見ます。

白菊の花をよめる　　凡河内躬恒

躬恒も古今集の撰者の一人ですから、当代の歌人であることは言うまでもございません。その歌は、二七七番、古今集の秋の部にある歌で、後に百人一首にとられたおなじみの歌です。

心あてに折らばや折らむ初霜の置きまどはせる白菊の花

心あてというのは、心を適当に当ててみる、すなわち当てずっぽうに、当て推量に、折るとしたら折りましょうか、初霜がおりて惑わしている、どれがどれかわからなくさせている白菊の花。白菊の花は白い。初霜も白い。だから折ろうと思ったんだけれどもどれが白菊でどれが霜なのかわからなくなってしまっている。こういうふうに詠んでいるわけです。

これは、霜がおりているというのですから、朝早いときに詠んだ歌で、恐らくは早朝の白菊に霜が一面におりて、菊のすがすがしく清らかな状態に感動して詠んだ歌に違いないと思われますが、そういうことは一言も表現しておりません。誇張的にひとひねりいたしまして、当て推量に折るのなら折ってみようかしらと表現しております。

それまで菊はどういうふうに詠まれてきたかというと、万葉集には菊の歌はございません。というのは、輸入されたのがおそいからです。現在残っている菊の歌で一番古いのは平安時代の第一番目の天皇、桓武天皇の歌が残っております。その歌は「類聚国史」という漢文の記録の中に載っている歌で、

　このごろの時雨の雨に菊の花散りぞしぬべきあたらその香を

このごろの時雨に当たって菊の花が散ってしまいそうだ。「あたら」というのは惜しいということです。まだ菊の香りがして鑑賞できるのに、時雨に散ってしまいそうだ、全く惜しい。まだ香りが十分にあるのにという、そういう歌です。この歌は見たまま、その感動を直接表現しております。すなわち、詠む対象とともにこの歌はあるのですが、それからおよそ百年後に詠まれた古今集当代の躬恒の歌はといいますと、その感動は直接には何も詠まず、知的に組み立てられております。そして、その歌は言ってみれば言葉遊びのようなもので、言葉の世界だけで歌を組み立てている、そういうことがわかります。歴史的に申し上げますと、言葉というものは実際の世界と切り離しても、言葉の世界だけで一つの世界ができるということを発見した時代の歌なんです。言葉というものが自立した一つの世界を構成し得るということ、これを発見した時代の歌なんです。言葉をもて遊んで一つの世界を構成すること、これをしきりに追い求めていったのが古今集の当代の歌であったわけです。

歴史的にはそういうふうな意義を持っていて、言葉優先の世界を組み立てていった。だから感動がちっとも伝わってこないじゃないかと言われるんですが、それはそういうところにある歴史的な意味合いがあるわけです。しかしな

がら、歌は非常に観念的であっても、その感動というものが裏に込められているということを読み取ることがあったり、あるいは初めての勅撰集が古今集である、その組織もうまくできている。そういうようなことから古今集は長い間バイブルになってきて、明らかに文学の中心である和歌の手本となってきた、あるいは散文も和歌の表現でもって組み立てられてきているというような世界が千年もの間続いてまいりました。しかしながら、先ほども見ましたように、明治三十一年に正岡子規は、それではだめだと、感動をそのまま表現しなければならない、写実が第一であるという立場から、躬恒の歌をどう批評したかといいますと、このように言っております。

「此の躬恒の歌百人一首にあれば誰も口ずさみ候へども一文半文のねうちも無之駄歌に御座候。此の歌は嘘の趣向なり、初霜が置いた位で白菊が見えなくなる気遣無之候。趣向嘘なれば趣も糸瓜も有之不申。」

ばかげた歌だ、下らぬ歌だと言っているんですね。趣向が嘘である、虚構である、実際の感動を述べていない。確かにそうですね。そう言われればそのとおりというようなわけです。

近代短歌というものは自分の感動をそのまま表現するもので、したがって万葉集に帰れという、こういうふうなことから、西洋の文学の影響もございまして、自由な発想というものが生まれてまいりました。古今集の呪縛から脱却したわけです。それ以来、古今集というものは下らぬものであるという時代がずっと続きました。しかしながら、昭和四十年代ぐらいになりましてからは、やはり古今集を見直すべきであると。その歴史的な意義というものは必ず位置づけてみるべきである。またそれなりの一つの美の世界というものを構築している。だから再評価すべきであるという論が続出いたしまして、今日では古今集は尊重され、歴史的な意義とともに高く評価されて今日に至っております。

きょうは「古今和歌集の意義と特色」ということでお話しさせていただきました。お聞き苦しいところがあったかと思いますがこれをもちまして話を終えさせていただきます。

（平成八年一二月八日　梅壇社研究会　於日本教育会館）

第三節　古今集歌の表現

一　花橘の香

「五月待つ花橘の香をかげば昔の人の袖の香ぞする」という、『古今集』よみ人しらずの古歌は、巻三・夏部に、

五月待つ山時鳥うち羽ぶきいまも鳴かなむ去年の古声（137）
五月来ば鳴きも古りなむ時鳥まだしきほどの声を聞かばや（138）
五月待つ花橘の香をかげば昔の人の袖の香ぞする（139）
いつのまに五月来ぬらむあしひきの山時鳥いまぞ鳴くなる（140）
けさ来鳴きいまだ旅なる時鳥花橘に宿は借らなむ（141）

と、四月のうちに時鳥が来鳴くのを待ち望んでいる歌と、五月になって時鳥が鳴きはじめた歌との間にあり、時鳥主題の両歌群を分けるようにして置かれている。ところが、橘の花は、『万葉集』の時代から「わが背子が宿の橘花をよみ鳴く時鳥見にぞわが来し」（1483）、「五月山花橘に時鳥隠ろふときに逢へる君かも」（1980）、また『古今集』141番歌や「年ごとに来つつ声する時鳥花橘や妻となるらむ」（『貫之集』）など、卯花と同様、五月のもので時鳥が来居る花とされてきている。『古今集』における「五月待つ」の歌は、従ってその背景に時鳥があるのであり、しかも花橘でもって前後の時鳥の歌を関連づける役割を担っているとみることができよう。

さて、このよみ人しらず歌の「五月待つ花橘」は、137番歌の「五月待つ山時鳥」が、五月を自分の月として待っている山時鳥というほどの意味であるように、五月を待って咲く橘の花が四月のうちに咲きはじめているという風に解されることも多い。しかし、137番歌の時鳥はまだ鳴いていないが、この歌の橘の花は咲いているので、五月を待っていてそうして咲いた橘の花といった意味にとってよかろうかと思う。その橘の花の「香をかげば」というのは、前の事柄から後の事柄が偶然にも同時に起ることをいう言回しとみられるので、二句以下は橘の花の香をかいだところ即昔の人の袖の香を感じたことを言い表しているとしてよかろう。橘の花の香からいつも昔の人の袖の香を思い起すのではなくて、それをふと感じたというのである。「ぞ」でとりたてた昔の人の袖の「香」は、花橘の「香」と同心の病ともなるべき重複であるが、率直な感動のうちに包まれてしまっていて、素朴な表現としてむしろ好ましいものとさえなっている。

「昔の人」は、もとより作者が昔馴れ親しんだ人のことで、顕昭が伝承から「間守が袖裏てもて来しかば、昔人の袖の香ぞするとはよみたれど」(『顕注密勘』)と、田道間守のこととみているのは当らないであろう。昔の人をふと感じたのは、心のどこかにその人のことがあったからで、その人とは不仲で別れたのではなかったろうことを想像させもする。橘の花は枝先に小さくつき、芳ばしい香りのする純白の花である。その清らかで初初しく、それでいて気品のある花と香りは、昔の人の気高くも世馴れていない清楚な姿や人となりを髣髴させよう。そんな昔の人は女性がふさわしいが、そこには男の作者である時鳥が見え隠れしている。時鳥はそもそも、「時鳥鳴く声聞けば別れにし故里さへぞ恋しかりける」(『古今集』146)など、懐旧の情を催させる鳥でもあった。

『伊勢物語』には、この「五月待つ」の歌によって創られた物語がある(六〇段)。男が宮仕えに忙しくて愛情をそそげなかったころ、女は他の男の妻となって、夫とともに地方に下っていった。男は出世して宇佐の使となって下向し、女の夫はその接待役となった。男はそれを知って、酒肴の橘を手にして「五月待つ」の歌を詠んだ。女は自身の浅はかさを恥じたのか、尼となってしまったという。ここで「五月待つ」の歌は、昔を思い起させるものとしての働きをしている。また、『和泉式部日記』の冒頭部には、故為尊親王に仕えていた小舎人童が、弟の帥宮敦道親王の使いで和泉式部の邸を訪れ、それが機縁となって帥宮と式部との熱い愛情が交されることとなる、その恋愛の発端が描かれている。小舎人童が托されて取り出したのが橘の花で、式部はそれを見て「昔の人のと言はれて」と、橘の花からおのずと「五月待つ」の歌が口をついて出てきたのであった。また、返事には「かをる香によそふるよりは時鳥聞かばやおなじ声やしたると」の歌をもってした。帥宮は式部に橘の花を贈ることによって為尊親王を思い起させ、それを通して式部に交際を求めてきたのである。「五月待つ」の歌は、『古今集』よりのち、懐旧・追憶という機能をもった歌として用い続けられていった。

二　奥山にもみぢふみわけ鳴く鹿の

『百人一首』の猿丸太夫の歌として親しまれている「奥山に」の歌は、『古今集』巻四・秋上の二一五番歌がその出典で、次のように「鹿」歌群のうちにある。(1)

是貞親王家歌合歌　　忠　岑

214山里は秋こそことにわびしけれ鹿の鳴く音に目をさましつつ

よみ人しらず

215奥山にもみぢふみわけ鳴く鹿の声聞く時ぞ秋はかなしき

題しらず

216秋萩にうらびれ居ればあしひきの山下とよみ鹿の鳴くらむ

217秋萩をしがらみふせて鳴く鹿の目には見えずて音のさやけさ

是貞親王家歌合によめる　藤原敏行朝臣

218秋萩の花咲きにけり高砂の尾上の鹿は今や鳴くらむ

昔あひ知りて侍りける人の、秋の野にあひて、

物語しけるついでによめる　躬　恒

219秋萩の古枝に咲ける花見ればもとの心は忘れざりけり

題しらず　よみ人しらず

220秋萩の下葉色づく今よりやひとりある人の寝ねがてにする

221鳴きわたる雁の涙や落ちつらむもの思ふ宿の萩の上の露

222萩の露玉に貫かむととれば消ぬよし見む人は枝ながら見よ

ある人のいはく、この歌は奈良帝の御歌なりと

223折りて見ば落ちぞしぬべき秋萩の枝もたわわに置ける白露

224萩が花散るらむ小野の露霜にぬれてを行かむさ夜はふくとも

このように、「鹿」歌群は鹿のみを詠んだ歌（214・215）から、鹿と萩とを歌材とした歌（216〜218）へと展開しており、それに続いて萩（219・220）および萩と露の歌（221〜224）が置かれている。すなわち、鹿と萩とが縁深いものとして排列

構成されているのであるが、この事実から奥村恒哉氏(2)は、「奥山に」の歌の「もみぢ」は萩の「もみぢ」と考えなければならず、従って「黄葉」であると説かれている。また、竹岡正夫氏(3)も、「この歌の『もみぢ』は、定家筆の底本では『紅葉』と表記されている。しかし『新撰万葉集』の表記では「黄葉踏分」とあり、又この歌のあと二一八の歌までいずれも萩に啼く鹿が詠まれている。それらから考えて、この歌の『もみぢ』も萩の黄色に色づくもみじと解すべきである」と言われている。ともに従うべき見解で(4)、『古今集』歌としてはこの「もみぢ」は萩の黄葉とすべきであろう。

さらに、この歌の時節については、その位置から八月であると考えてよいが(5)、これについてははやくに契沖が、「古今に鹿の歌五首ある中に、今の歌は第二にありて、後の三首は萩に詠み合はせたる歌なり。萩は秋の中比さかりなるものなれば、秋ふけての歌ならぬ事、かれこれにつけて知るべし(6)」と適切に指摘している。しかし、その「もみぢ」の有り様については、「木葉は奥山よりまづ色付きて、端山は後に色付くものなる上に、山には秋のくるより一葉づゝ散りそむるが積るなり」と「落葉」と解し、「秋の中比」の時節に合わすべくやや苦しい説明をしている。「もみぢ」が散り敷いたものである「落葉」の歌は、『古今集』では巻五・秋下の後半（281から305までの二五首）にあり、「秋の中比」ではなく晩秋の歌群としてある。しかるに、『古今集』の諸注も殆んどこの「もみぢ」を落葉ととっており(7)、例えば、『古今集の構造に関する研究』で示された「構造論を基底にした注釈書」である松田武夫氏の『新釈古今和歌集』においても、本歌は「秋はいつも悲しいが、散り積っている紅葉をふみわけて鳴いている鹿の声を、山深い所で聞く時が、秋の中でも、とりわけ悲しいことである」と解されているといったようである。ここに鹿ないしは萩の黄葉の時節と有り様についての問題があり、また「ふみわけ」の動作の主についても異説があるので、これらの点を中心に『古今集』歌としての「奥山に」の歌について考えてみたいと思う。

その考察に先立って、まずこの歌の本文について見ておきたいが、前掲のごとく、本歌は多くの諸本に詞書がなくて前歌の「是貞親王家歌合歌」が及ぶ形となっている。ところが、この歌は『是貞親王家歌合』にはなく、『寛平御時后宮歌合』の「秋歌廿番」のうちの左歌としてみられるものである。(8) 従って、元永本やそれと同筆かとされる筋切、また清輔校訂の諸本など平安時代の姿を伝える有力伝本に「題しらず」とあるように、「題しらず」歌として前歌の詞書の及ばない形がよいのであろう。歌詞は諸本に異同なく、また『寛平御時后宮歌合』『新撰万葉集』も同文であるが、『猿丸集』には「鹿の鳴くを聞きて」の詞書があって次のようにある。(9)

一類本㈠（書陵部蔵本〔501・68〕系）・二類本㈠（書陵部本〔510・12〕）

秋山の紅葉ふみわけ鳴鹿の声きく時ぞ物はかなしき

二類本㈡（書陵部蔵本〔506・8〕・同㈢⑴（陽明文庫蔵本〔近・212〕系）・同㈢⑵（西本願寺本系）

おく山のもみぢふみわけなくしかのこゑきくときぞものはかなしき(10)

二類本㈢⑶伝行成筆切

おく山のもみぢふみわけなくしかのこゑきく時ぞ秋はかなしき

さらに、『三十六人撰』の本文は伝行成筆切と同文であり、これらは初句に「秋山の」「おく山の」の違いはあるものの、いずれもまがうかたなく二句の「もみぢ」に直接かかる表現となっている点で、『古今集』などの「奥山に」と相違している。また、結句は多く「物はかなしき」であって、『古今集』以下の「秋はかなしき」という秋そのものがもつ哀愁が強くうち出された表現と異なっている。

さて、鹿と萩とを縁深いものとするのは、すでに『万葉集』にみられるところで、いま『万葉集』の「鹿」（カ・

サヲシカ・シカ・ヲシカ）五八例のうち、植物と組み合せて詠まれている歌をみてみると次のようである。

萩	1047 1541 1547 1550 1580 1598 1599 1600 1609 1790 2094 2098 2142 2143 2144 2145 2150 2152 2153 2154 2155 4297 4320
草	2267 2368 3530
稲	2220
すすき	2277
紫草	3099
黄葉	1053

このようで、萩との組み合せが圧倒的に多く、鹿の歌の三分の一強は萩とともに詠まれていることが知られる。(11) この親密な関係は、梅に鶯、卯花と郭公のごとく、萩には鹿という表現の型が形成されていたことを示している。しかも、

わが岡にさ男鹿来鳴く初萩の花嬬問ひに来鳴くさ男鹿　(1541)
秋萩を妻問ふ鹿こそ独子に子持てりといへ　(1790)
さ男鹿の心相思ふ秋萩の時雨の降るに散らくし惜しも　(2094)

のように、萩は男鹿の「花妻」であり、鹿が「妻問」い、「心相思ふ」ものとされている。

この萩には鹿の関係は平安朝に入っても変ることなく、例えば、

秋萩の咲くにしもなど鹿の鳴く移ろふ花はおのが妻かも　(能宣集)
妻恋ふる鹿の涙や秋萩の下葉もみづる露となるらむ　(貫之集)
行き帰り折りてかざさむ朝な朝な鹿立ち馴らす野辺の秋萩　(後撰集)

のようである。『和名抄』では萩を「鹿鳴草」としており、『八雲御抄』には「萩」の項に「鹿の妻は萩なり、鹿鳴草

といへり、花嬬ともいふ」、また「鹿」のところに「秋萩を鹿の妻とはいふなり」とある。萩と鹿との強い結びつきはもはや疑うべくもないが、さらにこの取り合せの典型的な例は屏風歌にみることができる。

鹿の萩の花の中に立てる所

さ男鹿の尾上に咲ける秋萩をしがらみへぬるとしぞ知られぬ（貫之集）

秋の夜の月あかきに、萩のもとに鹿鳴く声聞ゆ

月影に鹿の音聞ゆ高砂の尾上の萩の花や散るらむ（兼盛集）

家永三郎氏が『上代倭絵全史』（昭和二一年九月、高桐書院）で、「鹿」の絵は「萩の花と組合されたものが最も多」いと言われているように、例えば『貫之集』の屏風歌（歌仙家集本第一〜第四）に詠まれている鹿一二首のうち九首までが萩と組み合されている。萩には鹿は、倭絵の秋の代表的な図柄のひとつとして多用されていたことが知られる。

以上のような傍証からも、「奥山に」の歌の「もみぢ」は鹿との縁で萩の黄葉とみて、まずまちがいないものと言えよう。

その萩の黄葉は、秋早くから下葉が黄葉するという生態から、実際に即して下葉の黄葉が詠まれる。それは前掲の『古今集』二二〇番歌にみられるところであるが、そのほかいくつかの例を挙げてみると、

秋萩の下葉の黄葉花に継ぎ時過ぎ行かばのち恋ひむかも（万葉集、2209）

白露のおり出す萩の下黄葉衣にうつる秋は来にけり（新撰万葉集、上・秋歌）

下葉より色づく萩といひながら今年は露も心おくらし（坊城右大臣殿歌合）

秋萩の下葉よりしももみづるは本よりものぞ思ふべらなる（古今六帖、第六・秋萩）

白露は上より置くをいかなれば萩の下葉のまづもみづらむ（拾遺集、513）

のようで、萩の黄葉は下葉を読むのが常である。なお、その萩の黄葉は花時からのものであることも知られる。

ところで、この萩の歌の時節はというと、例えば『曾丹集』で「八月上」のうちに置かれているように、契沖の指摘通り八月半ば以前のもののようである。[12] また、鹿の歌で萩とともに詠まれているものの時節を求めてみると、延喜五年『定文家歌合』の、

人知れぬ音をや鳴くらむ秋萩の花咲くまでに鹿の声せぬ

これは「初秋」「仲秋」「暮秋」と分けられたうちの「仲秋」の歌としてある。また、『貫之集』の屏風歌、

さ男鹿やいかがいひけむ秋萩の匂ふ時しも妻を恋ふらむ

は西本願寺本には「鹿鳴花」の詞書があって、八月の歌としてあり、

鳴く鹿の声をとめつつ秋萩の咲ける尾上に我は来にけり

これは「七夕」「初雁をよめる」ののちで「八月十五夜」「九月九日」の歌の前に、「鹿の鳴ける」としてある。さらに、『後撰集』においても、巻六・秋中の八月中旬ころの歌としてあるので、鹿と萩の歌は八月初・中旬のものとされていたことが知られる。

従って、「もみぢふみわけ」の「もみぢ」は、晩秋の「散り積っている紅葉」すなわち落葉ではなく、萩の下葉の黄葉であって八月初・中旬のものとみられよう。

さて、「もみぢふみわけ」の動作の主については、鹿説と人説とがあるが、いずれとみるべきであろうか。一般には宣長が「ふみわけは鹿のふみ分る也」（『古今集遠鏡』）とするように、鹿説が多くとられているが、人説もまた有力

である。『新撰万葉集』の本歌に対する訳詩も人の動作としてある。

秋山寂々トシテ葉零々タリ
麋鹿《びろく》ノ鳴ク音数処ニ聆《きこ》ユ
勝地尋ネ来テ遊宴スル処
無クレ朋無クシテレ　酒意《こころ》独リ冷《すさま》ジ(13)

これは他の訳詩と同様、歌に忠実なものではなく後半に遊びがあるが(14)、前半に作者が秋山に落葉を踏み分けて鹿の音を聞いている情景を描いている。このように動作の主を人と解すると、「奥山にもみぢふみわけ」で区切って二句切れの歌として読むことになるが、その点について、小沢正夫氏は『古今和歌集』（日本古典文学全集。昭和四六年四月、小学館）において、「『奥山に』はすぐ下の『もみぢ踏みわけ』にかかる。『踏みわけ』の主語は歌の作者または一般の人である」として、「五七調の歌として二句目と四句目で切って解釈する。真淵がはっきりそのように解している」と言われている。その真淵は『古今集打聴』で、「奥山に入て我落葉を踏分て鹿の声を聞きたる時ぞ」と訳し、『新撰万葉集』の詩句を引いて「即人の山ぶみせし心明らか也」としている。この真淵が証拠とする『新撰万葉集』の訳詩は、そのあり方からして必ずしも有力な証拠とすることはできないが、「ふみわく」という言葉に注目してみると、『古今集』には本歌以外に五例あり、それらはすべて、

秋は来ぬもみぢは宿にふりしきぬ道ふみわけてとふ人はなし(287)
忘れては夢かとぞ思ふ思ひきや雪ふみわけて君を見むとは(970)

のように、人が物を踏んで道を分け開いて進んで行く用法としてある。この用例を重視すると、「もみぢふみわけ」は人の行為と解した方がよいということになろう。

しかし一方では、鹿の萩に対する動作ということにも注意を向けるべきであろう。そこで、その点についてみてみると『万葉集』においては、

君に恋ひうらびれ居れば敷の野の秋萩凌ぎさ男鹿鳴くも（2143）
女郎花秋萩凌ぎさ男鹿の露分け鳴かむ高円の野そ（4297）
さ男鹿の胸分けにかも秋萩の散り過ぎにける盛りかも去る（1599）
大夫の呼びたてしかばさ男鹿の胸分け行かむ秋野萩原（4320）
萩の枝をしがらみ散らしさ男鹿は妻呼び響む（1047）

のように、鹿は萩を押え伏せて踏んだり、胸で押し分けたりからみつかせたりするというようにある。また、『古今集』の時代においては、前掲の『古今集』二一七番歌のほか、

さ男鹿のしがらみふする秋萩は下葉や上になりかへるらむ（躬恒集）
山遠き宿ならなくに秋萩のしがらむ鹿の鳴きも来ぬかな（貫之集）
妻恋ふる鹿のしがらむ秋萩に置ける白露われも消ぬべし（貫之集）
秋萩の花の流るる川の瀬にしがらみかくる鹿の音もせぬ（本院左大臣家歌合）
秋萩にしがらみかけて鳴く鹿の声聞きつつや山田もるらむ（古今六帖、第二・鹿）

など殆んど「しがらむ」で、「しがらむ」は『八雲御抄』の「鹿」の項に「鹿のしがらむとは、萩の中に入るほどにむすぼほれたるなり」と説明されている。

以上のように、鹿は「凌ぐ」「胸分く」「しがらむ」など、荒荒しく萩の立枝に対するものとして表現されている。そうすると、鹿の行為としての「ふみわく」の例は残念ながら見い出し得なかったが、この「もみぢふみわけ」も鹿

が荒荒しく萩に対する動作のひとつであるとみることも可能であろう。すなわち、鹿がおのが花妻である下葉の黄葉した萩の立枝を踏み分ける動作が「もみぢふみわけ」であって、「もみぢふみわけ鳴く鹿の」はひとつづきとなって「声」を修飾しているというようにみられはしまいか、というのである。

『古今集』における「ふみわく」の用法に反して、その動作の主を鹿として考えて行こうとするのは、鹿と萩との和歌表現における強い結びつきのほかに、『古今集』が『猿丸集』などにみる「奥山の」「秋山の」という初句に対して、「奥山に」の本文を採用している事実にかかわってのことである。その点について、景樹は『百首異見』で、[15]「人のふみ分るならんには、奥山のとなくてはかなはず。にとありては鹿のうへにかゝれる事、さらにまがはぬ事也」と述べている。確かに、『猿丸集』『三十六人撰』の「奥山のもみぢふみわけ」「秋山のもみぢふみわけ」の、初句が二句に直接かかることが明らかな本文によると、二句切れの歌として人の行為ととりやすくなろう。「奥山に」とあるからといって二句切れにならないとは言えなかろうが、三・四句にまで及んでいるとみた方が自然であろう。『古今集』における「奥山に」の本文選定もこの点にあったのではなかろうか。「奥山に」は、鹿が萩の立枝を踏み分けて鳴いている場所なのであり、それはまた人が鹿の鳴く声を聞いている所でもあろう。

鹿が鳴くのは、

このころの秋の朝けに霧がくり妻呼ぶ鹿の声のさやけさ（万葉集、2141）

妻恋ふるさ男鹿の音にさよふけてわが片恋をあかしかねつる（小町集）

鳴く鹿は妻ぞ恋ふらし草枕行く旅人に声な聞かせそ（貫之集）

などのように、牝鹿を求めて牡鹿が鳴くものとされている。奥山で下葉の黄葉した萩の立枝を踏み分けて、妻を求めて鳴く鹿の声を山中にあって作者が聞いているという情景が、この歌の四句までの内容であろう。なおこの場合、作者が鹿の行動を眼前で見ているのかどうかという点については、想念の世界のものであって、いまは詮索をさしひかえておきたい。

『古今集』における「秋」の情感は、この歌に先立ってある、

題しらず　　　　よみ人しらず

184木の間よりもりくる月の影見れば心づくしの秋は来にけり

185おほかたの秋来るからにわが身こそかなしきものと思ひ知りぬれ

186わがために来る秋にしもあらなくに虫の音聞けばまづぞかなしき

187ものごとに秋ぞかなしきもみぢつつ移ろひゆくをかぎりと思へば

また、

193月見ればちぢにものこそかなしけれわが身ひとつの秋にはあらねど

などによって知られるように、何事につけても感傷をそそり悲哀を感じさせる「心づくし」で「かなしき」ものとされている。小島憲之氏(16)は、このような秋そのものの悲哀を詠んだ歌は『万葉集』には見られないもので、外来の表現を模した平安朝初頭の漢詩になって「秋気悲し」などと詠まれるようになったと言われている。それが和歌の世界にとり入れられ、『古今集』に至って今日に及ぶこの伝統的な季節感が確立されたのである。「奥山に」の歌の前後も「秋こそことにわびしけれ」(214)、「秋萩にうらびれをれば」(216)の歌である。「奥山に」の歌は、四句までの情景のそんな時こそ「秋はかなしき」と言って、悲しき秋のひとつの代表的な光景を詠じたものである。

この「奥山に」の歌は「よみ人しらず」歌であって、『古今集』にあっては古歌であったものとみられる。しかるに、公任は『三十六人撰』に、

をちこちのたづきも知らぬ山中におぼつかなくもよぶこ鳥かな
ひぐらしの鳴きつるなへに日は暮れぬと見しは山のかげにざりける

の『古今集』「よみ人しらず」歌（29・204）とともに、「猿丸太夫」の歌として挙げている。猿丸太夫は、弓削王、弓削道鏡の別名、また小野神に関係ある巡遊伶人などとも言われているが、その伝は全く未詳で、伝説上の人物かともみられる。従って、勅撰集歌はなく、家集にも猿丸太夫個人の歌と認められる歌はない。『古今集』の真名序に「大友黒主之歌、古猿丸太夫之次也」とあり、公任によって歌人としてとりあげられて以来、歌人としての名が伝えられているものである。公任が『三十六人撰』に挙げた猿丸太夫の歌三首は、すべて『猿丸太夫集』にみられる歌であるので、特定個人の集とは認め難い古歌集ではあるものの、すでに猿丸太夫の名の冠せられていた『猿丸太夫集』によって、公任は猿丸太夫の歌と認めたのであろう。

下って俊成は、『古来風躰抄』の『古今集』抜き書きに「奥山に」の歌を「よみ人しらず」として引いているが、俊成撰かとされるいわゆる『古三十六人歌合』には、公任の『三十六人撰』の三首が同順のまま「猿丸太夫」の歌としてある。一方、定家は『近代秀歌』『詠歌大概』に本歌を入れ、また『百人一首』（百人秀歌にも）に「猿丸太夫」の歌として撰んで、高い評価を与えているが、作者を猿丸太夫とするのは公任などに倣ってのことであろう。『定家八代抄』（二四代集）には、『古今集』歌として「よみ人しらず」とある。

その『定家八代抄』の「奥山に」の歌は、『古今集』とは違って秋下の「あらし」「木枯し」などの強い風と九月九日の「菊」との間に、他の「鹿」の歌とともに置かれている。これは初期の勅撰集において秋上の八月初・中旬ころ

のものであった「鹿」が、『詞花集』に至って「菊」の前に位置するようになり、『千載集』『新古今集』では秋下に置かれるようになった時代性の反映なのであろうが、これによって定家が晩秋の景としてこの歌をみていたということが知られる。その定家の目について、島津忠夫氏は『百人一首』（昭和四二年一二月、角川書店）において、「定家が、この歌を高く評価していたのも、すでに紅葉ふみわけ鳴く鹿の音に、暮れゆく秋山の寂寥《せきりょう》を感じていたに違いない。それは、いかにも新古今時代の好み――ほのかな艶《えん》と哀感の表出――にかなった歌境であった」と言われている。『百人一首』歌としては、このような紅葉の散り敷いた晩秋の奥山の、寂寥感ただよう歌として味わわれてきているが、それはそれとして、本稿では『古今集』歌としてどのようにみうるかということについて、和歌表現の立場から考察を試みたものである。

注

（1）風巻景次郎氏『新古今時代』（昭和三〇年九月、塙書房）・久曽神昇氏『古今和歌集成立論』（昭和三六年一〇月、風間書房）は214〜217の四首を「鹿」歌群とし、岸上慎二氏『中世文学Ⅱ』（昭和五二年五月、日本大学通信教育部）・松田武夫氏『古今集の構造に関する研究』（昭和四〇年九月、風間書房）は214〜218の五首を「鹿」とされるが、本歌が「鹿」主題歌であるとすることには変りはない。
（2）奥村恒哉氏『「おく山にもみぢふみわけ」―古今集の「もみぢ」―』（「皇学館大学紀要」第六輯、昭四三年二月、『古今集・後撰集の諸問題』（昭和四六年二月、風間書房所収）。
（3）竹岡正夫氏『古今和歌集全評釈』（昭和五一年一一月、右文書院）。
（4）但し、『新撰万葉集』の「もみぢ」の表記はすべて「黄葉」であるので、証拠とはし難い。なお、『万葉集』の「もみぢ」

の表記は「紅葉」一、「赤葉」一、「赤」二のほかは、約八〇例に「黄葉」「黄変」「黄色」が用いられている。平安中期以降はほぼ「紅葉」である。この点について、小島憲之氏は『万葉集』の表記は六朝から初唐までに多く用いられた「黄葉」の影響であり、「紅葉」は盛唐ころから多用されたが、『白氏文集』の伝来でそこに多く用いられている「紅葉」の表記を平安時代中期以降とり入れたものとされている（『国風暗黒時代の文学』（昭和四三年一二月以下、塙書房））。

（5）松田武夫氏『古今集の構造に関する研究』。

（6）契沖『百人一首改観抄』。『古今余材抄』では二一四番歌に「これより下四首は鹿の歌なり」としている。

（7）例えば「深山の紅葉さへちりはつるをふみわけて鹿のものかなしく打なく比」（古今和歌集両度聞書）や「秋深く成て鹿の落葉をふみわけてうちなく時」（古今集延五記）、「秋ふかくなりて深山の紅葉のちりしきたるをふみ分てしかの打わびなく比の秋は」（古今栄雅抄）など。

（8）『平安朝歌合大成一』（昭和三二年一月、萩谷朴氏私家版）八二番歌。

（9）拙稿「猿丸集」解説（『中古和歌集』陽明叢書、昭和五一年九月、思文閣）の分類による。なお、一類本㈡には本歌がない。

（10）二類本㈡の初句「おく」に「あき」と傍書あり。また、同本には増補歌として本歌があり、初句「秋やまの」とあって合点を有す。二類本㈢西本願寺本は第三句「なくなくしかの」で衍文。

（11）『古今集』においては、「鹿」一〇例中、「萩」は三、「女郎花」一の組み合せである。

（12）『玉かつま』の「芳宜ノ花の宴」に、仁明天皇の承和元年（八三四）と同一一年の八月一日に萩花宴が行われた記録が引用されている（但し国史大系本『続日本後記』には一一年の方の記録しかない）。これによって萩花宴は八月一日の行事であったことが知られる。

（13）「独冷」（原撰本）は流布本に「猶冷」とある。

（14）例えば下巻においても、「契りけむ心ぞつらき織女の年にひとたび逢ふは逢ふかは」に対して、「東嶺明月機照盛、何織女相契一夜、相見逢語且遅来、恨玄宗遠隔不見」と、玄宗と楊貴妃の物語へ連想を馳せている。

（15）『古今集正義』には「百首異見に委し」とのみ記している。

（16）　小島憲之氏『国風暗黒時代の文学　上』。

〔追記〕　平安時代における「黄葉」から「紅葉」への表記の変遷について、小島憲之氏説に従って『白氏文集』の伝来による中国詩文の標記の摂取の観点から記した。それに対して、森田直美氏『平安朝文学における色彩表現の研究』（平成二三年三月、風間書房）は、和歌の「どのような表現効果を狙って、色彩用語を使用しているかという側面を汲み取り、そこにもまた、表現移行の要因を見てゆく必要がある」ことを強調されている。

三　峰に別るる白雲

『古今集』歌にみられる技法のひとつである序詞は、よみ人しらず時代に多用され、六歌仙時代に少なくなり、撰者時代に入って復活したとされている。確かに撰者たちの歌には序詞の手法を用いた歌が多くあり、例えば、

　　春日祭にまかれりけるときに、物見に出でたりける女のもとに、家をたづねてつかはしける　壬生忠岑

春日野の雪間をわけて生ひ出でくる草のはつかに見えし君はも（『古今集』巻一一・恋一、478）

この歌の「草の」までは技法的には比喩の手法による序詞といえ、「わずかに見えたあなたであるよ」に掛っている。そこに用いられている「春日野」は当地の女性であることを言うためでもあるが、「草」が、

春日野の飛火の野守出でて見よいまいく日ありて若菜つみてむ（『古今集』巻一・春上、18）

春日野の若菜つみにや白妙の袖ふりはへて人の行くらむ（『古今集』巻一・春上、22）

など、「春日野」と言えば、「若菜」であることに拠っている。春先に芽を出してくる若菜、この歌では雪間を分けて生え出した状態なのであるから、若菜は若菜でもなおさら新芽なのであり緑もまだ淡いものである。それは、ほんのわずかに女を見た状態を示しているとともに、女の初初しく世馴れていない姿をも髣髴させよう。

このように、撰者時代の序詞には、類型表現や慣用されている景に基づく表現が用いられていて、よみ人しらず時代のそれよりも、心象のあり様をより微妙に言い表わしていることが多い。それは、撰者たちが序詞の技法を用いて新しく獲得した表現方法のひとつであったとみられる（拙稿「序詞」、『一冊の講座　古今和歌集』（昭和六二年三月、有精堂出版））。

さて、おなじ忠岑の歌、

（題しらず）　　　　　　　　　　忠　岑

風吹けば峰に別るる白雲のたえてつれなき君が心か（『古今集』巻一二・恋二、601）

この「上の三句は絶てといはんとての序なり」と藤井高尚が『新釈』で指摘しているように、技法的には「たえて」を導き出している序詞とみてよかろう。そのことは、「白雲の」が「立つ」（『万葉集』971・『古今集』371ほか）、「かかる」（『後撰集』652・『拾遺集』1218ほか）とともに、

伊豆の海に立つ白雲の絶えつつも継がむと思へや乱れそめける（『万葉集』3360、或本歌）

いまのみと頼むなれども白雲の絶え間はいつかあらむとすらむ（『後撰集』536）

など、「絶え」にかかる序詞や枕詞として慣用されていることからも言いえよう。そうすると、この「の」で終る比喩の序詞は、「まことに薄情なあなたの心であるなあ」の意の下句とどのように関わっていようか。

まず、「峰に別るる白雲」について従来の解をみてみると、香川景樹が『正義』で「帯の如く引たなびきて後二ツ

にも三ツにもきれはなる、也」として以来、金子元臣氏『古今和歌集評釈』（昭和二年三月、明治書院）の「峰に棚引いてゐる雲が風に随って東西に別れて、ちぎれ〳〵になる」、小沢正夫・松田茂穂両氏『新編日本古典文学全集　古今和歌集』（平成六年一一月、小学館）の「峰に当って二つに別れていく白雲」などのように、現今に至る諸注ほとんどが、白雲がちぎれる、二つに別れるの違いはあるものの、白雲自体が分離する状態とみている。この大勢に対して、藤平春男・上野理・杉谷寿郎『古今和歌集入門』（昭和五三年二月、有斐閣）は「白雲が風に吹かれて〈消えて〉しまう」とし、竹岡正夫氏『古今和歌集全評釈』（昭和五一年一一月、右文書院）は「峰に別れて離れて行く白雲が、ぷっつりと断絶した状態」、小島憲之・新井栄蔵両氏『新日本古典文学大系　古今和歌集』（昭和六四年二月、岩波書店）も「風が吹くと峰から別れて行く白雲」としている。

そこで、あらためて「峰」と「白雲」との関係についてみてみると、

ここにして家やもいづく白雲のたなびく山を越えて来にけり（『万葉集』287）
白雲のたえずたなびく峰にだに住めば住みぬる世にこそありけれ（『古今集』945）
白雲の来宿る峰の小松原枝繁けれや日の光見ぬ（『後撰集』1245）
おくれゐて我が恋ひをれば白雲のたなびく山をけふや越ゆらむ（『拾遺集』335）

などのように、白雲は峰にたなびいたり、来宿ったりするものである。そのため、右例にもみるように「白雲のたなびく山」という表現が慣用されるとともに、

小夜ふけば出で来む月を高山の峰の白雲隠しなむかも（『万葉集』2332）
あしひきの山の山鳥かひもなし峰の白雲立ちし寄らねば（『後撰集』1280）
咲き咲かずよそにても見む山桜峰の白雲立ちなかくしそ（『拾遺集』38）

のように、「峰の白雲」ということばも定着していて、峰と白雲とは密接不可分の関係にあるものであることが知られる。

このような関係にある「峰に」「白雲」が「別るる」とはどのような状態なのか。それと類似する用例をみてみると、

向ひゐて見れども飽かぬ吾妹子に立ち別れ行かむたづき知らずも（『万葉集』665）

むすぶ手のしづくににごる山の井のあかでも人に別れぬるかな（『古今集』404）

浪の上に見えし小島の島がくれ行く空もなし君に別れて（『拾遺集』352）

これらは「に」で動作の起点となる対象を受けて、その対象から別れ離れてゆく場合に用いられている。従って、「峰に別るる白雲」も、白雲自体が分離するのではなくて、峰を起点としてそこから別れ離れてゆく白雲の意としてよかろう。それは、

風吹けば峰に別るる白雲の行き帰りても逢はむとぞ思ふ（『新撰万葉集』500）

この忠岑歌の本歌かとみられる歌が、白雲の峰への往来を詠んだものであることをみても妥当性を増そう。

ところで、この忠岑歌は、巻一二・恋二の後半部にあって、思いは増さるが相手はその恋心を受けとめてくれない片思いの歌のうちの、601〜603「つれなき人」（松田武夫氏『古今集の構造に関する研究』、昭和四〇年九月、風間書房）・601〜611「つれなさをうらむ恋」（『新体系』）の最初に置かれている。続いてある、

月影に我身をかふるものならばつれなき人もあはれとや見む（602）

これは、月に我身を変えることができたなら、関心を示さないあの人も「あはれ」と見るだろうかと、自分に何の関心も示さない相手をうらんだ歌である。また、

恋ひ死なば誰が名は立たじ世の中の常なきものと言ひはなすとも（603）

私が恋い死にしたら、ほかでもないあなたの名が世間に立つだろう、たとえあなたが世の中は無常なものだから私が死んだのだと弁明したとしても。私の死はあなたの薄情さゆえだと世間の評判になろうと、自分に関心を示さない相手に訴えている。本歌もその一連の歌として、関心を示さない薄情な相手を怨み嘆訴する歌として置かれているのであって、すでに相手との関係があって「絶え」た状態を詠んだ歌ではない。

さて、「白雲の絶え」は、前掲例のごとく白雲自体の分断にも、また「朝影に我身はなりぬ白雲の絶えて聞こえぬ人を恋ふとて」（『新撰万葉集』221）のように消滅にも用いられるが、ここは「白雲の絶えてつれなき」、すなわちふたつの物の間に関連がない状態であるから、分断でも消滅でもなくてやはり乖離であろう。

忠岑歌の序詞は、本来密接不可分の関係にあるべき峰と白雲であるが、その白雲が峰から関連のない様子で別れ離れてゆくと言って無関係であることの強さを示し、自分にまったく関心を示さない相手の薄情さをより具象的に印象づけている。とともに、関心を示して当然と思える相手へのはかない期待を、それとなく托してもいよう。少数の見解に与しておきたい。

第四節　歌　枕

一　大荒木の森の下草

『大斎院前の御集』に次のような贈答歌がある。

後の八月ついたちごろに、名も知らぬ草のをかしきさましたる、ただにすぐさじとや思ひけむ、進

123これを見よ紫野べに生ひたれど何とも知らぬ草のゆかりを

すけの乳母

124大荒木の森の下にて知らぬかな草のゆかりに問ひこころみむ

この贈答に注を施そうとした折に、「大荒木の森の下――草」の意味合いについて、まずは片桐洋一氏『歌枕歌ことば辞典』（昭和五八年一二月、角川書店）に「嘆老の歌が平安時代中期までは一般的だった」、また森本茂氏『校注歌枕山城篇』（昭和五四年二月、大学堂書店）に「老年とか、落ちぶれた身を暗示する場合が多い」でも割り切り難いものを感じた。そこで見た『後撰集』の、

いとまにてこもりゐて侍けるころ、人のとはず侍ければ

壬生忠岑

1178大荒木の森の草とやなりにけむかりにだにきてとふ人のなき

についての北村季吟『八代集抄』の注「我身も老やしぬらん、かりそめにもとふ人なきと也」にも納得しがたかった。それに対して、中山美石『後撰集新抄』には「古歌古今雑上に「大あらきのもりの下草おいぬれば駒もすさめずかる人もなし」とある如く。我身もかの森の下草の如く。世に捨《ステ》られたるものになりにしにや。仮初に音信をし。訪ひてくれる人もなき事かな。さても〳〵と。いふにて。上ノ句は。本歌一首の意を取て。我すてられたるものになりたるにや。といふ意に用ひられたるなるべし。」とあり、嘆老の表現であることに固執していないこのような方向での内容表現である場合もあるのではなかろうかと想到するに至った次第である。

さて、「大荒木の森」の所在地については、吉田東伍『大日本地名辞書』山城国乙訓郡の「與杼《ヨド》神社」の項に「今淀村大字水垂に在り、大荒木《オホアラキ》社とも称す」が現在もほぼ受け継がれてきているようである。が、「おほあらき」のことばとしては、本来「おほ」は尊称で「あらき」は「殯」であって、『万葉集』巻三に、

神亀六年己巳に左大臣長屋王死を賜はりしのちに倉橋部女王が作る歌一首

441大君の命畏み大殯のときにはあらねど雲隠ります

すなわち「あらがうことのできない天皇の仰せをうけたまわって、殯宮になどまだお祭り申す時ではないのに、雲のかなたにお隠れになっておられる」（新潮日本古典集成『万葉集』。以下同）のようにみられる。その「殯」（あらき）は「もがり」とも読まれ、『欽明紀』三十二年に「是月、天皇遂崩㆓于内寝㆒、時年若干。五月殯㆓于河内古市㆒、（略）九月葬㆓于桧隈坂合陵㆒」とあるように、死から埋葬するまでの間に屍を安置しておくこと、またその場所のことで、「荒城」（あらき）とも書され、そこにおける種々の儀礼を行うことでもある。「あらき」は尊貴の人が対象であるゆえ敬意を込めて「おほあらき」（大殯・大荒城・大荒木）が用いられた。『万葉集』巻七・譬喩歌の、

1349かくしてやなほや老いなむみ雪ふる大荒木野の小竹にあらなくに

「このようにしてやっぱり私もだんだん老けてゆくのでしょうか。雪の降り積む寂しい大荒木野の篠竹ではないつもりなのに」。「大荒木野」はその場所がら人が立ち入らず草刈もしないので荒れ果ててゆくことに、人が寄りつかず次第に老けてゆく嘆きが詠まれていて嘆老が主題の歌ではあるが、大荒木を引き合いに出して人が寄り付かないことを言い表わしていることが注目される。本歌と表現が酷似していて関係深いとみられる巻一一・譬喩の歌、

2839かくしてやなほやまもらむ大荒木の浮田の社の標にあらなくに

「このままやっぱりあの娘を見守るだけでいなければならないのであろうか。私は何も大荒木の浮田の社の標縄ではないはずなのに」。大荒木社の標縄が神聖さを守っているように、他の男性から女性を監視して見守っているが、同時に自分もその女性を見守っているだけであるという。この歌でも大荒木は人が寄りつかない、人を寄せつけないことを前提として詠まれている。

さて、『古今集』にみる「大荒木の森の下草」を詠んだ歌でもっとも早いのは「よみ人しらず」の次の歌であろう。

892大荒木の森の下草老いぬれば駒もすさめず刈る人もなし

この歌は巻一七・雑上の老を詠んだ886〜909の一群のうちにあって、大荒木の森の下草が長けてしまうと、馬も好まないし刈る人もいない、そのように年老いてしまうと人々から見放されてしまうという嘆老の歌としてよかろう。その「老いぬれば」は『万葉集』1349の「なほや老いなむ」を継承したものであって、また「大荒木の森の下草」が馬や人から見放されているというのは、『万葉集』1349・2839の人が寄り付かない、寄せ付けない所としての内容を受け継いでいるとみてよかろう。

この「大荒木の森の下草」の素材はその後『古今集』の撰者たちに受け継がれてかなり詠まれている。まず、貫之は「延喜御時、内裏の御屏風の歌、二六首」のうちの一首に、

大鷹狩りしたるところ

おぼつかないまとしなれば大荒木の杜の下草人もかりけり（『貫之集』Ⅰ240）

と、「大鷹狩」の画面から『古今集』892の「大荒木の森の下草……刈る人もなし」を受け継いで、「狩」を「刈」との掛詞とし、人が寄り付かない所であった「荒木」（殯）にもその意識が薄らいでいるからか今日にあっては不審なことながら、人が立ち入って狩をし下草も刈っていると詠んでいる。『古今六帖』（第二・野、大鷹狩、1193）入集歌の初句は「おほきたか」であるが、その趣向は変るところはなかろう。

ついで躬恒の歌であるが、『拾遺集』巻一六・雑春の巻末歌1081の、

題しらず　　躬恒

いたづらに老いぬべらなり大荒木の森の下なる草葉ならねど

これは人から顧みられない老いの身を嘆いた歌であろう。これに対して、『後撰集』巻一六・雑二の、

もとより友達に侍りければ、貫之にあひ語らひて、兼輔朝臣の家に名簿を伝へさせ侍りけるに、その名簿にくはへて貫之に送りける　　躬恒

1186人につくたよりだになし大荒木の森の下なる草の身なれば

躬恒が『古今集』の撰者仲間である貫之に我身を託す伝手とてないから藤原兼輔（八七七〜九三三。従三位、権中納言に至る）に名簿を取り次いでほしいと依頼した折の歌で、「大荒木の森の下なる草の」我「身」は、人から顧みられな

い状況にあることを表わしていよう。また、『躬恒集』の、

大荒木の森のしたなる陰草はいつしかとのみ光をぞ待つ（Ⅰ9・Ⅲ188、五句「ひかりをしまつ」・Ⅴ43）

この歌は直前には各系統本ともに詞書を持たなく、Ⅰは2の「またこれも内に奉れる」、Ⅲは184の「延喜の御時、うれへふみたちて奏せよとおぼしくて女房のもとにつかはしける」が及び、Ⅴは詞書なしの姿となっている。そのⅠ・Ⅲの詞書に従えば、本歌は内裏に奉った歌であって、日陰になっている森の下草が光を待っているように、天皇の恵みを希っている意の歌であるということになろう。とすれば、「大荒木の森の」「陰草」は見放されていて見向きもされない状態、すなわち躬恒にとっては沈淪の身であることを表わしており、公の恩恵を希った歌ということになろう。さらに、

〔右大将藤原朝臣四十賀屏風〕（躬恒集Ⅰ81詞書）

〔延喜一四年二月一八日、仰せによりて奉る和泉の大将の四十賀の屏風四帖、内より調じてつかはすに、かくれいの歌〕（躬恒集Ⅴ17詞書）

大荒木の森の下草茂りあひてふかくも夏のなりにけるかな（躬恒集Ⅰ82・Ⅴ18）

右大将卌賀の屏風に、夏（忠岑集Ⅰ3）

右大将の四十賀の屏風に、夏（忠岑集Ⅱ55）

ナシ（忠岑集Ⅲ89）

大荒木の森の下草茂りあひてふかくも夏のなりにけるかな（忠岑集Ⅰ3・Ⅱ55・Ⅲ89、四句「ふかくも夏に」）

右大将定国四十賀に、内より屏風調じて賜ひけるに

忠　岑

大荒木の森の下草茂りあひてふかくも夏のなりにけるかな（拾遺集　巻二・夏、136。拾遺抄も巻二・夏、86で巻末歌）

この歌は作者が躬恒、忠岑両様に分れるが、右のほか『平安朝歌合大成』の「六〔寛平八年六月以前　后宮胤子歌合〕」の六番右12に躬恒、『古今六帖』第一・歳時、水無月、105にも躬恒とあって、躬恒の方がやや優勢である。その点はともかく、本歌は夏も深まって下草も深く茂りあっていることに、藤原定国が初老の四〇歳を迎えていよいよ活気ある身であることを託している。それはもとより、陰にある下草が「光」を得て「老い」を吹き払っているからであって、当代の常套表現を逆手にとって言い表わしている。

このように、『古今集』の撰者達は「大荒木の森の下草」は嘆老の意を言い表わすことに用いるとともに、「大荒木」は人が寄り付かない所・寄せ付けない所であって、その「森の下草」は人から顧みられない状況を詠出する表現として確立していった。頭初に掲げた忠岑の『後撰集』1178の歌（『忠岑集』Ⅰ47・Ⅱ111・Ⅲ69・Ⅳ64にも）

大荒木の森の草とやなりにけむかりにだきてとふ人のなき

は、諸注が典拠歌としている『古今集』892のよみ人しらず歌「大荒木の森の下草老いぬれば駒もすさめず刈る人もなし」の「刈」「狩」を「刈」「仮」に転じところが趣向となっていよう。しかし、詞書にこの詠歌は「いとま」すなわち「（略）官人万政日暇、安也、間也（略）」（『新撰字鏡』）によって蟄居していたころに、人の訪れがなかったので詠んだとあり、「老いぬれば」の嘆きではなく、人から顧みられない孤独な状況を詠んだ歌としてみるべきなのであろう。

以上のように、『古今集』の撰者達によって確立されていった表現類型は、以後は例えば、

〔天暦八年中宮七十賀御屏風の料の和歌〕　大荒木の森

郭公来鳴くを聞けば大荒木の森こそ夏の宿りなるらし（信明集Ⅰ28）

〔先帝の御時、歌合、三月卅日〕　夏草

夏ふかくなりぞしにける大荒木の杜の下草なべて人刈る（兼盛集Ⅰ99。後拾遺集、巻三・夏、228にも）

故殿うせ給て又の年、つれ〴〵なるに

大荒木の杜の下なる若草の生ひ添ふ雨はやまずぞありける（道信集Ⅱ18。Ⅰ65「おほあら木《かた》の野辺の若草生ひ添はる雨《しけり》はやまずも降りまさるかな」）

のように、その類型には捕われない表現が次第に多くなっていく。そのようななかにあって、頭初に引用した『大斎院前の御集』124の歌

大荒木の森の下にて知らぬかな草のゆかりに問ひこころみむ

は、嘆老の歌ではなく、それかといって新しい時代の表現でもなく、『古今集』の撰者達が確立していった「大荒木の森の下草」は人目につかなくて人から顧みられないことを言い表わす歌句であるということに倣ったものとみて、石井文夫氏との共著『大斎院前の御集注釈』（昭和一四年九月、貴重本刊行会）において、

（この草は、人目につかずかえりみられることもない）大荒木の森の下に生えているような草ですので、（何という名の草か、）わからないことです。（この）縁のある草（自身）にためしに尋ねてみましょう。

と訳注した次第であった。

二　長柄橋

長柄という地名は、はやく『日本書紀』大化元年（六四五）に「冬十二月乙未朔癸卯、天皇（孝徳）遷二都難波長柄豊碕一」としてみえる。また、『続日本紀』神亀二年（七二五）に「冬十月庚申、天皇（聖武）幸二難波宮一」とあり、この行幸の時の歌は『万葉集』巻六に次のようにある。

冬十月幸二于難波宮一時笠朝臣金村作歌一首并短歌

928押し照る　難波の国は　葦垣の　古りにし郷と　人皆の　思ひ息みて　つれもなく　ありし間に　績麻なす
長柄の宮に　真木柱　太高敷きて　倉国を　治め給へば　沖つ鳥　味経の原に　もののふの　八十伴の男は
廬して　都なしたり　旅にはあれども

929荒野らに里はあれども大君の敷き坐す時は都となりぬ

930海少女棚無小舟漕ぎ出らし旅のやどりに楫の音聞ゆ

この難波宮は、昭和三〇年以降の発掘によって、大阪市中央区法円坂町であることが確認された。従って、長柄橋もこのあたりにあったものとみられる。その長柄橋は『行基年譜』天平三年記に「長柄　中河　堀江」とあって、行基が造営したことになっているが、『日本後記』弘仁三年（八一二）六月三日の条に、

遣三使造二摂津国長柄橋一

とあり、平安時代の極初期に造られたものであることが知られる。しかし、『文徳実録』仁寿三年（八五三）一〇月一一日の条に、

摂津国奏言、長柄三国両河、頃年橋梁断絶、人馬不通、請准㆓堀江川㆒置㆓二隻船㆒、以通㆓済渡㆒許㆑之

とあって、はやくも断絶してしまった。

そうすると、『古今集』巻一七、雑上の、

890世の中に古りぬるものは津の国の長橋の橋と我となりけり

というよみ人しらず歌は、橋が老朽化ないしは断絶状態となった時点での詠歌であるようである。長柄橋は断絶後再建されることはなかったようで、平安中期には、

長柄橋にて

橋柱なからましかば流れての名をこそ聞かめ跡を見しまや《ママ》（『公任集』438。『後拾遺集』巻一八・雑四、1072、結句「跡を見ましや」）

などとあって、橋柱が残りその痕跡をとどめていたことが知られる。この時代、『枕草子』に「橋は　朝津の橋、長柄の橋」と取り上げられ、「覧㆓長柄橋㆒於㆓御船㆒有㆓和歌㆒」（『百練抄』延久五年（一〇七三）二月二五日条）のように現地で和歌会が催されることもあった。これは後三条院が「天王寺に詣でさせ給ふ」た折のことで、『栄花物語』（巻三八・松のしづえ）には、

「ここはいづくぞ」と問はせ給ふ。春宮大夫ぞ伝へ問ひ給ふ。「これは長柄となむ申す」といふほどに、「その橋はありや」とたづねさせ給へば、候ふよし申す。御船とどめて御覧ずれば、古き橋の柱ただ一つ残れり。「いまは我身を」といひたるは、昔もかく古りてありけると思ふもあはれなり。

とあって、橋柱が「ただ一つ残れり」の状態となっていた。さらに、

天王寺に詣で侍りけるに、長柄にて、ここなむ橋の跡と申すをききてよみ侍りける

源俊頼朝臣

1030行く末を思へばかなし津の国の長柄の橋も名のみ残れり

道命法師

長柄橋のわたりにてよめる

1031なにごとも変りゆくめる世中に昔ながらの橋柱かな

道因法師

おなじところにてよめる

1032けふみれば長柄の橋は跡もなし昔ありきときききわたれども（『千載集』巻一六・雑上）

道命（九七四～一〇二〇）の時代にあった橋柱は、俊頼（一〇五五～一一二九）や道因（一〇九〇～没年未詳）のころになると、「名は残りけり」「跡もなし」となってしまった。

このように、長柄橋は平安時代極初期に建造されたが、約半世紀後には断絶してしまい、次第に残骸もなくなっていって平安中期には橋柱を残すだけとなり、平安後期にはその跡形さえなくなってしまっていた。

この推移に従って、長柄橋に関わる和歌表現には諸種の要素が生じてくるものの、基本的には『古今集』890番歌「世の中に古りぬるものは津の国の長柄橋と我となりけり」による「古りぬるもの」であるといってよい。まず、『古今集』仮名序に「長柄橋もつくるなりときく人は歌にのみぞ心をなぐさめける」とあって著名な歌であった『古今集』（巻一九・誹諧歌）、

（題しらず）　　　　　　　　　　　　　　伊　勢

1051難波なる長柄の橋もつくるなりいまは我身をなにたとへむ

は、『伊勢集』に「長柄橋つくるをきゝて」（Ⅰ452）・「長柄橋つくるときゝて」（Ⅱ474・Ⅲ154）とあるが、この「つくる」は『毘沙門堂本古今集註』に「長柄ノ橋モ尽ルナリト云也、又ハ造ルトモ云リ」とあるように、「尽くる」とも「造る」とも解しうる。「尽くる」とすると、おしまいになってしまったものはもはや古い状態のものではないので、年老いた我身に例えることはできないと詠んだということになろう。一方、「造る」とすると、「古りぬるもの」とされる長柄橋が新造されると、我身の古さを例えることができなくなる意と解せよう。いずれにしても、長柄橋は古いものではなくなるので、高齢の我身に例えることができなくなっていることを詠んでいることになるが、この歌は誹諧歌としてあるので、『古来風躰抄』に「長柄橋朽ちにしのち、まだ造らざれども、橋は造りつくべきものなるゆゑに、造るなりと詠めるが、また誹諧の心にて侍るなり」とあるように、「造る」として詠むべきなのであろう。伊勢には、

古るる身は涙のなかにみゆればや長柄の橋にあやまたるらむ（『後撰集』巻一五・雑一、1118）

の歌もある。また、

思ふこと昔ながらの橋柱古りぬる身こそかなしかりけれ（『一条摂政御集』11）

これは「古りぬる身」というために長柄橋を持ち出し、「昔ながら」を掛けている。さらに、

古りにける名の絶えせぬをけふみれば昔ながらの橋にぞありける（『能宣集』Ⅰ467）

我ばかり長柄の橋は朽ちにけりなにはのことも古るるかなしな（『後拾遺集』巻一八・雑四、1073、赤染衛門）

いにしへに古りゆく身こそあはれなれ昔ながらの橋をみるにも（同、1074、伊勢大輔）

古りにたる人をわするなゆきてみむ長柄の橋に思ひよそへて（『経衡集』230）

また、

人わたすことだになきをなにしかも長柄の橋と身のなりぬらむ（『後撰集』巻一五・雑一、1117、七条后）

のように、「古る」いことを詠む場合には「長柄橋」が持ち出されてきた。それゆえ、『和歌初学抄』の「喩来物」に「ふるき事には　ナガラノハシ　イソノ神　フルノヤシロ」とあって、『古今集』890番歌が例示されている。

さて、長柄橋は平安中期には橋柱を残すだけとなっていたが、そのため「朽つ」とともに詠まれるようになった。前掲の赤染衛門歌もそうであるが、

伊与にくだれるに、よしあるうからめのいへる

よそにきく目にはまだみぬ播磨なるひゞきのなだときくはまことか

返し

年ふれば朽ちこそまされ橋柱昔ながらの名にはかはらで（『忠見集』Ⅱ112・113）

この贈答は、忠見の別名「なだ」を掛けて、浮かれ女が本当にあなたは「なだ」さんかと問うたのに対して、忠見が年はとってしまったが私は「昔ながら」の「なだ」であると答えたもので、年老いて朽ちてきた我身をいうために、長柄橋の類型表現を込めて表現したものである。

入道摂政の賀し侍りける屏風に、長柄の橋のかたかきたるところをよめる

平兼盛

朽ちもせぬ長柄の橋の橋柱ひさしきほどのみえもするかな（『後拾遺集』巻七・賀、426。『兼盛集』Ⅰ60にも）

橋柱が画かれていた屏風の絵を詠んだ歌で、長年経っても残されている橋柱に長寿の意を込めている。

長柄橋
朽ちにける長柄の橋の汀には春霞こそたちわたりけれ（『能因集』Ⅰ16）

前歌に「住吉に詣でて」とあるので旅中詠とみられ、その時節の「春霞」が詠まれているが、以後の、

跡絶えていまは長柄の橋なれど春の霞はたちわたりけり（『経盛卿家集』3）
いにしへの跡をそれともみるべきに長柄の橋は霞みわたれり（『中納言親宗集』6）

など長柄橋の霞を詠むことは、能因歌に始まってそれを継承したものである。

一方、長柄橋は再建されることがなく断絶したままであったので、次のように「絶ゆ」ということばとともに詠まれる。

長柄橋
人しれず渡しそめけむ橋なれや思ひながらに絶えにけるかな（『忠見集』Ⅰ6）
絶えましや長柄の橋の我ならば水の心は浅く見ゆとも（『能宣集』Ⅰ24・Ⅲ183）
かぎりなく思ひながらの橋柱思ひながらに中や絶えなむ（『拾遺集』巻一四・恋四、864、よみ人しらず）

さらに、長柄橋は平安中期にその痕跡として橋柱が残っており、後期には跡形もなくなってしまったので、「跡」とともに詠まれることも多い。

芦まよりみゆる長柄の橋柱昔の跡のしるべなりけり（『拾遺集』巻八・雑上、468、清正）
きゝわたる長柄の橋は跡絶えて朽ちせぬ波のとまるなりけり（『風情集』80）
なげかじな長柄の橋の跡みれば我身のみやは世には朽ちぬる（『清輔朝臣集』363）

ところで、長柄橋は次掲のように「つくる」とともにも詠まれる。

き丶そめしことは長柄のはじめより思ふ心はつくるよもなし（『為信集』123）

我恋は長柄の橋のしたよりもつくる世なくもなりにけるかな（『兼盛集』Ⅰ35）

君はしもき丶わたりけむ津の国の長柄の橋をつくりそめしも（『散木奇歌集』俊頼Ⅰ1358）

長柄橋の霞を詠むことは能因歌に始まったものであったが、これらは前引の『古今集』1051番の伊勢歌に端を発するものので、「つくる」は「尽くる」とも「造る」とも詠まれている。

さらに、「長柄」は動詞「ながら（ふ）」助詞「ながら」、形容詞「長（し）」と同音であるので、それらと掛詞にして用いたり、「ながらふ」の序として用いたりもされる。

住吉の松より越えし浪の音も昔ながらにきこえけるかな（『元輔集』Ⅱ231）

君が代のながらときけば橋をさへつくる世なしとむべもいひけり（『能宣集』Ⅰ468）

ありけりと橋はみれどもかひぞなき舟ながらにてわたると思へば（『和泉式部集』Ⅰ664）

逢ふことを長柄の橋のながらへて恋ひわたるまに年ぞへにける（『古今集』巻一五・恋五、826、是則）

……身はいやしくて　年高き　ことの苦しさ　かくしつつ　長柄の橋の　ながらへて　難波の浦に　立つ波の　波のしわにや　おぼほれむ……（『古今集』巻一九・雑躰、1003、忠岑）

ともかくもいはぬやいかに津の国の長柄の橋のながらへぬかな（『経衡集』163）

以上のように、長柄橋は『古今集』890番歌よって、基本的には「古りぬる」ことをいうために用いられてきたのであるが、橋の状況の推移に従って「朽つ」「絶ゆ」「跡」をいうためにも引き合いに出されていた。また、「ながらふ」「ながら」「長し」と掛詞にされ、「ながらふ」の序ともされてきた。その一方で、長柄橋の景物「霞」は能因歌により、「つくる」は伊勢歌から生じたという類型も形づくられてきた。

このような次第で、歌枕として親しまれてきた長柄橋であるので、その橋柱は愛惜され珍重されてきた。

加久夜の長の帯刀節信は数奇者なり。始めて能因に逢ひ、相互に感緒有り。能因云はく、「今日見参の引出物に見るべき物侍り」とて、懐中より錦の小袋を取り出だす。その中に鉋屑一筋有り。示して云はく、「これは吾が重宝なり。長柄の橋造る時の鉋くづなり」と云々。時に節信喜悦甚だしくて、また懐中より紙に嚢める物を取り出だす。これを開きて見るに、かれたるかへるなり。「これは井堤の蛙に侍り」と云々。共に感歎しておのおのこれを懐にし、退散すと云々。今の世の人、嗚呼と称すべきや（『袋草紙』）

この話は、数奇者能因が長柄橋建造時の鉋屑を取り出したのに対して、節信は「蛙鳴く井手の山吹散りにけり花の盛りにあはましものを」（『古今集』巻二・春下、125、よみ人しらず）で知られる井手の蛙を見せて、互いに感嘆したというものである。また、

今は昔、伯の母、仏供養しけり。永縁僧正を請じて、さまざまの物どもを奉るなかに、紫の薄様に包みたるものあり。開けて見れば、

朽ちにける長柄の橋の橋柱法のためにも渡しつるかな

長柄橋の切なりけり。またの日、つとめて、若狭阿闍梨覚縁といふ人、歌読なるが来たり。あはれ、この切のことを聞きたるよと僧正おぼす。御懐より名簿を引き出でて奉る。「この橋の切給はらむ」と申す。僧正「かばかりの希有のものはいかでか」とて、「なにしにか取らせ給はむ。くちをし」とて、帰りにけり。すきずきしくあはれなることどもなり（『古今著聞集』）

この説話にみる「覚縁」は『古本説話集』では「隆源」となっているが、やはり数奇者たちが長柄橋の切を「希有のもの」として珍重した話である。

さて、後鳥羽院は建仁元年（一二〇一）熊野詣の帰途長柄橋を舟で通り（『明月記』一〇月二五日条）、雅経がその橋柱の切を所持していることを知って所望し、献上された切で文台を作ったという。

まことや、ひととせ御熊野詣の御よろこびに、長柄の御宿につかせ給ふ。日は入り方近くなりて、今宵やがて御舟にて上らせ給ひければ、（略）昔の長柄橋とかやはこのわたりなりけむかし。ただ名ばかりを聞きわたるに、跡をだに見てしがなとおぼしめいたり。（略）御前に少将雅経さぶらふが、「その橋柱の切は持ちて候ふものを」と申す。京にていそぎ参らすべきよし仰せあり。ただし朽ちたる木の端に侍り。なにばかりのしるしにかは、さともおぼしめすべきなど申しあへり。「これは、このわたりの住人滝口盛房と申すをのこの伝へ持ちて侍りしなり。それが先祖に侍りける者、この川の辺をあやしき舟に乗りて渡り侍りけるに、舟にこたへて舟にはかに動かず侍りければ、人を降して水底をさぐらせけるに、掘り出だせるなり。こまかに見侍りければ、なかに鉄の心立てて、柱のたたずまひの姿なり。さればよと思ひ合わせて、取りていまに伝へたりける」と申す。京へ入らせ給ひて二三日ばかりありて、この橋柱の切参らすとてそへたる歌、

これぞこの昔ながらの橋柱君がためとや朽ち残りけむ

「返しせよ」と仰侍りしかば

これまでも道ある御代の深き江に残るもしるき橋柱かな

これを文台にして和歌所に置かる。これにてはじめたる御会は、内の御わたりのついでに侍りき。（『家長日記』）

その文台は、

未時許出御、各応レ召参入、置レ歌了、依レ仰講師如レ例ながらの橋柱所二朽残一云々木被二文台一是院御物也、今日始被レ出二和歌所一、一座講了退出（『明月記』元久元年七月一六日条）

から知られるように、元久元年（一二〇四）七月一六日の和歌所御会にはじめて出され、また九月一三夜の歌合にも用いられた。

九月一三夜十首歌合、昔の長柄の橋の橋柱にて作られたる文台にて講ぜられ侍りし時、名所月

太上天皇

344月もなほ長柄に朽ちし橋柱ありとやここにすみわたるらむ

左衛門督道成

345秋の夜は須磨の関守すみかへて月やゆききの人とどむらむ

少将内侍

346とへかしな芦屋の里の晴るる夜にわがすむかたの月はいかにと（『続後撰集』巻六・秋中）

この文台を作った橋柱の切は、『家長日記』には当地の人盛房から雅経が得て後鳥羽院に献上されたとあるが、『古今著聞集』は、

長柄の橋柱にて作りたる文台は、俊恵法師がもとより伝わりて、後鳥羽院の御時も御会などに取り出だされけり。一院御会に、かの影の前にてその文台にて和歌披講せらるなる、いと興あることなり。

と、俊恵が所持していたものであると伝えている。

第三章　後撰和歌集

第一節　諸本とその研究概要

一　定家本系統

藤原定家（一一六二～一二四一）は多種多量の平安時代の作品を校訂しながら書写したが、男為家（一一九八～一二七五）ののち家系は為氏（一二二二～一二八六）の二条家、為兼（一二五四～一三三二）の京極家、為相（一二六三～一三二八）の冷泉家に分立し、以後それぞれが歌の宗匠家の立場となった。その関係と定家への尊崇から、定家本の歌集はきわめて多く伝写されることとなった。そういった世に流布しているという意味合いも込められていようが、北村季吟（一六二四～一七〇五）は『八代集抄』の『後撰集』解題の「後撰集《ノ》証本」の項において、「京極黄門定家卿貞応《デウヲウ》二年九月二日為《ス》二後代之証本一《ト》と奥書の本あり　又同卿天福二年三月二日重《テ》以二家本一《ヲ》終二書功《シヨコウヲ》一畢《ヲハンヌ》とかゝせ給ひて桑門明静と御名を書給へる本あり　又行成大納言自筆の本にて校《ケウ》合して　天福二年四月六日校《カンカフ》之《ヲ》とかきそへられし本あり是ら皆証本なるへし」と、定家本が証本であると述べている。この江戸時代の版本の本文も正保四年（一六四七）『二十一代集』をはじめとして定家本系本文であった。

活字時代に入ってからも同断であって、新旧の『国歌大観』も定家本系本文を用いており、注釈書の底本も今日に至るまで定家本系の本文を用いる。

昭和になってからは清輔本の『田中四郎氏蔵後撰和歌集』（昭和八年六月、古典保存会）、烏丸切巻六（昭和一七年一月、古賀勝夫私家版）の非定家本の複製も成されたが、『日本古典全集』本（昭和二年七月）は正保四年版本と関戸家蔵定家天福二年三月片仮名本、誉田八幡宮蔵『伏見天皇宸筆後撰和歌集巻第廿』（昭和五年五月）は定家貞応元年九月本で筑後切のつれの複製、『浄弁本後撰集』（昭和一一年三月、尊経閣叢刊）の複製は定家天福二年三月本、『後撰和歌集　為相自筆天福本　上・下』（昭和三二年一二月、昭和三三年六月、古典文庫）も天福二年三月本であった。また、最初期の『後撰集』本文研究である松田武夫氏『王朝和歌集の研究』（昭和一一年一〇月、巖松堂）また同氏『勅撰和歌集の研究』（昭和一九年一一月、日本電報通信社出版部）でも、「定家本考」の承久三年五月本・貞応元年七月本・貞応二年九月本・天福二年三月本の考証が主体であって、「異本考」は宮内庁書陵部蔵堀河具世筆本・大島雅太郎氏蔵残欠本・『後撰和歌集標註』の本文校異慶長本・伴信友影古片仮名本についての概要のみであった。

そのような状況にあった定家本の『後撰集』諸本をさらに発掘し整備されたのが高松宮家蔵版『定家本三代集』（昭和一六年二月）における日野西資孝氏の「解説」であって、定家本の諸本は承久三年五月廿一日、貞応元年七月一二日・貞応元年九月三日・貞応二年九月二日・嘉禄二年六月一七日・天福二年三月二日の各書写本の「書写年代が知られる」いわゆる年号本と、「書写年度不明」の「無年号本」とが伝存しているとされ、さらに「承久本の奥には、それ以前に四度も同じ本を書写してゐることが見えてゐる」という事実も加えられている。

この幾度にもわたる定家本には本文校訂による「展開」がみられることを提唱し、無年号本は年号本の「承久以前」の定家校訂本であると位置づけられたのは岸上慎二氏「後撰集定家本の展開」（『日本大学文学部研究年報　四』、昭和三〇年一二月。『後撰和歌集の研究と資料』昭和四一年一月、新生社。以下『研究と資料』と略称）であった。

(1)無年号本

その無年号について、小松茂美氏は『後撰和哥集　校本と研究』（昭和三六年三月、誠信書房。以下『校本と研究』と略称）は、〈A〉・〈B〉・〈C〉の三系統存在するとされた。これに対して、岸上慎二氏『研究と資料』所収の諸論において、小松茂美氏蔵〈A〉本は「年号本の線上にある」本として除外され、小松氏〈C〉の高松宮家蔵飛鳥井雅有奥書本・京都大学図書館中院家旧蔵本（大阪女子大学国文学研究室『後撰和歌集総索引』昭和四〇年一二月。以下『総索引』と略称。翻刻）などを本文上からも「無年号本としてはもっとも早いA時点における姿であるとして「A類」とされた。従って〈B〉はそのままB類であって、無年号本はA類からB類へと展開した年号本以前の定家本であることを定着された。

ところで、定家はその著『僻案抄』において「往年治承之比、古今後撰両集、受二庭訓之口伝一年序已久」と父俊成（一一一四〜一二〇四）から治承（一一七〇〜一一八〇）のころに庭訓口伝を受けたことを記しており、定家本の基は俊成本にあるとみられる。が、俊成本は伝存していないので、拙著『後撰和歌集諸本の研究』（昭和四六年三月、笠間書院。以下『諸本の研究』と略称）において、俊成『古来風躰抄』下の『後撰集』歌および定家の『三代集之間事』『僻案抄』の記載、天福二年三月本における「家説」「家本」の注記などと『後撰集』諸本の本文とを対照してみると、無年号A類本は『古来風躰抄』にある497の次「ゆきふりて」の一首（『古今集』340番歌）を持たなく、個個の本文にも多少の異同もみられはするが、もっとも親しい存在であった。その相違は、定家が『顕注密勘』に「何の証本をも不用、家の本はことはり叶て歌のきよき説を執侍也」としている校訂態度により生じているものとみて、拙著『諸本の研究』では「俊成本にもっとも近似するA類本が、俊成本を継承した定家本の現存最初期の本文」とみた。また、非定家本諸本との関係においては、承保三年奥書本系統にもっとも親しく隣接する位置にあるとした。しかしながら、A

類本の伝本は、「以行成大納言自筆本被校合少々直付之　（略）正安二年五月廿日　前参議戸部尚書判」という正安二年（一三〇〇）の飛鳥井雅有（一二四一〜一三〇一）奥書本系ばかりが伝存しており、実際に巻一一・793詞書「（略）せみのもぬけを（略）」（A・行）―「から」（堀・坊・保・B・夫）―「ぬけから」（慶・雲）、巻一九・1362詞書「（略）遊覧したまうて（略）」（A・行）―「山ふシ」（清）―山ふみ（堀・雲・保・B）―修行（坊）などのごとく、とくに巻一一以降において行成本と特徴的に一致する本文があるのは伝来の途上における校訂の結果であって、A類本のもつ非定家本的性格は何程かは割り引いて見なければならなかろう。

一方、B類本の伝本は武田祐吉氏旧蔵伝亀山天皇宸翰本（岩波文庫『後撰和歌集』、昭和二〇年二月、翻刻）・宮内庁書陵部蔵家仁親王奥書本（F4・107）・日本大学蔵正平五年奥書本・京都大学図書館蔵中院本（6・78）・陽明文庫蔵近衛基熈筆本（近122・2）・ノートルダム清心女子大学蔵伝月樵筆本（163。同大学「古典叢書」第六・七、昭和四四年三月。翻刻・諸本校合、シスター・ロザリア雑賀）など十数本が伝存しており、朱・墨の書入がある。岸上慎二氏は『研究と資料』所収論文において、書陵部蔵東常縁筆貞応元年七月本（503・83）の校合奥書に「可為末代証本《此詞草子之端ニアリ》之故以参議定家所令書写也　於勘物者《順徳院宸筆也》少々加之了」とあることから、定家への書写の下命者は順徳院（一一九七〜一二四二）であって、「筆者定家の勘物は「墨」で、帝自らの附加注は「朱」で示されてゐるようである」とされた。この見解は小松茂美氏『校本と研究』において小汀利得氏蔵本の奥書の注記、「此奥書同順徳院以宸筆令勘付給云々」から、また某目録掲載本の奥書に「勘物朱順徳院御筆」とあることから補強されることとなった。順徳院著の『八雲御抄』における『後撰集』の本文、ことに巻二・作法部における作者名表記はB類本の表記と一致しているので、順徳院は定家に書写を命じたこのB類本を用いたものであったことが知られる（拙著『諸本の研究』）。無年号本B類の定家校訂書写本中の位置づけについては、はやくに岸上慎二氏『研究と資料』に「この順徳院献上本はそれ〔A類本〕につぐ時点の書写で」、年号本の「承久本へとつらなり」とされた認定が継承されてきている。

⑵年号本

定家校訂本のうち書写年次が明記されるようになった無年号本につぐ年号本の最初の現存伝本は承久三（一二二一）年五月本であって、宮内庁書陵部蔵二十一代集本（403・12）の奥書に「以此本重書写已四ヶ度　一本進仁和寺宮　一本前摂政殿　一本付属嫡女　一本伝于嫡孫　三ケ年之間凌老眼五度書之」とあり、承久三年以前三個年の間に四個度書写していることが知られるが、その実体は不明である。伝本にはそのほか承安三年清輔本が校合されている鳥取県立図書館蔵二十一代集本（九一一二・三一七。拙著『諸本の研究』に複製）・東北大学図書館蔵八代集本（ＪＢ・１・１・24・78）・嘉永六（一八五三）年三代集版本など一〇本近くが知られているが、嘉禄二（一二二六）年に藤原長綱が書写し仁治元（一二四〇）年に転写された一系の伝本ばかりが伝存しており、岸上慎二氏『研究と資料』には本文の「純粋なものはない」とされている。その点を差し引くと、この承久本以降の年号本の本文は無年号本時代よりもかなり固定的なものとなっていっている。なお、無年号本Ｂ類本巻八・冬の451「神無月時雨はかりはふらすしてゆきかてにさへなとかなるらむ」・451の次「神無月時雨とともに神なひのもりのこのははふりにこそふれ」は初・二句の類似する歌が並んでいて一四二六首本となっているが、承久本では目移りが原因であるのかもしれないが、451「神奈月時雨とともに」の歌を持たない一四二五首本の伝本もあり、次の貞応元年七月本からは一四二五首本となっている。

その貞応元（一二二二）年七月本には宮内庁書陵部蔵東常縁筆本（503・83）・日本大学文理学部図書館蔵八代集本などがあり、『日本古典全集』翻刻の鎌倉時代写関戸家蔵片仮名天福二年本の校合本である貞応元年七月本の奥書では日付が「一二日」となっているが、伝本の方は「一三日」である。証本となった天福二年三月本に至る本文がより固定的となったのは、この貞応元年七月本においてであった。

その二箇月後における定家校訂本の存在は、誉田八幡宮蔵『伏見天皇宸翰後撰和歌集』複製本の三浦周行氏跋・出雲路通次郎氏解題にみられるごとく伏見天皇筆の名筆であって手本に供するという書の立場からの公刊ではあったが、それが巻末部の巻二〇であったところから奥書「貞応元年九月初三日戊申書之　依老病去官職帰田里之秋也　頽齢六十一　同四日校了　戸部尚書藤定家」によって知られることとなり、日野西資孝氏『定家本三代集』以降定家年号本のうちに定着されることとなった。また、定家の奥書に続いて「永仁二年十一月五日書訖」という書写奥書があり、これは伏見天皇三〇歳で在位中の永仁二（一二六五）年の書写であることも知られた。さらに、この書は『増補新撰古筆名葉集』の伏見院の項に「筑後切　雲帋巻物後撰拾遺ノ哥三行或ハチラシ金銀砂子帋モアリ」とあるつれの一巻であり、『古今集』切もあるのでもともとは三代集で一具を成していたものとみられ、『拾遺集』の底本も定家貞応元年九月七日書写本である（本書第四章第二節参照）のは京極派の使用本と関係あってのことなのであろうか。この筑後切は小松茂美氏『校本と研究』に翻刻され、『古筆学大成　7　後撰和歌集　7』（平成元年一月、講談社）に集大成して複製されている。

翌貞応二（一二二三）年九月二日校訂本は、高松宮家蔵藤原俊定奥書本、太山寺蔵橋本公夏筆本（『総索引』に翻刻）、常磐井家本（伊井春樹氏「貞応二年奥書後撰和歌集の一伝本――橋本公夏本の伝来――」、「平安文学研究」第三八号、昭和四二年六月）、多和文庫本（佐藤高明氏「阿讃諸文庫国文学翻刻叢書」第七集」、昭和四一年一月、翻刻）などが知られている。高松宮家本によるとその奥書中に「校本云」として天福二年三月本の奥書があって、天福本による校訂が成されていることが知られるとともに承久三年五月本の一部伝本とも関係深いところがあり、独自異文もかなり有している。

定家次の校訂本は寛喜元（一二二九）年四月一日本であるが、この系統本は小松茂美氏が『校本と研究』に紹介された御蔵の伝蜷川親当（?～一四四八）筆本のみが知られている。小松氏は、巻五・秋上の223「秋はぎを色どる風の」・224「あき萩を色どる風は」の初・二句が「酷似しているため、目移りによる誤脱」で「二二四の一首を脱しているが」、「ほかには、誤字や誤脱のみられない善本である。本文系統は貞応二年本や天福二年本の系統に近い」とされている。そのようではあるが、独自異文もあり無年号B類本、天福二年三月本の本文も多少吸収しているようである。

さらに、定家次期の校訂本に天福二（一二三四）年三月二日本があるが、その定家自筆冷泉家本の「影写本」である高松宮家本がはやくに『定家三代集』に複製されている。その冷泉家初代為相書写本に日本大学蔵本があり、同本は岸上慎二氏が『後撰和歌集　上（下）』（昭和三二年一二月・昭和三三年六月、古典文庫）に翻刻され、『日本大学総合図書館影印叢刊之四　後撰和歌集』（昭和五〇年九月）に複製されている。後者は巻一一～二〇が『校本と研究』に、前者は全巻が『総索引』に翻刻されている。また、岸上慎二・杉谷寿郎『後撰和歌集』（昭和六一年五月、笠間書院）の底本は後者であった。

さて、この冷泉家系統本には「此本付属大夫為相　頽齢六十八桑門融覚」の為家の奥書があって、定家男為家から多くの家書を伝受された息為相に贈与された定家筆本が親本であった。が、いまひとつこの奥書がなくて、「為伝授鐘愛之孫姫也　桑門明静」とある二条家証本系の伝本が伝えられている。日野西資孝氏は『定家本三代集』において、その「二条家本は天福本奥書の内から為家の識語を削って拾遺集のそれと同様に、「為伝授鐘愛之孫姫也」とあるを用いたが、その真実性も頗る疑問である」と言われていた。この両家本における違いの由来は、その大本をなす定家筆本そのものが『冷泉家時雨亭叢書　第三巻　後撰和歌集　天福二年本』（平成一六年六月、朝日新聞社）に複製されたことによって明瞭になった。すなわち、同書の「解題」において片桐洋一氏は、一九九オの定家の奥書「天福二年三月二日庚子重以家本終書　功于時頽齢七十三眼昏手疼寧成　字哉」の「3行目の最初の二字「字哉」の下に、ほぼ九字分の擦り消された痕がある」が、「同じ天福二年の定家書写奥書を持つ『後撰集』の中には、この部分に「為伝授鐘愛之孫姫也」と記されている本もあるが、これらの本はこの部分が擦り消される前に写された本の系統であったと思われるのである」と明言されている。さらに、「鐘愛之孫姫」は「為家の長女為子のこと」で、その「為子は弘長三年（一二六三）に三十一歳で逝去してしまった」ので、「為家は、為子に贈ると明記されていた定家の自筆奥書の一部を擦り消して、当時疑いもなく最愛の妻であった阿仏尼が産んだ為相に譲るべく、「此本付属大夫為相」と書き加えたのである」と述べられている。

ところで、定家は『僻案抄』241番歌「けふ《さ(朱)》よりはあまの河原はあせな南そこゐ《＼(朱)そよみ　清本奥義釈之　本用之(朱)　家本用そこゐ》ともなくたゝわたりなん」（天福本）の「そこゐ《そよみ》」について、「家の本にはそこ井ともなくといふ説をもちゐき。（略）但行成大納言筆にそよみとか、れたれはその説につくへし」と述べているように藤原行成（九七二〜一〇二七）筆本を尊重している。その行成本について、この天福二年本の奥書にも「此集謙徳公蔵人少将之時奉行之由見于此文万寿按察大納言之筆定為証本歟之由致信（略）尋出彼本校合」と記しており、行成は『後撰集』撰集の撰和歌所別当であった藤原伊尹（九二四〜九七三）の孫であるので信を致したと記している。この行成本による天福二年本の朱注は早期の本文を伝えている貴重な資料であって、天福二年本の特色となっている。行成本とその親本であると目されている文正本については、岸上慎二氏『研究と資料』に詳細されている（後述）。

また、天福二年本においては、それ以前の定家本の表記が「文屋朝康」（308・417）・「文屋康秀」（1245）であったものが「文室朝康」・「文室康秀」となり、「平貞文」（531・554・647・658・695・710）が「平定文」となっていることは、定家の校勘による展開として注目されてきた事象である。

この天福二年三月本は定家本の証本とされてきたが、定家最終段階の校訂本ではなく、奥書に「嘉禎二年十一月廿九日壬午書訖去十日始之十二月朔日令読合之耄及眼昏悦忽之甚字誤書落哥等甚多書入了」とある嘉禎二（一二三六）年一一月本がさらに存在することが、岸上慎二氏『研究と資料』所収論文においてはじめて示された。この御架蔵本は小松茂美氏が『校本と研究』において「無年号〈A〉書写本」とされた小松本も嘉禎二年一一月であること、また嘉禎二年一一月本は天福二年三月本に「以朱所注経旬月字、滅不分明　仍更凌病眼任彼本所書写也」と奥書にあり行成本をかなり本文中に取り入れているが、それは「一つの資料として書写しておかうとしてその天福本そのものから書写したものが、本系の写本であると考えておかう」と認められている。さらに、「天福本からは甚しく非定家本的色彩に傾いてをり」ということなどから、「天福本より後の定家の最後の後撰集の決定的労作で、後撰集定家本の位置を占めるものとの解釈はしたくない」と評価されている。この評価に対しては、片桐洋一氏が「書評・岸上慎二著『後撰和歌集の研究と資料』」（『国文学』第一一巻第六号、昭和四一年六月、学燈社）において、「行成本自筆本の本文の大幅な採用による嘉禎本の校訂作業を定家の本文校訂の態度の実相としては何故いけないのかという疑問」を呈されている。なお、嘉禎二年一一月本の伝本はその後飯田市立図書館蔵本（10・48・21）の存在が明らかとなり、その概要は本章第二節に示した。

ところで、定家本『後撰集』の資料としては以上のほかに『増補新撰古筆名葉集』「京極黄門定家卿」の項に「紹巴切　四半後撰哥一行書」としてみえる定家筆の紹巴切がある。その本文は小松茂美氏『古筆学大成　6　後撰和歌集一』（平成元年一月、講談社）に図版化されており、「紹巴切本後撰集」が、「天福二年三月二日書写本ながら、冷泉家本系統とは異なり、鐘愛の孫姫のために相伝した本で、やがてそれが二条家本系統として伝流した」とみられている。それに対して、片桐洋一氏は710番歌作者名「平定文」の「定」が「嘉禄本『古今集』と同じく、既に書かれていた字を擦り消した後に重ねて書いたもの」であることから、「嘉禄二年本『古今集』と同時期に書写された」とされている。

この紹巴切は書写年代は確定しがたいが、定家晩年の筆蹟とは認められそうなので、年号本の最後の位置に仮り置きしておくと、以上のような経緯からみた定家本の諸本は次のように位置づけすることができよう。

㈠無年号本
(1)A類本
(2)B類本
㈡年号本
(1)承久三年五月二一日本
(2)貞応元年七月一三日本
(3)貞応元年九月三日本
(4)貞応二年九月二日本
(5)寛喜元年四月一日本
(6)天福二年三月二日本
(7)嘉禎二年一一月二九日本
(8)紹巴切

このような定家の『後撰集』校訂の有り様については、『後撰和歌集総索引』の仕事と連動して、片桐洋一氏「後撰和歌集の伝本」(「女子大文学」第一七号、昭和四〇年一一月。『古今和歌集以後』所収)において、「私意のみで本文を改竄しなかったことは確かで」、「本文を問題にするのは、いわば問題のある個所に限られており、その部分の疑問を解決する本であれば、その本来的系統や性質など問題にせず、それによってその部分のみを改める態度であった」とされている。また、真下和子氏も同誌掲載の論文「後撰集定家本についての一考察」において、「定家の書写態度は決して原本のまま忠実に写すという態度ではなく、いわば校訂するという態度だった」、従って定家本は「良い所、エッセンスを集めた校訂本であり、その底には定家の㈠資料収集の熱意、㈡和歌に対する自信、㈢合理主義などが強く作用していることを十分認識して用いなければならないのである」と結論されている。筆者もこの論を諾いながら『後撰集』ほかの定家本歌集を検討して「定家の本文」(本書、第一章)を執筆し、その結果から「定家本は以後固定的となる流布本の親本の位置にあることが多いが、それは揺れ動いている平安時代の本文にひとつのかたちを与えたもののようである。定家本やその系統本で本文を読む場合、このような定家の本文の内実をまず知る必要があろう。また、定家の本文の有り様を捕捉すれば、平安時代の本文を捉える道もさらに開けてくることになろうかと思う」と結んだ。その平安文学の本文の実体は、片桐洋一氏『平安文学の本文は動く』(平成二七年六月、和泉書院)において具体的に示されたが、定家本に対して「異本」とも「別本」とも称されてきた『後撰集』の平安時代の本文そのものやその系譜にあろう非定家本の諸本とその研究について次に概観してみたいと思う。

二　汎清輔本系統

その非定家本の研究は、前述のごとく昭和初年の山田孝雄氏、松田武夫氏に始まり、岸上慎二氏の『研究と資料』所収の昭和二〇年代から三〇年代にかけての二荒山本・文正本・行成本の考察があり、昭和三六年に小松茂美氏の大著『校本と研究』が刊行されて二荒山本を底本とする諸本の校異とともに新資料を含む多量の伝本と古筆切が提供された。ついで昭和四〇年に『総索引』の刊行があり、久曽神昇氏・深谷礼子氏『後撰和歌集〔雲州本〕と研究　上（下）』（昭和四三年二月、未刊国文資料刊行会）も発刊されて、非定家本研究の基盤がほぼ整った状況となった。

この非定家本諸本のうち定家がもっとも注目したのは、たとえば『三代集之間事』「おほつふね　清輔朝臣本大津少将」（『僻案抄』にも）や天福二年三月本241「けふ《さ(朱)》よりはあまの河原はあせな南《＼(朱)そよみ》そこゐ《家本用そこゐ》ともなくた《清本奥義釈之　本用之(朱)》ゝわたりなん」にみるように、六条藤家歌学の雄藤原清輔（一一〇八～一一七七）の用いた本文であった。山田孝雄氏はこのような定家の記載から、古典保存会複製の田中四郎氏蔵片仮名本の「解説」において、同本は加納諸平旧蔵巻一～一〇伝存の鎌倉時代写の三冊本であって、「清輔本そのままなりや否やはなほ断言をためらふべきものあり」とも「清輔本の系統に属し著しき異本」とも言われていて、以後清輔本との扱いが成されてきた。筆者は『諸本の研究』において、片仮名本に「別帋」とある歌は清輔著『奥義抄』中・釈、『後撰集』の歌とほぼ共通しているものであり、この『奥義抄』のほか清輔の歌学書『和歌一字抄』『袋草紙』『和歌初学抄』所載の『後撰集』の歌詞が片仮名本の本文とほぼ一致していること、また伝慈円筆本において清輔本の一本として扱われていることなどから、片仮名本は清輔本そのものであると認めた。なお、この片仮名本は『総索引』に翻刻されている。

ここに触れた伝慈円筆本は小松茂美氏が『校本と研究』にはじめて取り上げられた零本であって、巻七・秋下の宝巌寺蔵本と佐佐木信綱氏『竹柏園蔵書誌』（昭和一四年一月、巌松堂書店）に「後撰和歌集巻第八　古鈔本　一軸）」とあって天理図書館に現蔵されている巻八・冬の二巻が伝存しており、「書写年代は鎌倉中期を降らない」もので、本文は「片仮名本とほぼ同種の内容をもつ」とされている。この零本二巻は清輔本研究にとっての貴重資料として拙著『諸本の研究』に複製したが、それは清輔本の底本に対して四本の清輔本にる校合が施されていて鎌倉時代における清輔本の集成本といえる内容であって、清輔が『後撰集』を幾度にも渡って校訂書写した事実を確認することができるとともにその内容の一端をも知り得るからである。その校合本による書入れは無合点の固有の書入れ以外の朱・墨合点とその施し方によって示されていて、他の現存清輔本との関係は墨合点＝不明・朱鉤型合点＝片仮名本・朱左下り合点＝承安三年本・朱右下り合点＝X本（不明）であると判断した。

この朱左下り合点を施して校合されている承安三年本に関する資料は、はやくに佐佐木信綱氏が『竹柏園蔵書誌』に「後撰和歌集下　残簡　一葉（図版）」の見出しのもとに「図版に示せるごとく、終の一首と撰者及び証本に就きて藤原清輔の文詞あり。惜むべし、此の一葉を留むるのみ、鎌倉時代の書写に係る」と紹介されていた。その「清輔の文詞」すなわち奥書に「承安三年九月之比使人書写之乃手自校合了又聊加勘物　（略）柿本末世清輔」とあり、同本は承安三（一一七三）年清輔六六歳の晩年の校訂本であることが知られる。この承安三年清輔本のほぼ全巻にわたる本文が定家承久三年本に対する朱の校異本文と存在することが松野陽一氏によって発見され、「和歌史研究会会報」（第八号、昭和三七年一二月）の「訪書雑記・図書展示会報告」中の「鳥取県立図書館」の項に公表された。同本は旧藩主池田家旧蔵・鳥取県立図書館現蔵二十一代集（九一一二・三一七）中の上下二冊の「元禄の頃の写本」であって、

「本文中に朱注の多いことから、或いは「清輔本」本文に重要な問題を提供するかもしれない」と報告された。その後報告された同種の朱注本文は高岡市立図書館本・筑波大学本にもみられるが一部の本文であって、この鳥取県立図書館本は文字通り清輔本研究にとって「重要な問題を提供する」こととなった。

この承安三年本の本文内容については拙著『諸本の研究』において考察したところであるが、まず和歌に関しては、他の諸本に対する歌の有無・移動はさておいて、清輔が『袋草紙』に「後撰集和歌千三百九十六首」と諸本よりも少ない歌数（定家天福二年本は一四二五首）を示しているように、高岡本奥書に「都合廿部和歌数千四百三首」と記してある。また、個個の本文については校合本文のみが知られていてその全体像はわからないが、例えば定家が注目して天福二年本に314「おほそらにわか袖ひと（朱）清本ひつと つあらな（朱）家本ひとつ也 くにかなしくつゆやわきてをくらん」と記している「ひつと」については、片仮名本「ヒツト」、承安三年本「ヒツトト（ママ）」であって『奥義抄』も「ひつと」である。定家が『三代集之問事』に「おほつふね　清輔朝臣大津少将」・『僻案抄』に「此集作者おほつふね　清輔朝臣本にはおほつ少将」とあり、天福二年本633詞書「おほつふね」・634作者名「おほつふね在原棟梁女」・659作者名「おほつふね　在原棟梁女（朱）」・696作者名「おほつ舟」の表記であるのに対して、清輔本には片仮名本の段階では633詞書「ヲホツウフネ《オホツフネイ》」634作者名「オホツフネ《大津船》」・659作者名「棟梁娘オホツフネイ」・696歌ナシであるが、承安三年本では633詞書・634 659 696作者名ともに「（おほつ）少将」（659「棟梁女」との注記あり）となっていて統一されている。すなわち、清輔の校勘には固執と発展とがみられるのである。さらに、清輔本は『古今集』内裏切にみるように書入れが多いのであるが、それは歌学書の記述と絡み合っており、証本の作成と歌学の確立とが一体となって発展していったことが知られる。その証本作成への道は、承安三年本の奥書に「柿本末生清輔」みずから「抑後撰集証本天下希也此本雖出所非名家少抽多本仍有所存書之重以数本校合了　弃悪取善酌者也　此内有隆経朝臣自筆本并俊頼基俊等　末代之生以之可為証本耳」と記している。この清輔の証本作成に関しては、舟見一哉氏が「清輔本後撰集証本の性格——承安三年書写本再考——」（「国語国文」第七五巻第一〇号、平成一八年一〇月）において、「異文注記や勘物からは、〔稿者注、『袋草紙』「此集未定ニテ止レ之云々、仍本無二四度計一」とみえる〕未定稿という認識に束縛され、それに困惑する清輔の姿が立ち現われくる」、そうして「清輔がどのようにして後撰集証本をつくったかという視点からは」「承安本は、未定稿という認識と、六条藤家の総師として証本を残すという使命の狭間で、清輔が逡巡しつつ創りあげた『後撰集』証本として捉えることができる」ことを精細な検証から浮び上らせられている。

なお、清輔本に関わるであろう古筆切についての検討は、本章第四節(1)に収めておいた。

さて、この清輔本の本文ときわめて親しい関係にあると認められる伝本に集前半の巻一〜一〇伝存の二荒山神社蔵本がある。同本は昭和二七年に重要文化財に指定されていて、小松茂美氏が『校本と研究』において筆者は『台記』天養二（一一四五）閏一〇月二五日条に「能書之誉、冠絶于当世」と言われている藤原教長（一一〇九〜一一八〇）であることを証し、校本の底本として用いられている。この名筆は『藤原教長　二荒山本後撰集　上（下）』（昭和五五年三月・一〇月、二玄社、久保木彰一氏解説）、高橋良雄・杉谷寿郎『二荒山神社本　後撰和哥集』（昭和六二年三月、桜楓社）に複製され、『総索引』に翻刻されている。その本文については、岸上慎二氏が『研究と資料』所収論文において「二荒山本の系統を田中本が踏襲し」と認められているように、清輔片仮名本と類同の本文内容であってしかもそれに先行する存在であるとすることができよう。従って、拙著『諸本と研究』では清輔本諸本と二荒山本とは一群の系統本として「汎清輔本系統」と称し、次のように位置づけたのであった。

汎清輔本系統
㈠二荒山神社本
㈡⑴加納諸平旧蔵片仮名本
⑵伝慈円筆本
⑶承安三年奥書本

三　古本系統

『後撰集』の諸本の本文は、汎清輔本系統と定家本系統が両極にあって、その他の諸本は両者の間に位置するものと認めることができる。そのうち定家無年号本とは近しい間柄にあるが定家本ではなくその他にも含め難い承保三年奥書本を独立させて承保三年本系統として除き、平安時代の本文そのものやその系譜にあろう伝本・古筆切を大きく括って「古本系統」として扱うこととした。

⑴白河切系

この古本系統のうちもっとも汎清輔本系統に近いといってよい本文を有しているのは平安時代末期写の伝西行（一一一八〜一一九〇）筆白河切である。その白河切は小松茂美氏『校本と研究』に九三葉集成翻刻されており、『古筆学大成　6』においては図版八七・釈文7の九四葉が紹介されていて、前著では「この本の意にまかせた奔放な執筆ぶりは、テキストとしての正確を期すというよりも、むしろ、書写の迅速を尊んだものと見られ、誤写や誤脱もままある」と評されている。本章第二節一では、一一葉を追加していて百余葉に及ぶ巻一～一〇集前半部の白河切が扱えることとなったが、そのなかには他の諸本では「題しらす」とある古歌にそれに似合うような特有の詞書が付されている個所があって、それは少なくとも平安時代末期以前に本文の改変が行われていた事例であるとみて報告した。

その改変されたとおぼしい詞書は伝えていないので白河切直系の伝本ではないが、白河切と同じく誤写本文を多く含み持つ宮内庁書陵部蔵堀河具世（『公卿補任』宝徳四（一四五二）年「散位　参議　正三位」）筆八代集本（五五二・四九）いわゆる堀河本は、例えば471「ふりそめて友待つへ《ユイ》きはむはたまのくろかみのまたかはるなりけり」の四句「くろかみのまた」は他の諸本の「わかくろかみの」（荒・片・慈・烏・坊・保・A・B・天）・「あかくろかみの」（雲）、682作者名「小一条御息所」は他の諸本の「小八条御息所」（荒・片・雲・保・A・B・天）・「小八条」（坊）と対立して白河切とのみ同文であるというように白河切との共通異文を多く持っていて、白河切と親密な関係を持っている存在である。

しかしながら、このような関係は巻一から巻一四までであって、巻一五から巻二〇までの諸本関係は明らかに相違しており、拙著『諸本の研究』において「巻一五から巻一七の一部（一二一七のあたり）においては」「承保本のみと」「ごく親しい関係にあ」り、巻一七途上以降は「定家本」と「はなはだ親しい関係にある」とした。これに対して、福田孝氏「堀河本『後撰和歌集』について」（『武蔵野大学日本文学研究所紀要』第二号、平成二七年三月）における考証結果の「表2」にみるように、巻一から巻一四までは「独自本文」、巻一五から巻一七途中（一二一五）までは「承保三年本系」、巻一七途中（一二一六）から巻二〇までは「定家本系」とされている。一見拙論と齟齬しないようであるが、承保三年本の巻一から巻一四途中までは「定家無年号B類系に近い本文」、巻一四途中から巻二〇までは「承保三年本系といってよい本文系」とみて「承保三年本系統とされている写本も混態本と考えられる」との見解が示されているので、内実は異なっているのである。その点については承保三年本系統の項においてみることとしたい。

なお、堀河本の本文は『校本と研究』（巻一一～巻二〇）、『総索引』（巻一～巻二〇）に翻刻されている。

ところで、角田恵理子氏は小松茂美氏編『日本書道辞典』（昭和六二年一二月、二玄社）の「きそぎれ〔木曽切〕」の項に「伝阿仏尼筆「角倉切」と同筆であることが判明」とされており、伝園基氏（一三四〇～一三六七）筆木曽切と伝阿仏尼（?～一二八三）筆角倉切とはつれの切であって本来出所を同じくする一系の切であることを示された。この鎌倉中期書写とも後期書写ともされている角倉切・木曽切の本文は、高城弘一氏が「『古筆学大成』未載、伝阿仏尼「角倉切」の一葉について」（「汲古」第二五号、平成六年六月）・「角倉切後撰集」本文拾遺」（「大東文化大学紀要」第三三号、平成七年三月）・「続・「角倉切後撰集本文拾遺」」（同第三四号、平成八年三月）において「二十九葉プラスαの本文を拾遺することができた」とされて、それらの断簡は「巻第十七を除く、巻第十より巻第二十に属し、巻第九以前の断簡の存在を知らない」と言われている。本文内容については、立石大樹氏「角倉切後撰和歌集考」（関西大学「国文学」第九一号、平成一九年三月）が定家本本文との対比から「解釈の訂正も可能になってきた」とされ、本文の位置は「古本系統の一本としておきたい」と言われている。その後角倉切・木曽切は全二〇巻にわたる四六葉を知ることができ、誤謬を含む独自本文を多く持ちながらも白河切の系譜下にある内容であると認めることができ、堀河本に先行する本文であることを本章第四節二―二において示した。従って、古本系統のうちの白河切系の諸本は、

(1)白河切
(2)角倉切・木曽切
(3)堀河本

のように位置付けられようことを提案しておきたい。

(2) 胡粉地切

『増補新撰古筆名葉集』「寂蓮法師」の項に「同〔四半〕後撰哥二行胡粉帋銀砂子」としてあり「胡粉地切」と呼称されている断簡は、現在までのところ巻三・春下から巻一三・恋五までの三〇葉ほどが知られている。その書写の時期については、小松茂美氏が『古筆学大成　6』において伝称筆者寂蓮（一一三〇～一二〇二）よりも少し早い「一一五〇～一一六〇代のころの書写と推定する」とされている。その本文内容は、例えば306詞書ナシ（胡・堀）――延喜御時歌メシケレハ（片・坊・保・A・B・天）――延喜御時に哥めしたれは（烏・雲）――荒（破損不明）、888作者、みちかせ（胡・堀）――ナシ（雲・坊・保・A・B・天）のように、堀河本とのみ共有するところがあり、白河切系の本文ではなかろうかともみられる面もあるが、歌序・個々の本文ともに独自現象がかなりあるので、一応独立したひとつの本文として扱い、堀河本に隣接した位置を与えておくことにしたい。

(3) 行成本

『御堂関白記』（大日本古記録）長和二（一〇一三）年四月一三日条に、道長女で三条天皇中宮妍子が姉彰子邸に行啓した際に「御送物、行《〔貫〕（紀）》之書召今《〔古ヤ〕》、文《〔正〕（藤原）》政書後撰進」とあって、文正筆の『後撰集』が存在したことが知られる。その文正は、『日本紀略』天徳二（九五八）四月八日条に「仰当時能書、木工頭道風朝臣、大内記藤原文正也」、『尊卑分脈』藤原宇合系に忠紀男としてみえるが、同紀氏系図では貫之孫、時文男として「文正《能書》」とみえている。この文正本系の本文そのものは伝存していないが、岸上慎二氏は『研究と資料』所収論文において、諸記録等から文正本は「その系譜としての行成筆後撰集としての拡がりをえて伝流することになったやうである」とされている。

この文正本の系譜上にあるとされる行成本は、源俊頼『俊頼髄脳』、藤原清輔『奥義抄』、顕昭『袖中抄』に記述があって注目されてきて、定家が天福二年本に「致信」（奥書）して本文に対する朱校異として施した校異本文が今日に残されることとなった。その本文について具に検討された岸上氏は、定家の校異は「正確に一字をおろそかにせず微細な点まで対校したとは考へられず、おほまかな、彼なりの対校であったのではないかと思はれ」るとみられている。そのような本文であって、諸本中にとくに近しい関係にあると言える伝本も見当らないが、まずは古本系統にあってその中間的な位置にあろうとみておいてよかろうと思われる。

⑷烏丸切系

『増補新撰古筆名葉集』「権中納言定頼卿」の項に「烏丸切　四半　後撰哥二行書飛雲金銀子」としてみえる伝定頼（九九五〜一〇四五）筆烏丸切は、巻一から巻一〇までの集前半部の断簡が伝存している。その本文は小松茂美氏『古筆学大成　6』にもっとも多く複製されており、「一一一〇年代前後に活躍した能書の一人によって書写された」と認められていて、『後撰集』にあっては校異本文を除くともっとも早い時点の本文を伝えている貴重な存在である。その本文の内容は、歌順においては他の諸本に同一現象であるものは見当らなくてその点では独自性がみられるが、歌の有無について定家天福二年本と比べてみると天福二年本にはみられない『古今集』歌をかなり保有していることが注目されて、歌数も多い形態であったのではないかと推測される。個個の本文においても誤脱・誤写も含んでいようが独自の本文がかなり存在している。従って、諸本中にあってはひとつの姿をもつものとみられそうではあるが、慶長本また雲州本とは他の諸本と対立して同文である本文をかなり共有していて近しい存在なのである。従って、慶長本と雲州本とはこの烏丸切の系譜に属する本文を有しているとみられよう。

さて、烏丸切に近しい本文であるとした慶長本は、校異本文としてのみ知られるものであって、その資料は内閣文庫蔵藤原重訣筆本（200・63）・静嘉堂文庫蔵岸本由豆流筆稿本（特82・16）・岸本由豆流著『後撰和歌集標註』（文化一三（一八一六）年刊）の「慶」本および東京国立博物館蔵穂積白敏筆本（029・と9615・29・3(4)）の「卜雲本」が知られている。この資料を総合した場合、慶長本にあり天福二年本にない歌が一五首あり、天福二年本の一四二五首はすべて存在するということになるので、全一四四〇首という歌数の多い本文であったようにみられる。

また、雲州本は未刊国文資料『後撰和歌集〔雲州本〕と研究』に翻刻紹介された伝本であって、その解説によると古筆了音の極札に、「頓阿法師真蹟」とあるが頓阿（一二八九〜一三七二）真蹟とは相違していて、「更に時代の遡るもの」であり藤原為家奥書の「文永十一年以後であるが、甚だしく遅れる時代のものではない」（文永一一年は一二七四）とされている。その歌数は、雲州本にあり天福二年本にない歌が一九首あり、天福二年本一四二五首のうちの七首を有していない一四三七首であるので、承安三年清輔本の一四〇三首・『袋草紙』の一三九六首、『八雲御抄』『拾芥抄』の一四二〇首や堀河本の一四一七首、定家本の一四二五ないしは一四二六首と比べて、承保三年本の一四三六首、慶長本の一四四〇首とともにまことに多い歌数である。また、その本文には他の諸本にはみなれない独自の本文もかなりあるが、例えば巻五・257歌詞「あきかせのふきくるよひはきり〳〵すくさのやとりにこゑよはりゆく」の結句は「こゑよはりゆく」（烏・慶・雲）――「こゑみたれけり」（荒・片・白・堀・坊・保・A・B・天）、巻六・279作者「院御製」（烏・慶・雲）――「法皇」（荒・片・堀）――「法皇御哥」（保）――「法皇御製」（坊・A・B・天）、巻六・294詞書「（略）のへにいたしたて、（略）」（烏・慶・雲）――「つかはしたりけるか」（荒・片）――「野辺にいたして」（堀・天）――「つかはしたりけるに」（坊・保・B）――「野辺につかはしたりけるに」（A）、巻六・339作者「善朝臣」（慶・雲）――「よみひとしらす」（荒・片・堀・行・A）――「よみ人も」（坊・保・B・天）、巻一六・1167歌詞「ありはてぬ身をもちに、てよしの山たかきなけきを思こりぬる」の初句「ありはてぬ」（慶・雲）――「数ならぬ」（堀・坊・保・A・B・天）、巻一八・

1295作者「伊勢」（慶・雲）――ナシ（堀・坊・保・A・B・天）にみるように、雲州本は慶長本と近しい関係にあって、ともに烏丸切の系譜下にある本文と認められるのである。この雲州本の本文の性格については、立石大樹氏「雲州本後撰和歌集の草稿本的性格――付、伝冷泉為尹筆四半切について――」（関西大学「国文学」第九二号、平成二〇年三月）の論考がある。

なお、田中登氏は『古筆切の国文学的研究』（平成九年九月、風間書房）所収の「非定家本系後撰集の古筆切」において、伝冷泉為尹（一三六一～一四一七）筆切が「雲州本に極めて近い性格を持つ」ことを明らかにされ、立石大樹氏「伝冷泉為尹筆四半切後撰和歌集の本文系統」（「汲古」第六三号、平成二五年六月）は新出断簡を加えて「雲州本の系統である」ことを再認されていて、本章第四節(3)においてさらなる追認を行った。しかし、伝為尹筆切は伝存する枚数は少ないものであるので、全体を見通せる資料に限ってみると、烏丸切系は、

㈠烏丸切
㈡慶長本
㈢雲州本

これらがひとつの位置を占めるということになろう。

(5)伝坊門局筆本

近年における『後撰集』伝本についての最大の収穫は、片桐洋一氏「「後撰和歌集」作者名と作者」――新資料・伝坊門局筆本の紹介をかねて――」（『古筆学叢林』第一巻、昭和六二年一〇月、八木書店）における藤原俊成（一一一四～一二〇四）女で定家姉の坊門局（生没年未詳）筆と伝えられる新資料紹介と、その御蔵本の複製『後撰和歌集　伝坊門局

筆本』（平成二〇年一一月、和泉書院）とであった。「解題」によると、「坊門局の筆跡ではないが、鎌倉時代後期までの書写にかかる上下二冊本で、片桐氏が「後撰和歌集の本性」（「国語国文」第二五巻第五号、昭和三一年五月）以来説かれてきた「作品が成立した時代、あるいは作品が共時点的に享受されていた時代の本文」を保有していて、「定家本系そのものではなく、また清輔本そのものでもなく、いわばその両方の系統に整然と分けられる前の姿を留めているのではないかと思わせる」性格の本文であって、諸本との親疎関係においては「雲州本や承保三年本」「などと近い本文を持っている」と認められている。

この諸本との関係については、立石大樹氏「伝坊門局筆後撰和歌集小考――四季部を中心に――」（関西大学「国文学」第九五号、平成二三年二月）・「伝坊門局筆本後撰和歌集続考」（同第九六号、平成二四年三月）の論があり、「雲州本や堀河本などよりは、定家本に向っていくある時点の本文を表していることから、古本系統の中でも定家本寄りの一本と考えておくべき」であって「承保三年本よりは全体的に古本系統の要素を多く持つ」本文であると見られている。

この立石論に従えば、古本系統中にあって烏丸切系諸本に次ぐ位置においてみるべき本文ということになろうか。

なお、この伝坊門局筆本は、伝寂蓮筆切（『古筆学大成』の伝寂蓮筆（一）系）が淵源的な位置にあって、その系譜を引いている本本文であろうことを、本章第四節において述べた。

四　承保三年奥書本系統

承本三（一〇七六）年奥書本の伝本は、奥書に「承保三年四月十九日云々」とある久曽神昇氏蔵本（関西大学現蔵）

で日野光慶（一五九一～一六三〇）筆と伝えられる本文が小松茂美氏『校本と研究』に翻刻されてはじめて知られることとなった。その後、天理図書館蔵伝正徹（一三八一～一四五九）筆本（九一一・二三―イ五　Ａ八五八）は承保三年という奥書は持たないものの同系の伝本であることが判って拙著『諸本の研究』に紹介し、『天理図書館善本叢書　第六九巻　後撰和歌集別本　詞花和歌集』（昭和五九年一一月、八木書店）に複製された。

　この承保三年本の歌の有無・異同について天福二年本との対比という面からみてみると、承保三年本にあって天福二年本にない歌は一一首、承保三年本にはなく天福二年本にある歌は929「はるかすみ」の一首であるが、この歌は天福二年本に「題しらす　よみ人も」のもとにある歌であって930「めにみえぬ」との贈答歌となっていて、承保三年本では930番歌が「題不知　伊勢」のもとにある形となっているので誤脱である可能性が高く、承安三年本は本来的には諸本中でも歌数の多い一四三六首本であったようである。歌の移動面では天福二年本に対して六個所あり、歌の有無とともに同じ歌序である諸本はないので、独自性が看取されるところである。また、個個の本文においても、巻一・16作者「閑院太政大臣」（保）――閑院少将（荒）――閑院右大臣（片・清）――閑院左大臣（堀・雲・坊・保・Ａ・Ｂ・天）、巻三・133詞書「あつみの民《式イ》部卿のみこ（略）」（保）――歌ナシ（荒）――アツミノミコ（片・堀・雲・Ａ・Ｂ・天）――あつみの式部卿のみこ（坊）、巻一一・717歌詞「もゝしきはをのゝえくたす山なれやいりにし人のをとつれもなき《せぬイ》」（保）――をとつれもせぬ（堀・Ａ・Ｂ・天）――「ことゝふもなし」（雲）――をとつれせぬ（坊）のような独自の本文を有している。その一方で、雲州本と近い面もあり、また伝坊門局筆本と定家無年号本とはかなり近しい関係にあると認めうるものの、古本系統にもまた定家本の範疇にも入れ難い存在である。そういった見解から拙著『諸本の研究』において、古本系統と定家本系統との間に位置する独立したひとつの系統本として承保三年本系統を立てた次第である。

　しかしながら、非定家本の多くが伝存しない集後半部の巻一一から巻一四までは伝存諸本とは「巻十までとほぼ同様の本文関係である」が、「巻十五・十六の両巻においては、堀河本との共通異文の多さが物語るように、堀河本ともっとも親しく」なり、以後の巻一七～二〇にあっては「定家本諸本ともっとも親しい関係をもちはするが、承保本の独自異文が多くなり、すべての諸本と、それ以前の諸巻よりは対立的異文を所有するようになる」という本文状況を指摘した。ここにいう巻一五・一六巻における「堀河本との共通異文の多さ」という例は、巻一五・1096作者「壬生忠見」（保・堀）――ナシ（清）――国人（雲）――藤原忠輔（坊）――藤原元輔朝臣（A）――藤原もとすけ（B・天）、1117歌詞「人わたすことたになきをなにしかもながらのはしと名のふりにけん《身のなりぬらんイ》」の結句「名のふりにけん」（保・堀）――身のふりぬらん（雲・A・B）――身のなりぬらん（坊・天）、巻一六・1155歌詞「なほき木にまかれるえたもある物をけをふききすをいふかわひしさ」の結句「いふかわひしさ」（保・堀）――いふかわりなさ（雲・坊・A・B・天）、1190詞書「おもふおとこはへりける人につかはしける」（保・堀）――思事侍ける時人につかはしける（雲）――おもふ事侍ける人につかはしける（坊・A）――思事侍けるころ人につかはしける（B・天）のようである。このような諸本関係である誘因については、「堀河本の巻十五以降の本文の伝来に原因があるものと想定され」るとした。

これに対して、福田孝氏は「承保三年奥書本『後撰和歌集』について」（『和歌文学研究』第一〇一号、平成二二年一一月）において、「部立の書かれ方、定家本系統の本文との一致割合、実際の対校結果、この点からすると、承保三年奥書本は一〇五三番歌までと、一〇五四番歌以降と、大きく二つに分けられる混態本である可能性が高い」ことを導かれ、「一〇五三番歌までの承保三年奥書本の本文も定家本系統の源流となった由緒ある本文と親しく大変意義深いものであるのは確かであるが、関西大学本の有する奥書「承保三年」の年紀は一〇五四番歌以降に関わるものであって、「承保三年」時点での平安期の後撰和歌集の本文を伝えているのは一〇五四番歌以降の本文である可能性が高いと思われる」と結論されている。堀河本の実体をさらに確認することによって承保三年本との関わりを明確にしてゆき、両本を安全な状態で利用できるようにしたいものである。

以上のような『後撰集』諸本とその研究の概要を通して、汎清輔本系統と定家本系統とが両極にあって、その間に古本系統の諸本が位置し、さらに定家本系統に隣接して承保三年本系統が独立して存在するという構図もあらためて確認してきた。その諸本の系譜をあらためて一覧してみると次のようである。なお、諸本名の下の（　）内に本章で用いている略号を付した。

㈠汎清輔本系統

一、二荒山本（荒）

二、⑴片仮名本（片）

⑵伝慈円筆本（慈）

⑶承安三年本（清）

㈡古本系統

一、⑴白河切（白）

⑵角倉切・木曽切（角）

⑶堀河本（堀）

二、胡粉地切（胡）

三、行成本（行）

四、⑴烏丸切（烏）
⑵慶長本（慶）
⑶雲州本（雲）
五、伝坊門局筆本（坊）
㈢承保三年本系統（保）
㈣定家本系統
一、無年号本
A類本（A）
B類本（B）
二、年号本
承久三年五月二一日本
貞応元年七月一三日本
貞応元年九月三日本
貞応二年九月二日本
寛喜元年四月一日本
天福二年三月二日本（天）
嘉禎二年一一月二九日本
なお、定家年号本の本文は天福二年本＝（天）に代表させた。

〔追記1〕本稿は本書の成書化を推進してもらっている久保木秀夫氏の助言によって成したものであるが、ことに近年における文献については同氏の協力を得た。

〔追記2〕諸本の系統とその対立の遠因については、拙著『後撰和歌集の研究』所収論文において、本文の校訂と転写などによろうことはもとよりながら、基本的には撰集の各段階における発展に起因していようという発言を行っている。しかしながら、本章第三節において伝西行筆白河切には独自に創り上げられた詞書が定着していること、鎌倉時代写の伝二条為冬筆残欠本は諸本の本文を混成して成り立っている典型的な混態本であることを示したように、後世的な本文の改変はかなりあろう。また、堀河本や承保三年本には欠損による他本からの補充があったようである。片桐洋一氏『平安文学の本文は動く』を待つまでもなく、『後撰集』においても諸本の実態にさらに分け入ることによって整備が成され、心置きなく平安時代の姿で本文が読めるようにしてゆきたいものである。

〔追記3〕『後撰集』の伝本研究にあっては、『冷泉家時雨亭叢書　第八六巻　後撰和歌集』の刊行が待たれるところである。

〔追記4〕校正時に、福田孝氏の「堀河本『後撰和歌集』の書き入れイ文について」（「武蔵野大学日本文学研究所紀要」第三号、平成二八年三月）、「雲州本「後撰和歌集」について」（「汲古」第69号、平成二八年六月、汲古書院）二篇の新研究が公にされた。

第二節　定家嘉禎二年書写本考

(1)

藤原定家校訂の『後撰集』は、奥書に書写年号をもたない無年号本のA類・B類から、年号本の承久三年本・貞応元年七月本・貞応元年九月本（筑後切）・貞応二年本・寛喜元年本・天福二年本・嘉禎二年本へと展開したことが知られている。このうちの定家七三歳の校訂本でその到達点を示した本文といってよい天福本には、藤原行成筆本の自家本文との相違点などが朱注で示されており、そこに特色があるものである。天福本から二年後に成った嘉禎本は、その行成本が本文に組み入れられているが、流布本における朱注の本文化が後世の所為であるのに対して、これは後述のごとく定家自身の行為なのである。その嘉禎本は定家の最終的な校訂本であるとしてよいが、冷泉家また二条家の証本となってきた天福本の存在にとって、顧みられることが少なかったためか、伝本がきわめて少ない。まず、小松茂美氏(1)が御蔵本（以下「小松本」と称する）を、書写年次が知られないところから奥書内容によって、「この本は天福二年本書写の直後、定家自ら精撰して家伝に備えんとした最高の証本ということができる」として、無年号本のうちの「藤原定家精撰本」とされた。ついで、岸上慎二氏(2)が新たに得られた御蔵本（以下「岸上本」と称する）により、嘉禎本の存在をはじめて紹介されるとともに、小松本が同校訂本に属することを明らかにされた。

岸上氏はこの両本により、嘉禎本の「本文実態」を知るために、「1天福本と対校して、その行成本朱注が、本書では如何に処置されてゐるか」、「2本書の天福本本文に対して異文と見られるものの現象はどれくらゐあり、どういふ性格の本文であるか」の二点から精査された。その結果、1については、両本に相違はあるが行成本朱注通りの個所はまず一六〇個所、朱注によらざる個所が一六個所で、「「任彼本」といひながら、彼本によらない点が約一割見うけられる」。2については、「一往158が、天福本に対して、小松本・岸上本が同文をもって異文関係に立つ」もので、その異文には「非定家本的色彩の著しさ」がみられるとされている。この「多くの朱注の誤伝」および「異文における非定家本的色彩の著しさ」から、定家は、「行成自筆の原本から、その影写による行成本の複製本作成が目的であったのではないか」、「定家の手を経たものではなく」「偽書」ではないかとも考えうるが、いずれも「帰結をえ」なく、

定家が天福二年三月二日、家本をもって書写し、四月六日、行成本を校合しその校異を朱注をもって施したが、その朱の消滅して分明でなくなったので、それを惜しみ尊重して、一つの資料として書写しておかうとしてその天福本そのものから書写したものが、本系の写本であると考へておかう。この態度においても、天福本より後の定家の最後の後撰集の決定版的労作で、後撰集定家本の最高の位置を占めるものとの解釈はしたくない。

と認定されている。

この認定は従うべきもので、異を立てるところはないが、この系の伝本としていまひとつ飯田市立図書館本（10・48・21）を知りえたので、本稿ではそれを加えてあらためて本文の実態を調べ、定家の校訂についての考察に備えるべく、基礎的な調査を行ってみたいと思う。

飯田市立図書館本（以下「飯田市本」と称する）は、小松本・岸上本が室町期の写本であるのに対して江戸期の書写本であって、縦二八・六センチ、横二〇・五センチの袋綴の二冊本。紺鳥の子表紙左肩の題簽に「後撰集天（地）」と

あり、本文には他本による校異のほか、振り仮名など書入れが多い。八代集本の一であったかとみられる。巻二の巻末80番歌の次に、古本系統のうちの白河切だけがもつ、

しのひにあひしりて侍ける人ものいひこよひたによへのけしき人にみゆなとこのめのいひて侍りけれは

大江千古

ねになきてひちにしかともはる雨にぬれしたもとゝとははこたゑん

の一首を有しており、(1)236 237・(2)282 283・(3)443・(4)1273 1274の七種の歌を欠いている。また606番歌には「とし月をへてしのひていひ侍りける人に」という、非定家本諸本および定家無年号本にあって年号本にはない詞書を岸上本とともに有しており、191番歌には諸本多くの「女にいとしのひてものいひてかへりて」に対して、古本系統のうちの慶長本・雲州本だけにみる「好古朝臣のむかし兼賢王「のむすめにいとしのひてあひて」」の「よしふるの朝臣」を、多くの諸本と同じ詞書のもとにおける作者名としてもつなど、特異な本文も有している。さらには、誤写がかなりある。このような本文内容ながら、奥書により数少ないこの系の伝本と知られるので、その点で貴重な一本であるということができる。

(2)

まず、嘉禎本の奥書についてみてみたいが、知られる三本の奥書を対照してみると次のようである。

奥書(A)(B)は定家本に通常みられる、(A)撰和歌所の別当・寄人についての記、(B)謙徳公藤原伊尹別当「奉公文」であ

小松本

(A)天暦五年十月晦日於昭陽舎撰之
為蔵人左近小将藤原伊尹別当
寄人讃岐大椽大中臣能宣河内椽清原元輔
学生源順近江少椽紀時文御書所預坂上望城
等
謂之梨壷五人

(B)御筆宣旨奉行文
右親衛藤亜将者当世之賢士大夫也雄
劔在腰抜則秋霜三尺雌黄自口吟又
寒玉一声逮千跪彼殿之綺莚衒《ムニ》
此神筆之綸命天下弥知忠鯁不朽艶
情相兼《タル》之臣《トテコトヲ》昔雖柿下大夫振英
声
於万葉花山僧正駈高興於行雲而亦伝
人間之虚詞未賜聖上之真迹見今思
古尠《スクナイカナ》哉希哉干時天暦五年歳次《ヤトル》辛
亥玄英初換《カハル》之月朱草将尽《ツキナムトスル》
之期也

(C)此集所伝之庭訓他門之所称相替事多
自説他説裕恰各存雖用之不弃彼且注
付両説多書写之処窮老〻病中伝得
万寿都護亜相之筆之証本
亜相即謙徳公奉行之由見右　嫡孫也証拠不可過

岸上本

此集所伝之庭訓他門之所称相替事多
自説他説裕恰各存雖用之不弃彼且注
付両説多書写之処窮老之病中伝得万
寿都護亜相之筆之証本
亜相即謙徳公奉行之由見右　嫡孫也証拠不可
過之

飯田市本

天暦五年十月晦日於昭陽舎撰之為蔵人
左近小将藤原伊尹別当寄人讃岐大櫄大
中臣能宣河内櫄清原元輔学生源順近江
少櫄紀時文御書所預坂上望城等謂之梨壷
五人御筆宣旨奉行文　右親衛藤原亜将者当世
之賢士大夫也雄劔在腰抜則秋霜三尺雌黄自口
吟又
寒玉一声遠千跪被仙殿之綺莚衒此神筆之綸命
天下弥知忠鯁不朽艶情相兼之臣昔雖柿下大夫
振英声於万葉花山僧正駈高興於行雲而亦伝
人間之嘘詞未賜聖上之真迹見今思古尠哉希
哉　干時天暦五年歳次辛亥玄英初換之月朱
草将尽之期也

此集所伝之庭訓他門之所称相替事自説他説
裕恰各存雖用之不弃被且注付両説多書
写之処窮老之病中伝得万寿都護亜相
之筆之証本亜相即謙徳公奉行之由見右　嫡孫也
証拠不可過之仍以彼本注付之以朱所注経旬

之仍以彼本注付之以朱所注経旬月
字滅不分明仍更凌病眼任彼本所書写
也

(D)此中説〻相異事
或抄物所釈
さくさめのとし此大納言筆真名二字丁年と被書云〻
　令所見之本全不異他仮名七字也
あとうかたり　あとかたりとあり
そよみともなく　とを山すりの狩衣　作者
宮少将
　此本如此仍用之
はちすはのうへはつれなき
あまのまてかた　北野行幸御こしをかにて
作者おほつふね　此説如家説仍用之

(E)此本料紙白色紙金銀下絵顕文沙縹表紙同下絵
組紐但無外題
　陽成院のみかとのおほみうた
つくはねのみねよりおつるみなのかは
　こひそつもりてふちとなりける
　はるすむのよしなはのあそんのむすめ
　　さかのへのこれのり
御息所を皆やすむところと被書

仍以彼本注付之以朱所注経旬月字滅不
分明仍更凌病眼任彼本所書写也

此中説々相異事
或抄物所釈
さくさめのとし此大納言筆真名二字丁年と被書云々
　令所見之本全不異他仮名七字也
あとうかたり　あとかたりとあり
そよみともなく　とを山すりの狩衣
作者宮少将
　此本如此仍用之
はちすはのうへはつれなき
あまのまてかた　北野行幸　御こしを
かにて
作者おほつふね　此説如家説仍用之

此本料紙白色紙金銀下絵顕文紗縹表紙同下絵
組紐但無外題
　陽成院のみかとのおほみうた
つくはねのみねよりおつるみなのかは
こひそつもりてふちとなりける
　はるすむのよしなはのあそんのむす
め
　さかのへのこれのり
御息所を皆やすむところと被書

月字滅不分明仍更凌病眼任彼本所書写也

(F)

諸家遍称之説
古今　題しらす　よみ人しらす
後撰　題しらす　よみ人も
拾遺抄　題よみ人しらす
今見此本皆如古今被書但此本哥多被書落哥数少
先人往年之命此事不可用被書進
後白河院本皆如古今所被書也

(G)

嘉禎二年十一月廿九日壬午書記
去十日始之
十二月朔日令読合之耄及眼昏
悦忽之甚字誤書落哥等甚多書入了

る。岸上本にはないが、(C)に「謙徳公奉行之由見右」とあるので、嘉禎本は本来具有していたものとみられる。(C)は、「自説他説」両説ある本文に関し、別当伊尹の嫡孫である行成の筆本は「証拠不可過之」「証本」[3]、そこで「以彼本注付之」したが、その「朱注」が「経旬月字滅不分明」となってきたので、「任彼本書写」したという奥書。嘉禎本の親本が天福本であったことを示唆しよう。(D)は天福本奥書と共通するもので、自他の「説、相異事」が行成本にどのようにあるのかを示したもの。これ以下は飯田市本にはない。(E)は、行成本の書誌と行成本の模写とおぼしい五行[4]および追記一行から成る。書誌は天福本より詳しくなっており、模写とおぼしい部分は天福本と同じである。(F)(G)は岸上本のみにある奥書で、(F)は天福本の「世間久伝之説」と同じ内容であり、(G)は定家の書写奥書である。これら(A)〜(G)は、天福本の奥書との関係からみてもすべて定家の奥書とすることができ、嘉禎本はこの七種の奥書を本来具有していたものとみられる。

(3)　次に、嘉禎本における行成本の有り様をみるために、天福本の行成本による朱注個所が、嘉禎本ではどのようになっているか観察してみたい。まず、各巻頭の部立名（天福本「春哥上」――小松本「春哥上」など）、各巻末の巻数表記（天福本朱「巻第一」――小松本「巻第一」など）についてみると、小松本は巻一五・一六の巻数表記をもたないだけで、ほぼ天福本における朱注通りとなっている。岸上本および飯田市本は、部立名は行成本に従ったものになっているが、巻数表記はなく、これは転写されてきた間に省略されてしまったものなのであろう。嘉禎本のもとの姿としては、天福本の朱注通りであったとみられる。

　ついで、本文の書写様式についてであるが、これは天福本348番歌の左注で、高松宮家旧蔵本は詞書と同じ高さに書写されていて二字下げの朱注をもち、日本大学蔵為相筆本では詞書より二字下りに書写されていて朱注をもたないという個所である。小松本・岸上本は詞書より一字下りに書写されており、飯田市本は詞書と同じ高さの書写となっている。

　天福本の一首の歌に対する行成本の「有」「無」注記個所は、嘉禎本では次頁のようになっている。

　このほか、小松本の967番歌（『古今集』614と同歌）に「此本無」とあるが、天福本には行成本による朱注はみられない個所である。一方、詞書においては、天福本30番歌に「本無此詞」の朱注があるが、小松本は「此本無」の注記があって詞書があり、岸上本・飯田市本には注記がなくて詞書を有している。嘉禎本の現存諸本は天福本と対照してみると、その勘物などがかなり省筆されてしまっているものとみられるが、ことに岸上本・飯田市本にはそれが甚だしい。その点からすると、小松本にみるこれらの有無注記も、岸上本・飯田市本では省筆されてしまったという可能性が大きいのであろう。本来は小松本のごとくであったものとみられる。

歌番号	天福本朱注	嘉永本		
		小松本	岸上本	飯田市本
10	此本無（詞書にも朱合点）	此本此哥無　アリ	アリ	アリ
33	無	此本無　アリ	アリ	アリ
69				
70	三首本無（三首に朱合点）	此本二首　アリ	アリ	アリ
71				
83	本無	此本無　アリ	アリ	アリ
244	無	此哥無　アリ	アリ	アリ
343	無	本無　アリ	アリ	アリ
375	無（「在冬初諸本同」とあり。443との重出歌）	アリ	アリ	アリ
634	無	此本無　アリ	アリ	アリ
1291	無	此本此哥無　アリ	アリ	アリ

ところで、行成本が「無」の場合、嘉禎本の親本が行成本そのものであったとすると、行成本になかった本文はのちのち天福本で補って、行成本にはない旨の注記を施したこととなり、蓋然性に乏しいものがある。これはやはり天福本を親本とした定家の所為とみた方が自然であろう。そうすると、定家は行成本に従ってこれら自家の本文にある歌や詞書まで切り捨ててしまうというところまでは成し得ず、行成本の形態を注記するにとどめておいたということ

になる。

さらに、天福本における行成本と嘉禎本本文との関係についてであるが、その一覧と考察とはすでに岸上氏の論考(5)にあるので掲出することは省略し、ここでは飯田市本を加えた対照結果と「説ゝ相異事」についてみておくことにしたい。なお、奥書(F)にも記しているごとく、定家の関心事のひとつに「題しらす　よみ人も」「題しらす　よみ人しらす」の表記のことがある。天福本には三四個所（55 62 74 120 124 141 147 197 213 226 290 310 339 354 384 397 428 435 443 456 460 532 556 588 652 706 810 822 929 1199 1210 1239 1294 1320）に「題しらす　よみ人もしらす(朱)」の個所があり、嘉禎本諸本は該個所すべて「題しらす　よみ人しらす」となっている。ただし、天福本に行成本による朱注のみられない個所が一三個所（84 97 131 204 295 351 388 424 475 826 918 1064 1232）あり、この表記にこだわった定家としては徹底していないというべきであるが、その点はとにかくこれらの個所においても嘉禎本は「題しらす　よみ人しらす」の表記となっている。定家は嘉禎本では「題しらす　よみ人しらす」に統一したようである。

さてこの「題しらす　よみ人もしらす」個所を除くと、天福本における行成本の本文は一四五個所ある。その行成本本文と嘉禎本が同文の場合を○、行成本と同系の本文であるが異文の場合を△、行成本と異文で天福本系の本文の場合を×、とすると、嘉禎本の諸本は、

小松本	○＝118	△＝10	×＝17
岸上本	○＝116	△＝14	×＝15
飯田市本	○＝78	△＝29	×＝36

となる。このうちには三本一致して×である個所が次のように一三個所ある。〔次頁掲載〕

嘉禎本諸本が定家校訂時点における本文をそのままに伝えているとは限らないが、このような本文が存するという

ことは、定家が行成本を「証本」と認め「任彼本所書写也」としながらも、行成本を徹底して全面的に採り入れたのではは必ずしもなかったというように判断しておいてよさそうである。

ところで、定家の天福本に対する行成本による対校は、すべての本文について行ったのではなく、どうやら定家の関心に従った彼なりの対校であったものとみられるが⑹、そのうちのもっとものの関心事は、奥書Ⓓにみる自他の「説、相異事」であった。それらの個所に本文現場ではどのように対処しているのかみてみたい。〔次頁掲出〕

⑴「さくさめのとし」については、「行成大納言かきたる後撰には丁のとしといへる文字をとし（＝刀自）か」とか、れたりけるに」（『俊頼髄脳』）、「行成卿の書かれたりける後撰には、此歌の終の七字を丁年とぞ書かれたりけると、或物にはかけり」（『袖中抄』）などとされてきた。が、天福本の時点でみた行成本は、奥書に「或抄云此大納言筆真名ニ丁年と被書　於此本は全不異他仮名七字也」と記しているように、仮名七字であることを確認している。『僻案抄』にも同様に記しているので、嘉禎本では確信をもって処置したのであろう。⑵は、自家の本文「あとうかたり」に対して行成本は「あとかたり」とある旨、天福本の時点ですでに注目している。嘉禎本は、小松本は「う」が補入であって「他本あとうかたり」の注記をもつので、行成本と同じ「あとかたり」の本文であったものとみられるが、岸上本・飯田市本では「あとうかたり」の本文となっている。⑶は、『三代集之間事』に「（清輔が）そよみと書て釈之。此説、そこゐもしらずといふ心也」とし、天福本でも清輔本と家本とが対立することを示して、行成本は「本用之（本文）・「両事如此」（奥書）と「そよみ」の本文であることを注するにとどめていた。それが、嘉禎本に至ると、小松本に「そこゐ」とあるのが問題とはなろうが、奥書の「此本如此仍用之」は⑶⑷⑸の三項に対する注記ととりうるので、家説を変更して行成本に従ったものとみてよい。『僻案抄』にも、老後行成本に従って「そよみ」説についたことを記している。⑷は、天福本において、自家の本文「とを山とり」に対して清輔本には「とを山すり」とあるが、

	歌番号	種別	天福本	嘉禎本 小松本	嘉禎本 岸上本	嘉禎本 飯田市本
(1)	8	歌	人も《に》つむやと《まれん(朱)》	人もつむやと	人もつむやと	人もつむやと
(2)	17	作	・藤原兼輔朝臣 ・中納言(朱)	藤原兼輔朝臣	藤原兼輔朝臣	藤原兼輔朝臣
(3)	39	作	中納言(朱) ・紀長谷雄朝臣	紀長谷雄朝臣	紀長谷雄朝臣	紀長谷雄朝臣
(4)	43	歌	つねには《き(朱)》松の	つねには松の	つねには松の	つねには松の
(5)	61	作	大将御息所 藤能子女御元更衣 三条右大臣女 仁善子弟 三条右大臣女(朱)	大将御息所 三条右大臣女能子 女御元更衣	大将御息所	大将御息所
(6)	215	詞	本題しらす(朱) みな月はらへしに河原にまかりいて丶月のあかきをみて	此本題しらす みな月はらへしに河原にまかりいて丶月のあかきをみて	みな月はらへしに河原にまかりいて丶月のあかきをみて	みな月のはらひしにかはらにまかりいて丶月のあかきをみて
(7)	506	詞	のたふひ(朱) いひわたり待《ゝ(朱)》けるを	いひわたりけるを	いひわたりけるを	いひわたりけるを
(8)	598	歌	ゆめのみ《とおもふ(朱)》ゆるなりけり	夢のみゆるなりけり	夢のみゆる成けり	ゆめのみゆるなりけり
(9)	648	歌	ふし《かれぬ身の(朱)》のねの	ふしのねの	ふしのねの	ふしのねの
(10)	793	詞	せみのから《もぬけ(朱)》を	せみのからを	せみのからを	せみのからを
(11)	1088	歌	はひ《ひは(朱)》にそ人は	はひにそ人は	はひにそ人は	はひにそ人は
(12)	1398	詞	かさねて《そへて(朱)》つかはしける	かさねてつかはしける	かさねてつかはしける	かさねてつかはしける
(13)	1401	詞	七月《ふん(朱)》許に	七月許に	七月許に	七月はかりに

所在	(1)	(2)	(3)	(4)	(5)
	1259	1259	241	679	1145
	歌	詞	歌	歌	作
天福本	「さくさめのとし 庭訓左金吾説他家一 同姑妻母名云々 但又有顕綱朝臣説	あとうかたり《あとかたり(朱)》	＼(朱)そよみ　清本 奥義釈之　本用之 (朱) そこゐともなく 家本用そこゐ	＼(朱)両説共用可用＼(朱)スリす＼(朱) 清本 とを山とりのかり衣	清本宮少将ト 書不知其由　藤原敦 此本宮少将(朱) 敏
嘉禎本 奥書	さくさめのとし 此大納言筆真名二字 丁年と被書云々 令所見之本全不異他 仮名七字也	あとうかたり　あと かたりとあり	そよみともなく	とを山すりの狩衣	作者宮少将 此本如此仍用之
嘉禎本 小松本	さくさめのとし 庭訓左金吾説他家 一同サクサメノト シ姑□之名也　又 顕綱朝臣家説先人 外家可伝有一説	あと〇《う》かたり 他本あとうかた り	そこゐともなく	とを山すりのかり 衣	宮少将清本宮少将家本藤原敦敏 今依此本用宮少将
嘉禎本 岸上本	さくさめのとし	あとうかたり	そよみ《そこゐイ》ともなく	とを山すりのかり 衣	宮少将
嘉禎本 飯田市本	さくさめのとし	あとうかたり	そよみ《こゐイ》ともなく	とを山すりのかり ころも	宮少将
僻案抄 (行成本関係記事)	大納言本に、丁年 とかきて、さくさ めのとしとかゝれ さりけりとかきた る物あれど、みお よぶ本には、さく さめのとしとぞ かゝれたる。		但老後、行成大納 言筆を見るに、そ よみと侍れば、そ の説につくべし。	大納言の本に、遠 山ずりとあり。	これを家本には、 藤原敦敏とかきて、 少将敦敏歌と申さ れき。佐国目録に も、宮少将とかき

	(6)	(7)	(8)	(9)
	903	916	1132	633　634　659　696
	歌	歌	詞	詞　作　作　作
	╲(朱)他説はすなはの はちすはの可付家説(朱)	本まて(朱)╲(朱)蛤也 あまのまてかた 自他説殊不同　他家説まく かた　只可随各所好	きたの、行幸にみこ おほん(朱) しをかにて 延喜十七年十月十 九日幸北野にみ こしをかといふ岡 あり	おほつふね おほつふね在原棟梁女 おほつふね在原棟梁女(朱) おほつ舟
	はちすはのうへはつ れなき	あまのまてかた	北野行幸御こしをか にて	作者おほつふね 此説如家説仍用之
	清本はすなはの はちすはのうへは つれなき 家本荷葉也　此 本如此	庭訓蛤也 あまのまてかた 自他之説殊相替 清本まくかた 今見此本蛤也	きたの、行幸にお ほむこしをかにて 延喜十七年閏十 月十九日幸北野 北野ニ御輿岡ト 云岡アリ	おほつふね おほつふね在原棟梁女 おほつふねありはらのむねやなか女 おほつふね
	はちすはのうへは つれなき	あまのまてかた	きたの、行幸にお ほむこしをかにて	おほつふね おほつふね おほつふねありはらのむねやなか女 おほつふね
	はちすはのうへは つれなき	あまのまてかた	きたの、行幸にみ こしをかにて	おほつふね おほつふね在原棟梁姫敦忠母弟 おほつふね おほつふね
たりし、僻事とみ しかど、大納言本 にも、宮少将とあ れば、これにこそ つかめ。	大納言も、はちす 葉とか、れたり。	大納言本又まて、 分明也。		大納言本にも、お ほつふねとあり。

「両説共用」と柔軟な姿勢を示していた個所で、行成本によって「可用スリ」としていた。嘉禎本ではそれによって「とを山すり」の本文をとっている。(5)は、『三代集之間事』で「如敦敏哥書宮少将名」とし、『僻案抄』にも「家本」の説明また「佐国目録」に「宮少将」とあろうとも「僻事」とみていたとある。天福本でも清輔の「宮少将」の表記を「不知其由」と記している。ところが、嘉禎本においては、行成本に従って「宮少将」に変更している。ただし、『僻案抄』の文脈からすると、十分納得してのことではなかったもののようである。(6)は、「他説」すなわち清輔（『奥義抄』、小松本）がとる「はすなはの」に対して、行成本が「家説」と同じ「はちすはの」であることを確認して、嘉禎本では小松本によるとその本文を堅持したようであり、『僻案抄』にもその確認を記している。(7)は、家説が清輔説と異なることは『三代集之間事』ですでに言い、天福本で「自他説殊不同只可随各所好」としながらも、行成本が清輔説に対して家説と同じであることを確認して、嘉禎本の本文を立てている。『僻案抄』でもふれているように、家説に確かな裏付けを得たというところであったろう。(8)のこだわりは、歌詞に「みこしをか」とあって「北野にみこしをかといふをかあり。多年をへて、今日野行幸に御輿このをかにかきすへまいらせたることを、名におひぬる由よまれたる也」（『三代集之間事』）、「北野に御輿丘と云をか有」（『僻案抄』）であるのに、行成本に「北野行幸みこしをか　おほむこしをかと被書」（天福本奥書）ことに対する疑問から発している。嘉禎本においては、飯田市本に「みこしをか」とあるが、小松本・岸上本が「おほむこしをか」であるので、行成本に従ったものとみられる。(9)は、「清輔朝臣本、大津少将　家説、おほつふね」（『三代集之間事』）、「清輔朝臣は、おほつ少将とかきたり、家本には、おほつふね也」（『僻案抄』）という対立点において、行成本が家説と同じであることを確認して、天福本で家説を用いるべきと言い、嘉禎本はそのようになっている。

以上の奥書(D)の諸項は、自他の「説〻相異事」における行成本の本文についてであるが、奥書(E)は追記一行はもとより、模写であったとみられる五行分の本文選択も、行成本の表記に関ってのこととみられる。まず、776「陽成院のみかとのおほみうた　つくはねのみねよりおつるみなのかはこひそつもりてふちとなりける」においては、嘉禎本は作者名が三本ともに行成本に従った表記となっているが、歌詞が行成本のごとくすべて仮名書きであるのは飯田市本のみである。つぎの859作者名「はるすむのよしなはのあそんのむすめ」は、嘉禎本では小松本「春澄善縄朝臣女」・岸上本ナシ・飯田市本「春澄善縄朝臣」であって、天福本の「春澄善縄朝臣女」と同じ漢字表記であったようである。つづく「さかのへのこれのり」も、42 54 645 1302天福本「坂上是則」――嘉禎本「坂上是則」、745天福本「これのり」――嘉禎本「これのり」、794天福本「坂上これのり」――嘉禎本「坂上是則」であって、行成本とは異なり天福本をほぼ踏襲した表記となっている。また、行成本の「御息所を皆やすむところと被書」については、天福本に「やすむ所」(1110)・「みやすむところ」(1402)の行成本による両様の朱注がある。嘉禎本ではこの二個所は行成本に従った表記となっているが、61 682 960が漢字表記、68 75 666「みやすむ所」、1109 1119が小松本・岸上本「やすむ所（ところ）」、飯田市本「みやすむ所（ところ）」、1122天福本「（本無（朱））四条御息所女」――嘉禎本ナシとなっており、表記の統一はみられない。

定家は家説と異なる清輔説がある本文個所を、もっともの関心事としてとりあげ、行成本が家説と同じであることを確認しては嘉禎本でその本文を自信をもってとりつづける一方、行成本が家説と異なる場合には、家説を変更してまで行成本に付いている。その改変に至るあらましは、天福本や嘉禎本をはさんで成長していったとみられる『僻案抄』[7]におおむね示されている。なお、家説と関らない表記法関連の本文においては、嘉禎本は必ずしも行成本にしたがってはいないようで、むしろ天福本の表記を踏襲したとみられるところが多い。

(4)

定家本は、年号本に入ってから本文が進展や行き戻りをみせながらもかなり固定的となっており、天福本に至って貞応元年七月本に再び近づいて結着をみているとしてよい。その天福本につぐ書写本である嘉禎本は、天福本朱注の行成本に任せて書写された本とみうるので、行成本関係個所以外は原則的には天福本と同文であってよいはずである。ところが、実際には岸上氏の論にみるごとく異文が多量にあり、その異文の内容は「定家が天福本の展開として家伝の証本とするにしては、あまりにも非定家本家本的に傾いてゐ」るものである。また、岸上本七〇、小松本三〇の独自異文個所をみると、「岸上本は幅広く異文の根拠をもち、小松本はほとんど誤写による誤りで、他本に根拠をもつものが少ない。岸上本の方が後撰集の諸本の本文へ幅広く異動してゐて、伝写者の思惟によってより多く移ってゐるやうである」という現状にある。こういった二本に、誤写が多くあり独自の非定家本的要素を含み持ってもいる飯田市本を加えて天福本と対校してみると、それでも三本が同文であって一致しながら天福本と異文の関係となる本文が一一九個所もある。次にそれを一覧するとともに、ここでは定家の寛喜本までの本文とどのように対応しているかに注目してみたい。

(1) 上欄は天福本。高松宮家本・為相筆日本大学本により、両本の相違個所は除いた。

(2) 下欄は嘉禎本。本行の本文により、校異、訂正文は採らない。

(3) その他の定家本諸本は、上記圏点部分のみにおける同文本文を対象として、嘉禎本と同文の定家本を掲げた。

（ ）は伝本により両様の本文がある場合であるが、一本のみ異文の場合は採っていない。

略号　無年号本A類＝A、同B類＝B、承久三年本＝承、貞応元年七月本＝貞元七、貞応元年九月本＝貞元

九、貞応二年本＝貞二、寛喜元年本＝寛。

（1）9詞　をくれて《侍(朱)》つかはしける——をくれ侍て

（2）10歌　わかなつみてん——わかなつみゝむ＝B・(貞二)・寛

（3）13詞　おやの——かのおやの＝A・B

（4）15詞　ほともなく——ほと　なく

（5）20歌　春は涙も——春は涙の＝貞二

（6）42詞　これかれ侍て——かれこれ侍て＝A・(B)

（7）46詞　いひいたして侍けれは——のたうひいたせりけれは

（8）47詞　梅花　うへて——梅花をうへて＝A・B

（9）49詞　山をまかるとて——山をまかりけるに

（10）52歌　かたみかてらは——かたみかてらに

（11）61詞　さくらのおもしろき——さくら　おもしろき

（12）82詞　かめにさせりけるか——かめにさせ　るか＝A・B

（13）85詞　朝忠朝臣　となり——朝忠朝臣のとなり＝A・B・(貞二)・寛

（14）89詞　花をつみて　いひ——花をつみてとなりにいひ＝A

（15）93左　人にてなんありける——人にてなん侍ける

（16）99詞　つかはしたりける——つかはし　ける＝(承)・貞元九・(貞二)

（17）103詞　月のおもしろかりける夜——月のあかき夜すから

(18) 105詞　家の人の——いへ　人の
(19) 112歌　花見にと思——花見んと思＝承・(貞二)
(20) 125詞　ふちの花　さける——ふちの花のさける
(21) 129歌　心とけたる——心とけての
(22) 137詞　ま　てきあはすして——まうてきあはすして＝A・B
(23) 155詞　・・・——題しらす＝B
(24) 157詞　う月許の月—う月許に月
(25) 166詞　さ月許　——さ月はかりに＝A・B・(承)・貞二・寛
(26) 168歌　山した水は——山した水の
(27) 182歌　さや　にも見えす——さやかにも見えす＝A・B
(28) 190歌　我そわひしき——我そかなしき＝(B)
(29) 209詞　いひ侍けれは——いひ　けれは
(30) 228歌　舟もなしやは——舟はなしやは＝A・B・(承)・貞二・寛
(31) 255作　・・・・・・——よみ人しらす＝A・B・承・貞元七・貞二・寛
(32) 288作　・中宮宣旨——前中宮宣旨＝A・貞元七・貞二、B・寛「前中宮少将内侍」
(33) 356歌　雁かもなきて——かりかねなきて＝B
(34) 401歌　桂なるらし——かつらなるへし＝A・(貞二)
(35) 425詞　侍ける人　のち〱——侍ける人の、ち〱＝A・B・(承)・貞二・寛

(36) 450歌　わか身しくれに――わか身時雨と＝(貞二)

(37) 492歌　それをこそ―うれをこそ＝Ａ・Ｂ・(承)・貞元七・貞二・寛

(38) 508詞　人のさはかしく――人めさはかしく＝Ｂ

(39) 508歌　暁と――暁を＝Ａ・Ｂ

(40) 517詞　女　　につかはしける――女のもとにつかはしける

(41) 528作　――つらゆき＝Ｂ・承・貞二

(42) 542詞　まかり　ける人――まかりにける人＝Ａ・Ｂ・貞二・寛

(43) 544詞　わたりけり――わたりけるを

(44) 547詞　こゝかしこにかよひ――こゝかしこ　かよひ

(45) 607詞　よる〳〵たちより――よな〳〵たちより

(46) 613詞　心にもあらて　人に――心にもあらてこと人に＝Ａ・Ｂ

(47) 629詞　いとせちに――　せちに

(48) 629詞　女いとわりなしと――女　わりなしと

(49) 631詞　あんめれと――あ　めれと＝Ｂ・(貞二)

(50) 639歌　いやはる〳〵に――いやはる〳〵と＝(承)・(貞元七)

(51) 643歌　かすにしとらは――かすをしとらは

(52) 651詞　戸をさしてたてゝ――とをゝしたてゝ＝Ａ・Ｂ・承・貞二・寛

(53) 661作　壬生忠岑――壬生忠見

（54）666詞　みやす　所――みやすん所＝A・(B)
（55）666詞　哥によみかはして――哥　よみかはして
（56）666歌　さても猶――さても又＝(B)・(承)・貞二
（57）676詞　兼輔朝臣にあひはしめて――兼輔朝臣　あひはしめて
（58）681作　藤原忠国――藤原くにたゝ
（59）708作　源信明――　さねあきら＝B・(承)・(貞二)
（60）711歌　夢地に迷――夢ちにやとる
（61）734歌　隔てはてゝし―ゝ（へ）たてはてにし＝(承)
（62）743詞　たゝむ月許になん――たゝむ月許に
（63）747詞　すをひきあけゝれは――　ひきあけゝれは
（64）748詞　見え侍けれはつかはしける――見え侍けれは
（65）755詞　ふみつかはす――文かよはす
（66）776作　陽成院御製――陽成院のみかとのおほみうた
（67）793詞　物いひける女の――ものいひける女に＝A・B・(承)・貞二・寛
（68）797歌　こゑにたゝても――声にたてゝも＝A・(B)・承・貞元七・貞二・寛
（69）836詞　ふみか　はす――ふみかよはす＝A・B・(承)・貞二・寛
（70）917歌　逢事の――あふことを＝A・(B)
（71）927詞　枝にさして――枝につけて

(72) 940詞 物いひ　ける人――ものいひ侍ける人＝A・(B)・貞二
(73) 987詞 ひとりかもとに――ひとりかもとへ＝B・貞二
(74) 1006詞 まかりにけるに――まかり　けるに＝A・(承)・貞二
(75) 1010詞 をともせぬと――をと　せぬと＝(承)
(76) 1031詞 たのめをこせて侍――たのめをこせ　侍
(77) 1039歌 枕のうへに――枕のもとに
(78) 1050詞 たねと思しはと――たねと思しにと
(79) 1056詞 あひ侍て――あひうつりて
(80) 1068詞 十月許に――十月許　＝A・(B)・貞二・寛
(81) 1102詞 ゐひにのりて――ゐいに入て
(82) 1106詞 おもひ　のふる――おもひをのふる＝A・(承)・(貞元七)・(貞二)
(83) 1113詞 大輔かもとへ――大輔かもとに＝A・B・承・貞二・寛
(84) 1116詞 さけ　たうへける――さけらたうへける
(85) 1123詞 四位にはかならす――四位に　かならす＝B
(86) 1123詞 うらにかきつけて――うらにかき　　て
(87) 1125作 在原業平朝臣――　　業平朝臣
(88) 1141詞 つかはしたりけるか――つかはしたりけるに＝A・(B)・貞二・寛
(89) 1145歌 よろつ世を――万世と＝(貞二)

(90) 1179歌　事こそつねの——事こそつねに
(91) 1182歌　ならのはを——ならのはの＝A
(92) 1183歌　はもりの神の——はもりの神も＝A・承・貞元九・（貞二）・寛
(93) 1193詞　人にいひつかはしける——人に　つかはしける＝A
(94) 1197詞　法皇　かへり見——法皇のかへりみ＝B・貞二・寛
(95) 1219詞　　　　大弐藤原おきのり——まへより大弐藤原興範＝A・B・貞元七・貞二・寛
(96) 1219詞　水た　へむとて——水たうへむとて
(97) 1234詞　いかゝはせむ　とて——いかゝはせんするとて＝B・承・貞二・寛
(98) 1254詞　京にひさしう——京にひさしく
(99) 1256歌　なかれると——なかるれは＝A・（B）・（承）・貞二
(100) 1269詞　題しらす——
(101) 1269歌　まくらにも哉——枕ともかな＝（承）
(102) 1271詞　ある所に　——ある所にて＝A・（B）・承・貞二・寛
(103) 1275歌　おもひはむねの——思へはむねの＝A・（B）・（承）・貞元七・貞二
(104) 1281詞　哥よみ　けるに——うたよみ侍けるに
(105) 1284歌　君かをきける——君かをきつる＝A・B・（承）・貞二
(106) 1311詞　伊勢にまかりける人——いせへまかりける人＝A・（B）・（承）・貞二
(107) 1315歌　ほとなれは——ほとなれと

(108) 1318詞　さけ　たうひける——さけらたうひける
(109) 1322詞　おりゐたまうける　秋——おりゐたまうけるとしの秋＝A・貞二
(110) 1354詞　みちに女の家——みちの女の家
(111) 1354詞　おほえ　けれは——おほえ侍けれは＝A・(B)・(貞二)・寛
(112) 1364作　亭子院御製——法皇の御うた
(113) 1370歌　つまむとそ思——つまむはかりそ＝(B)・貞元九・(貞二)
(114) 1371詞　かうふりしける日——元服の日
(115) 1371歌　ことのねも——いとのねも
(116) 1383作　命婦いさきよき子——命婦いさきよい子
(117) 1402歌　そこは涙に——そこは涙を＝A・B・承・貞元九・貞二
(118) 1405詞　女四のみこの——女四のにみこ　＝A
(119) 1417歌　うつりせは——そへりせは＝(B)・貞元九・貞二・寛

この一一九個所に及び嘉禎本の天福本に対する異文をみてみると、他の諸本にはみられない独自の本文が(10)(11)(26)(44)(48)(51)(53)(57)(62)(63)(65)(71)(76)(77)(78)(79)(81)(100)(104)(107)(110)(115)と二二個所ある。このうち、例えば、(53)661の作者名「壬生忠見」は、他の諸本すべてに「壬生忠岑」とあり、歌も『忠岑集』にみえるので、誤写である可能性が大きかろう。(63)747「すをひきあけゝれはいたくさはきけれは」の「すを」、(100)1269詞書「題しらす」がないのは、誤脱であるとみられる。(78)1050詞書中の「忘草なにをかたねと思しにといふことを」は、『古今集』802に諸本異同なく「忘草なにをか種と思ひしはつれなき人の心なりけり」とある歌の引用であるので、「に」は「は」の誤写であろう。このように、嘉禎本の本文のなかには、定家の関り知らない後世変容したとみられる本文も含まれているようである。

従って、天福本に対する嘉禎本の異文は右のうちから除かるべきものもあろうが、なおかつ相当量あったとみられる。[8] はたして、異文のなかには、例えば、(3)13「あくるはるかのおやのもとにつかはしける」の「かの」がないのは、汎清輔本系統と定家年号本とであり、古本系統・承保本系統および定家無年号本は有している。(17)103詞書「月のあかき夜すから」は、古本系統のうちの堀河本・慶長本（標注本）に「月のあかき夜」の本文がみえ、(56)666の歌詞「さても又まかきの嶋の有ければ立よりぬへくおもほゆる哉」の初句「さても又」は、天福本の「さても猶」と対立しているが、汎清輔・古本・承保の非定家本系統はすべてその本文であり、定家本においても無年号本B類の多く承久本の一部また貞応二年本の大部分が採っている本文である。(31)255の作者名表記がない天福本では、前歌254の作者名「つらゆき」が261まで続くことになるが、非定家本、定家本をとわず他の諸本には「よみ人しらす」とある。ここは天福本の誤説であって、嘉禎本ではその欠を補ったのであろう。(41)528の天福本になく嘉禎本のにある作者名「つらゆき」は、非定家本の各系統本にあり、定家本は無年号本B類・承久本・貞応二年本にあって無年号本A類・貞応元年七月本・寛喜本にはない。(95)1219詞諸「つくしのしら河といふ所にすみ侍けるにまへより大弐藤原興範朝臣のまかりわたるついてに」における、「まへより」がないのは天福本のみであり、他の諸本はすべて有している。このようであって、天福本と異なる嘉禎本の本文のなかには、定家が過去の校訂本で採った本文を復活させたり、天福本の欠を補ったりした個所もあるとみておいてよかろうかと思う。

すなわち、定家は行成本関係以外の個所においても校訂を施しているとしてよかろうが、嘉禎本が天福本通りでないことは、勘物の詳細化や新たなる付加のあることによっても知られる。例えば、

46〔兼輔宰相昇任〕延喜廿年正月参議中将如本（天福本）――延喜廿一年正月参議左中将如元、蔵人頭（嘉禎本、小松本・岸上本・飯田市本）

423〔右近〕季縄女（天福本）――少将季縄女（嘉禎本、小松本・岸上本・飯田市本）

548〔敦慶親王〕ナシ（天福本）――敦慶寛平第三二品式部卿（嘉禎本、小松本・飯田市本）

1080〔嵯峨后〕嘉智子仁明母后嘉祥三年崩六十五（天福本）――仁明母后嘉智子嘉祥元年崩六十五贈太政大臣橘清友女（嘉禎本、小松本。飯田市本は「仁明母后」のみ）

1368「藤原伊衡」ナシ（天福本）――参議右兵衛督天慶元薨六十一（嘉禎本、小松本）

のようである。嘉禎本は、天福本の行成本朱注を採り入れて書写するというだけではなかったとみてよい。

（5）

定家の晩年七五歳の時の書写本である嘉禎本は、天福本に朱注をもって示しておいた行成本の本文を、本行化するという特殊な校訂のもとに成っている。その校訂にあたっては、「証本」たる行成本の本文により、家説の正当性をより確認していく一方で、家説の変更まで行って自家の本文に決着をつけようとしている。その流れは、天福本から嘉禎本への展開、また『僻案抄』の記載によって知られるところである。嘉禎本は、定家の家説やその流れをみる重要資料であることはもとよりであるが、定家は行成本関係個所以外でも本文の校訂を施していることが知られるので、その点でも定家の『後撰集』校訂史上における付随的存在ではないといえる。本稿では、まずは嘉禎本が、定家の校訂についてさまざまに考えるにあたって、考慮し活用すべき貴重な資料であることを揚言しておきたい。

注

（1）小松茂美氏『後撰和哥集　校本と研究』（昭和三六年、誠信書房）。

（2）岸上慎二氏「嘉禎二年書写奥書の後撰集について」（「語文」第二一輯、昭和四〇年六月。『後撰和歌集の研究と資料』所収）。

（3）『僻案抄』にも、「大納言筆可随事。謙徳公、蔵人少将之時、集えらぶ事を奉行の人なれば、彼家々嫡、文書つたへられたれば、定て証本と信仰す」とある。

（4）天福本奥書と同一内容で、定家筆天福本を透写したとみられる高松宮家旧蔵本では、他と異なる古雅な字体である。

（5）前掲書、第五章・第七章。拙者『後撰和歌集諸本の研究』（昭和四六年、笠間書院）にも掲出した。

（6）前掲拙著。

（7）川平ひとし氏「『僻案抄』書誌稿㈠・㈡」（「跡見学園女子大学紀要」第一六・一七号、昭和五八年三月・五九年三月）。

（8）二本一致の本文などのなかにも、嘉禎本の天福本に対する異文が含まれていよう。

〔追記〕定家嘉禎二年本『後撰集』の新資料である飯田市立図書館本の存在は、畏友菅根順之氏の御教示によって知ったものである。

第三節　本文の改変

一　伝西行筆白河切——詞書の更改——

(1)

平安時代の書写になる『後撰集』の伝存本文は、冊子本は集前半（巻一〜一〇）の藤原教長（一一〇九〜一一八〇）筆二荒山神社蔵本のみであって、ほかは古筆切ばかりである。うち比較的多く伝存しているのは伝藤原定頼（九九五〜一〇四五）筆烏丸切と伝西行（一一一八〜一一九〇）筆白河切とであって、ともに集前半の巻一〜一〇の断簡である。後者の平安時代末期の書写になる白河切は、『後撰集』諸系統本中にあって、早い時点での本文を知りうる貴重な存在であるが、他の系統本にはみられない特異な本文を有していて、その典型が詞書において観察できることについて、旧著『後撰和歌集諸本の研究』（昭和四六年三月、笠間書院）で少しく触れたことがある。が、以後白河切の資料がかなり多く公開されてきてその実態がより具体化でき、白河切本文の有り様について考察する手掛りにもなろうかと思い、再考することとした次第である。

(2)

その白河切の本文が今日もっとも多くまとめて公開されているのは小松茂美氏の『古筆学大成』で、その『6　後撰和歌集一』（平成元年一月、講談社）に図版106～191の八六葉、『26　釈文一』（平成元年一月）にそれに釈文のみの七葉、さらに『30　論文二』（平成五年一一月）に図版一葉が加えられていて、計九四葉が容易に活用できることとなった。

しかし、白河切はこれ以外にも多少知りうる状況になっており、それらを書肆の目録掲載品二葉を除いて翻刻すると次のようである。

なお、旧年「白河切・胡粉地切・烏丸切本文拾遺」（「和歌史研究会会報」第51号、昭和四八年一一月）に白河切(1)として紹介し、そのまま『後撰和歌集研究』（平成三年三月、笠間書院）にも収めた一葉（巻一・春上、5～6）は、同じ伝西行筆であるところから白河切の資料とともに保存してあったゆえの不用意な錯誤であった。これは伝西行筆の『後撰集』の切ではあっても白河切とは異なる別種のものであることが今回確認できたので、訂正することとしたい。

㈠巻一・春上、24・23

個人蔵手鑑『筆陣』（東京大学史料編纂所蔵写真。久保木秀夫氏資料提供）・解体後個人蔵切

24　ことならはおりつくしてん
むめのはなわかまつ人のきても
みなくに
人のおやにおくれてはへりけ
れはいへの人〴〵もかた〴〵にいき
わかれなとしはへりけるに

むめのはなを

23　きてみへき人もあらしなわ
かやとのむめのはつはなおりつく
してん

㈡巻三・春下、119〜120

『大阪青山短期大学所蔵品図録　第一輯』（平成四年一〇月）

山さくらをみて

つらゆき

119　しらくもとみえつるものを
さくらはないまはちる《と》やと《ミ》いろ
ことになる

たいしらす　　よみ人しらす

120　わかやとの影ともたのむふち
のはなたちよりくともなみに
おらるな

㈢巻四・夏、169・(170)

『西行の仮名』（平成二三年二月、出光美術館）

あひかたくはへりけるおんなに

あひてものかたりなとするほ
とにあけにけれは
　ふちはらのたかつね
　　あそん

169 なつのよはあふなのみして
しきたえのちりはらふまに
あけそしにける

　やましなにはへりけるおん
なのもとにまかりてしのひ
はへりけれはよふかくかへりは
へりて

(170)

㈣巻五・秋上、246・248・249
『かな――王朝のみやび――』（平成七年九月、徳川美術館）

246 たなはたのとしとはいはし
あまのかはくもたちわたりいさ
みたれなん
　八日のあした

かねすけ

248　たなはたのかへるあしたのあまの川ふねもかよはぬなみもたゝなん

同心を　　つらゆき

249　あさとあけてなかめやすらんたなはたはあかぬわかれのそらをこひつゝ

㈤巻五・秋上、250・251

「栗山家愛蔵品入札」（昭和一〇年二月一七日、東京美術倶楽部）・伊井春樹氏『古筆切資料集成　巻二　勅撰集下』（平成元年五月、思文閣出版）

おもふこゝろはへりて人しらす

250　あき風のふけはさすかにわひしはたよのことわりとおもふものから

251　まつむしのはつこゑさそふ

あき風はおとは
　山よりふきそめける

㈥巻九・恋一、545・566
『にしき木』（明治四四年一一月）・『古筆切資料集成　巻二』
　　こゝろさしはへりなから
　えあはすはへりけるおんなの
(545)　もとにつかはしける
566　きみによりわかみそつらき
　たまたれのこすはこひしと
　おもはましやは

㈦巻一一・恋一、549・553
「当市菅井家所蔵品入札並ニ売立」（大正一三年一一月四日、名古屋美術倶楽部）・『古筆切資料集成　巻二』
　　　　　　　春道列樹
549　かすならぬみやまかくれのほと、
　きす人しれぬねをなきつゝ
　そふる
　　平定文かもとより□
　にのなにはのかたへなん

まかるといへりければ
とさ
553 うらわかみゝるめかるてふあ
まのみはなにかなにはのかた
へしもゆく

(八)巻九・恋一、551～552
小松茂美氏『後撰和哥集　校本と研究』「古筆切集成　補遺」（昭和三六年二月、誠信書房）

のはなにつけてふみ
おこせてはへりければ
551 おもふとはいふものからにとも
すれはわするゝくさのはなに
やはあらね
かへし
552 うへてみるわれはわすれて
あた人にまつわすらるゝはなに
そありける

(九)巻九・恋一、576～577
金刀比羅宮（写真）。片桐洋一氏「伝西行筆後撰集白河切」

はつかにみて
　　　　　　つらゆき

576 くもゐにて人をこひしとおもふ
かなわれはあしへのかりなら
なくに
　　人につかはしける
　　　　　　ひとしのあそん

577 あさちふのをのゝしのはらしの
ふれとあまりてなとかこひし
かるらん

㈠卷九・恋一、597～599
国文学研究資料館「古筆切十七種」（宮本長則氏蔵切）

597 すみのえのわかみなりせは
としふともまつよりほかの
いろをみましや
　　おとこにつかはしける

598 うつゝにもはかなきことの
あやしきはねなくにゆめと

おもふなりけり
をんなのあはすはへりけ
れは
599　しらなみのよる〳〵きしにたち
なれてねもみしものをす
みのえのまつ

㈡巻一〇・恋二、635
宮内庁書陵部蔵・高松宮家（特六―一三五）
かへりことせさりけるおんなの
ふみをからうしておこせて
はへりけれは
人しらす
635　あとみれはこゝろなくさのは
まちとりいまはこゑこそきか
まほしけれ

なお、「某家蔵品入札」（大正六年三月八日、東京美術倶楽部）として購入した目録の中に、「一三二　探幽西行横物　西行白河切帳　平瀬家伝来」の見出しのもとに人物座像の左辺部に白河切とする次の断簡が貼付されている。

かつらのみこのほたるをと
　らへてと□はへりけれは
209　つゝめともたまらぬものはなつむ
しのみよりあまれ□をもひ
　なりけり

しかし、この目録は大正六年の「某家蔵品入札」そのものではなく、幾種もの美術倶楽部目録の残欠を合本したものであって、掲載目録は特定しえていない。（追記２）。

また、久曽神昇氏『古筆切影印解説　Ⅱ六勅撰集編』（平成八年六月、風間書房）には、「臨写本」の項に「第四図　伝西行法師筆白河切後撰集（甲）　加茂季鷹臨写」・「第五図　同（乙）　同」の二葉が掲出されている。うち（甲）は、料紙の大きさが「二二・七糎×一四・七糎」とあり、白河切が通常縦一七センチ、横一五センチ台であるのと比べて相違しているが、（乙）の「約二〇・三糎×約一〇糎」が臨写紙の大きさを示しているようであるので、この面からは白河切の臨写であることを否定できないようである。しかしながら、（甲）の第一首目547

つらしともいかゝうらみんほとゝきす
わかやとちかく鳴声はせて

は、小松茂美氏の改行についてはより忠実な『後撰和哥集　校本と研究』の「後撰和歌集古筆切集成」、「白川切（伝西行筆）」の方に、

つらしともいかゝうらみむほと、

きすわかやとちかくなくこえはせ
て

とあるので、改行はもとより漢字・仮名の用い方も相違している。また、第三首目549

はるみちのつらき
かすならぬみやかくれのほと丶きす

も、前掲(7)に

春道列樹
かすならぬみやまかくれのほと丶
きす人しれぬねをなきつ丶
そふる

とあるように、改行が異なり作者名の漢字・仮名についても相違している。従って、この（甲）の臨写に「後撰集恋一　西行切」とあるが、伝西行筆切の臨写ではあっても白河切の臨写ではないとみてよかろう。

一方、（乙）については、『古筆学大成』150―釈83に原文が掲載されており、こちらの方は改行はもとより字形もまさしく臨写といえるものである。

これら一一葉について注目すべき点をみておくと、まず㈠においては歌序が24・23となっており、これは他の諸系統本にはみられない白河切の独自現象である。また、23には他の諸本にみられない詞書を有しているが、これについては後述する。㈢の169・(170)の詞書についても後述。㈣においては、246・248・249の歌序となっていて247の歌がないが、この間の異同は246の歌を二荒山本・片仮名本・承安三年清輔本の汎清輔本系統が持たないというだけで、247の歌がその位置にないのは白河切だけである。白河切には246と248の間に紙継ぎの痕跡はみられないようであるので、これは白河切の独自の欠歌とも位置移動ともみられる。㈤の250・251の一葉は、㈣の246・248・249に連接する断簡である。㈥は『にしき木』に545の詞書三行に続けて566の歌詞三行があり以下余白となっているが、『古筆学大成』177―釈68の図版にはその545の歌詞に始まり546の返歌・547の詞書の一二行書きの白河切が収められている。545の詞書は「えあはさりけるおんなのもとへ」とあるが、566の歌は「たまたれのこすはこひしと」（「こす」は「御簾」の枕詞であって諸本のごとく「みす」とあるべきで誤写であろう）と逢った後の詠歌であって、詞書と歌詞とは整合しないという問題がある。『にしき木』の図版に拠るかぎりでは三、四行目間に継ぎ目跡は観察できないということもあって、一応そのままに扱っておくこととする。㈦は549・553の二首の切であるが、その間の三首550・551・552のうちの551・552の切が㈧である。その㈧の断簡は、小松茂美氏『後撰和哥集　校本と研究』の「古筆切集成　補遺」93に「著書蔵・写真」に拠るとして掲載されたものであるが、同氏編の『古筆学大成』には収録されていないので意識的な削除である場合にはそのままに扱うことには問題が生じよう。ここは白河切における歌序移動ということからは矛盾しないので、そのままの姿としてみておいた。㈨の576には諸本に詞書、作者名ともになく白河切のみが「はつかにみて　つらゆき」とあるが、これに近い詞書、作者名は諸本の687に詞書「はつかにひとをみてつかはしける」（荒・片・堀・雲・坊・保・A・B・天）、作者名ナシ（荒・清・堀・坊）・貫之（片・A・天）・紀貫之（雲・保・B）のようにある。

なお以下、私家集は『私家集大成』、それ以外の諸集は『後撰集』を除き『新編国家大観』に拠った。

(3)

さて、『古筆学大成』の九四葉に右の一一葉を加えた一〇五葉の白河切について、当初に述べた課題である他系統本にはみられない特異な詞書の有り様について考察してみたい。

㈠巻一・春上、22

小松茂美氏『後撰和哥集　校本と研究』・『古筆学大成　6』・『日本名跡叢刊89　平安—烏丸切後撰集　平安—中院切後拾遺集　平安—白河切後撰集』（昭和五九年一二月、二玄社）、伊井春樹氏『古筆切資料集成　巻二』（平成元年五月、思文閣出版）

おもひはへりけるおとこに
おくれて又のとしのはる
わかせこにみせんとおもひし
むめのはなそれともみえすゆき
のふれゝは（白）
　たいしらす（荒・片・堀・雲・坊・保・A・B・天）
　　ナシ（荒・片・堀・雲・天）・赤人（慶・坊・保・A・B）
わかせこにみせんとおもひしむめのはな
それともみえすゆきのふれゝは（荒・片・堀・雲・坊・保・A・B・天）

白河切22番歌は『古筆学大成』106―釈2に21・22二首のうちの一首としてみられる歌で、他の諸本では「たいしらず」であるが、白河切には具体的な詠歌状況を表わす詞書のもとにある。この22「わかせこに」の歌は、もともとは『万葉集』巻八・春雑歌「山部宿祢赤人歌四首」の春景詠（1428～1431）中の一首1430である。『人麿集』春Ⅱ7、『赤人集』Ⅰ3、『家持集』早春部Ⅰ11・早春Ⅱ11や『古今和歌六帖』第一帖・天・雪739「赤人」に収められており、また『金玉集』7「山辺赤人」、『和漢朗詠集』巻上・春・梅94「赤人」、『深窓秘抄』春9、『三十六人撰』45「赤人」の秀歌撰にも早春の景を詠んだ赤人の名歌として撰入されてきている。ところが、『後撰集』にはその「赤人」の作者名を持つ諸本と作者名を持たなく21「よみひとしらす」が及ぶ諸本とがある。『後撰集』では、巻六・秋中、302「あきのたの」の歌の作者名を「天智天皇御製」「あめのみかと（の御製）」とする以外には『万葉集』の歌人名はみられないというところからすると、この22「赤人」とする諸本の記載は後世の表記であるという可能性もなくはなかろう。その点はとにかく、白河切は「赤人」なる作者名を有していない側の本文なのである。そうすると、本来赤人が「わかせこに」と女性の立場に立ってか、親愛の情を込めて友人に対する立場で詠んだこの歌は、白河切ではそのかせはなくなり、「わかせこ」の本義に従って女性の歌として「おとこにおくれて」が生じたもののようである。さらに言えば、四季部に事実上の恋・雑歌が多く収められている『後撰集』ではあっても、「おとこにおくれて」は春の梅花歌群（22～29）の歌としてふさわしいものではなさそうであり、雪で白梅が見えないことと亡くなった男性にその花を見せられないこととは密着してはいないようである。白河切の詞書は作為の所産である感がないではない。

⑵巻一・春上、23

個人旧蔵手鑑『筆陣』（解体、個人蔵）（前掲）

ナシ〔22「たいしらす」が及ぶ〕（荒・片・堀・雲・坊・保・A・B・天）

ナシ（荒・片・堀・雲・天）・よみ人しらす（慶・坊・保・A・B）

きてみへきひともあらしな〔雲・坊「を」〕わかやとのむめのはつはなをりつくして〔堀「み」〕む（荒・片・堀・雲・坊・保・A・B・天）

白河切を除く諸本では、⑴22に続いているこの23番歌の詞書は22「たいしらす」が及んでおり、作者名は22に「赤人」がない諸本では21「よみひとしらす」が及んでおり、22に「赤人」がある場合の諸本は「よみひとしらす」となっている。これに対して、白河切ではひとり24・23の歌序となっており、23の前歌の24の詞書・作者名は前葉にも本葉にも存在しておらず、その前葉は縦一七・六センチ、横一五・六センチ、本葉縦一七・七センチ、横一五・一センチであって白河切の一葉分の通常の大きさに近いものであって、ともに一〇行書きであるので、裁断前からも表記がなかったものともとれようが、実際的には不明とせざるをえまい。現状では白河切23は他の諸本にはみられない特有の詞書を持っており、作者名は表記なしの姿である。その歌は、もともとは『万葉集』巻一〇・冬雑歌・詠花2332「きてみへきひともあらなくにわきへなるうめのはつはなちりぬともよし」の無名歌であったとみられる。仮名万葉ともいえる『人麿集』にもⅠ162・Ⅱ春6・Ⅲ春部・詠花39（二句「人もあらなくに」・五句「ちりぬともよし」、Ⅲ39二句「やと」に「いへ」と傍書）、『家持集』早春部Ⅰ21（二句「人ならなくに」、五句「ちりぬらんよし」・Ⅰ早春部46（二句「人もあらしを」）・Ⅱ早春21（二句「人もあらなくに」、五句「ちりぬるもよし」）・Ⅱ早春47（二句「人もあらしを」）のように、早春の歌として伝えられている。白河切の家族が散在の状況となってしまっているという詞書は、歌詞の梅の初花を「きてみへきひともあらし」と符合しよう。が、これは⑴22の場合と同じく「人のおやにおくれて」が前提となっており、早春の歌として伝えられてきて、『後撰集』にも春部の梅花歌群（22〜29）に収められている歌の詞書として、ふさわしいとはみがたいところがあろう。

(3)巻四・夏、169

『西行の仮名』（平成二〇年三月、出光美術館）（前掲）

たいしらす（荒・片・堀・雲・坊・保・A・B・天）

ふちはらのたかつね（荒・片・清・堀・雲）・藤原高経朝臣（坊・保・A・B・天）

なつのよはあふなのみしてしきたへのちりはらふまにあけそしにける（荒・片・堀・雲・坊・保・A・B・天）

本断簡は『西行の仮名』の別府節子氏の「解説」に、「個人蔵」の「一幅」で「一七・九×一五・五」の料紙に「一六九番歌の詞書と和歌、一七〇番歌の詞書を所載するが、両歌の詞書は『後撰集』のどの伝本にもない詳細な本文である。「白河切」が万葉歌などの古歌を所載する場合、ときおりある特徴であるという」とあり、二首ともに特有の詞書を持っていることが指摘されている。うち(3)169の詞書は白河切系の本文を濃厚に持つ堀河本も含めて諸本は「たいしらす」であるが、白河切のみは具体的な詠歌状況を示す詞書を有していて特異なのである。これに対して作者名表記は白河切も諸本と同じ藤原高経（八三五〜八九三）であるが、この歌は『古今集』撰者でもある壬生忠岑の家集Ⅱ9・Ⅲ12・Ⅳ19（五句「とりそなきぬる」）に収められていていずれも詞書を有していない。事由は詳らかではないが、おそらく『後撰集』の次歌170「ゆめよりも」の作者名表記が「たゝみね」（荒・片・雲）・「壬生忠峯」（堀・坊・保・A・B・天）であることと関連してのことなのであろう。白河切の詞書もやっと会うことができたのに早くも

「あけぞしにける」になってしまった短かさを歌内容に添って言い表わしてはいるが、その短かさは歌詞では「しきたえのちりはらふまに」であるのに対して詞書には「ものかたりなとするほとに」とあって相違している。白河切の詞書は歌詞に合わせて逢瀬の短かさを言い表わしてはいても、必ずしも歌詞に密着している詞書とは言い難いものであるとしなければならないであろう。

(4)巻四・夏、169の次

『西行の仮名』(前掲)

〔ナシ(荒・片・堀・雲・坊・保・A・B・天。169「たいしらす」が及ぶ)

た、みね(荒・片・雲)・壬生忠峯(堀・坊・保・A・B・天)

170　ゆめよりもはかなきものはなつのよのあかつきかたのわかれ(堀「にあひし」)なりけり〕

白河切のこの詞書は(3)169番歌に続けて一面のうちに書写されているので、通常ならば170番歌の詞書とみられるが、他の諸本では170番歌は〔　〕付きで右に示したごとく、詞書の表記はなく169「たいしらす」が及ぶ形となっている。169に続いてあるというところからするとこの詞書は170番歌の詞書ということになろうが、そうするとこの詞書は諸本間において白河切特有の詞書となろう。しかしながら、「やましなにはへりけるおんな」と特定された詞書は170の歌と必ずしも結びつくものではなさそうであり、白河切には、独自歌の存在や歌序移動も比較的多くあって、これが170番歌の詞書であるとは断定しがたいところでもある。その170番歌から184番歌までの白河切は知られていないようでもあるので、白河切の特異な詞書はここにも存在しているとするに留めておきたい。

なお、170番歌は『忠岑集』に次のようにある。Ⅰ21「しのひて女のもとにまかり侍しにいくはくもなくてあけはへりしかはそのおむなに　二句「はかなく見ゆる」」、Ⅱ104「しのひてをむなのもとにまかりてはへりしにいくはくもなくてあけはへりにしかはまかりかへるとて」、Ⅲ94「ある女にしのひてあひて侍るにほとなくあけ侍にけれは」、Ⅳ158「しのひておんなのもとにはへりしにいくはくもなくてあけはへしかは」。

(5)巻九・恋一、556

飯島春敬氏『昭和古筆名鑑（あまのはら）』（昭和四二年七月、書芸文化院）・『名宝古筆大手鑑』、『日本書道全集6』（昭和四九年六月、講談社）、『古筆学大成　6』、『古筆切資料集成　巻二』

人のむすめをあひかたらひはへりけるをおやのことおとこをあはせはへりにけれはつかはしける

人しらす

ともすれはたまにくらへしますかゝみ人のたからとみるそかなしき

ナシ　よみひとしらす（荒・清555「つらくなりはへりけるひとのもとへつかはしける」が及ぶ形）・題読人不知（片）・たいしらす　よみ人も（堀・坊・保・B・天）・〔題しらす　よみ人〕しらす（行）・題

不知　読人不知（雲・Ａ）

ともすれはたまにくらへしますかゝみひとのたからとみるそかなしき（荒・片・堀・雲・坊・保・Ａ・Ｂ・天）

白河切のきわめて具体的な状況説明である詞書に対して、二荒山本と承安三年清輔本には詞書がなく555の詞書「つらくなりはへりけるひとのもとへつかはしける」（荒）が及ぶ形となっているが、そのほかの諸本は「たいしらす」である。この歌のよみについて片仮名清輔本は「ヘ女ヲカ、ミニナシタルニヤ　ユヘアルコトカ」と注記し、「別紙考」ともある。この「別紙」は清輔の歌学書である『奥義抄』のこととみてよいが、その『奥義抄』中・釈・後撰集に「玉にくらべしとは、玉をばめでたきものにいへばほむる心なり。女をかゞみにたとへたるぞ心得ぬ。故あることなるべし。人のたからとみるとあるは、女のこと人などにつきにければよめるにや。ますかゞみはますみのかゞみを略したるなり。万葉には十寸鏡とぞかける。又真澄鏡とかけり」とある。片桐洋一氏『新日本古典文学大系　後撰和歌集』（平成二年四月、岩波書店）が、「白河切（詞書略）」や『奥義抄』の説に従って、女を鏡に喩えたと解した」と説かれているように、詞書と歌詞との間にこの場合は齟齬をきたしているところはなさそうである。

(6)巻九・恋一、581

『後撰和哥集　校本と研究』・『古筆学大成　6』

こゝろさしふかき人にあはすして

かくこひむものとしりせよよるは

おきてあくれはきゆるつゆなら
ましを

　ナシ（荒・片・堀・雲・坊・保・A・B・天）

かくて（堀・雲・坊・保・A・B・天「こ」）ふるものとしりせはよはに（堀・保・天「夜は」。慶「よはに」）おきて
あくれはきゆるつゆ（雲「もの《つゆ》」）ならましを（清「ヤ」）（荒・片・清・堀・慶・雲・坊・保・A・B・天）

本歌は『万葉集』巻一二・寄物陳思、3052「かくこひむものとしりせはゆふへおきてあしたにけぬるつゆならましを」に発した歌とみられ、諸本には詞書がなく、前歌580の詞書「ひとのもとへ（雲・坊・保・A・B・天「に」）つかはしける（荒・片・雲・坊・保・A・B・天）・ナシ（堀、579「こゝろみじかきやうにきこゆる人なといひけれは」）」が及ぶ形となっている。これに対して、工藤重矩氏『後撰和歌集』（平成四年九月、和泉書院）が「こんなふうに恋しく思うものと知っていたなら、我身はいっそ、夜は置き明けると消える露であったらよかったものを」と解されている内容の古歌に、白河切のみは志深く思う人に逢えない心痛の歌である旨の詞書を付している。

なお、「桜田荘遺愛品高橋弘吉氏所蔵品入札」（昭和九年五月二八日、東京美術倶楽部）以下にみる白河切の巻一〇・恋二、692の詞書は、

　　かへし
694　あしひきのおふてふも
ろかつらもろともにこそいら
まほしけれ

人をおもひかけてつかはし
ける
　　　定　文
692　くさまくらこのたひへつるとし
月にうきはかはりてうれし
からなん

のようにあって、他の諸本（天福本による例示）とは、
をとこのたひよりまてきて今なんまてきつきたるといひて侍ける返事に
692　草枕このたひへつる年月のうきは帰てうれしから南
のように異質のものである。しかも、他の諸本の詞書と違って白河切の詞書は歌詞と整合しているものではなく、不用意な詞書の改変とも見られそうである。しかしながら、他の諸本では白河切と同じ詞書、作者が同巻に、
人を思かけてつかはしける
平定文
695　はま千鳥たのむをしれとふみそむるあとうちつけな我をこす浪（天）
のようにみられる。とすると、白河切の歌序が694・692であることから推し量ってゆくと、あるいは歌序移動も関連してか、白河切における692における詞書・作者名表記と歌詞との結び付きは書写の混乱に起因するところであったのかもしれない。

(4)

伝西行筆白河切について、『古筆学大成』の「総計二百三十七首」に(一)〜(二)の二三首を加えた二六〇首を対象とし、他の諸本にはみられない特異な(1)〜(6)の詞書について観察してきた。しかし、白河切の伝存する巻一〜一〇に限っても、白河切のもとの歌数は天福本の六九九首から推すと七〇〇首程度であったかとみられるので、もともとはかなり多くの特異な詞書が存在したものと推量される。

ところで、大略白河切の系譜にあるとみられる伝阿仏尼筆角倉切とも伝園基氏筆木曽切ともされる古筆切は、巻一〇以降が伝存していて白河切(1)〜(6)と重なる断簡はなく、伝為相筆切とそのつれの伝後伏見院筆切も巻一三以降の伝存切であって重なるところがない。また、堀河具世（?〜一四五二〜）筆堀河本は、前述のごとく(1)〜(6)の場合白河切以外の他の諸本と同類の本文を有していて、これらの資料から白河切の有り様について逆照射することはできない。従って、白河切の(1)〜(6)にみる詞書は現状では孤立の状態なのである。

そこで、白河切(1)〜(6)そのものからあらためてみてみると、六首のうち(1)22・(2)23・(6)581はもともとは『万葉集』歌であり、また(3)は『尊卑分脈』に寛平五（八九三）卒とある藤原高経の歌、(4)は170番歌であった場合は『古今集』撰者の一人壬生忠岑歌であって、ともに『後撰集』からすると半世紀は隔てている詠歌である。しかも、他の諸本では(1)(2)(3)の詞書は「たいしらす」、(4)も170の歌とすると「たいしらす」、(6)も多くの諸本が「たいしらす」であり、作者名も(3)の高経、(4)が170番歌である場合の忠岑以外は「よみひとしらす」である。すなわち、白河切(1)〜(6)では、他の諸本に「たいしらす」「よみひとしらす」歌をはじめとする『万葉集』歌や古歌に特有の詞書が付されているのである。その詞書も歌詞とは必ずしも密着しているものばかりではなかった。

白河切の本文は、白河切そのものの速筆に起因する変容を差し引いたとしても、諸本間にあってかなり独自性が強いものであるが、この(1)〜(6)にみる独自の詞書はなかでもその顕著な現象とすることができよう。そこで、この独自性の誘因は、『後撰集』撰集時のひとつの姿を示しているのではなくて、恋雑の生活歌中心の『後撰集』にあってその色彩をさらに濃くしようとした白河切系本文形成過程における作為によるものではなかろうかと想到するに至ったところである。

〔追記1〕白河切の詞書にみられる独自本文の生成は、片桐洋一氏が示されている『平安文学の本文は動く』（平成二七年六月、和泉書院）という有り様の、具体的な証左例となろう。

〔追記2〕185〜186頁掲載の白河切209番歌の目録図版は次のようである。

一三二　探幽西行横物

西行白河切張　平瀬家傳來

丈　九寸三分

巾　一尺七寸

二　伝二条為冬筆残欠本――混成本の生成――

(1)

伝二条為冬筆『後撰集』は、巻一・春上から巻四・夏までの一巻と、巻五・秋上から巻八・冬までの一巻の、集巻頭部のみが伝存している二巻の残欠本である。同本は、久曽神昇氏旧蔵本で、平成七年六月の某書肆目録および「古典籍下見展観大入札会目録」(平成七年一一月、東京古典会)に出品されて、非定家本の要素を有していようとのことから架蔵することにしたものである。

この本の表紙は紺地に雲花文様織、見返しは金箔散らしの斐紙。本文料紙は、縦二三・六センチ、横一五・〇センチ～一五・六センチ、字高二〇・三センチ～二〇・五センチの斐楮交ぜ漉き紙で、一面各一〇行、歌詞は外し書きのある一行書き、詞書は三～四字下りで、朱・墨の勘物、集付がある。その一面の右端は前紙の左端と並べて裏打ち紙に貼られ、左端は次紙の右端の上に二～三ミリの糊代をとって裏打ち紙に貼るというように、二面が一組の状態となっている。それは二面が一紙の裏打ち紙に貼られているからであって、箱の上蓋裏の貼紙に「上下紙つき〳〵に印有」と注記されているように、裏打ち紙の継ぎ目の糊代には、糊代の凹凸のため文字は掠れていて不明であるが、方形墨印が押されていて、保存をも見越したであろう装幀上からする料紙の単位とされている。すなわち、後掲の「折極」にみる第一巻目が「廿四枚継」、第二巻目が「廿六枚継」と記されているのがそれで、本文料紙を一面ごとに数えると第一巻目は巻一＝一一面・巻二＝八面・巻三＝一七面・巻四＝一二面で計四八面、第二巻目は巻五＝一一面・巻六＝一七面・巻七＝一六面・巻八＝八面で計五二面であるので、「廿四枚」「廿六枚」という教え方は装幀上からみて二面を一枚としたものであることが知られる。その全長については、「目録」に「(上)7米29糎　(下)7米84糎」とある。

(2)

さて、本文の筆者については、「折極」「後撰集四季之部　二条家為冬卿巻物二巻極」と上書された二紙に包まれた折紙に次のようにある。

巻物　二巻
始　ふる雪の
終　たなはたの　　廿四枚継
始　にはかにも
終　物おもふと　　廿六枚継
右後撰和哥集四季之部者
二条家為冬卿正筆無疑者也
天保九　　古昔庵

中冬中旬　　　　　好斎
水汲（方形墨印）

鑑定人の好斎（一七九五〜一八六二）は、大倉汲水の男で大倉家第二代の当主。名信吉、号古昔園・古昔庵。極を行った天保九年は一八三八年である。

この好斎によって筆者と認められた二条為冬は、『尊卑分脈』の「第二法成寺関白道長公五男権大納言長家卿孫」の目次に「大納言為世卿息男五人内　（略）　五男左《ママ》少将為冬」とあり、その系図に為世男の男の為通（為道）・為藤・為宗・為躬についで為冬があり、「左中将　正四位下」「建武二十一、関東於戦場卒」、すなわち南朝の尊氏追討軍に加わって建武二年（一三三五）に箱根で戦死したという。贈従三位。『亀山殿七百首』『石清水社歌合』ほかに出詠している勅撰集歌人。為冬男為重ののち孫為右で歌の家としての二条家は事実上断絶した。

その書は『眺望集』（昭和六〇年一月、臨川書店）所載ほかの短冊にみられ、本書の筆跡は少なくとも『眺望集』の短冊とは同じであるもののようである。また、為冬筆とされている古筆切のうち伝存の比較的多い『古今集』切は、久曽神昇氏『古筆切影印解説　Ⅰ古今集編』（平成七年七月、風間書房）に五葉収められているが、その「ひ」「れ」「る」「き」などの特徴ある字体は本書と共通するものであり、『金葉集』小野切の小松茂美氏『古筆字大成　9　後拾遺和歌集〜千載和歌集』（平成元年一月、講談社）所収の九葉も「れ」「る」「ふ」「て」などの特徴ある書体が本書と共通していて、一見した風貌はそれぞれに異なっているものの、まずは同筆と認めておいてよいようである。これらの書写年代は、本書について「目録」に「鎌倉末期頃」「鎌倉末期」、「古今集」について田中登氏解題（大東急記念文庫　善本叢刊　中古中世篇　別巻三　手鑑　鴻池家旧蔵）（平成一六年八月、汲古書院）に「鎌倉時代末期〜南北朝時代」、『金葉集』

小野切について小松茂美氏（前掲書）に「鎌倉時代、十三世紀末のころ」のように認定されている。

(3)

さて、本書は八巻のうち六巻に各一個所ずつまとまって欠脱している部分がある。それらは次のようである。

(1)巻一・春上　33～42詞書・作者
(2)巻二・春中　54～61詞書・作者
(3)巻三・春下　102詞書中途～107詞書・作者
(4)巻四・夏　182歌詞～203詞書中途
(5)巻七・秋下　356～366詞書・作者
(6)巻八・冬　451～459

これらの結脱部分の本文量を本書の書き様から推してみると、(1)二面、(2)二面、(3)二面、(4)四面、(5)二面、(6)二面分に相当している。これを折紙の表装上から二面を一枚とする「折極」の数え方からすると一枚ないしは二枚分となり、すべて糊代ではない継ぎ目から始まる一、二枚に当っている。従って、裏面糊代に押された墨方印を避けて外しているとも考えられようが、その裏打ち紙は本文よりも後の料紙かとみられ、欠脱部分が連続する偶数面であるところからすると、各面は巻子装への改装以前の冊子本時点での表裏であったのかもしれない。

しかし、これら一四面にわたる欠脱部分の伝存切の報告はいまだないようである。ただ関連する切としては、小松茂美氏『古筆学大成　7　後撰和歌集二・拾遺抄』（平成元年一月、講談社）に「26　伝二条為冬筆　後撰和歌集切」として掲載されている、「個人蔵・古筆手鑑」所収切で、巻一七・雑三、1218詞書途中～1220詞書途中の一葉がある。「紙の寸法は、たて二三・九センチメートル、よこ一五・七センチメートル」で、本書の縦二三・六センチ、横一五・〇～一五・六センチよりやや大きく、字高も二二・三センチで本書の二〇・三～二〇・五センチより高い。一面一〇行、歌一行書き、詞書三、四字下りで、字癖も共通するものではあるが、本書よりも速筆で詞書は改行ごとに書始めが下っていっている。形体、書き様ともに本書とは別種のものであると知られるので、現在までのところ本書のつれに関する知見は得られていないということになる。

（4）

さて、次に伝為冬筆本の本文について観察してみたいが、まずは諸本に対する歌序の異同を表示してみる。

諸本名の後の（　）内は、以下用いる同本の略号である。

初句の下に歌番号なく示した○印はその初句の歌がこの位置にアリ、×は同じくナシ、□は多くの諸本にその位置にある歌が当該本では他の位置にあることを示している。空白は伝存本文なし・表示なく不明を表す。

校異本文としてのみ知られる慶長本・承安三年本の歌序は、空白部以外は底本の歌序によって示した。

諸本略号表

系統	諸本（略号）
	伝為冬筆本（冬）
汎清輔筆本系統	二荒山本（荒） 片仮名本（片） 伝慈円筆本（慈） 承安三年清輔本（清）
古本系統	白河切（白） 堀河本（堀） 胡粉地切（胡） 行成本（行） 烏丸切（烏） 慶長本（慶） 雲州本（雲） 伝坊門局筆本（坊）
承保本系統	承保三年本（保）
定家本系統	無年号本A類（A） 無年号本B類（B） 年号本天福本（天）

初句	(冬)	(荒)	(片)	(慈)	(清)	(白)	(堀)	(胡)	(行)	(烏)	(慶)	(雲)	(坊)	(保)	(A)	(B)	(天)
やまかせの		73	73		73		73				73	73	73	73	73	73	73
このめはる			○														
はるさめの		74	74		74		74				74	74	74	74	74	74	74

(1)巻二・春中　74の次に「このめはる春の山田をうちかへしおもひやみにし人そ恋しき」の一首アリ。544との重出歌。清・保と同、片類似。

このめはる	○				○									○			
はるかすみ		75	75		75		75				75	75	75	75	75	75	75

(2)巻三・春下　83の一首ナシ。荒・片・清・堀・行と同。

ちよふへき	×	×	×		×		×		×		83	83	83	83	83	83	83

(3)巻三・春下　119・118の歌序。片同。

みよしのの	117		117		117		117			117	117	117	117	117	117	117	117
しらくもと	119		119														
やまさくら	118		118		118	118				118	118	118	118	118	118	118	118
しらくもと	□		□		119	119				119	119	119	119	119	119	119	119
わかやとの	120		120		120	120				120	120	120	120	120	120	120	120

(4)巻四・夏　151～156の六首、157 158の次の位置にあり。堀類似現象。

ほとときす	150	150	150		150		150				150	150	150	150	150	150	150
うらめしき	□	151	151		151	151	□				151	151	151	151	151	151	151
うきものと	□	152	152		152	152	□				152	152	152	152	152	152	152
なつのよは						○											
ときわかす	□	153	153		153		□				153 (154)	×	153	153	153	153	153

	しろたへに	ときわかす	なきわひぬ	あひみしも	ありとのみ							こかくれて	あまのかは	としをへて		けふよりは
				157	158	151	152	153	154	155	156	159	240			241
	154	155	156	157	158							159	240	○		241
	154	155	×	157	158							159	240		245	241
	154	155	156	157	158							159	240			241
	□	×	×	157	158	151	152	153	154			159	240			241
													240			241
	(□)	155	156	157	158							159	240			241
	154	155	156	157	158							159	240			241
	154	×	156	157	158							159	240			241
	154	155	156	157	158							159	240			241
156	154	×	□	157	158							159	240			241
	154	155	156	157	158							159	240			241
	154	155	156	157	158							159	240			241

(5) 巻五・秋上　244・246ナシ。清と同。行244ナシは同。

あまのかは	あまのかは	あきくれは	あまのかは		たなはたの	あきのよの	（中略）くさことに	（巻末）
242	243	×	245		×	247	270	
×	243	□	245		×	247	270	244
242	243	□	□		×	247	270	244
242	243	×	245		×	247	270	
242	243	□	245	244	246	247	270	
		×						
242								
242	243	244	245		246	247	270	
242	243	244	245		246	247	270	
242	243	244	245		246	247	270	
242	243	244	245		246	247	270	
242	243	244	245		246	247	270	
242	243	244	245		246	247	270	
242	243	244	245		246	247	270	

⑹巻六・秋中　274の次に「人のみることやくるしきをみなへし秋きりにのみ立かくれつゝ」の一首アリ。片・清・白・坊と同。堀・烏・雲と類似。

うらちかく	ひとのみる	をるからに	ひとのみる	あきのの
273		274	○	275
×		274		275
273		274	○	275
273		274	○	275
		274	○	275
273	○	274		275
273	○	274		275
273		274		275
273	○	274		275
273		274	○	275
273		274		275
273		274		275
273		274		275
273		274		275

⑺巻六・秋中　276・277の行間に「无　むつこともまたつきなくにあけぬめりいつらは秋のなかしてふ夜は」とあり。

をみなへし	276	276	276		276		276			276	276	276	276	276	276	276	276
むつことも	×	○	○		○		○			○	×	○	×	○	○	×	×
さみたれに	277	277	277		277		277			277	277	277	277	277	277	277	277

(8)巻六・秋中　334ナシ、独自現象

ふくかせに	333	333	333		333		333				333	333	333	333	333	333	333
あきのよは	×	334	334		334		334				334	334	334	334	334	334	334
ぬきとむる	335	335	335		335		335				335	335	335	335	335	335	335

(9)巻八・冬　503ナシ、独自現象

ふゆのいけに	502	502	502	502	502	502	502			502	502	502	502	502	502	502	502
ゆくとしの		○	○														
むはたまの	×	503	503	503	503	503	503			503	503	503	503	503	503	503	503
このつきの	504	504	504	504	504		504			504	504	504	504	504	504	504	504

※定家年号本については、二条家使用本の確認が得られないようであるので、今日通行の本文となっている冷泉家証本であった定家筆天福二年本を用いることとする。

伝為冬筆本の現存巻一～八における歌序異同個所はこの九個所であるが、本書が一割強に及ぶ欠脱個所があるとしても、たとえば二荒山本の三四個所、堀河本の一八個所、雲州本の二〇個所と比べると少ないものである。しかも、このうち(7)276歌詞と277詞書の行間に細字で補入されている「むつことも」の歌は、多くの諸本が有している歌であって、持たないのは慶長本・伝坊門局筆本と定家本の無年号B類・年号本とである。この注記に際して「无」と断っているのは、底本にない歌であるので本行にはもとより記していないが、いくつかの照合本には存在する歌であるので念のために注記したものであろう。一方、⑻334、⑼503の歌ナシの個所は、他の諸本にはみられない独自現象であるところからすると、誤脱であるという可能性も高いとみられよう。

さて、この⑻⑼の個所は一応除いて、他の個所における諸本との関係をみてみると、⑷は堀河本と類似現象を示す個所、⑺は右の通りであるが、⑴⑵⑶⑸⑹は汎清輔本系統の諸本に同現象がみられ、ことに承安三年清輔本とは⑴⑵⑸⑹が同歌序であることが注目される。

そこで、承安三年清輔本そのものの諸本に対する歌序異同をみてみると次のようである。

⑴巻一・春上　34 33の歌序
⑵巻二・春中　63の歌ナシ
⑶〃　70 71の歌ナシ
⑷〃　74の次に「コノメハル」の歌アリ
⑸巻三・春下　83の歌ナシ
⑹〃　138 139の歌ナシ
⑺巻四・夏　191の歌ナシ
⑻巻五・秋上　244の歌ナシ
⑼〃　246の歌ナシ
⑽巻六・秋中　274の次に「人ノミル」の歌アリ
⑾〃　276の次に「ムツコトモ」の歌あり

⑿　〃　　296 295の歌序
⒀　〃　　343の歌ナシ
⒁　〃　　348の次に「秋ノヨヲ」の歌アリ
⒂　〃　　350の次に「秋ノ野ノ」の歌アリ
⒃巻八・冬　450の次に「カミナ月」の歌アリ

この歌序と伝為冬筆本の歌序とを対比してみると、承安三年清輔本は校異本文としてのみ知られ、伝為冬筆本の方は欠脱部分を多く持っており、この承安三年清輔本の歌序異同個所とは全面的には対比できないという状況であって、厳密な方向は見出せないが、伝為冬筆本の⑴⑵⑹は同歌序であるのに対して⑶⑷⑺は⑻⑼の独自現象を除いても一致しないという関係にある。そうすると、歌序の面からは伝為冬筆本は承安三年清輔本と深い関係は持っていようが、その関係は全体像に渡るものではないとみなせよう。加えて、この歌序関係からすると、承安三年清輔本の巻六・秋中の⑾⑿以降からは無関係となっているということも注目しておくべきところである。

(5)

この歌序において巻六・秋中の半ばを堺としてその前後で様相を異にしているとみられることと類同の現象は、詞書と作者名に対する勘物においてもみられるところである。その勘物は朱と墨とがあるが、勘物とともにそれを示してみると次のようである。

巻一・春上
16　作者「閑院左大臣」　冬嗣　贈太政大臣（朱）

17　作者「中納言藤原兼輔朝臣」　中納言右衛門督　承平三薨　入古今人（朱）

巻二・春中

47　作者「藤原扶幹朝臣」　大納言按察使　天慶元年七月薨七十五（朱）

48　作者「藤原伊衡朝臣」　参議左兵衛督　天慶元年十二月薨六十三　延喜十六年右少将十七年蔵人延長三年四位同十月中将八年正四位下兼内蔵頭承平四年参議七年右兵衛督（朱）

67　作者「師尹朝臣」　後小一条左大臣　天暦二年権中納言左兵衛督（朱）

70　作者「朝忠朝臣」　天暦六参議　応和三中納言　慶保三薨五十七（朱）

巻三・春下

81　作者「顕忠朝臣母」　大納言源湛女　従五位上字裁更衣（朱）

93　作者「こわか君」　惟高親王娘（墨）

114　作者「きよかけの朝臣」　大納言　陽成院源氏　天暦四年薨（朱）

125　作者「三条右大臣」　定方　兼左大将　内大臣高藤三男（朱）

126　作者「兼輔朝臣」中納言（朱）

133　作者「源のなかのふの朝臣」　大納言貞恒男　光孝天皇孫　延長八右少将　承平六四位右衛門督（朱）

136　作者「右大臣」　小野宮（墨）

巻四・夏

160　作者「良峯よしさたの朝臣」　承平六年右少将天慶三蔵人六年四位八年右中将天暦九年卒（朱）

169　作者「藤原たかつね」　蔵人頭従四位下右兵衛督　贈太政大臣長良七男（朱）

182　詞書「三条右大臣少将にて」　寛平九右少将　延喜六左中将（朱）
203　詞書「内侍のかみ」　延喜入文彦太子宮　天慶元年任尚侍　応和二年薨贈正一位（朱）
　　作者「太政大臣」　貞信公（墨）

巻五・秋上

209　詞「かつらのみこ」　敦慶親王也　見大和物語（朱）
227　作者「源なかたゝ」　筑前守　大蔵大輔　当年子　近院右大臣孫（朱）
262　作者「藤原元善朝臣」　宮内卿従四位上右京大夫　是法男　中納言葛野麿曽孫（朱）

巻六・秋中

277　詞書「先帝」　延喜（朱）
　　作者「あふみ」　源周子　右大弁唱女　生時明親王并内親王三人（朱）
279　作者「法皇」　寛平（朱）
294　作者「左大臣」　小野宮（墨）
349　作者「枇杷左大臣」　仲平　兼左大将　昭宣公二男（墨）

巻七・秋下

367　詞書「兼輔朝臣右近少将に侍けるとき」　延喜十三年左少将蔵人十七年八月蔵人頭十一月四位十九年中将（朱）
　　作者「藤原忠房朝臣」　延喜十一年左少将十八年四位上　入古今（墨）
423　作者「右近」　少将季縄女　季縄延喜十七年右少将延長元年卒（墨）

425　作者「平伊望朝臣女」　大納言　天慶二年薨（墨）
427　作者「みなもとのとゝのふ」　整（墨）
430　作者「源わたす」　済（墨）

巻八・冬

470　詞書「式部卿あつみのみこ」　敦実（墨）
　　　詞書「前斎宮のみこ」　柔子　天徳三薨（墨）
480　詞書「師氏朝臣」　天慶七参議天徳四中納言安和二権中納言天禄元薨（墨）

この一覧においてまず勘物の朱・墨に注目してみると、巻一から巻五まではほとんど朱による注記であって、墨は93「惟喬親王娘」（定家年号本諸本「惟喬親王女」）、136「小野宮」（作者名「右大臣」・定家年号本作者名「左大臣」、承久本・貞応二年本・天福本・嘉禎本ナシ、貞応元年本「小野宮」）、203「貞信公」（定家年号本の承久本・嘉禎本ナシ・貞応元年本・貞応二年本ナシもあり・天福本「貞信公」）という称号など伝ではない簡単な表記の三個所のみである。それが巻六においては朱の表記が続いたのち途中から墨の注記に変わっている。さらに、巻七・八においては巻七最初の367の注記のみは朱注であるが以後はすべて墨注である。勘物の表記におけるこのような状況からも、巻六の途中から何らかの変換が成されているとみられる。

ところで、ここで伝為冬筆本の勘物内容についてみておきたいが、それを巻一・巻七によって例示すると次のようである。

巻一・春上

(1) 16　作者名「閑院左大臣」

冬嗣　贈太政大臣（冬）――冬嗣（承久三年本・貞応元年本・貞応二年本・寛喜本・天福本・嘉禎本の定家年号本）

(2)17　作者名「中納言藤原兼輔朝臣」

中納言右衛門督　承平三薨　入古今人（冬）――入古今　中納言右衛門督　承平三年薨（承久三年本・貞応元年本・貞応二年本「入古今」ナシも・寛喜本ナシ・天福本・嘉禎本「入古今」ナシもの定家年号本）

巻七・冬

470　詞書「いもうとの前斎宮のみこ」柔子　天徳三薨（冬）――柔子　天徳三薨ナシもあり（承久三年本）・柔子（貞応元年本ナシもあり・天福本）・ナシ（貞応二年本・寛喜本・嘉禎本）

(2)480　詞書「師氏朝臣」

天慶七参議　天徳四中納言　安和二権中納言　天禄元薨（冬）――天慶七参議　天徳四中納言・安和二大納言　天禄元薨（承久本ナシもあり・貞応元年本・貞応二年本ナシもあり・天福本）・ナシ（寛喜本・嘉禎本）

この対照から伝為冬筆本の勘物は定家年号本における勘物とまずは共通するものであることが知られる。しかしながら、伝為冬筆本には10作者名「行明新王」には勘物がみられないが、定家年号本には「延喜親王　実寛平第十　母京極御息所」（承久本ナシもあり・貞応元年本・貞応二年本「寛平御子　母京極御息所」とも・寛喜本・天福本・嘉禎本「延喜親王」ナシ）のようにあり、46詞書の「兼輔朝臣」が左注に「はしめて中納言になりてはへりけるとしになむ」に対する勘物は伝為冬筆本にはみられないのに対して、定家年号本には「延喜廿一年正月参議中将如元」（承久本）、「延喜廿一年参議蔵人頭」、「延喜廿一年参議」・ナシ（貞応元年本・寛喜本）・「延喜廿一正〔月〕三木〔参議〕左〔ナシ〕中将如元蔵人頭（貞応二年本）」、「延喜廿年正月参議中将如元（天福本）」、「延喜廿一年正月参議左中将如元々蔵人頭（嘉禎本）」、また伝為冬筆本には225詞書の「源昇朝臣」についての勘物がみられないのに対して、定家年号本では「大納言」（承久本・貞応元年本・貞応二年本・天福本）・ナシ（寛喜本・嘉禎本）のようである。さらに、伝為冬筆本126作者「兼輔朝臣」の勘物「中納言」は定家年号本のうち嘉禎本のみに「中納言」とみられ、136「右大臣」の勘物「小野宮」は定家年号本の作者名は「左大臣」であるが、貞応元年本のみに「小野宮」の勘物があり、294の作者名「左大臣」に対する伝為冬筆本の勘物「小野宮」は定家年号本ではまったくみられない。

このように、伝為冬筆本の勘物は定家年号本の勘物と同種のものとみられ、それと深い関係をもっていようことは確かであろう。しかし、定家年号本の勘物との内容、有無の関係はまちまちであって、年号本間において移記されたり省略されたりしていることもあり、また伝為冬筆本流に表記されることもあってか、定家年号本のうちどの年号本ともっとも親しい関係にあるかという点については方向を見出せないでいる。

さて、巻六の半ばから本文上何らかの変換が成されていようといういまひとつの現象がある。後撰集の諸本では「題しらす」であって作者も不明であるという場合、「題しらす　読人しらす」・「題しらす　よみ人も」・「たいよみひとしらす」のいずれかの表記が用いられているが、伝為冬筆本においては次のように巻六の途中を堺に異なる二種の表記が成されている。

巻二・春中
62　題しらす　読人も
74　題不知　読人も
巻三・春下
84　題不知　読人も
97　題不知　読人も

120　題不知　　読人も
124　題不知　　読人も
131　題不知　　読人も
138　題不知　　読人も
140　題不知　　読人も

巻四・夏

147　題不知　　読人も
177　題不知　　読人も
204　題不知　　読人も
210　題不知　　読人も
213　題不知　　読人も

巻五・秋上

226　題不知　　読人も

巻六・秋中

275　題不知　　読人不知
295　題不知　　読人も
339　題不知　　よみ人＼もしらす

巻七・秋下

351　題しらす　よみ人《も歟》しらす
354　題しらす　よみ人しらす
383　題しらす　よみ人しらす
388　題しらす　よみ人しらす
397　題しらす　よみ人〵《も》しらす
424　題しらす　よみ人《も》しらす
428　題しらす　よみ人しらす
435　題しらす　〵よみ人しらす

巻八・冬

443　題しらす　読人しらす
460　題しらす　よみひとしらす
475　題しらす　よみ人しらす

このように、巻一から巻五までは「題不知　読人も」の形式に統一されているが、巻六では「題不知　読人も」と「題しらす　よみ人しらす」の表記が混在しており、その最後の一首339と巻七の一部351・397・424ではそれ以前の表記の「よみ人も・」が念頭にあってか「しらす」の傍に「も」の注記が施されてはいるが、巻七・八の本行はすべて「題しらす　よみ人しらす」の表記である。従って、この表記の場合も巻六の途上において何らかの本文上の転換があったろうことを示している現象としてみられよう。

(6)　以上のような次第で、伝為冬筆本は巻六・秋中の途上において本文上の転換があったものとみられるのであるが、それは歌序においても同断であって、巻六の途上までは承安三年清輔本と関係深いものであった。その承久三年定家本に対する片仮名朱注として知られる鳥取県立図書館蔵の承安三年清輔本との関係という面から個個の本文についてみると、次の例示のような関係個所が存在している。

巻一・春上、10　詞書
あつみのみこ野にて（清「アツミノミコノ野ニテ」）子日せむとありけれはのふみつの朝臣（清「ノフミツノ朝臣△但不分明」）さそふとて〔冬・清〕
宇多院かゐてゐに（片「関白ニテ」）子日せんとありけれはふ（片「ノ」）んみつの朝臣を（片ナシ）さそふとて〔荒・片〕
宇多院に子日せむとありけれは敏実親王に〔堀〕
宇多院に子日せむとありけれは式部卿（坊・保・A・B・天「の」）みこをさそふとて〔雲・坊・保・A・B・天〕

巻一・春上、12　詞書
后宮の哥合のうた〔冬・清〕
中宮（堀「の」）哥合に〔荒・片・堀〕
寛平御時后宮（坊・A・B・天「の」）哥合哥（坊・保・A・B「に」）〔雲・坊・保・A・B・天〕

巻一・春上、31　詞書
としをへて心かけにたるをんなのことしはかりうたにまちくらせといひけるかまたいとつれなかりけれは（清「トシヲヘテ心カケタル女ノ……」）〔冬・清〕
ナシ〔荒・片・白・堀・雲〕
題しらす〔坊・保・A・B・天〕
　伝為冬筆本の詞書は、慶・保・A・B・天の前歌30にみられる詞書で、清はその30の詞書は抹消し31の位置に同詞書の冒頭部を記している。冬の30詞書は荒・片・白・堀・雲・坊と同じ「題不知」で、行は天福本に注として「本無此詞」とある。

巻二春中、67　歌詞
青柳のいとつれなくもみゆるかな（片・清「ミユルカナ」、清は五字墨圏点）いかなるすちにおもひよらまし〔冬・片・清〕
あをやきのいとつれなくもなりゆくか（慶「は」）いかなるすち（堀「ふち」）におもひよらまし〔荒・堀・烏・雲・坊・保・A・B・天〕

巻三・春下、85　詞書
朝忠朝臣の家のとなりに侍ける（清、底本「に」抹消）さくらのいたくちりけれは朝忠（清「朝臣」）につかはしける〔冬・清〕
あさたゝ（片・堀・雲・坊・保・A・B・天「朝臣」）かいへの（片・堀・慶内・雲「家ノ」。坊・保・A・B「の家の」。天ナシ）となりにはへりけるに（片「コロ」。雲ナシ）さくらのはなの（堀・雲・天ナシ）いたう（片「イタク」。

堀・A・B「いといたく」。雲・坊「いといたふ」）ちり（坊・A・B「侍」）けれ（片「ルニ」）はつかはしける（片・堀・雲・A・天「イヒツカハシケル」。Bナシ）〔荒・片・堀・雲・坊・保・A・B・天〕

巻三・春下、128　詞書

おなし日（清「ヲナシ日」）物かたりなとし〔以下略。冬・清〕

フエフキナトシテアソヒシ（堀「あそひし」。雲・坊・保・A・B・天「ことふえなとしてあそひ」）モノカタリ（堀・A・天「なと」。慶「なと」ナシ）〔以下略。片・堀・雲・坊・保・A・B・天〕

巻四・夏、175　歌詞

おりはへてねをそなきぬる〔荒・片・清「〔ねを〕ソナキヌル」郭公しける（荒「き」）なけきのえたことにゐて〔冬・荒・片・清〕

おりはへてねをのみそなく郭公しけきなけ木のえたことにゐて〔堀・雲・坊・保・A・B・天〕

巻四・夏、209　詞書

かつらのみこのほたるをとらへてといひ侍りけれはかのみやをおもひかけたる童女の袖につゝみて（清「カノミヤヲ思カケタル童女ノソテニツゝミテ」）〔冬・清〕

かつらのみこのほたるをとらへてといひはへりけれはわらはのかのみやをおもひかけたるかゝさみのそてにつゝみて〔荒〕

カツラノミコノホタルヲトラヘテトノタウヒケレハソテニスカシテ（片）

かつらのみこのほたるをとらへてとひ侍ける〔堀〕

かつらのみこのほたるをとらへてといひ侍けれはわらはのかさみの袖につゝみて〔雲・坊・保・A・B・天〕

巻五・秋上、237　詞書

七日（清、底本の「越後のくら人」抹消）つかはしける〔冬・清〕

七月七日（堀「七夕」。雲「なぬかの日に」。A・天「七日」）ゑちこのくらひとに（片「蔵人ノモトニ」）つかはしける〔荒・片・堀・烏・雲・坊・保・A・B・天〕

巻五・秋上、257　歌詞

秋かせのふきくるからに（清「カラニ」）蛬草のねことに声みたれけり〔冬・清〕

あきかせのふきくるよひ（白「たひ」）はきり〳〵すくさのね（白「むら」）ことにこゑみたれけり（慶標「よはりけり」。慶内・雲「よはりゆく」）〔荒・片・白・堀・慶・雲・坊・保・A・B・天〕

このように、伝為冬筆本の本文は67・175番歌の例示にみるごとく汎清輔本系統と近接するところがあるが、ことにそのうちの承安三年清輔本と深い関わりを持っていることが知られる。それは両者の関係が諸本間において顕著にみられるということであって、全面的な現象であるのではない。すなわち、巻一・春上の巻頭部における両者の本文関係を例にとってみると（清は底本のまま提出）、

3　作者

冬「かねみの大君」（荒「かねみの王」、片・堀・「兼覧大君」）

清「兼盛王或兼覧王（朱）」

坊・保・A・B・王「兼盛王」

4　歌詞

冬　しら雲のうへしる（雲・坊・保・A・B・天「うへしる」）けふそ春雨のふるにかひある身とはしりぬる

清「白雲のうへしる《ヽホレル（朱）》（荒・片・堀「のほれる」）けふそ春雨のふるにかひある身とは知ぬる

5　詞書

冬「（略）えつかうまつらすして（白・堀・雲「すして」）（略）

清「（略）えつかうまつらて《すレイ（墨）》」（荒・片・坊・保・A・B・天「て」）（略）

5　作者

冬「小野宮左大臣」（白「小野宮左大臣」）

清「左大臣小野宮（墨）」（荒・片・坊「左大臣」・雲「左大臣実頼（小野宮清慎公）」・保・A・天「左大臣小野宮」・B「左大臣清慎公実頼」）

のようであって、伝為冬筆本と承安三年清輔本とは、後者が朱注としてのみしられる万全ではない本文であるということを考慮しても、本源的にかなり対立的な本文を有していようことを予想しなければなるまい。

(7)

そこで、承安三年清輔本を主とする伝為冬筆本の諸本との本文関係をみてみたいが、ここでは問題のある巻六・秋中の歌詞を例に取って考察してみたい。

273　うらちかくたつあさきりはもしほやく煙とのみそみえわたりける（冬）

あさぎりは（冬・片）――あききりは（堀・烏・雲・坊・保・A・B・天）　みえわたりける（冬・片・清「〔みえ

わたり〕ケル」・堀・烏・雲・保・A・B・天）――あやまたれける（坊）

274の次　人のみることやくるしきをみなへし秋きりにのみ立かくれつゝ

立かくれつゝ（冬・片・清「タチカクレツヽ」・保）――たちかくるらん（堀・烏・雲273の次）

〔279～292、清全面的に朱注ナシ〕

295　秋の田のかりほのやとのにほふまてさける秋はきみれとあかめかも

秋の田の（冬・荒・片・清「秋ノ田ノ」・堀・烏・雲・坊・保・A・B・天）――〔秋〕田かる（慶標）かりほのやとの（冬・荒・片・清「カリホノヤトノ」・雲・坊・保・A・B・天）――かりほすやとの（堀）――かりほのやとに（烏）みれとあかめかも（冬）――みれはあかぬかも（荒）――ミレトアカヌカモ（片・堀・雲・坊・保・A・B・天）――ミレトアカヌ哉（清）――みれとあかぬらん（烏）

296　秋の夜をまとろますのみおきあかすみに夢たにそたのまさりける

秋の夜を（冬・荒・片・堀・雲・坊・保・A・B・天）――秋よを（烏）おきあかす（冬・清「ヲキアカス」）――あかすには（荒・片・坊・保・B）――あかす身は（堀・烏・雲・天）みに夢たにそ（冬）――ゆめちとたにそ（荒・片・堀・烏・坊・保・A・B・天）――くめち〔とたに〕も（慶標）

300　しら露のおかまくお《ほ》しき秋はきをおりてはさらにをきやかくさん

しら露の（冬・荒・片・白・烏・雲・坊・保・A・B・天）――白露と（堀）おかまくおしき（冬・白・烏・雲・天）――をくたにをしき（荒・片・慶標・坊・保・A・B）――おもくおしみ（堀）おりてはさらに（冬・白・堀・烏・雲・坊・A・B・天）――をりてはあやな（荒・片）をきやかくさん（冬・清「ヲキヤ〔かくさん〕」・白・堀・坊・保）――おきやからさん（荒・片・烏・雲）――われやからさん（A）――われやかくさむ

（B・天）

303 我袖に露そをくなる天の河雲のしからみ浪やこゆらん
波やこゆらん（冬・清〔浪やこ〕ユ〔らん〕）――なみやこすらん（荒・片・白・堀・胡・烏・雲・坊・保・A・B・天）

306 さをしかのたちならすをの丶秋はきにをける白露我もけぬへし
たちならすをの丶（冬・荒「□ならすをの丶」・片「タチナラスヲノ」・清「〔立ならす〕オノ〔丶〕」・雲・保・A・B・天――立なくおの丶（堀・胡・烏・坊）

310 をくからにちくさの色となる物を白露とのみ人のいふらん
ちくさの色と（冬・荒・片・清「〔千種の色〕ト」・堀・烏・慶内・雲・A）――ちくさの色に（坊・保・B・天）
白露とのみ（冬・堀・烏・雲・坊・保・A・B・天）――しらつゆとしも（荒・片）

311 しら玉の秋の木のはにやとれるとみゆるは露のはかるなりけり
秋の木のはに（冬・荒・片・坊・A・天）――秋の草葉に（堀・烏・雲・保・B）　やとれると（荒・片・清・「〔やとれる〕ト」・堀・烏・雲・坊・保・A・B・天）　みゆるは露の（冬・荒・片・烏・雲・坊・保・A・B・天）――みゆる露（堀）　はかるなりけり（荒・片・堀・烏・雲・坊・保・A・B・天）――カ丶ル・ハカル〔なりけり〕（清、二本文掲出）――か〔かるな〕るへし（慶標）

314 おほそらに我袖ひつ《／ひとり》とあらなくにかなしく露のわきてをくらむ
我袖ひつと（冬・片・清「〔わか袖〕ヒツトト」・堀・雲）――〔わか袖〕ひとつ（行・烏・坊・保・A・B・天）
かなしく露の（冬・荒・片・堀・烏・慶内・雲・坊・保・A・B）――かなしくつゆや（天）

315 あさことにをく露袖にうけた《と》めて世のうきをりの涙にそかる《＼す》
あさことに（冬・片・堀・烏・雲・坊・保・Ａ・Ｂ・天）——あきことに（荒）　うけためて（冬・荒・片・雲・坊・保・Ａ・Ｂ・天）——うけとめて（堀・烏）　世のうきをりの（冬・清「〔世のうき〕ヲリノ」）——よのうきときの（荒・片・堀・烏・雲・坊・保・Ａ・Ｂ・天）　涙にそかる（冬・荒・片・堀・雲・坊・保・Ａ・Ｂ・天）——なみたにそかす（烏）

318 秋の夜の月のかけこそこのまよりおちはころもとみにうつりなめ
おちはころもと（冬・荒・片・烏・雲・坊・保・Ａ・Ｂ・天）——おちて心と（堀）——おちてころもと（Ａ）
みにうつりなめ（冬・清「〔身にうつり〕ナメ」）——みにうつりけれ（荒・片・堀・烏・雲・保・Ａ・Ｂ・天）——身にそへりけれ（坊）

322 秋のうみにうつれる月はたちかへり《＼る》なみはあらへと色もかはらす
うつれる月は（冬・荒・片・清「〔うつれる月〕ハ」・坊）——うつれる月を（堀・雲・保・Ａ・Ｂ・天）

326 月かけはおなし光の秋の夜をわきてこゆるは心なりけり
秋の夜を（荒・片・清「〔秋のよ〕ヲ」・白・堀・烏・雲・坊・保・Ａ・Ｂ・天）

328 衣手はさむくもあらねと月影をたまらぬ秋の雪とこそみれ
さむくもあらねと（冬・烏・雲・坊・Ａ・Ｂ・天）——さむからねとも（荒・片・清「〔さむ〕カラネトモ」）——さむくあらねと（堀・保）

330 秋かせになみや立らむ天の川わたるせもなく月のなかるゝ
なみや立らむ（冬・荒・片・堀・雲・坊・保・Ａ・Ｂ・天）——なみやかくらん（烏）　わたるせもなく（冬・

雲・保・A・B・天）——わたるまもなく（荒・片・清「〔わたる〕マ〔もなく〕」・堀・烏・坊）

331　秋くれは思ふ心はみたれつゝまつもみちはとちりまさりける
思ふ心は（冬）——おもふこゝろそ（荒・堀・烏・雲・坊・保・A・B・天）——オモフ心ノ（片）　まつもみちはと（冬・A・天）——まつもみちはに（荒・片・堀・烏・雲・坊・保・B「と」もアリ）　ちりまさりける（冬・堀・烏・雲・坊・B・天）——ちりまかひける（荒・片・清「〔散ま〕カヒ〔ける〕」・保・A）

332　きえかへり物おもふ秋の衣こそ涙の川のもみちなりけれ
衣こそ（冬・坊・天）——こゝろこそ（荒・片・清「コ、ロコソ」・堀・雲・保・A・B）

339　をみなへし草むらことにむれたつはたれ松虫の声にまとふそ
声にまとふそ（冬・荒・片・清「〔声にま〕ト〔ふそ〕」・堀・烏・雲・坊・保・A・B「まよふ」の本文もあり・天）

347　をみなへしにほふさかりをみるときそ我老らくはくやしかりける
みるときそ（冬・荒・片・堀・烏・雲・坊・保・A・B・天）——〔みる〕ヲリノ（清）　くやしかりける（冬・荒・片・堀・坊・A・B・天）——くるしかりける（烏・雲）——かな〔しかりける〕（慶）——くるしかりけり（保）

348の次　清・雲296との重出歌
清「秋ノヨヲマトロマスノミアカスニ（雲「と」）ハユメチ（雲「くめち」）トタニモタノマサリケリ」

350の次　清・片316との重出歌
清「秋ノ野ノクサモワケヌニ（片「ヲ」）ワカソテノ物ヲモフナヘニツユケカルラム
316　冬「秋野（堀ナシ）ゝの草もわけぬを（荒・片・堀・烏・雲・坊・A「に」）我袖の物おもふなへに（堀

「からに」）露けかる（堀「露か丶る」）らむ」）

このように、伝為冬筆本の本文は承安三年清輔本が朱注本文として知られて対照できるのは二〇個所（348の次と350の次の承安三年清輔本の本文はその位置には伝為冬筆本の歌がないので除いて）にすぎないが、まず注目されることは326番歌までは伝為冬筆本は承安三年清輔本とほとんどが同文であるのに対して、328番歌以降では多くが異文であるということである。すなわち、326番歌までは、311の伝為冬筆本の五句「はかるなりけり」に対して、承安三年清輔本では底本の「はかる」を抹消して右側に「カヽル」、左側に「カハル」とあって承安三年清輔本の本文を特定できないので除き、326番歌までは、314の清「ヒツトト」は「ト」の衍字であって、冬の「ひつと」と本来は同文であったものとみられるが一応保留としておくと、295の五句「みれとあかめかも」（冬）・「ミレトアカヌ哉」（清）がそれぞれ諸本間における独自異文であって相違している個所のみが異文であって、他の一四個所が同文である。これに対して、328番歌以降においては、339五句が伝為冬筆本「声にまとふそ」に対して承安三年清輔本では「声にまよふそ」の「よ」を抹消して「ト」と注記していて同文であり、他の諸本にも「まとふ」・「迷」（天）とある個所のみが同文であって、他の五個所は異文である。

従って、伝為冬筆本ほ326〜328番歌あたりに本文の転換があったものとみられ、それは上述の諸徴証とも適うものであって、このあたり以前は承安三年清輔本と深い関係にあるとみてよい。これに対して、それ以降の承安三年清輔本関係個所以外においては、天福本とはすべて同文であって近しい間柄にあろうこととが窺われる。その関係は実は326〜328以前においても同断であって、天福本との異文は三個所のみである。その異文は、273冬「あさきりは」は天「あききりは」の一字違い、296冬「みに夢たにそ」は独自異文、314は他の諸本と同文の「かなしく露の」であるのに対して天は「かなしくつゆや」の一字違いの異文であるが、他の定家年号本に「の」とも「や」ともある個所である。従って、伝為冬筆本は、承安三年清輔本関係個所以外においては、定家年号本の代表として取り上げてきた天福本ともっとも近しい関係にあることが観察される。

しかし、これは限定された歌詞からみた方向であるので、巻六のその他の歌詞についても観察しておきたい。

271　秋きりのたちぬる時はくらふ山おほつかなくそみえわたりける

くらふ山（冬・荒・片・堀・烏・雲・保・A・B「くらふ山」「くらま山」両様・天）――おくら山（坊）――くらま山（B「くらふ山」と両様）

272　はなみにといてにし物を秋の野の霧にまとひてけふはくらしつ

いてにし物を（冬・片・雲・坊・保・A・B「いてにしものを」「いてこしものを」両様「い・天）――いてこしものを（荒・堀・烏・B・「いてにしものを」と両様）秋の野の（冬・片・雲・保・A・B・天）――秋の、に（堀）――あきの、に（荒・烏・坊）霧にまとひて（冬・荒・坊・保・A・B。天「迷」）――堀「霧にまよひて」――キリニマカヒテ（片・烏）――きりまとひて（雲）

274　おるからにわか名はたちぬをみなへしいさおなしくははな〳〵にみん

わか名はたちぬ（冬・荒・片・白・堀・雲・坊・保・A・B・天）――あたなはたちぬ（烏）

275　秋の、の露にをかる、をみなへしはらふ人なみぬれつ、やふる

秋の、（冬・堀・雲・坊・保・A・B・天）――あきの、に（荒）――アキ、リノ（片）――あきの、（白・烏）

露にをかる、（冬・荒・片・白・雲・保・A・B・天）――露に折らる、（堀）――つゆにおくる、（烏）――露にをかるな（坊）　ぬれつつやふる（冬・荒・片・白・堀・雲・保・A・B・天）――ぬれつ、そふる（坊）

277　さみたれにぬれにし袖のいと、しく露をきそふる秋のわひしさ

ぬれにし袖の（冬）――ぬれにしそてを（荒・片・堀・烏・雲・坊・保・A・B）――ぬれにし袖に（天）　露を
きそふる（冬・荒・片・堀・雲・坊・保・A・B・天）――つゆきそふる（烏）

278 おほかたも秋はわひしき時なれと露けかるらむ袖をしそ思ふ
時なれと（冬・荒・片・雲・天）――時なれは（堀・烏・坊・保・A・B）

279 しら露のかはるもなにかおしからむありてのゝちもやゝうき物を
しら露の（冬・荒・片・堀・雲・坊・保・A・B・天）――白露に（烏）　かはるもなにか（冬・荒・片・堀・
烏・雲・保・A・B・天）――かゝるもなにか（坊）

280 うゑたてゝ君かしめゆふ花なゝれは玉とみよとや露もをくらん
花なゝれは（冬）――はなゝれは（荒・片・堀・烏・雲・坊・保・A・B・天）　玉とみよとや（冬・片・堀・烏）
――はなとみえてや（荒）――たまとみえてや（雲・坊・保・A・B・天）　露もをくらん（冬・荒・堀・烏・
雲・坊・A・B・天）――ツユノヲクラム（片・保）

281 おりてみる袖さへぬるゝをみなへし露けき身ともいまやしるらん
露けき身とも（冬・片・堀・烏・雲）――露けき物と（坊・保・A・B・天）

282 よろつよにかゝ《＼へ》らん露ををみなへしなに思とかまたきぬるらむ
なに思とか（冬・片・堀・保・A・B・天）――なにをおもふと（烏・慶標・雲）――なにおもへとか（坊）

283 おきあかす露のよな〳〵へにけれはまたきぬるともおもはさりけり
またきぬるとも（冬・片・烏・雲・坊・保・A・B・天）――またきぬるをも（堀）

284 いまはゝやうちとけぬへき白露の心をくまてよもやへにける

よもやへにける（冬）――よをやへにける（片・堀・烏・雲・坊・保・A・B・天）

286 心なき身は草葉にもあらなくに秋くる風にうたかはるらむ

身は草葉にも（冬・保・A・天）――みはくさきにも（荒・片・白・堀・烏・雲・坊・B） あらなくに（冬・荒・片・白・烏・雲・坊・保・A・B・天）――あらねとも（堀） 秋くる風に（冬・荒・片・坊・A・B・天）――あきくるかせの（白・堀・雲・保）――あきくるよひは（烏）

287 人はいさことそともなきなかめにそ我は露けき秋も《は》しらるゝ

なかめにそ（冬・荒・片・堀・烏・雲・坊・保・A・B・天）――なかめには（白） 我は露けき（冬・烏・雲・坊・保・A・B・天）――われもつれなき（荒・片）――われにつゆけき（白）――我はつれなき（堀） 秋もしらるゝ（冬・荒・片・白・雲・坊・保・A・B・天）――秋そしらるゝ（堀）――あきをしらるゝ（烏）

288 はなすゝきほにいつることもなきやとは昔しのふの草をこそみれ

ほにいつることも（冬・荒・片・坊・保・A・B・天）――かにいつることも（堀）――ほにもいてゝも（烏・雲） 草をこそみれ（冬・荒・片・堀・坊・保・A・B・天）――くさとこそみれ（烏・雲）

289 やともせにうへなめつゝそ我はみるまねくすゝきに人やとまると

まねくすゝきに（冬）――まねくをはなに（荒・片・堀・烏・雲・坊・保・A・B・天）

290 秋の夜をいたつらにのみおきあかす露は我身のなにこそ有けれ（冬）

おきあかす（冬・荒・片・堀・烏・雲・保・坊・B・天）――おきてあかす（A） なにこそ有けれ（冬・荒・片・堀・烏・慶標・雲・保）――うへにそ有ける（坊・A・B・天）

291 おほかたにをく白露もいまよりは心してこそみるへかりけれ

白露も（冬・荒・片・雲・坊・A・B・天）――しらつゆの（烏）――らしつゆも（保）

292　露ならぬ我身とおもへと秋のよをかくこそあかせおきゐなからに

秋のよを（冬・荒・片・堀・雲・坊・保・A・B・天）――あきのよは（烏）

293　白露のおくにあまたの声すれは花の色〳〵ありとしらなむ

声すれは（冬・荒・片・天）――こゑすなり（堀・慶標・雲・坊・保・A・B）――こゑきけは（烏）

294　くれはてぬ《ミ》つきもまつへしをなへしあ。《め》やめてとはおもはさらなん

くれはてぬ《ミ》（冬）――くれはては（荒・片・堀・烏・雲・坊・保・A・B・天）　つきもなつへし（冬・荒・片・堀・雲・坊・保・A・B・天）――月もまつへく（烏）　をなへし（冬）――をみなへし（荒・片・堀・烏・雲・坊・保・A・B・天）　おもはさらなん（冬・荒・片・堀・雲・烏・坊・A・天）――おもはさらまし（保・B）

298　ゆきかへりおりてかさゝむあさな〳〵しかたちならすのへの秋はき

ゆきかへり（冬・荒・片・烏・雲・坊・保・A・B・天）――をきかへり（堀）　のへの秋はき（冬・堀・烏・雲・坊・保・A・B・天）――をのゝあきはき（荒・片）

299　我やとの庭の秋はきちりぬめりのちみむ人やくやしと思はん

のちみむ人や（冬・片・白・堀・烏・雲・坊・保・A・B・天）――のりみむひとや（荒）　くやしと思はん（冬・荒・片・堀・烏・雲・坊・保・A・B・天）――くるしとおもはむ（白）――〔くやし〕からまし（慶内）

301　秋はきのいろつく秋をいたつらにあまたかそへておいそしにける

いろつく秋を（冬・荒・片・坊・B・天）――いろつくときを（白・堀・烏・雲・保）――色とるときを（A）

あまたかそへて（冬・荒損欠・片・烏・雲・坊・保・A・B・天）――あまたかすへて（白）――あまたかそふる

（堀）

302 あきの田のかりほのいほのとまをあらみ我衣ては露にぬれつ〻

かりほのいほの（冬・烏・坊・保・A・B・天）――カリホノイネノ（片・荒「□ほのいねの」）――かりほすいほの（白・堀）――かりほのうへの（雲）

304 秋はきの枝もとを〻になりゆくは白露おもくをけはなりけり

枝もとを〻に（冬・烏・保・A・B・天）――□もたわ〻に（荒）――ヘタモタワ、ニ（片）――枝もたは〻に（堀・胡・慶標・雲・坊）――〔枝もと〕は〻〔に〕（慶内）　なりゆくは（冬・片・堀・胡・烏・雲・坊・保・A・B・天）――なりゆくを（荒）　白露おもく（冬・堀・胡・雲・坊・保・A・B・天）――シラツユイタク（片。荒欠損）　をけはなりけり（冬・荒・片・堀・胡・雲・坊・保・A・B・天）――なれはなりけり（烏）

305 わかやとのおはなかうへ〈に〉の白露をけたすてたまにぬくものにもか

おはなかうへの（冬・片・烏・雲・坊・保・A・B・天）――お花の末の（堀）――おはなかうへに（胡）――「□なかうへの」（荒）　白露を（冬・荒・片・堀・胡・雲・坊・保・A・B・天）――しらつゆは（烏）　ぬくものにもか（冬・荒・片・胡・烏・雲・坊・保・A・B・天）――をく物にかも（堀）

307 秋の〻の草葉いと〻もみえなくにをく白露を玉とぬくらん

秋の〻の（冬・荒・片・胡・烏・雲・坊・保・A・B・天）――秋の〻（堀）　草葉いと〻も（冬・片・烏・雲・坊・保・A・B・天）――草葉はいとも（堀）――くさは〻いと〻（胡）。荒「□はいと〻も」　玉とぬくらん（冬・荒・片・烏・雲・坊・保・A・B・天）――玉とつらぬく（堀）

308 白露にかせのふきしく秋の〻はつらぬきとめぬ玉そちりける

白露に（冬・荒・片・堀・烏・雲・坊・A・天）――白露の（保）――白露を（B）　かせのふきしく（冬・荒・片・烏・雲・坊・保・A・B・天）――風のふりしく（堀）　秋のゝは（冬・堀・烏・雲・坊・保・A・B・天）――あきのよ[は]（荒・片）玉そちりける（冬・片・堀・烏・雲・坊・保・A・B・天）――〔玉そちり〕ぬ〔る〕

（慶標）

309 秋のゝにをく白露をけさみれはたましけるとおとろかれつゝ

秋のゝに（冬・堀・雲・A・天）――あきのよの（荒・片・烏・坊・保・B）　をく白露を（冬・A・天）――ニハノシラツユ（片・烏・坊・保・B）――萩の白露（堀）――をしら露（雲）。荒「にはの□ゆ」

312 秋のゝにをく白露のきえさらはたまにぬきてもかけてみてまし

をく白露の（冬・荒・片・堀・烏・雲・坊・A・B・天）――をくらし露の（保）　たまにぬきても（冬・堀・烏・雲・坊・保・A・B・天）――たまにもぬきて（荒・片）　かけてみてまし（冬・荒・片・雲・天）――かけてみましを（堀・保・A・B）――かけてみましや（烏・坊）

313 から衣袖くつるまてをく露は我身を秋のゝとやみるらん

我身を秋の（冬・堀・烏・雲・坊・保・A・B・天）――わかみのあきの（荒・片）

316 秋野ゝの草もわけぬを我袖の物おもふなへに露けかるらむ

秋野のゝ（冬・荒・片・烏・雲・坊・保・A・B・天）――秋のゝ（堀）　草もわけぬを（冬・保・B・天）――くさもわけぬに（荒・片・堀・烏・雲・坊・A）　物おもふなへに（冬・荒・片・烏・雲・坊・保・A・B・天）――物おもふからに（堀）　露けかるらん（冬・荒・片・烏・雲・坊・保・A・B・天）――露かゝるらむ（堀）

317 いく夜へてのちかわすれんちりぬへき野辺の秋はきみかく月よを

のちかわすれん（冬・荒・片・堀・烏・雲・坊・保・B・天）――のちにわすれん（A）　みかく月よを（冬・荒・片・堀・雲・保・A・B・天）――みかくへきよを（烏）――みつる月夜を（坊）

319 袖にうつる月の光は秋ことにこよひかはらぬ影とみえつゝ

影とみえつゝ（冬・保・B・天）――かけとみえなん（荒・片・堀・烏・慶・雲・坊・A）

320 秋のよの月にかさなる雲はれて光さやかにみるよしもかな

月にかさなる（冬・荒・片・堀・烏・雲・保・A・B・天）――月にかさぬる（坊）　みるよしもかな（冬・荒・片・烏・雲・坊・保・A・B・天）――みゆるよもかな（堀）

321 秋の夜のつきのうへこく舟なれはかつらの枝にさをやさはらん

秋の夜の（冬・烏・坊）――あきのいけの（荒・片・堀・雲・A・B・天）――秋のうみの（保）　つきのうへこく（冬・荒・片・堀・烏・雲・坊・保・A・B「うへこく」「うへにこく」両様）――月のうへにこく（天）　かつらの枝に（冬・荒・片・堀・雲・保・A・B・天）――かつらの枝や（坊）　さをやさはらん（冬・荒・片・堀・雲・保・A・B・天）――さほにさはらん（坊）

324 あきの月つねにかくてる物ならはやみにふるみ《よ》はましらさらまし

やみにふるみは（冬・荒・片・雲・保・A・天）――やみになるとも（堀）――やみにふるよは（烏・坊・B）　ましらさらまし（冬・荒・片・烏・雲・坊・保・A・B・天）――まとはさらまし（堀）

325 いつとても月みぬ秋はなき物をわきてこよひのめつらしきかな

月みぬ秋は（冬・荒・片・烏・雲・坊・保・A・B・天）――月みぬときは（白）――月みる秋は（堀）　なき物を（冬・荒・片・烏・雲・A・B・天）――なけれとも（白・堀・坊・保）　わきてこよひの（冬・荒・片・堀・

烏・雲・坊・保・A・B・天）――わきてしよひは（白）

329　あまの川しからみかけてと、めなむあかすなかる、月やよとむと
あまの川（冬・荒・片・堀・烏・雲・坊・A・B・天）――秋の河（保）　と、めなむ（冬・烏・雲・坊・保・A・B・天）――と、めてん（荒・堀）――ト、メテム（片）　月やよとむと（冬・荒・片・烏・雲・坊・保・A・B・天）――月やとまると（堀）

333　秋《吹》風にふかきたのみのむなしくは秋の心をあさしと思はん
吹く風に（冬・堀・雲・坊・保・A・B・天）――ふくかせの（荒・片）　ふかきたのみの（冬・荒・片・堀・雲・坊・A・B・天）――ふるきたのみの（保）　秋の心を（冬・荒・片・堀・雲・坊・A・B・天）――秋の心の（保）

335　ぬきとむる秋しなけれは白露のちくさにをけるたまもかひなし
ぬきとむる（冬・荒・片・雲・坊・保・A・B・天）――ぬきとめる（堀）　たまもかひなし（冬・荒・片・雲・坊・保・A・B・天）――たまかひもなし（堀）

337　おみなへしにほへる秋のむさし野はつねよりも猶むつましきかな
にほへる秋の（冬・荒・片・堀・雲・保・A・B・天）――□ほかる秋の（坊）

338　秋きりのはる、はうれしをみなへしたちよる人やあらむと思へは
はる、はうれし（冬・荒・片・堀・雲・保・A・B「はる、はうれしな」「はる、うれ」の二様・天）――はる、うれしな（坊・B二様）　あらむと思へは（冬・荒・堀・雲・坊・保・A・B・天）――アラムトオモフニ（片）

340　をみなへしひるみてましを秋の夜の月の光は雲かくれつ、

月の光は（冬・A・B・天）――つきのひかりも（荒・片）――月の光の（堀・烏・慶標・雲・坊・保）

341 女郎花はなのさかりに秋風のふく夕くれをたれにかたらん

はなのさかりに（冬・荒・片・烏・雲・坊・保・A・B・天）――はなのさかりの（堀）

342 白妙の衣かたしくをみなへしさける野へにそこよひねにける

衣かたしく（冬）――ころもかたしき（荒・片・堀・烏・雲・坊・保・A・B・天）　こよひねにける（冬・荒・片・堀・烏・雲・保・A・B・天）――まよひねにける（坊）

343 なにしおへはしゐてたのまむ女郎花はなの《こ》ころの秋はうくとも

しゐてたのまむ（冬・荒・片・烏・雲・坊・保・A・B・天）――しひてそたのむ（堀）　秋はうくとも（冬・片・堀・烏・雲・坊・保・A・B・天）――あきはおくとも（荒）

344 七夕ににたるはなかなをみなへし秋よりほかにあふ《時》こともなし

にたるはなかな（冬・行・烏）――にたるものかな（荒・片・堀・雲・坊・保・A・B・天）　あふこともなし（冬）――あふよしもなし（荒・片）――あふ時もなし（堀・坊・保・A・B・天）――〔あふ時〕そなき（慶標）――〔あふ時〕そ〔なし〕（慶内）――あふときもなき（雲）

346 おみなへし色にもあるかな松虫をもとにやとしてたれをまつらん

色にもあるかな（冬・荒・片・堀・A・B・天）――いろにもあるか（烏・坊・保）――色もあるか（雲）　たれをまつらん（冬・荒・片・坊・保・A・B「まつ」「こふ」両様・天）――たれを恋らむ（堀・烏・慶・雲・B「まつ」「こふ」両様）

348 をみなへし花のなゝらむ物ならはなにかは君のかさしにもせむ

なにかは君の（冬・坊）――なにかはきみか（荒・片・堀・烏・雲・保・A・B・天）　かさしにもせむ（冬・

349
荒・片・堀・雲・保・A・B・天。坊「、さし」、以下ナシ）――（か）さしにもみむ（烏）

をみなへしをりけむ袖のふしことにすきにし君をおもひいてやせし

をりけむ袖の（冬・烏・雲・天）――をりけむえたの（荒・片・坊・保・A・B）――おりけむふしの（堀）ふしことに（冬・荒・片・烏・雲・坊・保・A・B・天）――えたことに（堀）すきにし君を（冬・荒・雲・保・A・B「きみは」「きみを」両様・天）――スキニシキミハ（片・堀・烏・坊・B「きみは」「きみを」両様）おもひいてやせし（冬・堀・烏・雲・坊・A・B・天）――おもひてやせん（荒・片）

350
をみなへしをりもをらすもいにしへをさらにかくへき物ならなくに

いにしへを（冬・荒・片・雲・A・天）――いにしへは（白・堀・烏・坊・保・B）さらにかくへき（冬・荒・片・坊・保・A・B・天）――さらにとふへき（白・堀・烏・雲）物ならなくに（冬・荒・片・保・B・天）――ことならぬかな（白・堀）――ことならなくに（烏・雲・坊・A）

この本文対照は各句を単位として行ったものであるので、意味内容が異なることになる個所も一字の違いの個所もさらには誤写とみられよう所も等し並みに数えることになるが、伝為冬筆本との同文、異文数からは概略の親疎関係は捕えられよう。そこで、諸本別にその個所数を表示してみると次頁のようである。なお、次表には朱注としてのみ知られる行成本、慶長本は除いてある。

この結果から、まず伝為冬筆本の本文に転換があるとみられる巻六の326～328あたり㈠以前と㈡以後において諸本関係に大きな変りはなく、伝為冬筆本の本文は独自異文も多い古本系統の諸本とはおおむね遠く、ついで汎清輔本系統、承保本系統、いちばん近似するのは定家本諸本であって、なかでも年号本の代表として取り上げた天福本がもっとも

(一) 326〜328 以前	対照個所数	同文数	異文数
二荒山本	73	50（68.5%）	23
片仮名本	78	56（71.8）	22
白河切	18	9（50.0）	9
堀河本	80	39（48.7）	41
胡粉地切	8	5（62.5）	3
烏丸切	78	44（56.4）	34
雲州本	82	62（75.6）	20
伝坊門局筆本	82	54（65.9）	28
承保本	82	64（78.6）	18
定年無年号A類本	82	65（79.3）	17
定家無年号B類本	78	66（84.6）	12
定家年号本天福本	82	71（86.6）	11

(二) 326〜328 以後	対照個所数	同文数	異文数
二荒山本	28	18（64.3）	10
片仮名本	30	20（66.7）	10
白河切	3	0（0）	3
堀河本	30	11（36.7）	19
胡粉地切	0		
烏丸切	18	9（50.0）	9
雲州本	30	21（70.0）	9
伝坊門局筆本	30	19（63.3）	11
承保本	30	19（63.3）	11
定家無年号A類本	30	24（80.0）	6
定家無年号B類本	27	21（77.8）	6
定家年号本天福本	30	26（86.7）	4

近しい関係にある。この天福本との関係は、巻六以外の巻々においても同断であるとみられる。

　その天福本の奥書に、定家が『後撰集』撰和歌所別当藤原伊尹孫の藤原行成筆本を得て「定爲証本歟之由致信」と認め、自家の本文との（おそらくは注目すべき）異同を朱注をもって示している。この天福二年（一二三四）本における行成本本文は、定家の次期で最後の校訂本と目される嘉禎二年（一二三六）本では本文化されている（そのミセケチ改訂等は後世の所存であろう）。いま伝為冬筆本とこれら天福二年・嘉禎二年本（略称「嘉」。飯田市立図書館本による）の行成本関係本文とを巻六の詞書、歌詞を例として対比してみると次のようである。

271　詞書

冬「秋の歌めしけれは」――天「秋哥めしけれ《あり（朱）》は」・嘉「秋哥めしけれは」

314　歌詞

冬「我袖ひつと《ひとり》」――天「わか袖《（朱）》ひとつ」・嘉《（朱）》「わかそてひとつ」《清本ひつと　家本ひとつ也》

325　詞書

冬「八月の十日あまりいつかの日」――天「八月十五夜《はつきのとうかあまりいつかのよ（朱）》」・嘉「は月十日《五夜》あまりいつかのよ」

336　詞書

冬「はつきのとうかあまりいつかのよ」――天「八月十五日夜はつきのとうかあまりいつかのよ（朱）」・嘉「は月十日《五夜》あまりいつかのよ」

337　詞書

冬「秋哥めしありけれは」――天「秋哥めしけれ《あり（朱）》は」・嘉「秋のうためしありけれは」

344　歌詞

冬「にたるはなかな」――天「丶（に）たる物哉《花（朱）》」・嘉「にたる花《もの》かな」

この例示によっても窺えるように、伝為冬筆本は行成本と全面的にかなり多くの共通本文を有している。この行成本との近接という面からみても、伝為冬筆本は天福本（あるいは嘉禎本という場合もあろうが）と密接な関係を有しているとみることが可能であろう。とすると、伝為冬筆本は天福本を基盤とし、巻六の326～328あたりまでは承安三年清輔本を主として取り入れて改訂し、それ以後では改訂をほとんど行わなかったという方向でみることができそうである。

(8)

しかしながら、伝為冬筆本の本文はそう単純ではなく、巻六において小異の個所が多いとはいえ一〇個所の独自異文を有しており、なかには298「まねくすゝきに」（冬）は他の諸本ではすべて「をはな」、296「みに夢たにそ」（冬）は他本「ゆめちとたにそ」「くめち〔とたに〕も」、344「あふこともなし」（冬）は他本は「よし」「時」であるというように、異質の語句である場合もある。

また、伝為冬筆本の本文には、天福本をはじめとする定家本と離れて少数の非定家本系の本文を有している個所が326～288あたりの前後にわたって次のようにある（前掲表摘出）。

273　あさきりは（冬・片）――秋きりは（A・B・天）
280　玉とみよとや（冬・片・堀・烏）――玉とみえてや（A・B・天）
281　露けき身とも（冬・片・堀・烏・雲）――露けき物と（A・B・天）
321　秋の夜の（冬・烏・坊）――秋の池の（A・B・天）
344　にたるはなかな（冬・行・烏）――にたる物哉（A・B・天）
348　なにかは君の（冬・坊）――なにかは君か（A・B・天）

さらには、定家本は天福本に至って姓名の「文屋」が「文室」に、「平貞文」が「平定文」の表記に変更されている。伝為冬筆本がそれに該当する個所は308の作者名表記のみの「文屋朝康」であるが、他系統の諸本も天福本以後の嘉禎二年本を含めて定家本諸本もこれと同じ表記であって、天福本のみが「文室朝康」である。従って、伝為冬筆本はこの場合も天福本に合致しないということになる。

加えて、「題しらす　よみ人しらす」・「題しらす　よみ人も」・「題よみ人しらす」という諸本にみる表記について、天福本では「題しらす　よみ人も」であるが、伝為冬筆本では巻一〜五が天福本と同じ「題不知　読人も」であるが、巻六では「題不知　読人も」と「題不知　読人不知」が混在しており、巻七・八では「題しらす　よみ人しらす」に統一されている。巻六の途上から承安三年清輔本をはじめとする非定家本的要素が減少して定家年号本的要素が濃厚となるが、この場合の表記ではむしろ逆方向であるとしてもよい。

このような次第で、伝為冬筆本の基盤となっている本文が、定家年号本のことに天福本であろうとする見解はそのままに受け入れ難いということになろう。

以上の考察を通して、伝為冬筆残欠本は巻六途上の326〜328あたりを境として本文内容が異種のものとなり、それ以前は定家年号本系本文が色濃くありながら承安三年清輔本と関係深く、以後は定家年号本近接の本文になっている。これによって、まずは巻六途上までは定家年号本系の本文に主として承安三年清輔本を取り入れて改訂し、以後は改訂が成されなかったという方向が考えられよう。が、いまひとつには、承安三年清輔本系本文を多く含みもつ非定家本系の一種の残欠本に、定家年号本近接本文を補充していったという場合もあろうかとみられる。

本稿によって、伝二条為冬筆本残欠本が非定家本そのものであるという期待は裏切られたことになるが、校合本文としてしか知られていない承安三年清輔本の扱いに資することもあろうかと思い、本文提供とともに一文を草した次第である。

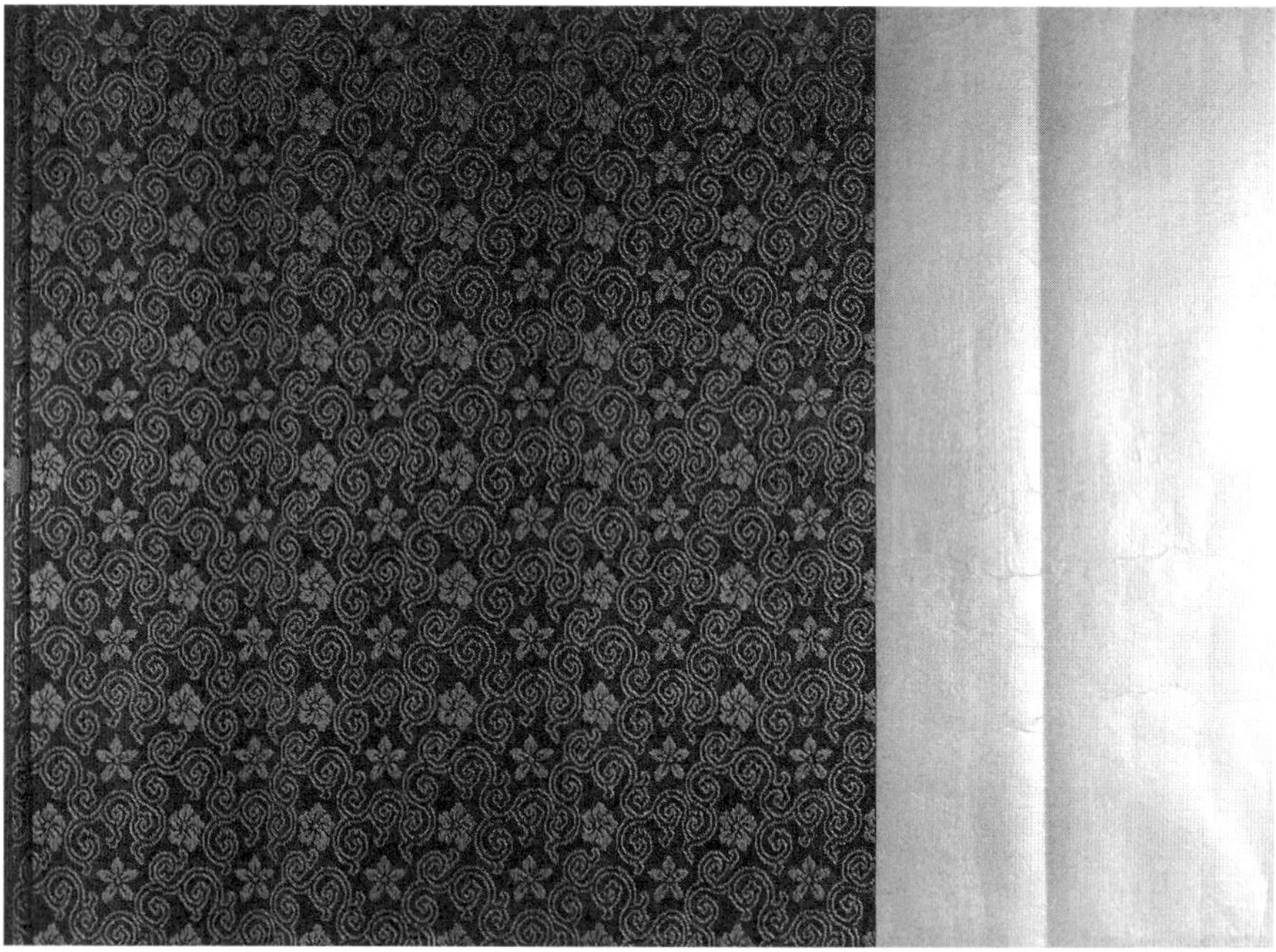

表　紙

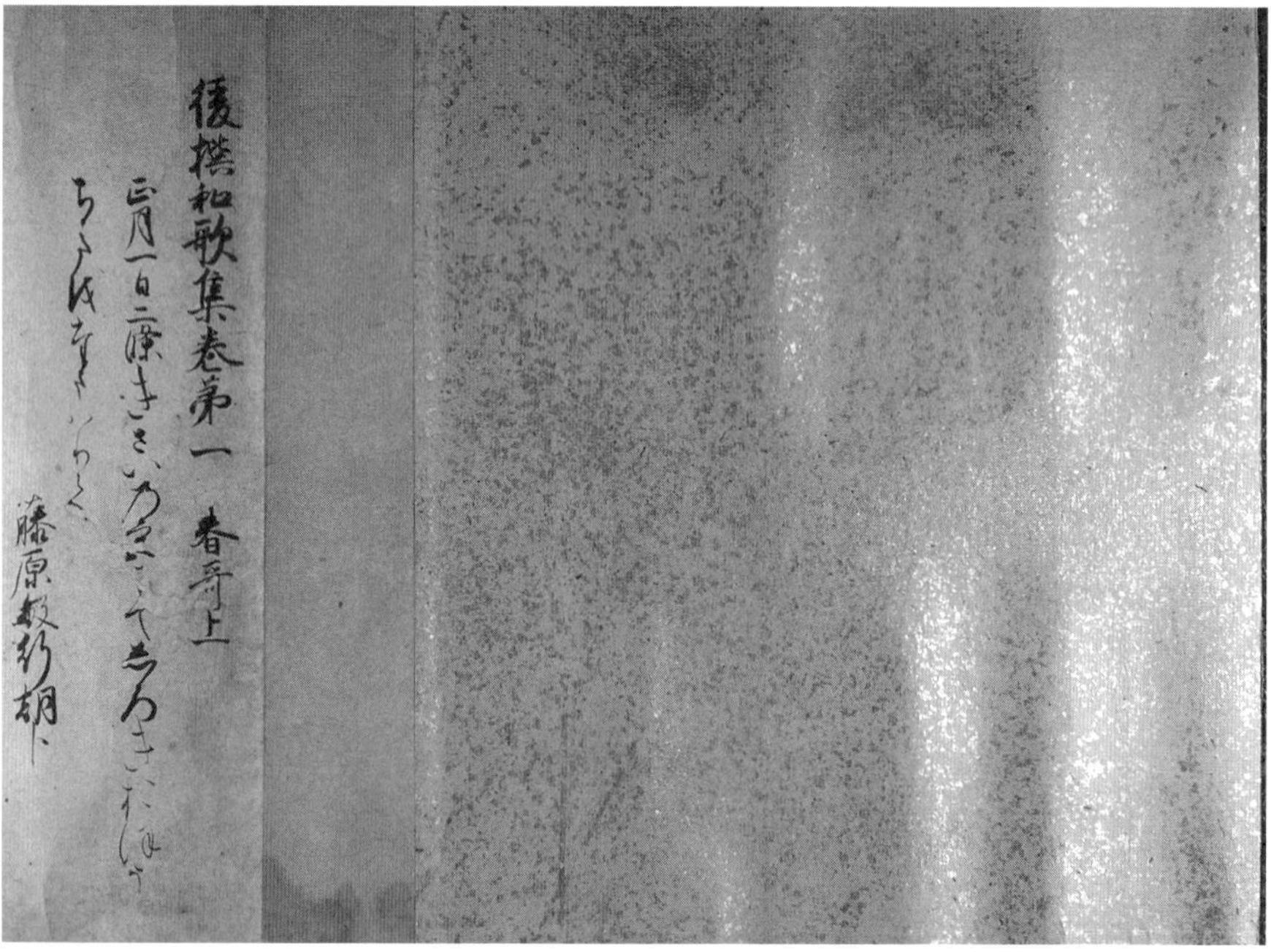

見返し

6　5　4　3　2　1

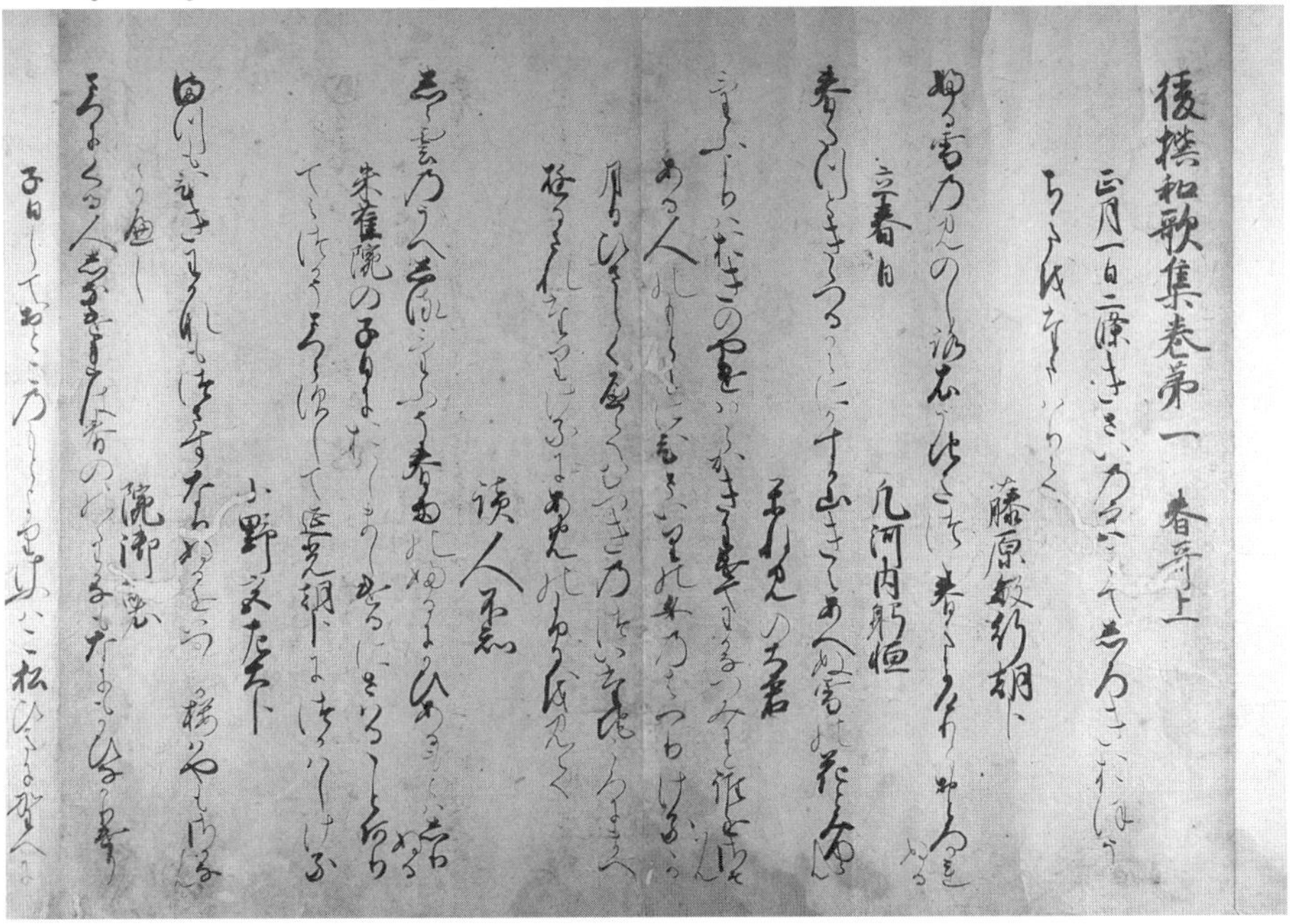

12　11　10　9　8　7

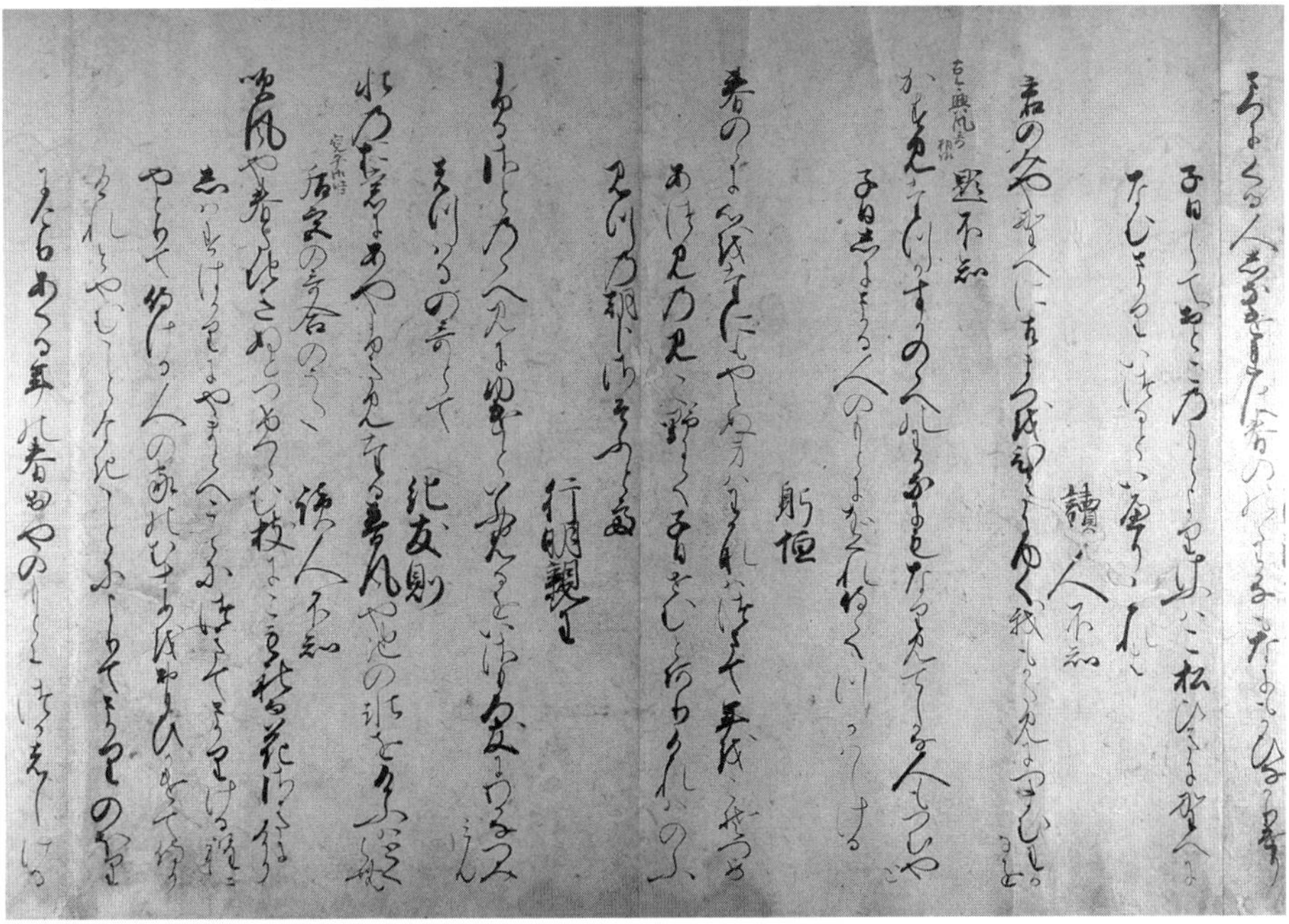

17　16　15　14　13

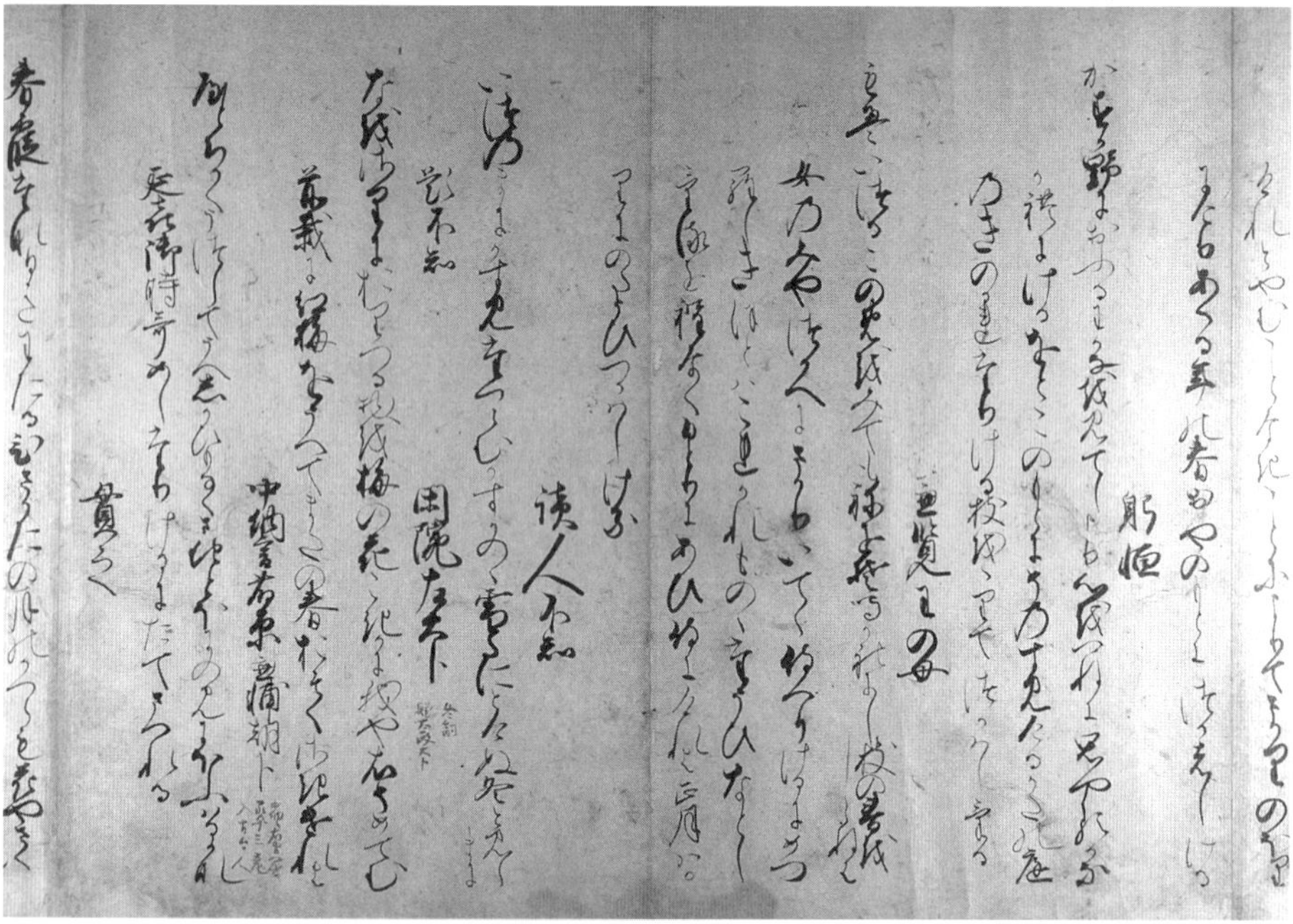

27　26　25　24　23　22　21　20　19　18

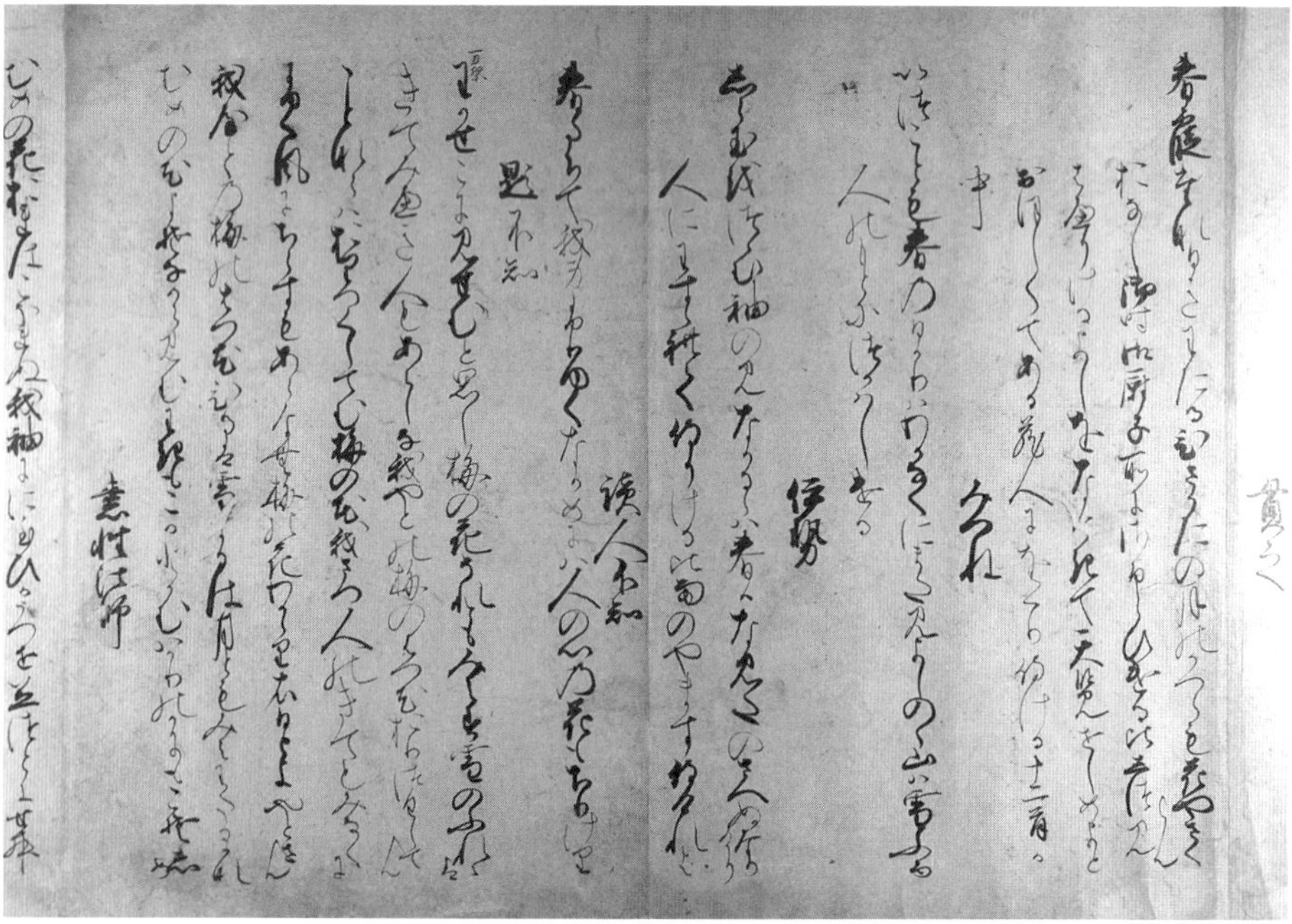

45　44　43　42　32　31　30　29　28

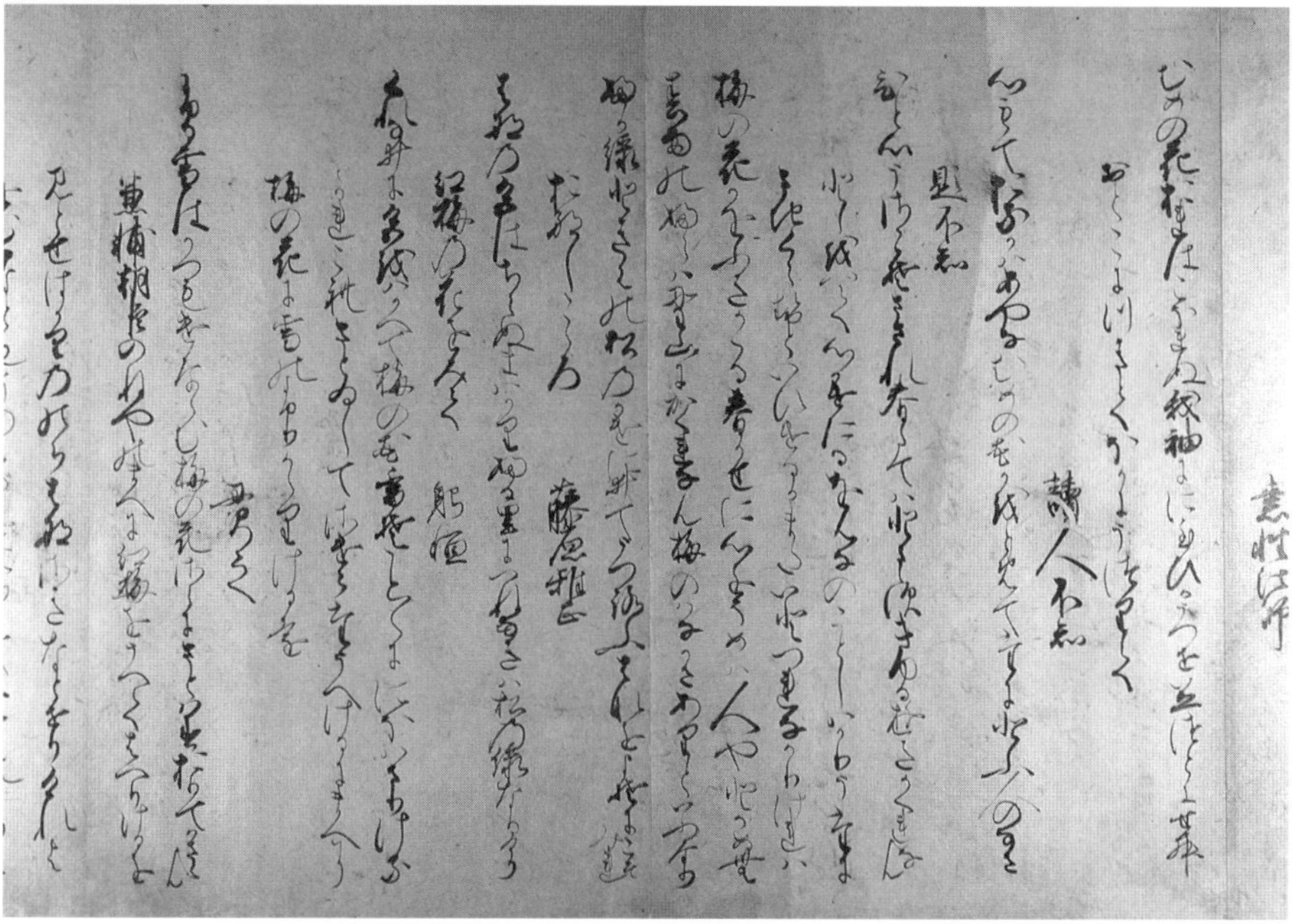

49　48　47　46

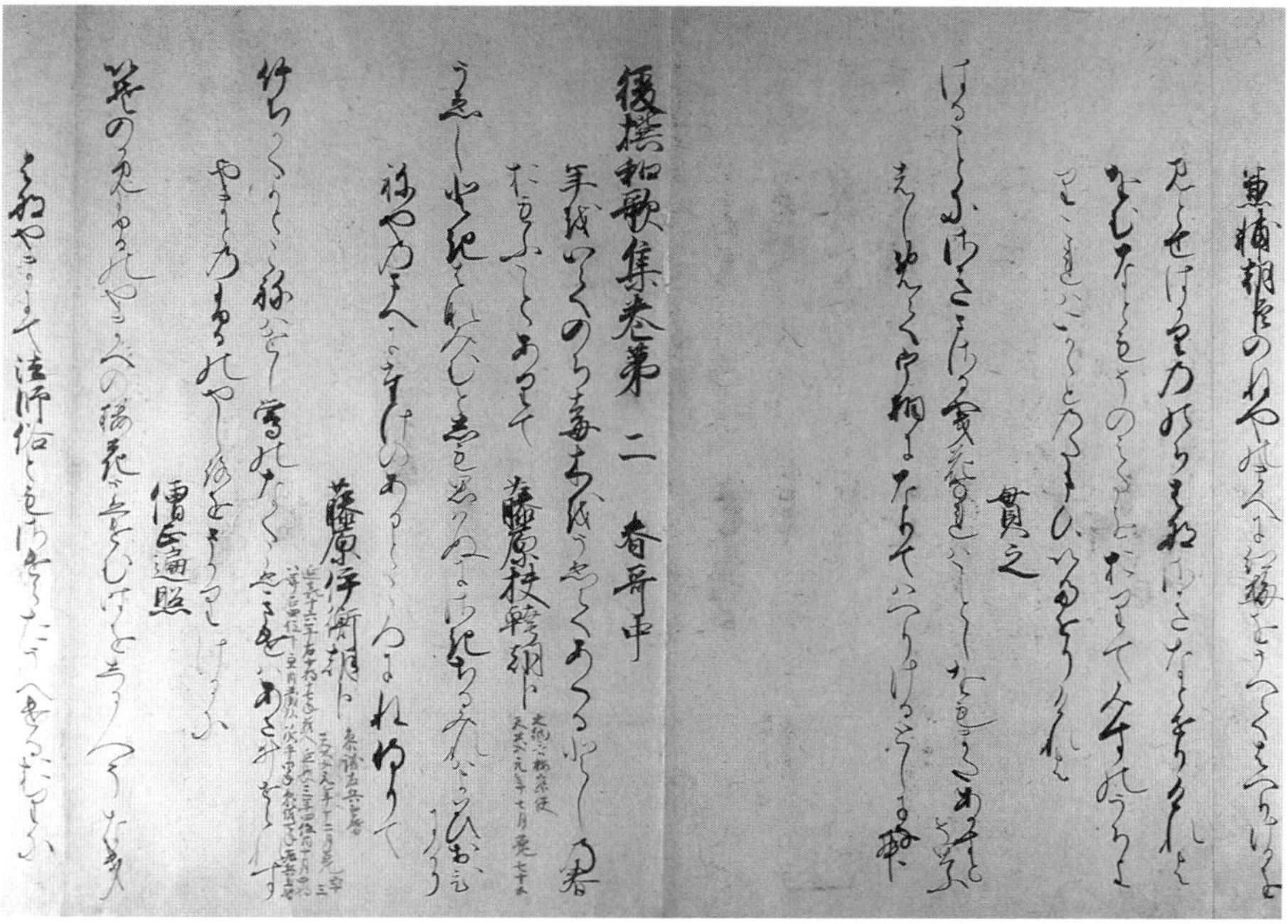

65 64 63 62 61 53 52 51 50

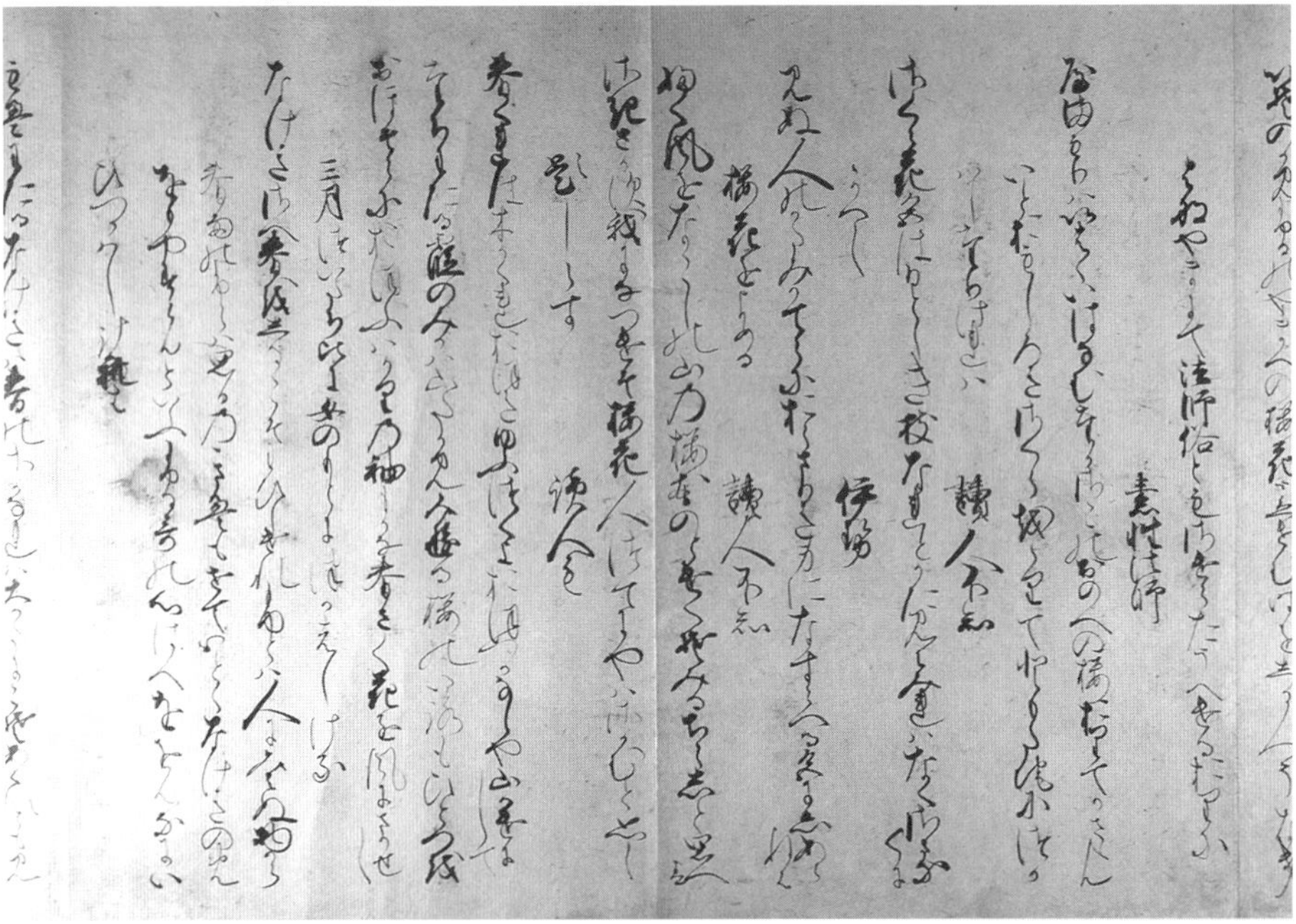

72 71 70 69 68 67 66

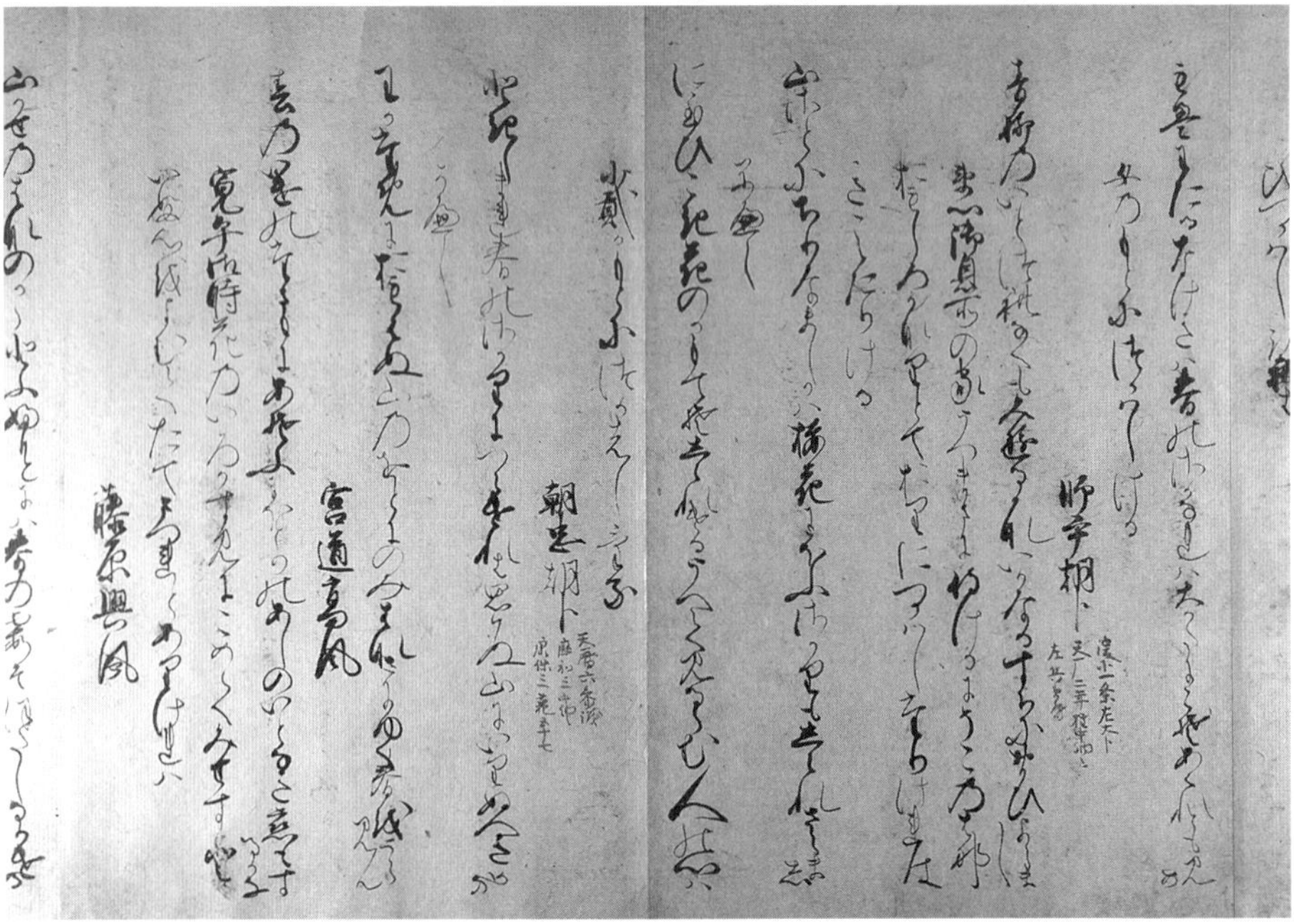

79 78 77 76 75 544 74 73

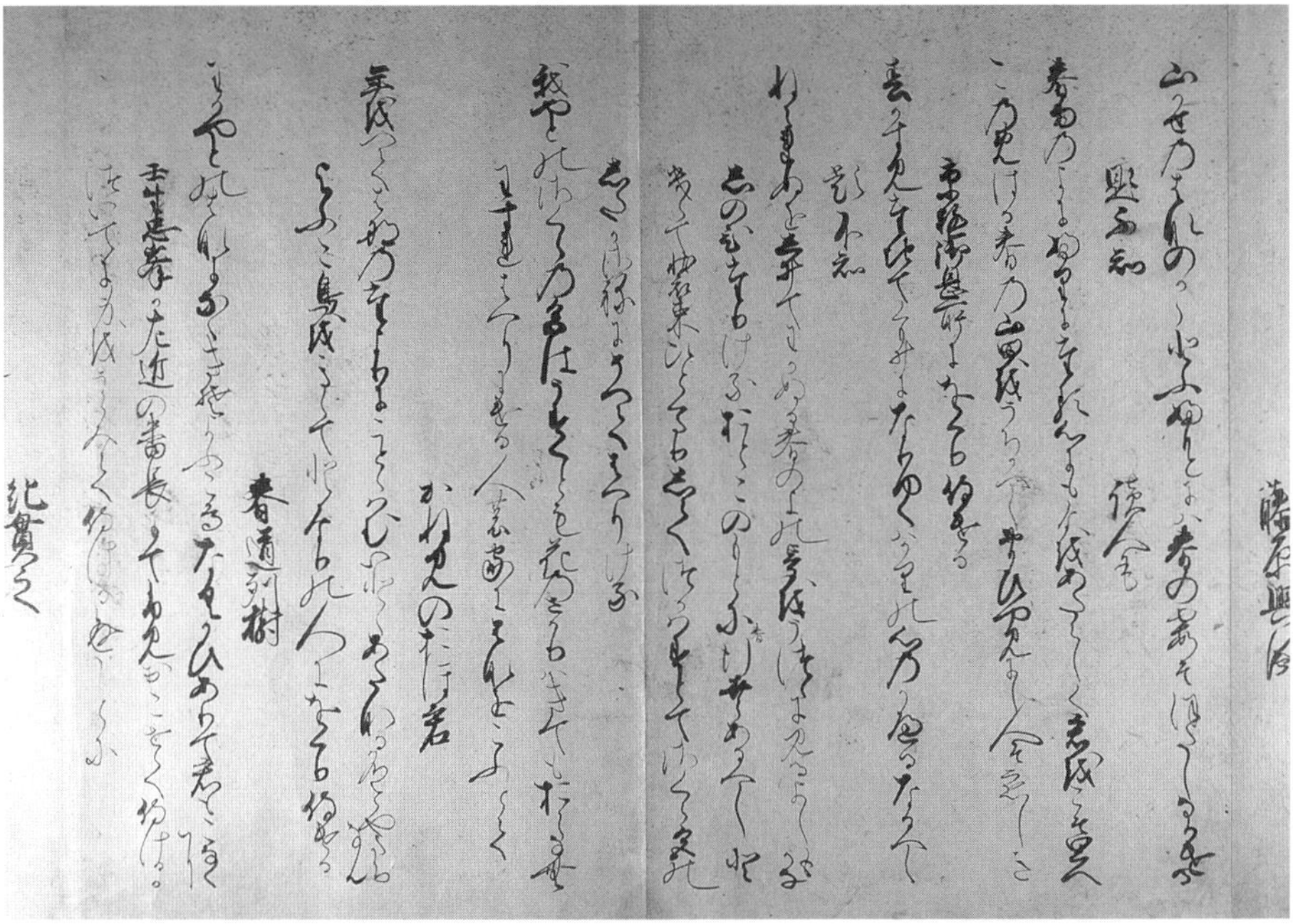

84 82 81 80

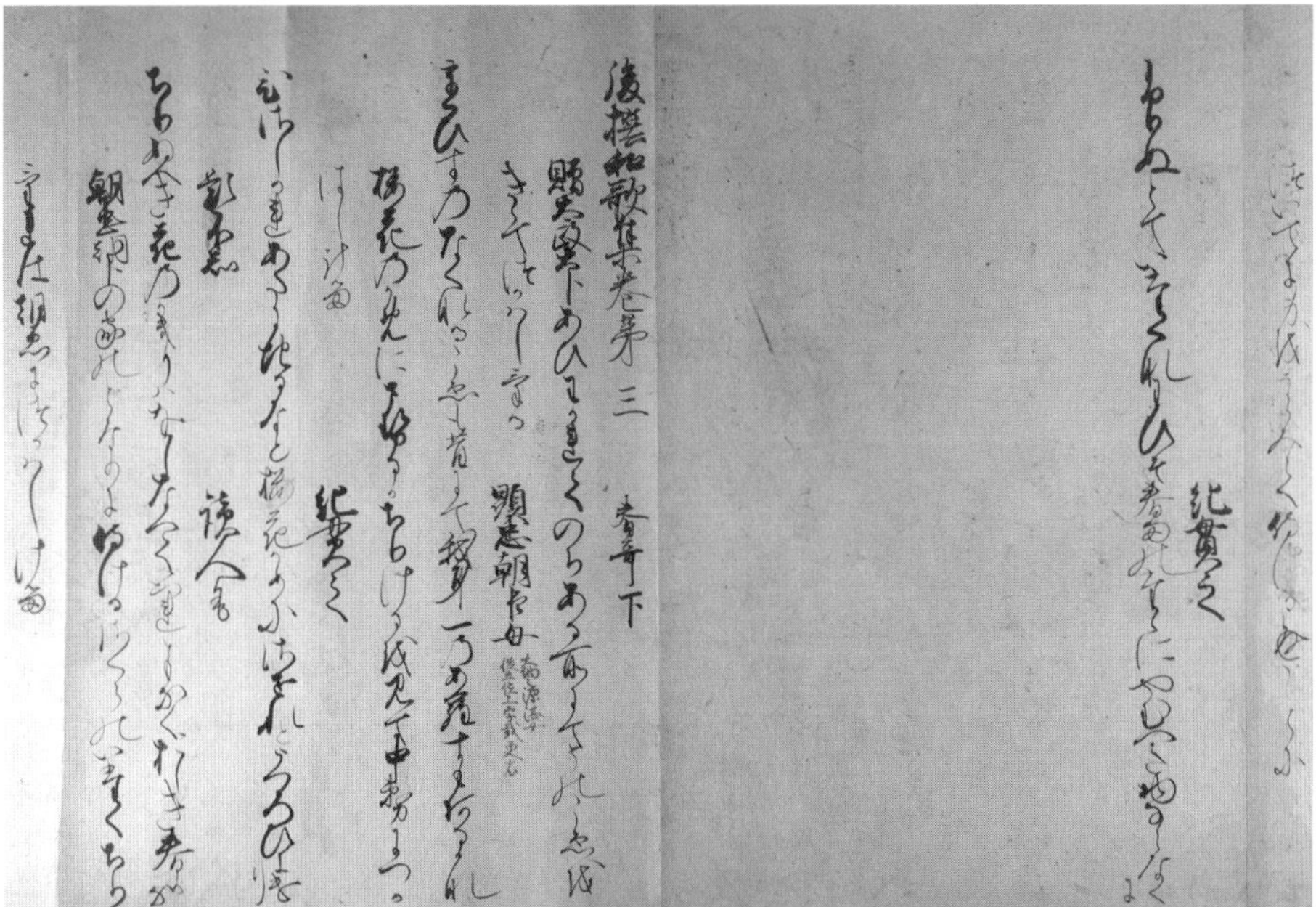

92 91 90 89 88 87 86 85

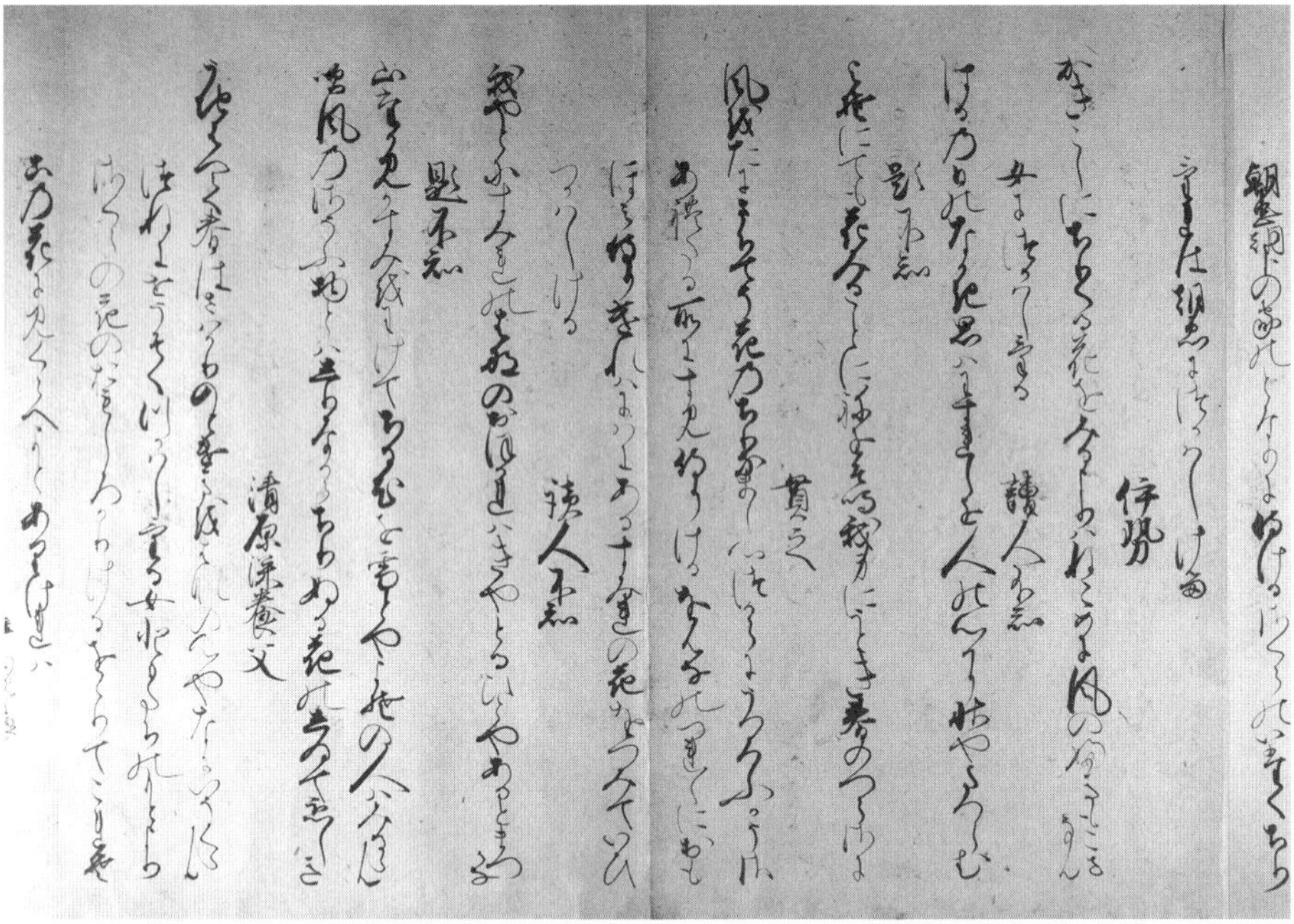

98 97 96 95 94 93

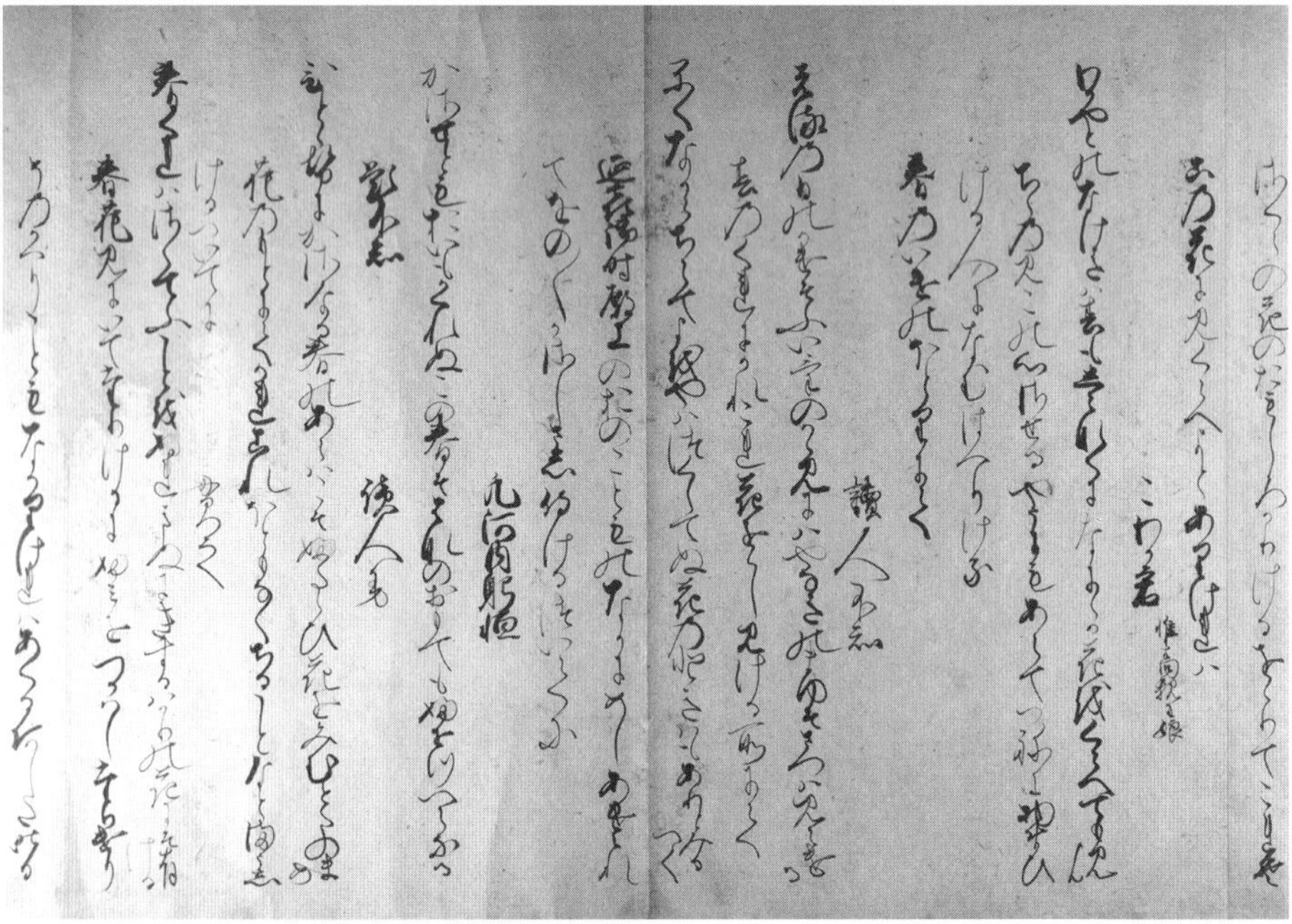

110 109 108 107 101 100 99

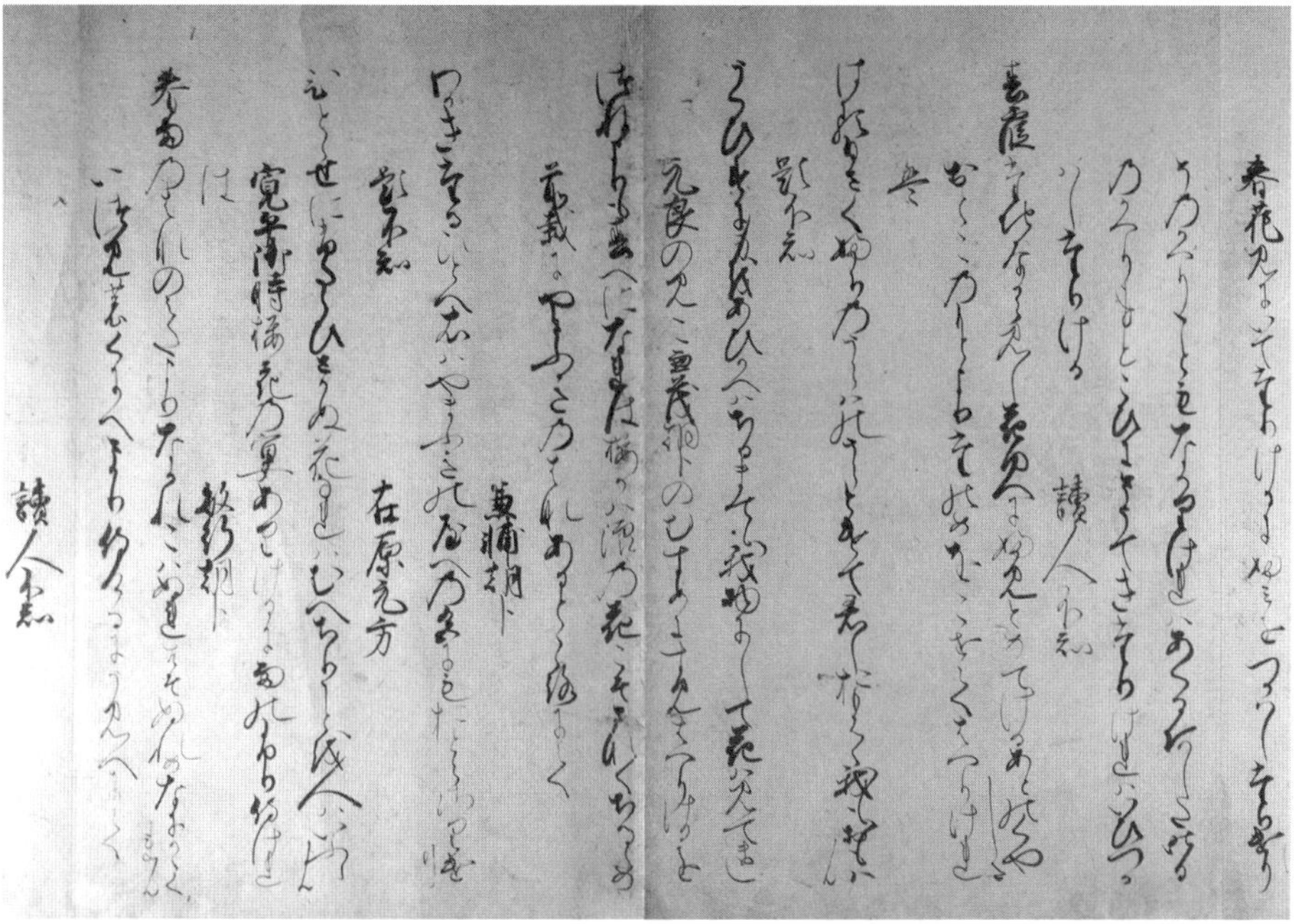

116 115 114 113 112 111

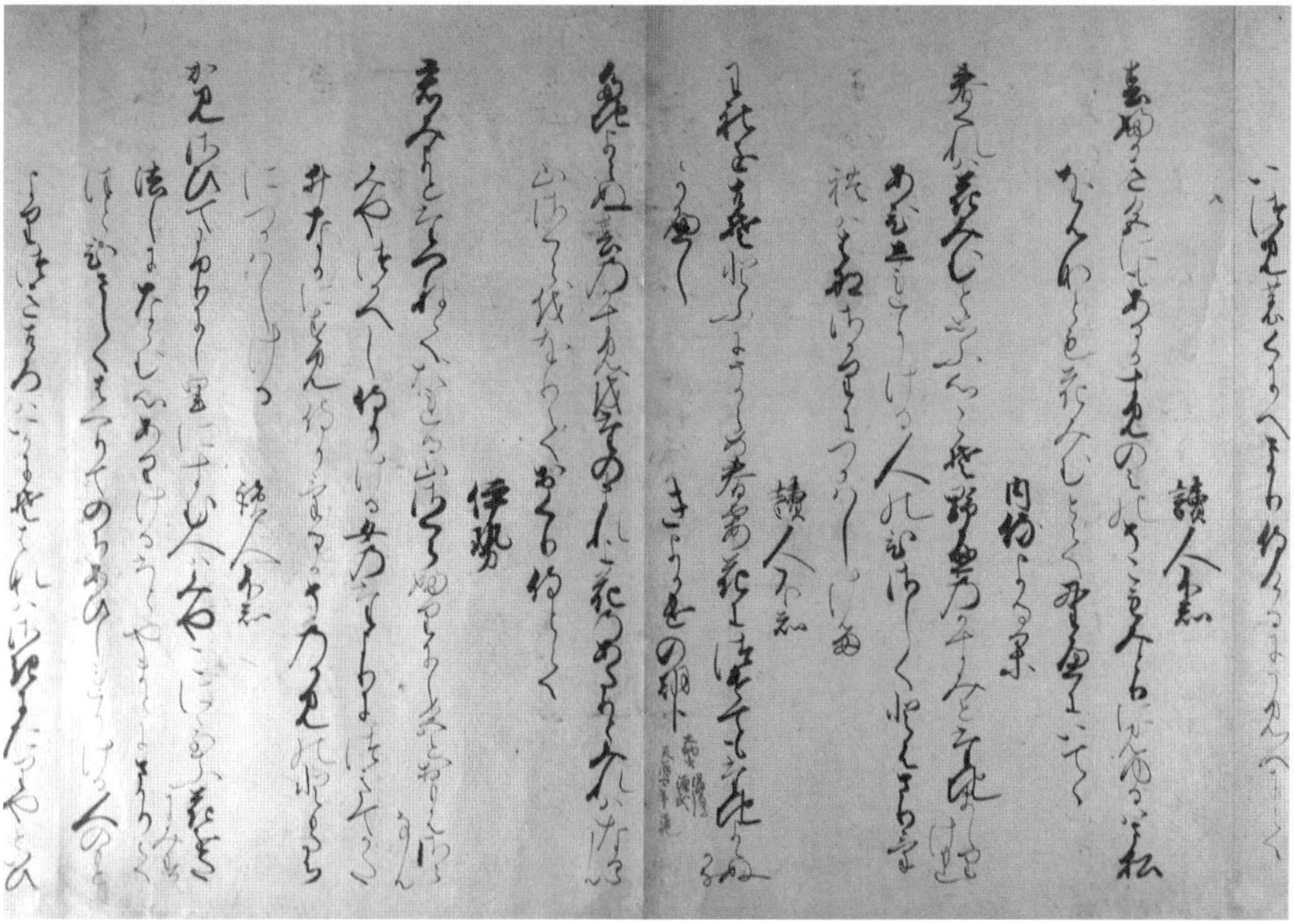

124 123 122 121 120 118 119 117

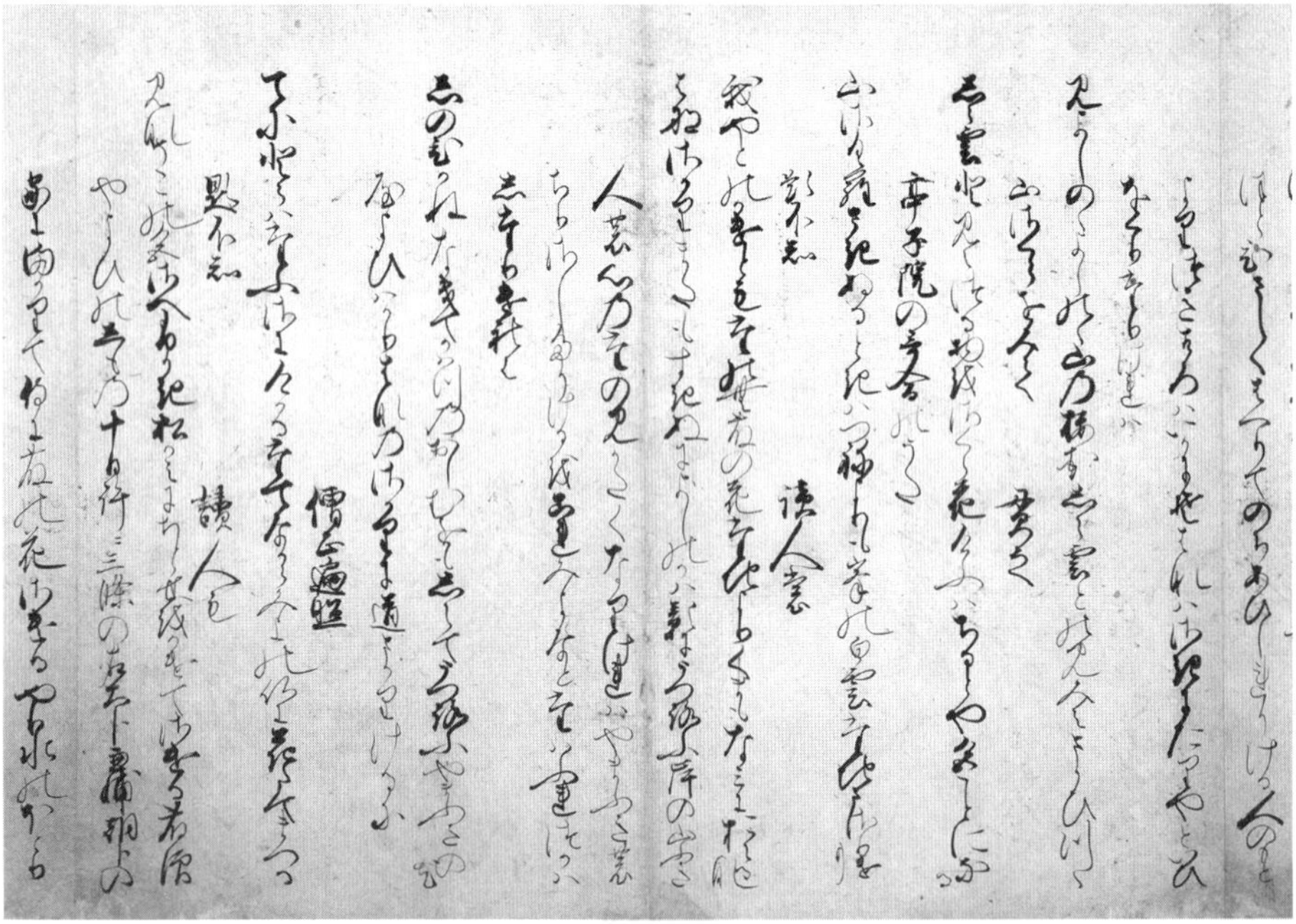

131 130 129 128 127 126 125

132 133 134 135 136 137 138

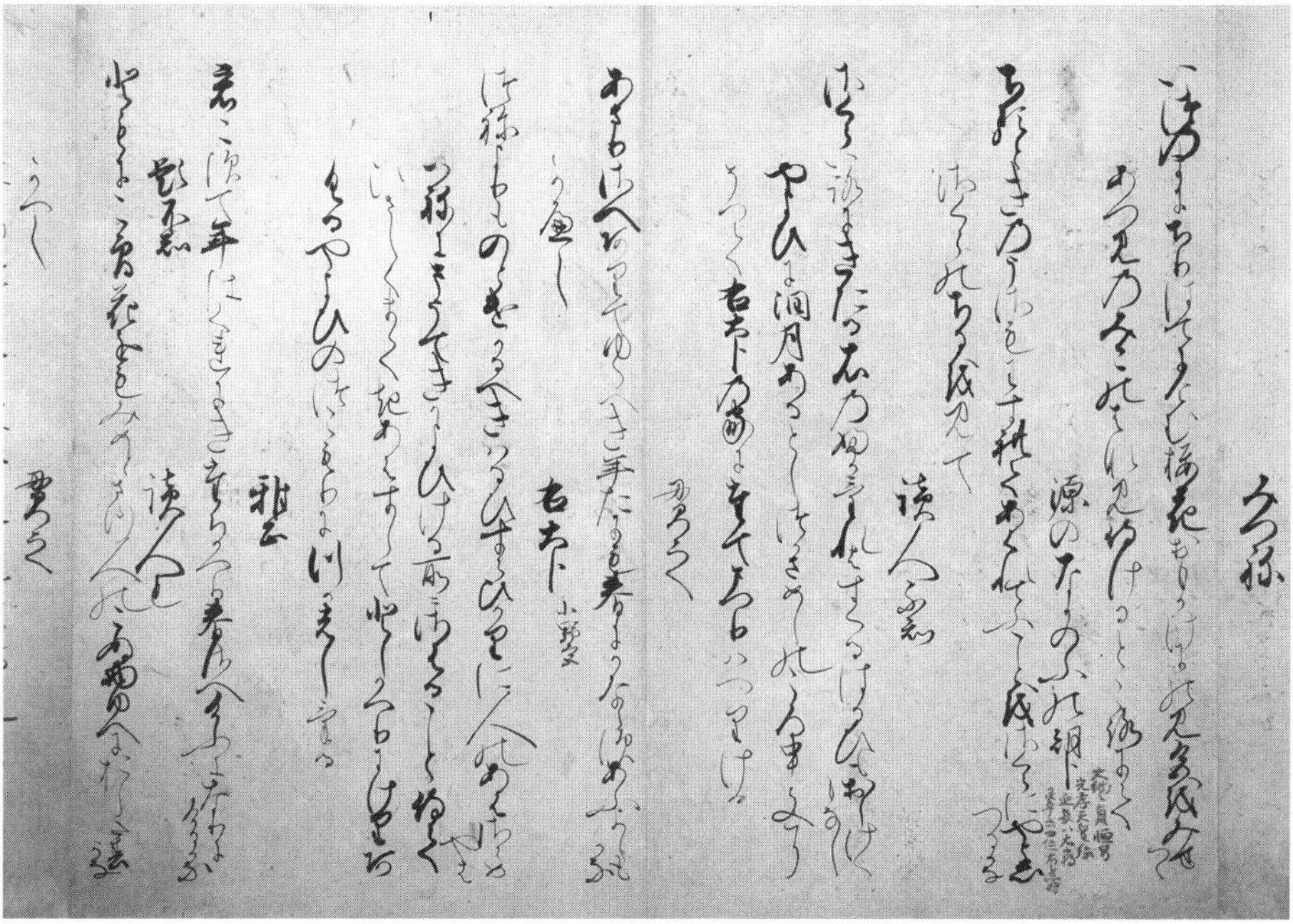

139 140 141 142 143 144 145 146

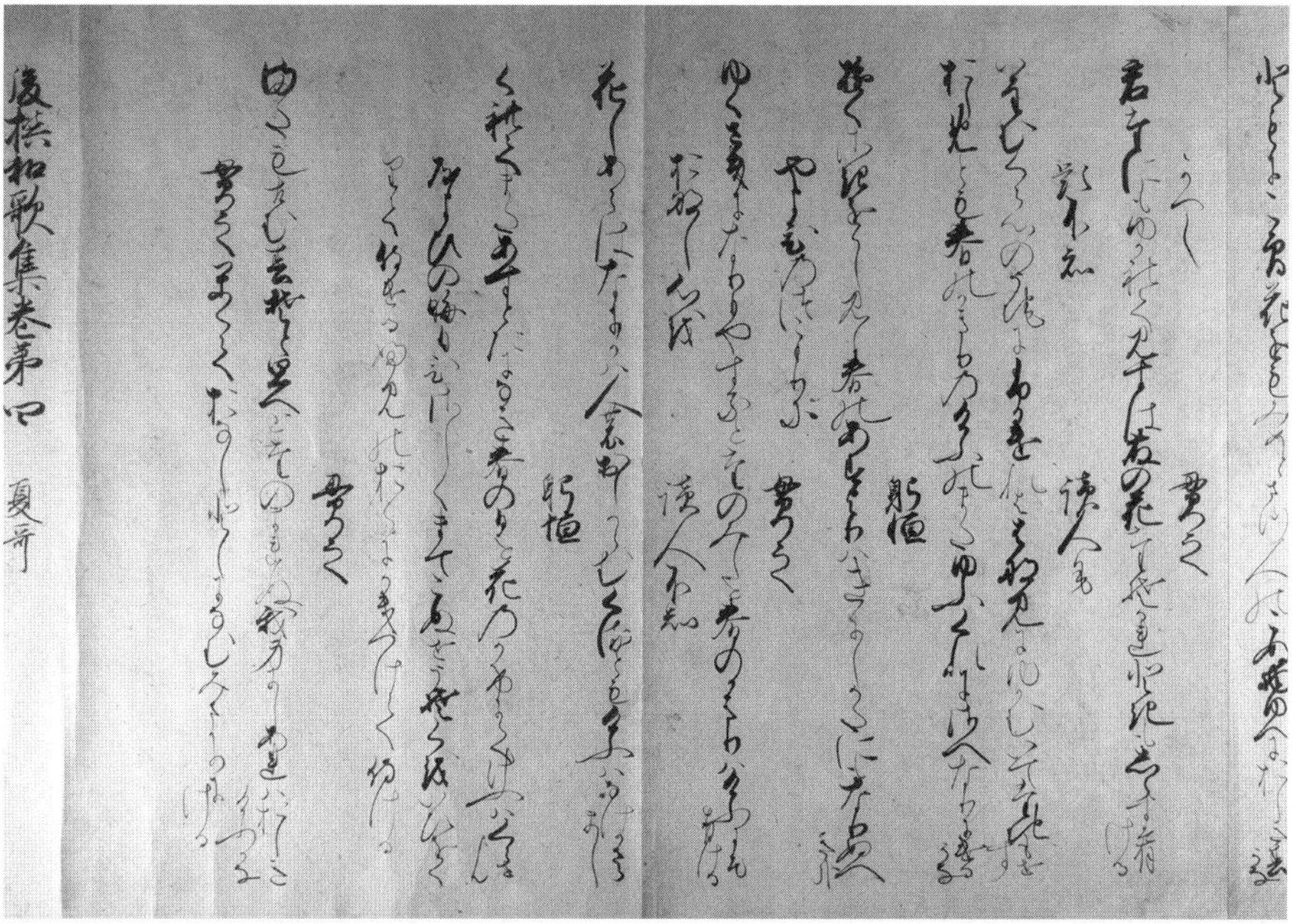

152 151 158 157 150 149 148 147

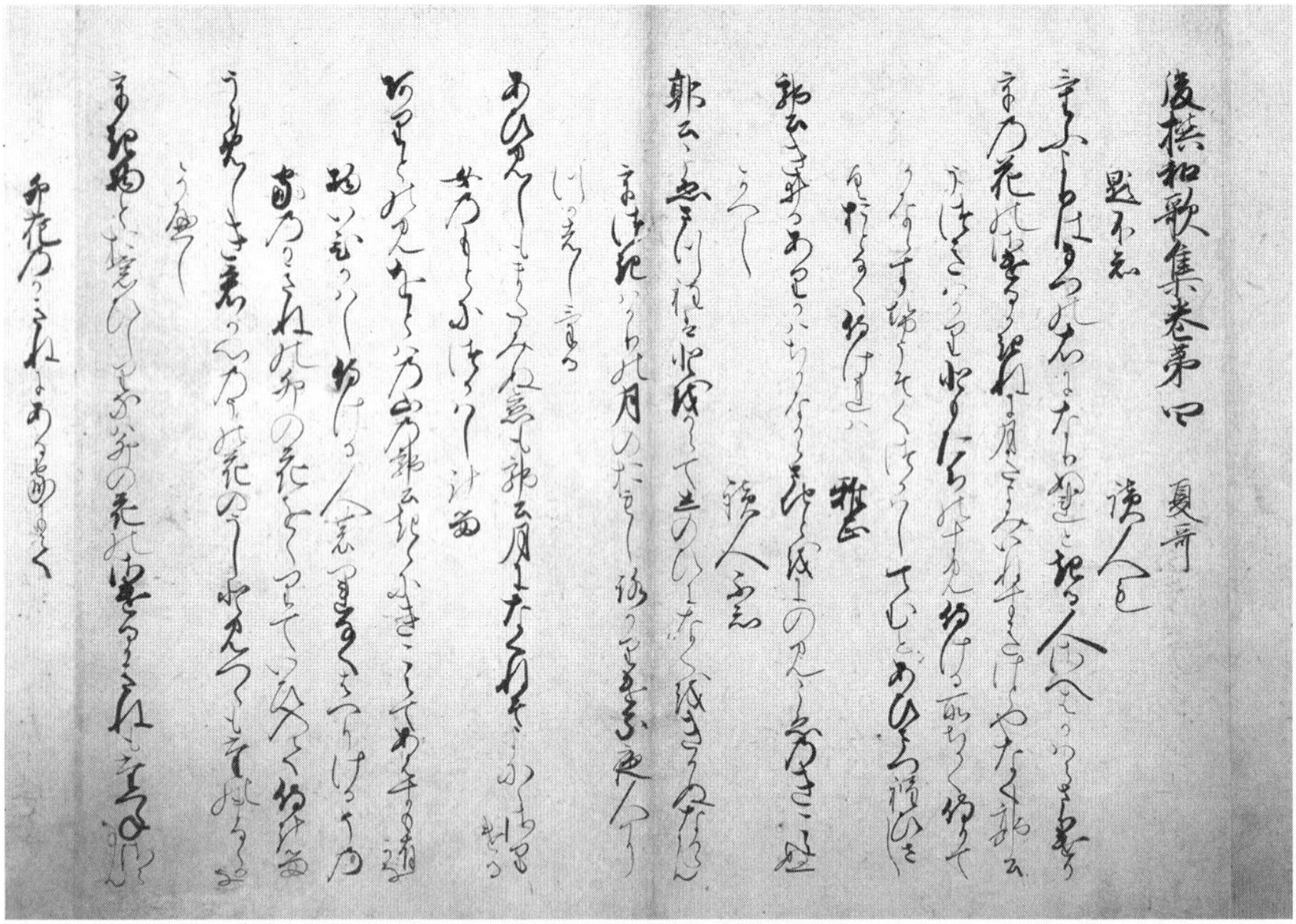

163 162 161 160 159 156 155 154 153

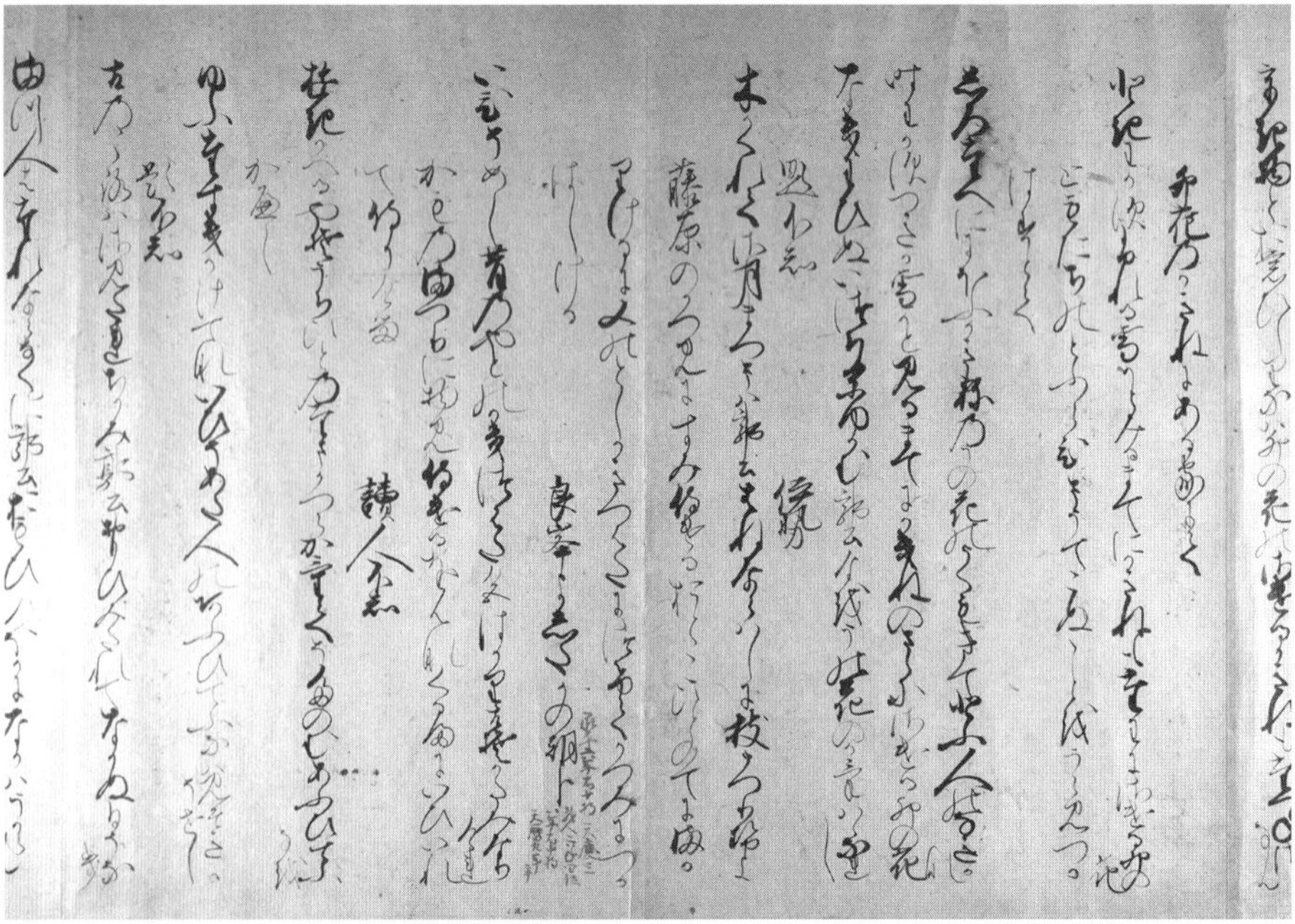

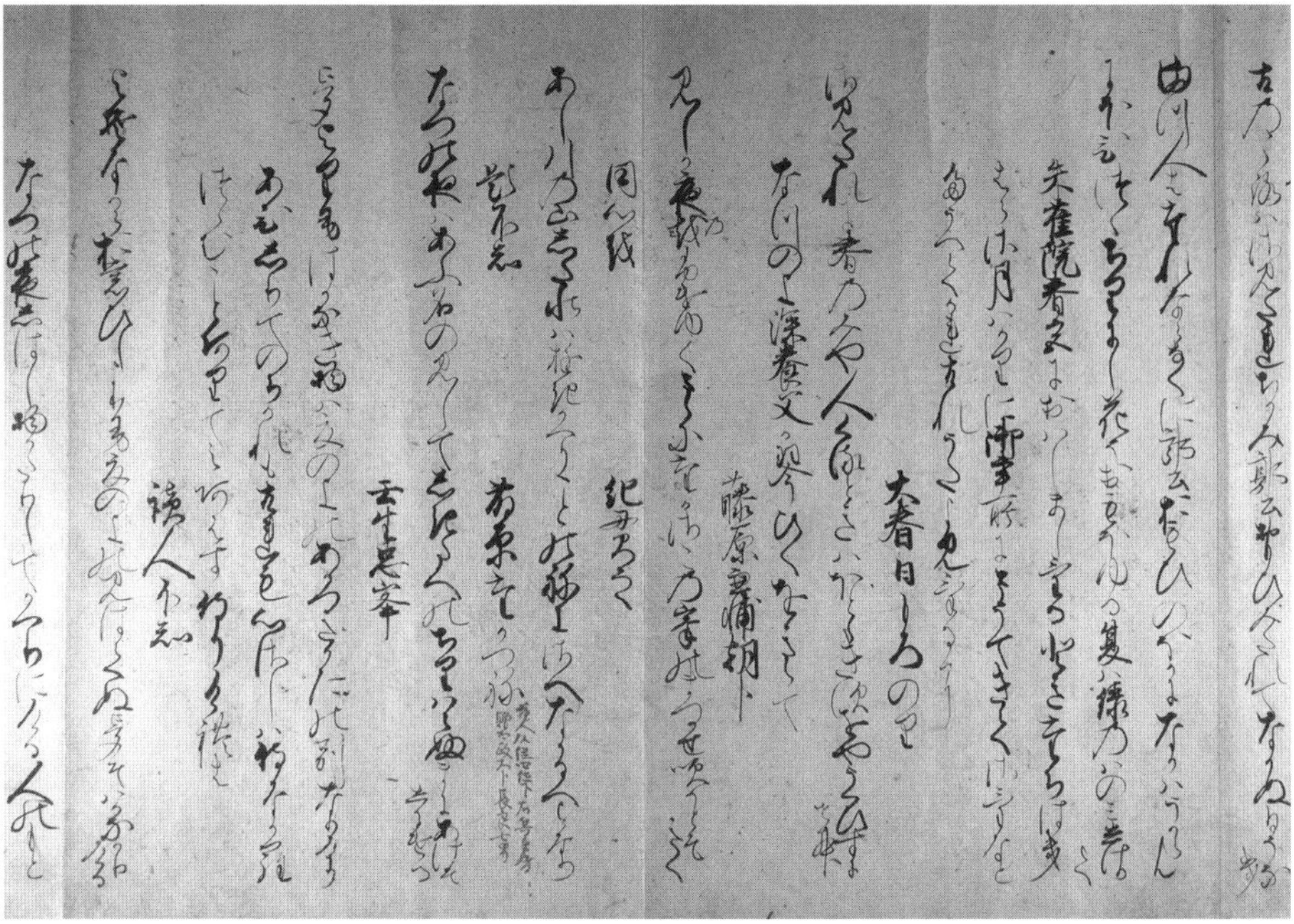
171 170 169 168 167 166 165 164

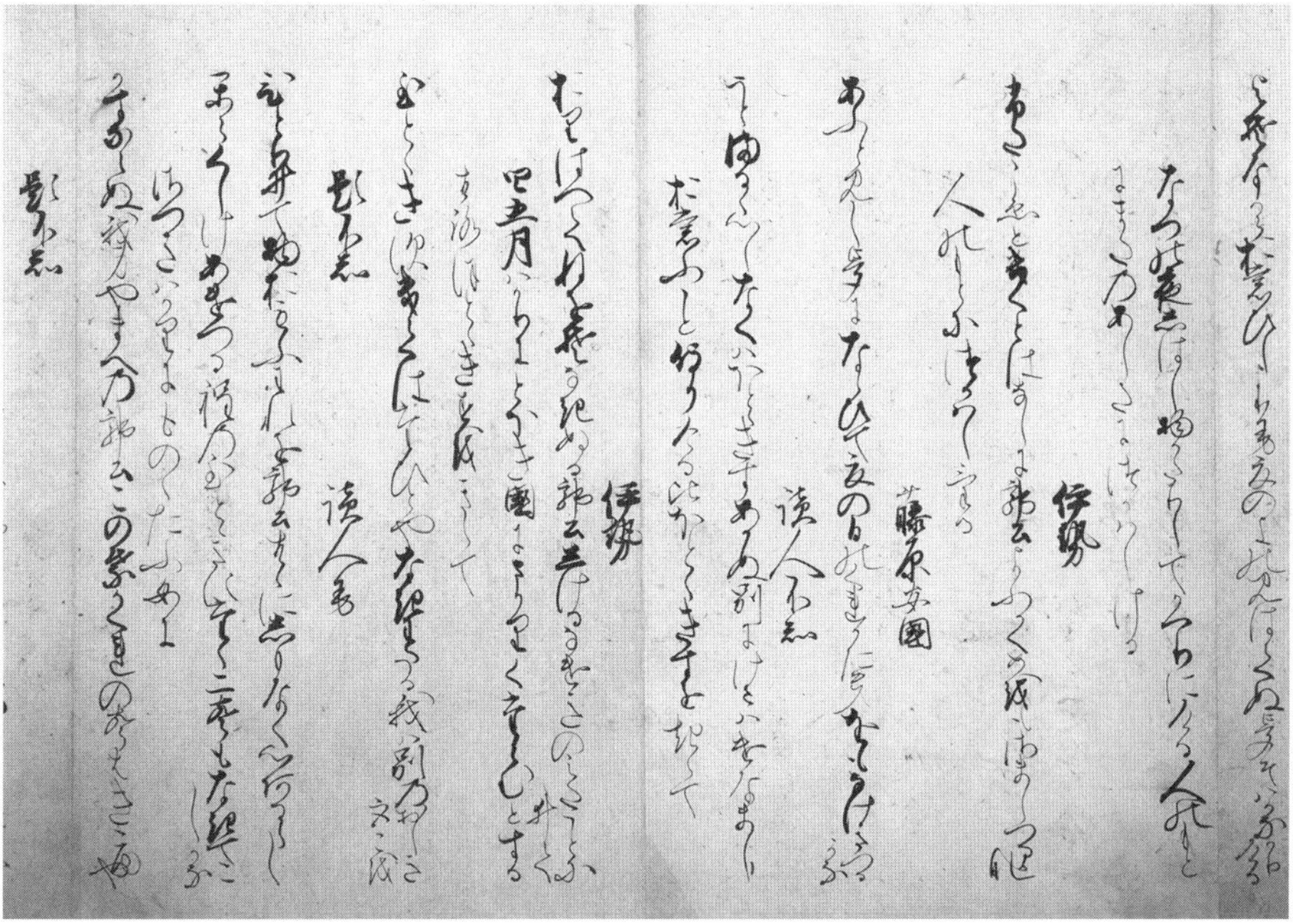
179 178 177 176 175 174 173 172

208 207 206 205 204 203 (182) 181 180

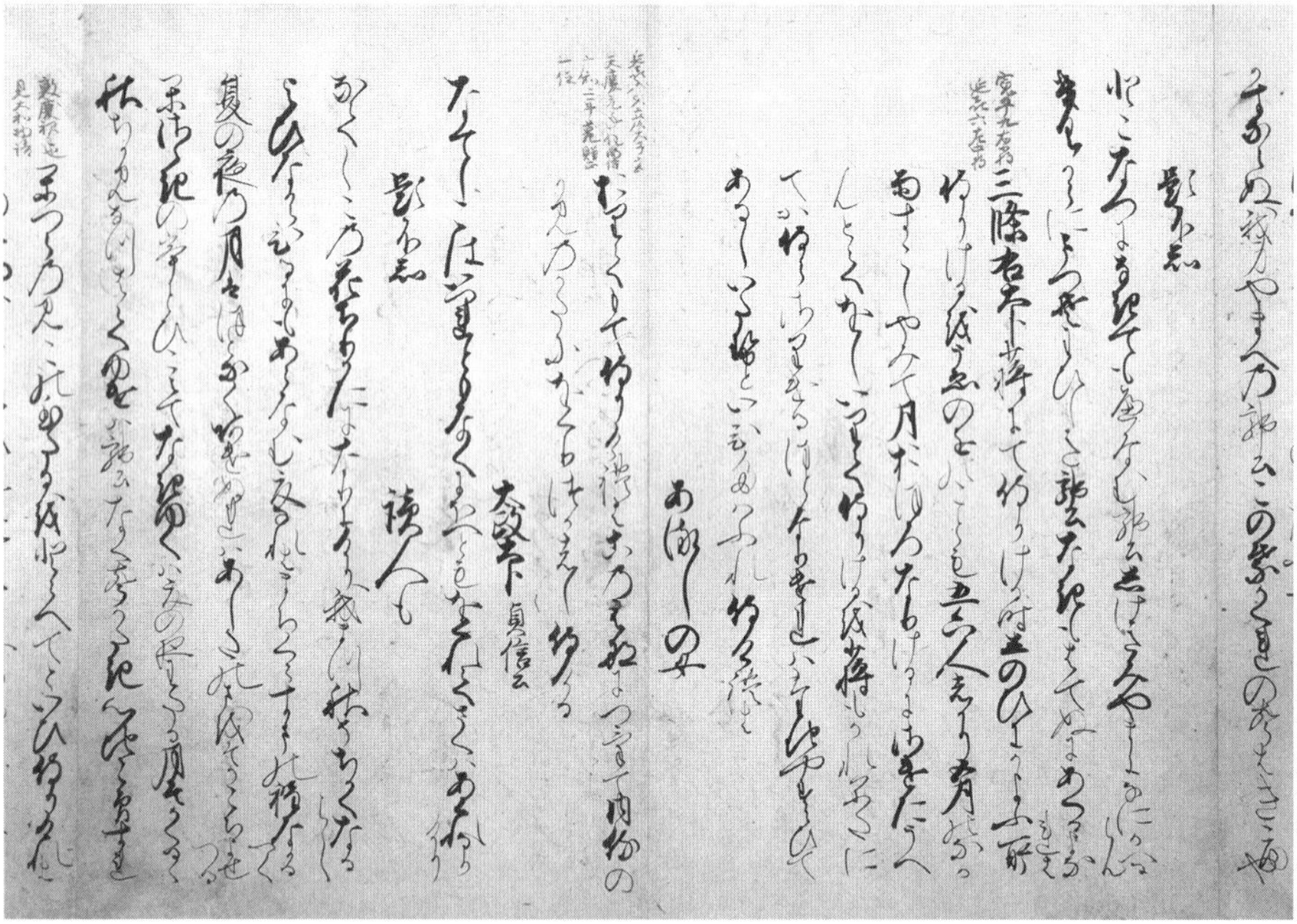

216 215 214 213 212 211 210 209

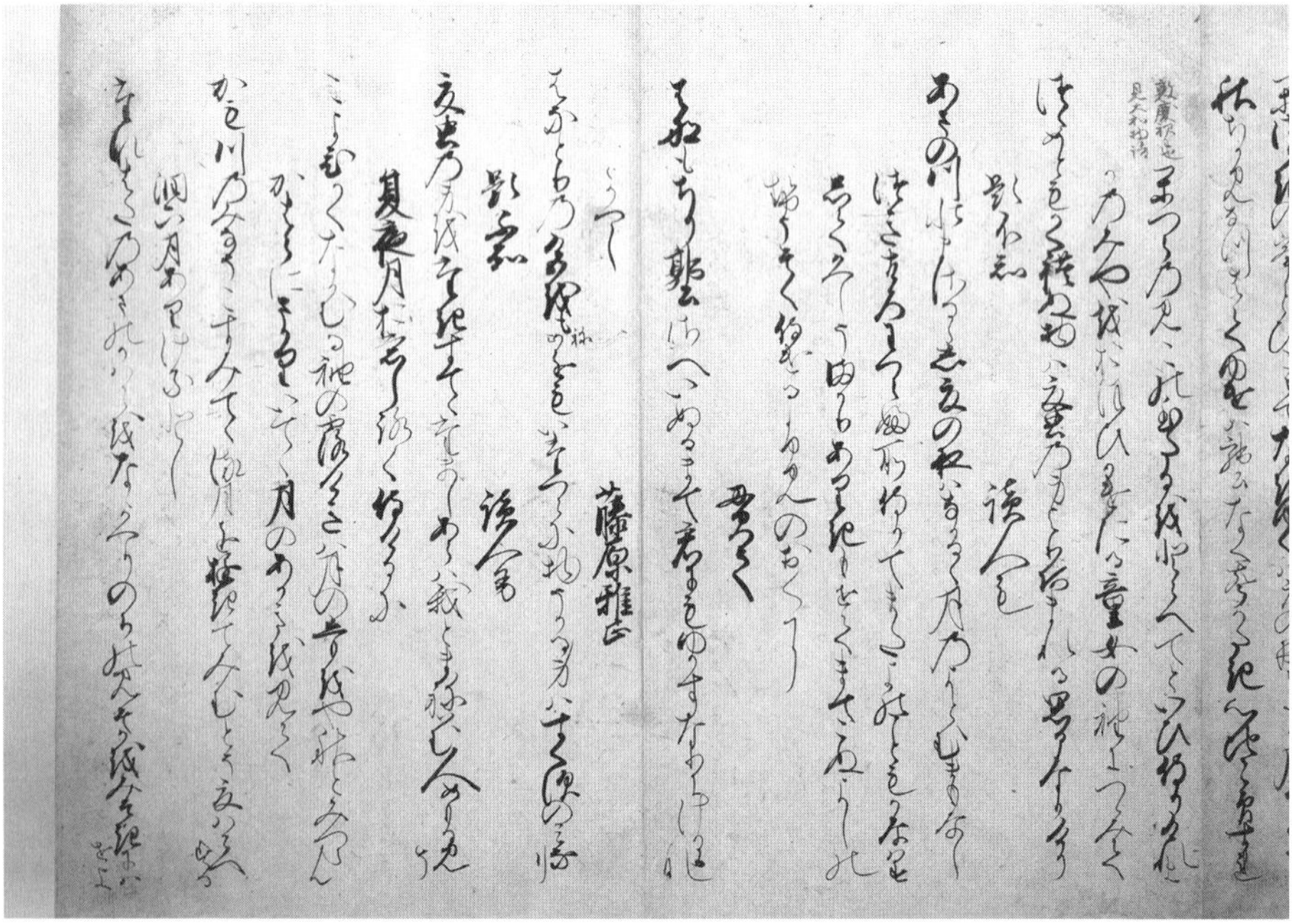

軸巻紙・軸

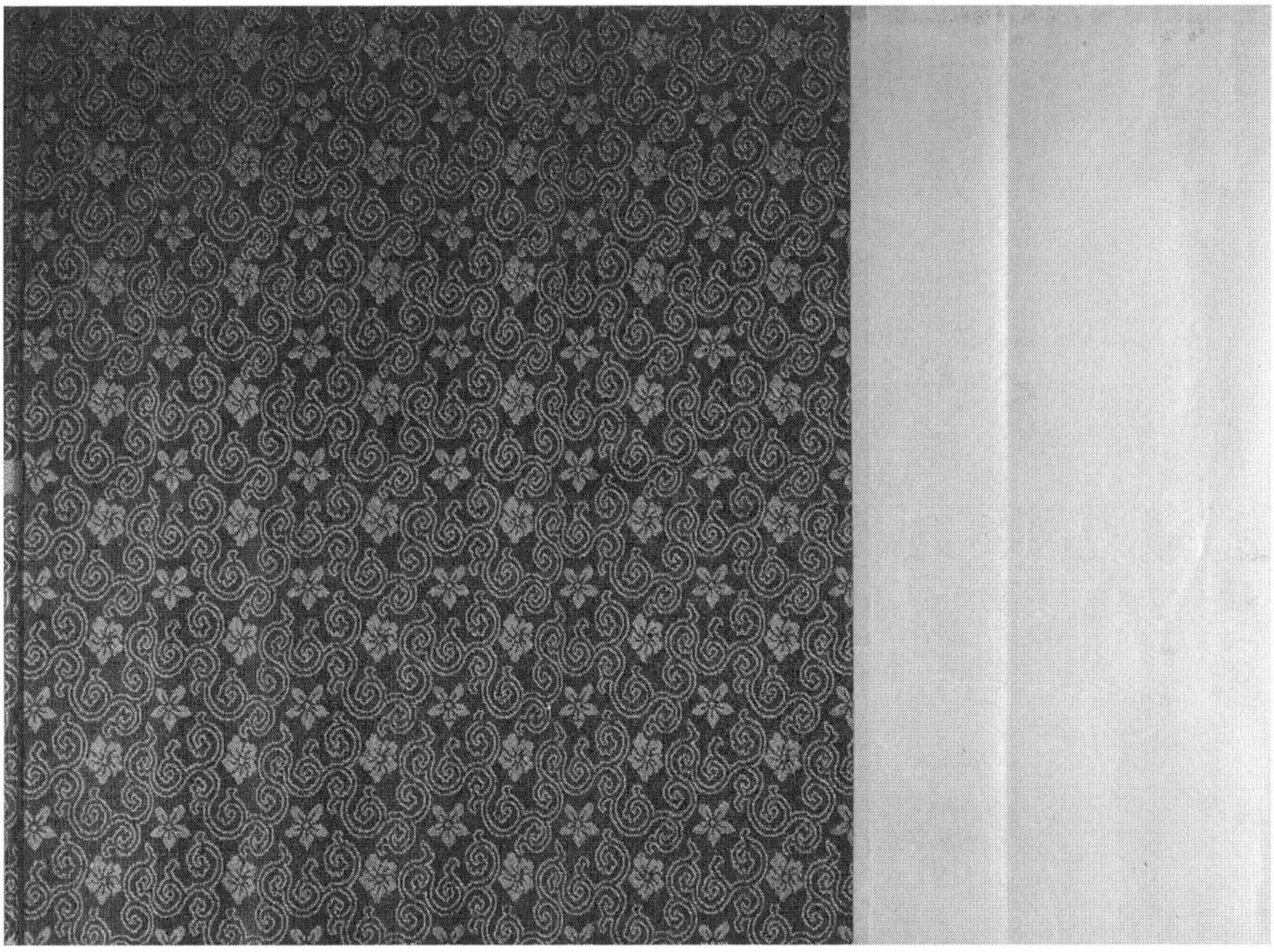

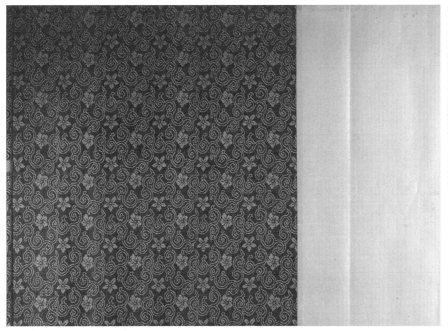

表　紙

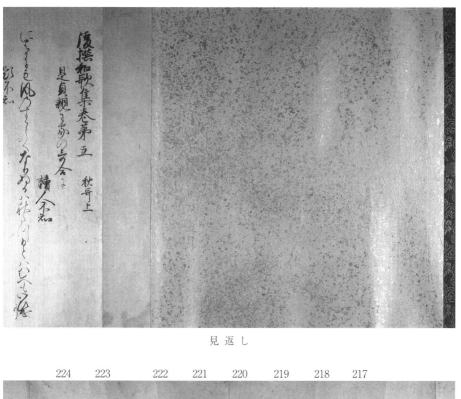

見返し

224　223　222　221　220　219　218　217

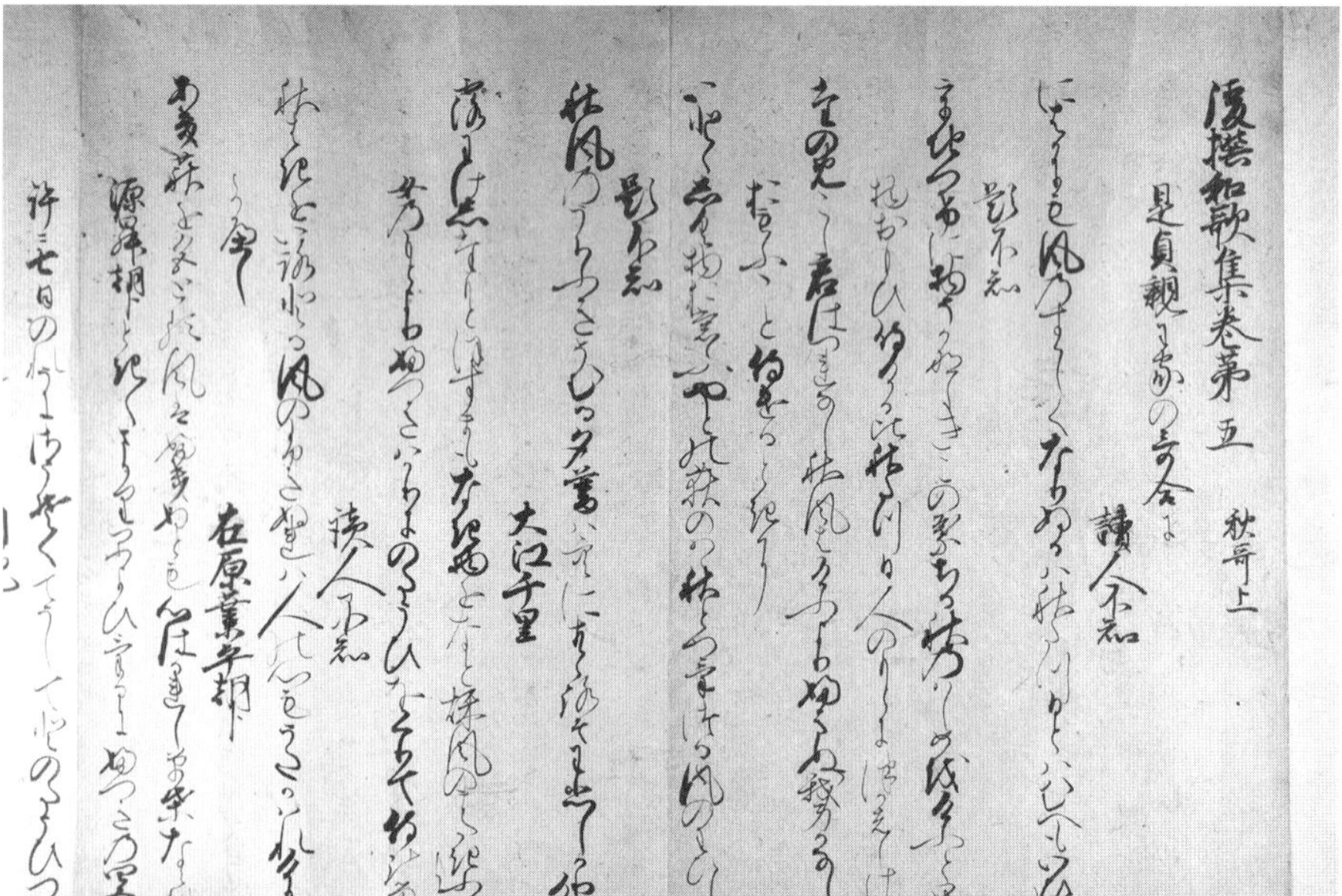

231 230 229 228 227 226 225

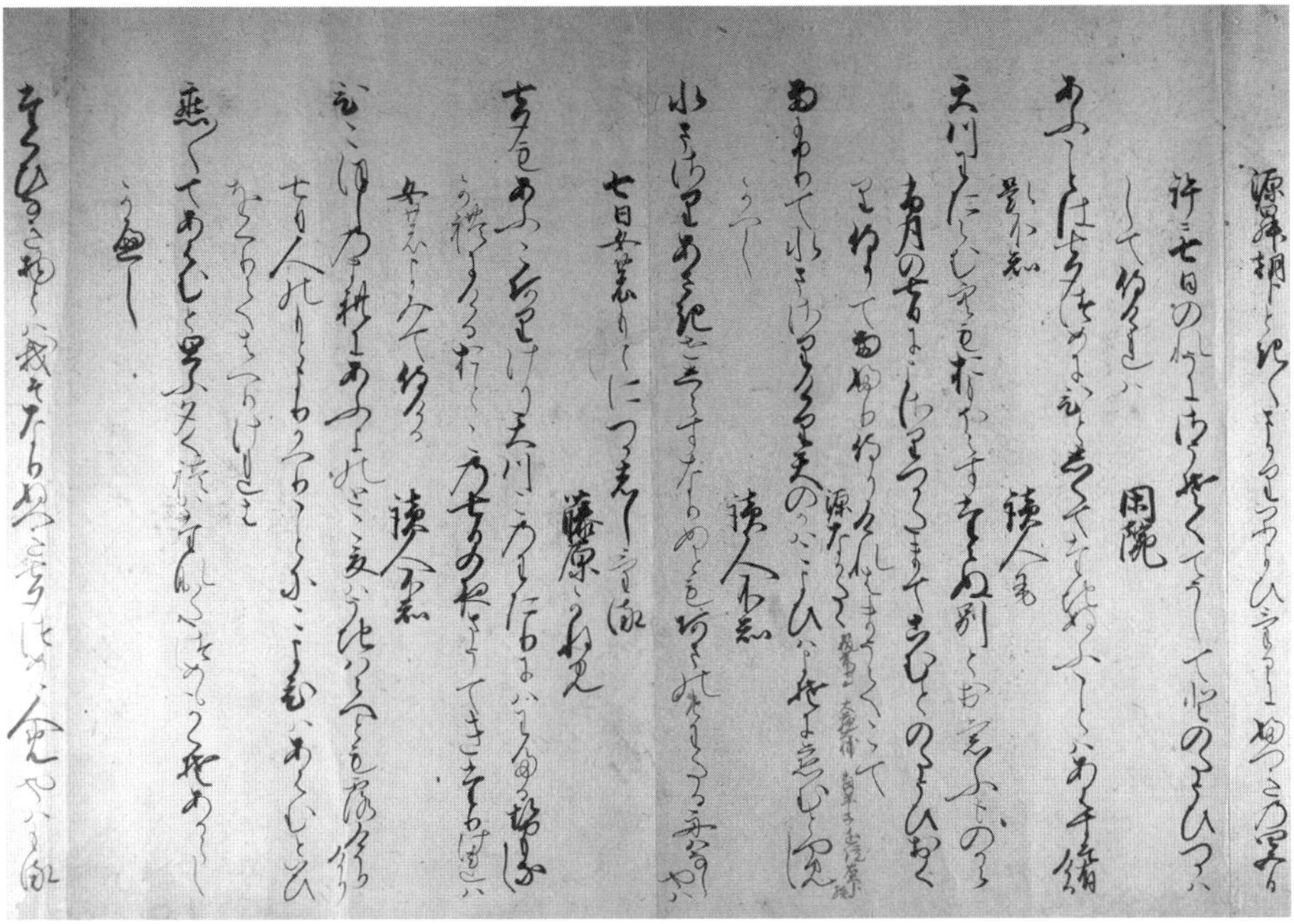

245 243 242 241 240 239 238 237 236 235 234 233 232

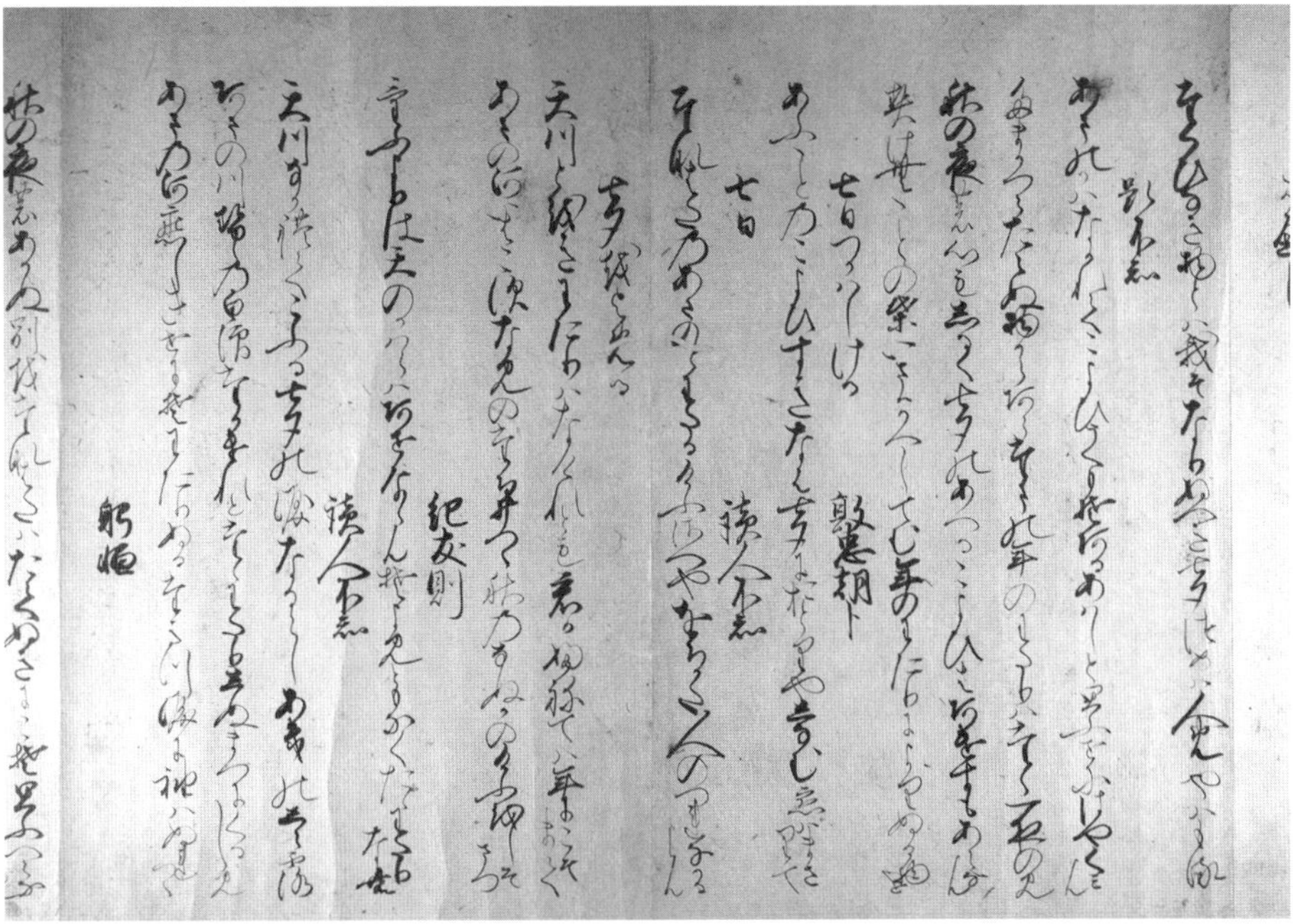

258 257 256 255 254 253 252 251 250 249 248 247

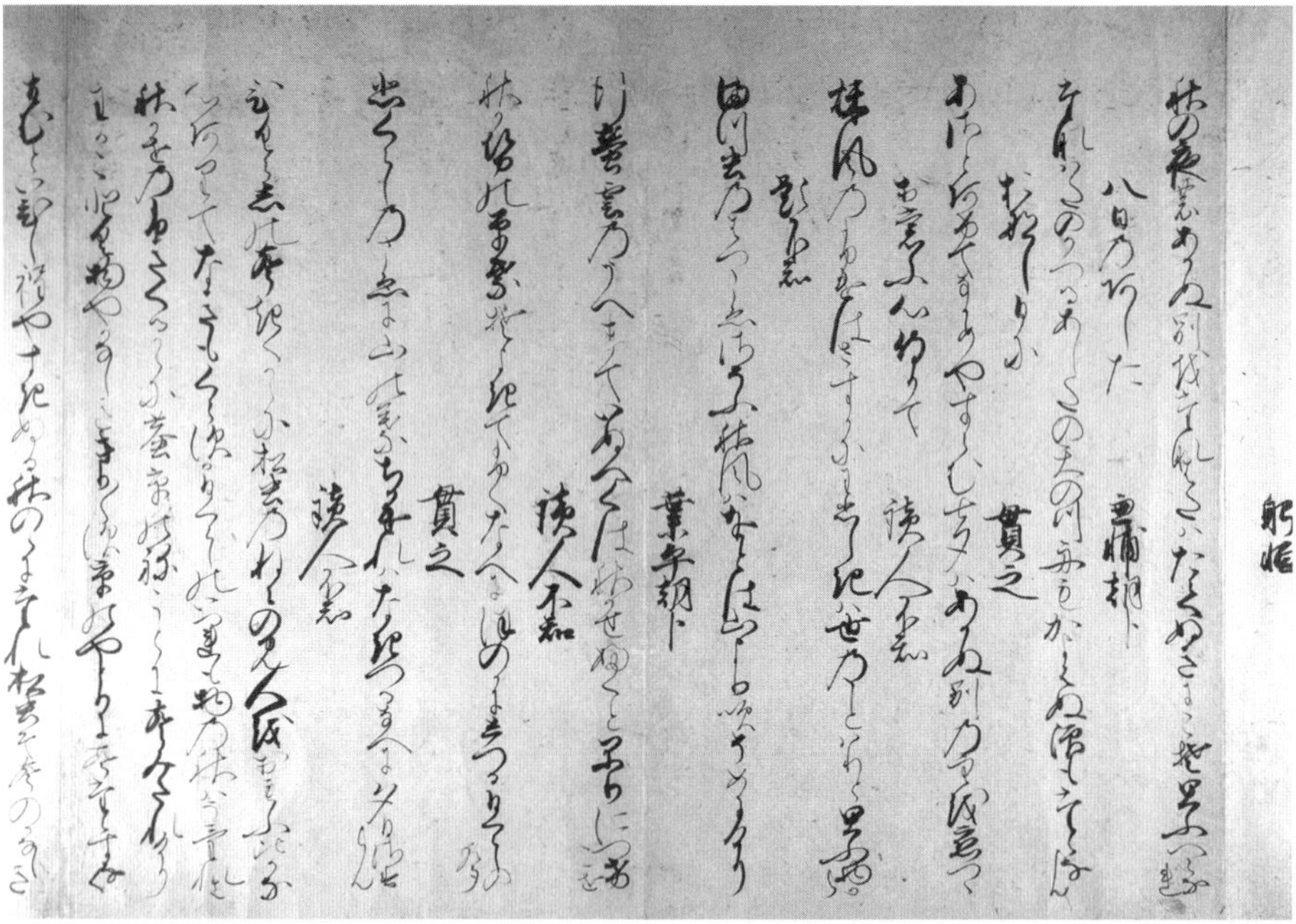

268 267 266 265 264 263 262 261 260 259

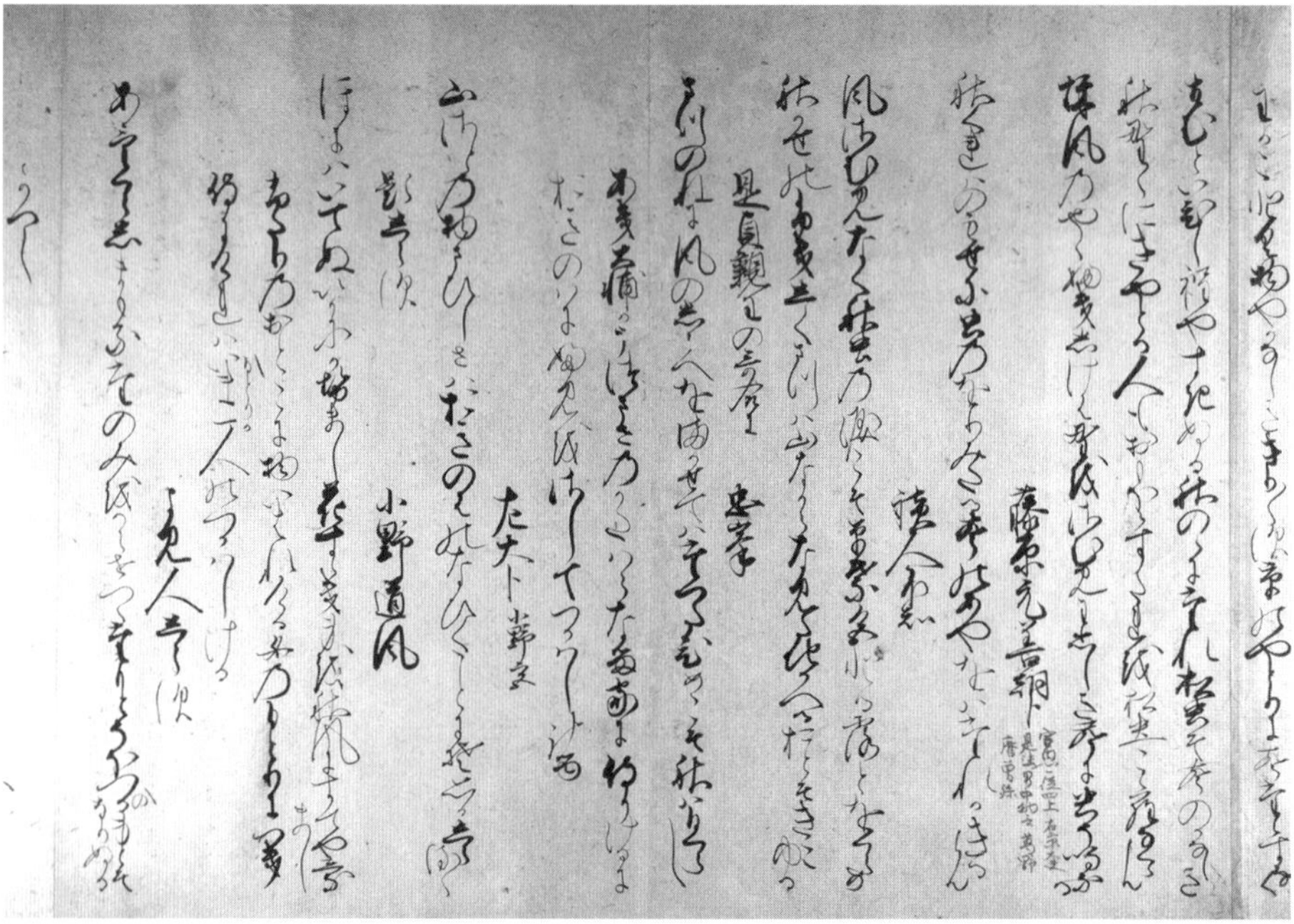

269 270 271 272 273 274

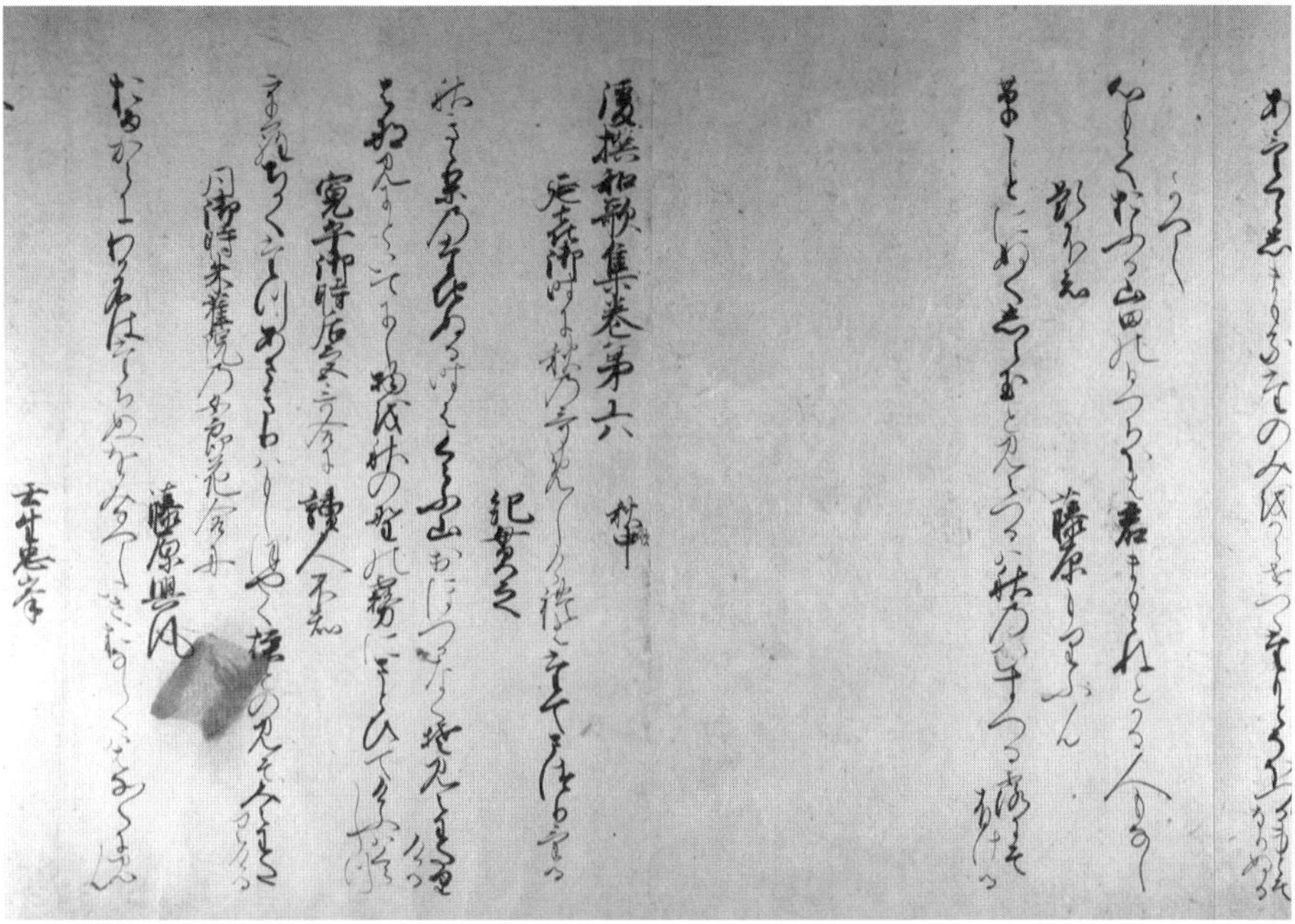

＊ 275 276 277 278 279 280 281 282

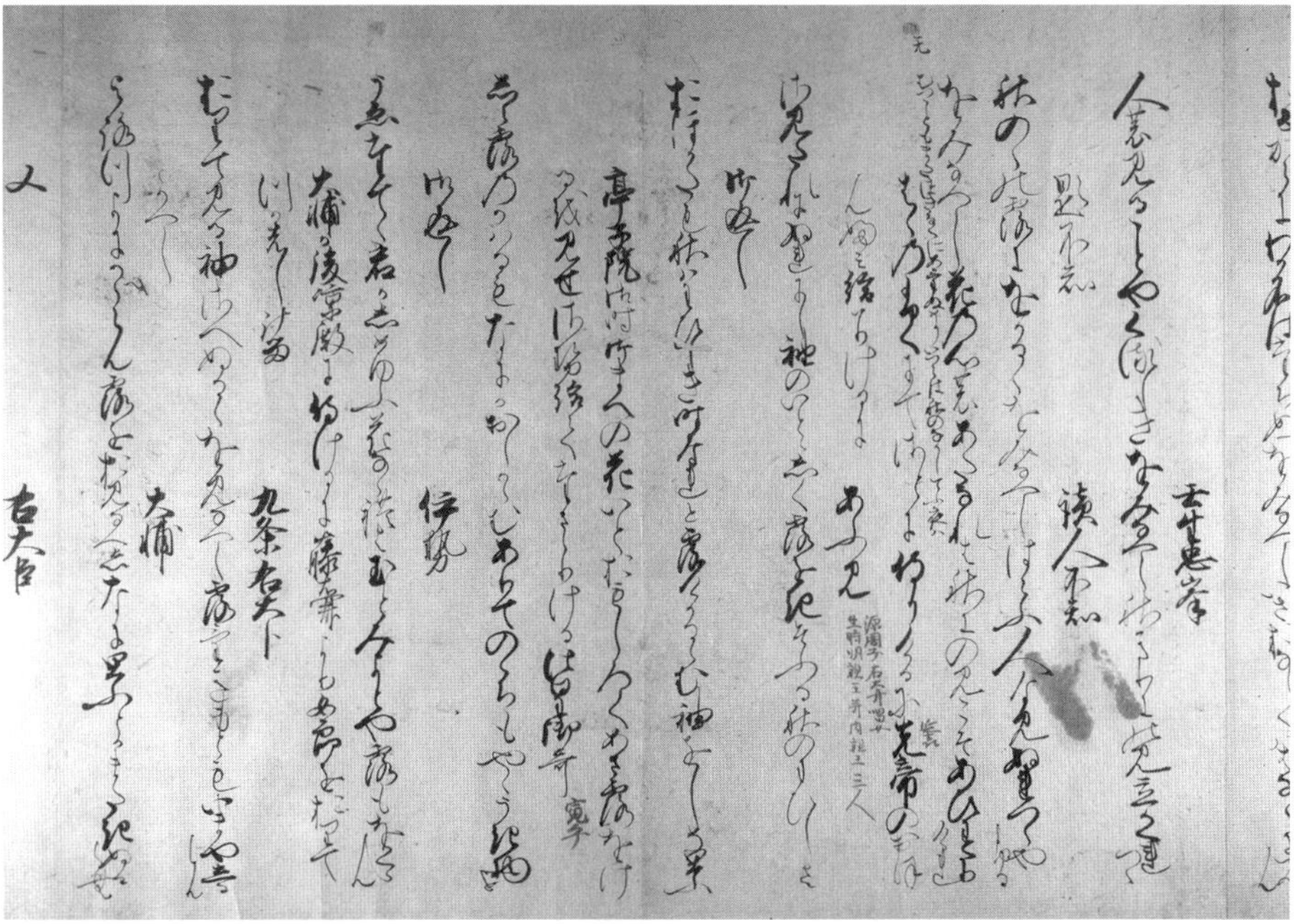

（＊は異本歌）

289 288 287 286 285 284 283

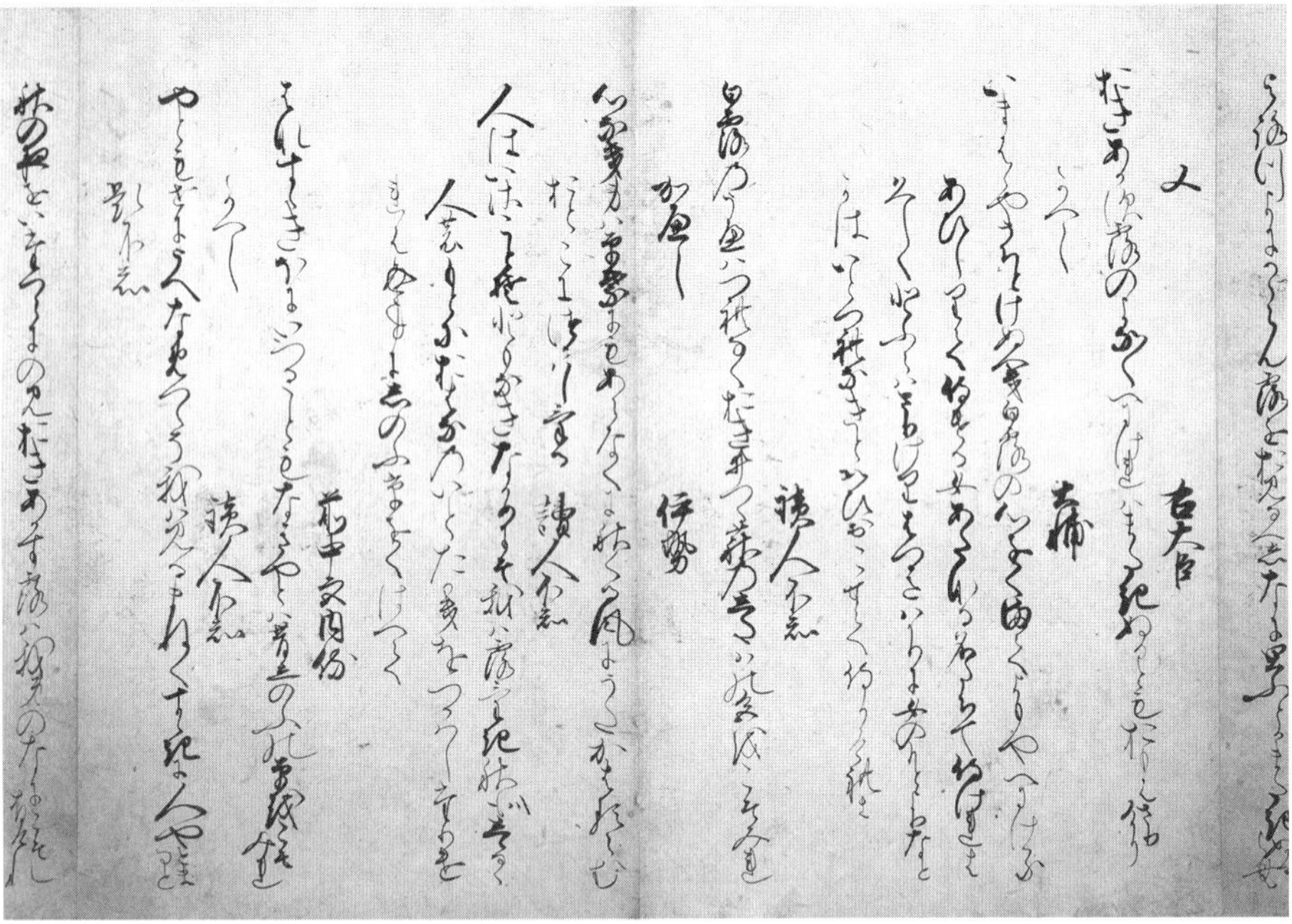

297 296 295 294 293 292 291 290

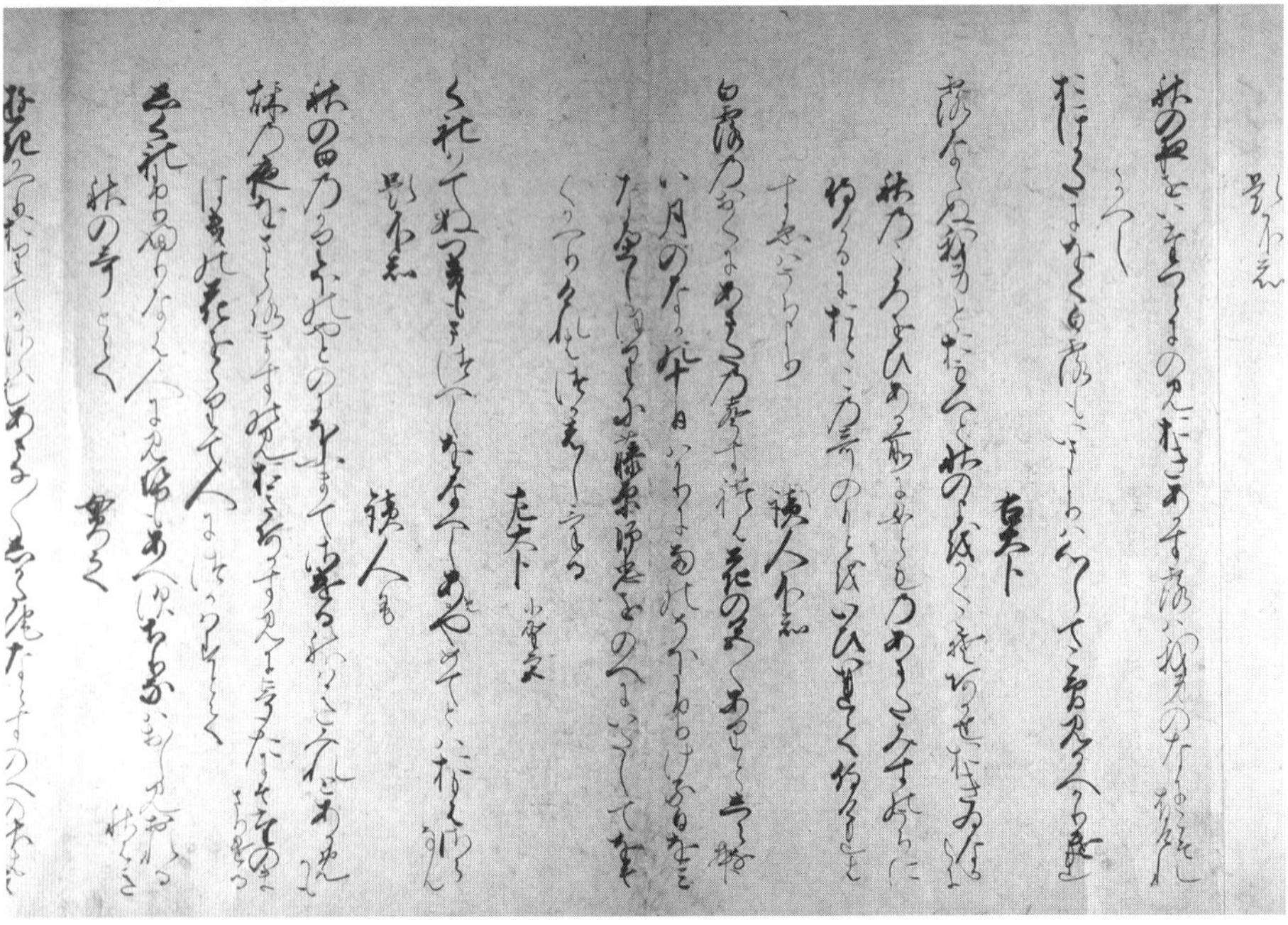

308 307 306 305 304 303 302 301 300 299 298

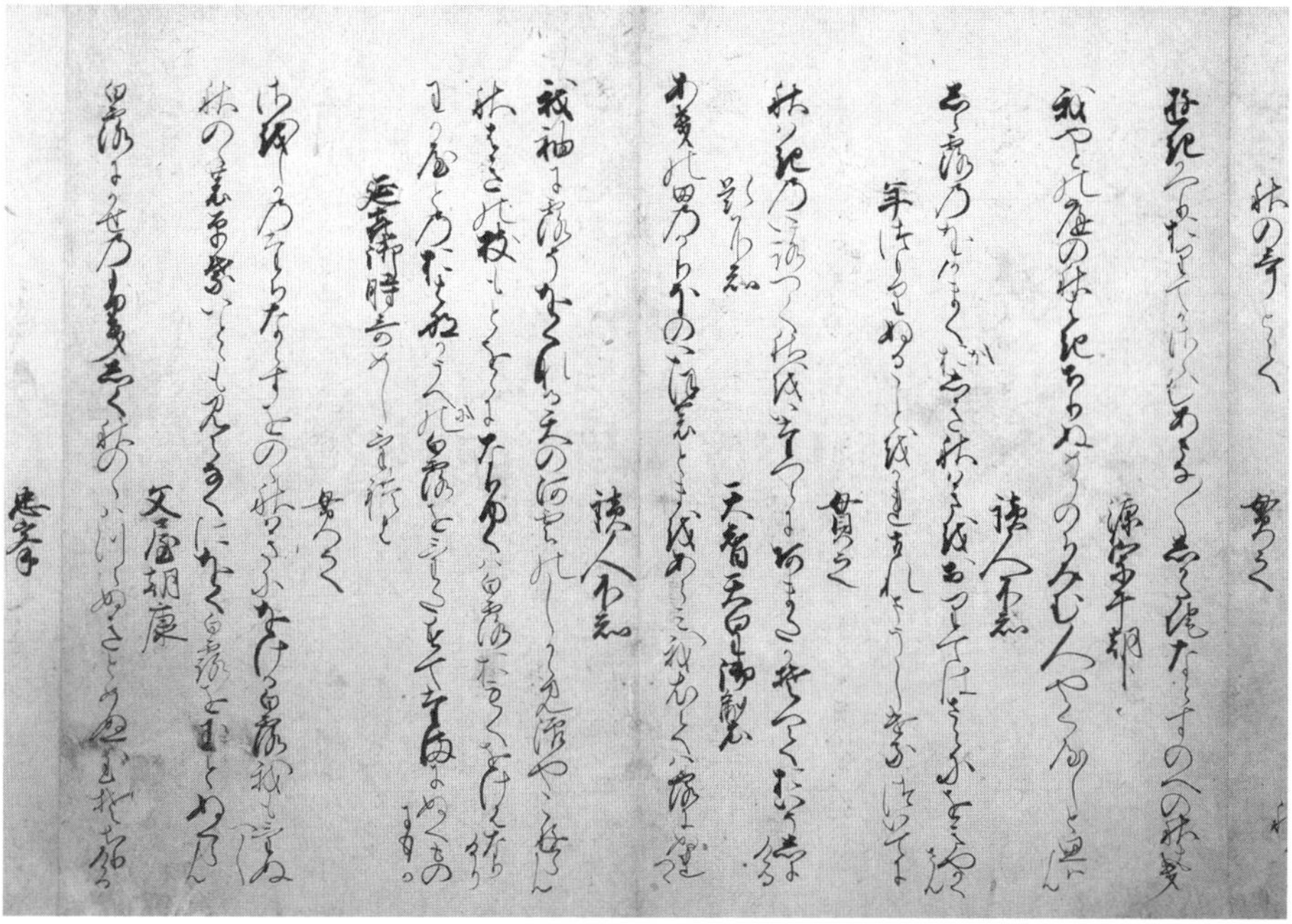

321 320 319 318 317 316 315 314 313 312 311 310 309

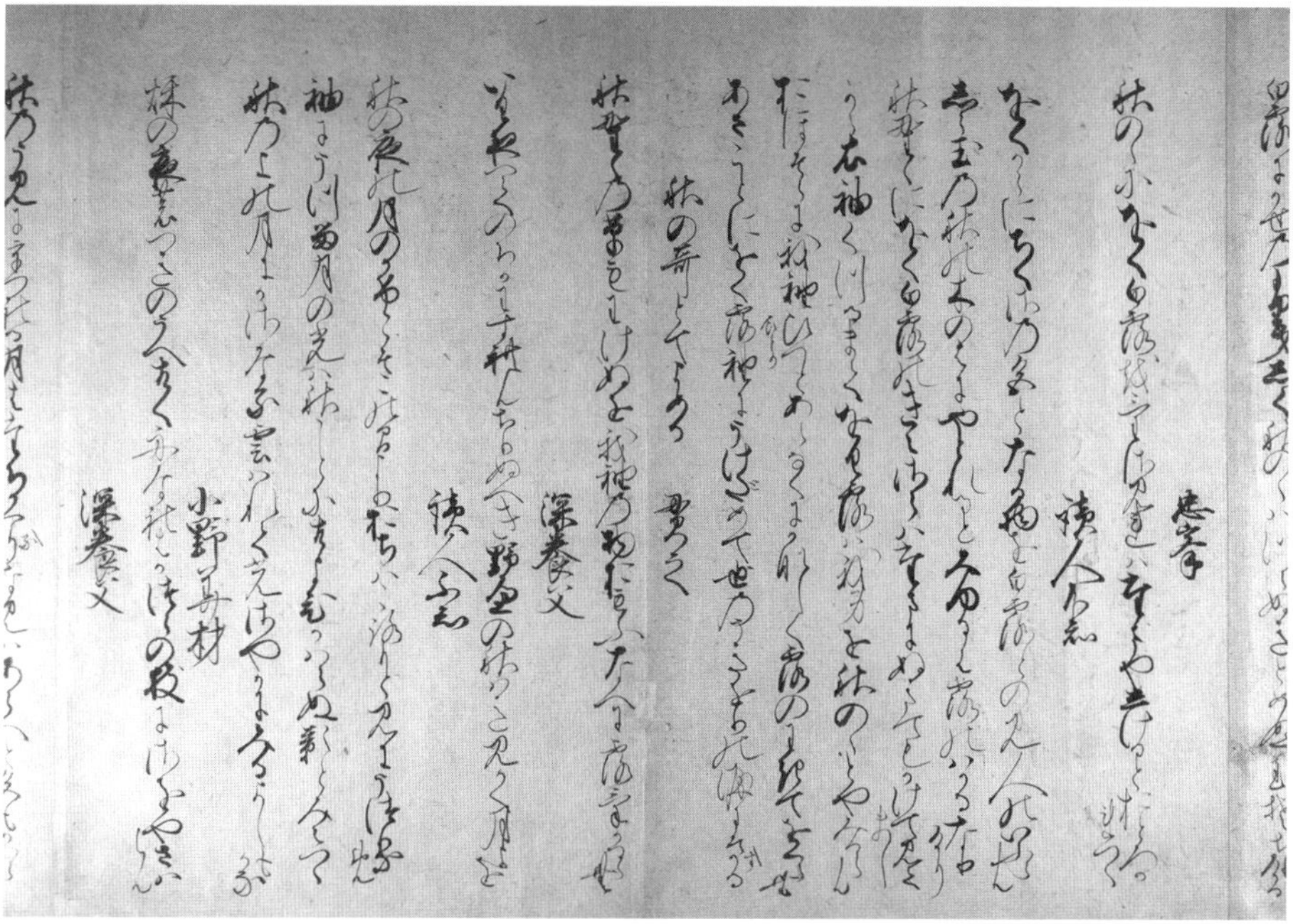

深養父

秋のうみにうつれる月をたちかへりなみはあらへと色もかはらす

読人不知

秋の夜の月の光はきよけれと人の心のくまはてらさす

あきの月つねにかくてる物ならはやみにふる身はましらさらまし

八月の十五夜あるいけのに

藤原雅正

いつとても月みぬ秋はなきものをわきてこよひのめつらしきかな

よみ人しらす

月のまはおもしろき秋のよのなかくもあかすはなるゝそうき

月なみかく

紀淑望

こゝろみに秋やくるらむ久かたの月のかつらはいろまさりけり

貫之

たなはたにかしつる糸のうちはへて年のをなかくこひやわたらむ

よみ人しらす

あまの川せゝのしらなみたかけれとたゝわたりきぬまつにくるしも

秋のせになかれてひさしあまの川たえぬかきりはたのまれしかな

たなはたはけふこそかへれあまの河わかれのきしにたちやとまらむ

みつね

あまつかせよそにふかなむ秋の夜の河きりたちてわたりかねつゝ

よみ人しらす

秋風にほころひぬらしのこるもなくはなの色こそうつろひにけれ

藤原清正

秋風にさそはれわたるかりかねはものおもふ人のやとをよかなむ

やとりせし人のかたみかふちはかま忘られかたきかにほひつゝ

はつかりのはつかにきけはたまつさのかきつらねたるかりのなくらむ

延喜御時秋歌めしけれはたてまつりける

貫之

秋の夜にかりかもなきてわたるなりわかおもふ人のことつてやせし

亜相か

人まつとわれもやあるをゆふくれに

よみ人しらす

秋きりのはれぬまよりもわかきみのたちかへるなるゆくへしらすも

貫之

たなはたのあまのとわたるこよひさへよるのまなくやこひわたるらむ

よみ人しらす

なかそらにたちゐるくものあともなく身のはかなくもなりぬへきかな

しら露のおくしくなかれにあきかせのふくをまつまにかはらむ

はきのはなみをしりてもたのもしきかな

なにしおはゝあきのゝ花をたのめとも

おほかたの秋にあはむとおもへとも

見つね

ちるまてにこゝろにかゝるあきのはなかなしむへくもあらすやあるらむ

よみ人しらす

秋の野にわかやとりせむとおもひしをなかめしはなのいろにこそみれ

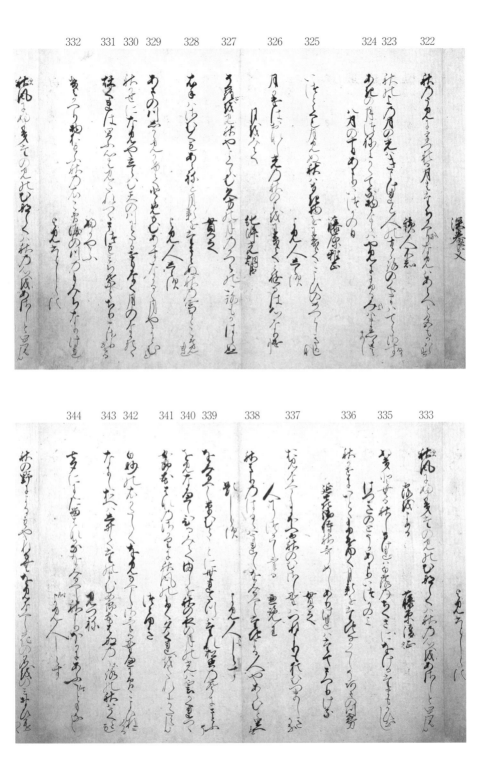

350 349 348 347 346 345

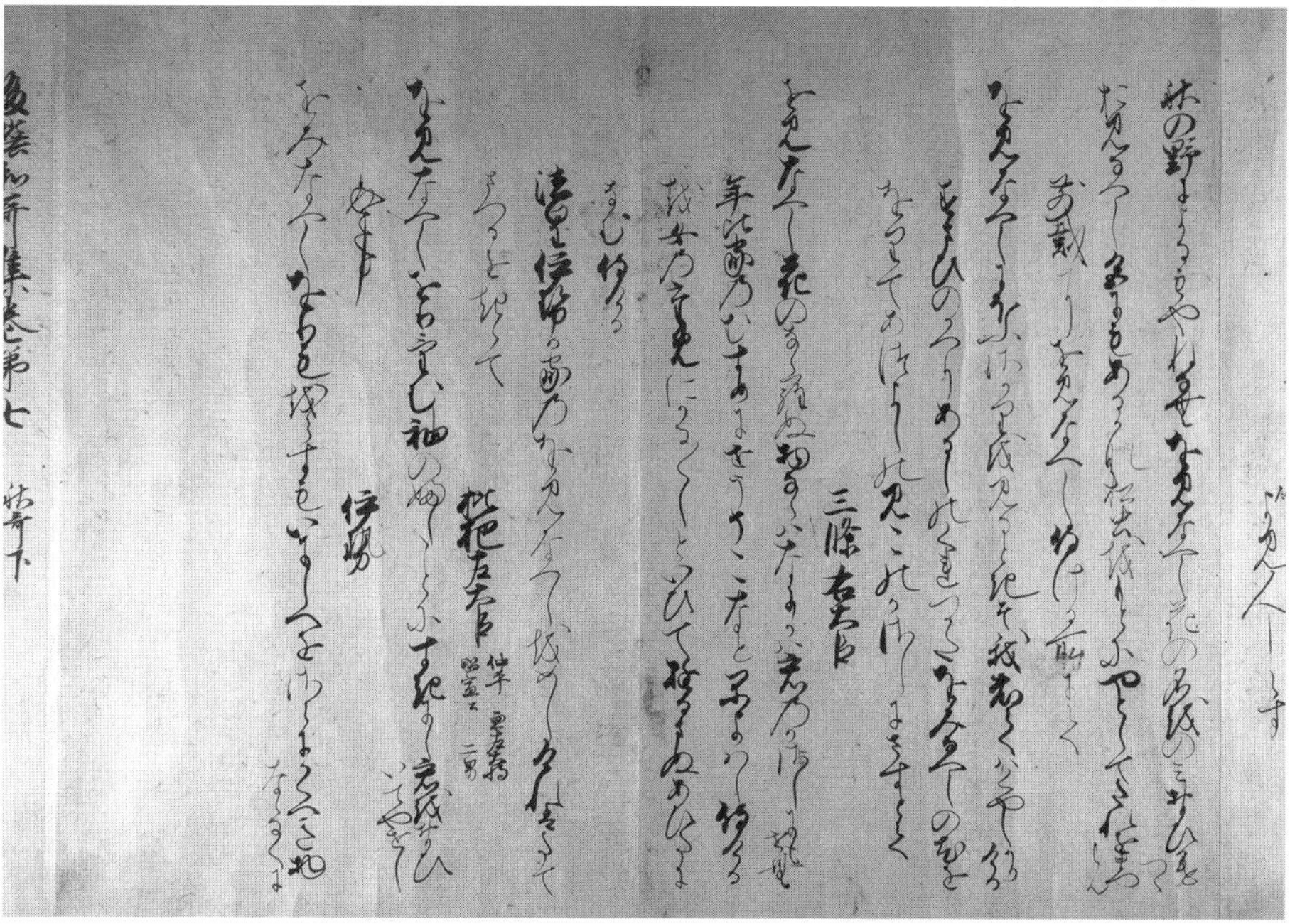

368 367 366 355 354 353 352 351

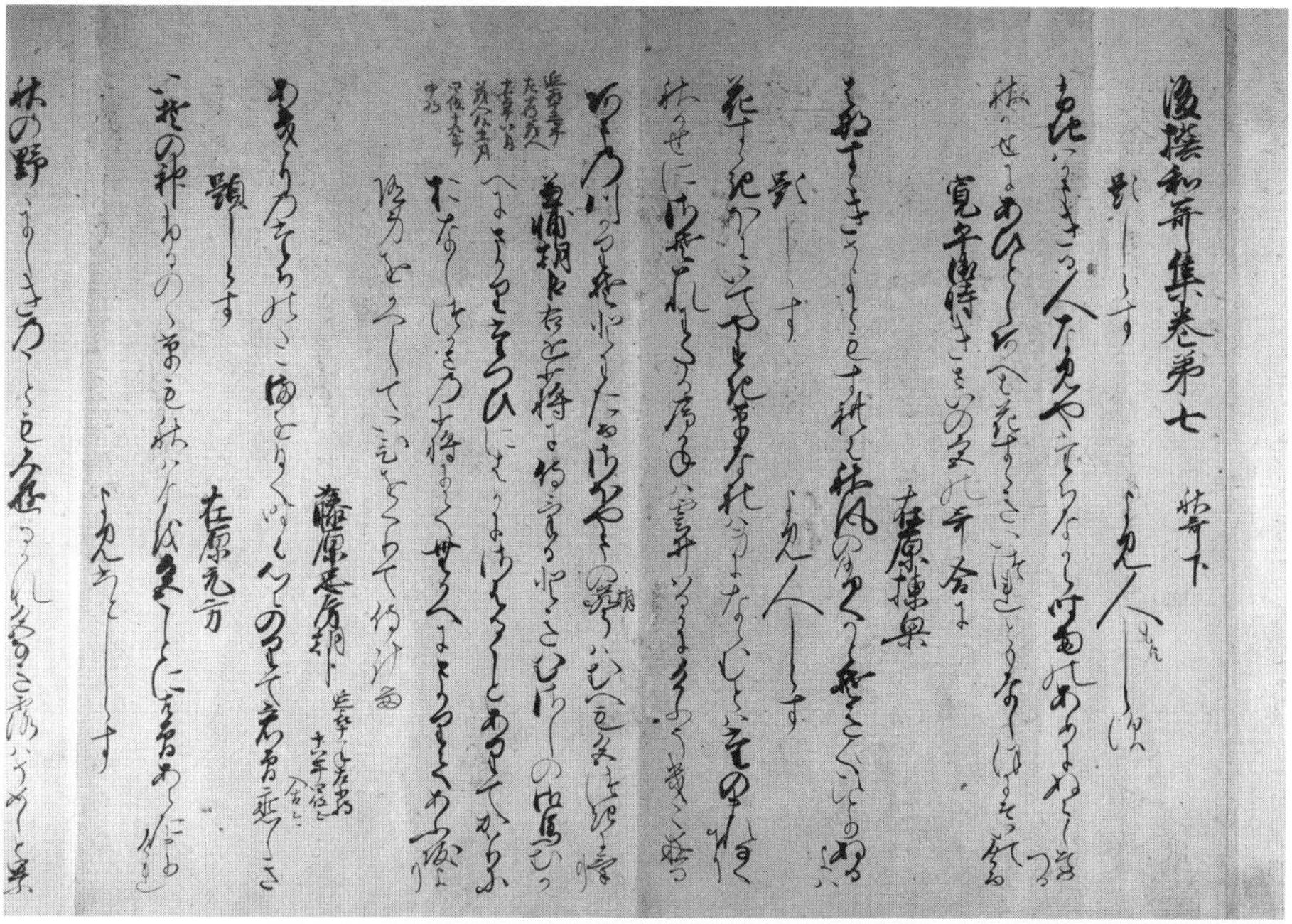

382 381 380 379 378 377 376 375 374 373 372 371 370 369

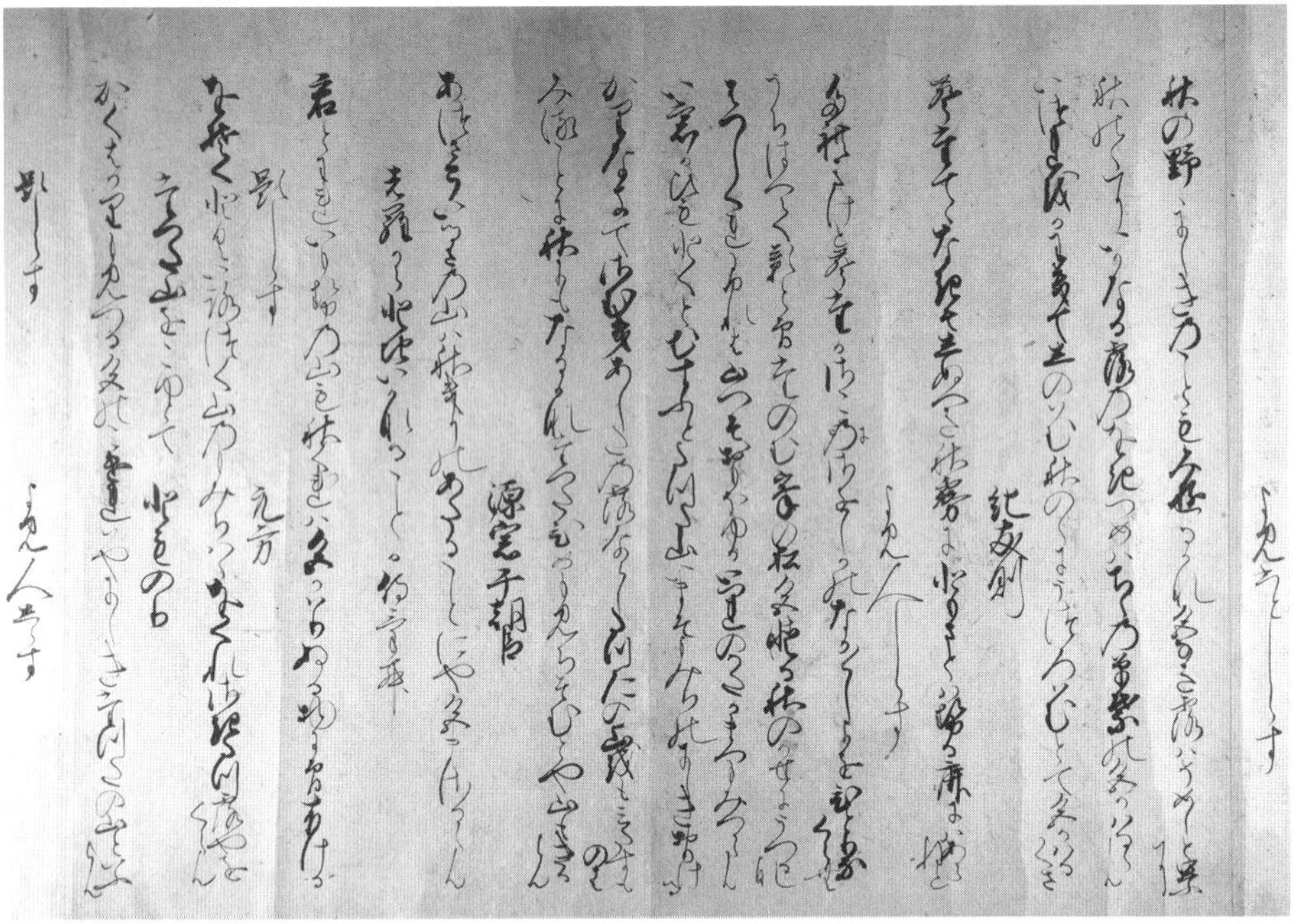

393 392 391 390 389 388 387 386 385 384 383

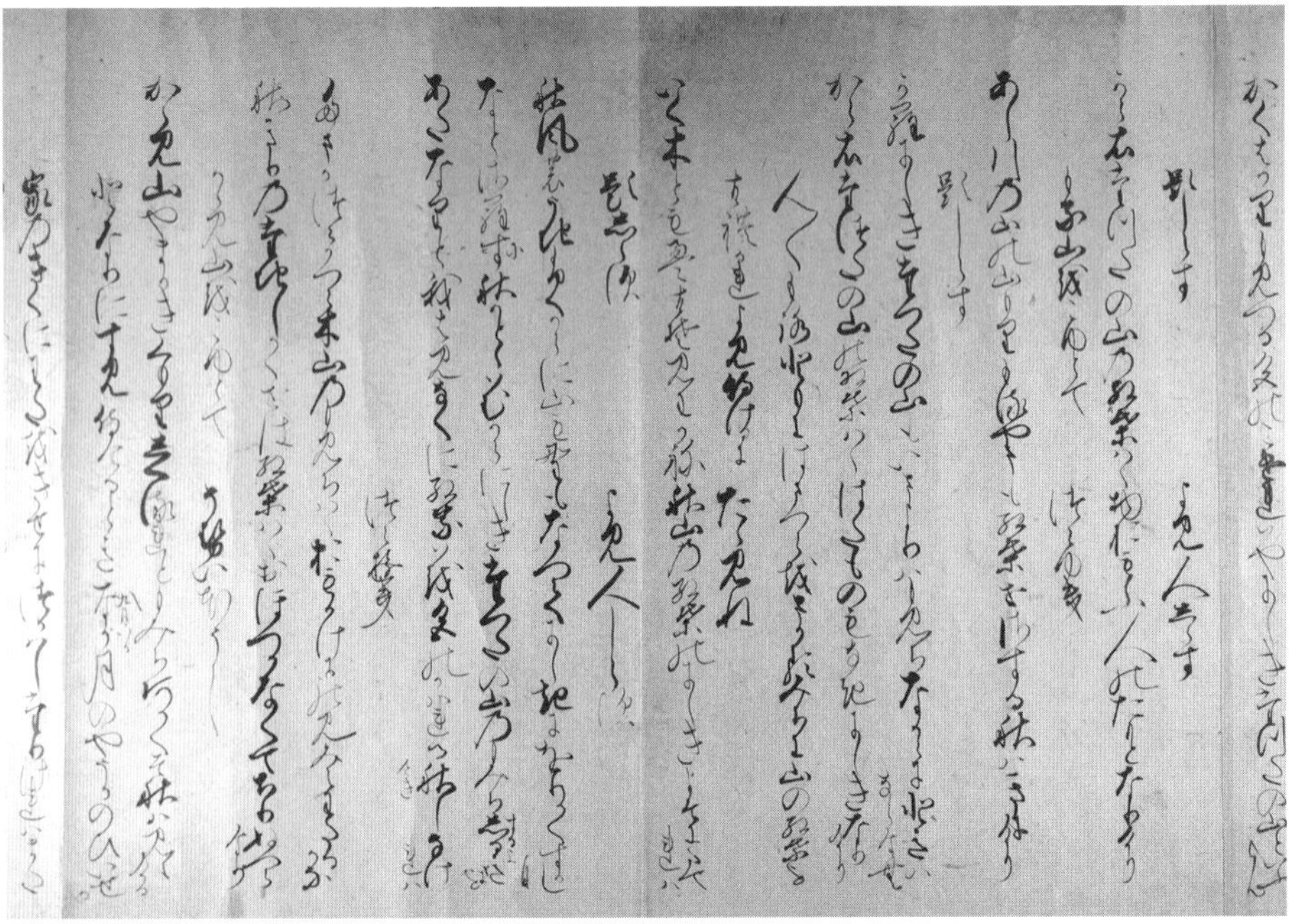

403 402 401 400 399 398 397 396 395 394

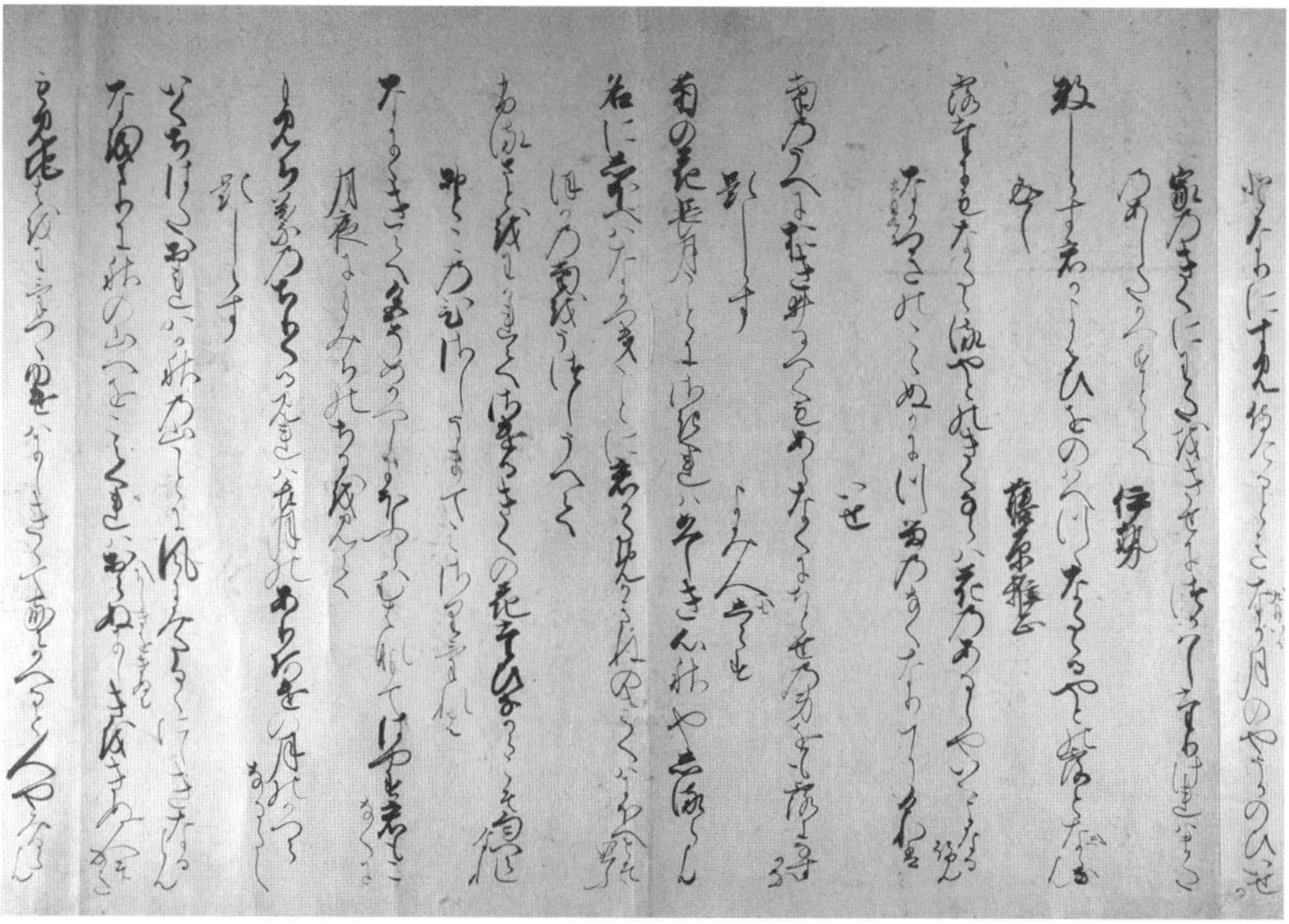

417 416 415 414 413 412 411 410 409 408 407 406 405 404

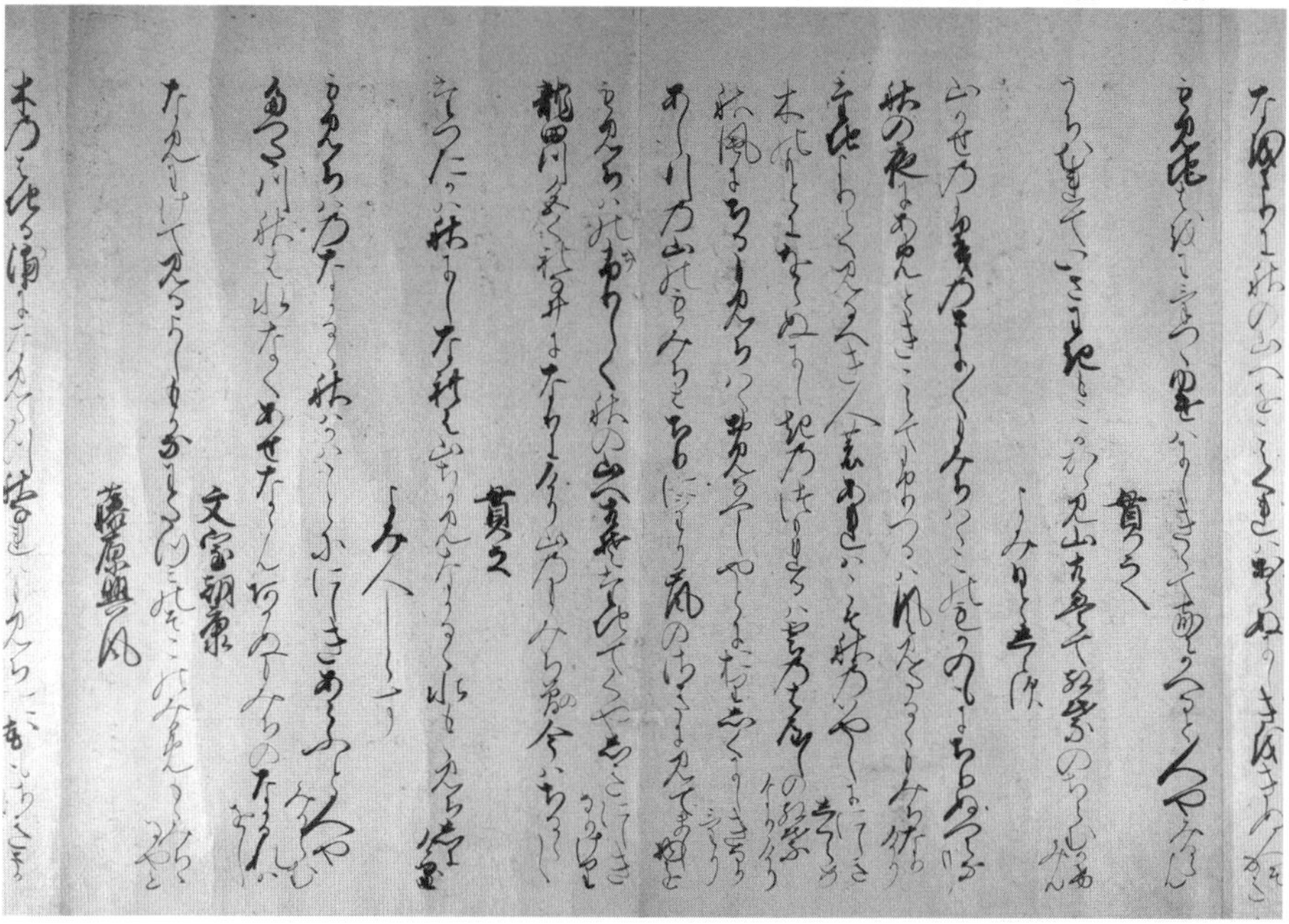

426 425 424 423 422 421 420 419 418

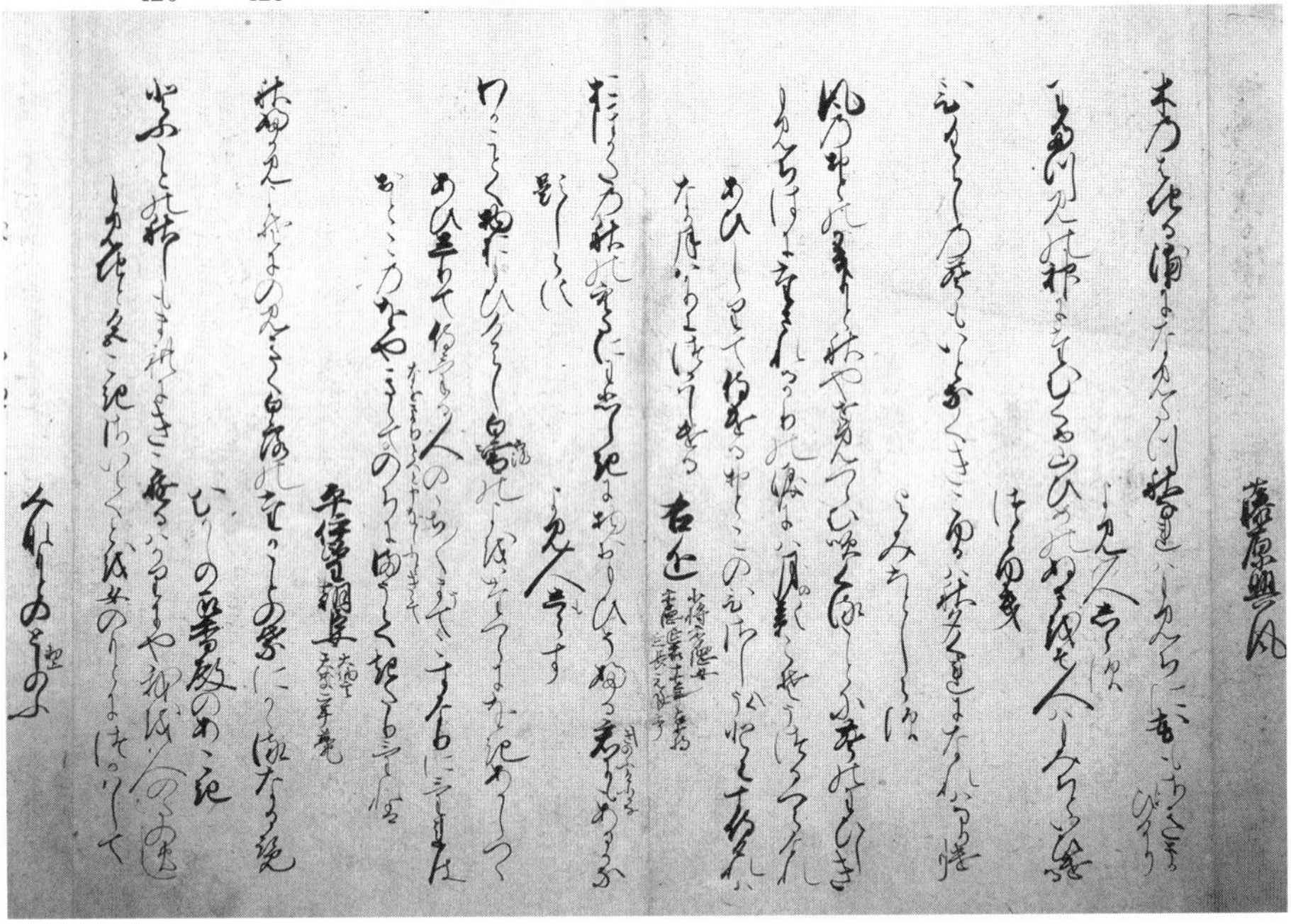

433 432 431 430 429 428 427

434 435 436 437 438 439 440 441 442

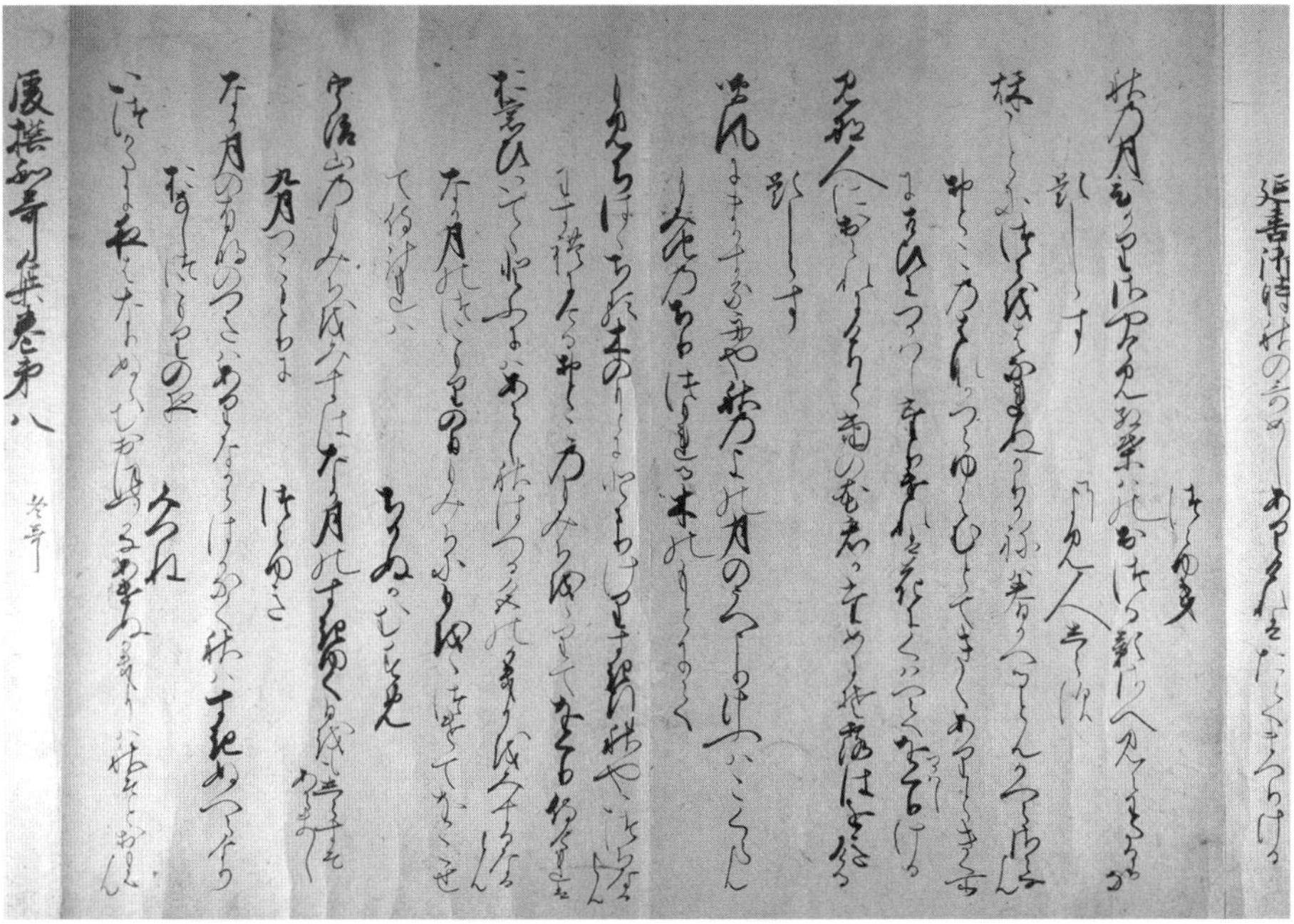

443 444 445 446 447 448 449 450 460 461 462 463

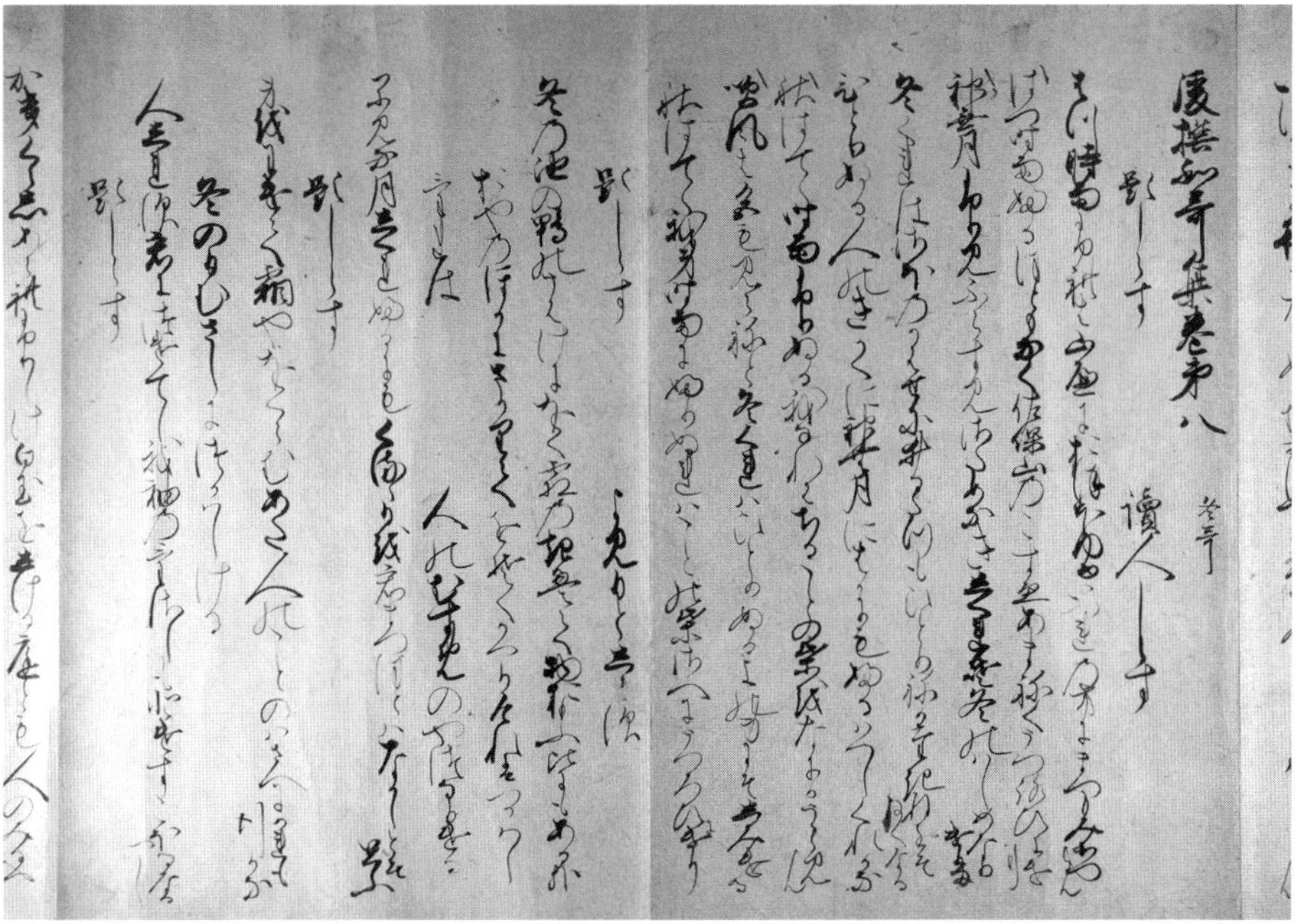

474 473 472 471 470 469 468 467 466 465 464

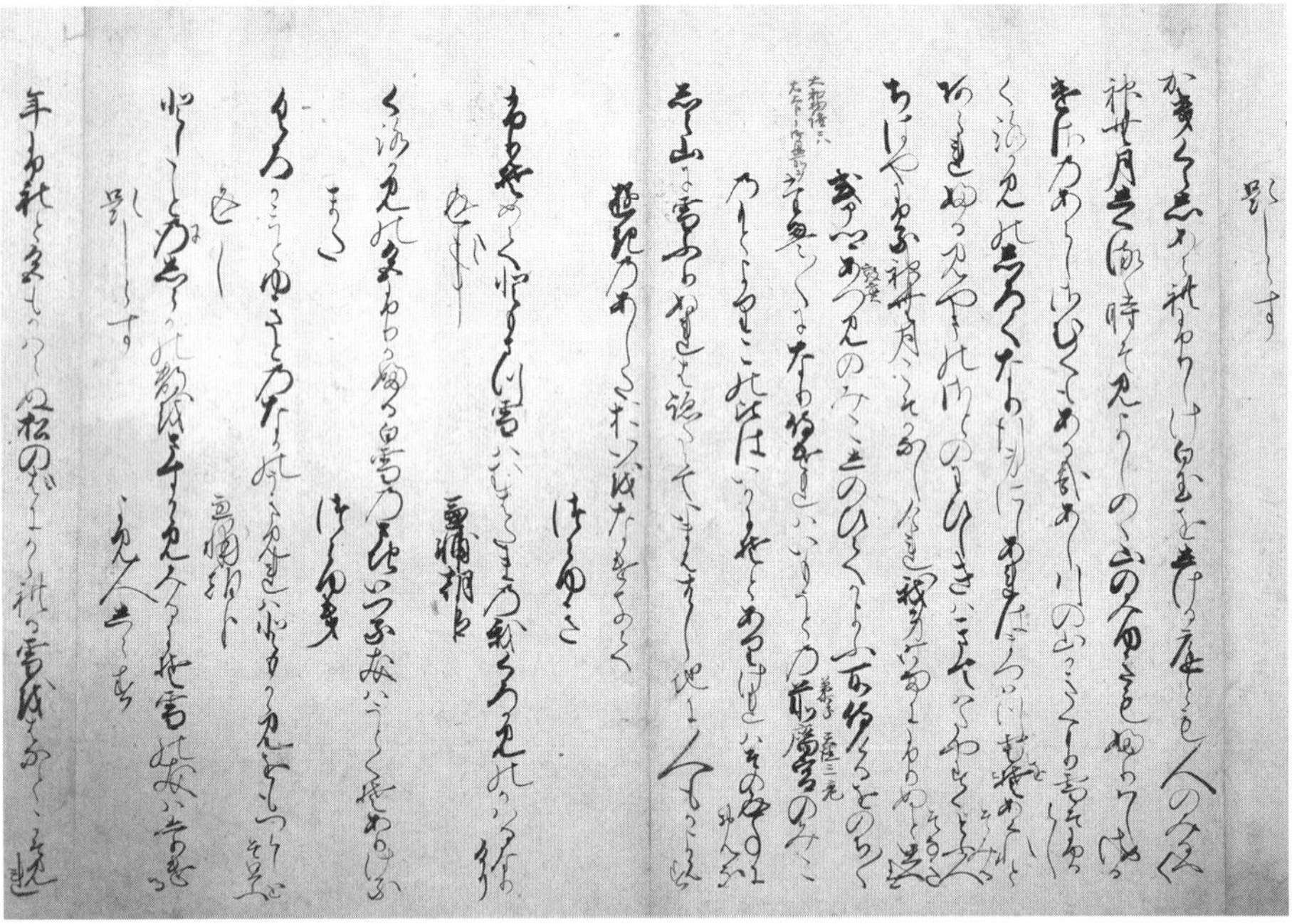

489 488 487 486 485 484 483 482 481 480 479 478 477 476 475

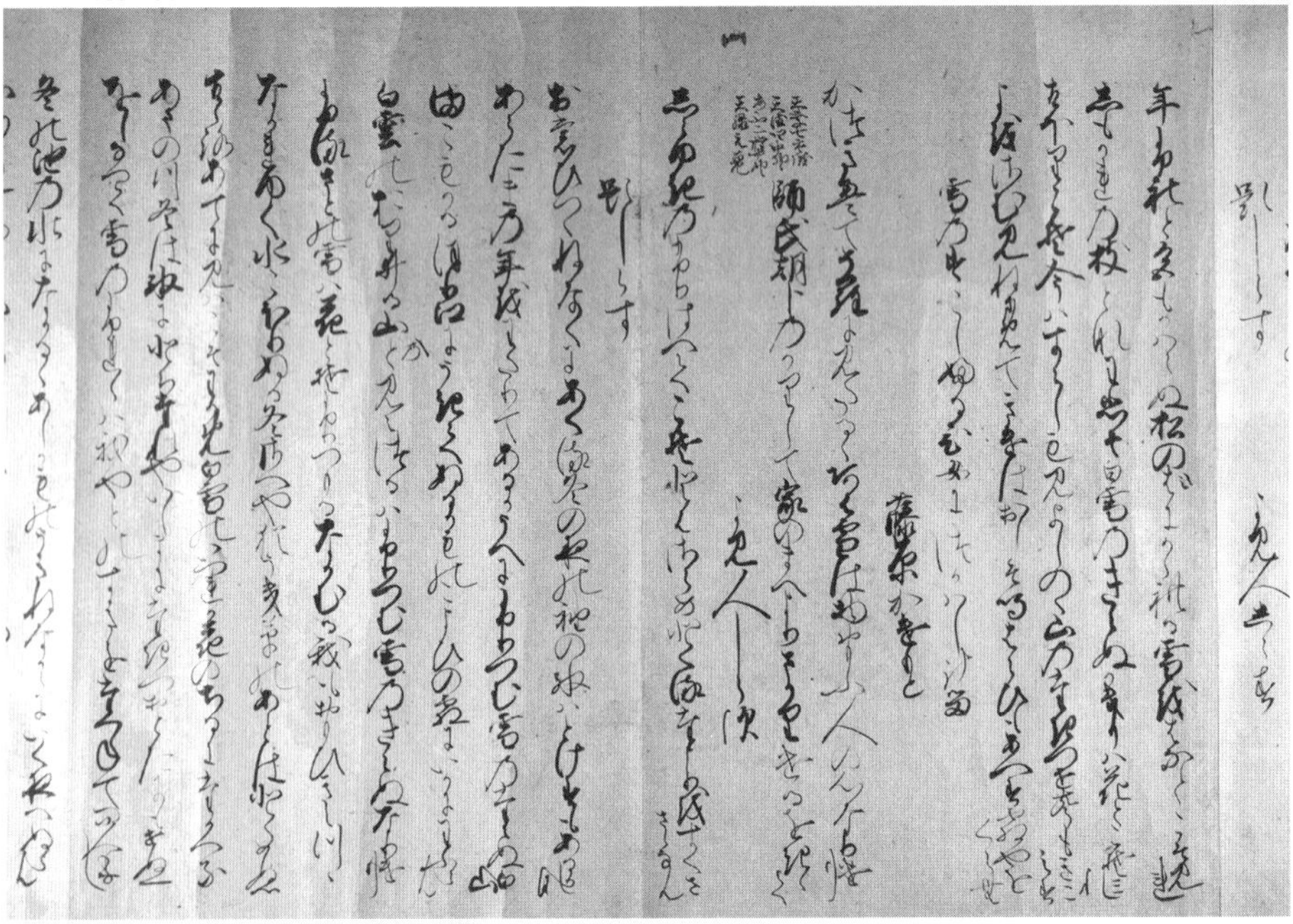

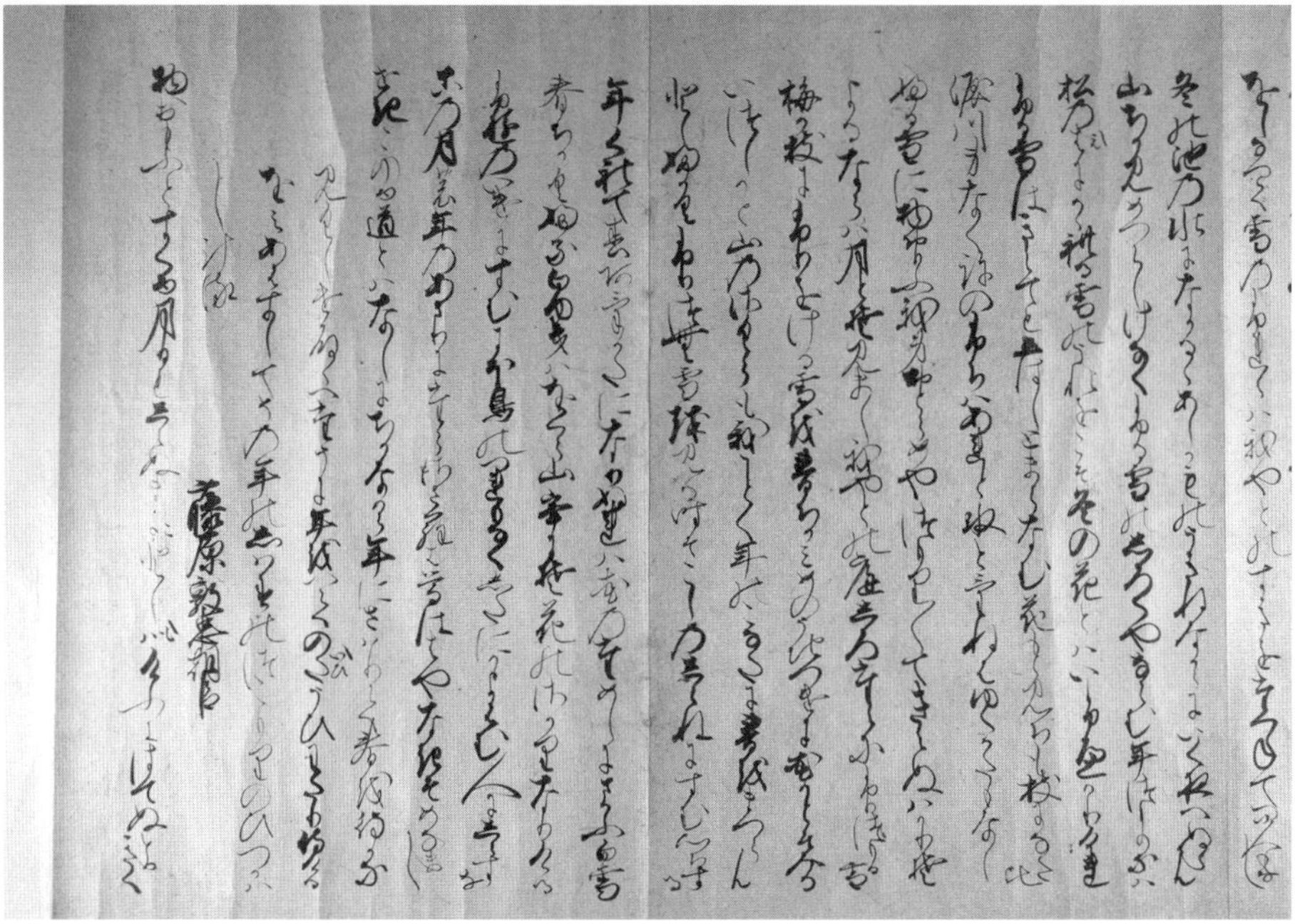

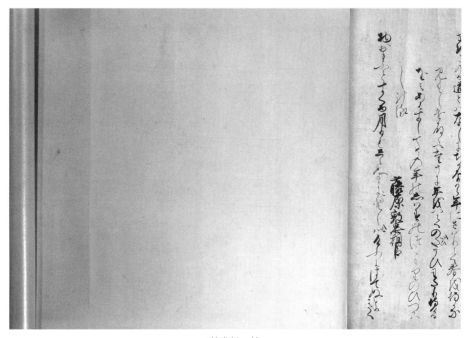

軸巻紙・軸

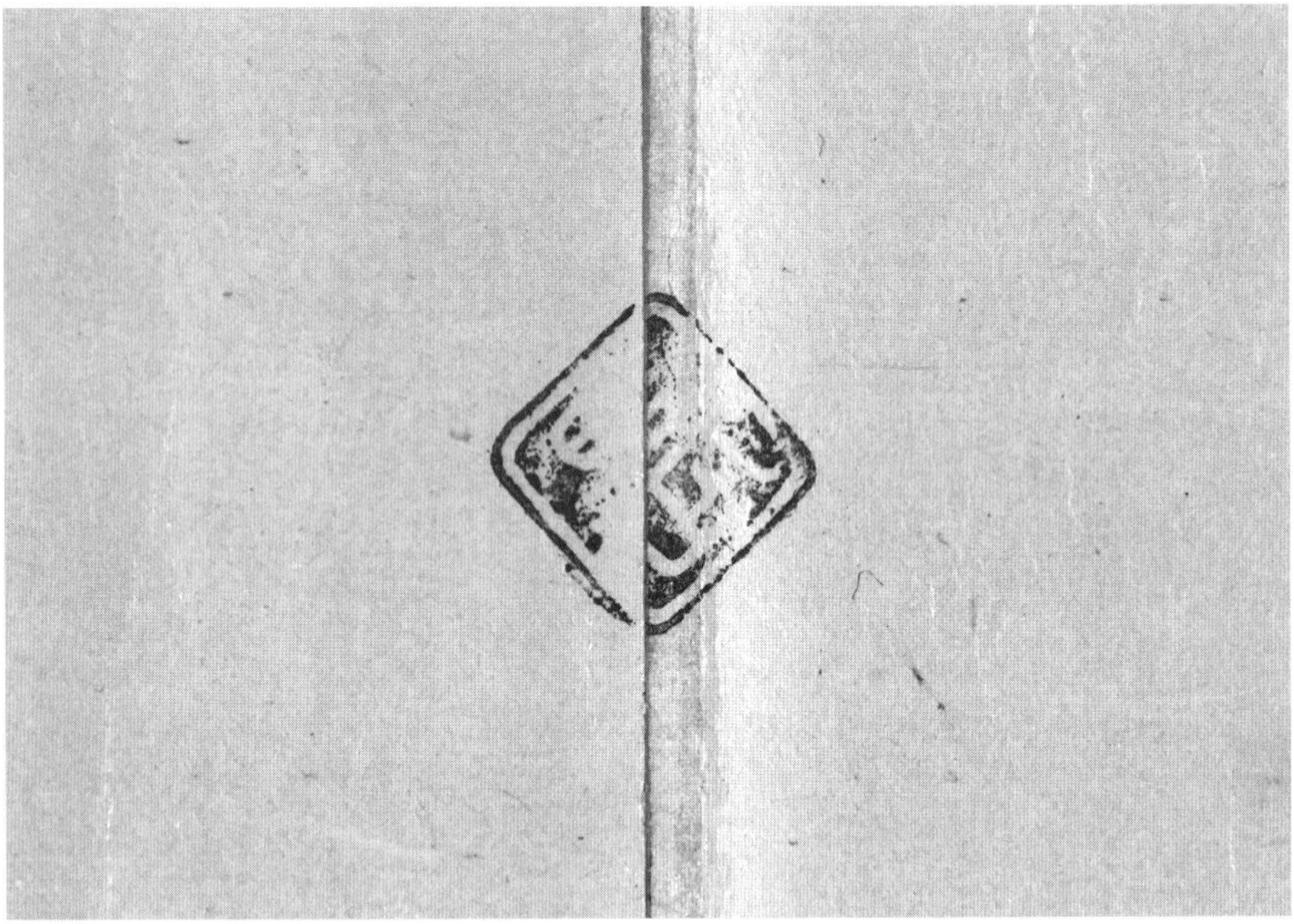

紙背（裏打）・合縫印（拡大）

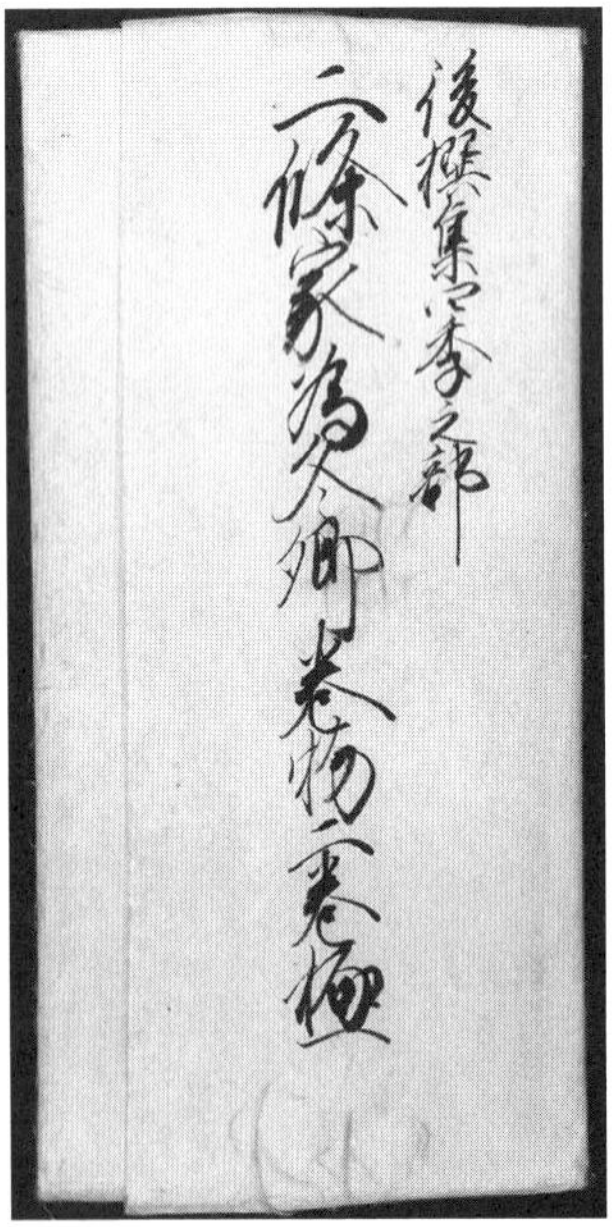

折紙・包紙（内）

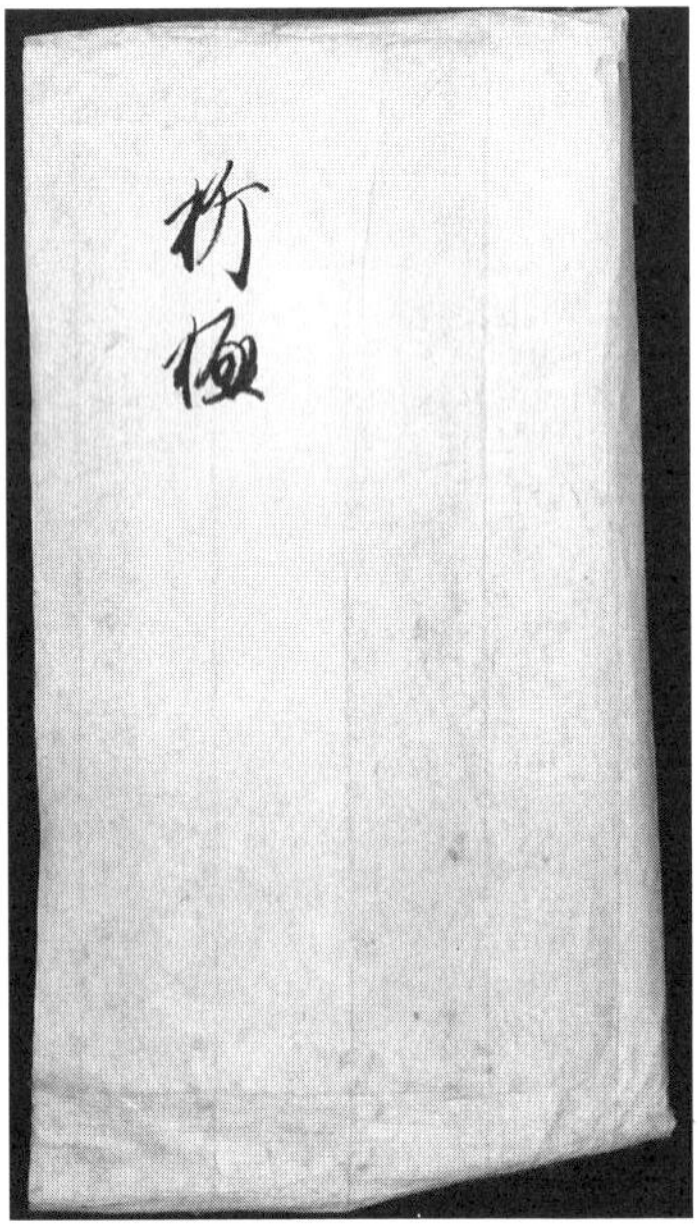

折紙・包紙（外）

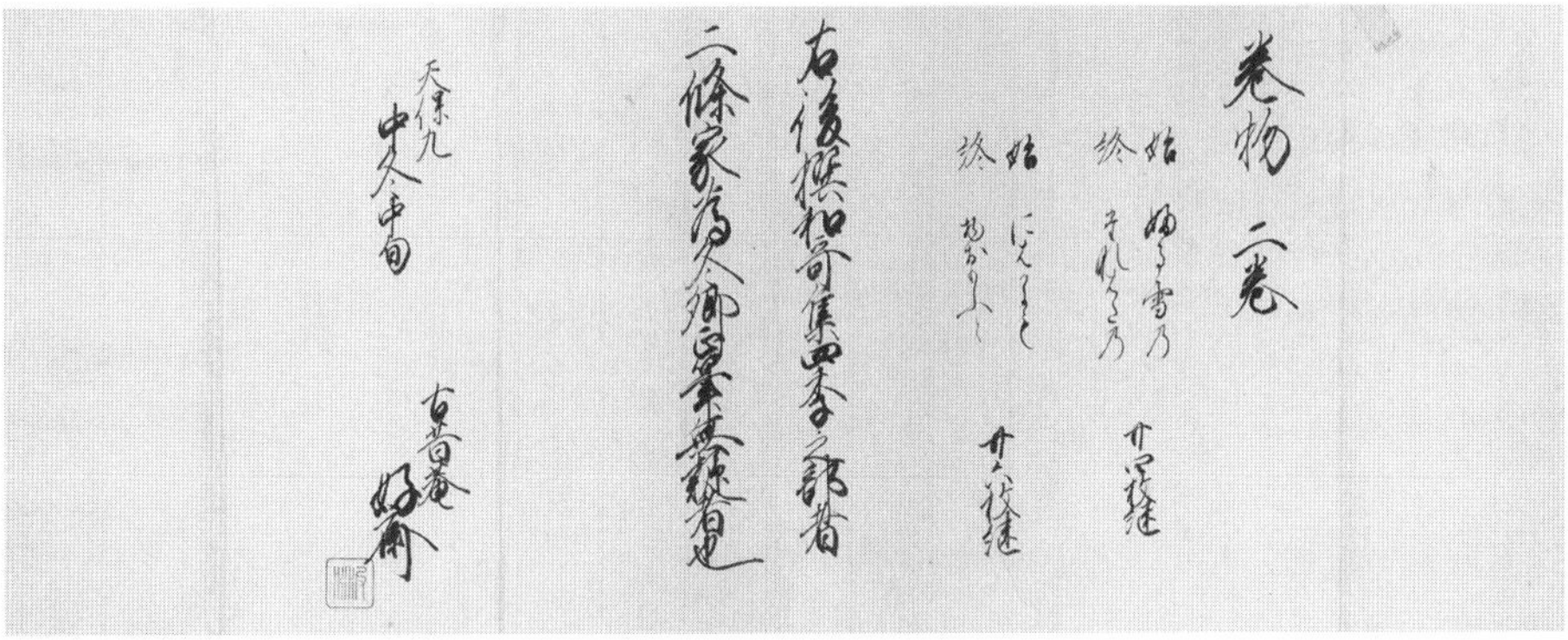

折紙

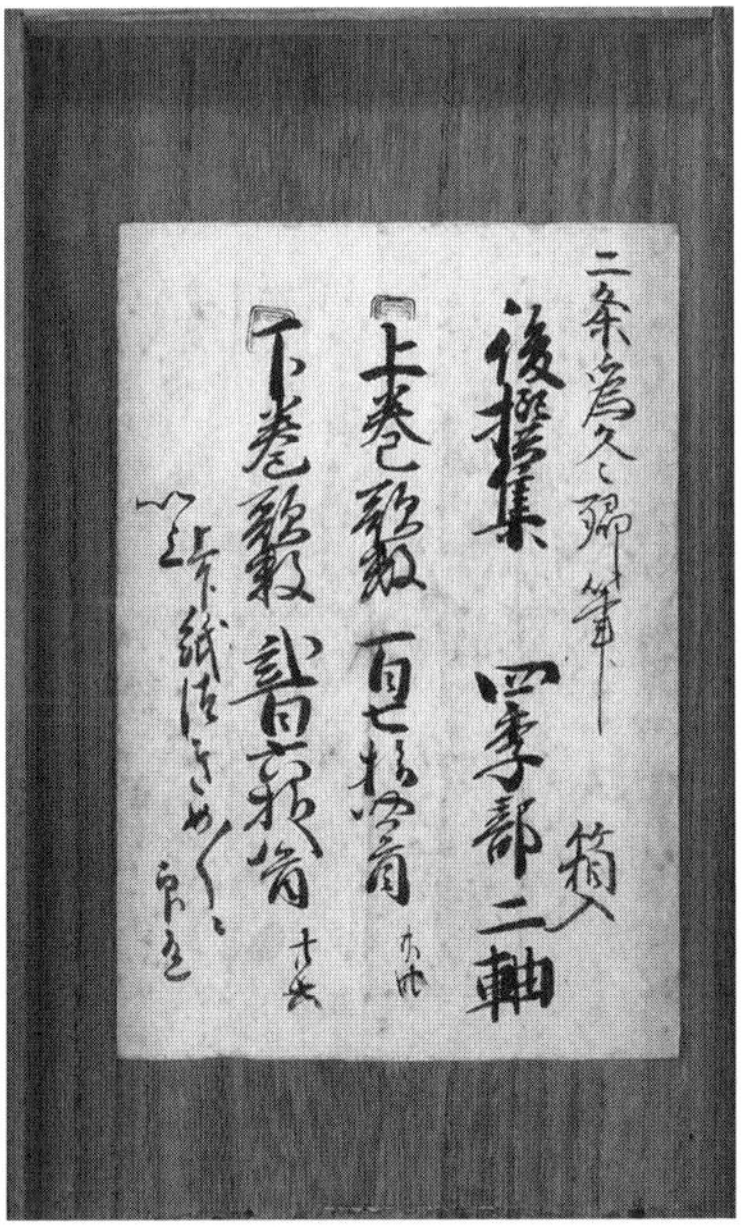

蓋裏貼付

第四節　非定家本系古筆切

一　伝藤原清輔筆切

(1)

平安時代後期の歌学者藤原清輔（一一〇四～一一七七）が校訂した『後撰集』諸本のうちのひとつに、清輔七〇歳の晩年にあたる承安三年（一一七三）の校訂本がある。その本文は校異本文としてしか知られていないが、筆者不詳ながら巻二〇巻本歌と奥書が記されている鎌倉時代写のいわゆる奥書切が伝存している。この切は佐佐木信綱氏が入手しその著『国文秘籍解説』（昭和一九年一二月、養徳社）に紹介されたもので、小松茂美氏『後撰和哥集　校本と研究』（昭和三六年三月、誠信書房）には複製されている。そこにみられる巻本歌1425は、

　コフルマニトシノクレナハナキ人ノワカレヤイトヽトホクナリナム

であって、鳥取県立図書館蔵の承安三年本による校合本には

　こふるまにとしのくれなはなき人のわかれやいとゝとを《ホ》くなりなん

とあって、この「ホ」は底本に抹消のない傍書本文ではあるが仮名遣いが一致することとなり、他が底本のままという場合でも同文である。とにかく、この奥書切によって承安三年本の完備した一首の姿が知られることになった。

(2)

さて、清輔本の姿を知りうる古筆切としては他に伝慈円筆切（別稿参照）があるが、清輔そのものを伝称筆者とする断簡も多少は存在しており、そこにその可能性もあるようである。この伝清輔筆切については、小松茂美氏『古筆学大成6　後撰和歌集一』（平成元年一月、講談社）がすでに（一）・（二）・（三）の三種に分けて掲出されている。まずその（一）は次のようである。

(1)巻八・冬、472～473

個人蔵

コレハサキノ
ウタノ返也
コレハ
ユキヲ
トモニミムト
ミエタリ
サレハ人
ノトモマツ
ユキトミエ
タリ

返し　　兼輔卿
くろかみのいろふりかふるしらゆきのまち
いつるともはうとくそありける
又　　貫之
黒髪とゆきとのなかのうきみれはと
も、□か丶みをもつらしとそおもふ

(2)巻九・恋一、508～509

石川県立美術館蔵手鑑

サヨノナカ山ト
イヘリ俊成入道
モ其定ニ詠了
又頼政入道云
サヤ中山ト云ト
云々然而ステニ
字句ニ中〱ニト
ソヘタリ中山ト
イフヘキ
ナリ
キヒノ
中山
キサノ中山
皆是中山也
イソノカミフルノナカ
ミチトイヘルモ中
路也而俊恵長路
ト□ヘテ侍キ
顕昭難侍也

しのひたる人にものかたりし侍
けるを人めさはかしくなりけ
れはまかりかへりてつかはしける
暁をなにかいひけむわかるれはよひ
もいとこそわひしかりけれ
みなもとのおほきかよひ侍けるを
のち〱はとふらはすなりにけれは

(3)巻九・恋一、549〜551・600

水府明徳会蔵大手鑑

タマノヲトハ
イノチ
ヲイフ
トイヘリ
ミチカキ
コトニ
ヨメリ
万葉云
サスラクハタマ

しれぬねをなきつゝそふる
いとしのひたる女にあひかたらひてのち
人めにより又もえあひ侍さりけれは
あふことはかたいとそとはしりなから
たまのをはかりなにゝよりけむ

ノヲハカリコソ

女のもとよりわすれくさにふみ
　おとこにつかはしける
なからへてあらぬまてにもことのはのふ
かきはいかにあはれなりけり

この（一）系の（1）は『古筆学大成　6』図193の個人蔵の六行切で、(2)(3)と同じく上部に勘物が記されている。(2)は『古筆学大成　6』図194の七行切で、『古筆手鑑大成　手鑑　石川県立美術館蔵　第十三巻』（平成五年九月、角川書店）によると縦二二・三センチ、横一三・八センチの七行書きである。(3)は『古筆学大成　6』釈文3で、出典は水府明徳会蔵大手鑑（中巻）所収切で、縦二三・〇センチ、横二八・九センチの横長の一紙であって、横巾は(2)の二倍強ある。本文は九行であるが、六行目までは巻九・恋一の549〜551、ついで巻九巻末歌600の三行があって以下余白となっている。その六行目と七行目との間は紙面の中央部にあたっており、行間は他の個所よりも心持ち広い。小松茂美氏はそこには「折り目と、かがり穴とがみえるので、もとは、この横長の紙を真中で二つ折りにして、五枚を重ね、それを一括りとして綴じた綴葉装の冊子本であったことが想定され」、本断簡は「五枚重ねのいちばん下に重ねた一紙分に該当するものであることが想定される」と述べられている。すなわち、列帖装の一紙見開きの一面とみてよい。

これら（一）系の三葉の書写年代については、(2)は『古筆手鑑大成』、(3)は調書に「鎌倉」としていたが、小松茂美氏は「藤原教長（一一〇九〜八〇）の筆と推定される「二荒山神社宝蔵本」などに、きわめて共通する書風」で「一一六〇年代前後の書写とするのが妥当である」とされている。

(3)

これら（一）系（「清一」と略称）の本文における諸本との関係は次のようである。

(1) 472　作者　兼輔卿（清一・荒・坊）――兼輔朝臣（片・慈・白・堀・烏・保・A・B・天）

歌詞　いろふりかふる（清一・保・A・B・天）――いろふりかはる（荒・片・慈・清・堀）――いろふきかふる（白・烏）――色ふりかへす（坊）　まちいつるともは（清一・荒・白・烏・坊・保・A・B・天）――マチツルトモハ（片・慈・清・堀）　うとくそありける（清一・荒・片・慈・白・堀・烏・坊・保・A・B・天）――〔うとく〕と〔そ有ける〕（慶内閣本）

〔清一・荒・片・慈・清・白・堀・烏・慶・坊・保・A・B・天〕

473　詞書　又（清一・荒・片・慈・坊・保・A・B・天）――ナシ（清・堀・烏）

歌詞　とも□かゝみをも（清一・烏・保・A・B・天）――ともかゝみをそ（荒・片・慈）――とものかみをも（堀）――ともにかゝみを（坊）＝「かゝみをも」ノ部分ノミ対照　つらしとそおもふ（清一・堀・烏・坊・保・A・B・天）――つらしとはおもふ（荒・片・慈）

〔清一・荒・片・慈・清・堀・烏・坊・保・A・B・天〕

(2) 508　詞書　しのひたる（清一・胡・清・白・堀・慶標注本・坊・保・A・B・天）――しのひたりける（荒・片・天）人にものかたりし（清一・胡・白・堀・坊・保・A・B・天）――人にものいひ（荒・片）――人に物かたりをし（慶内閣本・雲）　侍けるを（清一・片・白・堀・雲・保・A・B・天）――けるを（胡）――侍を（坊）　人めさはかしく（清一・荒・片・坊・保・B）――人めさはかしかり（胡・白・堀・雲）――〔人〕の〔さはかし〕ウ（清）――〔人〕め〔さわかし〕（慶）――人めさはかしく（A）――人のさはかしく（天）――人めにさはかしかり

（雲）　なりければ（清一・保・A・B）――侍ければ（荒・片・坊・天）――ければ（胡・白・堀・雲）　まかりかへりて（清一・胡・白・雲・坊・保・A・B・天）――まかりさりて（荒・片・清）――かへりて（堀）
作者　ナシ（清一）――つらゆき（荒・片・堀・胡・坊・保・A・B・天）――紀貫之（慶内閣本・雲）
歌詞　暁を（清一・白・雲・坊・保・A・B）――あかつきと（荒・天）――アカツキヲ《ト》（片）
〔清一・荒・片・清・堀・胡・雲・慶・坊・保・A・B・天〕

509　詞書　みなもとのおほき（清一・清・坊）――源のおほきか（荒・片・白・堀・雲・保・A・B・天）　かよひ侍けるを（清一・白・堀・雲・坊・保・A・B・天）――かよひけるをんなの（荒・片）――かよひけるを（清）　のち〳〵は（清一・坊・保・A・B・天）――のちに（荒・片）　のち〳〵（堀・白・雲）　とふらはす（清一・白・雲・慶・保・B）――とはす（荒・片・堀）――まからす（坊・A・天）　なりにければ（清一・白・堀・雲・保・A・B）――はへりければ（荒・片）――なり侍にければ（坊・天）――ければ（慶）
〔清一・荒・片・白・堀・雲・慶・坊・保・A・B・天〕

(3)
549　歌詞　しれぬねを（清一・荒・片・白・雲・坊・保・A・B・天）――しれぬなを（堀）
〔清一・荒・片・白・堀・雲・坊・保・A・B・天〕

550　詞書　あひかたらひてのち（清一・荒・片・堀・雲・坊・保・A・B・天）――からうしてあひかたらひてのち（白）　人めにより（清一・雲）――ひとめによりて（荒・片・慶）――人めによりて《ツヽミテ》（堀）――人めにはゝかりて（白）――人めにつゝみて（坊・保・A・B・天）　もえあひ侍さりければ（清一）――あふことかたかりければ（荒・片）――あひかたくはへりければ（白・坊・保・A・B・天）――あひかたふ侍ければ（雲）
作者　これたかのみこ（清一・荒・片・清・白・坊）――是忠親王（堀・雲・保・A・B・天）

歌詞　あふことは（清一・保・B）――あふことの（荒・片・坊・A・天）――あふことを（白・堀・慶・雲）――かたいとそとは（清一・荒・片・白・堀・雲・保・A・B・天）――かたいとそは（坊）　なに、よりけむ（清一・荒・片・白・堀・雲・坊・保・A・B・天）――〔なに〕か〔よりけん〕（慶標注本）

〔清一・荒・片・清・白・堀・慶・雲・坊・保・A・B・天〕

551　詞書　わすれくさにふみ（清一・片・坊・保・A・B・天）――わすれくさにつけてふみ（荒）――わすれくさの花にふみ（堀・雲）――〔これ以下本文存〕のはなにふみ（胡）――〔これ以下本文存〕のはなにつけてふみ（白）

〔清一・荒・片・白・堀・胡・雲・坊・保・A・B・天〕

600　歌詞　あらぬまてにも（清一・荒・片・白・堀・坊・保・A・B・天）――あはぬまてにも（雲）　あはれなりけり（清一・荒・片・白・堀・雲・坊・保・A・B・天）――〔あはれなりけ〕る（慶内閣本）

〔清一・荒・片・白・堀・慶・雲・坊・保・A・B・天〕

伝清輔（一）系の本文は、清輔本そのものである片仮名本・伝慈円筆本・承安三年本とは、(2)509や(3)550の詞書において明らかなように、また(1)472・473の歌詞は小異ながら対立的であり、それに対して(1)472・473の歌詞ほかにみるように清輔本とは対極的な位置にある承保本や定家本系統により近しいことが知られる。このことは、清輔本の勘物をもっており清輔本たる伝慈円筆本と同筆とおぼしい伝慈円筆切の本文が、対照のできる承安三年本との近似性は認めがたく他系統の本文であるように認められようことに通う現象である。

それでは勘物類の書入れはどのようであろうか。

(1)472
伝慈円筆本〔作者名〕〽中納言兼輔
〽カネスケノ卿　共或本説
片仮名本〔頭注〕〽雪髪　友鏡
(2)508
片仮名本〔頭注〕〽雪帰
(3)550
片仮名本〔頭注〕〽行糸

前掲の（一）系書入れが歌の解釈面からの注であるのとは嚙み合うところがない。また、清輔の歌学書『和歌初学抄』『奥義抄』『袋草紙』にも(1)(2)(3)の書入れに直接に関わるとみられる記述は見出せない。ところが、(2)の書入れはこの断簡の508 509の前歌である巻九・恋一巻頭歌507「あつまちのさやの中山なかなかにあひ見てのちそわひしかりける」の「さやの中山」についての注の続きであるとみてよいが、その内容に該当する記述が清輔の父顕輔の猶子顕昭（一一三〇ころ～一二〇九）著の『古今集注』に次のようにある（『日本歌学大系　別巻四』による）。

アヅマヂノサヤノナカヤマナカ〳〵ニナニシカヒトヲオモヒソメケム（五九四）
サヤノナカヤマハ遠江国ニアリ。此集第廿ニモ、
カヒガネヲサヤニモミシガケ、レナクヨコホリフセルサヤノナカ山
トヨメリ。而《シカル》ヲ故前源中納言師仲卿ハ、下野ヘ下向セシ人ニテ、東路ノ事アマタキ、タル中ニ、此山ヲバ、サ

ヨノ中山トイフナリトテ、歌ニ其心ヨメリ。又俊成卿入道モ、其定ニ詠ゼリ。古今歌両処皆同。又両證本ニモサヨトカケル事ナシ。公民詞ハ別事也。和歌ニハタガヘル事オホシ。後撰ニモ宗于歌ニテ、此歌ノ上三句アリ。末ハ、アヒミテノチゾワビシカリケルトアリ。又教長卿云、サヤノ長山トイフ也。ヨコホリコ《越也》セルトヨミテ、四郡ニワタレル故也。又故頼政卿入道モ、サヤノ長山トイフト申シキ。彼モ父仲正下總介ニテ相具下向也。然而下向ニナカ〳〵ニトイフハ、中山ト可レ讀也。キビノ中山、サヤノ中山、コレラハ皆中山トヨムベシ。山ノ長ハ常事也。然而長山トイフ事ナキ歟。フルノ中ミチモ、イソノカミフルノナカミチ中々ニトツゞケタレバ、中ミチトイフベキヲ、俊恵ハサラムカラニハトテ、長路トヨミテハベリキ。如レ此所名等只了「押紙云、只了何等不レ作レ語如何」付等歌讀様也。是ハ教長卿モ大和國ノ三路《ミツノ》ノ中ツミチナレ（バ）トテ、中路トヨムベシトイヘリ。セタノナガミチハシ《橋》モトゞロニトヨメル、兼盛ガ歌コソ長路《ナガミチ》トヨミナラハシタレ。下ノ路ナキ故歟。

〔頭注〕「セタニハ上ノ路モナシ、下ノ路モナケレバ、中路トハ不レ可レ云。仍長路トイフベシ」。

書入れはこの顕昭『古今集注』を引用しながら顕昭の論「難」を要約したものと知られる。これに対して、顕昭の『神中抄』第一五には「ともかゞみ付友まつゆき」の項があって473についての説明がみられる。それには「顕昭云ともかゞみとはわがみ、人のかみの白を雪に見あはする心也。是は後撰に二首の贈答あり。其を見て委く得レ心あはすべき也。（『後撰集』471〜474の引用略）。友待雪とはふりてきえずして又ふる雪を待つるを云也。其を黒がみの白うかはりて雪に似たると副たり。さればとも待雪より事おこりて、しらがの友に雪をそへ、又我と人との友にもよそへて讀る也」とあって、書入れとは直接の関係はないものとみられる。また、(3)の「たまのを」については、顕昭『古今集注』の「シヌルイノチイキモヤスルトコ、ロミムタマノヲバカリアハムトイハナム」（五六八）の項に長文の説明があるが、書入れの「タマノヲトハイノチヲイフトイヘリ」は「タマノヲトハイノチヲイフト、フルクイヘリ」に対応し、「ミチカキコトニヨメリ」は「又物ノ緒ニトリテハ、玉ノ緒バカリ、ホソクヨワキモノハナケレバ、イノチノモロクモ、ミジカクモアルヲ、タマノヲニタトヘテ、ヤガテタマシヒノヲトモヨメルニヤ」と関連していると言えなくもなかろうが、『万葉集』歌八首の引用のうちに書入れの「サヌラクハ」の歌は含まれていなくて、書入れの原拠とは成しがたいところである。

また、これら（一）系の断簡が教長の筆に「きわめて共通する書風」であると言われているが、（一）系三葉の書入れの内容はその教長の『古今集注』とは関係がないようである。そうすると、(2)における顕昭『古今集註』との関係が重視されることになろうが、これは三葉中の一葉における事実であって、しかもその書入れ末尾の「顕昭難侍也」に対する判断にも関わってきて、（一）系の書入れが六条藤家の人々の所業になるとまでは言い難いところである。

かくして、伝清輔筆切（一）系については、本文は現存の清輔本諸本とは疎遠な関係にあること、書入れの実体は明確にすることはできなかったというに留めざるを得ないところである。

(4)

さて、『古筆手鑑大成　6』の伝清輔筆切（二）掲載品は東山御文庫蔵古筆手鑑所載の巻七・秋下、375〜379の一葉で、小松茂美氏は「書写年代は、鎌倉時代の後期、十三世紀終りのころであろうか」とされている。

別紙
新撰
イマソモミチノ
ニシキヲリケル

いつれのかたかまつもみぢつらん
いもかひもとくとむすふとたつたやま
山《イマ》そもみちのにしきをりける
かりなきてさむきあしたの露ならし
たつたの山をみたすもみち《モミタスモノハ》は
みることに秋にもな《ア》るかなたつたひめ
もみちそふとや、まの《も》きるらん

俊本
両説也

古今
源宗于朝臣

あつさゆみいるさの山は秋きりもあたることにやいろまさるらん
（※378二句の「な」、「あ」の上に重ね書き）

この（二）系（「清二」と略称）の本文と諸本の本文との関係は次のようである。

375　歌詞　いつれのかたか（清二・片・慈・堀・雲・保・A・B・天）――〔いつれのかた〕二（清）　まつもみちつらん（清二）――マツモミツラム（片・雲・保・B・天）――まつうつ《モミツ》るらん（慈）――まつもみちすらむ（堀）
〔清二・片・慈・堀・雲・保・A・B・天〕

376　作者　ナシ（清二・堀・雲・坊・保・A・B・天）――ふかやふ（荒・片・慈・慶標注本）
〔清二・荒・片・慈・堀・雲・慶・坊・保・A・B・天〕
歌詞　いもかひも（清二・荒・片・慈・白・堀・坊・保・A・B・天）――いもかそて（雲）　山そもみちの（清

二・荒・片・慈・清）――やまのもみちの（堀）――いまそもみちの（白・雲・坊・保・A・B・天）にしきをりける（清二・荒・片・慈・坊・保・A・B・天）――にしきなりける（白・堀）――にしきおりくる（雲）
〔清二・荒・片・慈・清・白・堀・雲・坊・保・A・B・天〕

377　歌詞　かりなきて（清二・荒・片・慈・白・堀・坊・保・A・B・天）――かりのきて（雲）　露ならし（清二・荒・片・慈・白・雲・坊・保・A・B・天）――露ならて（堀）　たつたの山を（清二・荒・片・慈・堀・坊・保・A・B・天）――たつたの山の（白）　みたすもみちは（清二・荒・片・慈・清・保）――もみちますものは（白）――てらす物かは（堀）――もみたすものは（雲・坊・B・天）――もみたす物を（A）
〔清二・荒・片・慈・清・白・堀・慶・雲・坊・保・A・B・天〕

378　歌詞　みることに（清二・荒・慈・堀・雲・坊・保・A・B・天）――ミルタヒニ（片・白）　秋にもなるかな（清二（初め「あ」、「な」重ね書）・天）――あきにもなるか（荒・片・慈・雲・坊）――秋にもあるかな（白・保・A・B）――秋にもなすか（堀）　ヽ（や）まのきるらん（清二・荒・片・慈・清・白・慶・雲・坊・B〔両稿〕）――山もきるらん（A・B〔両稿〕・天）
〔清二・荒・片・慈・清・白・堀・雲・坊・保・A・B・天〕

379　作者　源宗于朝臣（清二・荒・（白）・雲・坊・保・A・天）――宗于朝臣（片・B）――源宗于（堀）
歌詞　いるさの山は（清二・荒・片・堀・雲・坊・保・A・B・天）――いるさのやまの（白以下ナシ）――いるさの山を（烏）　秋きりの（清二・荒・片・堀・烏・雲・坊・保・A・B・天）――〔秋きり〕に（慶内閣本）　あたることにや（清二・荒・片・烏・雲・坊・保・A・B・天）――あたることにそ（堀）――〔あた〕り〔ことにや〕（慶標注本）
〔清二・荒・片・白・堀・烏・雲・坊・保・A・B・天〕

以上のようであって、（二）系のこの本文は、376の作者名表記において二荒山本・片仮名本・伝慈円筆本がもつ「ふかやふ」を古本系統・承保本系統・定家本系統とともに持たない側にあり、375の歌詞の五句「まつもみちつらん」という独自異文もみられる。しかし、376四句の「山そもみちの」は二荒山本・片仮名本・伝慈円筆本・承安三年本の清輔本系四本と同文であって、他系統本の「やまのもみちの」（堀）・「いまそもみちの」（白・雲・坊・保・A・B・天）と相対している。また、377五句「みたすもみちは」は他の「もみちますものは」（白）・「てらす物かは」（堀）・もみたすものは（雲・坊・A・B・天）と対立して、承保本とともに清輔本系四本と同文である。ことさら清輔本系本文と対立する本文はほかにはみあたらないので、この（二）系本文はまずは親清輔本としておいてよいであろう。

さて、次に376と378に施されている書入れについて、清輔本である片仮名本・伝慈円筆本・承安三年本における376〜379の書入れと対照してみると次のようである。

376　別紙　新撰但イマソモミチノニシキヲリケル（清二）
別紙考　但イマソモミチノイロマサリケル（片仮名本）
別紙考　新撰　但　イマソモミチノイロマサリケル（伝慈円筆本）
別皕　新撰ニ但　イマソモミチノイロマサリケル（承安三年本）

377　ナシ（清二）
万葉十　但カスカノヤマモ（片仮名本）
万葉第十　但第五句モミタスモノハ（伝慈円筆本）
ナシ（承安三年本）

378
俊本両説也（清二。二句の「な」、「あ」の上に重ね書き、「ア」と傍書）
ナシ（片仮名本）
二句本文「秋にもな《ア（朱）／俊／ナ》るか《隆本如此》。」（「ア」と「俊」「ナ」「隆」の上合点は朱）（伝慈円筆本）
俊本両説也（二句本文「秋にもあ《ナ》るか」）（承安三年本）

以上のようであって、伝清輔筆切（二）系の書入れは明らかに清輔本のものであることが知られる。それも、378にみる「俊本」すなわち俊頼基俊本による書入れや校注は、清輔本のうち比較的初期に属するものと推定される片仮名本にはみられないものであり、またその表現が承安三年本という清輔七〇歳の晩年の校訂本と共通していることは、本文も清輔本の一種であると認めてよいとすると、この（二）系は清輔高年における校訂本の鎌倉期における転写本の断簡ということになるのであろう。

(5)

伝清輔筆切（三）系は、小松茂美氏『後撰和哥集　校本と研究』・『古筆学大成　6』において論述されている「三松園文庫（愛知・伊藤敏博氏）」所蔵の一葉で、「紙は楮紙。大きさは、たて二四・一センチメートル、よこ一四・〇センチメートル」の「十三世紀半ば前後の書写」であるとある。本文は巻七・秋下、389〜392が九行に書写されている。その本文は次の通りである。

389 なとさらにあきかとゝはんからにしき
たつたのやまのもみちするきに

390 あたなりと我はみなくにもみちはを
いろのかはれる秋しなけれは
つらゆき

391 たまかつらかつらき山のもみちはゝ
おもかけにのみゝえわたるかな

392 あきゝりのたちしかくせはもみちはゝ
おほつかなくてちりぬへらなり

この（三）系（「清三」）の本文における諸本との関係をみてみると次のようである。

389　歌詞　なとさらに（清三・荒・片・慈・堀・烏・雲・保・A・B〔一部伝本〕・天）――なにしかは（坊）――なをさらに（B〔多くの伝本〕）　たつたのやまの（清三・荒・片・慈・堀・雲・坊・保・A・B・天）――たつたの山も（烏）　もみちするきに（清三・清）――もみちゝるきに（荒）――モミチシルキニ（片）――もみちゝ《し》るきに（慈）――もみちしるきを（堀・坊・A・B）――もみちするよを（烏・雲・保・天）
〔清三・荒・片・慈・堀・烏・雲・坊・保・A・B・天〕

390　歌詞　我はみなくに（清三・荒・片・慈・堀・烏・雲・保・A・B・天）――いまはみなく（坊）　秋しなけれは

（清三・荒・片・慈・堀・烏・雲・坊・A・B・天）――秋にしなければ（保）
（清三・荒・片・慈・堀・烏・雲・坊・保・A・B・天）
391　歌詞　ヽ〔み〕えわたるかな（清三・堀・烏・雲・坊・保・A・B・天）――おもほゆるかな（荒・片・慈）
（清三・荒・片・慈・堀・烏・雲・坊・保・A・B・天）
392　歌詞　たちしかくせは（清三・荒・片・慈・雲・坊・保・A・B・天）――立し河せの（堀）
（清三・荒・片・慈・堀・雲・坊・保・A・B・天）

この本文対照によると、389五句の「もみちするきに」は清輔本のうちの承安三年本とのみ同文であるが、391五句「ヽ〔み〕えわたるかな」は清輔本系三本だけが「おもほゆるかな」であって対立し他の諸本とは同文であるという関係となっていて、他には特色あるところは見られない。また、この（三）系の一葉には清輔本の特徴である書入れをもっていないが、清輔本では391「たまかつら」の歌に片仮名本389・390の「ヽ同〔紅葉〕」のほか、391「たまかつら」の歌に「新撰　但オモカケニコソミヘワタリケレ」（片仮名本・伝慈円筆本）・「新撰、私虫損あり□ヲモカケニコソミエワタリケレ」（承安三年本）の書入れがある。

このような状況からすると、（三）系の一葉は清輔本系の内容とは言えなさそうである。

(6)

伝清輔筆『後撰集』切には、以上のほか旧著『後撰和歌集諸本の研究』（昭和四六年三月、笠間書院）で扱った巻一三・恋五の次の一葉がある。

女のもとよりさためなき心なりといひつかはして侍けれは
贈太政大臣
933　ふかく思そめつといひしことのは、いつか秋風吹てちりぬる
しのひたるせうそくやり侍つる返ことに
よみ人しらす
935　あしひきの山した水のこかくれて

まず歌序についてであるが、承保本と定家本諸本がとる933「ふかくおもひ」・934「人をのみ」・935「あしひきの」の歌序に対して、本断簡では堀河本・慶長本・雲州本・伝坊門局筆本という古本系統がとる933「ふかくおもひ」・935「あしひきの」・934「人をのみ」の歌序と同じであったとみられる933935の順となっている。また、清輔本系統の巻一三の本文は唯一定家承久三年本に対する校異の形で承安三年本が知られるが、933～935の個所には歌序異同に関わる注記は見られない。

ついで本文内容についてみてみると次のようである。

933　詞書　さためなき心なりと（清二・堀・雲・坊）――さためなきこゝろありなと（保・A・B・天）――さためな

きありなと（慶内閣本）　いつかはして（清三）――申たり（保・A・B・天）――いひをりて（雲・坊）――いひおくり（慶内閣本）――申おくりて（堀）　侍けれは（清三・慶内閣本・堀・雲・坊）――けれは（保・A・B・天）

歌詞　ふかく思（清三・堀・保・A・B・天）――ふかきおもひ（雲・坊）

〔清三・堀・雲・慶・坊・保・A・B・天〕

935

詞書　しのひたる（清三）――しのひたる女のもとに（堀・雲・坊・保・A・B・天）　せうそく（清三・清・堀）――せうそこ（坊・保・A・B・天）――消息（雲）　やり侍つる返ことに（清三）――つかはしたりけれは（坊・保・A・B・天）――つかはしけれは（堀・雲）――つかはしける返事に（慶）

作者　よみ人しらす（清三・雲・坊）――ナシ（堀・保・A・B・天）

歌詞　山した水の（清三・堀・雲・慶）――山したかくれ（坊・保）――山したしけく（A・B・天）　こかくれて（清三・堀）――かくれても（慶・雲）――ゆく水の（坊・保・A・B・天）

〔清三・堀・雲・慶・坊・保・A・B・天〕

この本文関係からすると、とくに近しい本文はみられなく、清輔本との対照もできないところではあるが、933詞書にみるように少なくとも承保本や定家本の系統ではないとみてよさそうである。古本系統の歌序をもつとみられることと合せると、この断簡は古本系統のうちに属するものとしてよさそうである。

なお、勝又浩司氏「古筆遍歴への旅立ち」（「水茎」第二一号、平成八年一〇月）には、御蔵の「筆者未詳　片仮名本後撰和歌集　一葉」が、「片仮名という特異な書写形態」から「『田中本』と同系統の本文だろうと予見していた」が、「『田中本とは直接的な親子関係はなく、むしろ堀河本に近い本文である」という報告が成されている。

一一二　伝慈円筆切

（1）

書写年代の比較的はやい『後撰和歌集』の古筆切のひとつに、伝慈円筆切がある。小松茂美氏は『古筆学大成　6　後撰和歌集一』（平成元年正月、講談社）に七葉集成されて、次のように解題されている。

『増補新撰古筆名葉集』の「慈鎮和尚」の項によれば、

小四半　後撰哥二行書加筆アリ

という記載がみえる。この「小四半」というのは、四半本《よつはんぼん》の小型の本という意味である。紙は楮紙。紙の一面の寸法は、たて一七・二センチメートル、よこ一六・六センチメートル。升型本が、もとの形態である。（略）この断簡は、鎌倉時代のはじめ、十三世紀初頭のころの書写と見て、大過はあるまい。

一面一〇行、歌二行、詞書三字下りに書写されており、『新撰古筆名葉集』に「加筆アリ」とあるように朱の書入れをもつものがある。

小松茂美氏集成の七葉は、

(1)巻一四・恋六　1030（歌下句）〜1032（歌）
(2)巻一五・雑一　1105（詞書中途）〜1106（詞書）・1104（詞書中途）〜1105（詞書前半）
(3)巻一六・雑二　1189（詞書）〜1190（歌）
(4)巻一七・雑三　巻数・部立名〜1195

(5)巻一七・雑三　1214（歌）〜1216（歌上句）
(6)巻一九・離別　1331（歌下句）〜1333（歌上句）
(7)巻二〇・哀傷　1398（歌）〜1400（作者名）

であって、集後半のものばかりである。その後、伊井春樹氏は『古筆切資料集成　巻二　勅撰集下』（平成元年五月、思文閣出版）に、「県下関町飄々庵仝町淡々軒所蔵品売立」（昭和一三年三月三一日、岐阜万松館）所収の、

(8)巻一七・雑三　1204（歌下句）〜1206（歌上句）

この一葉を収められた。また、古筆学研究所編『過眼墨宝撰集　7』（平成四年一一月、旺文社）に、

(9)巻一一・恋三　716（詞書）〜718（詞書）

が紹介されている。

公刊の書に収められた伝慈円筆切はこれら九葉であるが、『御手鑑』（慶安手鑑）に次の一葉がみられる。

(10)巻一四・恋六　996（歌）〜997（歌）

うきよとは思ものからあまのとの
あくるはつらきものにそありける
　女のもとにつかはしける
うらむれと恋れと君かよとゝもに
しらすかほにてつれなかるらん

また、出光美術館蔵手鑑『墨宝』には次の一葉が押されている。

(11)巻一六・雑二　1177（歌下句）〜1179（詞書）

わかむらさきはたつねわひにき
　いとまに侍けるころ人のとはす侍けれは
　　　壬生忠峯
おほあらきのもりのくさとやなりにけん
かりにたにきてとふ人のなき
　或所にみやつかへしける女あたにいは
　れけるかもとよりをのかうへをはそこ
　になんかちのはにかけていふなると
　うらみて侍けれは

さらに、盛岡市中央公民館蔵手鑑『群英手巻』に、次の一葉が貼られている。

⑿巻一八・雑四　1261（歌）～1263（歌）

ありときくおとはのやまのほと丶きす
なにかくるらんなくこゑはして
　しれる人のつほねならへて正月をこな
　ひていつるあか月にいときたなけな
　るしたうつをしたりけるとりてつかはすとて
あしのうらものきたなくもみゆるかな
なみはよりてもあらはさりけり

題しらす

人こゝろたとへてみれはしらつゆの

きゆるまも猶ひさしかりけり

伝慈円筆切は、以上のように現在までのところ、都合一二葉、⑵は二面つづきのものであるのでこれを二葉と数えれば一三葉分、知ることができた。

さて、この伝慈円筆切は伝存が少ないものであるので、その本文の性格は明確にしがたいのであるが、小松茂美氏は前掲書において「『後撰集』の別本系統の一伝本」であって、ことに「「承保三年奥書本」に、ほぼ相似た本文をもっている」と言われている。『後撰集』の諸本は、

一、汎清輔本系統　㈠二荒山本、㈡⑴片仮名本・⑵伝慈円筆本・⑶承安三年本

二、古本系統　㈠⑴白川切・⑵堀河本、㈡胡粉地切、㈢行成本、㈣⑴烏丸切・⑵㋑慶長本・㋺雲州本

三、承保本系統

四、定家本系統　㈠無年号本⑴A類・⑵B類、㈡年号本⑴承久三年五月本・⑵貞応元年七月本・⑶貞応元年九月本・⑷貞応二年九月本・⑸寛喜元年四月本・⑹天福二年三月本・⑺嘉禎二年一一月本

のように系統づけられるが、承保三年（一〇七六）の奥書をもつ三、承保本に「ほぼ相似た本文をもっている」という小松氏の認定である。確かに、流布の四、定家本系統ではない「別本系統」の本文内容であって、他の諸系統本と対立して承保本系統とのみ一致するという本文もある。が承保本系統とは異文も多く、各系統本の特徴を合わせもっていて、本文的に複雑なものがあるといえる。また、断簡⑷⑸にみられる朱の書入れは、伝慈円筆切の性格想定の上で注目に価するものである。そこで、伝慈円筆切の本文と書入れとについてあらためて考察を行ってみたいと思う。

(2)

伝慈円筆切は一二葉知られるが、詞書のみや歌の上句ないし下句のみのところも一首として数えると、三三首の本文ということになる。それらの個所は各系統本間に歌序異同のないところであって、伝慈円筆切も各系統本と同歌序である。従って、歌序の面から各系統本との親疎関係を知ることができない。

それでは個個の本文からみると、各系統本とはどのような関係となろうか。まず、小松氏が注目されている承保本系統との関係についてみてみると、確かに次のような親しい一面をもっている。（なお、本文の掲出にあたっては、音便・漢字仮名による相違、送り仮名の有無は考慮していない。また、校異本文として知られる承安三年本および慶長本の無校異本文は【　】に入れて示した。以下同じ）

(1) 1031　詞書

女のもとよりいたくなおもひわひそとたのめて侍けれは（伝慈円筆切）
女のもとよりいといたくなおもひわひそとたのめて侍けれは（堀河本・定家無年号本A）
女のもとよりいといたくなおもひわひそなとたのめをこせて侍けれは（雲州本）
をんなのもとよりいたくなおもひわひそとたのめて侍けれは（承保本）
女のもとよりいといたくな思わひそとたのめをこせて侍けれは（定家無年号本B・年号本）

(2) 1032　詞書

元良のみこのしのひてすみ侍けるころいまこむといひてこすなりにけれは（伝慈円筆切）
【もとよしのみこみそかにすみ侍ける　いま来んと】テマ【てこ】サ【りけれは】アシタニ遣ケル（承安三年本）

元良親王しのひてすみ侍りけるころいまこむといひてまうてこすなりにける又のあしたにつかはしける（堀河本）

【もとよしのみこの】しのひて【すみ侍りける比今こんと】いひ【てこすなりにけ】る又のあしたにつかはしける（慶長本）

もとよしのみこのしのひてすみ侍けるころいまこんといひてこすなりにければ（承保本）

もとよしのみこのみそかにすみ侍けるころいまこんといひてこすなりにければ（定家無年号本A）

もとよしのみこのみそかにすみ侍けるいまこむといひてこすなりにければ（定家無年号本B）

元良のみこのみそかにすみ侍ける今こむとたのめてこすなりにければ（定家年号本）

(3)1216　詞書

くちなしあるところにこひにつかはしたりけるかいろのあしかりければ（伝慈円筆切）

くちなしある所にこひ　つかはしたりけるかいろのあらかりければ（堀河本）

くちなしありけるところにこひにつかはしたりければ色のあしかりければ（雲州本）

くちなしある所にこひにつかはしたりけるかいろのあしかりければ（承保本）

くちなしある所にこひにつかはしたりけるにいろのあしかりければ（定家無年号本A）

くちなしある所にこひにつかはしたるにいろ　いとあしかりければ（定家無年号本B）

くちなしある所にこひにつかはしたるにいろのいとあしかりければ（定家年号本）

ところが、例えば、

(4)716　作者

ナシ（伝慈円筆切）
ナシ（堀河本・雲州本）
よみ人しらす（承保本・定家本）

(5)717　歌詞

もゝしきはをのゝえくたす山なれやいりにし人のさとゝふもなき（伝慈円筆切）
もゝしきはおのゝえくたす山なれやいりにし人のをとつれもせぬ（堀河本・定家本）
もゝしきはをのゝえくたすやまなれやいりにし人のことゝふもなし（雲州本）
もゝしきはをのゝえくたす山なれやいりにし人のをとつれもなき（承保本）

(6)1104　詞書

……いまゝたこんときあけんといひてもの、かみにをきていて侍にける……（伝慈円筆切）
……いままうてきたらむときにあけてみむと　てもの、かみにさゝけていて侍り　ける……（堀河本）
……いまゝうてこん〔時にあけ〕み〔んと〕いひ〔て物のかみにさしおきて出〕〔にける〕……（慶長本）
……いま又こん時あけてみんと　てものゝうへにさゝけていて侍にける……（雲州本）
……いまゝたまうてきたらむときにあけてみむと　てものゝかみにさゝけて　はへりにける……（承保本）
……　又こむ時にあけむと　てものゝかみにさしをきていて侍にける……（定家本）

(4)716番歌は伝慈円筆切には古本系統の堀河本・雲州本とともに作者名の表記がないが、承保本は定家本とともに「よみ人しらす」とあって異なっている。(5)717番歌の結句は雲州本と本来同文であったかとみられるもので、承保本などとは対立している。(6)は諸本に異同の多い1104番歌の詞書の一部を掲出したが、伝慈円筆切は独自の本文を有していて、

299　第四節　非定家本系古筆切

承保本とも異なっている。また、そのほか後掲の(9)(14)(15)(20)などにみられるように、伝慈円筆切は承保本に対して対立的な本文を多くもっている。なお、小松氏が承保本に「ほぼ相似た本文をもっている」例のひとつとされている、

　(7)　1332　　作者

　　　参議小野好古朝臣（伝慈円筆切）

　　　参議好古朝臣（堀河本）

　　　小野好子朝臣（雲州本・定家無年号本Ａ・定家年号本）

　　　好古朝臣（定家無年号本Ｂ）

の場合、承保本二本のうち久曽神本は伝慈円筆切と同文であるが、天理本は「参議小野」なる傍書はもつものの本文は「好古朝臣」である。承保本のこの関係は、天理本の傍書を久曽神本が本行化したものとみられ（拙著『後撰和歌集諸本の研究』）、従ってこの作者名表記は承保本の同文例としてあげがたいものである。

さて一方、古本系統の諸本との関係をみてみたいが、本文が伝存していて対照できるのは、堀河本・雲州本、および慶長本の知られる個所であって少ない。その堀河本も、巻一四までは白川切系の本文なのであるが、巻一五・一六と一七の1217番歌あたりまでが承保本系、それ以降は定家本系の本文となっている。伝慈円筆切が伝存しているのは巻一五以降が多いので、堀河本との関係はほとんど知られないということになる。従って、古本系統との関係は雲州本との対照からみることにおのずからなってしまうが、その雲州本とは次のような親しい面をみることができる。

　(8)　1105　　歌詞

　　　としをへてにこりたえせぬさひえにはたまもかへり・ていまそすむへき（堀河本・承保本・定家無年号本Ｂ）

　　　年をへてにこりたえせぬさひえにはたまもかつきていまそすむへき（伝慈円筆切）

(9) 1178

詞書

としをへてにこりたえせぬさひえにはたまもかつきていまそすむへき（雲州本）
としをへてにこりたにせぬさひえにはたまもかへりていまそすむへき（定家無年号本A・年号本）
いとまに侍けるころ人のとはす侍けれは（伝慈円筆切）
いとまに侍りけるほとこもり侍りけるとき人のとはす侍けれは（堀河本）
いとまに侍けるころ人のとはす侍けれは（雲州本）
【いとまにて】【はへりけるころ人のとはす侍けれは】（慶長本＝標注本）
いとまにはへりける程にこもり侍ける時人のとはす侍けれは（承保本）
いとまにてこもりゐて侍りけるころ人のとはす侍けれは（定家本）

(10) 1215

歌詞

わかためにをきにくかりしはしたかの人てにありときくはまことか（伝慈円筆切）
我ためにおきにてかりしはしたかの人てにすむときくはまことか（堀河本）
わかためにをきにくかりしはしたかの人てにありときくはまことか（雲州本・慶長本＝標注本）
わかためにをきにくかりしはしたかの人てにすむときくはまことか（承保本）
わかためにをきにくかりしはしたかの人のてにありときくはまことか（定家本）

(11) 1262

歌詞

あしのうらものきたなくもみゆるかななみはよりてもあらはさりけり（伝慈円筆切）
あしのうらのいときたなくもみゆるかな波はよりてもあらはさりけり（堀河本・定家本）

あしのうらものきたなくもみゆるかななみはよりてもあらはさりけり（雲州本）
あしのうらのものきたなくもみゆるかななみはよりてもあらはさりけり（承保本）

このように、伝慈円筆切は他の諸本と対立して古本系統の雲州本またそれと同類の慶長本と同文であるという本文を有している。ところが、他の多くの本文掲出例にみるほか、例えば次のような対立的本文もあって、その関係は総体的には疎いものとせざるをえなかろう。

⑿717　作者
ナシ（伝慈円筆切）
ナシ（堀河本・承保本・定家無年号本）
をんな（雲州本・定家年号本）

⒀1190　歌詞
おもひいつる時そかなしきよのなかのそらゆくゝものはてをしらねは（伝慈円筆切）
おもひいつる時そかなしきよのなかは空ゆく雲のはてししらねは（堀河本・承保本）
おもひいつるときそかなしきよの中はそらゆく月のはてをしらねば（雲州本・慶長本）
おもひいつるときそかなしきよの中はそらゆくゝものはてをしらねは（定家本）

次に、定家本との関係をみてみると、定家本とも他の諸系統本と対立して同文であるという個所がある。

⒁1177　歌詞
わかむらさきはたつねわひにき（伝慈円筆切）
わかむらさきもゝとめかねてき（堀河本）

わかむらさきはもとめわひにき（雲州本・慶長本）
わかむらさきはもとめかねてき（承保本）
わかむらさきはたつねわひにき（定家本）

⒂1178　歌詞
おほあらきのもりのくさとやなりにけんかりにたにきてとふ人のなき（伝慈円筆切）
おほあらきの森の草とやなりにけんかりにきてとふ人もなきかな（堀河本・承保本）
おほあらきのもりのくさとやなりぬらんかりにたにきてとふ人もなし（雲州本・標注本＝内閣文庫本「【とふ人】も【な】し」）
おほあらきのもりの草とやなりにけんかりにたにきてとふ人のなき（定家本）

⒃1205　歌詞
みちしらぬものならなくにあしひきのやまふみまとふ人もありけり（伝慈円筆切）
みちしらぬ物ならなくにみよしのゝ山ふみまとふ人もありけり（堀河本・雲州本・承保本）
みちしらぬものならなくにあしひきの山ふみまとふ人もありけり（定家本）

ところが、このうちの⒂1178歌詞は同文であるが⑼1178詞書は異文であることによっても知られるように、また⑵⑷⑸ほかにみるごとく、定家本とは実質的にかなり遠い間柄であるとみられる。

伝慈円筆切は、古本系統・承保本系統・定家本系統のどの系統本ともそれぞれに親しい本文を有しており、なかでも古本系統の雲州本・慶長本とはやや親密といった一面もみられはする。しかし、総体的にはそれだけにこれらどの系統にも属さしめがたい内容の本文であることは以上みてきたごとくであって、事実伝慈円筆切は例えば次のような独自の本文を有している。

⒄1106　詞書

……のりゆみのかへりたちの饗にまかりてあそひて……（伝慈円筆切）

……のりゆみのかへり　あるしするにまかりてあそひするをき、て……（堀河本・承保本）

……のりゆみ　あるしにまかり　あそひするをき、て……（雲州本）

……【のりゆみのかへり】【あるし】する【にまかり】あそひ【て】……（慶長本）

……のりゆみのかへりたちのあるしにまかりて……（定家本）

⒅1179　詞書

或所にみやつかへしける女あたにいはれけるかもとより……（伝慈円筆切）

ある所にみやつかへしける女あたなたちけるかもとより……（堀河本・承保本）

ある所に宮仕し侍ける女のなき名いはれ侍けるかもとより……（雲州本）

【ある所にみやつかへし侍ける女のあたな】いはれ侍【けるか】……（慶長本）

ある所にみやつかへし侍ける女のあたなたちけるか許より……（定家本）

⒆1189　歌詞

おしからてかなしきものは身なりけりうきよをそむくかたをしらねは（伝慈円筆切）

をしからてかなしき物はなかりけりうき世　そむかむかたをしらねは（堀河本）

おしからてかなしきものは身なりけりうきをそむかんかたをしらねは（雲州本）

おしからてかなしき物は身なりけりうきよ　そむかん方をしらねは（承保本・定家本）

(20)1332　詞書（「清子」部分の異同無視）

つくしへまかるとて清子の命婦につかはしける（伝慈円筆切）

つくしへまかるとて清子の命婦におくり侍ける（堀河本・承保本・定家無年号本）

つくしへまかるとていさきよき命婦にをくれる（雲州本）

つくしへまかるとてきよいこの命婦にをくりける（定家年号本）

伝慈円筆切は、はやり古本系統・承保本系統・定家本系統に対しては独立的であると認めるべきもののようである。

それでは、汎清輔本系統とはどのような関係となろうか。

(3)

さて、汎清輔本系統に属する伝本としては、二荒山本と清輔校訂本の片仮名本・伝慈円筆本および承安三年奥書本が知られている。片仮名本は巻一～一〇の集前半、伝慈円筆本は巻七（宝厳寺本）・巻八（天理図書館本）のみが伝存しており、承安三年本は定家承久三年本に対する朱校異としてその本文が知られるものである。従って、集後半の断簡が知られるにすぎない伝慈円筆切との本文関係は定めがたいものがあるが、注目すべきことは伝慈円筆本は伝慈円筆切と伝称筆者を同じくしていること、断簡(4)にみる朱の勘注は承安三年本のそれと通う内容のものであるということである。

まず、伝慈円筆切は縦一七・二センチ、横一六・六センチの「小四半」の升形本であり、伝慈円筆本は縦二二・六センチ、横一三・五センチの四半本であって、その形態を異にしており、別種の本である。ところが、その筆致をみてみると、実は同じ手とおぼしいものなのである。このことは伝慈円筆切が清輔本の一種なのではないかと考えてみてよいひとつの前提ともなろう。そこで、そういった観点から伝慈円筆切をみてみると、紙面の上部に少しく余裕をもっている。それは片仮名本や伝慈円筆本、また『古今集』の内裏切などほどではないのであるが、勘物類が書入れられうる体裁となっていて、清輔本的特徴をもってはいるとすることができそうである。

次に、伝慈円筆切の朱勘物についてであるが、断簡(4)、また(5)にみられる勘物を承安三年本のそれと対照してみると次のようである。

(a)巻一七部立、1195

〔伝慈円筆切〕（参考図版参照）

五十三首

此哥在遍昭集但多本真静　大和語云　小町ムツキニキヨミツニマイリタルニミノヒトツキタルホウシノコヱタウトクキコユレハタ、ヒトナラシ少将ノ大トコニヤト思テコノミテライトサムシミノシハシタヘトイヒケルニ遍昭……カクテカキケチウセニケリ本哥 ハナシ

〔承安三年本〕

五十五首　返九ヽ

此哥或本ニ真静也但在遍昭集　又大和物語ニ小町ムツキ□キヨミツニマイリタルニミノ一キタル法シコヱタウタクメテタクキコユレハタ、人ナラシ少将ノタイトコニヤト思テコノミテラハサムシミ□―ハシ―シ給ヘトイヒタルニ遍照……カクテカ□ケチテ―セニケリ

(b)1214

〔伝慈円筆切〕（参考図版参照）

拾遺集　ムツマシキイモセノヤマトシラネハヤタツアキ、リノタチヘタツ□

〔承安三年本〕

別紙

(a)の「五十三首」は、「後撰和歌集巻第十七　雑歌三」部分の注記で、本巻の歌数を示したものである。承安三年本の「五十五首　返九、」と歌数を異にしているが同種の注で、これらは片仮名本「六十五首」（巻三）、伝慈円筆本「九十三首内返哥五、目如此」（巻七）など、清輔本に共通する巻頭注記である。

また、1195番歌詞書（24参照）の「真静法師」に注目した「此哥在遍昭集　但多本真静」は、記述内容を異にするものの同種の注が承安三年本にみられる。さらに、遍昭と小町の関係について記された「大和語云」以下も、ほぼ同文の本文が承安三年本にみられる。この「大和」の本文は、『大和物語』一六八段の一部に関わるものであって、いま六条家本とされる御巫本と鈴鹿本とを引用し、伝慈円筆切の「大和語」本文にみえる語句に圏点を施してみると次のようである。

御巫本

小野小町といふ人正月に清水にまうてにけりおこなひなとするほとにきけはあやしくたうときほうしのこゑにてきやうをよみたらにをよむこのをの、こまちあやしかりてみせけれはみのひとつきたる法師のこしにひうちなとゆひつけたるなんすみにゐたるといひけりか

鈴鹿本

小野の小町といふ正月に清水にまうてにけりおこなひなとするこゑきけはあやしくたうとき法師のこゑにて経をよみたらにをよむあやしかりて見せけれはみの一きたりける法師のこしに火うちなとゆひつけたるすみにゐたるとなん申かくて名をきくに此こゑいと哀にた

くて名をきくに此こゑいとあはれにたうとくめてたく
きこゆれはたゝなる人にはよもあらしもし少将大とく
にやあらんと思ひけりいかゝいふとてこの御寺になん
侍るいとさむし御そひとつしはしかしたまへとて
　岩のうへに旅ねをするはいとさむし苔の衣を我に
　かさなん
とて心にいひやりたりければ返しに
　世にそむく苔の衣はたゝひとへかさねはうとしい
さふたりねんとていひをこせたるにさらに少将なりと
思ひてたゝにもかたらひし中なれはあひて物といは
むとおもひていきけれはかいけつやうにうせにけりひ
と寺もとむれとさらににけていにけり

うとくめてたくきこゆれはたゝなる人にはよもあらし
もし少将大徳にやあらんとおもひけりいかゝいふとて
此寺になん侍いとさむし御そ一しはしかし給へとて
　岩かうへに旅ねをすれはいとさむし苔の衣を我に
　かさなん
とて心みにいひやりたりければ返事に
　世をそむく苔の衣はたゝひとへかさねはうとし
　さふたりねん
とていひおこせたりけるにさらに少将なりとおもひて
たゝにもかたらひしなかなれはあひて物といはんと
思てかいけつやうにうせにけりいとてうもとむれとさ
らに分ていにけり

すなわち、伝慈円筆切の「大和語」本文は、『大和物語』一六八段の要約文なのである。その本文が承安三年本の『大和物語』の本文とほぼ同文であるので、これは同一人の所為として清輔の手になるものとみてよかろう。従って、(a)の朱勘物そのものは清輔の勘物と認めることができるものである。

一方、(b)は類似表現の歌（『拾遺集』1095）を注記したもので、承安三年本には「別紙」とのみあって注記内容を異にしている。この「別紙」は『奥義抄』中・釈、後撰集を意味しており、本歌の注もみられるが、『拾遺集』歌は引用されていない。なお、類似表現歌の注記は、例えば「古今云アキナラテアフコトカタキオミナヘシアマノカハラニオヒヌモノユヘ」（片仮名本・承安三年本。344）、「古今云カハツナクイテノヤマフキチリニケリハナノサカリニアハマシモノヲ」（片仮名本・伝慈円筆本。411）など、清輔本にままみられるものである。

以上みてきたように、伝慈円筆切にみられる勘物は、まずは清輔の手になるものとしてよさそうである。それでは伝慈円筆切が清輔本の一種であると認めてよいかという段になると、それには勘物が移記されたものではないという前提が必要なのであって、確証とはなしがたいと言わねばなるまい。

そこで、本文そのものを清輔本と対照してみたいが、伝慈円筆切は集後半の断簡であるので、対照しうるのは承安三年本の知られる一部の本文のみである。

(21)997　作者
ナシ（伝慈円筆切）
ナシ（堀河本・雲州本・承保本・定家本）
ヨミ人シラス（承安三年本）

(22)1032　詞書
〔前掲(2)〕

(23)1032　作者
兵衛（伝慈円筆切）
〔兵衛〕兼茂朝臣女（承安三年本）
兼茂朝臣女子（堀河本）

兵衛（雲州本・承保本・定家本）

(24) 1195　詞書

いそのかみといふ寺にまうてゝひくれにけれは夜あかしてまかりかへらむとてとゝまりてこの寺に真諍法師ありと人のつけゝれはものいひ心みんとてつかはしける（伝慈円筆切）

【いその神といふ寺にま】イリ【て】【日のくれにけれは夜あけてまかり帰らんとてとゝまりてこの寺に遍昭侍りと人のつけ侍けれは】【心みんとていひ侍ける】（承安三年本）

いそのかみ　てらといふ所にまうてゝひくれにけれは　深照法師侍ときゝてものいひふれて心みむとおもひて（堀河本・承保本）

いそのかみといふてらにま　てゝひのくれにけれは夜あかしてまか　らんとて　このてらに真静法師侍と人のつけゝれはものいひこゝろみむとて（雲州本）

【いそのかみといふてらにまうてゝ日のくれにけれは夜あけて】【かへらんとて】【遍昭】あり【と人のつけ侍りけれは】【心みんと】おも【て】つかはしける（慶長本）

いその神といふてらにまうてゝ日のくれにけれは夜あけてまかりかへらむとてとゝまりてこの寺に遍昭（行成本「真性法し」）侍りと人のつけ侍（定家無年号本A「侍」ナシ）けれはものいひ心見むとていひ侍ける（定家本）

(25) 1195　作者

小野小町（伝慈円筆切）

【小町】（承安三年本・定家無年号本B）

小野小町（堀河本・雲州本・定家無年号本A・定家年号本）

(26)
1215　詞書

女のいとくらへにくかりけるをあひはなれにけるかひとのてにまかりぬときゝておとこのつかはしける（伝慈円筆切）

【女のいとくらへかたく侍けるをあひはなれ】ニ【けるかこと人にむかへられぬときゝておとこのつかはしける】（承安三年本）

女のひとくらへかたかりけるをあひはなれ侍けるける（承保本「侍にける」）か人のてにまかりぬときゝてをとこに（承保本「の」）つかはしける（堀河本・承保本）

女のいとくらへかたかりけれはあひはなれにけるか人のくにへまかりぬときゝて　つかはしける（雲州本）

【女のいとくらへかた】かり【けるを】女に【あひはなれ】てのち＝標注本・【にける】のち＝内閣文庫本【こと人にむかへられぬときゝて】【つかはしける】（慶長本）

女のいとくらへかたく侍けるをあひはなれにけるかこと人にむかへられぬときゝておとこのつかはしける（定家本）

(27)
1216　歌詞

こゑにいてゝいはねとしるしくちなしの（伝慈円筆切）

【声】【たてゝいはねとしるしくちなしの】（承安三年本・定家無年号本）

こゑ　いてゝいはねとしるしくちなしの（堀河本）

こゑにいてゝいはねとしるしくちなしの（雲州本・慶長本・承保本）

声にたてゝいはねとしるしくちなしの（定家年号本）

(28)
1398　歌詞

人のよのおもふにかなふものならはわか身は君にをくれましやは（伝慈円筆切）

【人の世のおもひにかなふ物ならは我身は君にをくれ】マシヤハ（承安二年本・堀河本・定家本）

人のよのおもふ　かなふものならはわか身はきみにをくれましやは（雲州本）

ひとのよの思にかなふ物ならはわか身は君にをくれましやは（承保本）

(29)
1399　詞書

女の身まかりてのち侍けるところのかへにかのかきつけゝるてのゝこれるをみ侍て（伝慈円筆切）

【めの身まかりてのちすみ侍ける】ソ【のかへにかの侍けるときかきつけて侍ける】テ【をみ】侍【て】（承安二年本）

めの身まかりてのちすみ侍ける所のかへにかの侍りけるときかきつけて侍けるて　をみ侍て（堀河本・定家本）

妻の身まかりてのちすみ侍ける所のかへにかのてをかきつけたりける　をみて（雲州本）

女のみまかりてのちすみ侍ける所のかへにかのはへりけるときのてをかきたりける　を見はへりて（承保本）

(30)
1400　作者

閑院大臣（伝慈円筆切）

【左《右》右大臣】或本閑院太政大臣（承安二年本）

右大臣（堀河本）

閑院太政大臣（雲州本）

閑院右大臣（承保本・定家無年号本Ａ）

閑院大臣（定家無年号本Ｂ）
閑院左大臣（定家年号本）

まず(21)においては、伝慈円筆切は他の諸本と同様作者名表記をもたないのであるが、承安三年本は前歌に「ツラユキ」とある関係で「ヨミ人シラス」の表記を有していて異なっている。(22)伝慈円筆切は承保本と同文であって、末尾部が古本系統の諸本に近い承安三年本と異同がある。(23)承安三年本の「兼茂朝臣女」は承保本・定家本と同じく勘物であるようであるので、作者名としては同じ表記ということになろうか。(24)伝慈円筆切の「真諍法師」に対して、承安三年本はどこまで本来の本文が伝えられているのかおぼつかないものがあるが、どうやら「遍昭」のようであって、その違いが前掲の勘物の内容にも現われてきているものとみられる。(25)伝慈円筆切の「小野小町」に対して承安三年本は単に「小町」とある。(26)承安三年本は「〔あひはなれ〕ニ〔けるか〕」と「ニ」がある点は伝慈円筆切と同じである。(27)伝慈円筆切の初句「こゑにいて、」に対して承安三年本は「【声】【たて、】」であって相違している。(28)二句に「おもふ」「おもひ」の違いがあるようであるが、結句は同文である。(29)伝慈円筆切は諸本から離脱する独自の本文であって、承安三年本とも異なっている。(30)諸本に異同の多い作者名表記で、伝慈円筆切には「閑院大臣」とある。承安三年本は、承久三年本の表記「閑院左大臣」の「閑院」を抹消し「左」の傍に「右」と書きつけてあり、その表記が「左大臣」であるのか「右大臣」であるのか判然としない。がいずれにせよ伝慈円筆切は承安三年本と同じ表記でないことは確かなようである。なお、断簡(4)は巻一七の巻頭部であって、伝慈円筆切の部立名は行成本・雲州本と同じ「雑哥三」であるが、承安三年本は「雑部三」であって相違している。

以上のように、承安三年本の知られる個所においては、伝慈円筆切の本文は承安三年本とかなり相違しており、親しい関係にあるとはとうてい認められない。が、承安三年本は、校異本文としてのみ知られる本文であるうえに、奥書に「此本出所雖非名家（字）」とあるように底本は自家の本文ではなかったように考えられ、同じ清輔校訂本でも片仮名本や伝慈円筆本ともあまり親密な関係にはない清輔晩年の校訂本である。それを考慮すると、両本の隔りはあるいは承安三年本の側の問題として考えるべきことも多いとしなければならないのかもしれない。

ところで、清輔の歌学書には『後撰集』に関する記述があり、そこに本文が引用されている。そのひとつ『奥義抄』中・釈、後撰集では、その四九首のうち二首が伝慈円筆切にみられる。

1104　伝慈円筆切　あけてたになにゝかはせんみつのえのうらしまのこをおもひやりつゝ
　　　奥義抄　あけてたになにゝかはみん水の江のうらしまかこをおもひやりつゝ

1214　伝慈円筆切　むつましきいもせのやまのなかにさへへたつるくものはれすもあるかな
　　　奥義抄　むつましきいもせの山のなかにさへへたつる雲のはれすもあるかな

1104番歌には異文があり、1214番歌は同文である。また、『和歌初学抄』古歌詞、後撰集には、学ぶべき古歌詞八二が掲げられている。そのうち伝慈円筆切にみえるのは、

1190　伝慈円筆切　そらゆくゝも
　　　和歌初学抄　そらゆくゝも

の一個所で、これは同文である。

伝慈円筆切と清輔本との本文関係は以上のようで、問題を残す承安三年本中心の限られた対照ながら、この本文対照をもってしてはその関係は疎遠なものとせざるをえなく、伝慈円筆本が清輔本であるとの徴証など得られないと言うべきであろう。

(4)

以上みてきたように、伝慈円筆切の本文そのものは、一、汎清輔本系統、二、古本系統、三、承保本系統、四、定家本系統のいずれの系統にも属さしめがたい内容であるということになった。が、外部的な徴証からは、すなわち伝慈円筆切が清輔本たる伝慈円筆本と同筆とおぼしいこと、勘物は清輔のものと認めうること、ことにこの勘物が固有のものであるとすれば、伝慈円筆切は清輔本の一種であるとみなすことができるということになろう。

伝慈円筆本には諸種の清輔本が校異のかたちで示されていて、清輔本の集成本とも言えるのであるが、その校異本文は墨合点校異＝未詳本、鉤型朱合点校異＝片仮名本、左下り朱合点校異＝承安三年本、右下り朱合点校異＝未詳本であって、これによって清輔本は少なくとも五本存在していたことが知られる。伝慈円筆切は、清輔本として本文対照に用いた承安三年本が上述のような存在であることも加味して、このような清輔校訂本のひとつである可能性があるという方向で一応のところ考えておきたい。

追補　「本文集成」

(1)巻一一・恋一、716〜718

古筆学研究所編『過眼墨宝撰集　7』（平成四年一一月、旺文社）。『古筆学叢林　第五巻　古筆学のあゆみ』（平成七年一二月一五日、八木書店）。

　あさかほの花まへにありける
さうしにをとこのあけて
いてたるに
716 もろともにおるとはなしにうちとけ
てみえにけるかなあさかほの花
　家のうちにまいりてひさしう
おとつれさりけれは
717 もゝしきはをのゝえくたす山なれ
やいりにし人のさとゝふもなき
　女のもとにきぬをぬきてとりに
つかはすとて
718

⑵巻一四・恋六、996〜997
『慶安手鑑』（本文前掲）
⑶巻一四・恋六、1021〜1023
原美術館蔵手鑑『麗藻台』
1021 おもひつゝへにけるとしをしるへにて
なれぬるものはこゝろなりけり
ふみなとつかはしける女ことおとこ
につきにけるにつかはしける
源とゝのふ
1022 我ならぬひとすみのえのきしにいてゝ
なにはのかたをうらみつるかな
とゝのふかれかたになりにけるに
とゝめをけるふゑをつかはすとて
1023
⑷巻一四・恋六、1030〜1032
個人蔵手鑑
『古筆学大成　6　後撰和歌集一』（平成元年一月、講談社）。
1030 しる〳〵いかゝさしてゆくへき

女のもとよりいたくなおもひわ
ひそとたのめて侍けれは
1031なくさむることのはにたにかゝらすは
いまもけなまし露のいのちを
元良のみこのしのひてすみ侍ける
ころいまこむといひてこすなりにけれは
兵　衛
1032人しれすまつにねられぬありあけの
月にさへこそあさむかれけれ

(5)巻一五・雑一、1105～1106・1104～1105
個人蔵
小松茂美氏『後撰和哥集　校本と研究』(昭和三六年二月、誠信書房)・『古筆学大成　6』。

たかもうけに屛風てうしてかのくにゝ
なあるところをゑにかゝせてさひえ
といふ所にかけりける
壬生忠岑
1105としをへてにこりたえせぬさひえには
たまもかつきていまそすむへき

兼輔朝臣宰相中将より中納言に
なりてまたのとしのりゆみのかへり
たちの饗にまかりてあそひてかれ
これ思をのふるついてに

1106
はこにかありけんしたをひしてゆ
ひていまゝたこんときあけんといひて
ものゝかみにをきていて侍にけるのち
常明親王にとりかくされて月日ひさし
うありてかのありし□ゑにかへりて
このはこを元長のみこにをくるとて

中　務

1104
あけてたになにゝかはせんみつのえの
うらしまのこをおもひやりつゝ

忠房朝臣つのかみにて新司はるか

1105

(6)巻一六・雑二、1159〜1161
田中登氏『平成新修古筆資料集　第五集』（平成二一年九月、思文閣出版）。

1159とりあえすたちさはかれしあたなみに
あやなくなに丶そてのぬるらん
題しらす
1160た丶ちともたのまさらなんみにちかき
ころものせきもありといふなり
ともたちのひさしくあはさりけるに
まかりあひて
1161あはぬまに恋しきみちもしりにしを
なとうれしきにまとふ今日なり

⑺巻一六・雑二、1177〜1179
出光美術館蔵手鑑『墨宝』
1177わかむらさきはたつねわひにき
いとまに侍けるころ人のとはす侍け
れは
壬生忠岑
1178おほあらきのもりのくさとやなりにけん
かりにたにきてとふ人のなき
或所にみやつかへしける女あたにいは

れけるかもとよりをのかうへをはそこ
になんかちのはにかけていふなると
うらみて侍けれは
1179

(8) 巻一六・雑二、1189〜1190
個人蔵『御手鑑』
『古筆学大成　6』
よのなかこゝろにかなはぬことを申
けるついてに
つらゆき
1189 おしからてかなしきものは身なりけり
うきよをそむくかたをしらねは
おもふこと侍ける人につかはしける
よみ人しらす
1190 おもひいつる時そかなしきよのなかの
そらゆくゝものはてをしらねは

(9) 巻一七・雑三、1195
個人蔵手鑑

『古筆学大成　6』。『古筆学叢林第五巻　古筆学のあゆみ』。

後撰和謌集巻第十七

雑哥三

いそのかみといふ寺にまうて丶ひくれに
けれは夜あかしてまかりかへらむとてと丶
まりてこの寺に真静法師ありと
人のつけ丶れはものいひこ丶ろみん
とてつかはしける

小野小町

1195 いはのうへにたひねをすれはいとさむし
こけのころもをわれにかさなん

(10)巻一七・雑三、1204〜1206

「県下関町瓢々庵仝町淡々軒所蔵売立」（昭和一三年三月三一日、岐阜万松館）。

伊井春樹氏『古筆切資料集成　巻二　勅撰集下』（平成元年五月、思文閣出版）。

1202 たれをわくとかおもひすつへき
大輔かさうしに敦忠朝臣のものへ
つかはしけるふみをもてたかへたりけ
れ□

大輔

1205 みちしらぬものならなくにあしひきの
やまふみまとふ人もありけり

返

敦忠朝臣

1206 しらかしのゆきもきえにしあしひきの

(11)巻一七・雑三、1214〜1216
『古筆学大成　6』。『古筆学叢林第5巻　古筆学のあゆみ』。

1214 むつましきいもせのやまのなかにさへ
へたつるくものはれすもあるかな

女のいとくらへにくかりけるをあひは
なれにけるかひとのてにまかりぬと
きゝておとこのつかはしける

1215 わかためにをきにくかりしはしたかの
人てにありときくはまことか

くちなしあるところにこひにつか
はしたりけるかいろのあしかりけれは

1216 こゑにいてゝいはねとしるしくちなしの

⑿巻一七・雑三

某書肆目録

⒀巻一八・雑四、1216〜1263

盛岡市中央公民館蔵手鑑『群英手巻』

1261ありときくおとはのやまのほとゝきす
なにかくるらんなくこゑはして

しれる人のつほねならへて正月をこなひていつるあか月にいときたなけなるしたうつをしたりけるとりてつかはすとて

1262あしのうらものきたなくもみゆるかな
なみはよりてもあらはさりけり

題しらす

1263人こゝろたとへてみれはしらつゆの
きゆるまも猶ひさしかりけり

⒁巻一八・雑四

某書肆目録

⒂巻一九・離別、1331〜1333

五島美術館蔵手鑑『筆陣毫戦』

『古筆学大成　6』。

1331 あひつの山のはるけきやなそ
　つくしへまかるとて清子の命婦に
　つかはしける
　　参議小野好古朝臣

1332 としをへてあひみる人のわかれには
おしきものこそいのちなりけれ
　出羽よりのほりまうてきけるにこれ
　かれ餞しけるにかはらけとりて
　　源のわたる

1333 ゆき《く》さきの《を》しらぬなみたのかなしきは

⒃巻二〇・哀傷、1398〜1400

徳川美術館蔵手鑑『玉海』

『古筆学大成　6』。『徳川黎明会叢書　玉海・尾陽　古筆手鑑篇一』（平成二年七月、思文閣出版）。

1398 人のよのおもふにかなふものならは
わか身は君にをくれましやは
　女のみまかりてのち侍けるところの
　かへにかのかきつけゝるてのゝこれる

をみ侍て　　兼輔朝臣

1399 ねぬゆめにむかしのかへをみつるより
うつゝにものそかなしかりける
あひしりて侍ける女のみまかりにけるを
恋侍けるこゝろをしのこゑをきゝて
閑院大臣

1400

⒄巻二〇・哀傷、1405〜1406

「伊東子爵家所蔵品入札」（昭和一一年五月二五日、東京美術倶楽部）。

女四のみこのかくれ侍けるとき
右大臣

1405 昨日まてちよとちきりきみ（ママ）をわか
しての山ちにたつぬへきかな
先坊うせたまひて又のとしのはるたいふ
につかはしける
玄上朝臣

1406 あらたまのとしこえくらしつれもなき

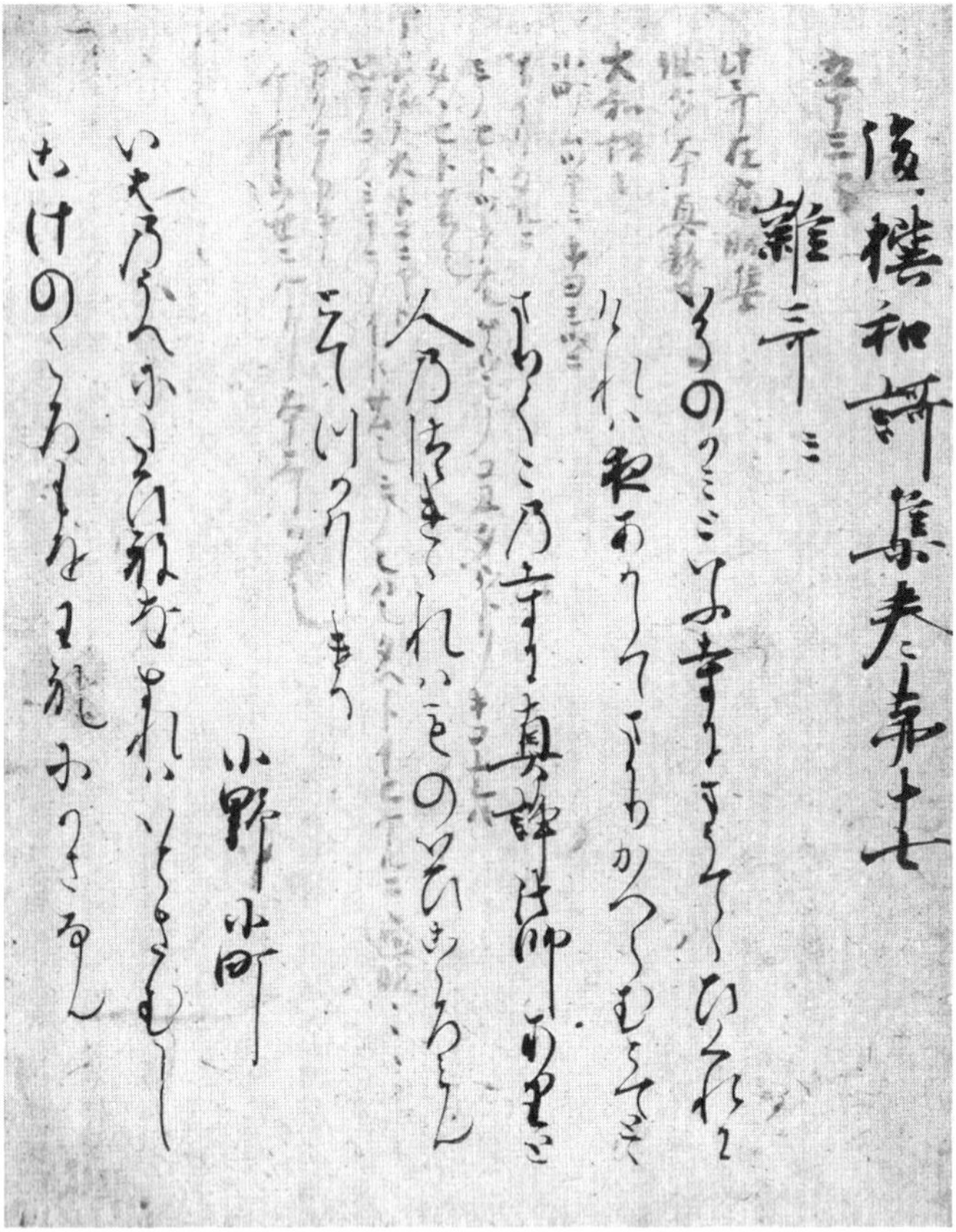

伝慈円筆『後撰集』断簡（『古筆学叢林　第五巻　古筆学のあゆみ』
古筆学研究編、平成７年、八木書店）

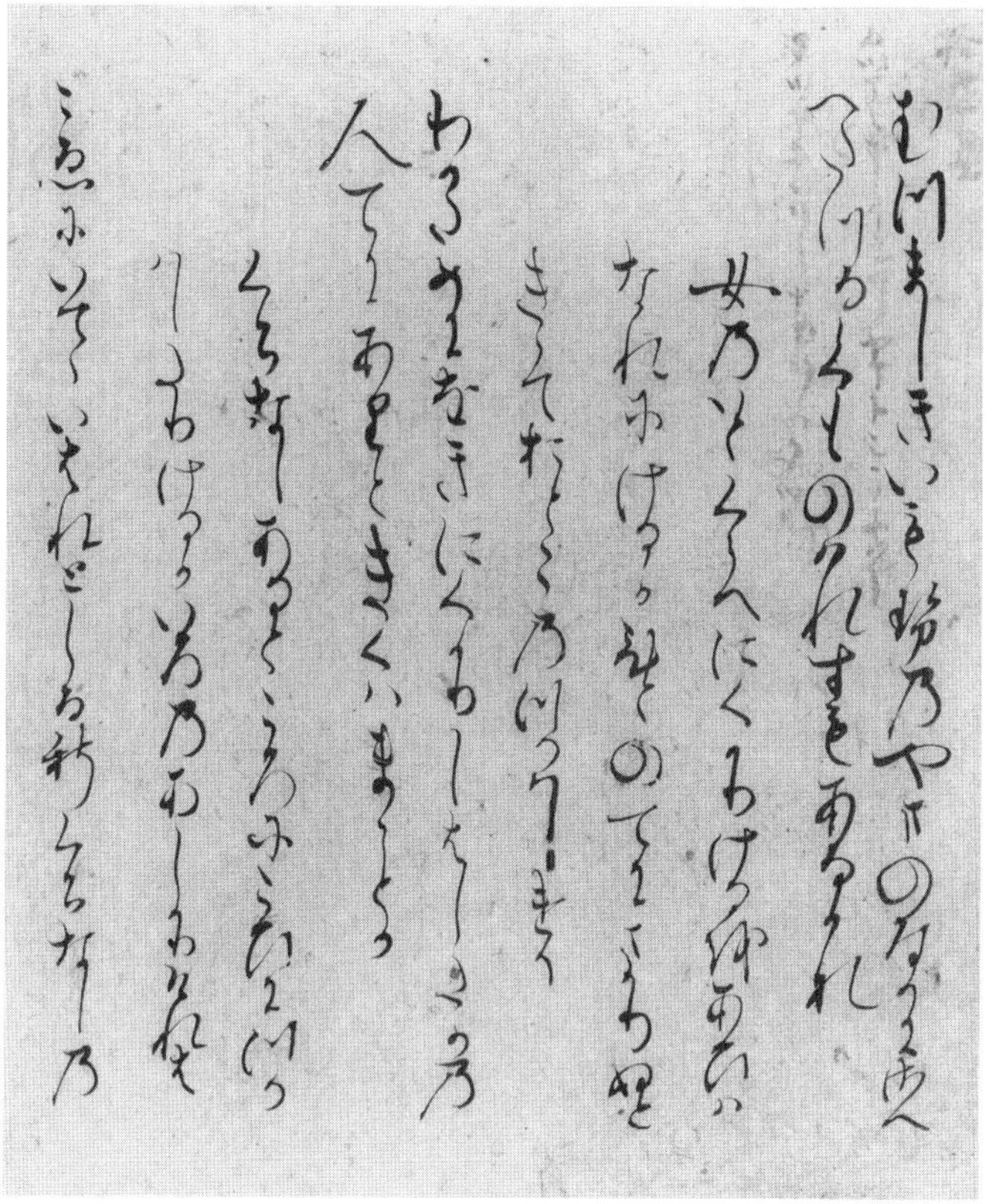

伝慈円筆『後撰集』断簡（『古筆学叢林　第五巻　古筆学のあゆみ』古筆学研究編、平成７年、八木書店）

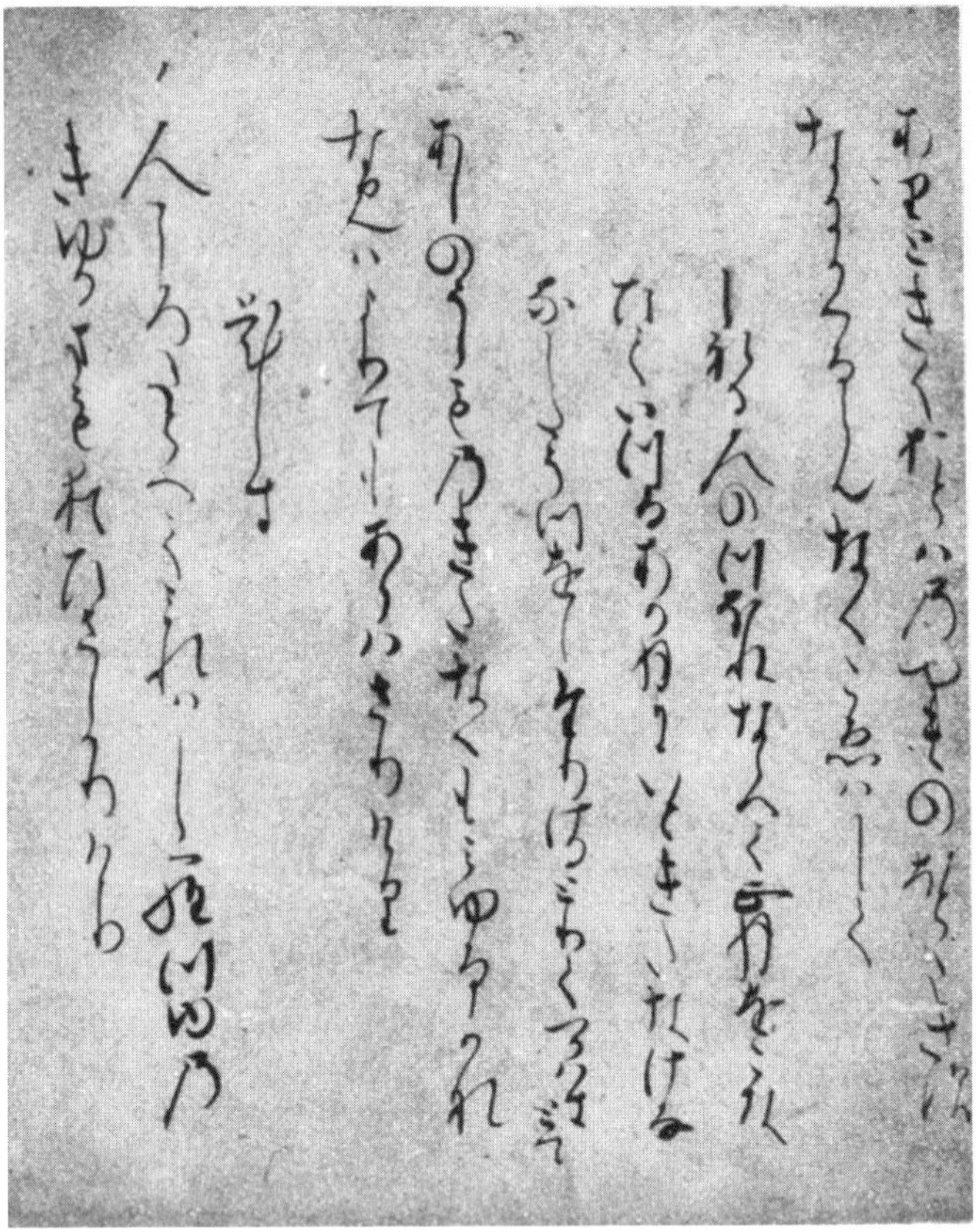

伝慈円筆『後撰集』断簡（手鑑『群英手巻』盛岡市中央公民館蔵）

二一　伝中院通方筆切

(1)

中院通方（一一八九～一二三八）は、土御門内大臣源通親の五男で、土御門大納言と称された勅撰集歌人である。その筆とされている『新古今集』の吉田切が知られており、『増補新撰古筆名葉集』「中院殿通方卿」の項にはその吉田切と「六半　後撰哥二行書」とが掲出されている。しかし、この『後撰集』切の方は伝存がきわめて少ないもののようであって、現在までのところ確認できているのはわずかに五葉にすぎない。その五葉は、巻九・恋一、巻一〇・恋二、巻一一・恋三の各一葉と巻一二・恋四の二葉の、集の中間部の恋部の断簡である。

このうち巻一〇の断簡は書肆の販売目録によって知りえたものであるので、それを除く四葉の本文を掲出すると次のごとくである。

㈠巻九・恋一、537～540

田中登氏蔵

田中登氏「非定家本系後撰集の古筆切」（有吉保氏編『和歌文学の伝統』、平成九年八月、角川書店）・『古筆切の国文学的研究』（平成九年九月、風間書房）・『平成新修古筆資料集　第五集』（平成二二年九月、思文閣出版）

　　題不知　　　　　　をんな

537おやみせすあめさへふれはさはみつ
　のまさるらむともおもほゆるかな

538ゆめにたにみることそなきとしを
　へて心のとかにぬるよなけれは
539みそめすはあらましものをから
　衣もたつ名のみしてなるよしもな
　し
　　　女のもとにつかはしける
　　　　　よみ人しらす
540

㈡巻一一・恋三　700〜702

『名家古筆手鑑集』「古筆手鑑(5)　13」（昭和四八年四月、思文閣）。伊井春樹氏『古筆切資料集成　巻二』「1通方」（平成元年五月、思文閣出版）。

　後撰和謌集巻第十一
　　恋三
　　　女のもとにつかはしける
　　　　　三条右大臣
700名にしをはゝあふさか山のさねかつら
　人にしらせてくるよしもかな
　　　　　在原もとかた

701こひしとはさらにもいはししたひ
ものとけむを人はそれとしらなん
かへし　　よみ人しらす

㈢巻一二・恋四　843～844
杉谷寿郎蔵
843かゝみ山あけてきつれは秋きりの
けさやたつらむあふみてふ名は
あひしりて侍ける女の又人に
名たちけるをきゝてつかは
しける
平希世朝臣
844えたもなく人にをらるゝをみな
へしねをたにのこせうゑしわかため

㈣巻一二・恋四　846
杉谷寿郎蔵
かねきやう〳〵かれかたになり
けるにつかはしける
なかつかさ

846あきかせのふくにつけてもとはぬかな
　　をきのはならはおとはしてまし

この㈠は、縦一六・二センチ、横一三・五センチ、㈡は縦一六・四センチ、横一六・二センチの六半切、ともに一面一〇行であって歌はほぼ二行書きであるが㈠の三首目は三行書きとなっている。またその歌も上下句別行書きでは必ずしもなくて三句目が二行に渡っているところも多く、上下句別行書き定着以前の姿を示していて、伝称筆者通方の生存時代に適う時代の書写とみられる。はたして田中登氏は『平成新修古筆資料集　第五集』において「書写年代は鎌倉時代の初期といったところであろう」とされている。

(2)

さて、伝通方筆切の本文についてであるが、歌序においてはこの資料の範囲内では諸本間に異同はみられない。一方、個個の本文についても限られた資料ではあるが、諸本間の異同個所との関係をひとまず一覧してみたい。

㈡
537　詞書　題不知（通・白・堀・坊・天）――かへし（雲・保・B）――ナシ（荒・片・烏・A）
　　作者　をんな（通・荒・片・白・堀・烏・雲・A）――〔よみ人しらす〕（坊・保・B・天）
　　歌詞　おやみせす（通・荒・片・白・堀・烏・雲・坊・保・B・天）――をやみなく（A）　あめさへふれは（通・荒・片・堀・烏・雲・坊・A・B・天）――あめたにふれは（白）――雨さへふらは（保）
　　〔通・荒・片・白・堀・烏・雲・坊・保・A・B・天〕
538　詞書・作者　ナシ（通・白・坊・天）――たいよみひとしらす（荒・片）――たいしらす　よみ人も（堀・慶）

——題不知　読人不知（雲）——題しらす（保・A・B）

歌詞　みることそなき（通・荒・片・白・坊・保・A・B・天）——みるほとそなき（堀）——みるときそなき（雲）ぬるよなけれは（通・荒・片・白・雲・坊・保・A・B・天）——よるよなけれは（堀）

〔通・荒・片・白・堀・慶・雲・坊・保・A・B・天〕

539　歌詞　みそめすは（通）——みそめすて（荒・片・堀・雲・坊・保・A・B・天）きるよしもなし（通）——きるよなきかな（荒・片・堀・坊・保・A・B・天）——〔きるよな〕けれと（慶標注本）——きる夜なけれは（雲）

〔通・荒・片・堀・慶・雲・坊・保・A・B・天〕

540　詞書　女のもとに（通・堀・雲・坊・保・A・B・天）——をんなもとへ（荒・片）

作者　よみ人しらす（通）——ナシ（荒・片・堀・雲・坊・保・A・B・天）

〔通・荒・片・堀・雲・坊・保・A・B・天〕

㈡

700　詞書　女のもとにつかはしける（通・堀・行・雲・坊・A）——女につかはしける（保・B・天）

歌詞　名にしをはゝ（通・雲・坊・保・A・B・天）——名にしおへは（堀）

〔通・堀・行・雲・坊・保・A・B・天〕

701　作者　在原もとかに（通・雲・坊・保・A・B・天）——ナシ（堀）

歌詞　したひもの（通・雲・坊・保・A・B・天）——下ひほの（堀）　とけむを人は（通・堀・雲・坊・保・A・B・天）——〔とけ〕ヲ〔を人は〕（清）

〔通・清・堀・雲・坊・保・A・B・天〕

㈢

843　歌詞　あけてきつれは（通・堀・雲・坊・保・A・B・天）——か〔けてきつれは〕（慶）　あふみてふ名は

（通・雲・坊・保・A・B・天）――あふみといふ名は（堀）
〔通・堀・雲・慶・坊・保・A・B・天〕

844　詞書　侍ける女の（通・堀・雲・坊・保・慶）――侍女の（A・B・天）　又人に（通）――人、に（堀・雲）――人に（保・A・B・天）――人に又（坊）　名たちけるをき、て（通・坊）――あまたあたなたち侍けるをき、て（堀）――いとあまた名たちけるをききて（雲）――名たちけるをき、て（坊）――あまたなたちはへりけるに（保・A）――あたな立侍けるに（B・天）――〔あ〕ま〔たなたち侍りける〕を聞て（慶）

844　歌詞　人にをらる、（通・堀・雲・坊・保・A・B・天）――をらる、ものを（慶）　ねをたにのこせ（通・雲・坊・保・A・B・天）――ねをたにのこす（堀）
〔通・堀・雲・慶・坊・保・A・B・天〕

㈣846　詞書　かねき（通・雲）――かねきか（堀・慶）――平のかねきか（坊・保・A・B・天）　なりけるに（通）――なり侍りければ（堀）――なりにけるに（雲・慶）――なれりけるに（坊）――なりにければ（保・A・B・天）

歌詞　おとはしてまし（通・雲・坊・保・A・B・天）――音は立てまし（堀）
〔通・堀・雲・慶・坊・保・A・B・天〕

この一覧によると、伝通方筆切は、まずは㈠539の歌詞の初句、五句、㈢843、㈣846の詞書において他の諸本にみられない本文を有していて、独自性が強いもののようにみうけられる。田中登氏は「非定家本系後撰集の古筆切」において、この「独自異文」とともに「古本系の白河切と一致する部分」について注目されている。その白河切が伝存していて本文対照ができるのは四葉のうち㈠の537538に限られるが、537の詞書・作者名においては他の諸本とは異なる「題不知　をんな」という表記を白河切・堀河本と共有しており、538の詞書・作者名においても他の「たいよみひとしらす」（荒・片）、「たいしらす　よみ人も」（堀・慶）、「題しらす」（雲・保・A・B）に対して、表記を持たないことにおいて白河切・伝坊門局筆本・定家年号本と共通している。また歌詞においては対照個所四個所のうち、537五句が他の多くの諸本とともに「あめさへふれは」の本文であるのに対して、白河切は「あめたにふれは」であって承保本の「雨さへふらは」とともに独自異文となる個所のみが異なっているのであって、他の三個所は同文である。

このように伝通方筆切については、きわめて限られたなかからの観察であるとはいえ、やはり白河切と近しい関係にあろうことが予測され、鎌倉時代初期という早い時点における白河切系の本文を伝えている書写本の断簡であるのではなかろうかと想定しておきたい。

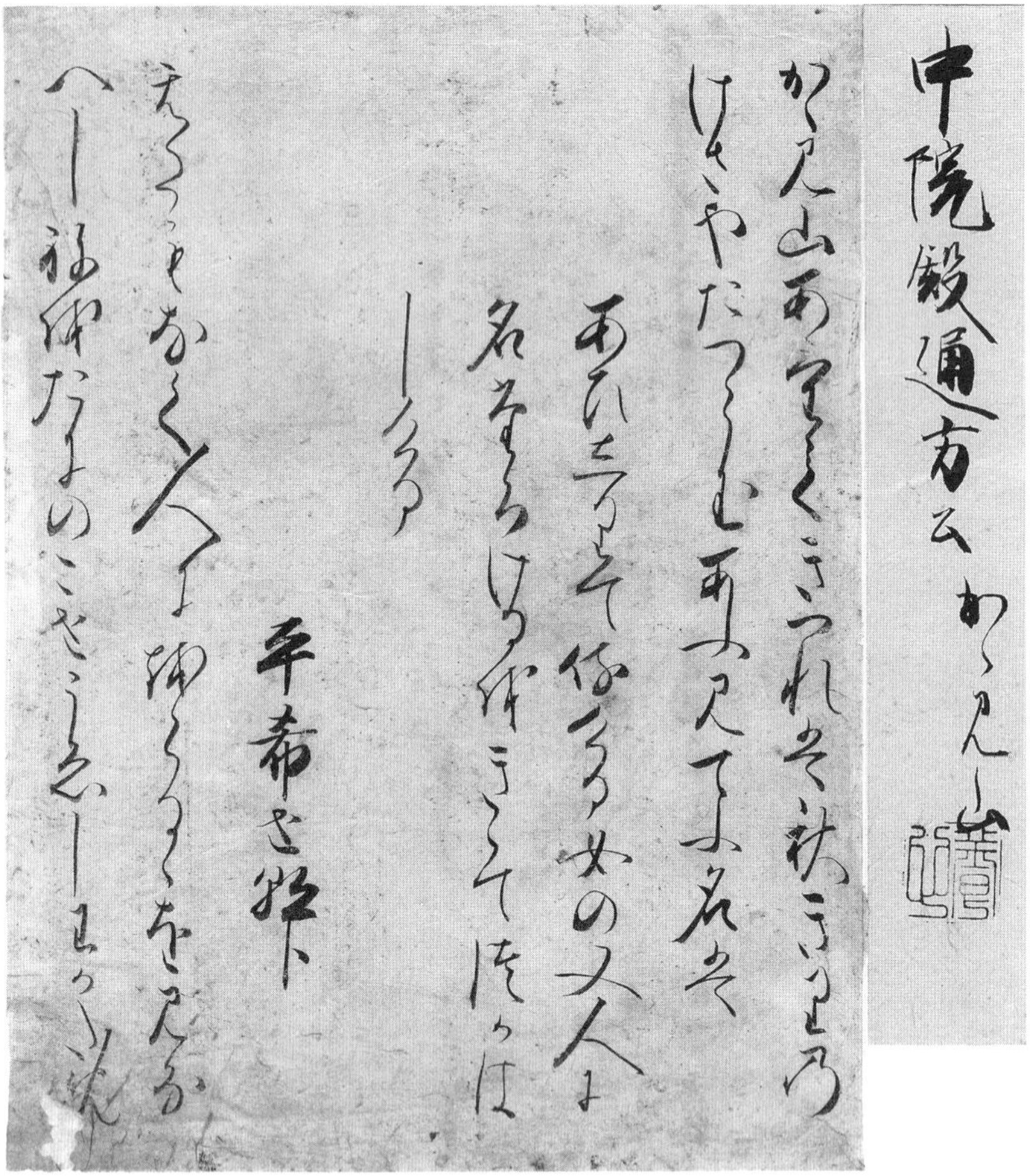

伝中院通方筆後撰和歌集切（架蔵）

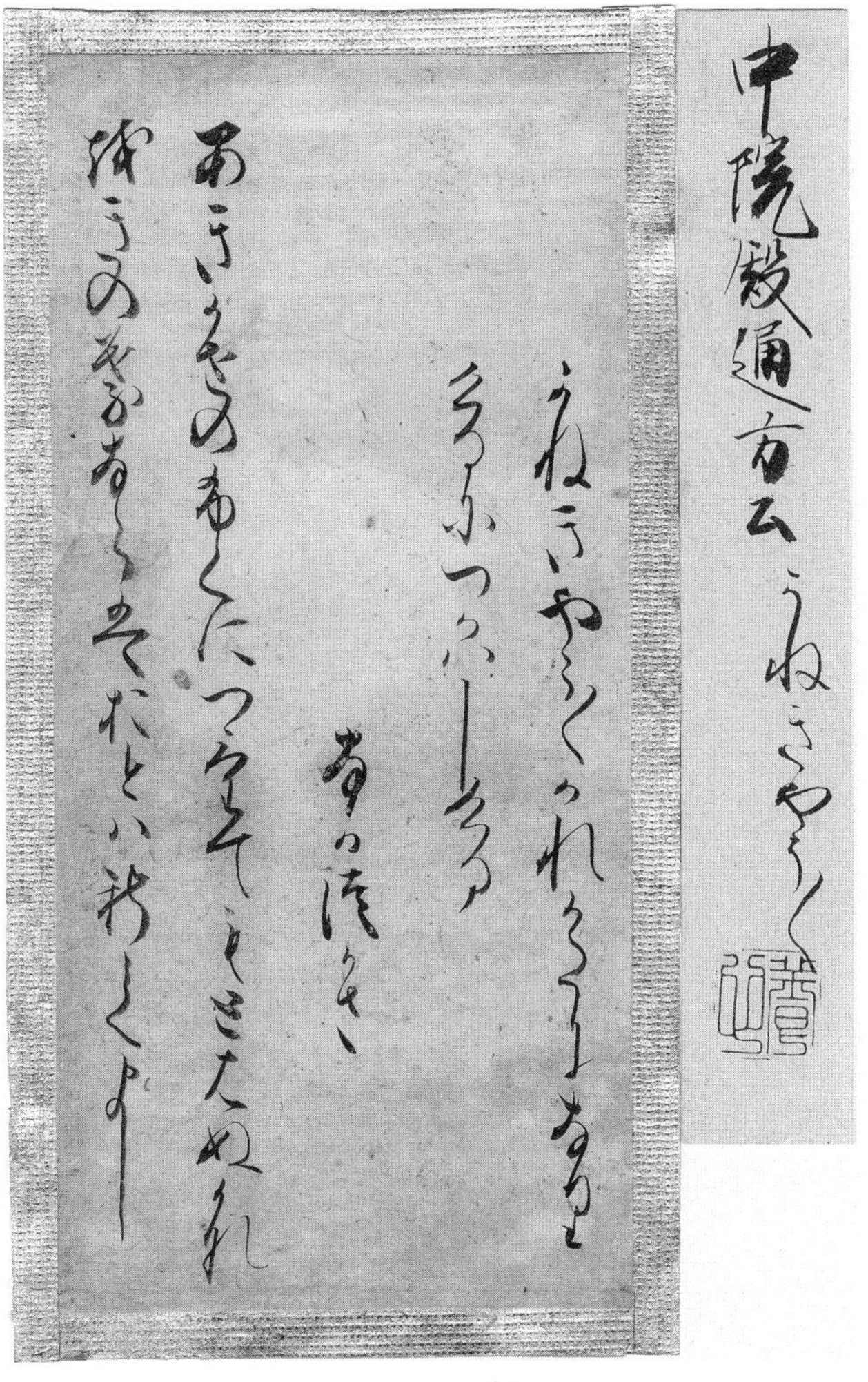

伝中院通方筆後撰和歌集切（架蔵）

二―二　伝阿仏尼筆角倉切・伝園基氏筆木曽切

（1）

『増補新撰古筆名葉集』阿仏尼の項に「角倉切　四半後撰哥二行雲岙又ハ白岙」とある古筆切は、たとえば古賀家蔵手鑑『碧玉』、徳川美術館蔵手鑑『鳳凰台』、観音寺蔵手鑑所収切など、極札に古筆本家の極印「琴山」が押されている場合が多い。これに対して、同名葉集の園基氏の項の「木曽切　四半古今後撰続古今等哥二行書」に相当する徳川美術館蔵手鑑『玉海』の極は畠山牛庵、高城弘一氏蔵切は藤井常智の極であるなど、古筆家（別家も含めて）以外の極であることが多いようである。しかし、この角倉切と木曽切とは、小松茂美氏編『日本書道辞典』（昭和六二年一二月、二玄社）「きそぎれ〔木曽切〕」の解説において、角田恵理子氏が「『後撰和歌集』の断簡は、伝阿仏尼筆「角倉切」と同筆であることが判明」とされた。これを境としてであろう、小松茂美氏『古筆学大成　7　後撰和歌集二・拾遺抄』（平成元年一月、講談社）は「伝阿仏尼筆　角倉切本後撰和歌集」、高城弘一氏「「角倉切後撰集」本文拾遺」（『大東文化大学紀要』第三三号、平成七年三月）、立石大樹氏「角倉切後撰和歌集考」（関西大学「国文学」第九一号、平成一九年三月）などのように、両者を角倉切に統一して集成、考証が行われてきている。

この角倉切・木曽切は、縦二三センチ、横一四センチ台の四半切で、料紙は斐紙で素紙のほか藍の内曇りが左に寄せて縦に装飾された雲紙を混用している。一面一〇行書きで詞書の書き出しは三、四字下りで低めである。書写年代は、阿仏尼（?〜一二八三）、園基氏（一二一一〜一二八三）に該当する鎌倉中期（高城弘一氏）、鎌倉後期（小松茂美氏）、鎌倉中〜後期（田中登氏）などとされている。

(2)　さて、この角倉切・木曽切の伝存切のうち現在まで確認できたのは巻一〇から巻二〇の各巻にわたる断簡であって、その所在とともに紹介された書籍を示せば次のようである。

(1)巻一〇・恋二、606 607 608

徳川美術館蔵手鑑『玉海』

徳川義宣・久保木哲夫・杉谷寿郎・伊井春樹編『徳川黎明会叢書　玉海・尾陽　古筆手鑑篇一』（平成二年七月、思文閣出版）。小松茂美氏『古筆学大成　7』「伝阿仏尼筆角倉切本後撰和歌集」52（以下「古筆学大成」と略す）。高城弘一氏「「角倉切後撰集」本文拾遺」1（大東文化大学紀要　第33号、平成七年三月　以下「本文拾遺」と略す）・高城弘一氏「続「角倉切後撰集」本文拾遺」1（大東文化大学紀要　第34号　平成八年三月　以下「続本文拾遺」と略す）

(2)巻一〇・恋二、610 611 612 613

京都光華女子大学蔵（藤田洋治氏御教示）

(3)巻一〇・恋二、614 615 616

白鶴美術館蔵手鑑

橋本不美男・久保木哲夫・山本信吉・平林盛得・徳川義宣・杉谷寿郎・伊井春樹編『古筆手鑑大成　手鑑　白鶴美術館蔵手鑑　第二巻』（昭和五九年　五月、角川書店）。「古筆学大成」72・高城弘一氏「本文拾遺」2・「続本文拾遺」2。

(4)巻一〇・恋二、660 661 662

金刀比羅宮蔵手鑑『古今筆陳』

(5)巻一〇・恋二、662 664 665 666

出光美術館蔵手鑑『墨宝』

『出光美術館蔵品図録　書』（平成四年七月、平凡社）。伊井春樹氏『古筆切資料集成　巻六　補遺・索引』「阿仏尼」3（平成五年九月、思文閣出版　以下「資料集成　巻六」と略す）。

(6)巻一一・恋三、731 732

石川県立美術館蔵手鑑

『古筆学大成』53。『古筆手鑑大成　手鑑　石川県立美術館蔵　第一三巻』。「本文拾遺」3・「続本文拾遺」3。

(7)巻一一・恋三、733 734 735

個人蔵手鑑

『古筆学大成』54。「本文拾遺」4・「続本文拾遺」4。

(8)巻一一・恋三、785 786 787

古賀家蔵手鑑『碧玉』

『布留鏡　第三号』（大正一四年一二月、古鏡社）。『古筆学大成』55。伊井春樹氏『古筆切資料集成　巻二　勅撰集下』「阿仏尼」1（平成元年五月、思文閣出版　以下「資料集成　巻二」と略す）。「本文拾遺」5・「続本文拾遺」5。

(9)巻一一・恋三、788 789

村上翠亭氏・高城弘一氏監修『古筆鑑定必携　古筆切と極札』（平成一六年三月、淡交社）

(10)巻一一・恋三、794

イェール大学蔵手鑑

(11)巻一二・恋四、795 796
東京国立博物館蔵『十二号手鑑』
小松茂美氏『後撰和哥集　校本と研究』（昭和三六年三月、誠信書房）。『古筆学大成』56。「本文拾遺」6・「続本文拾遺」6。

(12)巻一二・恋四、799 800 801
田中登氏蔵
田中登氏『平成新修古筆資料集　第五集』104（平成二二年九月、思文閣出版。以下「古筆資料集〈巻数〉と略す）。

(13)巻一二・恋四、821 820 822 823
久曽神昇氏旧蔵
久曽神昇氏『古筆切影印解説　Ⅱ六勅撰集編』17（平成八年六月、風間書房　以下「影印解説」と略す）。

(14)巻一二・恋四、853 854 855
徳川美術館蔵手鑑『鳳凰台』
『古筆手鑑大成　鳳凰台　徳川美術館蔵　第一巻』（平成五八年一一月、角川書店）。『古筆学大成』57。『徳川黎明会叢書　鳳凰台・水茎・集古帖　古筆手鑑篇四』（平成元年三月、思文閣出版）。「本文拾遺」7・「続本文拾遺」7。

(15)巻一三・恋五、896 897 898
五島美術館蔵手鑑『筆陣毫戦』
『古筆学大成』73。「本文拾遺」8・「続本文拾遺」8。

⒃巻一三・恋五、906 907 908 924
観音寺蔵手鑑
『古筆学大成』58。『古筆手鑑大成　手鑑　京都・観音寺蔵　第一四巻』（平成六年八月、角川書店）。「本文拾遺」9・「続本文拾遺」9。

⒄巻一三・恋五、924 925 926 909
弥彦神社蔵手鑑『見ぬ世の友』
『古筆学大成』59。「本文拾遺」10・「続本文拾遺」10。

⒅巻一三・恋五、928 931
『司少庵愛蔵品入札』（昭和七年四月五日。金沢美術倶楽部）。

⒆巻一三・恋五、934 936 937
宮内庁蔵手鑑
『古筆学大成』60。『皇室の至宝11　御物　書跡Ⅱ』（平成四年一一月、毎日新聞社）。「本文拾遺」11・「続本文拾遺」11。

⒇巻一四・恋六、1001 1002 1003 1004
高城弘一氏蔵手鑑『翰園百華』
「続本文拾遺」12。

(21)巻一四・恋六、1023 1024
林家旧蔵手鑑（東京大学史料編纂所蔵写真）

(22)巻一四・恋六、1030 1031 1032
五月堂美術店旧蔵切（写真）
「続本文拾遺」13。

(23)巻一四・恋六、1066 1067 1068
根津美術館蔵『一号手鑑』
小松茂美氏『後撰和哥集　校本と研究』（昭和三六年三月、誠信書房）。『古筆学大成』61。「本文拾遺」12・「続本文拾遺」14。

(24)巻一五・雑一、1078 1079 1080
池尾和也氏蔵
池尾和也氏「中世古筆切資料聚影――架蔵、和歌関係資料を中心に――」（『中京大学図書館学紀要』第14号、平成五年三月）。

(25)巻一五・雑一、1106 1107
根津美術館蔵手鑑『文彩帖』
『古筆手鑑大成　文彩帖　根津美術館蔵　第三巻』（昭和五九年九月、角川書店）。『古筆学大成』62。「本文拾遺」13・「続本文拾遺」15。

(26)巻一五・雑一、1109 1110
ＭＯＡ美術館蔵手鑑『翰墨城』
『国宝手鑑　翰墨城』（昭和五四年　中央公論社）。『古筆学大成』63。「資料集成　巻二」阿仏尼2。「本文拾遺」

14・「続本文拾遺」16。

(27)巻一五・雑一、1115 1116 1117
文藻堂旧蔵
「続本文拾遺」17。

(28)巻一六・雑二、1126 1127
『思文閣墨蹟資料目録』（第二一六号、平成二年六月）
「資料集成　第六巻」阿仏尼4。

(29)巻一六・雑二、1128 1129 1130
住吉家讃集古筆手鑑
『古筆学大成』64。「本文拾遺」15・「続本文拾遺」18。

(30)巻一六・雑二、1132 1133 1134
個人蔵
『古筆学大成』65。「本文拾遺」16・「続本文拾遺」19。

(31)巻一六・雑二、1134 1135 1136
原美術館蔵手鑑『麗藻台』

(32)巻一六・雑二、1160 1163 1164 1165
久曽神昇氏旧蔵
「影印解説」18。

(33)巻一六・雑二、1182 1183 1184
個人蔵手鑑
『古筆学大成』66。「本文拾遺」17・「続本文拾遺」20

(34)巻一七・雑三、1208 1209 1210 1211
久曽神昇氏旧蔵
「影印解説」19。

(35)巻一七・雑三、1212 1213
久曽神昇氏旧蔵
「影印解説」20。

(36)巻一七・雑二、1220 1221 1222
田中登氏蔵
「古筆資料集　二」（平成一五年一月）。

(37)巻一八・雑四、1259 1260
個人蔵手鑑『藻塩草』
『古筆学大成』67。「本文拾遺」18・「続本文拾遺」21。

(38)巻一八・雑四、1261 1262
「続本文拾遺」α。

(39)巻一八・雑四、1263 1264 1265

東京国立博物館蔵手鑑『桃花水』
『古筆学大成』68。「本文拾遺」19・「続本文拾遺」22。
(40)巻一八・雑四、1274 1275 1279
日本学士院蔵手鑑『群鳥蹟』
『古筆学大成』69。「本文拾遺」20・「続本文拾遺」23。

(41)巻一八・雑四、1278 1281
正覚院蔵『古筆貼交屏風』
『須磨寺塔頭正覚院所蔵　古筆貼交屏風』（昭和六三年八月、ジュンク堂書店）。「資料集成　二」阿仏尼3・「資料集成　六」阿仏尼5。「続本文拾遺」24。

(42)巻一九・離別。1304 1305
「古筆展観」（昭和一六年四月二一日、東京美術倶楽部）。
『古筆学大成』74。「本文拾遺」21・「続本文拾遺」25。

(43)巻一九・離別、1307 1308 1309
田中登氏蔵
田中登氏「非定家本系後撰集の古筆切―中世期のものを中心に―」（有吉保氏編『和歌文学の伝統』平成九年八月、角川書店）。「続本文拾遺」26。田中登氏『古筆切の国文学的研究』（平成九年九月。風間書房）。「古筆資料集　一」（平成一二年三月）。

(44)巻一九・離別、1323 1324 1325

高城弘一氏蔵
高城弘一氏「『古筆学大成』未載、伝阿仏尼筆「角倉切」の一葉について」（『汲古』第二五号、平成六年六月）。高城弘一氏「歌仙家集本系」『忠見集』の古筆切」（『水茎』第一八号、平成七年三月）。「本文拾遺」22・「続本文拾遺」27。

(45)巻一九・羇旅、1356 1357 1358
茂山書道文庫旧蔵手鑑『翰墨城』
『古筆学大成』70。「本文拾遺」23・「続本文拾遺」28。

(46)巻二〇・慶賀、1369 1370 1371
個人蔵手鑑
『古筆学大成』71・「本文拾遺」24・「続本文拾遺」29。

以上のようで、従来公表されてきた四〇葉に対して、(2)(4)(10)(18)(21)(31)の六葉を加えた四六葉が現在までに知りえた角倉切・木曽切である。ただし、このうちの(18)は、昭和七年の入札目録掲載品であって、写真が不鮮明である上に手許ではその複写を用いているので、本文の全容は不明であるとせざるをえないという状態である。そのような状況下にあって、目録の見出しに「三　阿仏　わすれねど」とある古筆切の姿からは角倉切のツレと見うること、その一首目の作者名は「本院□」であり、初句は「わすれねと」であって巻一三・恋五の931番歌であることが知られ、二首目の詞書が「土左」で始まり、作者名は「閑院三親王」、初句は「ふ□り」であるので、931番歌であって、この切は928 931の二首であることが判明する。従って、本文欄には不掲載ではあるが、角倉切の一葉であるとして取り挙げた。しかし、一面一〇行書きが通常である角倉切にあって、二首七行以降は余白であるもののようであって、余白とすれば、この点が不審であるとせざるをえないところではある。

とにかくこの(18)を加えて四六葉としてみると、それらは巻一〇から巻二〇に至る各巻の断簡が伝存しているので、伝本の前半部が欠失したのちに解体されたものではないかとみられる。しかも、このらの断簡にはその本文関係からみてもともと接続していた間柄にあったとみられるものがいくつかある。

(4) 660 661 662・(5) 662 664 665 666

(4)は662の作者名表記で終り、(5)は662の歌詞から始まっているので、連接している。

(8) 785 786 787・(9) 788 789

(8)は787の歌詞で終り、(9)は788の詞書から始まっているので、連接する関係にある。

(10) 794・(11) 795 796

(10)は巻一一・恋三の巻末歌の作者名と歌詞三行で以下余白となっており、(11)は巻一一の冒頭部の巻数・巻名表記から始まっているので、巻は異なるが連接する位置にあるといえよう。

(16) 906 907 908 924・(17) 924 925 926 909

(16)は924の詞書で終り、(17)は924の歌詞から始まっているが、924は諸本ともに921「よみ人しらす」が及ぶ作者名表記をもたない歌であるので、(16)と(17)は連接しているものとみてよい。従って、この二葉の定家本などと異なる歌序は角倉切・木曽切本来のものとみてよい。

(28) 1126 1127・(29) 1128 1129 1130

(28)は1127の歌詞で終り、(29)は1128の詞書・作者名から始まっていて、連接している。

(34)1208 1209 1210 1211・(35)1212 1213

(34)は1211の歌詞で終り、(35)は1212の詞書から始まっており、連接している。

(37)1259 1260・(38)1261 1262・(39)1263 1264 1265

(37)は1260の歌詞で終り、(38)は1261の詞書から始まっていて連接しており、その(38)は1262の歌詞で終り、(39)は1263の詞書から始まっており、この三葉は連接する関係にある。

さらに、後述のごとく(40)1274 1275 1279・(41)1278 1281 1282がこれらに加えられることになるかもしれない。

このように高い確率で接続する関係であったとみられるのは、もともと一葉として書写されていた表裏がかなり多く伝存してきているというようにも考えられよう。

(3)

さて次にこれらの四六葉の角倉切・木曽切の本文内容についてみてみたいが、その詳細な検討はすでに立石大樹氏「角倉切後撰和歌集考」（関西大学「国文学」第九一号、平成一九年三月）において、三七葉の歌序および諸本との本文関係から成されており、結論としては従来説のごとくやはり平安時代の流布本群のうちの「古本系統の一本」であると位置づけられた。ここでは追加資料をも含めて歌序、本文からの検討をあらためて行ってみたいと思う。

まず歌序についてであるが、諸本と異同のある個所は次のようである。なお、以下に用いる諸本の略号は次のようである。

清輔本系統　二荒山本（荒）・片仮名本（片）・承安三年本（清）

古本系統　堀河本（堀）・胡粉寺切（胡）・行成本（行）・烏丸切（烏）・慶長本（慶　標注本・内閣文庫本・東京国立博物館のうち異同注記のある場合のみ掲出）・雲州本（雲）　伝坊門局筆本（坊）
承保本系統　承保三年本（保）
定家本系統　無年号本A類（A）・無年号本B類（B）・年号本（天福本で代表＝天）〔三系同じ場合＝定〕

(4) 660 661・(5) 662 664 665 666
荒坊 660 661 662 665 664 666。片清 660 661 662 663 664 666。堀雲保定 660 661 662 663 664 665 666。

(13) 821 820 822 823
堀雲保定 820 821 822 823。胡 821 が 868 821 869 の位置。慶（標注本）坊 821 820 で同。

(16) 906 907 908 924・(17) 924 925 926 909
堀慶雲 906 907 987 908 909・924 925 926。坊保定 906 907 908 909・924 925 926。

(18) 928 931
清 928 931（929 930 932）。堀雲 928 931。坊定 928 929 930 931。

(19) 934 936 937
堀 935 934 937。慶〔標注本〕雲坊 935 934 936 937。保定 934 935 936 937。

(32) 1160 1163 1164 1165
堀雲坊保定 1160 1161 1162 1163 1164 1165。

(34) 1208 1209 1210 1211・(35) 1212 1213
堀保 1209 の次に「わかしらか」の一首入る 1208 1209 ○ 1210 1211 1212 1213。雲坊定 1208 1209 1210 1211 1212 1213。

(40)1274 1275 1279・(41)1278 1281 1282

堀定1274 1275 1276 1277 1278 1279 1280 1281 1282。慶〔標注本・内閣本〕雲1274 1275 1279 1280 1276 1277 1281 1282。坊1274 1275 1279 1276 1277 1278 1280 1281 1282。保1274 1275 1279 1278 1280 1276 1277 1281 1282。

これら諸本の歌序からみると、(40)(41)は連接する切である可能性があろう。

ところで、角倉切・木曽切は巻一〇から巻二〇に至る伝存切であって、その大半を占める巻一一以降の集後半部は定家本を除く諸本の伝存が少ない上に、さらに巻一五以降は拙著『後撰和歌集諸本の研究』（昭和四六年三月、笠間書院）において、古本系統の堀河本の側からいうと、巻一五から巻一七の1215番歌あたりまでは承保三年本系、それ以降は定家本系統の本文となっていると述べた。また、近年、福田孝氏は「承保三年奥書本『後撰和歌集』について」（「和歌文学研究」第一〇一号、平成二三年一二月）において、「承保三年奥書本は一〇五三番歌までと、一〇五四番歌以降と大きく二つに分けられる混態本である可能性が高い」ことを提唱された。一〇五四番歌は巻一四・恋六の部であるが、後撰集の本文ごとに最末部の五・六巻については、再検討のうえ諸本の本文の有り様に見通しを立ててから考察すべきであろうということになる。しかしながら、右掲の歌序をみてみると、この課題をまつまでもなく、古本系統の側にあるようではあるが、立石大樹氏「あまりにも独自配列が目立ち」と言われているように、親近の関係にあるとしうる諸本は見出せないとせざるをえなかろう。

(4)

次いで角倉切・木曽切（略称「角」）の個個の本文からその有り様についてみてみたいと思うが、前述のごとく巻一四以降は古本系統と承保三年本系統に伝来上の問題があるものとみられ、その本文を一率に扱う場合誤認が生ずる恐れがあろうことから、ここでは巻一三までの断簡に限っておくこととしたい。さらに、これも前述のごとくすでに立石氏による本文研究があるので、やや簡略化した検討にとどめておきたい。

まず、詞書についてであるが、例えば次のような諸本との関係である。

(1)661
あひしりて侍ける人のひさしうとはてまうてきたりけれはかとよりかへり侍とて（角）
あひしりてはへりけるひとをひさしくとはすしてまかりたりけれはかとよりかへしたりけれは（荒・片・清）
あひしりてはへりける人をひさしうとはすしてまかりはへりけるをかとよりかへしけれはつかはしける（白）
あひしりて侍りける人をひさしとはてまかりけれはかとよりかへし侍けれはいひつかはしける（堀）
あひしりて侍ける人をひさしうとはすしてまかりいたれりけれはかとよりかへしつかはしける（雲）
あひしりて侍ける人をひさしうとはすしてまかりいたりけれはかとよりかへしつかはしける（坊）
あひしりて侍ける人をひさしうとはすしてまかりたりけるにかとよりかへしつかはしけれは（保）
あひしりて侍ける人をひさしうとはすしてまかりたりけるにかとよりかへし侍けれは（A・B）
あひしりて侍ける人をひさしうとはすしてまかりたりけれはかとより返しつかはしけるに（天）

(2)665
人の心のかはりにけれは（角）
ひとのこゝろかはりにけれは（荒・片・堀・保・定）
〔人の心かはり〕〔けれは〕（清）
〔人の心〕の〔かはり〕たり〔けれは〕（慶）

人のこゝろかはりたりければ（雲）
人の心かはりにければ（坊）

(3)
734

人をかれかたになりにけるころそのむすめの装束をしてをくり侍ければかゝるからにうとき心ちなんするとい
ひ侍ければ（角）
〔かれかたになり〕〔ける〕コロソノ女ノ〔さうそく〕ヲシテ〔をく〕リ〔け〕レハ〔かゝるからにうとき心
地〕〔す〕〔といへりければ〕（清）
女をかれかたになりにけるころ女さうそくをしておくれりければかゝるからにうとき心にもといへりければ
（堀）
〔かれかたになりにけるおとこのもと〕より（標注本）〔さうそくてうしておく〕〔りけるにかゝるから〕に（内
閣本）〔うとき心地なんするとい〕ひ〔ければ〕（慶）
女をかれかたになりけるころをんなさうそくしておくり侍ければかゝるからにうき心ちすといへりければ
（雲）
かれかたに成にけるおとこのもとにさうそくてうしておくりけるにかゝるからにうとき心ちなんするといへり
ければ（坊）
かれかたになりけるおとこのもとに装束してをくりけるにかゝるからにうときこゝちなんすといへりければ
（保）
かれかたになりにけるおとこの許にさうそくてうしてをくれりけるにかゝるからうとき心ちなんするといへり

けれは（A・B）
かれかたになりにけるおとこのもとにさうそくてうしてをくれりけるにか〻るからにうとき心地なんするといへりけれは（天）

(4)
897
あたなるをとこのこ〻ろさしあるやうにみえけれと猶うたかはしかりけれは（角）
あたなりけるおとこをあひしりて心さしはあれとなをうたかはしうおほえけれは（堀）
〔あたなるおとこをあひしりて心さしは〕（あり）ようなれ（と）（内閣本）〔みえなからなほうたかはし〕かり〔けれは〕（慶）
あたなりける男をあひしりて心さしはあるやうに侍けれとなをうたかはしかりけれは（雲）
あたなるおとこをあひしりて心さしはあるやうに侍けれと猶うたかはしくおほえ侍けれは（坊）
あたなるおとこをあひしりてこ〻ろさしありとみえなからなをうたかはしくおほえけれはつかはしける（保）
あたなるおとこをあひしりて心さしはありとみえなから猶うたかはしくおほえけれはつかはしける（定）

(5)
937
をやのまもりける人をいなともせ（角）
をやのまもりけるをいなともせ（堀・雲）
おとこのいなせともいへ（坊）
おやのまもりける女をいなともせ（保・B・天）
おやのまもりける女をおとこのいなともせ（A）

このように、大差というほどではないにしろ、どの諸本とも異なる本文を有しているということがまず確認できる。なお、詞書全体としてみた場合にはやや古本系統寄りというように観察される。

次に作者名表記については、立石大樹氏が「大きく異同のあるもの」一八個所を挙げられている表示によると、「角倉切と一致」欄の結果は角倉切との一致「ナシ」が八個所であってまずは独自性の強いことがわかり、ついで諸本との一致においては古本系統の堀河本と雲州本とが五個所ずつで、他は承保本の三個所以下となっている。一方、この表示にない巻一〇～一三における諸本間の実質的な異同は、

(2)612　俊仲（角・雲・坊・保・定）――としき（荒）――トシトキ（片）

(18)928　本院□（角）――本〔院〕左近（清・保）――本院蔵人（堀）――ちこ（行）――〔本院〕ひこ（慶）――読人不知（雲）――本院蔵（坊・定）

のようである。作者名表記においてもやはり独自性は強いが、諸系統本中ではやや古本系統寄りとみることができよう。

ついで歌詞における角倉切・木曽切の諸本に対する本文関係をみてみたいが、それを一句を単位として示せば次のようである。

606　しのひわひぬる（角・堀・雲・坊・保・定）――しのひかねぬる（荒・片）　ゐてのかはつに（角）――ゐてのかはつと（荒・片・堀・雲・坊・保・定）

607　あふくまの（角・荒・片・白・雲・坊・保・定）――あふ坂の（堀）　ともとはなしに（角）――きりとはなしに（荒・片・白・堀・雲・坊・保・定）　よもすから（角・白・堀・雲・坊・保・定）――ふゆの夜を（荒・片）

610 そほつといふなる（角・堀）――そほつてふなる（荒・片・雲・坊・保・定） ぬれわたりけれ（角・荒・片・雲・坊・定）――ぬれわたりつれ（堀）

611 ふちせとも（角・荒・片・白・堀・雲・坊・定）――ふちもせも（坊）――ふちせとは（保） こゝろもしらて（角・荒・片・白・堀・雲）――心をしらて（堀）――心もしらす（坊・保・定） をりやたつへき（角・白・堀・雲・保・定）――おりやたゝまし（荒・片）――おりたちつへき（坊）

614 はるのさかとそ（角・荒・片・雲・坊・保・定）――春のさかひを（堀） われはきゝける（角・荒・片・清・慶・保）――我はきゝつる（堀・雲・坊・定）

615 つねなきよとは（角・荒・片・雲・坊・保・定）――つれなき世とは（堀） 人をはるかに（角・荒・片・堀・雲・坊・定）――ひとをはるかに（保） なにたのみけん（角・片・雲・坊・保・定）――なとたのみけむ（荒・堀）

616 わかやとの（角・白・堀）――わかゝとの（荒・片・雲・坊・保・定） かりかはん（角・荒・片・白・雲・坊・保・定）――かりかへむ（堀）

660 かへるとおもへは（角・慶標注本・雲・B）――かへすとおもへは（荒・片・堀・坊・保・A・天）

661 すみの江の（角・荒・片・白・行・雲・保・A・B）――すみよしの（堀・坊・天） まつにたちよる（角・白・堀・坊・保・定）――まつにかゝれる（荒・片・慶・雲） ねはなかるらん（角・白・堀・雲・坊・保・定）――ねをはなくらん（荒・片・清）

（白四句、『古筆学大成』翻刻は「かへるのおりにや」であるが、出典の「某家所蔵品入札」（大正一四年五月一二日、大阪美術倶楽部）の写真により「の」は「流」の仮名の一部分ではないかとみてよさそうであるので、諸本同文として扱った。）

662　なき名はたて丶（角・荒・片・堀・雲・坊）なきなをたて丶（保・定）た丶にわすれよ（角・荒・片・清・堀・慶内閣文庫本・雲・坊）――た丶にわすれね（保・定）

664　おもふなけきの（角・堀・保・定）――おもふこ丶ろの（荒・片・清・坊）――おもひなけきの（雲）しけきをや（角・片・堀・坊）――けしきをや（荒）――しけキをハ（清）――しけるをや（雲・保・定）身をはつかしの（角・荒・片・堀・雲・坊・定）――身なはつかしの（保）

665　いつちいにけん（角・荒・堀・雲・保・定）――イツチイニケレ（片）

732　あつまちに（角・雲・定）――あつまちを（堀・坊・保）あらぬ身は（角・堀・坊・保・定）――あらぬ身の（雲）いつかはこゑん（角・雲・坊・保・定）――いか丶はこえむ（堀）

733　われもあたなは（角・堀・保・定）――たれもあたなは（雲・坊）たちそしにける（角・堀・雲・坊・定）――たちそしぬへき（保）

734　うとしといへ（角・坊・保・定）――うしといへ（堀）――うとしいへ（雲）へたてはてにし（角）――つきてはて丶し（堀）――へたてはて丶し（雲・坊・保・定）きみにかはあらぬ（角）――君にあらすや（堀）――きみにやはあらぬ（雲）――きぬにやあらぬ（保）――きぬにやはあらぬ（坊・定）

785　しるへなくても（角・堀・雲・坊・保・B・天）――しるへなくてや（A）せきのこなたは（角・堀・坊・保・定）――せきのこなたに（雲）

786　やみやはしなん（角）――やみやはしなる（堀）――やみはやしぬる（慶標注本・雲）――やみやはしなぬ（坊・保・定）せきのあなたは（角・堀・坊・保・定）――せきのあなたに（雲）うみといふなり（角・雲・坊・保・定）――あふといふなり（堀）

787　つれなきを（角・堀・雲・保・定）――つれなさを（坊）　おもひしのふの（角・雲・保・定）――おもひしらすと（堀）　いとふへらなり（角・清・堀・雲・保）――いとふなりけり（坊・定）

788　いさゝらは（角）――いまさらに（堀・雲・坊・保・定）　しのふれと（角）――しのふるを（堀・雲・坊・保・定）　おもひわひぬれ（角）――わすれわひぬれ（堀・雲・坊・保・定）

789　あるかひもなき（角）――みるかひもなし（堀・雲・坊・保・定）

794　なくさむかとそ（角）――なくさむやとそ（堀・雲・保・定）――なくさむやをは（坊）　おもひつる（角・堀）――おもひしを（雲）――おもひしに（坊・保・定）　わひしかりけれ（角・坊・A）――こひしかりけれ（堀・雲・保・B・天）

795　かすをかそへは（角・堀・雲・坊・定）――かすをかすへは（保）

796　みまくほしきは（角・坊）――みまくそほしき（堀・雲・保・定）

799　はまにいてゝ（角・清・堀・雲・保・B）――いそにいてゝ（坊・A・天）　かへる〱も（角・堀・保・定）――〔かへ〕ス〔〱も〕（清・堀・雲・慶標注本・坊）

800　うらのはまゆふ（角）――浦のしら波（堀・雲・坊・保・定）　たちいてゝ（角・堀・坊・保・定）――ウチ〔いてゝ〕（清）――〔たちいて〕は（行・雲）　かへるはかりか（角・堀・雲・保・定）――かへるはかりそ（坊）

801　あはすのもりの（角・堀・坊・保・定）――あはつのもりに（雲）　かけはわするな（角・清・堀・雲・坊・A）――かけをわするな（保・B・天）

821　たのますは（角・胡・雲・坊・保・定）――たのまれすは（堀）　まつそけなまし（角・堀・雲・保・定）――まつそきえまし（坊）

820　こひせしと（角）――こひてんと（堀）――こひてへんと（雲・坊・保・定）　わりなきに（角）――わりなさは（堀・定）――やすからは（雲・慶標注本）――わりなきは（坊・保）　しひてもこれは（角）――しにてもコれよ（清・雲・坊）――しにてもしれよ（堀・保・天）　わすれかたみる（角）――わすれかたみカ（清）――わすれかたみに（堀・雲・保・定）――わすれかたみは（坊）

822　あふとたに（角・堀・雲・保・定）――あはてたに（坊）　かたみにみゆる（角・堀・坊・保・定）――かゝみにみゆる（雲）

823　こゑをきくかな（角・保・定）――こゑをきくらん（堀・雲）――声をきかなん（坊）

853　なにかみるへき（角・堀・慶・雲・坊）――たれかみるへき（保・定）

854　なかめしと（角）――なかめして（堀・雲・坊・保・定）　もりもわひぬる（角・雲・坊・保・定）――もりもあひぬる（堀）　いつかくもまの（角・堀・保・定）――くもまのいつか（雲・坊）

896　なるまても（角・堀・雲・定）――なるまてに（坊・保）　わすれしとおもふ（角）――わすれむとおもふ（堀・雲・坊・保・定）

897　ことのはか（角・堀・雲・坊・保・定）――ことのはゝ（保）

906　よにゝぬものと（角）――よにへぬ物と（堀・雲・坊・保・定）

907　人わらふなり（角・雲）――人わらへなり（堀・坊・保・定）　なよたけの（角）――くれたけの（堀・雲・坊・保・定）　かけとおもはん（角）――夕〔ちぬと思はん〕（清）――かちぬとおもはん（堀・坊・保・定）――たけとおもはん（雲）

908　おなし名を（角・堀・雲・坊）――おなしくは（保・定）　こひしきほとに（角・雲・坊・保・定）――恋しき人に

（堀）　みるめからなん（角・雲・坊）――みるめかるらむ（堀）――みるめからせよ（保・定）

924　いひしことにも（角・堀・定）――いひしことたに（雲）――いひしことのは（保・坊）　いまはかきりと（角・堀・雲・坊・保・定）――〔いまはかきり〕に（慶内閣文庫本）

925　うつゝには（角・堀・雲・坊・保・定）――コ、ニテハ（清）　ふせとねられす（角・堀・坊・保・定）――ふせとねられは（雲）　ゆきかへり（角）――おきかへり（堀・雲・坊・保・定）

926　さゝれなみ（角）――さゝらなみ（堀・雲・坊・保・定）　まなくたちぬる（角）――ふなてたつめる（堀）――まなくたつめる（雲・坊・保・定）　うらをこそ（角・保・定）――浦をしそ（堀）――そこをこそ（雲・坊）　よにあさましと（角）――よにあさしとも（堀・雲・坊・定）――よにあさしとは（保）

934　うらみんよりは（角）――うらむるよりは（堀・雲・坊・保・定）　こやわすられし（角）――これはまさりし（堀・雲・坊）――これいまさりし（保・定）　みつゝわすれめ（角・堀・雲・保・定）――みつゝわすれね（坊）　身そとたのまん（角）――つみとおもはむ（堀・雲・坊・定）――つまとおもはん（保）

936　いつくをしのふ（角）――いつこをしのふ（雲・坊・保・定）

以上の一覧をみてまず注目されるのは、対照の九二個所のうち諸本に同文がみられない単独の本文が多いということである。ことに角倉切・木曽切の二七個所、堀河本の一九個所が多く、両本は独自性が強いとみてよい。だが、角倉切・木曽切の、たとえば、

800　こりすまのうらのはまゆふたちいてゝよるほともなくかへるはかりか

この二句「うらのはまゆふ」は他の諸本すべて「浦のしら波」であって、この「白波」は「立ち出づ」「寄る」「返る」と縁語の関係であって自然な成り立ちの歌となっているが、「浜木錦」ではこの語が浮いてしまおう。

820　こひせしとおもふこゝろのわりなきにしひてもこれやわすれかたみる

という歌詞の初句「こひせしと」は他の諸本の「こひてんと」「こひてへんと」に対して特異な内容の本文であり、三、四句も独自、五句の「わすれかたみる」は誤謬本文であろう。

また、堀河本の、

607　あふ坂の霧とはなしに夜もすから立わたりつゝ世をもふるかな

の初句「あふさ坂の」は他の諸本すべて「あふくまの」であって、「霧」との関係では「阿武隈の霧立ちくもり明けぬとも君をばやらじ待てばすべなし」(古今集　巻二〇、東歌、1087)のように「阿武隈」であるべきところであろう。

614　うくひすの雲井にわひてなくこゑを春のさかひを我はきゝつる

の四句「春のさかひを」は他の諸本すべて「はるのさかとそ」であって、その詞書「しりて侍りける女をひさしくとはす侍りけれはいといたうなむわひ侍と人のつけくれは」のもとにある歌詞としては諸本のごとくあるべきところであろう。このような角倉切・木曽切、堀河本の誤謬を含む特異な本文の多さをまず知ることができる。

従って、角倉切・木曽切と堀河本とは当然の帰結として多くの異文をもつことは対照表にみる通りであるが、その割には同文の関係であることもまた多いのであって、ことに610二句「そほつといふなる」、794三句「おもひつる」は諸本と対立して二者のみが同じ本文を共有しており、616初句「わかやとの」は(角・白・堀)が他の「わかゝとの」(荒・片・雲・坊・保・定)と対立して三者共通の本文を有している。

さて、この堀河本は古本系統のうちにあって白河切ともっとも親しい本文関係にあり、独自の本文を多量に有しているものの白河本系の本文を多く保有していて、まずは白河切の系譜に属しそれと一群の関係にあると認めてよい位置にある。その白河切は、集前半の巻一から巻一〇までの断簡のみが伝存しているので、巻一〇以降のみが伝存している角倉切・木曽切とは巻一〇の伝存切のみが対照しうるという状況である。それらは(1)角606607608——白607608、(2)角610611612613——白611612613、(3)角614615616——白616617、(4)角660661662——白661の四個所であって、前掲の歌詞における諸本本文対照表をみてみると、両切の本文は対照句一一個所中一〇個所が同一の本文を有していることが知られる。次掲のごとく詞書および作者名表記においては異同は認められるものの、歌詞におけるこのような現象は両切の本文が密接な関係にあることを物語っていよう。すなわち次のようである。

女のさうしによな〳〵たちよりてものなと申てついてに　藤原助人
607 あふくまのともとはなしによもすからたちわたりつゝよをもふるかな
608 ふみかよはしけれと返事も　（角）

ついてに　ふちはらのすけふさ
607 あふくまのきりとはなしによもすからたちわたりつゝよをもふるかな
608 ふみつかはせとかへりことも（略）　（白）
611 ふちせともこゝろもしらてなみたかはをりやたつへきそてのぬるゝに
又つかはしける　俊仲

612　こゝろみになをゝりたゝんなみたかはうれしきせにもなかれあふやと
わさとにはあらてとき〳〵もの申
613　（角）
611　ふちせともこゝろもしらてなみたかはおりやたつへきそてのぬるゝに
又としなか
612　こゝろみになほおりたゝむなみたかはうれしきせにもなかれあふやと
わさとにはあらてとき〳〵いひはへりける（略）
613　（白）
小野小町
616　わかやとのひとむらすゝきかりかはん　（角）
小町かいとこ
616　わかやとのひとむらすゝきかりかはん（略）　（白）
あひしりて侍ける人のひさしうとはてまうてきたりけれは
かとよりかへり侍とて
忠峯
661　すみの江のまつにたちよるしら波のかへるをりにやねはなかるらん　（角）

あひしりてはへりける人をひさしうとはすしてまかりはへりけるを
かとよりかへしけれはつかはしける　　　　　　　　　　　　　た丶みね
661　すみのえのまつにたちよるしらなみのかへるおりにやねはなかるらん　　　　（白）

(5)

伝西行筆白河切は、『増補新撰古筆名葉集』「西行法師」の項に「白河切　六半後撰二行書江戸切ト云杉原帋」としてみられる伝存の多い名物切であって、その書写年代は『古筆学大成』に「平安時代末期、十二世紀末、すなわち伝称筆者にひとしいころのもの」、『西行の仮名』（平成二〇年二月、出光美術館）には「十二世紀後半」とされている。従って、筆者が西行（一一一八〜一一八九）とされている一群の古筆切のひとつである白河切は、阿仏尼とも園基氏ともされている角倉切・木曽切よりも前代の書写になる断簡である。この両切の本文対照ができるのはきわめてわずかの個所であって速断の危惧なきにしもあらずというところではあろうが、誤読を起こしそうな速筆で難解な白河切、誤謬を含む独自の本文の多い角倉切・木曽切と堀河本が対象であるということも考慮して、角倉切・木曽切の本文は白河切の系列下にあるものとみておきたい。従って、角倉切・木曽切は白河切系の本文であって、のちの堀河具世（?〜一四五二）筆本とともに平安時代の諸本群である古本系統のうちで一群の関係にある断簡であると位置づけておきたい。

〔追記〕大谷俊太氏編『三室寺蔵文学関係資料目録』（平成二七年三月、和泉書院）に、「一三四　古筆切」のうちの「一一　伝冷泉為相『後撰集』（四半切）（＊伝阿仏尼筆角倉切）」として紹介された「一二一・二×一五・二糎、字高一九・〇糎、斐紙

（雲母引）」巻一九・離別、1315〜1317一二行の一葉は、「為相を伝称筆者とするが、「伝阿仏尼筆角倉切」のツレである」と認められており、角倉切・木曽切の新資料となった。なお、この断簡の極は「為相卿」であるが、白鶴美術館蔵手鑑のつれの切の極も「為相卿」であることが指摘されている。

二―三　伝冷泉為相筆切・伝後伏見院筆切

(1)

田中登氏『古筆切の国文学的研究』（平成九年九月、風間書房）第一章第二節「非定家本系後撰集の古筆切」の「伝冷泉為相筆六半切」に取り上げられている断簡（後掲㈢本文）について、「縦一五・七センチ、横一五・四センチ。歌は一首二行書きで、一面十一行詰め。書写年代は鎌倉の後期といったところであろう」と説明されている。これは巻一四・恋六の巻頭部（994〜996）の一葉であるが、古筆別家の極印のある極札に「為相卿」とある巻一四・恋六（1069〜1072）の縦一四・五センチ、横一五・六センチ、一面一〇行のつれの切（後掲㈤本文）も紹介されている。その本文内容については、「古本系の堀河本とよく一致し、また、さらに独自の本文をかなり有している」とされている。さらに、注目される記述に「『古筆学大成7』所収の伝後伏見天皇筆後撰集切が筆跡が酷似する」という注記がある。

その小松茂美氏『古筆学大成　7　後撰和歌集二・拾遺抄』（平成元年一月、講談社）の「伝後伏見天皇筆　後撰和歌集切」の一葉（後掲㈠本文）は仁和寺蔵手鑑所収切で、縦一五・九センチ、横一一・二センチの七行、「牛庵」印のある極札に「後伏見院」とあり、「十四世紀前半のころの書写」で、本文は「「定家本」に対する一異本」と認められている。この「後伏見院」と極められているつれの断簡に、縦一六・一センチ、横一三・二センチ、九行のイエール大学蔵手鑑所収切（後掲㈡本文）、縦一六・〇センチ、横一三・五センチ、九行の久曽神昇氏『古筆切影印解説　Ⅱ六勅撰集編』所収切（後掲㈣本文）がある。

この伝為相（一二六三〜一三二八）筆切と伝後伏見院（一二八八〜一三三六）筆切とは、六半切という紙形もさることながらその筆癖は両者同じくするものと認められ、まさしくつれの切であるとしてよい。それらは合わせて五葉知ることができた。

(2)

その伝為相筆切・伝伏見院筆切の所在と本文は次の通りである。

(一)巻一三・恋五、958〜959　伝後伏見院筆

仁和寺蔵手鑑

小松茂美氏『古筆学大成　7　後撰和歌集二・拾遺抄』(平成元年一月、講談社)。

かへし　　　よみ人しらす

958ふちとてもたのみやはするあまのかは

としにひとたひわたるてふせを

みくしけとの、別当につかはしける

大納言源清蔭

959身のならむかたをもしらすこくふねは

なみのこゝろもつゝまさりけり

(二)巻一三・恋五、985 986 905　伝後伏見院筆

イエール大学蔵手鑑

985かつらきやくめちにわたすかけはしの
なか〳〵にてもかへりにしかな
返し
986なかたえてくる人もなきかつらきの
くめちのはしはいまもあやふし
人のもとにまかりてえあはてかへり
てつかはしける
905あはてのみあまたのよをもすくすかな
ひとめのしけきあふさかにきて

㈢巻一四・恋六、994〜996　伝為相筆切
田中登氏蔵
田中登氏「非定家本系後撰集の古筆切」（有吉保氏編『和歌文学の伝統』、平成九年八月、角川書店）・『古筆切の国文学的研究』（平成九年九月、風間書房）・『平成新修古筆資料集　第一集』（平成一二年三月、思文閣出版）。
後撰和謌集巻第十四　恋六
人のもとにつかはしける
よみ人しらす
994あふことのよとにありてふみつのもり
つらしと人をみつるころかな

返し
995みつのもりもるこのころのなかめには
うらみもあへしよとのかはなみ
身つからまうてきて夜もすから
ものいひける程もなくあけに
けれはまかりかへりてをこせて侍ける

⑷巻一四・恋六、1044～1046　伝後伏見院筆
久曽神昇氏『古筆切影印解説　Ⅱ六勅撰集編』（平成八年六月、風間書房）第三一図。

かねきかはゝにつかはしける
かいせん法師母
1044あさことにつゆとはをけと人こふる
わかことのははいろもかはらす
きつゝものいひけるおとこのおほかた
はむつましくてえちかう侍らすして
1045まちかくてうときをみるはうけれとも
うきはものかは恋しきよりは
をんなのもとにつかはしける
1046

㈤巻一四・恋六、1069 1072　伝為相筆切

田中登氏「非定家本系後撰集の古筆切」（有吉保氏編『和歌文学の伝統』、平成九年八月、角川書店）・『古筆切の国文学的研究』（平成九年九月、風間書房）。「古書目録」（平成八年、柏林社）。

　はかりにとこなつのはなを丶りて
　をくりて侍けれは
　　　　よみ人しらす
1069 ふゆなれときみかかきほにさきけれは
むへとこなつにこひしかりけれ
　心させりけるをんなのみやつかへ
　しけれはあふことかたう侍けり
　雪のふりけるにつかはしける
1072 我恋は君かあたりをはなれねはふる
しら雪もそらにけぬらん

(3)

さて、この五葉の歌序をみてみると、㈡㈤において異同がみられる。まず、巻一三・恋五の㈡においては、985 986についで905「あはてのみ」の歌が重出して位置しているが、これは堀河本とのみ共通する現象であって、その他の諸本にはみられない歌序である。堀河本は巻一三の巻末部分が985 986 905 989 988となっていて他の諸本にある987・990 991 992 993

はここにはなく、987「しらくもの」の歌は慶長本・雲州本とともに907の次にあり、990991992993は巻一二・恋四の869に次ぐ988「よそなれと」の重出歌についで990991992993の歌序で870の前にある。㈡の歌序はこのような堀河本の歌序と関係があったものと推測される。一方、巻一四・恋六の㈤1069 1072という歌序は、堀河本・慶長本（標注本）・雲州本・伝坊門局筆本・定家無年号本Ａ類の1069 1072 1073 1070 1071が定家無年号本Ｂ類・定家年号本の1069 1070 1071 1072 1073と対立している、前者の姿とみられる。

この諸本間の歌序異同からみると、断簡㈡は堀河本とのみ共通する歌序を有しており、㈤においても堀河本とは同歌序であったとみなしうるので、伝為相筆切・伝後伏見院切は堀河本と深い関係があるものと予想されよう。

(4)　次に個個の本文の面からみてみたいが、伝為相筆切・伝後伏見院切（略称「相」）の諸本との本文関係は次の通りである。

㈠958　歌詞　ふちとても（相・堀・雲・坊・保・Ａ・Ｂ・天）――〔淵〕二〔ても〕（清）　たのみやはする（相・雲・坊・保・Ａ・Ｂ・天）――たのみやする（堀）　としにひとたひ（相・堀・坊・保・Ａ・Ｂ・天）――としひとたひ（雲）

959　作者　大納言源清蔭（相）――清蔭朝臣（堀・雲・坊・保・Ａ・Ｂ・天）〔相・清・堀・雲・保・Ａ・Ｂ・天〕

歌詞　かたをもしらす（相）――ことをもしらす（堀・雲・保・Ａ・Ｂ・天）――事をしられす（坊）　こくふねは（相・坊・保・Ａ・Ｂ・天）――こく舟の（堀・雲）

〔相・堀・雲・坊・保・Ａ・Ｂ・天〕

(二)

985　歌詞　かけはしの（相・清・堀・雲）――いはゝしの（坊・保・Ａ・Ｂ・天）　かへりにしかな（相・坊）――かへりぬるかな（堀・雲・保・Ａ・Ｂ・天）

〔相・清・堀・雲・坊・保・Ａ・Ｂ・天〕

986　歌詞　いまもあやふし（相・堀・雲・保・Ａ・Ｂ・天）――いまもあやなし（坊）

〔相・堀・雲・坊・保・Ａ・Ｂ・天〕

905　詞書　人のもとに（相）――女のもとに（堀・雲・坊・保・Ａ・Ｂ・天）　まかりてえあはて（相・堀・雲・坊・保・Ａ・Ｂ・天）――まかりてえあはすして（慶）　かへりてつかはしける（相・保・Ａ・Ｂ・天）――かへりまうてきてつかはしける（堀・坊）――かへりまてきてつかはしける（雲）＊保（903の次）天（904の次）

歌詞　すくすかな（相）――かへるかな（堀・雲・坊・保・Ａ・Ｂ・天）〔986の次〕　あはてのみ（相・雲・坊・保・Ａ・Ｂ・天）――あはすして（堀）　あふさかにきて（相・堀・坊・保・Ａ・Ｂ・天）――あふさかのせき（雲）

〔相・堀・雲・坊・保903の次・Ａ・Ｂ・天904の次〕

(三)

994　歌詞　あふことの（相・堀）――あふことを（雲・坊・保・Ａ・Ｂ・天）　つらしと人を（相・堀・慶内閣本・雲）――つらしと君を（坊・保・Ａ・Ｂ・天）　みつるころかな（相・雲・坊・保・Ａ・Ｂ・天）――おもひつるかな（堀）

〔相・堀・雲・慶・坊・保・Ａ・Ｂ・天〕

995　歌詞　うらみもあへし（相・清・堀・坊）――うらみもあらし（雲）――うらみもあへす（保・Ａ・Ｂ・天）

〔相・清・堀・雲・坊・保・Ａ・Ｂ・天〕

996 詞書 まうてきて（相・堀・保・A）――まてきて（雲・坊・B・天） 夜もすから（相・堀・坊・保・A・B・天）――ナシ（雲） ものいひける程もなく（相）――物いひ侍けるに程なく（雲・保・A・B・天）――物いひぬし侍りけるにほともなく（堀）――物いひけるに程もなく（坊） あけにけれは（相・堀）――あけ侍にけれは（雲・坊・保・A・B・天） まかりかへりて（相・雲・坊・保・A・B・天）――かへりて（堀） をこせて侍ける（相・坊）――つかはしける（雲・慶）――いひをこせて侍りける（堀）――ナシ（保・A・B・天）
〔相・堀・雲・慶・坊・保・A・B・天〕

(四)
1044 詞書 かねきかはゝに（相・慶・坊）――人に（堀・雲・保・A・B・天）
作者 かいせん法師母（相）――戒善法師（堀）――誠仙法師女（雲）――誠仙法師（坊）――戒仙法師（保・A・B・天）
歌詞 つゆとはをけと（相）――露はをけとも（堀・雲・坊・保・A・B・天）
〔相・堀・雲・慶・坊・保・A・B・天〕

1045 詞書 きつゝ（相・堀・雲・慶・坊・A・B）――きて（清・天）――きゝつゝ（保） ものいひけるおとこの（相・堀・坊）――ものいひける男（雲・慶）――ものいひける人の（保・A・B・天） むつましくて（相）――むつましけれと（堀）――むつましかりけれと（雲・坊・保・A・B・天） えちかう侍らすして（相）――ちかうはあはすして（堀）――ちかくはえあはすして（雲・慶）――ちかうてはみえすして（坊）――ちかうはえあはすして（保・A）――ちかうはえあらすして（B・天）
作者 ナシ（相・保）――よみ人しらす（堀・雲・坊・A・B・天）
歌詞 うときをみるは（相・堀）――つらきをみるは（雲・坊・保・A・B・天） うけれとも（相・雲・坊・

保・A・B・天）――つゝ（「ら」トモ）けれと（堀）

〔相・清・堀・雲・慶・坊・保・A・B・天〕

㈤1069　詞書　はかりに（相・雲・坊・保・A・B・天）――はかり（堀）　とこなつのはなを、りて（相・堀）――とこなつをおりて（雲・坊・保・A・B・天）――とこ夏をこせて（慶内閣本）　をくりて侍けれは（相・堀・保・天）――をくりて侍けるに（雲・坊）――をくり侍けれは（A・B）

＊本詞書冒頭部に、堀「正明朝臣」・雲「源忠明」・坊・A・B・天「源忠明朝臣」・保「まさたゝ」とあり）

作者　よみ人しらす（相・堀・雲・保・A・B・天）――ナシ（坊）

歌詞　きみかかきほに（相・雲・保・B・天）――君かかきをに（坊・A）――君かかきねに（堀）　さきけれは（相・坊・A・B・天）――ヲヒ〔けれは〕（清・堀・雲・慶・保）

〔相・清・堀・雲・慶・坊・保・A・B・天〕

1072　詞書　心させりけるをんなの（相・慶・保）――こころさせりける女（堀・雲・坊）――心さし侍女（A・B・天）　みやつかへしけれは（相・堀・坊）――宮仕しけれはときとき（雲）――みやつかへし侍りけれは時々（慶）――みやつかへしはへりけれは（保・A・B・天）　あふことかたう侍けり（相）――あふこともかたかりけれは（堀）――あふ事もかたふ侍けれは（雲）――あふ事もかたくて侍りけれは（慶）――あふこともかたくて（坊）――あふ事もかたくはへりけるに（保）――あふことかたくて侍けるに（A・B・天）　雪のふりけるに（相・坊）――雪のいたうふる日（堀・雲）――雪のふりける日（慶）――ゆきのいたくふりける日（保）――雪のふるに（A・B・天）

作者　ナシ（相・堀・雲・坊・保・A・B・天）――ヨミ人シラス（清）

歌詞　我恋は（相・坊・保）――我こひし（堀・雲・A・B・天）　君かあたりを（相・堀・坊・保・A・B・天）
――きみかあたりの（雲）　はなれねは（相・堀・坊・保・A・B・天）――はなれは（雲）　そらにけぬらん
（相・雲・坊・保）――ともにけぬらん（堀）――〔空に〕けぬへし（慶）――そらにきゆらん（A・B・天）
〔相・清・堀・雲・慶・坊・保・A・B・天〕

伝為相筆切・伝後伏見院切の断簡はわずかに五葉知りえたにすぎないが、その歌序は堀河本と特徴的に一致するところがあるというものであった。それでは、個個の本文においてはいかがというと、右表にみるように五葉の本文を通じて一見したところにきわめて近しい関係にある諸本は見出しがたいようではある。しかし、そのような中にあって、㈠959二句「かたをもしらす」は他の諸本「ことをもしらす」「ことをしられす」に対して堀河本とのみ同文であり、㈢994初句「あふことの」は他の諸本の「あふことを」に対して、㈣1045二句「うときをみるは」は他の諸本の「つらきをみるは」に対して堀河本との共通異文である。また、堀河本と同歌序を共有している㈡905の重出歌である986の次歌の詞書は堀河本と同文である。

その堀河本は、たとえば㈢994五句が他の諸本の「みつるころかな」であるのに対して「おもひつるかな」、㈣1045三句「つ、（「ら」とも）けれと」は他の諸本の「うけれとも」にひとり対し、㈤1072五句が他の諸本の「そらにけぬらん」「そらにきゆらん」という独自異文であるというように、本断簡においても誤謬本文を含む独自異文を多く保有している。

そのような内容の本文であって室町時代という書写期も下る堀河本が、伝為相筆切・伝後伏見院筆切といくつかの共通異文を保有しているということは、鎌倉時代後期の書写であるこの断簡は、堀河本の淵源的位置にあるとみられる伝西行（一一一八～一一八九）筆白河切の類縁の本文を伝えているのではないかという方向でみておきたい。

なお、福田孝氏は「承保三年奥書本『後撰和歌集』について」（「和歌文学研究」第一〇一号、平成二二年一二月）において、「承保三年奥書本は一〇五三番歌までと、一〇五四番歌以降と、大きく二つに分けられる混態本である可能性が高い」ことを提唱されている。本解説ではその区切りとされる巻一四・恋六の一〇五三、一〇五四番歌前後の断簡を承保三年本の本文性格が異なっていようとする立場からは扱いえていないことをお断りしておきたい。

三―一　伝資経筆切

(1)

小松茂美氏『古筆学大成　6　後撰和歌集一』（平成元年一月、講談社）には、「伝甘露路資経筆」として図243・244・245の三葉、その「解説」には「相沢春洋氏旧蔵の一葉」が翻刻されている。この後者の一葉については、すでに小松茂美氏『後撰和哥集　校本と研究』（昭和三六年三月、誠信書房）に、「正応五年十一月八日書了　藤資経（花押）」相沢春洋氏蔵の一葉の紙背に、古筆了雪（一六一二～一六七五）の極札が添えられ、かれ自らの手によって切断前の原本の奥書を記しとどめたのがこれである。かつて、冷泉家に甘露寺資経筆写の後撰和歌集一〇余帖が伝来し、その各冊の奥書に正応～永仁（一二八八～一二九八）年紀の自署がみられたという」と述べられている。この正応五年は一二九二年であり、またそれと同筆の私家集を収めてある「冷泉家時雨亭叢書　資経本私家集一」（平成一〇年二月、朝日新聞社）所収本は正応五年（一二九二）から永仁四年（一二九六）までの書写であって、甘露寺（吉田）資経は『公卿補任』文暦元年（一二三四）の項に「五十四　六月廿三日出家、法名乗願、建長三七十五薨（七十二）」とあるので、建長三年（一二五一）薨去した甘露寺資経とは別人である。

すなわち、この『後撰集』切を書写した資経は、冷泉為相（一二六三～一三二八）のもとで多くの私家集などを書写したとされている伝不詳の資経の方であると認められる。

この伝資経筆『後撰集』切のつれには、大阪市立美術館蔵手鑑『筆林』に「西行法師ねなくに江戸極」（西行＝一一一八～一一八九）として収められている一葉がある。

この断簡は、縦二一・八センチ、横一四・七センチの楮紙で、本文は巻九・恋一、598～600の七行書きであって、左端に余白が二、三行分あるが、これは巻九の巻末部分であるからである。「西行法師」と認められたのは速筆の書風がいわゆる西行様であると認められたのであろうとみられる。

(2)

かくして知りえた伝資経筆『後撰集』切（以下「資」と略称）は五葉で、その本文は次のようである。

㈠巻八・冬　482～486

「架蔵」（小松茂美氏『後撰和哥集校本と研究』）

『後撰和哥集　校本と研究』・『古筆学大成　6』。

482あらたまのとしをわたりてあるかうへに
ふりつむゆきはきえやしぬらん
483まこもかるほりえにうきてぬるかもの
こよひのしもにいかにわふらん
484しら雪のおりぬるやまとみえつるは
ふりつむゆきのきえぬなりけり
485ふるさとのゆきははなとそふりつもる
なかむるわれもおもひきえつゝ

486なかれゆくみつこほりゆく冬さへや
なをうきくさのあとはと、めぬ

㈡巻八・冬　504〜506

東京国立博物館蔵「十二号手鑑」

『後撰和歌集　校本と研究』・『古筆学大成　6』。

504この月のとしのあまりにたらさらは
うくひすははやなきふりなまし

505せきこゆるみちとはなしにちかなから
としにさはりてはるをまつらん

みくしけとの、別当にとしをわた
りてのたまひかよはしけるをあはす
してそのとしのしはすのつこもり
の日おくりてはへりける
敦忠朝臣《卿》

506

㈢巻九・恋一　517〜520

「相沢春洋氏旧蔵」（『古筆学大成　6』）

『後撰和歌集　校本と研究』・『古筆学大成　6』。

517きえはてゝやみぬはかりかとしをへて
君かおもひのしるしなけれは
返事
518おもひたにしるしなしてふ我身にそ
あはぬなけきのかすはもえける
題しらす　　よみ人不知
519ほしかてにぬれぬへきかなからころも
かはくたもとのよゝになけれは
520よとゝもにあふくま川のとをけれは

㈣巻九・恋一　543〜544
『古筆学大成　6』。

543月日おもかそへけるかなきみこふる
かすもしらぬはわか身なりけり
女にとしをへて心さしあるよしを
のた○《ま》ひにたりけり女ことしはかりを
とたのめけるをそのとしはくれて
あくる春もつれなかりけれは
544このめはる春のあらたをうちかへし

おもひやみにしひとそこひしき

㈤巻九・恋一　598〜600

大坂市立美術館蔵手鑑『筆林』。

598ねなくに夢のみゆるなりけり
　女のあはすはへりけるに
599しらなみのよる〳〵岸にたちよりて
　ねもみし物をすみのえのまつ
　　夫につかはしける
600なからへてあはぬまてにもことのはの
　ふかきはいかに哀なりけり

(3)

この本文における諸本との異同関係は次の通りである。

㈠482　歌詞　としをわたりて（資・荒・片・慈・堀・烏・雲・坊・保・B・天）――年をかさねて（A）　あるかうへに（資・荒・片・慈・烏・雲・坊・保・A・B・天）――あるうへに（堀）　ふりつむゆきは（資）――ふりつむゆきの（荒・片・慈・堀・烏・雲・坊・保・A・B・天）　きえやしぬらん（資）――きえぬしらやま（荒・片・慈・清・堀・烏・雲・慶標注本・保）――〔たえぬ〕しらたま（慶内閣本）――たえぬしら山（坊・A・B・天）

〔資・荒・片・慈・清・堀・烏・雲・慶・坊・保・A・B・天〕

483　歌詞　ぬるかもの（資・堀・雲・坊・Ａ・Ｂ・天）――ゐるかもの（荒・片・慈・保）――ぬるかりも（烏）

484　歌詞　おりゐるやまと（資・荒・片・慈・堀・烏・雲・坊・保・Ａ・Ｂ・天）――おりゐるやと、（白）
〔資・荒・片・慈・白・堀・烏・雲・坊・保・Ａ・Ｂ・天〕

485　歌詞　ゆきははなとそ（資・荒・片・白・堀・雲・坊・保・Ａ・Ｂ・天）――ゆきははなにそ（慈）　おもひきえつゝ（資・荒・片・慈・白・雲・坊・保・Ａ・Ｂ・天）――おもひ消つる（堀）
〔資・荒・片・慈・白・堀・雲・坊・保・Ａ・Ｂ・天〕

486　歌詞　みつこほりゆく（資・白・堀）――みつこほりぬる（荒・片・慈・雲・Ａ・Ｂ・天）――〔水こほり〕ゐ〔る〕（慶内閣本）――水こほりゐる（坊）
〔資・荒・片・慈・白・堀・雲・慶・坊・保・Ａ・Ｂ・天〕

(二)

504　歌詞　たらさらは（資・荒・片・坊・保・Ａ・Ｂ・天）――たえさらは（慈）――あらさらは（堀）――ならさらは（烏・雲）　なきふりなまし（資・荒・片・慈）――なきそめてまし（堀）――なきそめなまし（烏）――なきもしなまし（雲）――なきそしなまし（坊・保・Ａ・Ｂ・天）
〔資・荒・片・慈・堀・烏・雲・坊・保・Ａ・Ｂ・天〕

505　歌詞　せきこゆる（資・荒・片・慈・白・烏・雲・坊・保・Ａ・Ｂ・天）――雪こゆる（堀）　はるをまつらん（資）――はるをまつかな（荒・片・慈・白・烏・雲・坊・保・Ａ・Ｂ・天）――春をみぬかな（堀）
〔資・荒・片・慈・白・堀・烏・雲・坊・保・Ａ・Ｂ・天〕

506　詞書　みくしけとのゝ（資・荒・片・慈・白・烏・雲・坊・保・Ａ・Ｂ・天）――御匣殿（堀）　別当に（資・荒・片・慈・堀・烏・雲・坊・保・Ａ・Ｂ・天）――別当（白）　としをわたりて（資・荒・片・慈・白・堀・烏・

雲・坊〉――としをへて〈保・A・B・天〉――ワタリノ〈清〉――としを〔以下ナシ〕〈烏〉　のたまひかよはしけるを〈資・白・雲〉――いひかはしけるを〈荒・片〉――いひかよはしけるを〈慈〉――タウヒカハシ〔けるを〕〈清〉――の給かよひてけるを〈堀〉――のたうひかよはしけるを〈坊〉――いひ侍けるを〈保〉――いひわたりけるを〈A〉――いひわたり侍けるを〈B・天〉――のたうひ〔わたり侍けるを〕〈行〉　あはすして〈資〉――えあはすして〈白・堀・烏・雲・坊・保・A・B・天〉――ナシ〈荒・片・慈〉――えあはて〈荒・片・慈〉　そのとしの〈資・白・堀・雲・坊・保・A・B・天〉――つこもりに〈荒・片・慈〉――つこもり〈清〉　おくりて〈資〉――いひつかはし〈荒・片・慈・堀〉――ヲクリ侍〈清〉――おくり〈白・雲〉――つかはし〈坊・保・A・B・天〉　はへりける〈資・白・雲〉――ける〈荒・片・慈・堀・坊・保・A・B・天〉

作者　敦忠朝臣〈資・荒・片・慈・清・白・堀・慶内閣本・雲・保・A・B〉――敦忠卿〈坊〉――藤原敦忠朝臣〔資・荒・片・慈・清・白・堀・烏・雲・坊・保・A・B・天〕〈天〉

(三)517　歌詞　やみぬはかりか〈資・片・白・烏・雲・坊・保・A・B・天〉――やみぬはかりそ〈荒・堀〉　きみかおもひの〈資〉――きみをおもひの〈荒・片・白・堀・雲・坊・保・A・B・天〉――君におもひの〈烏〉〔資・荒・片・慈・清・白・堀・雲・慶・坊・保・A・B・天〕〔資・荒・片・白・堀・烏・雲・坊・保・A・B・天〕

518　詞書　返事〈資〉――かへし〈荒・片・堀・烏・雲・坊・保・A・B・天〉

歌詞　我身にそ〈資・荒・片・堀・烏・雲・坊・保・B・天〉――わか身には〈A〉あはぬなけきの〈資・荒・

片・烏・雲・坊・保・A・B・天）――あらぬなけきの（堀）　かすはもえける（資・荒・片・堀・烏・坊・保・A・B・天）――数もみえける（雲）
〔資・荒・片・堀・烏・雲・坊・保・A・B・天〕

519　詞書・作者　題不知　よみ人不知（資）――たいよみひとしらす（荒・片）――たいしらす（堀・雲・坊・保・A・B・天）
歌詞　よゝになけれは（資・荒・片・雲・坊・保・A・B・天）――まゝになけれは（堀）
〔資・荒・片・堀・雲・坊・保・A・B・天〕

520　あふくまかはの（資・荒・堀・雲・坊・保・A・B・天）――アリ《フ》クマカハノ」（片）
〔資・荒・片・堀・雲・坊・保・A・B・天〕

(四)

543　歌詞　かそへけるかな（資・荒・白・堀・烏・雲・坊・A・B・天）――カスヘケルカナ（片・保）　かすもしらぬは（資・坊）――かすをもしらぬ（荒・片・白・堀・烏・雲・保・A・B・天）　わか身なりけり（資・堀・雲・坊・A）――わかみなになり（荒・片・白・保・B・天）――わかみなるなり（烏）――〔我身な〕リケレ・〔我身〕ナニナリ（清）
〔資・荒・片・白・堀・烏・雲・坊・保・A・B・天〕

544　詞書　心さしあるよしを（資・荒・片・雲・坊・保・A・B・天）――心さしあるよしの（堀）　のたまひにたりけり（資）――のたまひけるに（荒・片）――〔のた〕ウ〔ひわたりけり〕（清）――のたうひわたりけり（A・B・天）――給ひけり（堀）――のたまひわたりけり（雲）――〔のたまひわたりける〕を（慶内閣本）――のたひわたりけり（坊・保）　女ことしはかり（資）――をんなゝをことしはかりをすくせと（荒）――女ナヲコ

トシハカリハスコセト（片）――女ことしをたにまちくらせと（堀・B）――女ことしはかりをたにまちくらせと（雲）――ことしはかりをたにまちくらせと（坊）――をんなことしをまちくらせと（保）――女猶ことしをたにまちくらせと（A・天）　をとたのめけるを（資）――いひはへりけるに（荒・片）――たのめけるを（資・雲・坊・保・A・B・天）　そのとしはくれて（資・雲・坊・保・B）――〔そのとし〕ハ〔くれて〕（清）――そのとしくれて（荒・片・堀）――そのとしをくれて（A）――その年もくれて（天）　あくる春も（資・堀・雲・坊）――またのとしのはるまて（荒・片）――あくる春まて（保・A・B・天）　つれなかりけれは（資）――いとつれなくはへりけれは（荒・片・保・A・B・天）――つれなくいひわたりけれは（堀・坊）――又つれなくいひわたりけれは（雲）

歌詞　このめはる（資・荒・片・堀・坊・保・A・B・天）――この春も（雲）　春のあらたを（資・荒・片・堀・坊）――はるの山田を（雲・保・A・B・天）

重出歌

片73の次　コノメハルハルノヤマタヲウチカヘシオモヒタヘニシヒトソコヒシキ

清74の次　コノメハル春ノ山田ヲウチカヘシ思タヱニシ人ノ恋シキ

保74の次　木めはる春の山田をうちかへしおもひたえにし人そこひしき

〔資・荒・片・清・堀・雲・慶・坊・保・A・B・天〕

㈤598　歌詞　ねなくに夢の（資・坊・保・A・B・天）――ねなくにゆめと（荒・片・白・堀・行・雲）　みゆるなりけり（資・堀・雲・坊・保・A・B・天）――おもふなりけり（荒・片・白・行）

〔資・荒・片・白・堀・行・雲・坊・保・A・B・天〕

599　詞書　女のあはすはへりけるに（資・堀・雲・坊・保・A・B・天）――をんなのあはさりけるに（荒・片）――をんなのあはすはへりけれは（白）
歌詞　たちよりて（資・堀・坊・保・A・B・天）――たちなれて（荒・片・白・慶・雲）すみのえのまつ（資・白・雲）――すみよしのまつ（荒・片・堀・坊・保・A・B・天）
〔資・荒・片・白・堀・雲・慶・坊・保・A・B・天〕

600　歌詞　あはぬまてにも（資・雲・保）――あらぬまてにも（荒・片・白・堀・坊・A・B・天）あはれなりけり（資・荒・片・白・堀・雲・坊・保・A・B・天）――「〔あはれなりけ〕る」（慶内閣本）
〔資・荒・片・白・堀・雲・慶・坊・保・A・B・天〕

以上の諸本との本文対照にみるように、伝資経筆切は清輔本・承保本・定家本の各系統下にある本文ではなく、古本系統系の本文とみられよう。しかし、独自の本文をもち、また古本系統のうちのどの本文にとくに近しいといった関係もみられないのではあるが、どちらかと言えば雲州本や伝坊門局筆本などのやや承保本や定家本に寄った側にあるようもののようである。

三―二　伝冷泉為尹筆切

(1)

伝称筆者の冷泉為尹（一三六一～一四一七）は、『尊卑分脈』に冷泉家祖為相男為秀孫の位置にあるが、「為邦子也」と注されているように為秀男為邦の子で、祖父為秀の猶子となって冷泉本家を継いだ南北朝から室町時代にかけての人である。正二位、権大納言に至り、『為尹卿集』『為尹千首』を残していて正徹の師でもある有力な歌人であった。

その筆とされている『後撰集』切は、小松茂美氏『古筆学大成　7　後撰和歌集二・拾遺抄』（平成元年一月、講談社）に二葉、久曽神昇氏『古筆切影印解説　Ⅱ六勅撰集編』（平成八年六月、風間書房）に二葉がはやくに収められ、その後田中登氏蔵切三葉が田中登氏「非定家本系後撰集の古筆切」（有吉保氏編『和歌文学の伝統』、平成九年八月、角川書店。『古筆切の国文学的研究』、平成九年九月、風間書房）・『平成新修古筆資料集　第四集』（平成二〇年九月、思文閣出版）および立石大樹氏「雲州本後撰和歌集の草稿本的性格――付、伝冷泉為尹筆四半切について――」（関西大学「国文学」第九二号、平成二〇年三月。以下「立石論文1」と略称）・「伝冷泉為尹筆四半切後撰和歌集の本文系統」（「汲古」第六二号、平成二五年六月。以下「立石論文2」と略称）において公開されるとともにその本文系統が明らかにされてきた。これらの断簡は、九行書きの場合、縦二二センチ余、横一五センチ余であって、歌は一行書きである。書写年代については、小松茂美氏は「時代の特性をとらえがたい書風ながら、鎌倉末期から南北朝時代、十四世紀前半のころ、と見るのが妥当ではなかろうか」と伝称筆者以前の時期とみられているが、田中登氏は「南北朝の終わり頃と思われる」とされている。

(2)

さて、この伝冷泉為尹筆切の本文については、田中登氏が「雲州本と最も親しい関係にある」とされ、立石氏も「雲州本の系統である」と言われていて、本文内容はすでに明らかにされている。

その「立石論文2」では七葉を対象にされた検討であったが、さらに二葉を知りえたので次に一〇葉の本文を掲出することとする。

㈠巻一〇・恋二、669〜673

日本学士院蔵手鑑『群鳥蹟』。

669 よのつねのねにしなかねはあふことの涙の色もことにそ有ける

大友《伴》黒主

670 しらなみのよするいそまにこく舟のかちとりあへす恋もするかな

源うかふ《源浮》

671 こひしさはねぬになくさむともなきにあやしくあはぬめをもみる哉

としをへていひわたり侍ける女に　源俊《すくる》

672 ひさしくもこひわたるかな住吉のきしに年ふるまつよりもけに

題しらす　藤原清正

㈡巻一一・恋三、778〜780

田中登氏蔵

田中登氏「非定家本系後撰集の古筆切――中世期書写のものを中心に――」（有吉保氏編『和歌文学の伝統』、平成九年八月、角川書店）・『古筆切の国文学的研究』（平成九年九月、風間書房）。立石大樹氏「立石論文1」・「立石論文2」。

かへし　兼覧王

778 いまはとて行かへりぬる声ならはおひかせにてもきこえましやは

男のけしきやう〳〵つらけにみえけれは　小野小町

779 心からうきたる舟にのりそめてひと日も浪にぬれぬひそなき

男のこゝろつからおもひかれにけるをなをさりに
なとかひさしうをともせぬと申たりけれは　よみ人しらす

780 わすれなんとおもふ心のやすからはつれなき人をうらみましやは

㈢巻一二・恋四、797〜798

久曽神昇氏『古筆切影印解説　Ⅱ六勅撰集編』（平成八年六月、風間書房）・立石大樹氏「立石論文1」・「立石論文2」。

797 山ひこのこゑにたてゝも年はへぬわかもの思ふをしらぬ人きけ

身にあまれりける人をおもひかけてつかはしける　紀友則

798 たまかつくあまにはあらねとわたつみのそこひもしらすいれる心を

かへしも侍らさりけれはかさねてつかはしける

799 みるもなくめもなきうみのはまにいてゝかへす〳〵もうらみつる哉

800
あためきてみえ侍ける男に　　　よみ人しらす

㈣巻一二・恋四、806〜809
田中登氏蔵
田中登氏「非定家本系後撰集の古筆切」（有吉保氏編『和歌文学の伝統』、平成九年八月、角川書店。『古筆切の国文学的研究』、平成九年九月、風間書房）・『平成新修古筆資料集　第四集』（平成二〇年九月、思文閣出版）。立石大樹氏「立石論文1」・「立石論文2」。

806
あしひきの山田のそほつうちわひてひとりかへるのねこそなかるれ
ある人のむすめのもとにふみつかはしける
に女のは、かこひをし恋はとのたうひつかはしたり
けるに年へにけれはのたうひつかはしたりける

807
たねはあれとあふことかたきいはのうへのまつにて年をふるそかなしき
人のもとにつかはしける　　　贈太政大臣

808
ひたすらにいとひはてぬる物ならはよしのゝ山にゆくゑしられし
かへし　　　伊勢

809

㈤巻一二・恋四、847〜850
田中登氏蔵

立石大樹氏「立石論文2」。田中登氏『古筆の楽しみ』（平成二七年二月、武蔵野書院）。

847　年月へて人に消息つかはしける人のもとに　　よみ人しらす
君みすていくよへぬらん年月のくるとゝもにもおつる涙か
女のもとにつかはしける
848　中〳〵に思ひかけてはから衣身になれぬをそうらむへらなる
かへし
849　うらむともかけてこそみめ唐衣身になれぬれはふりぬとかきく
人につかはしける
850

㈥巻一二・恋四、858〜860
久曽神昇氏『古筆切影印解説　Ⅱ六勅撰集編』（平成八年六月、風間書房）。立石大樹氏「立石論文1」・「立石論文2」。

消息しは〳〵つかはすをきゝてちゝはゝせいしけれはあひみす侍けれは　　源善朝臣
858　あふみてふかたのしるしもすてしかなみるめなきことゆきてうらみん
かへし　　春澄善綱朝臣女
859　逢坂のせきともらるゝわれなれはあふみてふらんかたもしられす
女のもとにつかはしける　　源善朝臣

860　あしひきの山した水のこかくれてたきつ心をせきそかねつる

(七)巻一三・恋五、900〜902
西円寺蔵「古手鑑」
小松茂美氏『古筆学大成　7　後撰和歌集二・拾遺抄』（平成元年一月、講談社）。立石大樹氏「立石論文1」・「立石論文2」。

かへし　よみ人しらす

900　いふからにつらさそまさる秋のよのくさの戸さしにさはるへしやは
かつらのみこのすみはしめけるあひたにかの
みこのあひおもはぬけしきなりけれは　貞数親王清和御子

901　人しれす思こゝろのわかそては秋の草はにおとらさりけり
しのひたる人につかはしける　贈太政大臣

902　しつはたにおもひみたれて秋のよのあくるもしらすなけきつる哉

(八)巻一三・恋五、931〜935・935
立石大樹氏「立石論文1」・「立石論文2」。「思文閣古書資料目録」第一七六号、平成四年三月。第一九七号、平成一八年八月。

とさかもとより消息侍けるかへりことにつかは
しける　閑院三親王

931　ふかみとりそめけん松のえたしあらはうすき袖にも浪はせきてん

かへし　　　　　　　　　　　土佐

932 まつ山のすゑこす波のえにしあらは君かそてにもあはゝとまらし

女のもとよりさためなき心なりといひをくり
て侍けれは

933 ふかき思ひそめつといひしことのはゝいつか秋かせ吹てちりぬる

しのひたる女のもとに消息つかはしけれは

935

㈨巻一三・恋五、935・934・936

松下幸之助氏旧蔵手鑑『隠心帖』（東京大学史料編纂所蔵写真帳）。

よみ人しらす

935 あしひきの山した水《カクレ》のかく《ユク水ノ》れてもなかれてかくしとはゝたのまん

男のこころつねよりもかはれるけしきなり
けれはよのつねなりけるときさせりける
あふきにかきて侍ける

934 人をのみうらむるよりは心からこれはまさりしつみと思はん

男のわすれ侍にけれは　　　　伊勢

936 わひはつる時さへものゝかなしきはいつこをしのふ心なるらむ

㈩巻一四・恋六、1051〜1054

西本願寺蔵手鑑『鳥蹟鑑』。

かへし

1051 うきことのしけるやとには忘草うへてたにみし秋そわひしき

女ともろともに侍て

1052 かすしらぬおもひは君にある物を丶き所なき心ちこそすれ

かへし

1053 をきところなき思ひとしき丶つれは我にいくらもあらしとそ思

元長親王に夏のさうそくてうしてつかはすとてくは
へて侍ける　若宮南院式部卿宮女子

1054 わかたらてひるこそうけれなつ衣おほかたとのみみへきうすさを

(3)

かくして、知りえた伝為尹筆切（以下「尹」と略称）は、㈠の巻一〇・恋二から㈩の巻一四・恋六までの恋部の一〇葉である。まずはその歌序についてみてみると、㈠669～673においては二荒山本のみが673「あふことの」の一首を有していない。また、㈦900～902においては、堀河本のみが901の次に904「ふりやめは」が位置していて900 901 904 902 903 904の歌序となっている。なお、この904については、慶長本・雲州本・伝坊門局筆本・承保本では904「ふりやめは」・903「はちすはの」の歌序であって、位置が不安定で定家本の900 901 902 903 904の歌序と相対しているところである。さらに、巻一三・恋五の二葉㈧㈨においては、㈧931 932 933に続く終行の一行は諸本に照すと935の詞書であるが、㈨は初・二行がその935の作者〔本文校合の項参照〕と歌詞であって、935 934 936という歌序をとる一葉であるので(八)(九)は連接する関係にある。その歌序をみてみると、まず鳥取県立図書館蔵の定家承久三年本に朱注としてある承安三年清輔本においては、928「わすれねと」の歌の次に「〇トサカモトヨリ……」（朱）とあり、その931の詞書「土左かもとより」の頭部に朱の「〇」印があるので、これは931「ふかみとり」の歌が928の次に移動することを示しているものとみられる。しかし、この歌序移動は承安三年清輔本のみの単独現象であり、931は932との贈答歌であるので二首とも移動注記がないところも不審ではある。また、この二葉からは、その歌序が931 932 933 935 934 996であることが知られるが、堀河本は936「わひはつる」の一首を有していないので935 934は同じであっても931 932 933 935 934ということにはなるが、慶長本・雲州本・伝坊門局筆本の古本系統本は、承保本・定家本の歌序931 932 933 934 935 936とは異なり、同じ歌序である。

ついで、個個の本文についてみてみたいが、田中登・立石大樹両氏によってすでに古本系統のうちの雲州本系に属する本文であることが明らかにされている。そこで、ここでは未検討であるところの(1)(9)(10)の本文をみることによって追認しておくことにしたい。

(1)669　歌詞　ねにしなかねは（尹・雲・坊）――ねをしなかねは（荒・片・白・保・A・B・天）――なりにし中は（堀）
〔尹・荒・片・白・堀・雲・坊・保・A・B・天〕
670　作者　大友黒主（「友」に「伴」と注記）（尹）――大友黒主（雲）――大伴黒主（荒・片・堀・坊・保・A・B・天）
歌詞　よするいそまに（尹・「（よするいそま）ニ」（清）・堀・雲・坊）――さはくいりえに（荒・片）――よする

いそまを（保・A・B・天）　かちとりあへす（尹・雲）――かちとりあへぬ（荒・片・堀・坊・保・A・B・天）
〔尹・荒・片・清・堀・雲・坊・保・A・B・天〕

671
作者　源うかふ（尹・堀・坊・保・A・B・天）――みなもとのうたかふ（荒・片）――源したかふ（雲）
歌詞　こひしさは（尹・堀・保・A・B・天）――こひしきは（荒・片・雲）――恋しさの（坊）　ともなきに（尹・荒・片・堀・雲・坊・保・B・天）――「（ともなき）ヲ」（行・A）　あやしくあはぬ（尹・荒・片・雲・坊・保・A・B・天）――あやしくあらぬ（堀）
〔尹・荒・片・堀・行・雲・坊・保・A・B・天〕

672
詞書　としをへて（尹・荒・片・雲・坊・保・B）――としへて（A・天）――ナシ（堀）　いひわたり侍ける女に（尹・雲・天）――いひわたりけるをんなに（荒・片・慶内閣本・坊・保・A・B）
作者　源俊（尹・荒・片・堀・雲・坊・A・天）――源すくるの朝臣（保・B）
歌詞　住吉の（尹・堀・雲）――すみのえの（荒・片・坊・保・A・B・天）　まつよりもけに（尹・荒・片・慶・雲）――松ならなくに（堀・坊・保・A・B・天）
〔尹・荒・片・堀・慶・雲・坊・保・A・B・天〕

673
詞書　題しらす（尹・片・雲・保・A・B・天）――ナシ（清・堀・坊）
作者　藤原清正（尹・堀・雲・坊・保・A・B・天）――藤原清近（片）
〔尹・片・清・堀・雲・坊・保・A・B・天〕

(9)
935
作者　よみ人しらす（尹・雲・坊）――ナシ（堀・保・A・B・天）
歌詞　山した水の（尹・堀・慶・雲）――山したかくれ（坊・保）――山したしけく（A・B・天）　かくれて

も（尹・慶・雲）――こかくれて（堀）――ゆく水の（坊・保・A・B・天）　なかれてかくし（尹・雲・坊・保・
A・B・天）――流てかへし（堀）
〔尹・堀・慶・雲・坊・保・A・B・天〕

934 詞書　男のこゝろつねよりも（尹・清・堀・雲）――心常より（慶）――おとこの心（坊・保・A・B・天）
――をとこのつねよりも（角）　かはれるけしきなりけれは（尹・清・雲）――たるけしきなりけれは（堀）
――かはるけしきなりけれは（坊・保・A・B・天）――かはりたるけしきはへりけれは（角）――ナシ（慶）
よのつねなりける（尹・雲・慶）――ヨノツネナル（清）――たゝなりける（角・堀・坊・保・A・B・天）　とき
させりける（尹）――ときおとこの心さしたりける（堀）――ときこゝろさせりける（雲・慶・坊）――をり心
さして侍ける（角）――ときこのおとこのこゝろさせりける（保・A・B・天）　かきて侍ける（尹・雲・慶）
――つけ侍ける（角）――かきつけ侍りける（堀・坊・保）――かきつけて侍ける（清・B・天）――かきつけて
つかはしける（A）
〔尹・清・角・堀・慶・雲・坊・保・A・B・天〕
作者　ナシ（尹・角・堀・雲・坊）――よみ人しらす（保・A・B・天）
歌詞　うらむるよりは（尹・堀・雲・坊・保・A・B・天）――うらみむよりは（角）　これはまさりし（尹・
堀・雲・坊）――こやわすられし（角）――これいまさりし（保・A・B・天）　つみと思はん（尹・堀・雲・坊・
A・B・天）――身そとたのまむ（角）――つまとおもはん（保）
〔尹・清・角・堀・雲・坊・A・B・天〕

936 詞書　男のわすれ侍にけれは（尹・雲・坊・保・A・B・天）――わすれにけれは（慶標注本）――ナシ（堀）

作者　伊勢（尹・雲・坊・保・A・B・天）――ナシ（堀）
歌詞　いつこをしのふ（尹・雲・坊・保・A・B・天）――いつくをしのふ（角・慶内閣本）
〔尹・角・慶・雲・坊・保・A・B・天〕

(10)
1051　歌詞　しけるやとには（尹・雲）――しけきやとには（堀・坊・保・A・B・天）　うへてたにみし（尹・堀・雲・保・A・B・天）――うへてたにみす（坊）　秋そわひしき（尹・堀・雲・坊・A・B・天）――秋そゆゝしき（保）
〔尹・堀・雲・坊・保・A・B・天〕

1052　詞書　女と（尹・雲・坊・保・A・B・天）――女（堀）
〔尹・堀・雲・坊・保・A・B・天〕

1053　歌詞　きゝつれは（尹・堀・雲・坊・A・B・天）――しりぬれは（保）
〔尹・堀・雲・坊・保・A・B・天〕

1054　詞書　元長親王に（尹・堀・雲・保・A・B・天）――もとなかのみこ（坊）　夏のさうそくてうして（尹・雲）――夏のさいそくして（堀・坊・保・A・B・天）　つかはすとて（尹・雲）――おくるとて（堀・坊・保・A・B・天）　くはへて侍ける（尹・堀・雲）――くはへたりける（坊）――くはへ侍ける（保）――そへたりける（A・B・天）
作者　若宮（尹・雲）――南院式部卿親王（堀）――〔南院式部卿の〕宮〔の女〕（慶内閣本）――南院式部卿宮娘（保）――南院式部卿親王女（坊・A・B・天）
歌詞　わかたらて（尹）――我立て（堀・坊・保・A・B・天）――わかたゝて（雲）　ひるこそうけれ（尹・

雲）――しるこそうけれ（堀・保）――きるこそうけれ（坊・A・B・天）　おほかたとのみ（尹・雲・保・A・B・天）――おほかたとたに（堀・坊）――〔おほかた〕にたに（慶）　みへきうすさを（尹・雲・坊・保・A・B・天）――みえすうすさを（堀）
〔尹・堀・慶・雲・坊・保・A・B・天〕

(4)

この諸本間における本文対照によると、㈠においては670の作者名表記が他の諸本の「大伴黒主」であるのに対して「大友」という表記を雲州本とともに共有しており、四句「かちとりあへぬ」は他の諸本の「かちとりあへす」に対して雲州本との共通異文となっている。また、㈨においては、935の二・三句「山した水のかくれても」が、他の諸本の「山したみつのこかくれて」（堀）・「山したかくれゆくみつの」（坊・保）・「山したしけくゆく水の」（A・B・天）に対して、慶長本・雲州本と同文である。さらに、934の詞書も他の諸本に対して慶長本・雲州本と同類の本文を有している。さらに、㈩においても1051二句「しけるやとには」が他本の「しけきやとには」と相対して雲州本のみと同文である。1054の作者名「若宮」が雲州本と共通していて他の諸本の「南院式部卿……」の表記と対立している。二句の「ひるこそうけれ」という特異な本文も雲州本のみとの共有本文である。

かくして、伝為尹筆切は追加資料㈠㈨㈩の場合も、田中登氏・立石大樹氏が検証されたごとく古本系統のうちの雲州本系の本文を有していることが明らかであって、さらにその雲州本と一類の関係にある校合本文として知られる慶長本とも近似の関係であることも窺えた。この雲州本は、久曽神昇・深谷礼子氏編著『後撰和歌集〔雲州本〕と研究（下）』（昭和四三年二月、未刊国文資料刊行会）によると、箱書・極書に筆者は「頓阿法師」とあるが、「頓阿の真蹟とは相違しており、更に時代の遡るものである」と認められている。伝為尹筆切の書写の時期は前述のごとく定めがたいところがあるが、どうやら雲州本よりは後の書写であるようであるので、その親本は雲州本ないしはその一類の伝本であるものとみてよいのであろう。

四　伝寂蓮筆切

(1)

『新古今集』の撰者の一人であった歌人寂蓮（一一三九ころ〜一二〇二）を伝称筆者とする『後撰集』の断簡は、小松茂美氏『古筆学大成　6　後撰和歌集一』（平成元年一月、講談社）に「胡粉地切本後撰和歌集」、「後撰和歌集切（一）」、「後撰和歌集切（二）」の三種掲出されている。このうち胡粉地切は、『増補新撰古筆名葉集』に「同（四半）　後撰哥二行胡粉帋銀砂子」とあって、比較的多く伝存していて古本系統のうちの一系の本文を成すことで知られている。これに対して、（一）系は本論の対象する切で、たとえば次掲㈠は縦二二・三センチ、横一三・六センチで一面七行書き、㈦は『古筆学大成　6』に「たて二三・〇センチメートル、よこ一四・三センチメートル。もとは、たて長の冊子本であった。紙は、鳥の子の素紙。一切の装飾技巧をほどこしていない」七行書きで、「その書風は、平安末期、十二世紀後半のころのもの」と解説されている。さらに、そのつれ四葉の本文を検討して、『後撰集』の「伝本系統樹を想定することはすこぶる困難」ながら、「あえて関連づけるとすれば」「㈠烏丸切本——伝寂蓮筆後撰集切（一）——白河切本　㈡承保三年奥書本——二荒山神社宝蔵本——定家本　というような、二つの系統が推定できるのではあるまいか」とされている。一方、田中登氏「非定家本系後撰集の古筆切」（『古筆切の国文学的研究』、平成九年九月、風間書房）において、「縦二二・二センチ、横九・四センチ」「五行」の「書写年代は平安の末期といったところ」の次掲㈥の御蔵切について、「非定家本的要素を少なからず含んだ本文」で「平安時代に行われていた後撰集の本文を伝える資料」と認められている。

一方、『古筆学大成　6』の伝寂蓮筆切（二）の図版103は、「紙は楮紙」「たて一七・〇センチメートル、よこ一四・七センチメートル」の「ほぼ升型」で「四周に淡墨の罫を引いて枠をとっている」と解説されている。その形状が「右衛門切　中四半四方ニ墨卦アリ古今哥二行書」（『増補新撰古筆名葉集』「寂蓮法師」の項）に似ているところから、たとえば「熱田区岡本家所蔵品売立目録」（昭和七年六月四日、名古屋美術倶楽部）掲載の見出しには「寂蓮　右衛門切」、「県下領下遠藤隨時庵氏所蔵品売立」（昭和三年三月三〇日、岐阜市伊奈波　誓願寺）の見出しにも「寂蓮法師右衛門切」とある。そのほか、寂蓮筆とされている『後撰集』切の、『増補新撰古筆名葉集』掲載品「大六半　後撰カラ哥砂子下画」は確認できていないが、久曽神昇氏『古筆切影印解説　Ⅱ六勅撰集編』（平成八年六月、風間書房）所収の「寂蓮法師」と極札様短冊にある第二図の切は『古筆学大成　7　後撰和歌集二・拾遺抄』（平成元年一月、講談社）では伝兼好法師筆切（一）としてみられる切のつれである。また、書肆目録には歌一行書きであって以上のものとは別種の切もみうけられる。

(2)　さて、幾種もある伝寂蓮筆『後撰集』切のうち、『古筆学大成　6』の（一）系に属すると認めえた断簡の本文は次の通りである。

㈠巻一・春上　46

根津美術館蔵　二号手鑑

『古筆学大成　6』。

へてはへりけるにふたとせはかり

はなもさかてかれやうにのみみえ
侍けるをみとせはかりのゝちより花
さきなとしけるを女ともそのえた
をゝりてみすのうちよりこのはなは
いかゝみるといひいたして侍けれは
紀貫之

46

㈡巻三・春下　137～138
個人蔵手鑑
『古筆学大成　6』。

きとはすしてとしかへりてけり
あくるはるやよひのつこもりの日つか
はしける　　藤原雅正
137きみこすてとしはくれにき立帰はる
さへけふになりにけるかな
138□本無□□□ともにこそはなをもみめとまつひとの
こぬものゆへにをしき春哉

㈢巻六・秋中　289〜290

春日井市道風記念館蔵

『道風記念館蔵品図録』（平成八年三月、春日井市道風記念館）

かへし　伊勢以或本私書入了

289やともせにうゐなめつゝそわれはみる

まねくおはなに人やとまると

題不知　読人も

290あきのよをいたつらにのみおきあかすつゆ

に《は》わかみのうゐにそありける

（一行分削取）

㈣巻七・秋下　401〜404

「某家所蔵品入札」（昭和一七年三月二八日、大坂美術倶楽部）。伊井春樹氏『古筆切資料集成　巻二　勅撰集下』（平成元年五月、思文閣出版）。

401在明の月のかつらなりけり

題不知

402いくちはたをれはかあきのやまことに

かせにみたるゝにしきなる覧

403なをさりにあきの山ちをこえくれは
しきをきぬにきぬひとそなき
404もみちはをわけつゝゆけはにしきゝて

㈤巻九・恋一　561～564
「北摂岸上家某家蔵品大入札会展観」（昭和一一年二月一〇日、大坂美術倶楽部）。『古筆学大成　6』。『古筆切資料集成　巻二』。
561まのよそめにみるそかなしき
562きみこふとぬれにしそてのかはかぬは
おもひのほかにあれはなりけり
563あはさりしときいかなりしものとてか
たゝいまのまもみねはこひしき
564よのなかにしのふる恋のわひしきは
あひてのゝちのあはぬなりけり

㈥巻一〇・恋二　650～651
田中登氏蔵
田中登氏「非定家本系後撰集の古筆切（有吉保氏編『和歌文学の伝統』、平成九年八月、角川書店・『古筆切の国文学的研究』（平成九年九月、風間書房）・『平成新修古筆資料集　第二集』（平成一五年一月、思文閣出版）。

題不知　　在原元方

650 みるめかるなきさやいつこあふこなみ
たちよるかたもしらぬわかみか

東宮になると丶いふとのもとにて
女に物申けるにおやのとを丶し

(七)巻一〇・恋二　667～668

小松茂美氏蔵

小松茂美氏『後撰和哥集　校本と研究』（昭和三六年二月、誠信書房）・『古筆学大成　6』。

の裏にかきつけてつかはしける
源信明

667 これはかくうらみところもなきものを
うしろめたくはおもはさらなん

ひさしうあはさりける女に

668 おもひきやあひみぬことをいつよりも《と》かそ
ふはかりにならんものとは

ここに掲げたのは公刊本所載の七葉であるが、このほか書肆の販売目録には巻五・秋上、巻七・秋下、巻九・恋一のつれの各葉もみうけられるので、現在までに知りえたのは巻一・三・五・六・七・九・一〇という集前半部の断簡ばかりである。この状況からすると、伝寂蓮筆（一）系の断簡（以下「寂」と略称）は上下二冊本のうちの前半部である上巻が解体されたもののうちの伝存切であるのかもしれない。

(3)

さて、右掲七葉のうち諸本間に歌序異同があるのは㈡巻三・春下、137 138の一葉のみである。この断簡は四周に裁断があり、上部の書入れも裁断されてしまっていて残されているのは二行下部の「□本無　□贈答」部分だけであるが、その一行目の「□本無」に該当する現存本は138 139 140の三首がない二荒山本と138 139の二首がない承安三年清輔本の汎清輔本系統の二本のみである。

一方、個個の本文における諸本との関係は次のようである。

㈠46　詞書　へてはへりけるに（荒・片ナシ）ふたとせはかりは（片「ゝ」）なも（堀ナシ）さかてかれやうにのみみえ（荒「かる、やうにて」・片「カル、ヤウニ」・堀「かれやうにのみ」・烏「かれやうにみえ」）侍けるを（荒・片「か」・烏「に」）みとせはかりのゝちより（荒・片「みとせはかりありて」・堀「三年のゝちは」・烏「はかりのゝちは」・保「はかりのゝち」）花さきなとしけるを（荒・片「なとさきたりけるを」・堀・烏「花さきなとせりけれは」）女ともそのえた（荒・片「はな」）をゝりてみ（荒・片・堀・坊・保「み」）すのうちよりこのはなは（荒・片「このはなをは」・烏ナシ）いかゝみ（坊「あ」）るといひいたして侍（荒・片「ていたしてはへり」・堀「の給ひいたしたり」・烏「いひいたせり」・坊「いひてたして侍」）けれは（片「ヨメル」）〔荒・片・堀・烏・坊・保〕へて侍けるをみとせはかりの、ち（A・B「より」）はなさきなん（慶内閣本「ん」・A・B・天ナシ）としけるを女ともそのえたをおりてすのうちよりこの花（慶内閣本〔これ〕を」・天「れ」）はいか、みる（慶内閣本「みる」・天ナシ）といひたして（慶内閣本ナシ）侍けれは〔慶・雲・A・B・天〕

作者　紀貫之（寂・堀・坊）――ナシ（荒・片・雲・保・A・B・天）――つらゆき（烏）〔寂・荒・片・堀・烏・雲・坊・保・A・B・天〕

（二）137　きとはすして（荒「とはすはへりて」・白「こすして」・雲「とはすして」・慶内閣本「〔き〕と〔はすして〕」・雲「とはすして」・天「あはすして」）とし（雲ナシ）かへりてける（荒・堀・雲・慶内閣本「にける」・片・白・雲・坊・保・B・天「にけり」・A「けり」）あくるはる（荒ナシ・片・雲「アクルトシノ」）やよひのつこもりの日（白・A・天「に」・堀「のころ」）つかはしける

作者　藤原雅正（寂・片・雲・坊・保・A・B・天）――まさた、（荒・清）――これまさ（白）

歌詞　きみこすて（寂・片・堀・雲・坊・保・A・B・天）――きみこひて（荒）――きみ、すて（白）としはくれにき（寂・片・白・堀・雲・坊・保・A・B・天）――としはこひにき（荒）立帰（寂・荒・片・白・堀・雲・保・A・B・天「たちかへり」。坊「たちかへる」）〔寂・荒・片・白・堀・雲・慶・坊・保・A・B・天〕

138　詞書　作者　ナシ（寂・堀・雲・坊・保・A・B・天）――題読人不知（片）

歌詞　はなをもみめと（寂・堀・雲・坊・保・A・B・天）――ハナヲハミメト（片）〔寂・片・堀・烏（四句「のこぬ」以下ノミ）・雲・保・A・B・天〕

（三）289　作者　伊勢（寂・片・坊・保・A・B・天）――ナシ（荒・堀）――よみひとしらす（烏・雲）〔寂・荒・片・

堀・烏・雲・坊・A・B・天〕

290　詞書　作者　題不知　読人も（寂・坊・B・天）――たいよみひとしらす（荒・片）――たいしらす　ナシ（堀・烏）――題不知　よみ人しらす（雲・A・行「しらす」トアリ）

歌詞　つゆに《は》わかみの（寂）――つゆはわかみの（荒・片・堀・烏・雲・坊・A・B・天）うゐにそありける（寂・坊・A・B・天）――なにこそありけれ（荒・片・堀・烏・慶標注本・雲・保）〔寂・荒・片・堀・烏・雲・坊・保・A・B・天〕

(四)

401　かつらなりけり（寂・雲・坊・保・B）――かつらなるらし（荒・片・慈・天）――いつくなりけり（堀）――かつらなるへし（A）〔寂・荒・片・慈・堀・雲・坊・保・A・B・天〕

402　歌詞　かせにみたるゝ（寂・荒・片・慈・白・雲・坊・保・A・B・天）――風のみたるゝ（堀）〔寂・荒・片・慈・白・堀・雲　坊・保・A・B・天〕

403　歌詞　あきの山ちを（寂・坊・保・A・B）――あきのやまへを（荒・片・慈・白・堀・雲・天）□（に）しきをきぬに（寂・荒・片・慈・白・堀・慶・坊・保・A・B）――にしきをきぬと（雲）――をらぬ錦を（天）〔寂・荒・片・慈・白・堀・雲・慶・坊・保・A・B・天〕

(五)

561　歌詞　まのよそめに（寂・荒・片・白・雲・坊・保・A・B・天）――あまのよそめと《ニ》（堀）　みるそかなしき（寂・坊・保・A・B・天）――みるそわひしき（荒・片・白「わひしきそ」の「そ」別筆・慶・雲）――なるそかな《ワヒ□》しき（堀）〔寂・荒・片・白・堀・雲・慶・坊・保・A・B・天〕

563　歌詞　あはさりし（寂・荒・片・白・堀・坊・保・A・B・天）――あはすありし（雲）　ときいかなりし（寂・荒・片・堀・雲・坊・保・A・B・天）――ときいかになりし（白）　たゝいまのまも（寂・荒・片・堀・雲・坊・

保・A・B・天）――たゝいまのまの（白）〔寂・荒・片・白・堀・雲・坊・A・B・天〕

564　歌詞　よのなかに（寂・荒・片・白・胡・雲・坊・保・A・B・天）――世の中と《ニィ》（堀）　しのふる恋の（寂・荒・片・白・堀・胡・坊・保・A・B・天）――しのひぬ恋の（雲）　あひての、ちの（寂・荒・片・白・胡・雲・坊・保・A・B・天）――逢ての後に（堀・慶内閣本）〔寂・荒・片・白・堀・胡・雲・慶・坊・保・A・B・天〕

㈥
650　詞書　題不知（寂・雲・保・A・B・天）――ナシ（荒・片・清・白・堀・坊）
作者　在原元方（寂・荒・片・堀・雲・保・A・B・天）――もとかた（白）
歌詞　みるめかる（寂・荒・片・堀・坊・保・A・B・天）――みるめなみ（白）――みるめなき（雲）　なきさやいつこ（寂・片・雲・坊・保・A・B・天）――なきさやいつく（荒・白）――なきさやいはに《ツコイ》（堀）　あふこなみ（寂・荒・片・白・雲・坊・保・A・B・天）――あふこなき（堀）　たちよるかたも（寂・雲・保・A・B・天）――たちよるかたを（荒・白・堀・坊）――タチヨルカラ《モ》ヲ（片）　しらぬわかみか（寂）――しらぬわかみは（荒・片・白・堀・坊・保・A・B・天）――なき我身かな（慶・雲）〔寂・荒・片・白・堀・雲・慶・坊・保・A・B・天〕

651　詞書　東宮に（荒・片・堀・雲「て」）なると、いふとのもとにて（堀・雲「所にて」・坊・保・天「もとに」）女に物申けるに（荒・片「にものもうしけるときに」・堀「ともいひけるを」・慶「に〔物いひける〕時〔に〕」・雲・坊・天「とものいひけるに」・保「とも申けるに」・A・B「ともの申けるに」）おやのとをゝし（慶内閣本「をし」・定家年号本多く「ゝし」）――天「さし」〔寂・荒・片・堀・雲・慶・坊・保・A・B・天〕

㈦
667　詞書　の裏にかきつけ（堀・雲ナシ）てつかはしける

作者　源信明（寂）――よみひとしらす（荒・片・堀・雲・坊・保注記「源さねあきらイ」・A・B・天）――

歌詞　おもはさらん（荒・片・堀・坊・保・A・B・天）――おもはさりなん（雲）〔寂・荒・片・堀・雲・坊・保・A・B・天〕

668

詞書　ひさしう（坊「く」。清「久」）あはさりける女に（坊・保・A・B・天「つかはしける」）ふつかみかはかり（白「かあひに」・雲「のあひた」・慶「はかりまかり」）まか（白・堀・雲「あは」）さりける女（荒・片・白・雲・慶内閣本「のもと」）に

作者　ナシ（寂）――みなもとのさねあきらのあそん（荒）――源信明（片・白・堀・雲・坊・保・A・B・天）

歌詞　あひみぬことを（寂・荒・坊・保・A・B・天）――アヒミヌホトヲ（片・白・堀・慶・雲）いつよりも《と》（寂・荒・白・堀・雲・坊・保・A・B・天）――イツヨリモ（片）かそふはかりに（寂・荒・白・雲・坊・A・B・天）――カソフルカリニ（片）――〔カ〕ス〔ふはかりに〕（清・堀・保）ならんものとは（寂・堀）――なさむものとは（荒・片・白・雲・坊・保・A・B・天）〔寂・荒・片・清・白・堀・雲・慶・坊・保・A・B・天〕

以上の伝寂蓮筆切（一）系の個個の本文における諸本との関係をみてみると、まず詞書においては、㈠46では「ふたとせはかりはなもさかてかれやうにのみみえ」（寂）の本文を有する二荒山本・片仮名本の汎清輔本系統、堀河本・烏丸切・伝坊門局筆本の古本系統、承保本系統と、この本文を持たない古本系統にあって一類をなす慶長本・雲州本、定家本系統とに二大別されるが、伝寂蓮筆切（一）系は前者に属している。しかも前者に属する諸本のうちでもかなりの本文異同があるなかで、伝坊門局筆本とは「みす」（寂）――「みす」（坊）、「みる」（寂）――「ある」（坊）、

「いたし」（寂）――「たし」（坊）の小異があるのみであって、両者はきわめて近しい本文を有していることが観察される。また、㈡137においても「てけり」（寂）――「にけり」（坊）の違いがあるのみであり、㈦667は伝坊門局筆本と同文である。これに対して、㈥651においては「女に物申けるに」（寂）――「女とものいひけるに」（雲・坊・天）、㈦668においては、伝坊門局筆本を含めた他の諸本はすべて末尾が「女につかはしける」であるのに対して伝寂蓮筆切（一）はひとり「つかはしける」を有していないという相違がある。

一方、作者名表記においては、㈠40では多くの諸本に表記がないのに対して、堀河本・伝坊門局筆本と同じ「紀貫之」の表記を有しており、烏丸切の「つらゆき」とも同じ内容である。㈢289は、表記ナシ（荒・堀）・「よみ人しらす」（烏・雲）に対して「伊勢」（寂・片・坊・保・A・B・天）であるが、伝寂蓮（一）系には書入に「以或本私書入了」とあり、片仮名本の「伊勢」には鉤形合点が付されている。なお、本歌「やともせに」は『伊勢集』歌（Ⅰ241・Ⅱ242・Ⅲ241）であり、『古今六帖』（4058）の作者名も「伊勢」である。これに対して、㈦667の作者名表記「源信明」は他の諸本はすべて「よみひとしらす」であり、668には作者名表記がないが他の諸本は「源信明」（二荒山本は「みなもとのさねあきらのあそん」）である。承保本には667に「源さねあきらイ」の注記がみられ、また667・668の二首はともに『信明集』歌（667＝Ⅰ121・Ⅲ72、668＝Ⅰ138）ではあるが、『後撰集』諸本の状況からみるとここは伝寂蓮筆切（一）系の混乱に起因する独自現象なのではなかろうか。

このように、伝寂蓮筆（一）系の詞書、作者名表記の本文においてもっとも近い位置にあるのは伝坊門局筆本であるとすることができるが、肝心の歌詞においても両者間の実質的な相違本文としては、㈥650四句の「たちよるかたも」（寂・雲・保・A・B・天）に対する「たちよるかたを」（荒・白・堀・坊）・「タチヨルカラヲ」（片）と、㈦668五句の「ならんものかは」（寂・堀）に対して諸本が多くとる「なさむものとは」（荒・片・白・雲・坊・保・A・B・天）の二個所にすぎない。

伝寂蓮筆切（一）系の本文には独自異文もあり、また多少の異文も存するのではあるが、伝坊門局筆本とはもっとも近しい関係にある。

(4)

かくして、伝寂蓮筆切（一）系ともっとも近しい間柄にあるのは伝坊門局筆本であると認めることができた。その伝称筆者である寂蓮（一一三九～一二〇二）と、藤原俊成（一一一四～一二〇四）女である坊門局は弟の一一六二生～一二四一薨の「定家より二十歳以上年長かと推定される」（『日本古典籍書誌学辞典』、平成一四年三月、岩波書店）とされていて、二人は同じ世代の人である。ところが、片桐洋一氏『後撰和歌集　伝坊門局筆本』（平成二〇年一一月、和泉書院）の「解題」によると、この伝坊門局筆本は「坊門局の真筆たること明らかな『唯心房集』や」「冷泉家時雨亭叢書『平安和家集　三』」所収の諸集とは「筆跡は全く異なっており、坊門局の筆跡でないことは明らかで」、「田中登氏の示教によれば」「伝俊成筆四半切『古今和歌集切』」「と同筆ではないかと言われる」と述べられている。さらに、「いずれにせよ、この伝坊門局筆本『後撰和歌集』は、俊成や俊成女である坊門局の筆跡ではないが、鎌倉時代後期までの書写にかかることは間違いない」とされているところからすると、平安時代末期写と認められている伝寂蓮筆切（一）系よりもかなり下る書写との認定のようである。

従って、伝坊門局筆本は伝寂蓮筆（一）類系の系譜を引いている本文であって、伝坊門局筆本からすると伝寂蓮筆切はその淵源的な位置にあると認めてよいであろう。

五―一　伝源頼政筆切

(1)

『増補新撰古筆名葉集』の「源三位頼政卿」の項に『後撰集』切として、「同（六半）後撰哥二行書」の記載がみえる。この六半切であって歌は二行書きであるという記載に該当するとみられる古筆切を二葉知ることができた。

その次掲の㈠切は、古くに好意により得た写真の複写かとみられる資料で、今や判読しがたいところもあるが、「重」の極印のある古筆了佐五男の了雪、名重光（一六一二～一六七五）の極札に「源三位頼政卿」とある一葉である。これは㈡と比べてみると、一面九行書きであって、詞書の書き出しが三字下りで歌頭二行目が半字下りの歌があること、書き癖が通い合う文字の多いことなどから、㈠㈡はつれの切とみてよいようである。㈡について田中登氏は「もと六半形の冊子本で、大きさは縦一五・三センチ、横一三・七センチ」、「鎌倉初期の書写になるものであろう」と認められている。二葉の本文は次のようである。

㈠巻七・秋下、430～432

出光美術館蔵。

430あかゝらはみるへき物をかりかねの
いつらはかりになきてゆくらん
きくの花をりてと人のいひ
けれは　　　　読人不知

431いたつらにつゆの《に》をかるゝ花かとて
心もしらぬ人やをりけん
みのなりいてさりけるを思歎
侍けるころ紀友則か許より
いかゝなとゝふらひ侍けれは返事
432

(二)巻一二・恋四、796〜798
田中登氏蔵
田中登氏『平成新修古筆資料集　第四集』(平成二〇年九月、思文閣出版)。

796うちかへしみまくそほしき□るさとの
やまとなてしこ□やかはると
ひはの大□
797やまひこのこゑにたてゝもとしはへぬ
我ものおもひしらぬ人きけ
身よりあまる人を思かけて
つかはしける
とものり
798たまかつらあまならねともわたつうみの

(2)　この二葉における歌序についてまずみてみると、(一)に関係する胡粉地切は、431歌詞二行と433詞書「かへし」・作者名「友則」一行と歌詞二行の二首が贈答歌の形となっていて432を有していない姿をしている。しかし、431と433の間の二・三行間は紙継ぎが成されており、これが胡粉地切本来の姿であるとは必ずしも言えなく、他の諸本と同じく432の一首を有していたものであるのかもしれない。ほかには諸本間に歌序の異同はみられないので、歌序の面から伝頼政筆切（以下「頼」と略称）を観察することはできないというところである。

次いで個個の本文についてみてみたい。

(一)
430　歌詞　いつらはかりに（頼・雲）――いつこはかりに（荒・片・慈・堀・烏・保・A・B・天）――いつくはかりに（白・坊）〔頼・荒・片・慈・白・堀・烏・雲・坊・保・A・B・天〕

431　詞書　きくの花（頼・白・堀・烏・雲・坊・保・A・B）――菊花（天）――きくのはなを（荒・片・慈）をりてと（頼）――をれりとて（荒・片・慈・白・堀・烏・保・A・B・天）――をりとて（雲）――おれと（坊）　人のいひけれは（頼・荒・片）――人のいひはへりけれは（白・堀・烏・雲・坊・A・B・天）――ヌシノ〔いひ侍けれは〕（清・慈）――ぬしのいひはんへりけれは（保）

作者　読人不知（頼・荒・片・慈・堀・烏・保・A・B・天）――人しらす（白）――ナシ（雲）

歌詞　心もしらぬ（頼・荒・片・慈・白・堀・雲・坊・保・A・B・天）――こゝろもしらす（胡）　人やをりけん（頼・白・堀・雲・坊・保・A・B・天・胡）――ひとやおりつる（荒・片・慈）〔頼・荒・片・慈・清・白・堀・胡・雲・坊・保・A・B・天〕

432　詞書　身のなりいてさりけるを（頼）――みのなりいてぬことを（荒・片・堀・坊・保・A・B）――身のなりいてぬことなと（慈・天）――みのなりいてぬことなとを（白・雲）――〔身の〕なりいてぬ〔事なと〕（慶内閣本）思歎（頼・白・坊・保・A・B）――なけき（荒・片・慈・堀・天）――思なけきて（雲・慶標注本）いか丶なと丶ふらひ（頼）――いかにそと丶ふらひをこせて（荒・片・慈・雲・坊・A・B）――いかにそと丶ひをこせて（白・堀・天）――いかにそと丶ふらひにおこせて（保）返事（頼・白・堀・雲・A・天）――ナシ（荒・片・慈・坊・保・B）

〔頼・荒・片・慈・白・堀・慶・雲・坊・保・A・B・天〕

（二）

796　歌詞　みまくそほしき（頼・堀・雲・保・A・B・天）――みまくほしきは（坊）□やかはると（頼）――色やかはれる（堀・雲・坊・保・A・B・天）

〔頼・堀・雲・坊・保・A・B・天〕

797　詞書　ナシ（頼）人のもとにつかはしける（堀・慶標注本・雲・坊）女につかはしける（保・A・B・天）

作者　ひはの大□（頼）――枇杷左大臣（堀・雲・坊・保・A・B・天）

歌詞　こゐにたて丶も（頼・堀・雲・坊・保・A・B「たいても」「たて丶も」両様・定家年号本）――こゐた丶ても（天）

〔頼・堀・雲・坊・保・A・B・天〕

798　詞書　身よりあまる人を（頼）――身よりあまれる人を（堀・坊・A・B・天）――身にあまれりける人を（雲）――ナシ（保）思かけてつかはしける（頼・堀・雲・A・B・天）――おもひよりてつかはしける（坊）――ナシ（保）

作者　とものり（頼）――紀友則（堀・雲・坊・保・A・B・天）

歌詞　たまかつら（頼・清）――玉もかる（堀・保・A・B・天）――たまかつく（雲・坊）　あまならねとも（頼・慶標注本・坊・保）――あまにはあらねと（堀・雲・A・B・天）――〔あまには〕ナラネト（清）　わたつうみの（頼・清・堀・坊・保・B「わたつ海の」「わたつみの」両様）――わたつみの（雲・A・天）〔頼・清・堀・慶・雲・坊・保・A・B・天〕

以上の諸本との本文対照によれば、伝頼政筆切は796の結句、797と798の作者名において他の諸本にはみられない本文を有しており、797では他本の「人のもとにつかはしける」・「女につかはしける」とある詞書を持たないなどの独自現象がみられる。また、430四句「いつらはかりに」は他本の「いつこはかりに」「いつくはかりに」対して雲州本のみとの共通本文、798初句「たまかつら」は他本の「玉もかる」「たまかつく」に対して承安三年清輔本のみとの共有本文であり、431結句「人やをりけん」は清輔本諸本の「ひとやおりつる」とだけ対立する本文であるかと思えば、798二句は「あまならねとも」（頼・慶標注本・坊・保）――「あまにはあらねと」（堀・雲・A・B・天）であるなど、諸本との関係は一定ではない。田中登氏が㈡の本文について、「非定家本の要素がきわめて強い本文」と言われているように、非定家本であることに間違いはないが、その諸本との関係は混沌たる状況を呈している。

五―二　伝藤原為家筆切（一）系

（1）

小松茂美氏『古筆学大成　7　後撰和歌集二・拾遺抄』（平成元年一月、講談社）には、藤原為家（一一九八～一二七五）を伝称筆者とする『後撰集』切として（一）（二）（三）の三種が掲出されている。その（一）の図47・48・49の三葉については、「寂蓮様式の書風に、すこぶる近似」する「平安時代、十二世紀後半ころの書写」であって、「「定家本」以前の、平安時代における『後撰集』の一証本の伝流をとどめる一本」、（二）の一葉は「一異本」、（三）の一葉も「諸本に対立する異本の一本である」と認められている。

このうちの（三）系については別稿を設けたので、ここでは（一）系について考察してみたいと思うが、そこに掲出されている図48は徳川美術館蔵手鑑『玉海』所収切であって、徳川義宣・久保木哲夫・杉谷寿郎・伊井春樹篇『徳川黎明会叢書　玉海・尾陽　古筆手鑑篇一』（平成二年七月、思文閣出版）にみるごとく、実は古筆了雪の極札に「為相卿」とある断簡で、「解説」に「一七・一×一四・二　茶地斐紙、金銀野毛箔砂子雲霞梅花散らし（剝落甚し）　鎌倉」とある。この断簡のつれについては、小林強・高城弘一氏『古筆切研究　第一集』（平成一二年四月、思文閣出版）に新たに紹介があった。それは「一七・三×一三・九糎」「斐紙（全面雲母・銀小切箔撒き）」「鎌倉時代初期頃」の六行書きで、極めは伴っていないが、「当該切とそのツレは寂蓮様であるが」、諸種の古筆名葉集におけるその寂蓮（一一三九頃～一二〇二）の項における記載や「寂蓮様で鎌倉時代の筆にかかるものが少なからずある」ことから、この断簡掲出に際しては「伝寂蓮筆後撰集大六半切」の見出しが与えられている。

なお、高城弘一氏が右掲書において、『古筆学大成　7』に「これら三葉（図版47・48・49）には、ともに藤原為家（一一九八～一二七五）の筆者名を冠して来た」という誤った記載がされている」と述べられているように、『古筆学大成　7』の伝称筆者に関わる処置には問題があろう。が、これらつれの四葉には為家・為相（一二六三～一三二八）に加えて寂蓮も登場してきており、また伝為家筆切（三）系との関連もあって、便宜上からいまは伝為家筆（三）系として扱っておくこととしたい。

(2)

さて、その伝為家筆（一）系の本文は次の通りである。

㈠巻一三・恋五　913～914

『古筆学大成　7』。

　　人のもとにまかりそめてつと
　めてつかはしける

913常よりもおきうかりつるあかつきは
　つゆさへかゝるものにさりける
　　しのひてまうてきける人しも
　いたくをくよしまてこて朝
　に遣ける

914置霜のあかつきかたをおもはすは君
　かやとにはよかれせましや

㈡巻一三・恋五　937〜938
　高城弘一氏蔵手鑑
『古筆切研究　第一集』。

937いなせとも云はなたれすうきもの
　はみをこゝろともせぬよ成けり
　　をとこのいかにそえまいりこぬと
　　云て侍けれは
938こすやあらむきやせんとのみ河岸
　のまつの心を思やらなん

㈢巻一六・雑二　1157〜1160
徳川美術館蔵手鑑『玉海』『古筆学大成　7』。
『徳川黎明会叢書　玉海・尾陽　古筆手鑑篇一』。

　　　よみ人しらす
1157たまされのあみめのまよりふくかせの
　さむくはそへていれんをもひを
　　をとこのものいひけるを人のさはき

けれはまかりかへりてあしたに

1158 しらなみのうちさはかれてたちしかは
身□うしほにそてはぬれにし
かへし

1159 とりもあへすうちさはかれしあ□
にあやなくなにえそて□ち□
たいしらす

1160

(四) 巻一八・雑四　1288〜1290

『古筆学大成　7』。

1288 ゆふくれのさひしきものはあさかほ
のはなをたのめるやとにさりける
左大臣のさうしかゝせ侍りける
をくにかきつけて侍り　ける

1289 はゝそやまみねのもみちのかせをい
たみふることのはをかきそあつむる
たいしらす　こまちかあね

1290 よのなかをいとひてあまのすむさとの

（3）
さて、この四葉は㈠㈡が巻一三・恋五、㈢が巻一六・雑二、㈣が巻一八・雑四であるが、『後撰集』後半部においては定家本諸本を除く諸系統本および古筆切の伝存が少ない上に、伝存本のうちでも古本系統の堀河本は巻一五から巻一七の1215番歌あたりまでは承保三年本系、それ以降は定家本系の本文となっていることを、拙著『後撰和歌集諸本の研究』（昭和四六年三月、笠間書院）において述べた。また、近年福田孝氏は「承保三年奥書本『後撰和歌集』について」（「和歌文学研究」第一〇一号、平成二二年一二月）において、「承保三年奥書本は一〇五三番歌までと、一〇五四番歌以降と、大きく二つに分けられる混態本である可能性が高い」ことを提唱された。一〇五四番歌は巻一四・恋六の部であるが、『後撰集』のことに最末部の五・六巻については、諸本の本文の有り様にさらなる見通しを立ててから考察すべきであるということになろう。従って、この伝為家筆切（一）系（略称「家」）については、伝存を確認しえた四葉の部分においては諸本に歌序の異同はないのでその点は問題がないのであるが、個個の本文については巻一六の㈢、巻一八の㈣は検討の対象から外し、巻一三の二葉について観察することにしたい。

㈠
913　詞書　詞書　まかりそめて（家・堀・坊）――はしめてまかりて（保・A・B・天）――まかりはしめての（雲）　つかはしける（家・堀・雲・保・A・B・天）――ナシ（坊）
歌詞　ものにさりける（家・雲）――物にそありける（堀・坊・保・A・B・天）
〔家・堀・雲・坊・A・B・天〕
914　まうてきける（家・堀・坊）――まてきける（雲・保・A・B・天）――〔ま〕うニ〔きける〕（慶内閣本）　人しもいたく（家）――人しもいたう（堀）――人のしものいたく（雲）――人の霜のいたく（坊・A・B・天）――

人のしもいたく（保）をくよしまてこて（家）――をくよなりけれはえまうてこて（堀）――をくよなりけれはえまてこて（雲）――をく夜なりけれはこて（慶）――をく夜まうてこて（坊）――ふりける夜まからて（保・A・B・天）朝に遣ける（家・慶・雲・坊）――つとめてつかはしける（堀・保・A・B・天）

歌詞　あかつきかたを（家・慶内閣本・坊）――暁おきを（堀・保・A・B・天）君かやとには（家）――君かよとのに（堀・雲・坊・A・B・天）――きみかよとこに（保）よかれせましや（家・堀・坊・保・A・B・天）――よかれましやは（雲）

〔家・堀・雲・慶・坊・保・A・B・天〕

(二)938　詞書　いかにそ（家・雲・坊・保・A・B・天）――ひにそへて（堀）えまいりこぬ（家）――〔えまうてこぬ〕ヨシ（清）――まうてこぬと（堀）――えまてこぬなと（雲）――〔えまうてこぬ〕と（慶標注本）――えまうてこぬよし（坊）――えまいりこぬこと、（保）――えまうてこぬこと、（A・B・天）云て侍けれは（家・保・A・B・天）――いひつかはしたりけれは（堀）――とふらひけれは（雲）――〔い〕へり〔侍りけれは〕（慶）――いひ侍けれは（坊）

作者　ナシ（家・A）――よみ人しらす（堀・雲・坊・保・B・天）

歌詞　河岸の（家・雲・B・天）――かはきしに（堀）――かはしまの（坊・保・A）まつの心を（家・雲・坊・保・A・B・天）――まつ心ちをは（堀）

〔家・清・堀・雲・慶・坊・保・A・B・天〕

このわずか二葉の本文からは明確に諸本との関係は導き難いところではあるが、ことに㈠914・㈡938の詞書の有り様からして、承保三年奥書本系統や定家本の系統ではなく、平安時代の流布群である古本系統のうちに属する一種の本文であろうとまでは言えそうである。

五―三　伝藤原為家筆切（三）系

（1）

藤原為家（一一九八～一二七五）を伝称筆者とする『後撰集』切は、小松茂美氏『古筆学大成　7　後撰和歌集二・拾遺抄』（平成元年一月、講談社）に（一）（二）（三）の三種が掲出されている。そのうちの（三）図51の巻一二・恋四、832 833を内容とする一葉は、個人蔵手鑑『藻塩草』所収切で、その「解説」に「十三世紀の末のころの書風を示している」「諸本に対立する異本の一本である」と述べられている。この断簡は田中登氏「非定家本系後撰集の古筆切」（『古筆切の国文学的研究』、平成九年九月、風間書房）にも取り上げられており、「もと四半形の冊子本で、大きさは縦二二・三センチ、横一五・四センチ。歌は一首二行書きで、全文は次の六行であるが、左端三～四行分ほどが擦り消ちにされている。書写年代は鎌倉の中期といったところであろう」と書誌が記されて、本文内容については「独自異文を多く有し、また部分的には、古本系統の雲州本や堀河本と一致している。わずかに一葉であるが、鎌倉中期に行われていた非定家本系の本文を伝える資料」と言われている。

（2）

さて、この断簡のつれとしては、伊井春樹氏『古筆切資料集成』所収の二葉がそれと認められ、現在までのところ三葉知ることができた。その本文は次のようである。

㈠巻一一・恋三、754～756

伊井春樹氏『古筆切資料集成　巻二　勅撰集下』（平成元年五月、思文閣出版）。
「思文閣古書資料目録」（第一一五号、昭和六二年六月）。

754あしたつのくもゐにかゝるこゝろあ□
よをへてさはにすますそあらましある本なし
せうそこつかはしける女のまたこと人にふみつか
はすときゝていまはおもひはなれねといひをこ
せて侍ける返事につかはしける
贈太政大臣
755まつやまにつらきなからもなみこさむ
ことはさすかにかなしきものを
みやつかへし侍けるを程ひさしくへて
むかへにまうてきておそくまかてけれは
756

㈡巻一二・恋四、832～833

田中登氏蔵
小松茂美氏『古筆学大成　7　後撰和歌集二・拾遺抄』（平成元年一月、講談社）。
田中登氏「非定家本系後撰集の古筆切」（有吉保氏編『和歌文学の伝統』（平成九年八月、角川書店）・『古筆切の国文学的研究』（平成九年九月、風間書房）。

832すみそめのくらまのやまにいるひとは
たとる〳〵もかへりきなゝむ
あひしりて侍ける人のまれ〳〵にまうてき
けれは

833たひをへてかけにみゆるはたまかつら
かつらなからもたゆるなりけり

㈢巻一二・恋四、839～841

伊井春樹氏『古筆切資料集成　巻六　補遺・索引』（平成五年九月、思文閣出版）。「思文閣墨蹟資料目録」（第二一六号、平成二年六月。第二四〇号、平成四年六月）。

839こゝろかるくもかへるなるかな
いとしのひてしれる人のおろかなるさ
まにみえけれは
よみ人しらす

840はなすゝきほにいつることもなき物を
またきふきぬるあきのかせかな
心さしおろかにみえけれは
長木かむすめ

841またさりしあきはきぬれとみし人の
こゝろはよそになりもゆくかな

(3)

この伝為家筆切（三）（「家」と略称）の本文を諸本の本文と対照してみると次のごとくである。が、その本文は巻一一・一二の集後半部のものであるので、対照できる諸本は堀河本・雲州本・伝坊門局筆本・承保本と定家本の無年号本A類・同B類・年号本（天福本）と校異本文として知られる承安三年清輔本・慶長本に限られることとなる。

(一)755　詞書　せうそこつかはしける（家・堀・雲・保・A・B・天）――せうそこつかはし（坊）――せうそこしける（慶内閣本）　女の（家・雲・坊・保・A・B・天）――女に（堀）　またこと人に（家・雲・坊・保・A・B・天）――又こと人（堀）　おもひはなれねと（家・雲・坊・保・A・B・天）――おもひたえぬと（堀）　いひをこせて（家）――いひつかはし（堀）――いひて（雲・坊）――いひ（慶内閣本）――いひをくりて（保・B・天）――いひをくり（A）　侍ける返事に（家・雲・坊・保・A・B・天）――侍けれは（堀）　つかはしける（家・雲・慶）――ナシ（堀・坊・保・A・B・天）

歌詞　つらきなからも（家・堀・雲・坊・A・B・天）――つらさなからも（保）
〔家・堀・雲・慶・坊・保・A・B・天〕

756　詞書　みやつかへし（家・雲・坊・保・A・B・天）――みやつかひし（堀）　侍けるを（家）――侍ける女（坊・保・A・B・天）――侍ける人を（雲）――けるを（堀）　程ひさしくへて（家）――ほとひさしうへて（堀）

――ほとひさしくありて（保・A・B・天）――ほと久て（雲）――程ひさしう在て（坊）――ひさしくありて（慶）　むかへにまうてきて（家・堀・雲）――ものいはんといひ侍けるに（保・A・B・天）――物いはんといひて侍けるに（坊）　おそくまかてけれは（家）――をそくいてけれは（堀・慶）――をそくまかりいて侍けれは（雲）――おそくまかりいてけれは（坊・保・A・B）――をそくまかりけれは（天）

〔家・堀・雲・慶・坊・保・A・B・天〕

㈡
832　歌詞　くらまのやまに（家・堀・保・A・B・天）――くらまの山へ（雲・坊）

〔家・堀・雲・坊・保・A・B・天〕

833　詞書　侍ける人の（家・坊・保・A・B・天）――侍りける人（堀）――侍ける男の（雲）　まれ〳〵にまうてきけれは（家）――まれ〳〵にのみまうてきけれは（堀）――いとまれにのみまてきけれは（雲）――〔まれにのみ〕まてき〔けれは〕（慶標注本）――いとすれにのみまうてきけれは（坊）――まれにのみみえけれは（保・A・B・天）

作者　ナシ（家）――伊勢（堀・雲・坊・保・A・B・天）

歌詞　たひをへて（家・雲）――日をへても（堀・坊・保・A・B・天）　かけにみゆるは（家・堀・雲・坊・保・A・B・天）――〔かけにみゆ〕れ〔は〕（慶標注本）　かつらなからも（家）――つらならにも（堀・雲・坊）――つらきなからも（保・A・B・天）　たゆるなりけり（家）――たえぬなりけり（堀・雲・坊・保・A・B・天）

〔家・堀・雲・慶・坊・保・A・B・天〕

㈢
839　歌詞　こゝろかるくも（家・保・A・B・天）――心かろくも（堀・雲・坊）　かへるなるかな（家・堀・雲・

坊・保・A・B・天）――〔かへるな〕み〔かな〕（慶標注本）
〔家・堀・雲・慶・坊・保・A・B・天〕
840 いとしのひて（家・堀・雲・坊・保・A・B・天）――しのひて（慶）しれる人の（家・堀・慶標注本）――しれる人（雲）――シレリケル人の（清）――人（慶内閣本）――かたらふ人の（坊・保・A・B・天）おろかなるさまに（家・堀・雲・坊・A・B・天）――おろそかなるさまに（清・保）みえけれは（家・清・雲・保・A・B・天）――見え侍けれは（坊）――みえけれはつかはしける（堀）
歌詞　ほにいつることも（家・堀・雲・坊・保・A・B・天）――〔ほにいつる〕ト〔も〕（清）なき物を（家・堀・雲・坊・保・A・B・天）――〔な〕ケレトモ（清）
〔家・清・堀・雲・慶・坊・保・A・B・天〕
841 詞書　心さし（家・堀・雲・保・A・B・天）――人の心さし（坊）おろかに（家・堀・坊・保・A・B・天）――〔をろか〕ナルヤウニ（清）――〔おろか〕なるさまに（慶・雲）見えけれは（家・堀・雲・坊）――みえける人に（慶）――見えける人につかはしける（保・A・B・天）
作者　長木かむすめ（家）――平中興朝臣女或サタキカ女（清）――中興女子（堀）――中興むすめ（雲）――平中興かむすめ（坊・A）――中興かむすめ（B・天）――なかき《平中興》かむすめ（保）――中興女（慶内閣本）
歌詞　またさりし（家・雲・坊・保・A・B・天）――またすありし（堀）なりもゆくかな（家・雲・坊・保・A・B・天）――なりもするかな（堀）

まず、伝為家筆切（三）の知りえたつれ三葉においては、諸本間に歌序の異同はない部分であるので、歌序の面からは諸本との関係は知られない。

そこで、諸本との関係については個個の本文における諸本間の異同からみることになるが、田中登氏の考証にみるごとくであって、伝為家筆切は独自異文を有していることはもとより、汎清輔本系統の校異本文として知られる承安三年清輔本とは離反しているようであり、定家本系統とも近しさは認められない。それに対して、古本系統の堀河本・雲州本とは近しい関係にある本文もなかにはある。

従って、この伝為家筆切は、平安時代の諸本群である古本系統の系譜にある本文を伝えている可能性が高かろうとまではどうやら言えそうである。

五―四　伝二条為藤筆切

（1）

二条為藤（一二七五～一三二四）は、二条家の祖為氏孫、為世男であって歌の家の人で歌壇活動は旺盛、元亨三年（一三二三）後醍醐天皇から一六番歌の勅撰和歌集『続後拾遺集』撰進の命を受けたがその翌年に逝去、権中納言、正二位であった。この為藤を伝称筆者とする『後撰集』切は、『増補新撰古筆名葉集』「同〔二条〕為藤卿」の項に「同〔四半〕　後撰朱星アリ」としてみえる。

その「朱星アリ」とされている『後撰集』切に該当するものかどうかはわからないが、小松茂美氏『古筆学大成7　後撰和歌集二・拾遺抄』（平成元年正月、講談社　以下『古筆学大成7』と略称）に二葉収載されており、一面九行、詞書は四字下りほどで低く、「書写年代は、鎌倉時代、十四世紀に入って間もないころ」、本文は「「定家本」とは、かなり大きな異同がみられ」「別本系統の諸本に共通する異文のかずかずを示している」とされている。一方、久曽神昇氏『古筆切影印解説　Ⅱ六勅撰集編』（平成八年六月、風間書房　以下「古筆切影印解説Ⅱ」と略称）には五葉掲載されており、そのうちの第二四図・第二五図・第二六図は『古筆学大成7』の二葉とつれの切であって、第二四図の料紙は縦二三・四センチ、横一四・七センチの九行、第二六図は縦二三・五センチ、横一三・三センチの九行書きである。これに対して、第二七図と第二八図は別種の断簡であって、これも「朱星アリ」の該当切かどうか不明であって、他につれとなる切を見出していない。

この二葉のつれの切五葉によってその本文の有り様について詳細な検討を加えられたのが、立石大樹氏「「伝二条為藤筆四半切後撰和歌集」考」（関西大学「国文学」第九四号、平成二二年二月）であって、結論としては「はっきりと天福二年本と対立し、その多くは非定家本のいずれかの伝本が持つ本文と一致するものの、はっきりと同系統と言えるものはない。また少なからず独自異文を有することをも考えると、現段階ではいずれの諸本とも異なる「古本系統」の一本と考えておくことが無難であろう」と述べられている。

この見解に異を立てるところはないのではあるが、さらに三葉のつれの切を確認できているので、あらためて伝為藤筆切の本文について観察しておきたいと思う。

(2)

さて、伝為藤筆『後撰集』切つれの八葉の本文は次のようである。

㈠巻一・春上　39〜42

富岡美術館旧蔵・早稲田大学會津八一記念博物館蔵手鑑『文彩』。

39わかみるはなはいろもかはらす
はるのひことのいつくありて
よみ人しらす
40むめのはなちるといふなへにはるさめの
ふりてつゝなくうくひすのこゑ
かよひ侍ける人の家なる柳を

おもひやりて　　みつね
41いもかいゐのはひいりにたてるあをやきに
今やなく覧うくひすのこゑ
松のもとにかれこれ侍りてはなをみつ
42

㈡巻三・春下82〜84
伏見宮旧蔵手鑑『筆林翠露』。
つらゆき
82ひさしかれあたにちるなとさくらはな
かめにさせれとうつろひにけり
かへし
83ちよふへきかめにさせれとさくらはな
とまらんことはつねにやはあらぬ
たいしらす　　　よみ人しらす
84ちりぬへきはなのかきりはをしなへて
いつれともなくをしきはるかな

㈢巻七・秋下
徳川美術館蔵手鑑『玉海』。

『古筆学大成7』　徳川義宣・久保木哲夫・杉谷寿郎・伊井春樹編『徳川黎明会叢書　古筆手鑑篇一　玉海・尾陽』（平成二年七月、思文閣出版）。

359かりかねのなきつるなへにからころも
たつたの山はもみちしにけり
たいしらす

360あきかせにさそはれわたるかりかねは
ものおもふ人のやとはよきなん

361たれきけとなくかりかねそわかやとの
おはなかすゑをすきかてにする

362ゆきかへりこゝもかしこもたひなれや
くるあきことにかり〳〵となく

㈣巻七・秋下

宮内庁書陵部蔵手鑑〔E1 43〕　久保木哲夫・杉谷寿郎・平林盛得・別府節子編『古筆手鑑叢刊1　宮内庁書陵部蔵　古筆手鑑』（平成一一年一〇月、貴重本刊行会）。

374うちはへてかけとそたのむみねのまつ
色とる秋の風にうつるな

375はつしくれみれる山へそおもほゆる
いつれのかたかまつもみつ覧

376いもかひもとくとむすふとたつたやま
今そもみちのにしきなりける
377かりなきてさむきあしたのつゆならし
たつたの山をもみたすものは
378みることにあきにもなるかたつたひめ

㈤巻七・秋下
『古筆切影印解説Ⅱ』第二四図。

378もみちそむとや秋のきるらん
源むねゆきの朝臣
379あつさゆみいるさのやまはあきゝりの
あたることにや色まさるらん
はらからとちのなかにいかなりける事
か侍りけん　　よみ人しらす
380君とわれいもせのやまもあきくれは
いろかはりぬるものにそ有ける
たいしらす　　もとかた
381

㈥巻九・恋一

手鑑『もしの関』・『古筆学大成7』142。
につかはしける　よみ人しらす
512うちかへし君そ恋しきやまとなる
ふるのわさたのおもひいてつゝ
かへし
513あきのたのいなてふことにみへしかは
おもひいつるかうれしけもなし
女につかはしける
514人こふるこゝろはかりはそれなから
われはわれにもあらぬころかな

㈦巻一〇・恋二
『古筆切影印解説Ⅱ』第一五図。
きぬのくはれりけれは　　もとよしのみこ
679あふことをとと山すりのかりころも
きてははかなきねをのみそなく
たいしらす　　あつよしのみこ
680ふかくのみたのむ心はあしのねの

わけても人にあはんとそおもふ

㈧巻一一・恋三

『古筆切影印解説Ⅱ』第二六図。

ふちはらのありよし有好

790あひみてもつゝむおもひのわひしきは
人まにのみそねはなかれける

物いひけるおとこのいひわひていかゝはせんいなと
いひはなちてよといひつかはしたりけれは

よみ人しらす

791おやまたのなはしろ水はたえぬとも
心のいけのいひははなたし

かたゝかへに人の家に人をゐてまかりてねてまか

792

このうち、㈣は諸本にみる378番歌の上句で終っており、㈤は378番歌の下句から始まっているので、もともとは連接している関係にあったものとみられる。

(3)

この本文によって、まず伝為藤筆切（以下「藤」と略称）の歌序についてみてみたい。

(一) 39 40 41 42（藤・荒・片・清・雲・坊・保・A・B・天　白 39 40）
× 40 41 42（堀　39ナシ）
(二) 82 83 84（藤・雲・坊・保・A・B・天）
82 × 84（荒・片・清・堀・行　83ナシ）
(三) 359 360 361 362（藤・荒・片・慈・清・堀・雲・坊・保・A・B・天　烏 362）
(四) 374 375 376 377 378（藤・片・慈・堀・雲・保・B・天　清 374 375 376 377　白 376 377 378　行 375「有」）
374 × 376 377 378（荒・坊・A・375ナシ）
(五) 378 379 380 381（藤・荒・片・堀・保・A・B・天　慈 378　白 378 379　烏 379 380 381）
378 380 379 381（雲　380 379の順）
378 379 380 383（坊　381ナシ、378 379 380 383 382 384の順）
(六) 512 513 514（藤・荒・片・清・堀・雲・保・A・B・天　白 512 513）
(七) 679 680（藤・荒・片・堀・雲・坊・A・B・天）
(八) 790 791 792（藤・清・堀・雲・坊・保・A・B・天）

伝為藤筆切のつれとして知られる八葉のうち(3)(6)(7)(8)の四葉の歌序は諸本と同歌序であって、他の(1)(2)(4)(5)の四葉において諸本間に異同がみられる。その諸本間に異同のある四葉においては、汎清輔本系統、また古本系統の諸本とはそれぞれに異なる歌序がみられる。それに対して、承保本および定家本の無年号B類本と年号本とはすべての個所において歌序が一致している。しかしながら、対照個所が少なく限定されているという状況であるので、この歌序配列の結果をもってしてただちに諸本との親疎関係に結びつけて考えることは控えておくべきなのであろう。

(4)

次に、本文そのものにおける諸本との関係をみてみたい。そのために、まず詞書、作者名については諸本間における全文の異同関係、歌詞は句を単位とする関係を表示する。

㈠

39　歌詞　わかみるはなは（藤）――わかみるえたは（荒・片・白・坊・保・A・B・天）――わかみるえたに（雲）

〔藤・荒・片・白・雲・坊・A・B・天〕

40　詞書　はるのひことのいつくありて（藤）――はるひとのいへにてよめる（荒・片）――春日ことのついてありて（白）――春人の家にありて（堀）――春の日ことのついてありてよめる（雲・坊・保・A・B・天）

作者　よみ人しらす（藤・白・堀・雲・坊・保・A・B・天）――ナシ（荒・片）

歌詞　ちるといふなへに（藤・堀）――ちるてふなへに（荒・片・雲・坊・保・A・B・天）――ちるてふなつに（白）　ふりてつゝなく（藤・片・坊・保・A・B・天）――ふりいてつゝなく（荒・堀・雲）

〔藤・荒・片・白・堀・雲・坊・保・A・B・天〕

41　詞書　かよひ侍ける人の家なる柳をおもひやりて〔藤〕――かよひすみはへりけるひとのいへに侍けるやなきをおもひやりてよめる〔荒・片〕――かよひすみ侍ける人の家なる柳をおもひやりて〔堀〕――かよひ侍ける人のいゑのまへなる柳を思やりて〔雲〕――かよひすみ侍ける人の家のまへなる柳をおもひやりてよめる〔保〕――かよひすみ侍ける人の家の柳をおもひやりてよめる〔坊・A・B〕――かよひすみ侍ける人の家のまへなる柳を思やりて〔天〕

作者　みつね〔藤・荒・片・坊・保・A・B・天〕――凡河内躬恒〔堀・慶・雲〕

歌詞　はひいりにたてる〔藤・荒・片・雲・保・A・B・天〕――はゝりにたてる〔堀〕――はゐりにたてる〔坊〕　あをやきに〔藤・荒・片・雲・保・A・B・天〕――青柳の〔堀・坊〕

〔藤・荒・片・堀・雲・慶・坊・保・A・B・天〕

42　詞書　松のもとにかれこれ侍りてはなをみつ〔藤〕――まつのもとにてはなをみやりて〔荒〕――松ノモトニテ花ヲミヤリテヨメル〔片〕――松のもとにかれこれ侍りて花をみつかはしける〔堀〕――松のもとにかれこれ侍て花を見やりて〔雲・坊・保・天〕――松のもとにかれこれ侍てはなをみやりて〔A・B〕――〔行、天「やりて」に対して「ツカハシ」とあり〕

〔藤・荒・片・堀・行・雲・坊・保・A・B・天〕

(二)

82　作者　つらゆき〔藤・坊・A・天〕――よみひとしらす〔荒〕――紀貫之〔片・清・堀・慶・雲・保・B〕

〔藤・荒・片・清・堀・雲・慶・坊・保・A・B・天〕

83　作者　ナシ〔藤・坊・保・A・天〕――中務〔慶・雲・B〕

歌詞　かめにさせれと〔雲・坊・保・A・B・天〕――〔かめに〕さしなから〔慶内閣本〕　さくらはな〔藤・

雲・坊・A・B・天）――さしなから（保）
〔藤・雲・慶・保・A・B・天〕
84　詞書・作者　たいしらす　よみ人しらす（藤・雲・A）――たいしらす　ナシ（荒・堀）――題不知　よみ人
も（坊・保・B・天）――〔たいしらすよみ人〕も〔しらす〕（慶内閣本）
歌詞　はなのかきりは（藤・片・堀・雲・坊・保・A・B・天）――はなのかきりを（荒）――はなのかかりは
（堀）

(三)
360　詞書　たいしらす（藤・片・慈・堀・雲・坊・保・A・B・天）――ナシ（荒）
歌詞　やとはよきなん（藤・雲・坊）――やとをよかなん（荒・片・A・B・天）――やとはなきなむ（堀）
――やとはわかなん（保）――やとはよるなん（慈）
〔藤・荒・片・慈・堀・烏・雲・坊・保・A・B・天〕
361　歌詞　すきかてにする（藤）――すきかてにして（荒・片・慈・堀・雲・坊・保・A・B・天）
〔藤・荒・片・慈・堀・雲・坊・保・A・B・天〕
362　歌詞　たひなれや（藤・荒・片・慈・堀・雲・坊・保・A・B・天）――たひなれは（烏）
〔藤・荒・片・慈・堀・烏・雲・坊・保・A・B・天〕

(四)
375　歌詞　みれる山へそ（藤）――フレハヤマヘソ（片・慈・堀・雲・保・B・天）　いつれのかたか（藤・片・
慈・堀・雲・保・B・天）――［いつれの方］ニ（清）　まつもみつ覧（藤・片・雲・保・B・天）――まつうつるら
ん（慈）――まつもみちすらむ（堀）

〔藤・片・慈・清・堀・雲・保・B・天〕

376 作者 ナシ（藤・白・堀・雲・坊・保・A・B・天）――ふかやふ（荒・片・慈・慶標注本）

歌詞 いもかひも（藤・荒・片・慈・白・堀・坊・保・A・B・天）――いもかそて（雲）今そもみちの（藤・白・雲・坊・保・A・B・天）――やまそもみちの（荒・片・慈・清・堀）にしきなりける（藤・白）――にしきおりける（荒・片・慈・坊・保・A・B・天）――にしきおりくる（雲）――にしきなりけり（堀）

〔藤・荒・片・慈・清・白・堀・雲・慶・坊・保・A・B・天〕

377 歌詞 つゆならし（藤・荒・片・慈・白・雲・坊・保・A・B・天）――露ならて（堀）たつたの山を（藤・荒・片・慈・堀・雲・坊・保・A・B・天）――たつたのやまの（白）もみたすものは（藤・雲・坊・A・B・天）――みたすもみちは（荒・片・慈・清・保）――もみちますものは（白）――てらす物かは（堀）

〔藤・荒・片・慈・清・白・堀・雲・坊・保・A・B・天〕

378 歌詞 みることに（藤・荒・慈・堀・雲・坊・保・A・B・天）――ミルタヒニ（片・白）あきにもなるか（藤・荒・片・慈・雲・坊）――秋にもあるかな（白・保・A・B）――秋にもなすか（堀）――〔秋にも〕ナ〔るかな〕（清・天）

〔藤・荒・片・慈・白・堀・雲・坊・保・A・B・天〕

(五)378 歌詞 秋のきるらん（藤）――ゝ（や）まのきるらん（荒・片・慈・清・白・雲・坊・保・B）――山のきたらむ（堀）――山もきるらん（A・B〔両様〕・天）――〔山〕のみるらん（慶）

〔藤・荒・片・慈・清・白・堀・雲・慶・坊・保・A・B・天〕

379 作者 源むねゆきの朝臣（藤・荒・雲・坊・保・A・天）――宗行朝臣（片・B）――源宗平（堀）――みなも

とのむ〔ねゆ〕□（白）

歌詞　いるさのやまは（藤・荒・片・堀・雲・坊・保・A・B・天）――いるさのやまの（白）――いるさの山を（烏）あきゝりの（藤・荒・片・白・堀・烏・雲・坊・保・A・B・天）――〔秋きり〕に（慶内閣本）あたることにや（藤・荒・片・烏・雲・坊・保・A・B・天）――あたることにそ（堀）――〔あた〕り〔ことにや〕（慶標注本）

〔藤・荒・片・白・堀・烏・雲・慶・坊・保・A・B・天〕

380　詞書　とちのなかに（藤・荒・片・堀・烏・慶）――とち（天）――のなかに（坊・保・A・B）いかなりける事か（藤）――いかなることか（荒・片・堀・烏・雲・坊・保・A・B・天）侍りけん（藤・荒・片・堀・烏・雲・天）――ありけん（坊・保・A・B）

作者　よみ人しらす（藤・荒・片・堀・雲・坊・保・A・B・天）――もとかた（烏）

歌詞　いもせのやまも（藤・荒・片・堀・雲・坊・保・A・B・天）――いもせの山を（烏）いろかはりぬる（藤・片・堀・烏・雲・坊・保・A・B・天）――いろかはりゆく（荒）

〔藤・荒・片・堀・烏・雲・坊・保・A・B・天〕

381　作者　もとかた（藤・堀・雲・坊・保・A・B・天）――ありはらのもとかた（荒・片）――ナシ（烏）

〔藤・荒・片・堀・烏・雲・坊・保・A・B・天〕

㈥
512　詞書　につかはしける（藤・片・白・堀・雲・坊・保・A・B・天）――へつかはしける（荒）

作者　よみ人しらす（藤・荒・片・堀・雲・坊・保・A・B・天）――人しらす（白）

歌詞　身そ恋しき（藤・荒・白・清・堀・雲・坊・保・A・B・天）――キミヲコヒシキ（片）

〔藤・荒・片・白・清・堀・雲・坊・保・A・B・天〕

513　歌詞　いなてふことに（藤・荒・片・慶標注本・雲）——いねてふことに（白・堀）——いねてふことを（坊・保・A・B・天）　みてしかは（藤・白・堀）——みえしかは（荒・片・堀）——みてしより（慶標注本・雲）——かけしかは（坊・保・A・B・天）　おもひいつるか（藤・白・坊・保・A・B・天）——おもひいつるに（荒・片・堀）——〔おもひいつる〕モ（清）——おもひいつれと（慶・雲）

〔藤・荒・片・白・堀・雲・慶・坊・保・A・B・天〕

514　詞書　女につかはしける（藤・堀・坊・A・B・天）——をんなのもとへつかはしける（荒・片）——女につかはせる（雲・保）

歌詞　それなから（藤・荒・堀・雲・坊・保・A・B・天）——ヲレナカラ（片）　あらぬころかな（藤・荒・片・堀・慶・雲）——あらぬなりけり（坊・保・A・B・天）

〔藤・荒・片・堀・慶・雲・坊・保・A・B・天〕

(七)679　詞書　きぬのくはれりけれは（藤）——きぬのはへりけれは（荒・片・雲）——きぬのくわゝりけれは（堀）——〔きぬ侍りけ〕れは（慶標注本）——きぬのはへりけるに（保・A・B）——きぬ侍けるに（坊・天）

作者　もとよしのみこ（藤・荒・片・堀・雲・坊・保・B・天）——ナシ（A）

歌詞　あふことを（藤・荒・片・堀・雲）——あふ事は（坊・保・A・B・天）　とを山すりの（藤・荒・片・坊・保・A・B）——遠山鳥の（堀・雲・天）（B〔両様〕・天〔年号本多く「す」〕）　かりころも（藤・片・雲・坊・保・A・B・天）——からころも（荒・堀）　きてはかなき（藤・坊・保）——きてはかゐなき（荒・片・雲・A・B・天）——きてはわひしき（堀）　ねをのみそなく（藤・堀・雲・坊・保・A・B・天）——ねをもなくかな

（荒・片）

680
〔藤・荒・片・堀・雲・慶・坊・保・A・B・天〕
詞書　たいしらす（藤・荒・片・雲・坊・保・保・A・B・天）――ナシ（堀）
歌詞　ふかくのみ（藤・荒・片・雲・坊・保・A・B・天）――ふかく我（堀）　たのむ心は（藤・荒・片）――
たのむ心を（堀）――おもふ心は（雲・坊・保・A・B・天）

（八）
791
〔藤・荒・片・堀・雲・坊・保・A・B・天〕
詞書　物いひけるおとこのいひわひていかゝはせんいなといひはなちてよといひつかはしたりけれは
（藤）――〔物いひ侍ける男〕の〔いひ〕わ〔ひていかゝせんいなともいひはなちてよ〕ナ〔といひ〕タ〔れ
は〕（清）――ものいひけるおとこのいひわつらひていかゝはせむなんともいひはなちてよるといひつかはし
たりけれは（堀）――〔ものいひ侍りけるをとこ〕の〔いひわつらひていかゝはせんいなともいひはなちてよ
といひ〕〔けれは〕（慶標注本）――ものいひける男のいひわつらひていかゝせんなといひはなちてよといひつ
かはしたりけれは（雲）――物いひけるおとこいひわつらひていかゝはせんいひはなちてよといひ侍けれは
（坊）――ものいひ侍けるおとこいひわつらひていかゝはせんいひはなちてよといひけれは（保）――ものいひ
侍けるおとこいひわつらひていかゝはせむいなともいひはなちてよといひ侍けれは（A・B・天）
歌詞　心のいけの（藤・堀・雲・保・A・B・天）――心の水の（坊）

792
〔藤・清・堀・雲・慶・坊・保・A・B・天〕
詞書　かたゝかへに人の家に人をゐてまかりてねてまか（藤）――〔方たかへに人の家に人を〕ゐ〔てまか
りてかへ〕（清）――かたゝかへに人の家にて人をみてまかりてあした（堀）――かたゝかへに人のいゑに人を

見てまかりてねてまか（雲）――か、たかへに人の家に人をくしまかりて帰て後（坊）――かた、かへに人のいへに人をくしてまかりてかへりて（保・A・B・天）

〔藤・清・堀・雲・坊・保・A・B・天〕

以上のようで、詞書においては伝為藤筆切は堀河本とともに誤謬とみうる本文も含めて独自の本文を多く有していることが知られる。従って、きわめて近しい諸本は見当らないとせねばならなかろうが、疎遠関係からすると㈠40における伝為藤筆切の「ことのいつく」や白河切・雲州本・伝坊門局筆本・承保本・定家本の「ことのついて」に対して、二荒山本・片仮名本・堀河本の「ひとのいへ」、また㈠41 42にみるように、二荒山本・片仮名本などの汎清輔本系統の諸本とは対立的であるとみられる。これに対して、独自異文を多く含み持っていて㈠40のように離れた位置にあると見受けられる堀河本とは、㈦679の「きぬのくはれり」と堀河本の「きぬのくわゝり」は、二荒山本・片仮名本・承保本・定家本の「きぬのはへり」、伝坊門局筆本・天福本の「きぬ侍」と対立して近似の本文を有している。㈧791の詞書においても同断であることは注目しておいてよかろう。

次に、作者名においては、実質的に異文関係にあるのは、㈤380において諸本が「よみ人しらす」であるのに対して烏丸切が諸本381の作者名「もとかた」をここにもつという個所を除くと、㈣376の「ナシ（藤・白・堀・雲・坊・保・A・B・天）」――「ふかやふ（荒・片・慈・慶標注本）」の個所である。この376「いもかひも」の歌は『万葉集』（巻一〇、2205）歌であって、一部の『人麿集』『家持集』にもみられるので、清原深養父を作者とする由来は知られないが、とにかくここにおいても伝為藤筆切は汎清輔本系統とは遠い存在であることが窺われよう。

一方、歌詞においては、諸本間の本文に異同があって対照した個所は三六個所であるが、そのうち伝為藤筆切は㈠

39四句が他の諸本が「わかみるえたは」「わかみるえたに」であるのに対して、ひとり「わかみるはなは」というように、独自の本文である個所が四個所あることがまず注目され、全体としてもきわめて近しい関係にあるとみることができる諸本はみられないようである。すなわち、異質の本文である場合も助詞一字の違いや誤写本文とみられる場合も一率に同文、異文としての集計ではあるが、対照個所数を分母、そのうちの同文本文を分子という形で示すと（校異本文である承安三年本、慶長本は除く）、汎清輔本系統の二荒山本17/33・片仮名本20/36・伝慈円筆本5/12、古本系統の白河切7/14・堀河本16/35・烏丸切2/7・雲州本25/38・伝坊門局筆本22/35、承保本系統22/38、定家本系統の無年号本A類24/37・同B類24/38・年号本〔天福本〕23/38である。とくに諸本のうち一致率の低い堀河本は、たとえば㈣375五句は伝慈円筆本の「まつうつるらん」のほかの諸本が「まつもみつ覧」であるのに対して「まつもみちすらむ」の字余りの本文であり、㈦680初句では諸本が「ふかくのみ」であるのに対してひとり「ふかく我」という独自の本文であるというように、独自異文個所が六個所あるといった性格も関係していよう。しかしながら、㈠40二句は他の諸本が「ちるてふなへに」（荒・片・雲・坊・保・A・B・天）「ふるてふなつに」（白）であるのに対して伝為藤筆切とともに「ちるといふなへに」の本文、㈣376五句は他の諸本の「にしきおりける」（荒・片・慈・坊・保・A・B・天）「にしきおりくる」（雲）に対して白河切とともに「にしきなりける」であって伝為藤筆切と共有している本文である。この白河切と堀河本とは古本系統のうちで一系を成すと認められる関係にあるが、その白河切も㈣377や㈤379にみるように独自性の強い本文でありながら、㈥513三句「みてしかは」の本文が伝為藤筆切と共通し他の「みえしかは」（荒・片・堀）「みてしより」（雲）「かけしかは」（坊・保・A・B・天）と対しているという個所もある。

(5)　伝為藤筆切の本文は、立石大樹氏が「はっきりと同系統と言えるものはない」と言われているように、この再検討によってもどの諸本とも近しい関係にあるとは認められないようである。なかでも汎清輔本系統の諸本とはもっとも遠い存在のようであり、また承保本系統や定家本系とは離反、対立するとは言い難いものの近しいとも言えない。それかとて平安時代の諸種の本文群である古本系統の諸本のなかにも密接な関係にある本文は見出し難いのであるが、白河切とは近しいことがあるという片鱗が見られる。結局のところ、古本系統のうちの伝西行筆白河切を念頭に置きながら、本文の混態ということなども含めて、新しい資料の出現を待ちながら観察してゆくべきであろうかと思う。

五―五　伝坊門局筆切・伝津守国夏筆切

(1)　田中登氏『平安新修古筆資料集　第三集』（平成一八年一月、思文閣出版）に「一〇六　津守国夏　四半切（後撰集）」の一葉が掲出されている。この一葉は「縦二五・三センチ、横一六・二センチ。歌は一首二行書で、一面八行詰」、「筆者を伝えて津守国冬という」、「書写年代も鎌倉後期は十分であるもの」であると解説されている。この解説によると、伝称筆者は津守国冬（一二七〇～一三二〇）とあるので、見出しの国冬男国夏（一二八九～一三五三）と齟齬することになるが、田中氏が『古筆の楽しみ』（平成二七年二月、武蔵野書院）に新たに紹介されたツレの一葉は国夏であり、見出しを尊重もして、一応伝称筆者は国夏として扱っておきたい。また、田中氏は前著に「『思文閣墨蹟資料目録』第三〇三号にツレが一葉紹介されている（ただし、伝称筆者は坊門局とある）」と述べられている。この切は「旧高田藩主榊原家御蔵品」（大正五年六月一五日、東京美術倶楽部）に「一一　坊門局　歌切　定家書入」としてみられる。なお、小松茂美氏『古筆学大成　7　後撰和歌集二・拾遺抄』（平成元年一月、講談社）所収の伝国冬筆切、伝国夏筆切各一葉の『後撰集』切は以下の断簡とは別種のものであるので、坊門局一葉・国夏二葉の時代を隔てた伝称筆者をもつ三葉がツレの切として認められていることになる。

(2)　その三葉の本文は次のようである。

㈠巻九・恋一、534～536　伝津守国夏筆

田中登氏『古筆の楽しみ』

女のもとにつかはしける

534あふことはいと、くもゐのおほそらに

たつなのみしてやみぬはかりか

かへし

535よそなからやまむともせすあふ事は

いまこそくものたえまなるらめ

又おとこ

536いまのみとたのむなれともしらくもの

㈡巻九・恋一、576～578　伝坊門局筆

「旧高田藩主榊原家御蔵品」。

576われはあしへのかもならなくに

ひとつにつかはしける

源のひとしの朝臣 参議右大弁　中納言希男　大納言弘孫

577あさちふのをの、しのはらしのふれと

あまりてなとか人のこひしき

兼覧王兼もりイ

578あめやまぬのきのたまみつかすしらす
　こひしきことのまさるころかな
㈢巻一〇・恋二、606〜608　伝津守国夏筆
田中登氏『平成新修古筆資料集　第三集』。
606かくれぬにしのひわひぬるわか身かな
　ゐてのかはつとなりやしなまし
　　女のさうしによな〳〵たちよりつゝ
　ものなといひてのちに
　　　藤原輔仁春宮少進参議玄上　一男
607あふくまのきりとはなしにふゆのよを
　たちわたりつゝよをもふるかな
608
　　ふみつかはせともかへり事もせさりけ

(3)
この伝坊門局筆切・伝津守国夏筆切（略称「夏」）三葉の範囲では諸本間に歌序の異同はみられない。そこで、個個の本文から諸本との親疎関係をみてみたい。

(一)
534　詞書　女のもとにつかはしける（夏・白）――をむなのもとへつかはしける（荒・片）――女のもとに（堀・雲・坊・保・A・B・天）
歌詞　いと丶くもゐの（夏・荒・片・雲・坊・保・A・B・天）――いと丶しらくも（白・堀・行〔いと丶〕しらくも）　たつなのみして（夏・荒・片・堀・雲・坊・保・A・B・天）――いと丶しらくも（白・堀・行〔いと丶〕しらくも）　やみぬはかりか（夏・荒・片・堀・雲・保・A・B・天）――やみぬはかりそ（白・坊）
〔夏・荒・片・白・堀・雲・坊・保・A・B・天〕
535　歌詞　あふことは（夏・荒・片・白・堀・坊・保・A・B・天）――あふことの（雲）　いまこそくもの（夏・荒・白・堀・雲・坊・保・A・B・天）――イマクモヰノ（片）　たえまなるらめ（夏・荒・片・堀・雲・坊・保・B・天）――たえまなる覧（A）
〔夏・荒・片・白・堀・雲・坊・保・A・B・天〕
536　詞書・作者　又おとこ（夏・荒・片・坊・保・A・B・天）――又つかはしける　おとこ（白）――おとこ（堀・雲）――ナシ（慶）
歌詞　いまのみと（夏・荒・片・白・堀・雲・保・A・天）――〔今の〕コ〔と〕（清）――いまとのみ（坊・B）
〔夏・荒・片・清・白・堀・雲・坊・保・A・B・天〕
(二)
576　歌詞　かもならなくに（夏）――かりならなくに（荒・片・堀・雲）――たつならなくに（坊・保・A・B・天）
〔夏・荒・片・堀・雲・坊・保・A・B・天〕
577　詞書　ひとにつかはしける（夏・堀・雲・坊・保・A・B・天）――人のかりつかはしける（荒・片）

作者　源のひとしの朝臣（夏・片・堀・雲・坊・保・A・B・天）――ナシ（荒）
歌詞　をの、しのはら（夏・荒・堀・雲・坊・保・A・B・天）――ヲノ、ノシノハラ（片）　しのふれと（夏・片・堀・雲・坊・保・A・B・天）――しのふとも（荒）
〔夏・荒・片・堀・雲・坊・保・A・B・天〕

578
作者　兼覧王（夏・堀・慶標注本・雲・B）――源兼名（荒・片）――兼盛（坊・保・A・天）
歌詞　のきのたまみつ（夏・白・堀・雲・坊・保・A・B・天）――のきのしたみつ（荒・片・清）　まさるこ ろかな（夏・荒・片・堀・雲・坊・保・A・B・天）――まさるこゝろかな（白）
〔夏・荒・片・白・堀・慶・雲・坊・保・A・B・天〕

㈢
606
歌詞　しのひわひぬる（夏・堀・雲・坊・保・A・B・天）――しのひかねぬる（荒・片）　ゐてのかはすと（夏・荒・片・雲・坊・保・A・B・天）――ゐての河つに（堀）
〔夏・荒・片・堀・雲・坊・保・A・B・天〕

607
詞書　女のさうしに（夏・堀・雲・坊・保・A・B・天）――をんなのもとに（荒）――女ノモトへ（片）――ナシ（白）　よな〳〵たちよりつゝ（夏・片・雲・坊）――〔よ〕な〔〳〵立より〕て（慶）――よる〳〵たちよりて（堀）――よる〳〵たちよりつゝ（保・A・B・天）――ナシ（白）　ものなといふついてに（荒）――モノナムトイフツイテニ（片）――もの、給なとしてのついてに（堀）――〔物なと〕いふついてに（慶標注本）――ものたうひなとしてのついてに（雲・坊）――ものなといひてのちに（夏）――ものなといひてのち（保・A・B・天）――〔物なと〕のたうひ〔てのち〕（行）――ついてに（白）
作者　藤原輔仁（夏・荒・片）――ふちはらのすけふさ（白）――藤原すけもと（堀・慶・雲）――藤原すけふ

ん〔坊・保・天〕――藤原すけむと〔A・B〕

歌詞　あふくまの〔夏・荒・片・白・雲・坊・保・A・B・天〕――あふ坂の〔堀〕　ふゆのよを〔夏・荒・片〕――よもすから〔白・堀・雲・坊・保・A・B・天〕

〔夏・荒・片・白・堀・雲・慶・坊・保・A・B・天〕

608　詞書　ふみつかはせとも〔夏・保・A・B・天〕――ふみつかはしけれと〔荒・片〕――ふみつかはせと〔白・堀・坊〕――ふみつかはしけれとも〔雲〕――〔ふみ〕の〔慶〕　かへり事もせさりけ〔夏・荒・片・白・堀・雲・坊・保・A・B・天〕――返事せさりけ〔慶内閣本〕

〔夏・荒・片・白・堀・雲・慶・坊・保・A・B・天〕

この個個の本文における諸本関係をみてみると、607作者名「藤原輔仁」は他の諸本と対立して二荒山本・片仮名本とのみ同文であり、607三句「ふゆのよを」も他の諸本の「よもすから」に対して二荒山本・片仮名本と同文であって、汎清輔本と近しい関係にあるもののごとくである。しかし、577の詞書における汎清輔本との違いや、578の作者名が二荒山本・片仮名本が「源兼名」であるのに対して堀河本・雲州本・定家無年号本B類と同じ「兼覧王」であり、また本断簡の作者名「源のひとしの朝臣」の勘物「参議右大弁　中納言希男　大納言弘孫」に対して、勘物の類を多く持つことが特色である清輔本の一種片仮名本の鉤形合点のもとにある勘物「天暦五、薨七十三」とは異種のものであるといったように、汎清輔本系統とは近・遠両様の状態にある。一方、古本系統の諸本や承安三年本系統・定家本系統とは同文個所が比較的多くみられはするが、諸本さまざまの組み合わせで同文の場合と異文の場合とがある。また、577「源のひとしの朝臣」の勘物においても、天福本の勘物「中納言希男　参議右大弁　天暦三年薨」にみるように、定家本諸本の勘物と類似してはいるが同じものはない。

本文について、田中登氏が㈢607の作者名における「一致するのは片仮名本と二荒山本」に注目され、立石大樹氏が㈠における「二荒山本・片仮名本と一致」する本文に注目されて「清輔本系統の本文を有している可能性がある」とみておられる。注目すべき示唆ではあるが、本文は混態の様相も呈しており、方向づけについてはさらなる資料の紹介を待ってのこととしたいと思う。

五―六　伝世尊寺行尹筆切

(1)

世尊寺家第一二代行尹（一二八六～一三五〇）を伝称筆者とする『後撰集』切は、小松茂美氏『古筆学大成　7　後撰和歌集二・拾遺抄』（平成元年一月、講談社）に、徳川美術館蔵手鑑『玉海』所収切の「伝世尊寺行尹筆　後撰和歌集切（一）」と、手鑑『もしの関』所収切の「伝世尊寺行尹筆　後撰和歌集切（二）」の二種各一葉が掲出されている。その（一）は前五行が巻三・春下、94～95、後五行も巻三・春の102～103を継いだ藍内曇りの雲紙で歌は二行書き、（二）の方は「金泥で小竹《おしの》の装飾文様をほどこしている」「大ぶりな字粒」の歌二行書きである。『増補新撰古筆名葉集』「同〔世尊寺〕行尹卿」の項の「四半　後撰哥二行書」は、この（一）（二）のいずれの方を指しているのか判然としないが、（一）は天福本をはじめ定家年号本ではなく、また（二）もどうやら定家本ではないようである。ここではいま一葉知られる（二）の方の本文内容を示しておきたい。

(2)

その伝行尹筆（二）系（略称「尹」）の本文は次のごとくである。

(一)巻八・冬、451

「旧高瀬藩主子爵細川家御蔵品入札」（昭和三年五月七日、東京美術倶楽部）、「四七　古筆手鑑帖」。

読人しらす
451神な月しくれとゝもにかみなひの
もりのこのはゝふりにこそ□れ

㈡巻九・恋一、541〜542
手鑑『もしの関』、『古筆学大成　7』。

返し
541あたにこそちるとみるらめ君にみな
うつろひわたる花のこゝろを
其のほとに返こむとてものに
まかりにける人の程をすくして
こさりけれはつかはしける
542こむといひし月日をすくすをはすての

(3)
この二葉における諸本との本文異同は次のようである。
㈠451　作者　読人しらす（尹）――ナシ（荒・片・慈・堀・雲・坊・保・A・B・天）
〔尹・荒・片・慈・堀・雲・坊・保・A・B・天〕

㈡541　歌詞　ちるとみるらめ（尹・坊・保・A・B・天）――かるとみるらめ（荒・清・堀・雲）――カリトミルラメ（片）　うつろひわたる（尹）――うつろひにたる（荒・片・堀・雲・天）――うつろひにける（坊・保・A・B）花のこゝろを（尹・荒・片・堀・坊・保・A・B・天）――花の心は（雲）
〔尹・荒・片・清・堀・雲・坊・保・A・B・天〕

542　詞書　返こむとて（尹・天）――かへりこむといひおきて（荒・片）――かへりこんといひて（白・烏・雲・坊・保・A・B）――マテ〔こむとて〕（清）――かへりこむと（堀）――〔かへりこんと〕いひ〔て〕（慶内閣本）ものにまかりにける人の（尹・雲・保・B）――まかりにける（荒・片）――ものへよりにける人の（白・烏）――・・・〔まかりける人の〕（慶内閣本）――ものへまかりける人の（堀・坊）――ものへまかりにける人の（A）――ものにまかりける人の（天）　程をすくして（尹・白・清・堀・烏・雲・保・A・B・天）――程をすこして（坊）――〔ほとをす〕ご〔して〕（慶標注本）――ナシ（荒・片）　こさりけれは（尹・雲・坊・保・A・B・天）――かみえさりけれは（荒・片）――まてこさりけれは（白・清・烏）――まうてこさりけれは（堀）　つかはしける（尹・白・堀・烏・雲・坊・保・A・B・天）――ナシ（荒・片）
作者　ナシ（尹・荒・片・白・堀・烏・雲・坊・保・A・B・天）――女（清）
歌詞　こむといひし（尹・荒・片・白・烏・雲・坊・天）――こむといひて（堀・B・一部の年号本）　月日をすくす（尹・荒・片・白・堀・烏・雲・保・A・B・天）――月日をすこす（坊）
〔尹・荒・片・白・堀・烏・雲・坊・保・A・B・天〕

以上のようで、まず伝行尹筆切㈡系の本文には、㈠451の作者名表記に「読人しらす」とあるが、他の諸本では巻頭歌443の「よみひとしらす」が本歌の451か次歌452まで及ぶ形となっており、ここに表記がある事由は不明である。また、㈡541四句「うつろひわたる」は独自の本文であることが注目される。その他の本文においては、㈡542の詞書が二荒山本・片仮名本という汎清輔本とは相対していることから汎清輔本系統には属しはしない本文であろうこと、また本断簡は南北朝時代の書写であるとみられるが、当時優勢であったとみられる定家本そのものともみられないことが知られよう。

第五節　表現の類型性

(1)

片桐洋一氏は「後撰和歌集の表現」[1]なる論文において、「後撰集は宮廷社会を基盤として、女性を中心とする素人歌人の褻の歌、色好みの歌の集成である」ので、その歌は「実用的な役目を荷っ」た「会話的性格を持って」いて、「対者に理解されることがすべての前提になる」から「九割がた対者と共通した知識観念を前提にしつつ」詠まれる。従って、「既成の表現、既成の観念にたより切るのが最も簡単」で、「既に存在する古歌の表現に、全面的あるいは部分的に依拠することが多かった」ことを、つぶさに検証されている。

『後撰集』歌の表現について説く場合、この片桐氏論の枠外に出ることはまずできまいものの、前後の『古今集』『拾遺集』歌と比べてその表現がどの程度のものであったのか、『後撰集』に多い『古今集』歌人の歌をどう扱ったらよいのかなど、補注といったものぐらいは付けられそうであるので、歌枕に関する表現からそれらの点について考えてみたいと思う。

(2)

『後撰集』の歌枕[2]は、取り方にもよるが、国名なども入れて一応のところ一五〇首、二七七首にそれがみられる。

全一四二五首の二割近くの歌に詠み込まれているということになる[3]。このうち五首以上であって多い歌枕は、「逢坂」「逢坂関」「逢坂山」が合せて二〇首、「住江」「住吉」および「難波」「難波潟」「難波津」「難波浦」が各一三首、「龍田川」と「龍田山」が一二首、「伊勢」「伊勢海」および「吉野」「吉野山」が九首、「飛鳥川」「高砂」が八首、「近江」「近江海」が六首、「富士」「富士嶺」が六首、「白山」が五首である。

(3)

まず、もっとも歌数の多い「逢坂」「逢坂関」「逢坂山」について、その表現をみてみたい。

516　思ひやる心はつねにかよへども逢坂の関越えずもあるかな（巻九・恋一、三統公忠）

622　よもすがらぬれてわびつる唐衣逢坂山に道まどひして（巻一〇・恋二、よみ人しらず）

700　名にしおはば逢坂山のさねかづら人に知られでくるよしもがな（巻一一・恋三、三条右大臣）

723　逢坂の木の下露にぬれしよりわが衣手はいまもかわかず（巻一一・恋三、兼輔）

731　人しれぬ身はいそげども年をへてなど越えがたき逢坂の関（巻一一・恋三、伊尹）

732　東路に行き交ふ人にあらぬ身はいつかは越えむ逢坂の関（巻一一・恋三、好古女）

786　道しらでやみやはしなぬ逢坂の関のあなたは海といふなり（巻一一・恋三、下野）

802　近ければなにかはしるし逢坂の関のほかぞと思ひたえなむ（巻一二・恋四、よみ人しらず）

859　逢坂の関と守らるる我なれば近江てふらむかたも知られず（巻一二・恋四、善縄女）

905　逢はでのみあまたの夜をも帰るかな人目のしげき逢坂にきて（巻一三・恋五、よみ人しらず）

981　ありとだに聞くべきものを逢坂の関のあなたぞはるけかりける（巻一三・恋五、よみ人しらず）

982　関守があらたまるてふ逢坂のゆふつけ鳥はなきつつぞゆく（巻一三・恋五、よみ人しらず）
983　行き帰り来ても聞かなむ逢坂の関にかはれる人もありやと（巻一三・恋五、よみ人しらず）
984　守る人のあるとは聞けど逢坂のせきもとどめぬわが涙かな（巻一三・恋五、よみ人しらず）
1038　知らざりし時だに越えし逢坂をなどいまさらに我まどふらむ（巻一四・恋六、よみ人しらず）
1074　あらたまの年はけふあす越えぬべし逢坂山を我やおくれむ（巻一四・恋六、時雨）
1089　これやこの行くも帰るも別れつつ知るも知らぬも逢坂の関（巻一五・雑一、蟬丸）
1126　逢坂のゆふつけになく鳥の音を聞きとがめずぞ行きすぎにける（巻一六・雑二、敏行）
1303　待つ人は来ぬと聞けどもあらたまの年のみ越ゆる逢坂の関（巻一八・雑四、よみ人しらず）
1305　あだ人の手向けにをれる桜花逢坂まては散らずもあらなむ（巻一九・離別、よみ人しらず）

これら二〇首をみると、うち一五首までが恋部の歌であり、これに実質的には恋歌である1303・1305の二首を加えると、「逢坂」に関する歌の大半は恋の歌であるということになる。しかも、859は「逢坂」に「逢ふ」を響かせていようから、これを含めて一六首までが「逢坂」に男女が相合う「逢ふ」を掛けた歌となっている。（。印）。この「逢坂」に「逢ふ」を掛ける技法は、『古今集』の撰者時代に一般化したものであった。すなわち、『古今集』の「逢坂」関係歌は、次の九首であるが、

374　逢坂の関しまさしきものならばあかず別るる君をとどめよ（巻八・離別、万雄）
390　かつ越えて別れも行くか逢坂は人頼めなる名にこそありけれ（巻八・離別、貫之）

473　音羽山音に聞きつつ逢坂の関のこなたに年をふるかな（巻一一・恋一、元方）
536　逢坂のゆふつけ鳥もわがごとく人や恋しき音のみなくらむ（巻一一・恋一、よみ人しらず）
537　逢坂の関に流るる岩清水言はで心に思ひこそすれ（巻一一・恋一、よみ人しらず）
634　恋ひ恋ひてまれに今宵ぞ逢坂のゆふつけ鳥はなかずもあらむ（巻一三・恋三、よみ人しらず）
740　逢坂のゆふつけ鳥にあらばこそ君が行き来をなくなくも見め（巻一四・恋四、閑院）
988　逢坂の嵐の風はさむけれどゆくへ知らねばわびつつぞぬる（巻一八・雑下、よみ人しらず）
1004　君が代に逢坂山の岩清水木がくれたりと思ひけるかな（巻一九・雑躰、忠岑）

よみ人しらず時代の歌四首は景物（△印）とともに詠まれており、「逢坂」に「逢ふ」を掛けた歌はうち一首であるのに対して、撰者時代の歌は五首中四首までが「逢ふ」を掛ける技法をとっている。[4]『後撰集』はこの『古今集』撰者時代に一般化した技法に倣って詠まれた恋の歌を中心に収めているのである。なお、関を守るまた守る人を詠んだ歌が三首あるが、『古今集』374にその魁がみられ、その景物「ゆふつけ鳥」はもとより『古今集』の世界のものである。

一方、『拾遺集』には「逢坂」に関する歌が六首みられる。

169　逢坂の関の岩角踏みならし山立ち出づる桐原の駒（巻三・秋、高遠）
170　逢坂の関の清水に影見えていまや引くらむ望月の駒（巻三・秋、貫之）
314　別れ行くけふはまどひぬ逢坂は帰り来む日の名にこそありけれ（巻六・別、貫之）

315　行末の命も知らぬ別れ路はけふ逢坂やかぎりなるらむ（巻六・別、能宣）
580　逢坂をけさ越えくれば山人の千歳つけとて切れる杖なり（巻一〇・神楽歌）
1108　走り井のほどを知らばや逢坂の関ひき越ゆる夕かげの駒（巻一七・雑秋、元輔）

「逢坂に」に「逢ふ」を掛けた歌は六首中二首にすぎなく、また恋歌もない。しかも、その景物として『古今集』以来の「清水」また「走り井」はみられるものの「ゆふつけ鳥」はなく、三首までが駒迎の歌（170・1108は屛風歌）となっている。『拾遺集』では『古今集』的世界の継承がありはするものの、新しい方向へ展開してもいっている。

(4)

「逢坂」に関する表現の場合、『後撰集』がいかに『古今集』的で特定の詠み方をした歌を集成しているかが知られたのであるが、「飛鳥川」の歌についてもそれをみることができる。

〔古今集〕
341　きのふといひけふとくらして飛鳥川流れてはやき月日なりけり（巻六・冬、列樹）
687　飛鳥川淵は瀬になる世なりとも思ひそめてむ人は忘れじ（巻一四・恋四、よみ人しらず）
720　たえずゆく飛鳥の川のよどみなば心あるとや人の思はむ（巻一四・恋四、よみ人しらず）
933　世の中はなにか常なる飛鳥川きのふの淵ぞけふは瀬になる（巻一八・雑下、よみ人しらず）
990　飛鳥川淵にもあらぬわが宿も瀬にかはりゆくものにぞありける（巻一八・雑下、伊勢）

〔後撰集〕

525 ほかの瀬は深くなるらし飛鳥川きのふの淵ぞわが身なりける（巻九・恋一、よみ人しらず）

750 淵は瀬になりかはるてふ飛鳥川わたりみてこそ知るべかりけれ（巻一一・恋三、元方）

751 いとはるる身をうれはしみいつしかと飛鳥川をもたのむべらなり（巻一一・恋三、伊勢）

752 飛鳥川せきてとどむるものならば淵瀬になるとなにかいはせむ（巻一一・恋三、贈太政大臣。1067に重出）

1013 飛鳥川心のうちに流るれば底のしがらみいつかよどまむ（巻一四・恋六、よみ人しらず）

1232 飛鳥川わが身ひとつの淵瀬ゆゑなべての世をもうらみつるかな（巻一七・雑三、よみ人しらず）

1258 飛鳥川淵瀬にかはる心とはみなかみしもの人もいふめり（巻一八・雑四、伊勢）

〔拾遺集〕

496 飛鳥川しがらみわたしせかませば流るる水ものどけからまし（巻八・雑上、人麿）

『万葉集』に二四首と多くみられる「飛鳥川」の歌では、「明日香川行く瀬をはやみ早けむと待つらむ妹をこの日暮らしつ」（2722）などの急流や、「年月もいまだ経なくに明日香川瀬瀬ゆ渡しし石橋もなし」（1130）のような世の転変とその早さが詠まれている。『古今集』の「飛鳥川」の歌もその系譜にあるものの、687・990の二首は933「世の中は」に直接拠って詠まれた「飛鳥川」の「淵」「瀬」の歌であり、341・720がその直接の影響下にはない歌である。また、『拾遺集』の一首は『万葉集』の歌（197）である。これに対して、『後撰集』では八首（一首重出）のうち六首に「淵」「瀬」の語が詠み込まれている。それのない751は、「いとはるゝ身のかなしさに、淵瀬定めぬ人をも頼んと也」（『八代集抄』）と込めてあり、返歌の752はそれを受けて「淵瀬」を詠んでいる[5]。また1013も詞書に「言ひわづらひてやみにけるを、また思ひいでてとぶらひ侍りければ、いと定めなき心かなといひて、飛鳥川の心をいひつかはして侍りければ」とあって、「世の中は」の歌に対応して詠まれた歌であることが知られる。従って、『後撰集』の「飛鳥川」の歌は、すべて「世の中は」の歌から生まれた「飛鳥川――淵・瀬」の表現類型に拠っているということになる。(6)しかも恋歌が多い。

(5)

また、「近江」については、すでに片桐洋一氏が論じられているように、七首（772・785・843・858・859・875・972）すべてが恋部にあり、「逢ふ身」を言うために用いられているのであって、実際の地名としての近江とは関係をもっていない。『古今集』の近江が、近江介餞の離別歌（369）および「近江ぶり」の歌（1071）であり、『拾遺集』の一首（483）が「大津の宮のあれて侍りけるを見て　人麿」の歌であるのとは大いに異なっている。

さらに、「住江」「住吉」の歌では、一三首中一二首までが「松」・「波」とともに詠まれており、一首（1022）は「住み」を出すために用いたものであって、これらは『古今集』にみる詠法である。『拾遺集』にはこの範疇に属さない歌が三首（836・869・926）みられる。また、『後撰集』には恋部の歌が一〇首あって、『古今集』の八首中三首、『拾遺集』の一八首中八首に比べて多い。このなかには貫之、忠岑の『古今集』撰者の歌が含まれている。「難波潟」の歌一三首は海浜の景物とともに詠まれ（「澪標」そのものは『古今集』にないが）、「名には」「何」を掛ける技法も『古今集』を襲ったものである。『拾遺集』には「田」など新しい素材の歌がみられる。『後撰集』は恋部の歌が九首あり（他部にも恋歌二首あり）、『古今集』の八首中二首、『拾遺集』の一一首五首に対して比率が高い。「伊勢」「伊勢海」は、『古今集』と同じくすべて海に関連して詠まれた歌で、躬恒、伊勢など『古今集』歌人の歌も含まれており、恋部の歌が九首中七首と多い。なお、『拾遺集』には「伊勢」に関する歌はみられない。「富士」「富士嶺」の歌も、

『古今集』的世界のうちにあり、恋部の歌が六首中五首と多く、『古今集』の歌人の歌が含まれている。

　これらの恋の歌を詠むために歌枕が用いられているといっても過言ではない『後撰集』の歌では、『古今集』歌に倣った特定の表現をとっている。それはもとより既成の表現を倣い形づくられていった表現類型に従って詠んだ素人歌人の恋歌が多いからであろう。が、なかには撰者をはじめとする『古今集』歌人の歌が交ってもいることを、注意しておかなければなるまい。

(6)
ところで、『万葉集』には「龍田山」を詠み込んだ歌が一三首みられる。

83　海の底奥つ白浪龍田山いつか越えなむ妹があたり見む（巻一）
881　人もねのうらびれをるに龍田山御馬近づかば忘らしなむか（巻五・雑歌）
976　白雲の　龍田の山の　露霜に　色づく時に　うち越えて　旅行く君は（略）龍田道の　丘辺の道に　丹つつじ
の　薫はむ時の　桜花　咲きなむ時に　山たづの　迎へ参出む　君が来まさば（巻六・雑歌）
1185　朝霞やまずたなびく龍田山船出せむ日にわれ恋ひむかも（巻七・雑歌）
1751　白雲の　龍田の山の　瀧の上の　小按の嶺に　咲きををる　桜の花は　山高み　風し止まねば　春雨の　継ぎ
てし降れば　秀つ枝は　散り過ぎにけり　下枝に　残れる花は　しましくは　散りな乱れそ　草枕　旅行く君
が　還り来るまで（巻九・雑歌）
1753　白雲の　龍田の山を　夕暮に　うち越え行けば　瀧の上の　桜の花は　咲きたるは　散り過ぎにけり　含める

は　咲き継ぎぬべし　こちごちの　花の盛りに　あらねども　君が御行は　今にしあるべし（巻九・雑歌）

2198　雁がねの来鳴きしなへに韓衣龍田の山はもみちそめたり（巻一〇・秋雑歌）

2215　妹が紐解くと結びて龍田山いまこそもみちはじめてありけれ（巻一〇・秋雑歌）

2218　夕されば雁の越えゆく龍田山時雨に競ひ色づきにけり（巻一〇・秋雑歌）

2298　秋されば雁飛び越ゆる龍田山立ちても居ても君をしそ思ふ（巻一〇・秋相聞）

3744　大伴の御津の泊に船泊てて龍田の山をいつか越え行かむ（巻一五）

3953　君によりわが名はすでに龍田山絶えたる恋のしげきころかも（巻一七）

4419　龍田山見つつ越え来し桜花散りか過ぎなむわが帰るとに（巻二〇）

これらのうち、巻一〇の三首は「龍田山」が景観として詠まれ、2298・3953は「たつ」を言い表わすために用いられているが、他の歌は大和と河内・難波を往還する実際に越えてゆく山として詠まれている。そのため、時節は春夏秋にわたっているが、詠まれた景物は春は桜（976・1751・1753・4419）、秋は紅葉（976・2198・2215・2218）・雁（2198・2218・2298）が中心であって、かなり限定的であるといえる。技巧の面でも、八首（83・976・1751・1753・2198・2215・2298・3953）までが「たつ（立・裁）」に通わせてある。また、「白雲の龍田の山」という枕詞ともいいうる慣用的な表現もみられる（976・1751・1753）。『万葉集』における「龍田山」は、多くは実際に越えてゆく山として詠まれたものではあるが、各季の景物が固定的であるとともに、「たつ」という音声との関連で多く詠まれ、慣用表現もみられるなど、そこに表現の類型というものが形成されていることを知ることができる。

これに対して、『古今集』の「龍田山」の歌は次のようである。

108　花の散ることやわびしき春霞龍田の山の鶯の声（巻二・春下、後蔭）
994　風吹けば沖つ白波龍田山夜半にや君がひとり越ゆらむ（巻一八・雑下、よみ人しらず）
995　誰が禊ゆふつけ鳥か唐衣龍田の山にをりはへて鳴く（巻一八・雑下、よみ人しらず）
1002　ちはやぶる　神の御代より　呉竹の　世世にもたえず　天彦の　音羽の山の　春霞　思ひ乱れて　五月雨の　空もとどろに　さ夜ふけて　山時鳥　鳴くごとに　誰も寝ざめて　唐錦　龍田の山の　もみぢ葉を　見てのみしのぶ　神無月　時雨しぐれて　冬の夜の　庭もはだれに　降る雪の　なほ消えかへり（略）（巻一九・雑躰・短歌、貫之）

これら四首のうち時節に関係があるのは、108の春、1002の秋の二首であって、『万葉集』と同様特定の時節との関連はみられない。ただし、1002は「古歌奉りし時の目録の序の長歌」であって、「唐錦　龍田の山の　もみぢ葉を　見てのみしのぶ」は秋部の部立を言い表わしたものであるので、「龍田山」の紅葉は当代にあって典型的な景ではあったのであろう。技巧面では四首ともに「たつ」という音声と関連して詠まれており、その点で『万葉集』を継承した歌となっている。

ところで、『古今集』には、『万葉集』には詠まれていなかった「龍田川」の歌が多くみられる。[7]

283　竜田川紅葉乱れて流るめりわたらば錦中や絶えなむ（巻五・秋下、よみ人しらず）
284　竜田川紅葉葉流る神奈備の三室の山に時雨降るらし（巻五・秋下、よみ人しらず）
294　ちはやぶる神代も聞かず龍田川韓紅に水くくるとは（巻五・秋下、業平）

300　神奈備の山を過ぎゆく秋なれば龍田川にぞ幣は手向くる（巻五・秋下、深養父）
302　紅葉葉の流れざりせば龍田川水の秋をば誰か知らまし（巻五・秋下、是則）
311　年ごとに紅葉葉流す龍田川みなとや秋のとまりなるらむ（巻五・秋下、貫之）
314　龍田川錦織りかく神無月時雨の雨をたてぬきにして（巻六・冬、よみ人しらず）
629　あやなくてまだきなき名の龍田川渡らでやまむものならなくに（巻一三・恋三、有助）

これらのうち、「たつ」を言うために用いられた恋部の一首を除くと、巻五、秋下および巻六・冬の巻頭歌（314）であり、それらはすべて紅葉が詠まれていて、「たつ」という音声と関連していないのが特徴である。「龍田川」の紅葉は屏風絵から詠まれるようになったものなのであろう。[8]

さて、『後撰集』には「龍田山」の歌が八首、「龍田川」の歌が四首みられる。まず、「龍田山」の歌は次のようである。

359　雁金の鳴きつるなべに唐衣龍田の山は紅葉しにけり（巻七・秋下、よみ人しらず）
376　妹が紐解くと結ぶと龍田山いまぞ紅葉の錦織りける（巻七・秋下、よみ人しらず）
377　雁鳴きて寒き朝の露ならし龍田の山をもみだすものは（巻七・秋下、よみ人しらず）
382　かくばかりもみづる色のこければや錦龍田の山といふらむ（巻七・秋下、友則）
383　唐衣龍田の山の紅葉葉はもの思ふ人の袂なりけり（巻七・秋下、よみ人しらず）
385　唐錦龍田の山もいまよりは紅葉ながらに常磐ならなむ（巻七・秋下、貫之）

386　唐衣龍田の山の紅葉葉は機物もなき錦なりけり（巻七・秋下、貫之）
389　などさらに秋かととはむ唐錦龍田の山の紅葉するよを（巻七・秋下、よみ人しらず）

これら「龍田山」の歌は、すべて巻七・秋下にあって紅葉が詠まれており、その点で『古今集』とは異なってまことに類型的であるといえる。しかも、377の一首を除いて、唐衣「裁つ」（359・383・386）・錦「裁つ」（282）・唐錦「裁つ」（285・289）・「立つ」（376）と、殆ど「裁つ」との関連で詠まれた歌となっていて注目される。しかしながら、359・376[9]は『万葉集』2198・2115の歌であり、377は『万葉集』2185「雁金の寒き朝の露ならし春日の山を黄葉たすものは」の転訛し[10]た歌とみられ、382・385・386は『古今集』撰者の友則、貫之の歌であるので、この場合は既成の歌に寄り掛った素人歌人の歌の集成であるとはいえなく、発想の類似した古来の歌を集めたものとせざるをえない。

一方、「龍田川」の歌は四首ある。

413　龍田川色紅になりにけり山の紅葉ぞいまは散るらし（巻七・秋下、よみ人しらず）
414　龍田川秋にしなければ山近み流るる水も紅葉しにけり（巻七・秋下、貫之）
416　龍田川秋は水なくあせななむあかぬ紅葉の流るればをし（巻七・秋下、よみ人しらず）
1033　龍田川立ちなば君が名をしみ岩瀬の森の言はじとぞ思ふ（巻一四・恋六、元方）

同音で「立つ」を言うために冠された1033の一首以外は、巻七・秋下の山川落葉歌群（401～419）ともいうべきうちにあって、紅葉が詠まれている。「たつ」という音声と関わりが薄いのは『古今集』の場合と同じである。

『拾遺集』には、「龍田山」を詠み込んだ歌が四首、「龍田川」の歌は二首ある。このうち、

138　秋は来ぬ龍田の山も見てしがな時雨れぬさきに色やかはると（巻三・秋、よみ人しらず）

219　龍田川紅葉葉流る神奈備の三室の山に時雨降るらし（巻四・冬、人麿）

138は紅葉を促す時雨が降らぬ先に龍田山は紅葉するのかと、龍田山と紅葉との強い結びつき観念のもとに詠まれた歌であり、219は『古今集』284と同一歌で、『拾遺集』は伝承[11]からあらためて採歌したのであったのかもしれないが、とにかくこの二首は「龍田山」「龍田川」の紅葉を詠んだ歌である。その点で伝統世界の承継もみられるのではあるが、次の歌は部立も歌内容もさまざまである。

389　神奈備の三室の岸や崩るらむ龍田の川の水のにごれる（巻七・物名、草春）

560　盗人の龍田の山に入りにけり同じかざしの名にやけがれむ（巻九・雑下、為頼）

561　なき名のみ龍田の山の麓には世にもあらじの風も吹かなむ（巻九・雑下、為頼）

699　なき名のみ龍田の山の青つづらまたくる人も見えぬところに（巻一二・恋二、よみ人しらず）

389は物名「むろの木」を入れた「三室の岸」との関係で詠み込まれ、また560 561 699は「立つ」をいうために詠み込まれた「龍田山」であるといってもよく、その音声に関ってのみ詠法が受け継がれている歌である。小町谷照彦氏は前掲論文において、三代集の歌枕表現を詳細に検討されて、『拾遺集』では「一つの転機を迎えて」おり、「整理交替の

傾向がある」と言われている。「龍田山」「龍田川」の表現ではそれが顕著に看取される。

なお、「吉野」「吉野山」の歌（九首）は、桜・雪・遁世など『古今集』（一二首）的世界のもので、躬恒・伊勢など『古今集』歌人の歌が含まれている。『拾遺集』（一〇首）の御岳（金峰山）詣の歌（563）は新しいものである。「白山」の歌（五首）も、雪、跡が詠まれて『古今集』（六首）と同じであり、『拾遺集』（三首）も同断である。「吉野」「白山」ともに恋部の歌は一首であって、これら恋歌の少ない歌枕関係歌では、『古今集』より歌数の減少していることが注目される。

(7)

以上、『後撰集』で歌数の多い歌枕関係歌についてみてきたが、その表現は『古今集』的世界のうちにあって、しかも一様といってもよい特定の表現をとった歌が集成されていて、まことに類型的なものであった。ことに、『古今集』よりも歌数の多い歌枕関係歌では、恋の歌の占める割合がきわめて高いが、それは特定の表現類型に従って詠まれた恋歌を多く集めた結果現象であるとみられる。恋歌の少ない歌枕関係歌では、『古今集』よりも歌数が減少の傾向にあることとも連動していよう。その起因の特色は、片桐洋一氏の言われる、既成の表現に頼り掛った素人歌人の恋歌の集成であるからにほかなるまいが、前者にも『古今集』歌人の歌がままみられ、後者となるとかなり多いものがある。菊地靖彦氏[12]は、『後撰集』には『古今集』歌人の歌が全歌の約四分の一もあり、「後撰集はただ古今集の後に続くものではない。古今集的なるものが構築される裏にはすでに後撰集的なものがあったのであり、古今集の始発は同時に後撰集を準備していたともいえるのであろう」と言われている。素人歌人が手本としたであろう撰者をはじめとする『古今集』歌人の歌をも含め、一様な表現をもった褻の歌を『後撰集』は集成しているとしておいてよかろうかと思う。

注

（1）片桐洋一氏「後撰和歌集の表現」（『女子大文学』第一六号、昭和39・11、『古今和歌集以後』平成一二年一〇月、笠間書院）。
（2）小町谷照彦氏「三代集の名所歌枕―古今的美学の一考察―」（『常葉女子短期大学紀要』第一号、昭和43・11）に負うところが以下多い。
（3）歌枕の使用率は『古今集』の二〇・四％（巻二〇を除くと一八・四％）に対して『後撰集』は一九・四％。ただし、恋部においては『古今集』の一六・七％に対して『後撰集』二四・六％と多い。
（4）拙稿「歌枕」（『一冊の講座　古今和歌集』（昭和62、有精堂）。
（5）『伊勢集』（Ⅲ404～407）でも「淵」「瀬」に関わる贈答の歌のうちにある。
（6）「淵瀬」ということばが「本歌によりつつも本歌から離れた「新造熟語」という感が深くなっている」ことについて、片桐氏前掲論文に論がある。
（7）詞書によると「龍田川」の歌は他に二首ある。293「紅葉葉の流れてとまるみなとには紅深き波や立つらむ」（素性）、310「深山より落ちくる水の色見てぞ秋はかぎりと思ひ知りぬる」（興風）。
（8）293・294詞書「二条后の春宮の御息所と申しける時に、御屛風に龍田川に紅葉流れたるかたを描けりけるを題にてよめる」。
（9）・（10）376で『万葉集』の「黄葉はじめてありけれ」が「紅葉の錦織りける」に変っているのは平安朝的表現による改変とみられ、377で「春日の山」が「龍田の山」に転訛したのは紅葉ならば龍田山であるという当代の一般的な認識によるのであろう。
（11）詞書「奈良の帝龍田川に紅葉御覧じに行幸ありける時、御供につかうまつりて」。『大和物語』一五一段。

（12）　菊地靖彦氏「後撰集における古今集歌人ならびに古今集撰歌範囲の歌について」（『一関工業高等専門学校研究紀要』第一一号、昭和51・12）。

第六節　後撰集における万葉集歌

Ⅰ

(1)

天暦五年（九五一）村上天皇の命により設置された撰和歌所においては、『万葉集』の読解と歌集の撰集とが梨壺五人によって行われ、古点と第二の勅撰和歌集『後撰集』が残された。その『後撰集』には『万葉集』関係歌が二五首[1]みられるので、はやくからそれらの歌と古点との関係について関心が寄せられてきた。その関係を両集の本文を対照して精細にはじめてみたのは中村久氏[2]で、両集間にみる歌詞の異動は「古風な詞を当世風に改めたのみ」であって、『後撰集』は「万葉に関係ある何らかの文献により直接転写」したとされた。ついで奥村恒哉氏[3]は「万葉集の歌でありながら、万葉集の歌とは思われていなかった資料」から採歌されたとみられた。また、上田英夫氏[4]は「主として古くからの伝誦によったものではなかったかを疑はせる」とされ、筆者も[5]「ある一時期伝誦された歌」であったかとみ、平井卓郎氏[6]も「万葉集を離れた伝誦によったものであらうと考へざるを得ない」とされた。これら昭和二〇年代から三〇年代にかけての研究は、田島毓堂氏『後撰和歌集研究史』[7]に展望されているが、その要点は前田依久子氏[8]によれば、「後撰集中の万葉歌が古点を反映したものではないことは通説」で、その理由は「後撰集中の万葉歌の数の少ないこと、後撰集万葉歌と万葉集との間にはその作者及び語句に差異がある」ということであり、「古くから伝えられてきた伝承歌を、伝承資料によって撰者が万葉歌とは意識せずに採った」ものとみられてきた。
これに対して、前田依久子氏は「伝承歌を利用」した「改作歌」が多いとみられ、「世の中に流布していた伝承歌を伝えられるままに採ったというのではなく、その伝承歌を利用し」「再生された歌もあるのではないか」という方向を打ち出されている。この前田氏の論は、三代集時代の和歌のあり方を踏まえた注目すべき所説であって、首肯しうるものがある。が、平安時代における万葉歌のあり方をみると、なおかつ考慮すべきところもあると思うので、あらためて『後撰集』の万葉関係歌について考察してみたいと思う。

(2)

さて、まず『後撰集』の万葉関係歌を一覧してみると次のようである。

上段に『後撰集』、下段に『万葉集』を掲げた。『後撰集』は定家天福本(9)（『新編国歌大観』底本）、『万葉集』は西本願寺本（『新編国歌大観』底本により歌番号は旧国歌大観番号とした。作者名なしは作者未詳・よみ人しらず。

(1)巻一・春上、22「わかせこに」——巻八・春雑歌、1426「ワカセコニ」山部赤人　(2)巻一・春上、23「きてみへき」——巻一〇・冬雑歌、2328「キテミヘキ」　(3)巻一・春上、33「かきくらし」——巻八・春雑歌、1441「ウチキラシ」大伴家持　(4)巻一・春上、37「きみかため」——巻一〇・春雑歌、1839「キミカタメ」　(5)巻二・春中、62「はるくれは」——巻一〇・春雑歌、1875「ハルサレハ」　(6)巻四・夏、177「ひとりゐて」——巻八・夏雑歌、1476「ヒトリヰテ」小治田広耳　(7)巻四・夏、187「たひねして」——巻一〇・夏雑歌、1938「タヒニシテ」　(8)巻四・夏、199「わかやとの」——巻八・春相聞、1448「ワカヤトニ」大伴家持　(9)巻四・夏、204「なてしこの」——巻一〇・夏雑歌、1972「ノヘミレハ」⑽巻五・秋上、234「たまかつら」――巻一〇・秋雑歌、2078「タマカツラ」⑾巻五・秋上、239「あまのかは」――巻一〇・秋雑歌、2055「アマノカハ」⑿巻五・秋上、243「あまのかは」――巻一〇・秋雑歌、2085「アマノカハ」⒀巻五・秋上、244「あきくれは」――巻一〇・秋雑歌、2030「アキサレハ」人麿歌集⒁巻六・秋中、295「あきのたの」――巻一〇・秋雑歌、2100「アキタカル」⒂巻六・秋中「しらつゆの」――巻一〇・秋雑歌、2099「シラツユノ」⒃巻六・秋中、305「わかやとの」――巻八・秋雑歌、1572「ワカヤトノ」大伴家持⒄巻七・秋下、359「かりかねの」――巻一〇・秋雑歌、2194「カリカネノ」⒅巻七・秋下、376「いもかひも」――巻一〇・秋雑歌、2211「イモカヒモ」⒆巻七・秋下、377「かりなきて」――巻一〇・秋雑歌、2181「カリカネノ」⒇巻九・恋一、581「かくこふる」――巻一二・寄物陳思、3038「カクコヒム」㉑巻一〇・恋二、670「しらなみの」大伴黒主――巻一七、3961「シラナミノ」大伴家持㉒巻一一・恋三、743「つきかへて」貫之――巻一二・羇旅発思、3131「ツキカヘテ」㉓巻一一・恋三、744「いせのうみに」躬恒――巻一一・寄物陳思、2971「オホキミノ」㉔巻一六・雑二、1129「ちかはれし」敦忠朝臣母――巻一二・寄物陳思、3097「サヒノクマ」㉕巻一八・雑四、1298「われもおもふ」ひとしきこのみこ――巻四・相聞、606「ワレモオモフ」笠郎女

以上の二五首には渋谷虎雄氏[1]が「一応ここに数えておく」とされている㉓㉔も含めてあるが、これらの歌のうち㉓を除く二四首について検討された平井卓郎[6]はその歌詞の異同の大きさから㉑㉒㉔㉕を「改作歌」とみられており、㉓㉔を除く二三首を取り上げられた前田依久子氏[8]は⒄をその詞書から「その折に合った万葉歌を、自らの感懐を述べるものとして詠んだ」かとされ、㉑㉒㉕を作者名表記から「後撰集撰者がこれらを万葉歌として採ったわけではないことは明らかである」とされている。『後撰集』の歌詞または詞書・作者名表記からみて、これら⒄㉑㉒㉓㉔㉕の六首はまずは『万葉集』歌ないしはその伝誦歌を利用した歌とみておいてよかろうかと思う。また、⑴の一部の諸本にみ

る「赤人」なる作者表記は『後撰集』本来の表記とはみがたいものであるが、(10) ⒅の「深養父」という表記は汎清輔本系統の諸本をはじめとしてあって、「深養父」が作者であるという可能性もないではない。そこで、⒄⒅㉑㉒㉓㉔㉕の七首を除いた一八首についてみてみると、ひとつには『万葉集』では⑴赤人、⑶家持、⑹広耳、⑻家持、⒀人麿歌集歌、⒃家持、㉑家持、㉕笠郎女が作者であって、『万葉集』との直接関係はやはり考えがたいものであることが確認される。また、これら一八首は、『後撰集』にあっては⒇以外は四季部の歌であり、『万葉集』においては巻八（五首）巻一〇（一二首）、巻一二（一首）であることが知られる。これは、『人麿集』では『万葉集』巻一〇・一一の歌が多く、『赤人集』は『万葉集』巻一〇前半部の歌を核としており、『家持集』も『万葉集』巻八・一〇の歌を中心としているのと通うものであって、『後撰集』の万葉関係歌は『人麿集』『赤人集』『家持集』といった類の古歌集を資料源としているのではないかという方向で考えてみてもよい現象を呈しているといえよう。

⑶

とはいえ、『後撰集』の万葉関係歌は、すでに明らかにされているように、『万葉集』の本文から離れた表現をもっている歌が多い。例えば次のようである。

⑷後撰集37

きみかためやまたのさはにゑくつむとぬれにしそてはいまもかはかす（荒片白保AB天）
君かため山田の沢にゑくつむとぬれにし袖はまたもかはかす（堀）
きみかためやまたのさわにゑくつむとぬれにしそてはほせとかわかす（烏）
君かため山田のさはにゑくつむとぬれにしそてはけふもかはかす（慶雲）

万葉集1839
為君《キミカタメ》山田《ヤマタ》之《ノ》沢《サハニ》恵具《ヱク》採《ツム》跡《ト》雪消《ユキケ》之《ノ》水《ミツ》尓《ニ》裳裾《モノスソ》所沾《ヌレヌ》　（宮「モスソヌラシツ」と傍記。類）
きみかためやまたのさはにゑくつむとゆきけのみつにもすそぬらしつ（元）
人麿集Ⅲ6
きみかためやまたのさはにゑくつむとゆきけの水にものすそぬらす
赤人集Ⅰ138・Ⅱ21
きみかためやまたのさはにゑくつむとゆきけのみつにもすそぬらしつ
家持集Ⅱ61
きみかためやまたのそふにゑくつむとゆきけのみつにもすそぬらしつ
古今六帖1729
きみかためやまたのさはにゑくつむとぬれにし袖はほせとかはかす
古今六帖3923
あしひきの山田のさはにゑくつむとゆきけの水にものすそぬらす

この本文の掲載にあたっては、『後撰集』は、一、汎清輔本系統＝㈠二荒山本（略号「荒」）、㈡⑴片仮名本（片）・⑵伝慈円筆本（慈）・⑶承安三年清輔本（清）二、古本系統＝㈠⑴白河切（白）・⑵堀河本（堀）、㈡胡粉地切（胡）、㈢行成本（行）、㈣⑴烏丸切（烏）・⑵ⓐ慶長本（慶）・ⓑ雲州本（雲）三、承保三年本系統（保）四、定家本＝㈠⑴無年号本A類（A）、⑵無年号本B類（B）、㈡年号本〔天福二年本（天）で代表さす〕の諸本の本文を対照して示し、一部本文のみ知られる場合は略号に（）を付した。『万葉集』は、仙覚本のうちの文永三年

(1266)本である西本願寺本（『新編国歌大観』底本）を掲げ、寛元四年(1246)本の神宮文庫本（略号「宮」）における訓等の異同を注記した。また、平安時代書写本の訓を、元暦校本（元）、類聚古集（類）と『校本万葉集』の略号に従って掲げた。私家集は『私家集大成』に拠り、『古今六帖』は『図書寮叢刊』本に拠ってその異同をも参酌し掲げた。

さて(4)においては、元暦校本・類聚古集はもとより、『人麿集』『赤人集』『家持集』『古今六帖』(3923)も『万葉集』を元にした本文を伝えているとしてよい。これに対して、『後撰集』は清輔が片仮名本に「万葉十但ユキケノミツニモスソヌラシツ」と元暦校本の訓と同じ『万葉集』本文を注記し注目しているように、下句が『万葉集』とは明らかに異なっている。その『後撰集』の諸本のうち平安時代後期の書写本である烏丸切はひとり異文を有していて、その本文は『古今六帖』(1729)にもみられるものであるが、『万葉集』から離脱した本文であることに変りはない。平井卓郎氏[6]は諸集との関係から「後撰の歌が万葉とは隔たりを持ってゐる」と言われ、前田依久子氏[8]は『後撰集』の下句が当代的表現になっていることから「上句を万葉歌に拠り、下句を「ぬれにし袖は今もかはかず」と改作したものではないだろうか」とされている。万葉歌を利用、改作していった歌とみておいてよさそうである。

このような例は(9)などにもみられるが、(19)の場合は少しく事情を異にしていよう。

(19)後撰集377

かりなきてさむきあしたのつゆならしたつたのやまをみたすもみちは（荒片慈(清)保）
かりなきてさむきあしたのつゆならしたつたの山のもみちますものは（白）
かりなきてさむきあしたの露ならてたつたの山をてらす物かは（堀）
かりのきてさむきあしたの露ならしたつたの山をもみたすものは（雲）

雁なきて寒き朝の露ならし龍田の山をもみたす物は（ＡＢ天）

万葉集2181
雁鳴《カリカネ》之《ノ》寒《サムキ》朝開《アサケ》之《ノ》露《ツユ》有《ナラ》之《シ》春日《カスカノ》山《ヤマ》乎《ヲ》令黄《モミタス》物《モノ》者《ハ》

かりかねのさむきあしたのつゆならしかすかのやまをにほはすものは（元）

かりなきてさむきあしたのつゆならしかすかの山をもみちたるものは（類）

人麿集Ⅱ92
かりかねのさむきゆふへのつゆならしかすかのやまをもみたすものは

古今六帖585
雁なきてさむきあさけの露ならし春日の山をもみたす物は

上句は『万葉集』が「カリカネノサムキアサケノツユナラシ」であるのに対して、『後撰集』は「かりかねのさむきあしたのつゆならし」であって異なっている。ところが、この初句は類聚古集・『古今六帖』に、二句は元暦校本・類聚古集にみられる訓みであって、類聚古集と同じ本文である。『後撰集』の上句は平安時代における『万葉集』歌のひとつの姿を示しているとしてよい。一方、結句はさまざまに伝えられているのでさておくと、この歌において『後撰集』が『万葉集』と決定的に相違しているのは四句で、「春日山」が「龍田の山」となっている。『万葉集』では春日山の紅葉はよく詠まれている（1513 1568 1604 2195 2199）が平安時代になると春日山は「春立つと聞きつるからに春日山消えあへぬ雪の花とみゆらむ」（『後撰集』2）などと春景となる。これに対して、秋の部立を「唐錦龍田の山の紅葉葉を見てのみしのぶ」（『古今集』1002）と龍田山の紅葉でもって言い表わしているように、紅葉といえば龍田山の時代となり、ことに『後撰集』にはそれが顕著に現われている（巻七・秋下、359 376 377 382 383 385 386 389）[11]。この春日山から龍田山への移行は、改作といえば改作なのであろうが、時代に合うべくおのずから変えられていった平安時代における万葉歌流伝の様相であったともみられよう。

⒁後撰集295

あきのたのかりほのやとのにほふまてさけるあきはきみれはあかぬかも（荒）

秋の田のかりほのやとのにほふまてさける秋はきみれとあかぬかも（片雲保天）

秋の田のかりほすやとのにほふまてさける秋萩みれとあかぬかも（堀）

あきのたのかりほのやとに丶ほふまてさけるあきはきみれとあかぬからん（烏）

秋のたのかりいほのやとのにほふまてさけるあきはきみれとあかぬかも（ＡＢ）[12]

万葉集2100

秋《アキ》田《タ》苅《カル》借《カリ》廬《ホ》之《ノ》宿《ヤトリ》丹《ニ》穂《ホ》経《フ》及《マテ》咲有《サケル》秋《アキ》芽子《ハキ》雖見《ミレト》不飽香聞《アカヌカモ》（天。類）

あきたかるかきほのやとりにほふまてさけるあきはきみれとあかぬかも（元）

人麿集Ⅰ95

秋の田のたのほのやとのにほふまてさける秋萩みれとあかぬかも

人麿集Ⅱ63

秋の田のかりほのやとのにほふまてさけるあきはきみれとあかぬかも

人麿集Ⅲ169

秋たかるかりほのやとのにほふまてさける秋はきみれとあかぬかも

初二句は『万葉集』の「アキタカルカリホノヤトリ」に対して、『後撰集』の大勢は「あきのたのかりほのやとの」

であって異なっているが、『人麿集』でもこの『後撰集』系の本文が優勢となっている。その『人麿集』の歌は、後藤利雄氏[13]、島田良二氏[14]によって明らかにされているように、『万葉集』巻一〇後半部分を伝えている歌群のうちにある。大久保正氏[15]が「古点の究極的な目的が万葉集の和風化・平安朝化」にあって「必ずしも一字一字に拘泥して学問的に正確に訓むことが要求されたのではなく」、「万葉集の字面からかけ離れた達意の訓みが附せられることもあったということは当然考えられる」と言われているように、『後撰集』や『人麿集』の本文も『万葉集』の平安朝的な訓みであったものとみられる。

また、次のような場合もある。

⑿後撰集243

あまのかはせゝのしらなみたかけれとたゝわたりきねまつにくるしも（荒）

あまのかはせゝの白浪たかけれとたゝわたりしねまつにくるしみ（片堀）

あまのかはせゝにしらなみたかけれとたゝわたりきぬまつにくるしみ（雲B）

あまの川せゝのしら浪たかけれはたゝわたりきぬまつにくるしみ（保）

あまのかはせゝのしらなみたかけれとたゝわたりきぬまつにくるしみ（A天）

万葉集2085

天漢《アマノカハ》湍瀬《セゼ》尓《ニ》白浪《シラナミ》雖高《タカケレト》直《タダ》渡来《ワタリキ》沼《ヌ》待者《マテハ》苦三《クルシミ》（類）

あまのかはせゝにしらなみたかけれとたたわたりきぬまてはくるしも（元）

人麿集Ⅰ91

天河あさ瀬しら浪たかけれとたゝわたりきぬまてはくるしみ

人麿集Ⅱ52
天河瀬々のしらなみふかけれとたゝわたりしぬまてはすへなし
友則集15
あまのかはせゝのしらなみたかけれはたゝわたりしぬまつにくるしみ

『後撰集』は諸本間に異文は多いが、まずは『万葉集』と小異であると言えるのに対して、『万葉集』巻一〇歌の訓みを伝えているはずの『人麿集』の歌の方が、転写による派生を考慮に入れてもなおかつ異同ある本文となっている。

(4)

『後撰集』の万葉関係歌には、『万葉集』と関りのない詞書や作者名をもつものがあり、それらの歌は『万葉集』歌や伝誦歌を利用した歌としてみうるものなのであろう。また、よみ人しらず歌であっても、伝えられてきた万葉歌を利用、再生したとみなしうる歌もあるようである。が、『後撰集』の万葉関係歌はそのように利用し改作された歌ばかりではなく、平安朝的な訓みを伝えている歌もあるようである。(16)すなわち、『万葉集』の伝誦資料である古歌集を資料としている歌もかなり含まれているのではないかとみられる。本稿ではその端緒を開いたにすぎないので、他日補足をしたいと思う。

注

(1)　渋谷虎雄氏『古文献所収万葉和歌集成』（昭和五七年、桜楓社）による。

(2)中村久氏「後撰集の万葉歌の考察」(「文学論藻」第二号、昭和二七年九月)。
(3)奥村恒哉氏「古点の成立と後撰集の万葉歌」(「万葉」第一一号、昭和二九年四月。『古今集・後撰集の諸問題』所収)。
(4)上田英夫氏『万葉集訓点の史的研究』(昭和三一年、塙書房)。
(5)杉谷寿郎「後撰集の万葉集歌」(「りてらえ　やぽにかえ」創刊号、昭和三四年四月)。
(6)平井卓郎氏「後撰集中の万葉歌の考察」(『国語と国文学』昭和三五年一月号)。
(7)田島毓堂氏『後撰和歌集研究史』(昭和四五年、東海学園女子短期大学国語国文学会)。
(8)前田依久子氏「後撰集の万葉歌――その性格と意義――」(「百舌鳥国文」第七号、昭和六二年一〇月)。
(9)作者表記の諸本間異同は、(1)慶保AB「赤人」、(17)保「貫之」、(18)荒片慈(慶)「深養父」、(24)堀「敦忠朝臣」・行A「あきた丶の朝臣の母」・雲「朝忠朝臣女」、(25)雲保「よみ人しらす」。
(10)杉谷寿郎「定家の本文」(「調査研究報告」第一五号、平成六年三月)。
(11)杉谷寿郎「勅撰集の展開　後撰和歌集」(『和歌文学講座5　王朝の和歌』、平成五年、勉誠社)。
(12)ほかに清五句「(みれとあかぬ)哉」、慶初句「(秋)田かる」の異文あり。
(13)後藤利雄氏『人麿の歌集とその成立』(昭和三六年、至文堂)。
(14)島田良二氏『平安前期私家集の研究』(昭和四三年、桜楓社)。
(15)大久保正氏「万葉集と梨壺の五人――万葉集古点の考察序章――」(昭和五三年、『石井庄司博士喜寿紀年論集上代文学考究』所収)。
(16)『万葉集』と『後撰集』の本文が一致する歌(1)(11)(16)もある。

『万葉集』の読解が行われた撰和歌所においては、『後撰集』の撰集も行われたので、『後撰集』の『万葉集』関係歌二五首(1)と古点との関係については、はやくから関心が寄せられてきた。ことに昭和二〇年代から三〇年代にかけて、両集の本文を対照しての具体的な考察がしきりに行われ(2)、その結果おおむね『後撰集』の『万葉集』関係歌は古点とは無関係で、撰者は伝承（誦）資料によって『万葉集』歌とは知らずに採ったという方向が打ち出された。これに対して、近年前田依久子氏(3)は「伝承歌を利用」した『改作歌』が多いことを論じられた。そこで、あらためて『後撰集』諸本の本文と平安時代に書写された『万葉集』、および諸集の本文とを対照してみた結果、『後撰集』の『万葉集』関係歌には、『万葉集』に関わりのない詞書や作者名をもつ歌はもとより、『万葉集』歌を利用、再生したとみなしうる歌があるとともに、やはり『万葉集』の伝承資料である古歌集を資料とした歌もかなり含まれているのではないかと考えるに至った(4)。本稿では、その両様の例証となろう場合を掲げて、論の補充を行ってみたいと思う。

後撰集（巻四・夏、204、よみ人しらず）

なてしこのはなちりかたになりにけりわかまつあきはちかくなるらし（荒）

なてしこのはなちりかたになりにけりわかまつあきそちかくなるらし（片白雲保ＡＢ天）

なてしこの花散かたになりにけり我まつ秋にちかくなるらし（堀）

万葉集（巻一〇・夏雑歌、1972）

野辺見者《ノベミレバ》瞿麦之《ナデシコノ》花咲家里《ハナサキニケリ》吾待秋者《ワガマツアキハ》近就良思母《チカヅクラシモ》（宮「チカクツクラシモ」。元）

のへみれはなてしこのはなさきにけりわかまつあきはちかつきにけり（類、「きにけり」朱ミセケチ「クラシモ」と訂）

人麿集（Ⅲ89）
野へみれはなてしこのはなちりにけりわかまつあきはちかく、るらん

赤人集（Ⅰ247・Ⅱ127）
のへみれはなてしこのはなちりにけりわかまつあきはちかつきにけり

※『後撰集』諸系統本の略号はⅠを参照されたい。
※『万葉集』は、仙覚本のうちの文永三年（一二六六）本である西本願寺本を掲げ、寛元四年（一二四六）本の神宮文庫本（略称「宮」）における訓等の異同を示した。また、平安時代の書写本の訓を、天治本（天）、元暦校本（元）、類聚古集（類）と『校本万葉集』の略号に従って掲げた。
※『私家集』は『私家集大成』に拠り、『古今六帖』は『図書寮叢刊』に拠ってその異同をも参酌した。

さて、この対照によると、『人麿集』『赤人集』の三句は、『万葉集』の『咲家里』に対して「ちりにけり」とあり、結句も『人麿集』が「近就良思母」に対して「ちかく、るらん」、『赤人集』が「ちかつきにけり」とあって、『万葉集』から離脱した本文となっている。が、『赤人集』の結句は『類聚古集』に朱訂正が施されているものの本来の本文としてみられるものであって、これは『万葉集』の平安時代的訓みのひとつであったものとみられる。『人麿集』『赤人集』は三句が『万葉集』と相違しており、また結句にあるいは転写による派生という場合もあったかもしれないが、『人麿集』歌は『万葉集』巻一〇後半部を伝えている歌群のうちにあり、(5)『赤人集』歌も『万葉集』巻一〇前半部の歌群のうちにあるので、(6)まずは『万葉集』本文の平安時代における姿を示しているとみておいてよかろう。これ

に対して、『後撰集』歌は、『万葉集』歌と関係深いことは認められるものの、その本文の訓みに従ったものとはみなしがたく、『万葉集』歌をもとにして組み立て直された歌、すなわち改作歌であったととらえておいてよいであろう。

後撰集（巻二・春中、62、よみ人しらず）

はるくれはこかくれおほきゆふつくよおほつかなしやはなかけにして（荒）

ハルク《ナ》レハコカクレヲホキユフツクヨオホツカナシヤ、マカケニシテ（片）

春くれは木かくれおほき夕つくよおほつかなしや花のかけにて（堀）

はるなれはこかくれおほきゆふつくよおほつかなしや花のかけにて（烏）

春なれはこかくれおほきゆふつくよおほつかなしも花かけにして（雲）

春くれはこかくれおほきゆふつくよおほつかなしや花のかけにして（保）

春くれはこかくれおほきゆふつくよおほつかなしも花かけにして《のかけにて(行)》（ＡＢ天）

万葉集（巻一〇・春雑歌、1875）

春去者《ハルサレバ》紀之許能暮之《キノコノクレノ》夕月夜《ユフヅクヨ》鬱束無裳《オボツカナシモ》山陰尓指天《ヤマカゲニシテ》　一云、春去者《ハルサレバ》木陰多暮月夜《コガクレオホキユフヅクヨ》（宮、四句「イホツカナシモ」）

はるされはこかくれ《しるしはかりの》おほきゆふつくよおほつかなしもやまかけにして（元、「一云」には訓なし）

はるされはしるしはかりのゆふつきよおほつかなしも山かけにして（類、「一云」には訓なし）

人麿集（Ⅲ9）

春されはこかくれおほきゆふつくよおほつかなしも山かけにして

赤人集（Ⅰ171）

はるされはこかくれおほみゆふつくよおほつかなしのはなのかけにて

赤人集（Ⅱ53）

はるくれはこかくれおほみゆふつく夜おほつかなしやはなかけにして

古今六帖（第一・天・春月、283）

春くれははかくれおほきゆふつくよおほつかなしもはなかけにして

この『万葉集』歌は「一云」の方の本文で訓まれることが一般であったようで、仙覚の『万葉集註釈』巻第六に「此歌古点ニハ、ハルサレハコカクレオホキユフツクヨオホツカナシモヤマカケニシテ、ト点セリ」とあり、元暦校本も本行は「こかくれおほき」の訓となっている。『後撰集』のほか諸集も「一云」系の本文である。その本文の結句をみると、『人麿集』は「山かけにして」であって『万葉集』の「山陰尓指天」に忠実な本文となっており、『後撰集』でも清輔校訂の片仮名本はその本文をとっているが、『赤人集』の『万葉集』巻一〇前半部そのままといってもよい個所（Ⅰ117〜354・Ⅱ1〜235）[7]のうちにある本文は「はなのかけにて」「はなかけにして」であり、『古今六帖』も「はなかけにして」であって、「はな」とある点で片仮名本を除く『後撰集』諸本と同じである。平井卓郎氏[8]は『後撰集』のこの歌を「伝誦上の過程において万葉歌との直接的な関係から一応截然と分ち得ると思はれるもの」のうちに挙げられており、前田依久子氏[9]は『後撰集』歌が「春くれは」「花のかけ」と平安的表現となっていることに注目されて、改作の方向で考えておられる。しかし、「春くれは」は『赤人集』Ⅱ53・『古今六帖』にもみられる本文である。この『後撰集』歌は、平安時代における『万葉集』歌のひとつの姿としてみておいてよかろうかと思う。

以上のように、『後撰集』の『万葉集』関係歌には、改作とみなしうる歌もあるが、書承として伝えられてきた歌もかなり含まれているようである。平安時代における『万葉集』歌の有り様からみて、『万葉集』の本文と異なっているからといって、即伝誦、改作などとすることはできないもののようである。

注

（1）渋谷虎雄氏『古文献所収万葉和歌集成』（昭和五七年、桜楓社）。
（2）中村久氏「後撰集の万葉歌の考察」（「文学論藻」第二号、昭和二七年九月）。奥村恒哉氏「古点の成立と後撰集の万葉歌」（「万葉」第一一号、昭和二九年四月。『古今集・後撰集の諸問題』所収）。上田英夫氏『万葉集訓点の史的研究』（昭和三一年、塙書房）。杉谷寿郎「後撰集の万葉歌」（「りてらえ　やぽにかえ」創刊号、昭和三四年四月）。平井卓郎氏「後撰集中の万葉歌の考察」（「国語と国文学」昭和三五年一月号。『古今和歌六帖の研究』所収）。
（3）前田依久子氏「後撰集の万葉歌――その性格と意義――」（「百舌鳥国文」第七号、昭和六二年一〇月）。
（4）杉谷寿郎「後撰集における万葉歌」（「万葉文学」第三号、平成六年九月）。
（5）後藤利雄氏『人麿の歌集とその成立』（昭和三六年、至文堂）。島田良二氏『平安前期私家集の研究』（昭和四三年、桜楓社）。
（6）後藤利雄氏「仮字万葉と見た赤人集及び柿本集一部――私家集の成立に関する考察――」（「国語と国文学」昭和二五年二月号）。島田良二氏、前掲書。山崎節子氏「赤人集考」（「国語国文」昭和五一年九月号）。
（7）注（6）論文。
（8）平井卓郎氏、前掲論文。
（9）前田依久子氏、前掲論文。

Ⅲ

(1)

『後撰集』の撰集が行われた撰和歌所においては、『万葉集』の読解も行われたので、『後撰集』中の『万葉集』歌と古点との関係について、はやくから関心が寄せられてきた。ことにその本文を対照しての具体的な考察は、昭和二十年代から三十年代にかけてしきりにおこなわれ、[(1)] おおむね『後撰集』の『万葉集』関係歌は古点とは無関係で、撰者は伝承資料によって『万葉集』歌とは知らずに採ったという方向が打ち出された。これに対して、近年前田依久子氏[(2)]は「伝承歌を利用」した「改作歌」が多く「再生された歌もあるのではないか」ということを提言された。この前田氏の論は三代集時代の和歌のあり方を踏まえた注目すべき所説である。そこで、あらためて『後撰集』諸系統本の本文と平安時代に書写された『万葉集』、および私家集・私撰集の本文とを対照してみた結果、『後撰集』の『万葉集』関係歌には、『万葉集』歌を利用、再生した歌があるとともに、やはり『万葉集』歌を伝えている古歌集などを資料とした歌もかなり含まれているのではなかろうかと考えるに至った。[(3)] が、そこで対象とした歌は、二十五首[(4)]とされている関係歌、

(1)後撰集二二—万葉集一四二六[(5)]　(2)二三—一三二八　(3)三三—一四四一　(4)三七—一八三九　(5)六二—一八七五
(6)一七七—一四七六　(7)一八七—一九三八　(8)一九九—一四四八　(9)二〇四—一九七二　(10)二三四—二〇七八
(11)二三九—二〇五五　(12)二四三—二〇八五　(13)二四四—二〇三〇　(14)二九五—二一〇〇　(15)三〇〇—二〇九九
(16)三〇五—一五七二　(17)三五九—二一九四　(18)三七六—二三一一　(19)三七七—二一八一　(20)五八一—三〇三八

(21)六七〇―三九六一　(22)七四三―三一三一　(23)七四四―二九七一　(24)一一二九―三〇九七　(25)一二九八―六〇六

このうちのわずか六例（(4)(5)(9)(12)(14)(19)）を取り上げての所論であった。他の十九首のうち(17)(18)(21)(22)(23)(24)(25)の七首は『後撰集』の詞書・作者名表記、また歌詞からも『万葉集』関係歌を利用・改作した歌とみられるので、ここでは自余の十二首を取り上げてさらなる検証を行ってみたいと思う。(3)

(2)

本文の掲出にあたっては、『後撰集』の諸系統本はⅠ掲載の略号をもってした。『万葉集』は、仙覚本のうちの文永三年（一二六六）本である西本願寺本（『新編国歌大観』底本）を掲げ、寛元四年（一二四六）本の神宮文庫本（宮）における訓等の異同を注記した。また、平安時代書写本の訓を、天治本（天）・元暦校本（元）・類聚古集（類）と『校本万葉集』の略号に従って掲げた。私家集は『私家集大成』に拠り、私撰集は『新編国歌大観』、『古今和歌六帖』のみ「図書寮叢刊」本に拠ってその異同をも参酌して掲出した。

(8)後撰集一九九

わかやとのかきねにまきしとこなつははやもさかなんよそへつゝみむ（荒片）

我やとのかきねにうへしとこなつははやもさかなむよそへつゝみよ（堀）

我やとのかきねにまきしなてしこは花もさかなんよそへつゝみむ（雲）

わかやとのかきねにうへしなてしこはゝやもさかなむよそへつゝみん（A）

わかやとのかきねにうへしなてしこははなにさかなんよそへつゝみむ（保B天）

万葉集一四四八
吾《ワガ》屋《ヤ》外《ド》尓《ニ》蒔《マキ》之《シ》瞿麦《ナデシコ》何時《イツシカ》毛《モ》花《ハナ》尓《ニ》咲《サカ》奈《ナ》武《ム》名《ナ》蘇《ソ》経《ヘ》乍《ツツ》見《ミ》武《ム》（宮「ハナニサキナムヨソヘツ、ミム」）
わかやとにうゑしなてしこいつしかもはなにさかなむよそへつゝみむ（類）
古今六帖三六一八
わかやとにさきしなてしこいつしかも花にさかなむよそへつゝみん

まず『万葉集』の結句「名蘇経乍見武」に対する『後撰集』の「よそへつゝみむ」は、『類聚古集』がそれであり、仙覚本と寛元本が「ヨソヘツ、ミム」の訓をもち（「名蘇経」の左に「ヨソヘ」とあり）、『古今六帖』また『伊勢物語』（小式部内侍本）も「よそへつ、みん」であるので、平安時代における一般的な訓みであったものとみられる。これに対して、上句の垣根の撫子は、「あな恋しいまもみてしが山がつのかきほに咲けるやまとなでしこ」（『古今集』六九五）・「冬なれど君がかきほに咲きぬればむべとこなつに恋しかりけり」（『後撰集』一〇六九）などのように、当代的類型の表現である。『古今六帖』や『伊勢物語』（小式部内侍本）が『万葉集』の本文を伝えているのに対して、『後撰集』歌は発展的に新しい内容の歌に作り変えられていったものとしてよいであろう。

(6)後撰集一七七
ひとりしてものおもふわれをほと、きすこ、にしもなくこ、ろあるらし（荒）
ヒトリシテモノオモフワレニホト、キスコ、ニシモナク心アルラシ（片）
ひとりして物おもふやとに郭公こ、にしもなく心あるらし（堀）
ひとりゐてものおもふわれをほと、きすこ、にしもなく心あるらし（雲保AB天）

万葉集一四七六
独居《ヒトリヰ》而《テ》物念《モノオモフ》夕《ヨヒ》尓《ニ》霍公鳥《ホトトギス》従此間《コヨ》鳴渡《ナキワタル》心《ココロ》四《シ》有《アル》良《ラ》思《シ》（宮「ココナキワタル」）
ひとりゐてものおもふよひにほとゝきすこゝなきわたる心あるらし（類）

家持集Ⅰ九三
ひとりゐてものおもふときにほとゝきすみをなきゆくはこゝろあるらし

家持集Ⅱ八五
ひとりゐてものおもふときにほとゝきすこゝをなきゆくこゝろあるらし

『後撰集』の第二句は、類聚古集の訓「ものおもふよひに」に対して、多く「ものおもふわれに」とあり、「ものおもふわれを」「物おもふやとに」の本文もみられる。『家持集』も増補された私撰集的部分にあって「ものおもふときに」と『万葉集』の本文とは異なっているが時点を表わしており、その点で『後撰集』はより転化しているといえる。(6)四句も「こゝなきわたる」に対して「こゝにしもなく」である。『万葉集』歌からの発展がみられる歌とすることができようかと思う。

(2)後撰集二三
きてみへきひともあらしなわかやとのむめのはつはなをりつくしてむ（荒片保ＡＢ天）
きてみへき人もあらしな我やとの梅の初花折つくしみむ（堀）
きてみへき人もあらしをわかやとの梅はつ花おりつくしてむ（雲）

万葉集二三二八
来可視《キテミベキ》人《ヒト》毛《モ》不有《アラナク》尓《ニ》吾家《ワギヘ》有《ナル》梅《ウメ》之《ノ》早花《ハツハナ》落《チリ》十《ヌ》方吉《トモヨシ》

きてみへきひともあらなか《ヌイ》にわかいへなるむめのはつはなちりぬともよし（元）

きてみへき人もあらぬにわかいへの《ナ》《ミ》るむめのはつはなちりぬともよし（類）

人麿集Ⅰ一六二・Ⅱ六・Ⅲ三九

きてみへき人もあらなくに我宿の梅の初花ちりぬともよし（Ⅲ三九・「やと《いへ》」）

家持集Ⅰ二一

きてみへき人ならなくにわかやとのむめのはつ花ちりぬらんよし

家持集Ⅱ二一

きてみへき人もあらなくにわかやとのむめのはつはなちりぬるもよし

家持集Ⅰ四六・Ⅱ四七

きてみへき人もあらしをわかやとのむめのはつ花をりつくしてむ

『後撰集』の二句「ひともあらしな」は『万葉集』の「人毛不有尓」の平安朝的な表現への置き換えかとみられ、三句の「吾家有」に対する「わかやとの」も、『人麿集』『家持集』の諸本本文がすべて「わかやとの」であることからも知られるように、これも平安時代における『万葉集』歌のあり方であったものとみられる。これに対して、結句の「をりつくしてむ」は『万葉集』の「落十方吉」からは生じてこない表現であるが、同じ本文が『家持集』Ⅰ四六・Ⅱ四七にみられる。この『家持集』歌は、『万葉集』の抄部分ではなく私撰集的で二次的な歌群のうちにあり、(6) しかも雲州本が同文であるなど『後撰集』ときわめて近い歌であるので、『後撰集』と『家持集』が共通の古歌集を資料源としていたり、一方が他方の資料源であったりするなど、密接な関係にあったものとみられる。元暦校本・類聚古集はもとより、『人麿集』『家持集』Ⅰ一六二・Ⅱ六・Ⅲ三九のように、『万葉集』の訓を直接に伝えている本文に対して、この「をりつくしてむ」は「平安時代の生活を反映した本文」(2)であって、その点では意図的な手が加えられていて、改作といえば改作ということになろう。しかし、部分的に平安時代的表現に変えられている歌は、『人麿集』『赤人集』『家持集』などの古歌集や『古今六帖』などに多くみられ、これが平安時代におけるひとつの古歌享受のあり方であったともみられよう。

(3)

ところで、『後撰集』には『万葉集』の本文を忠実に伝えている歌もみられる。

(1)後撰集二二

わかせこにみせんとおもひしむめのはなそれともみえすゆきのふれゝは（荒片白堀雲保ＡＢ天）

万葉集一四二六

吾《ワガ》勢《セ》子《コ》尓《ニ》令見《ミセン》常《ト》念《オモヒ》之《シ》梅花《ウメノハナ》其十方《ソレトモ》不所見《ミエズ》雪之《ユキノ》零有者《フレレバ》

人麿集Ⅱ七、赤人集Ⅰ三、家持集Ⅰ一一・Ⅱ一一、古今六帖七三九

我せこにみせむとおもひしむめのはなそれともみえす雪のふれゝは

この『万葉集』歌は「山部宿祢赤人謌四首」（一四二四〜一四二七）のうちの一首で、『三十六人撰』のほか『金玉集』『深窓秘抄』『和漢朗詠集』に採られており、公任が赤人の代表歌のひとつとして高く評価している歌である。『後撰集』でも一部伝本（慶保ＡＢ）に「赤人」の作者名表記がみられるが、本来の表記ではなく「よみ人しらず」としてよい歌である。その『後撰集』の本文は、類聚古集の訓をはじめとして『人麿集』『赤人集』『家持集』『古今六帖』所収歌、また公任撰の諸撰集等とも同文である。

⑾後撰集一二三九

あまのかはとほきわたりはなけれともきみかふなてはとしにこそまて（荒堀雲保ＡＢ天）

アマノカハトホキワタリハナケレトモキミカフナテハトシニヒトタヒ（片）

あまのかはとほきわたりを《は》なけれともきみかふなてはとしにこそまて（烏）

〔天河とほき渡は〕あらね（東博本。内閣文庫本「あらぬ」）〔とも君かふなては年にこそまて〕（慶）

万葉集二〇五五

天河《アマノガハ》遠《トホ》度《キワタリ》者《ハ》無《ナケレ》友《ドモ》公之《キミガ》舟出《フナデ》者《ハ》年《トシ》尓《ニ》社《コソ》候《マテ》（天。元、二三句訓の右に赭「トオサカルトハナケレトモ」）

あまのかはとほきわたりはしらねともきみかふなてはとしにこそまて（類、「しらね」墨にて消し「ナケレ」と訂）

人麿集Ⅰ八二・麗花集四四

天河とをきわたりはなけれとも君かふなては年にこそまて

人麿集Ⅱ三九・古今六帖一三六・和漢朗詠集二一八

天河とをきわたりにあらねともきみかふなてはとしにこそまて

『後撰集』の多くの諸本の本文は天治本・元暦校本、また『人麿集』Ⅰ八二、『麗花集』と同文である。これに対して元暦校本の赭本文は二句が「トホサカルトハ」であり、『人麿集』Ⅱ三九、『古今六帖』、『和漢朗詠集』の二・三句は「とをきわたりにあらねとも」であって『後撰集』の慶長本に近い本文となっている。『後撰集』は当代一般的であった訓を伝えていることが知られる。

⒃後撰集三〇五

わかやとのをはなかうへのしらつゆをけたすてたまにぬくものにもか（荒片雲保ＡＢ天）
我やとのお花か末の白露をけたすてたまにをく物にかも（堀）
わかやとのおはなかうへにをくつゆをけたすてたまにぬくものにもか（胡）
わかやとのをはなかうへのしらつゆはけたすてたまにぬくものにもか（烏）

万葉集一五七二
吾《ワガ》屋《ヤ》戸《ド》乃《ノ》草花《ヲバナ》上《ガウヘ》之《ノ》白露《シラツユ》乎《ヲ》不令消《ケタズ》而《テ》玉《タマ》尓《ニ》貫《ヌク》物《モノ》尓《ニ》毛《モ》我《ガ》

古今六帖三六九二
我やどのおはなかうへのしらつゆをけたすてたまにぬくものにもか

『後撰集』の堀河本・胡粉地切・烏丸切の本文はそれぞれ一本のみがとる本文であるので、おそらく転写により派生したものとみられる。多数諸本の本文によると、類聚古集の訓、また『古今六帖』歌とも同文である。

これら⑴⑾⒃の三首は、『後撰集』が平安時代における『万葉集』の訓を忠実に伝えている場合である。古歌集などを資料源とする書承もあったろうことを示唆していよう。

(4)

以上のように、『後撰集』の『万葉集』関係歌には、異なる内容の歌に作り変えられていった歌もある一方で、『万葉集』歌の本文をそのままに伝えている歌もみられる。それでは小異とも言える相違のある歌はどのようにみればよいのであろうか。

⒀後撰集二四四

あきくれはかはきりわたるあまのかはかはかみゝつゝふるよそおほき（荒片）
秋くれは河霧わたる天の河かはかみみつゝ恋ぬ日そなき（堀保）
秋くれは河きりわたるあまのかはかはかはみつゝこふる日のおほき（雲）
秋くれは河きりわたるあまのかはかはかはかみゝつゝこふる日そおほき（AB）
秋くれは河霧わたる天河かはかみ見つゝこふる日のおほき（天）

万葉集二〇三〇
秋去者《アキサレバ》河霧《カハギリ》立《タチテ》天川《アマノガハ》河向居而《カハニムカヒヰテ》恋《コフル》夜《ヨゾオホキ》　多
あきされはかはきりたちてあまのかはかはにむかひてこふるよそなき《ヲオキ》（緒）（元）
あきされはかはきりたちてあまのかはかはにむかひてこふるよそおほき（類）

人麿集Ⅲ一二四
秋されはかはきりのたつあまのかはかはにゐかひゐこふるよそおほき

赤人集Ⅰ二九五
秋立て河霧わたるあまのかはかはむかひゐつゝ□ふるまもあらし本

赤人集Ⅱ一七五
秋立てかはきりわたるあまのかはむかひにゐつゝこふる日そおほき

『後撰集』の初句「あきくれは」は、元暦校本・類聚古集の訓「あきされは」に対して当代的表現（『古今集』一〇一七、『後撰集』二六二・三三一・三八〇など）となっているが、『赤人集』でも『万葉集』の本文から離れた「秋立て」（『万葉集』にも平安時代にもある表現）となっている。また、『後撰集』の二句「かはきりわたる」も『万葉集』から離れた本文であるが、これは『赤人集』にみえる表現である。四句の「かはかみゝつゝ」は『万葉集』の本文から隔たってい る。五句は汎清輔本系統が『万葉集』と同文、古本系統の堀河本と承保本系統が「恋ぬ日そなき」、古本系統の雲州本と定家本系統が「こふる日の（そ）おほき」とさまざまであるが、「こふる日そおほき」は『赤人集』Ⅱ一七五にみる本文である。その『赤人集』歌は、『万葉集』巻一〇前半のいわゆる仮名万葉中にあって、[7] 平安時代における『万葉集』の姿を示している。『後撰集』がこの『赤人集』により近い本文を有していることからすると、諸集よりも「後撰の方が既に万葉とは隔たりのある歌となっている」[8] とは必ずしも言えなく、むしろ、『後撰集』の歌は平安時代における『万葉集』歌のひとつの姿とみた方がよいのではあるまいか。

⒇後撰集五八一

かくてふるものとしりせはよはにおきてあくれはきゆるつゆならましを（荒片）
かくこひむものとしりせはよるはおきてあくれはきゆるつゆならましを（白）
かくこふる物としりせは夜はをきてあくれはきゆる露ならましを（堀保天）
かくこふるものとしりせはよはにおきてあくれはきゆる露ならましを（慶ＡＢ）
かくこふるものとしりせは夜はにおきてあくれはきゆるもの《つゆ》ならましを（雲）

万葉集三〇三八
如此《カク》将恋《コヒム》物《モノ》等知者《トシリセバ》夕置而《ユフヘハオキテ》且者《ツトニハ（アシタハ）》 消《キユル》 流露《ツユ》有申尾《ナラマシヲ》
かくこひむものとしりせはゆふお《キ（赭）》てつとにはきゆる《ツユ（赭）》ならましを（元）
かくこひむものとしりせはゆふへおきてつとにはきゆるつゆならましを（類）

この歌における『後撰集』の元暦校本・類聚古集の訓とのちがいは、初句の「かくこひむ」に対して同文の白河切を除く古本系統・承保本系統・定家本系統が「かくこふる」であって汎清輔本系統に「かくてふる」（あるいは「かくこふる」からの転か）とあること、「ゆふ」に対して「よは」「よる」、「つとには」に対して「あくれは」であることである。このちがいは用語上のものであって内容にまで関わるものではないところからすると、この『後撰集』歌は『万葉集』歌を当代的用語に置き換えて訓んだものであって、これも平安時代における『万葉集』歌のひとつの姿とみておいてよさそうである。「高《タカ》山《ヤマ》之《ノ》菅《スガノ》葉《ハ》之《シ》努《ノ》芸《ギ》零《フル》雪《ユキ》之《ノ》消《ケ》跡《ヌト》可《カ》曰《イフ》毛《モ》恋《コヒ》乃《ノ》繁《シゲ》鶏《ケ》鳩《ク》」（『万葉集』一六五五。「たかやまのすけのはしのきふるゆきのけぬとかいふもこひのしげきに」（『古今集』五五一）、「奥山の菅の根しのぎふる雪のけぬとかいはむこひのしげゝく（類）」――「悪《アシ》氷《ヒ》木《キ》之《ノ》山《ヤマ》下《シタ》動《トヨ》逝《ミ》水《ユクミヅ》之《ノ》時《トキ》友《トモ》無《ナク》雲《モ》恋《コヒ》度《ワタル》鴨《カモ》」（『万葉集』二七〇四。「あしひきのやましたう《トヨミ》こきゆくみつのときともなくもこひわたるかも」（類）」――「あしひきの山したとよみ行く水の時ともなくこひ渡るかな」（『拾遺集』六四五）の類である。

(3)後撰集三三

かきくらしゆきはふりつゝしかすかにわかいへのそのにうくひすそなく（荒片堀雲AB天）

かきくらしゆきはふれともしかすかにわかいへのそのにうくひすそなく（白）

かきくらしゆきはふりつゝしかすかにわかいへのそのにうくひすなくも（烏）

かきくらしゆきはふりつゝしかすかにわかいへのそのに鶯のなく（慶保）

万葉集一四四一

打《ウチ》霧《キラ》之《シ》雪《ユキ》者《ハ》零《フリ》乍《ツツ》然《シカ》為《ス》我《ガ》二《ニ》吾宅《ワギヘ》乃《ノ》苑《ソノ》尓《ニ》鶯《ウグヒス》鳴《ナク》裳《モ》

うちきらしゆきはふりつゝしかすかにわかいへのそのにうくひすなくも（類）

拾遺集一一・古今六帖二三

うちきらし雪はふりつゝしかすかにわか家のそのに鶯そなく

古今六帖四三七

うちきえし（江松岡林田「うちきらし」）雪はふりつゝしかすかに我家のそのに鶯なきつ

『後撰集』の多数本文によると、『類聚古集』の初句「うちきらし」に対して「かきくらし」、五句「うくひすなくも」に対して「うくひすそなく」とある点が相違している。この「かきくらし」と「うくひすそなく」は、三代集時代に「よく用いられた表現」(2)であり、後者は『拾遺集』『古今六帖』所収歌も「鶯そなく」「鶯なきつ」と変えられている。この場合も、『後撰集』歌は平安時代における『万葉集』歌のひとつの姿とみることができよう。

(7)後撰集一八七

たひねしてつまこひすらしほとゝきすかみなひやまにさよふけてなく（荒片堀雲保ＡＢ天）

万葉集一九三八

客《タビ》尓《ニ》為而《シテ》妻恋《ツマゴヒ》為《ス》良《ラ》思《シ》霍公鳥《ホトトギス》神名備《カミナビ》山《ヤマ》尓《ニ》左《サ》夜《ヨ》深《フケ》而《テ》鳴《ナク》　右古歌集中出（元類）

赤人集Ⅰ二二〇

たひにしてつまこひすらしほとゝきすかひなひやまにさよふけてなく　これはふるうたの中にいてたり

赤人集Ⅱ一〇一

たひにいて、つまこひすらしほとゝきす神なひやまにさよふけてなく　これはふる歌の中にいれたり

麗花集三三

たひねしてつきてえぬらしほとゝきすかみなひやまにさよふけてなく

『後撰集』は初句に「たひねして」とある点が元暦校本・類聚古集の訓「たひにして」と異なっている。しかし、こ

の『後撰集』の本文は「人丸」を作者名としてもつ『麗花集』にみられるものである。その注記からも仮名万葉として知られる『赤人集』でもⅡ一〇一の方は「たひにいてゝ」と派生していっている。改変された歌とまでは言いがたかろう。

⑽後撰集二三四

たまかつらたえぬものからあらたまのとしのわたりにたゝひとよのみ（荒）

たまかつらたえぬものからあらたまのとしのわたりはたゝひとよのみ（片烏雲保ＡＢ天）

玉かつらたえぬ物からあらたまのとしのわたりをたゝひとよのみ（堀）

万葉集二〇七八

玉葛《タマカヅラ》不絶物《タエヌモノ》可《カ》良《ラ》佐宿者《サヌラクハ》年之度尓《トシノワタリニ》直一夜耳《タダヒトヨノミ》（宮『佐宿者』の左に「サヌルヨハ」とあり）

たまかつらたえぬものからさぬるよ（天「よ」とも）はとしのわたりにたゝひとよのみ（天元類）

古今六帖一三八

玉かつらたえぬ物からさぬるよは年のわたりにたゝ一よのみ

『万葉集』の第三句「佐宿者」は、天治本・元暦校本と『類聚古集』、また『古今六帖』にもみるように「さぬるよは」の訓が平安時代一般であったようである。この第三句が『後撰集』では、清輔が片仮名本で「アラタマノ」の傍らに「サヌルヨハ」と『万葉集』の本文を注記して注目しているように、「あらたまの」となっていて、「平安時代における一般的な表現[2]」に変えられている。改変には相違ないが、当代におけるひとつの『万葉集』享受の仕方であったものとみられる。

⒂後撰集三〇〇

しらつゆのをくたにをしきあきはきををりてはあやなおきやからさん（荒片）
しらつゆのおかまくをしきあきはきをおりてはさらにおきやかくさん（白清）
白露とおもくおしみ秋萩をおりては更にをきやかくさむ（堀）
しら露のをかまくおしき秋はきをおりてはさらにをきやからさん（雲）
白露のをくたにをしきあきはきをおりてはさらにをきやかくさん（保）
白露のをくたにをしき秋はきをゝりてはさらにわれやからさん（A）
白露のをくたにをしき秋萩をおりてはさらに我やからさむ（B慶）
白露のをかまく惜き秋萩を折てはさらに我やかくさん（天）

万葉集二〇九九
白露《シラツユ》乃《ノ》置巻《オカマク》惜《ヲシミ》秋《アキ》芽《ハ》子《ギ》乎《ヲ》折耳《ヲリノミ》折《ヲリ》而《テ》置哉枯《オキヤカラサム》（天元）
しらつゆのおかまくをしみあきはきををりのみをりておきやかくさん（類）

人麿集Ⅰ九四
しら露のをかまくおしみ秋萩のをりのみをりて置やこらさん

人麿集Ⅱ六二
しらつゆをあかまくおしみ秋はきをおりのみおりてをきやかくさむ

宗于集二四
白露のおかまくをしみ秋はきをゝりてはさらにおきやからさむ

『後撰集』諸本間に異文が多く『万葉集』と対照しがたいのであるが、二句の「おかまくをしみ」に対して多くの諸本がとる「をくたにをしき」、四句の「をりのみをりて」に対する「をりてはさらに」は、歌内容が変るほどではないので、これも『万葉集』歌の平安時代におけるひとつの姿とみておいてよさそうである。

(5)『後撰集』の『万葉集』関係歌には、程度の差こそあれ伝えられてきた『万葉集』歌を利用、再生したとしてよい歌が確かにある。が、その一方で、『万葉集』の本文そのままである歌もあり、これは古歌集などを資料源としているとみられる。また、歌内容は殆ど変えられずに平安時代的な用語に置き換えられているという歌もかなりあり、それらは平安時代における『万葉集』歌のひとつの姿であろうとみてきた。『後撰集』には古歌集などを資料源とした書承による歌がかなり含まれているようである。

注

(1)　中村久氏「後撰集の万葉歌の考察」(「文学論藻」第二号、昭和二七年九月)。奥村恒哉氏「古点の成立と後撰集の万葉歌」(「万葉」第一一号、昭和二九年四月、『古今集・後撰集の諸問題』所収)。上田英夫氏『万葉集訓点の史的研究』(昭和三一年、塙書房)。杉谷寿郎「後撰集の万葉歌」(「りてらえ　やぽにかえ」創刊号、昭和三四年四月)。平井卓郎氏「後撰集中の万葉歌の考察」(「国語と国文学」昭和三五年一月号、『古今和歌六帖の研究』所収)。

(2)　前田依久子氏「後撰集の万葉歌——その性格と意義」(「百舌鳥国文」第七号、昭和六二年一〇月)。

(3)　拙稿「後撰集における万葉歌」(「万葉文学」第三号、平成六年九月)・「後撰集の万葉歌」(「むらさき」第三一輯、平成六年一二月)。

（4）渋谷虎雄氏『古文献所収万葉和歌集成』（昭和五七年、桜楓社）。
（5）上欄の『後撰集』は新編国歌大観番号、下欄の『万葉集』は旧国歌大観番号。
（6）島田良二氏『平安前期私家集の研究』（昭和四三年、桜楓社）・山崎節子氏「家持集――その原型――」（「百舌鳥国文」第五号、昭和六〇年一〇月）。
（7）後藤利雄氏「仮字万葉と見た赤人集及び柿本集一部――私家集の成立に関する研究――」（「国語と国文学」昭和二五年二月号）・島田良二氏（注6）・山崎節子氏「赤人集考」（「国語国文」昭和五一年九月号）。
（8）平井卓郎氏（注1）。

第七節　後撰集と大和物語

Ⅰ

藤原清輔以来長年のあいだ採られてきた『後撰集』の未定稿説の論拠のうち、恋雑歌の四季部混在、三人称的な長い詞書、贈答歌の多さなどは、昭和に入って正宗敦夫『後撰和歌集』（昭2）・宇佐美喜三八「後撰集の特殊性について」（「水甕」2―4、昭14。『和歌史に関する研究』）・西下経一『日本文学史　第四巻』（昭17）により、『後撰集』の特殊性であって、物語化の傾向を強く示しているものとされるようになった。その後、阪倉篤義「歌物語の文章―「なむ」の係結をめぐって―」（「国語国文」昭28。『文章と表現』）は、歌物語の文章は詞書ではなく左注的なものの発展とし、宮坂和江「歌集の添書と歌物語について」（「実践女子大学紀要」2、昭29）は詞書の末尾語などから『後撰集』の物語性をみ、柳下静子「後撰和歌集の物語性」（「日本文学」13、昭34）も「幾重にも物語的性格を具えている」とした。その物語性について、片桐洋一「後撰和歌集の本性」（「国語国文」昭31）は作者名表記から「「歌語り」などを中心とする「褻」の歌の集成」であるゆえとし、「後撰和歌集の物語性―歌物語の本質―」（「国語と国文学」昭42）においてその「原資料の姿を、かなり忠実にとどめて」いることを論じた。その片桐論には、長江信之「後撰和歌集の物語性についてー後撰和歌集序説―」（「明治大学日本文学」8、昭53）・重見一行「後撰集詞書における「侍り」の多用に関する試論」（「国語と国文学」昭54・10）の「原資料の反映」とはみられないとする反論があるが、同じ歌語りを素材としているとされる『大和物語』との比較からも、この問題は次第に煮詰められてきている。

その『大和物語』における『後撰集』関係歌は三三〜三五首。阿部俊子『歌物語とその周辺』（昭44）・佐藤高明『後撰和歌集の研究』（昭45）は、互いに依拠関係にないことを明らかにした。また、今井源衛は「国文学」の連載（昭36・8〜43・9）で両者のあり方を検討し、柿本奨『大和物語の注釈と研究』（昭56）は『後撰集』の「異伝」「変移」をみ、妹尾好信「『大和物語』成立試論―『後撰集』との関わりを通して―」（「国文学攷」95、昭57）は、『大和物語』は和歌所に集められた歌語りの「異伝資料」や「『後撰集』に載せきれなかった他の数々」のものを中心的な素材としていると説いた。さらに、雨海博洋は「『大和物語』に於ける「歌語り」の文学的発想について」（「二松学舎大学論集」昭和四五年度、昭46。『歌語りと歌物語』昭51）などにおいて、『大和物語』に「事実性を離れた歌語りの世界」などをみ、菊地靖彦「『大和物語』の『後撰集』歌章段をめぐって」（「米沢国語国文」14、昭62）も『大和物語』には「意図的」な構成がみられて「歌を含んだ物語」であるという方向を打ち出し、森本茂「大和物語と後撰集の関係」（「奈良大学紀要」18、平2）も『大和物語』の構成をみている。一方、岡山美樹『大和物語の研究』（平5）は、両者の違いを歌語りが「流動的」で「さまざまの方向に重点が移り変る」ことに求めている。

このように、『後撰集』と『大和物語』それぞれの物語的なあり方が、その対照から検討されてきた。ここでは一例とはなるがその問題について改めて考えてみたい。

『大和物語』（九二段）

故権中納言、左の大臣の君をよばひ給ひける年の十二月の晦に、

もの思ふと月日のゆくも知らぬまに今年は今日にはてぬとかきく

となんありける。またかくなん

いかにしてかく思ふてふことをだに人づてならで君に語らん
かく言ひ〳〵て、つひに逢ひにけるあしたに、
今日そへに暮れざらめやはと思へどもたえぬは人の心なりけり

『後撰集』

御匣殿別当に年をへていひわたり侍りけるを、えあはずして、その年の十二月の晦の日つかはしける
藤原敦忠朝臣
もの思ふとすぐる月日も知らぬまに今年は今日にはてぬとかきく（巻八・冬、五〇六）
忍びて御匣殿別当にあひかたらふときゝて、父の左大臣のせいし侍りければ
敦忠朝臣
いかにしてかく思ふてふことをだに人づてならで君に語らん（巻一三・恋五、九六一）
御匣殿にはじめてつかはしける
敦忠朝臣
今日そへに暮れざらめやはと思へどもたえぬは人の心なりけり（巻一二・恋四、八八二）

『拾遺集』

（侍従に侍りける時、女にはじめてつかはしける）
権中納言敦忠
いかでかはかく思ふてふことをだに人づてならで君に知らせむ（巻一　・恋一、六三五）

『敦忠集』

また

いかにしてかく思ふといふことをだに人づてならで君に語らむ（一類本の書陵部蔵御所本〔510 12〕126）

御匣殿にまたの日

今日そへに暮れざらめやはと思へどもたえぬは人の心なりけり（一類本12・二類本12）

※『大和物語』は伝為氏本、『後撰集』は定家天福二年本、『拾遺集』は定家天福元年本に拠り、適宜表記を改めて掲出した。

この『大和物語』九二段の「故権中納言」は藤原敦忠。「左の大臣の君」は、通説の忠平女貴子に対して、柿本が前掲書などで説いた仲平女明子が妥当であろう（迫徹朗「大和物語研究の現段階」、「国語と国文学」昭54・2。曽根誠一「藤原敦忠伝ノート―生母と主要な恋―」、「文学研究稿」2、昭55）。明子は御匣殿別当であった。敦忠は仲平の兄時平の男であるから、敦忠と明子はいとこの間柄となる。

さて、『大和物語』第一首目の「もの思ふと」の歌は、『後撰集』のほか『敦忠集』『古今六帖』（第一・歳時・冬、年暮、248）にもみられる。その『敦忠集』の諸本は、一類本――(1)西本願寺本系・(2)冷泉家本・(3)書陵部蔵御所本〔510 12〕、二類本――歌仙家集本系と系統づけられ、一類本(1)(2)(3)はそれぞれに誤脱歌を有しながら配列順を一にして、(1)131（『私家集大成』Ⅰ131）までが集の本体、以後は増補部である。二類本は四六首で、一類本からの抜粋本とみられる（島田良二『平安前期私家集の研究』昭43）。「もの思ふと」の歌は一類本の(1)(2)(3)にあるが、(1)138であって『後撰集』による増補歌とみられるので、対象外ということになる。その『後撰集』では巻八・冬の巻末歌であって、「十二月の晦の日」にまで至った敦忠の求婚は、「年をへて」（承保本系統・定家本系統）・「年をわたりて」（汎清輔本系統・古本系統）のものであって、『大和物語』の「よばひ給ひける年」から始められたとあるのとは相違している。この違いは、『大和物語』の歌詞「月日のゆくも」に対して、『後撰集』は「すぐる月日も」であって時の経過の長さを「強調」（曽根）する表現となって現れている。これをもってただちに『大和物語』が「巧妙な事実ばなれ（506の歌句変改）も企画する」（菊地）とまでは言い切り難かろうが、両者それぞれに適った表現になっているとは言いえよう。

第二首目「いかにして」の歌は、『後撰集』には御匣殿と密々に逢っていたのを、父の左大臣が知るところとなって制止されたので詠んだとある。これに対して、『拾遺集』では、前歌の詞書（異本第二系統脱）が及んでおり、敦忠が侍従であった時（延長元〜六年。一八〜二三歳）「女にはじめて」（定家本系統）・「はじめて人のもとに」（異本第一系統）送った「未逢以前」（『八代集抄』）の歌として恋一に置かれている。一方、『敦忠集』においては、一類本の集本体では⑴⑵は脱し⑶126のみにあって、増補⑴142⑵⑶141（重出）されている。その⑶126の詞書は「また」であって詠歌状況が知られないが、木船重昭『敦忠集注釈』（昭61）は「たぶん、実際の詠作事情はそう（後撰集のよう）であろうが、当歌連の歌排列の文脈では、直接逢って意中を語りたい、と願う、というふうに読み替えて、利用している」とされている。「いかにして」の歌はとにかく、異なった恋の段階の歌として二様に伝えられているが、『大和物語』では不逢恋の歌の後で後朝の歌の前にあるので、不逢恋の歌としてあるとみてよい。この点では『拾遺集』と、あるいは『敦忠集』とも、同じである。が、不逢恋の歌の第二首目に「またかくなん」としてあるので、『拾遺集』のごとく「はじめて」明子に送った歌であるとはみられなく、その扱いは異なっている。また、『大和物語』では『後撰集』や『拾遺集』のような具体的な所伝はみられなく、明子との恋が成就するまでにはこのような求婚歌もあったのだと、敦忠歌そのものへの強い関心から取り上げているとしてよかろう。

第三首目「今日そへに」の歌は、『後撰集』の定家年号本に「はじめて」とあるが、承安三年清輔本「はじめてアヒテ」、古本系統の堀河本が「はじめてあひてつかはしけるあした」、慶長本・雲州本が「はじめてあひてつとめて」、承保本系統「はじめてあひて」、定家現存最初期校訂本の無年号本A類が『はじめてあひて」、同B類が伝本によって

「はじめてあひて」「はじめて」の両様であるので、これは定家無年号本B類ないしは年号本における脱文とみられる。従ってこれは『後撰集』の「異伝」（柿本）ではなく、『大和物語』『敦忠集』と同じく後朝の歌であって、その所伝は変らないものとみられる。

ところで、これら三首の歌は、『後撰集』では別々に存在し、『敦忠集』においても第二・三首目の歌が離れた位置にある。『大和物語』においては、第一首目を「となんありける」（御巫本・鈴鹿本ナシ）と結び、第二首目を「またかくなん」で始め、「かく（天福本では「かくて」で「場面の推移、あるいは転換を表わ」すことば（長谷川政春「歌語りの場」、『和歌文学論集3　和歌と物語』平5）いひ〳〵て」で始められているように、独立的であった歌をまとめたような形跡を残しながらも、まとまりのあるひとつの物語に作り上げている。それも、表現に配慮したり、所伝を切り捨てたりして敦忠歌を前面に押し出し、歌による敦忠の恋成就物語を形成している。菊地のいう『大和物語』の「物語的構想を持ちながら」の形成という見解は首肯されよう。しかしながらその形成は、中田武司「大和物語と勅撰集との関係（下）」（「解釈」昭47・3）のように、現存『敦忠集』とは関係が希薄であることもあって、勅撰集を「第二第三の資料として用い、その第一資料としては敦忠集を用いている」とは限定できまい。ともかく、『大和物語』には構成された跡が見受けられるのであるが、それはこのような文献資料に依拠したものであるのか、あるいは歌語りをまとめていった編纂者の所為か、歌語りの場で作り上げられてきたものの文字化であったのか。また、『大和物語』に構成された跡がみられるとするならば、『後撰集』の方はより素朴な姿の歌語りを収めているのか。後考としたい。

Ⅱ

(1)

『後撰集』と『大和物語』の共通歌はおよそ三三首、『大和物語』の章段にすると二四章段ということになる。同時代に成ったとはいえ、歌集と歌物語という様式の異なる作品にこのように共通歌が多いのは、『後撰集』が『大和物語』と同じ素材源をもつ、「歌語り」などを中心とする「褻の歌の集成」(1)とまずは言えるからである。しかしながら、菊地靖彦氏(2)が示されているように、両者間に歌の詠者、歌句、詠歌情況等において異同のないものはまずないとしてよい。そのため、この異同の要因を求めて多くの議論が成されてきており、近年においては『大和物語』の方に雨海博洋氏(3)の「事実性を離れた歌語りの世界」がある、菊地靖彦氏(2)の「意図的な方法」がみられる、妹尾好信氏(4)の「歌語りとしてより興味深く効果的な記述がなされている」などのように、『後撰集』に比べて『大和物語』により作品としての構成がみられるという方向の論が多い。筆者(5)もその驥尾に付いて、『後撰集』506・882・961番歌と『大和物語』九二段との対比から、『大和物語』には構成された跡がみられようとした。本稿においては、さらにこの問題について、『後撰集』17番歌と『大和物語』七四段・『後撰集』1182・1183番歌と『大和物語』六八段とを例にして、検討を加えてみたいと思う。

(2)

『後撰集』（巻一・春上、17）

前栽にこうはいをうゑてまたのとしのはる（二荒山本・片仮名本）
桜をうへて明年の春花をそくさきけれは（堀河本）
前栽に紅梅をうへてまたのとしの春はなをそくさきけれは（雲州本・定家無年号本A類）
前栽に紅梅をうへてまたのとしの春花のをそくさきけれは（承保本・定家無年号本B類）
前栽に紅梅をうへて又の春をそくさきけれは（定家年号本）

かねすけのあそむ（二荒山本・片仮名本）
中納言兼輔朝臣（承安三年清輔本・行成本・承保本）
中納言兼輔（堀河本）
藤原兼輔朝臣（雲州本・定家本諸本）

やとちかくうつしてうゑしかゐもなくまちとをにのみにほふはなかな（二荒山本・片仮名本・承保本・定家本諸本）
やとちかくうつし植てしかひもなく待とをにのみにほふ花かな（堀河本・雲州本・慶長本）

『大和物語』（七四段）
おなし中納言かの殿のしんてむのまへにすこしとをくたてりけるさくらをちかくほりうへ給けるかゝれさまにみえけれは
　やとちかくうつしてうへしかひもなくまちとをにのみみゆる花かな
とよみたまへりける

『兼輔集』
　兵衛のつかさはなれてのちにまへにこうはいをうへて花のおそくさきけれは（Ｉ4）

兵衛の司はなれて後まへにこうはいをうへて花のをそくさきけれは（Ⅱ153）

前栽にこうはいをうゑてまたのはるはなのおそくさきけれは（Ⅲ3）

こうはいのきをうゑてまたのとしはなのおそくさくを（Ⅳ1）

宿ちかくうつしてうへしかひもなく待とをにのみ匂ふ花哉（諸本）

※『後撰集』は諸系統本の本文を掲出し、『大和物語』は本多伊平氏『大和物語本文の研究』、私家集は『私家集大成』による。以下同じ。

まず『後撰集』についてみてみたい。その詞書に殆どの諸本は「紅梅」の詠としているのに対して、古本系統のうちの堀河本には「桜」とある。本歌は17番歌であって巻一・春上の初春の歌の位置にあるが、桜の歌は巻二・春中の49番歌以降の中・晩春に配されているので、桜の歌とするのはふさわしくない。従って堀河本の「桜」は過誤とみられ、『後撰集』では梅の歌としてあるとしてよい。その『後撰集』の梅の歌は、⑴16～17・⑵22～29・⑶31～32・⑷38～39・⑸44～46・⑹47に分散して配置されている。⑵は雪中梅や初花など早い時期の梅花の歌を含み、⑶は咲く梅、⑷は盛りの梅、⑸は散る梅の歌を含んでおり、⑹は「咲き散る見れば」の歌であるので、整然としているとは言いがたいが、ほぼ梅の花の状態を時間的に追っている。しかるに、第一歌群の⑴16番歌は「なほざりに折りつるものを梅花こきかに我や衣そめてむ」であって、時間的にもっとも早い梅の花の歌ではない。これは、例えば四・五・六月最初の郭公歌が各月の景物と組み合わせた代表的興趣歌となっているように、正月の代表的な景物である梅の歌の最初に、16白梅・17紅梅の歌をまず配したものではないかとみられる。(6) とすると、本歌は梅の歌の第一歌群に置かれた歌であるが、必ずしも梅の初期的な状態を詠んだ歌としてみなくてもよいということになろう。

さて、詞書そのものにもどると、二荒山本・片仮名本という汎清輔本系統にはないが、他の古本系統・承保本系統・定家本系統の諸本に紅梅が「をそくさきけれは」とある。この「をそくさく」は、中山美石『後撰集新抄』に「咲くことの遅かりければといふ事なり」とするが、木船重昭氏『後撰和歌集全釈』（昭和六三年、笠間書院）は「なかなか咲かなかったので」と訳し、工藤重矩氏『後撰和歌集』（平成四年、和泉書院）も、「なかなか咲かないので」と注されている。確認のために同様の用例をみてみると、『後撰集』中の（本文は定家天福本による新編国歌大観本）、

八月なかの十日ばかりに雨のそほふりける日、をみなへしほりに藤原のもろただを野辺にいだして、おそくかへりければつかはしける　左大臣

294　くれはてば月も待つべし女郎花雨やめてとは思はざらなん

おやのほかにまかりておそくかへりければ、つかはしける　人のむすめのやつなりける

461　神な月時雨ふるにもくるる日を君をまつほどはながしとぞ思ふ

この詞書にある「おそくかへりければ」は、「なかなか帰らないので」（工藤氏）の意であって歌内容と合うものである。また、

おそくいづる月にもあるかなあしひきの山のあなたもをしむべらなり（『古今集』巻一七・雑上、877）

の「おそくいづる」は、「待っていてもなかなか出ない月だなあ」（松田武夫氏『新釈古今和歌集』、昭和五〇年、風間書房）、「出るのが遅くて人を待たせる月だなあ」（小沢正夫氏・松田茂穂氏『古今和歌集』、平成六年、小学館）などのように、月が出ていない状態と解すべきであろうし、

内よりめすに、をそくまいれば、これにのりてまいれと

て、竹をたまわせたれば

たけ馬はふみがちにしてあしければいまゆふかげにのりてまいらむ（『忠見集』Ⅱ60）

この「をそくまいれば」もまだ参内していないことを言っている。さらに、

げにやげに冬の夜ならぬ槇の戸もおそくあくるはわびしかりけり（『蜻蛉日記』）

この歌は道綱母が暁方の来訪に門を「開けさせねば」の結果としての兼家歌であって、なかなか開けてもらえない意で用いられている。従って、「おそくさく」は木船・工藤両氏の解のごとくなかなか咲かないという意であるとみてよく、汎清輔本系統を除く諸本の詞書は、前栽に紅梅を植えて翌年の春花がなかなか咲かないので詠んだという内容であるとしてよかろう。

この「おそくさく」に関連して、歌詞には梅が「まちとをにのみにほふ」と諸本に異同なくある。この「まちとをにのみほふ」について注釈書をみてみると、「色美しく咲くのが待ち遠しいばかりの花だなあ」（木船氏）、「お待ち遠さまという感じでやっと色あざやかに咲いた花であるよ」（片桐洋一氏『後撰和歌集』、平成二年、岩波書店）、「待遠しいばかりでなかなか咲かないなあ」（工藤氏）と、咲く、咲かないと両様にとられている。そこで、類例を集中に求めてみると、

149　郭公きゐるかきねはちかながらまちどほにのみ声のきこえぬ

これは「声のきこえぬ」であるから郭公はまだ鳴いていないし、

人を思ひかけていひわたり侍りけるを、まちどほにのみ侍りければ

966　かずならぬ身は山のはにあらねどもおほくの月をすぐしつるかな

これも「おほくの月をすぐし」てしまった嘆きが詠まれているから、「まちどほにのみ侍」はなかなか会えない状態であるとみられる。また、

たちぬとは春はきけども山里はまちどをにこそて（ママ）花は咲けれ（『貫之集』Ⅰ299）

この歌は立春となったが春の訪れの遅い山里ではまだ花が咲かないことを詠んでいるとみてよかろう。

昼つかた中将殿より

夕暮れは待ちどほにのみ思ほえていかで心のまづはゆくらん

かうて暮るるや遅きとおはしたれば（『栄花物語』あさみどり）

この「待ちどほにのみ思ほえて」は、昼待ち遠しく思っていて暮れてから来たというのであるから、行っていない時点での心境である。従って、「まちとほにのみにほふ」は、待ち遠しいばかりでなかなか咲かない意であるとしてよかろう。そうすると、これは詞書の「おそくさく」と整合しているものであって[7]、本歌は植えたかいもなくなかなか咲いてくれない紅梅を詠んだ歌であるということになる。

次に、『兼輔集』をみてみたい。四系統本とも本歌を収めているが、Ⅱ153は「他本歌」のうちにあって、この「他本歌」はⅠ類本による増補歌であるので除き、またⅢ類本の部類名家集本は『後撰集』も資料として編纂されており、3番歌もそのひとつであるとみられる[8]ので、これも対象外ということになる。従って『兼輔集』にあってはⅠ4とⅣ1とについてみることになるが、両者はⅠ4に「兵衛（伝本により「近衛」とも）の司はなれてのちに」とあり、「紅梅を詠みつつ任官を待つ意をこめると受取られ[7]」るところがⅣ1にはなくて異なっており、Ⅰ4にはⅣ1にある「またのとし」とはないが紅梅を植えて花がなかなか咲かなかったので詠んだとする点は同じである。この『兼輔集』に共通してある詠歌情況は『後撰集』のそれと同じものであり、また歌詞も古本系統以外の諸本と同文である。

これに対して『大和物語』は、『後撰集』『兼輔集』の紅梅ではなく、「桜」（諸本異文なし）を、寝殿の前に遠くから近くに移植したと具体的な説明を有している点、花がなかなか咲かないからではなく「かれさまにみえければ」（御巫本・鈴鹿本「枯れにければ」）[9]詠んだとする点、結句が「にほふはなかな」に対して諸本ともに「みゆる花かな」である点が異なっている。まず、「紅梅」と「桜」との相違は何故生じたものか判然としないが、『後撰集』と『兼輔集』とが同じであって、『大和物語』がひとり異なっていることは注目しておくべきであろう。次に、『大和物語』は「とよみたまへりける」と話を結んでいて、本章段は兼輔歌への共感、賛嘆から成り立っているが、その歌は北村季吟が「近と遠きを対してよめり」（『八代集抄』）とし、中山美石が「やど近くと待遠とを対へてあやとせるのみ」（『後撰集新抄』）としているように、「取柄は「やど近く」と「待ち遠」という対照表現を際だたせたことであろう[2]」。『大和物語』だけがもつ「すこしとをくたてりけるさくらをちかくほりうへ給ひける」という具体的な説明は、歌の見所に合わすべく付加されたものではあるまいか。さらに、『後撰集』『兼輔集』の「おそくさきければ」に対して『大和物語』に「かれさまにみえければ」とある点については、妹尾好信氏[4]が「移植した木が枯れそうなのでは、いつ咲くかと待ち遠しがってもしようがなく」、「「かれざまにみえければ」という状況において「まちどほにのみ見ゆる」というのではいささか不適当な気がする」と言われているように、整合性に欠けていよう。この綻びは自然な話ではないところから生じたものなのであろう。また、『後撰集』『兼輔集』の「にほふはなかな」に対して「みゆる花かな」とある点については、「かれさまにみえければ」とともに、桜を見ての話として統一が成されたためであろう。

　このように、『大和物語』七四段は『後撰集』『兼輔集』[2]と対比するとより構成された跡をみることができ、作為が働いているとみることができそうである。菊地靖彦氏が「いわゆる〝異伝〟を『大和物語』は、『後撰集』乃至は『後撰集』的なものに対してある程度意識的に創り出しているように思われる」とされているのと同様の方向ということになる。しかし、菊地氏が「いわば、『後撰集』で示すものの枠内でこの場合は異を立てるのである」と、それが『後撰集』を「意識して」の所為であると言い切られている点は、さらなる検討を要しにわかには従いがたいところである。

(3)

『後撰集』（巻一六・雑二、1182・1183）

枇杷大臣よう侍て千兼かあひしりて侍りけるところにならの葉をおりにつかはしたりけれは（堀河本・承保本）

枇杷左大臣まうすへき事侍てならのはもとめ侍けれはちかぬかあひしり侍けれは（雲州本）

枇杷左大臣よう侍てならの葉をもとめ侍けれはちかぬかあひしりて侍けるいへにとりにつかはしたりけれは（定家本諸本）

いへぬしとし（行成本）

いゑぬし（堀河本・承保本・慶長本）(10)

あるしの刀自子（雲州本）

いへあるしのとしこ（定家無年号本A類）

いへあるしとしこ（定家無年号本B類）

俊子（定家年号本）

我やとをいつならしてかならのはのならしかほにはおりにをこする（堀河本・承保本・定家無年号本A類）

わかやとのいつなくしてかならの葉のならしかをにはもりにをこすな（雲州本）
わかやとをいつならしてかならのはをならしかほには折にをこする（定家無年号本B類・定家年号本）

かへし（諸本）

枇杷大臣（堀河本・承保本）

枇杷左大臣（雲州本・定家本諸本）

ならの葉にはもりの神もましけるをしらてそおりしたゝりなさるな（堀河本）
ならの葉のはもりの神もましけるをしらてそおりしたゝりなさるな（雲州本・承保本・定家無年号本A類・定家年号本）
ならのはのはもりの神のましけるをしらてそおりしたゝりなさるな（定家無年号本B類・定家年号本）

『大和物語』（六八段）
枇杷殿よりとしこか家にかしは木のありけるをおりにたまへりけりおらせてかきつけてたてまつりける

わかやとをいつかは君かならのはのならしかほにはおりにをこする

御かへし

かしは木に葉もりの神のましけるをしらてそおりしたゝりなさるな

この『後撰集』の贈答歌については、汎清輔本系統の本文が知られなく、また古本系統の堀河本は巻一五から巻一七巻初にかけて承保本系統の本文をもつので、(11)ここも承保本系統とほぼ同じ本文となっている。また、1182番歌の詞書は諸本間に異文が多いが、枇杷左大臣藤原仲平が藤原千兼の世話人宅に楢の葉を求めに行かせたという内容は変ることがないとしてよい。その行為に対して詠んだ歌が1182番歌で、作者名表記は、古本系統の諸本が「いへぬしとし」

（「とし」は刀自か）・「家ぬし」・「あるしの刀自子」、承保本系統が「いゑぬし」、定家本系統は初期の校訂本である無年号本が「いへあるしのとしこ」・「いへあるしとしこ」、年号本に入って「俊子」に変えられている。従って単に「俊子」とのみある表記は定家の校訂によって生じたものであることが知られ、『後撰集』の表記としてはどれが本来的なものであるのかは知られないものの、実名よりも家主が作者であることを主眼として言い表わすものであったとみられる。

　また、歌詞にも諸本間に小異が多いが、うち1182番歌の三句「ならのはを」の本文は定家校訂本の無年号本B類以降にみられるものであり、雲州本の本文は誤写とすると、堀河本・承保本・定家無年号本A類にみる「我やとをいつならしてかならのはのならしかほにはおりにをこする」が本来のものであるのではないかとみられる。1183番歌の方は、二句の「はもりの神の」という本文は定家本のうちの無年号本B類・年号本の貞応元年七月本・天福二年本にみられるもので、無年号本A類・年号本の寛喜元年本と承久三年本・貞応二年本の大勢は「はもりの神も」である。古本系統と承保本系統は「はもりの神も」であるので、『後撰集』歌としては「ならのはのはもりの神もましけるをしらてそおりした丶りなさるな」の歌詞であるとみておいてよいであろう。この歌の「ならのはのはもりの神もましけるを」という表現は、「柏木いとをかし。葉守の神のいますらむもかしこし。兵衛督・佐・尉などいふもをかし」（『枕草子』花の木ならぬは）、「柏木に葉守の神はまさずとも人ならすべき宿のしづえか」（『源氏物語』柏木）などからも知られるように、葉守の神は柏木に宿るとされるが、楢の葉の葉守の神もいらっしゃるのをの意とみられる。贈歌の「ならのは」を意識してあえて「ならのは」で受けていて、贈答歌の習いにも適っている。ここに「変移の姿[7]」や「改変された形[4]」は読み取りがたかろう。

　一方、『大和物語』をみると、まず『後撰集』の千兼が「あひしりて侍ける」家主ではなく、千兼がみえなくてその「妻」（『大和物語』一三段）「としこ」としていることが注目される。「としこ」は『大和物語』の著名人であるから、「としこ」その人でよいという計らいなのであろう。菊地靖彦氏[2]は「普通ならただ人である「としこ」ごときが、左大臣という地位身分の人と交渉することなどあるはずのものではない」として、『後撰集』が「事実には近い」のに対して『大和物語』の「作為」をみておられる。

　また、『後撰集』の楢の葉に対して『大和物語』では仲平が折りによこしたのは「柏木」であるとしている。しかし、その行為に対して詠んだ「としこ」の歌は、「ならしはの」「ならのはの」の両様の本文があるものの、楢柴・楢葉であって楢を詠んでいる。当時楢と柏は「正確に区別することなく受取っていた[7]」とはいえ、前提となっている「柏木」そのものを詠み込んだ歌とはなっていない。この歌の要である「ならしはのならしかほ」「ならのはのならしかほ」まで変えてしまって「柏木」に統一できなく、相通ずる楢のままとされたという感を深くする。この歌に対する仲平の返歌は、「かしわ木に葉もりの神の」（御巫本・鈴鹿本「柏木の杜には神の」）であって、「柏木」で受けている。葉守の神なら柏木という意識からの処置であって、地の文の前提でも「柏木」とされることになったのではないかとみられる。

　なお、この葉守の神は、具体的には「としこ」のことであるとも、また夫の千兼を寓しているともされてきている。これに対して雨海博洋氏[12]は、「右馬の允」（『大和物語』一三段）であって近衛・衛門の官歴が認められなく「従五位下、肥後守」（『尊卑分脈』）で終った忠房男の千兼に「柏木」は適当ではなく、承平五年二月から天慶三年正月まで右衛門督であった「としこ」の庇護者（『大和物語』四一段「源大納言の君の御もとにとしこはつねにまいりけり。さうしてすむ時もありけり」・一一一段「源大納言のきみたゝふさのぬしのみむすめひんかしの方（としこ姉妹）を年ころ思てすみ渡給ける」）とみられる源清蔭を想定されている。『大和物語』の著名人「としこ」を通して、このように読みうべく本段が形成されているとするならば、なおさら「柏木」を用いたことは意図的な処置であったということになろう。

(4)

以上のように、二例からではあるが、『後撰集』に比べて『大和物語』の方により構成し形成された跡が窺えることをみてきた。それは歌語りの場で成されてきたものなのか、はたまた『大和物語』編纂者の所為であって「物語」であるゆえなのであろうか。課題としたい。

注

（1）片桐洋一氏「後撰和歌集の本性」（「国語国文」昭和三一年五月号）。
（2）菊地靖彦氏「『大和物語』の『後撰集』歌章段をめぐって」（「米沢国語国文」第一四号、昭和六二年四月）。
（3）雨海博洋氏『歌語りと歌物語』（昭和五一年、桜楓社）。
（4）妹尾好信氏「歌語りとしての『大和物語』――『後撰集』との共通話の比較を通して――（上）（下）」（「大分大学教育学部研究紀要」第一五巻二号・第一六巻一号、平成五年二月・平成六年三月）。
（5）拙稿「後撰和歌集」（雨海博洋・神作光一・中田武司氏編『歌語り・歌物語事典』（平成九年、勉誠社）。
（6）拙著『後撰和歌集研究』（平成三年、笠間書院）。
（7）柿本奨氏『大和物語の注釈と研究』（昭和五六年、武蔵野書院）は、「まちとほにのみにほふ」を咲く意にとられたためか、「遅く咲きければ」は、なかなか咲かないので、の意であるから、その詞書は一首と抵触するだけでなく、結句は上の句とも抵触して一首の内部においても矛盾を含む」とされている。
（8）久保木哲夫氏『平安時代私家集の研究』（昭和六〇年、笠間書院）。

（9）「枯れにけれは」では「まちとをにのみ」とは詠みえないから転化本文であろう。

（10）流布本に対する校異本としてのみ知られる慶長本は、ほかに1182詞書「〔枇杷左大臣〕に（内閣文庫本）〔よう〕あり（内閣文庫本・標註本）〔てならの〕ナシ（内閣文庫本・標註本）〔をとめ……侍りける家に〕お（内閣文庫本）〔りにつかはしたりけれは〕」、1182歌詞「〔……をりにお〕こ（内閣文庫本）〔する〕」の本文が知られる。

（11）拙著『後撰和歌集諸本の研究』（昭和四六年、笠間書院）。

（12）雨海博洋氏『物語文学の史的論考』（平成三年、桜楓社）。

〔追記〕『後撰集』と『大和物語』との関係についての考察は、その後佐藤和喜氏の諸論などによって進展してきている。

第四章　拾遺和歌集

第一節　後撰集から拾遺集へ

三条右大臣少将に侍りけるとき、忍びに通ふところ侍りけるを、上の男《をのこ》ども五六人ばかり、五月の長雨すこしやみて月おぼろなりけるに、酒たうべむとておし入りて侍りけるを、少将はかれがたにて侍らざりければ、立ち休らひて、主《あるじ》出せなどたはぶれ侍りければ　　あるじの女

五月雨にながめくらせる月なればさやにも見えず雲がくれつつ（『後撰集』夏・一八二）

平貞文が家の歌合によみ侍りける　　壬生忠岑

春立つといふばかりにやみ吉野の山もかすみてけさは見ゆらむ（『拾遺集』春・一）

北白川の山荘に花のおもしろく咲きて侍りけるを見に、人々まうで来たりければ
右衛門督公任

春来てぞ人もとひける山里は花こそ宿のあるじなりけれ（『拾遺集』雑春・一〇一五）

一　『後撰集』

晴れの場の和歌復活を目ざした『古今和歌集』の和歌宣揚運動によって、和歌は公的な地位を獲得することとなったが、それは同時に和歌の一般化という現象をもたらし、和歌は貴族の日常生活における風雅な会話としてまで用いられるようになった。『後撰《ごせん》和歌集』は、『古今集』から半世紀ほどのち、天暦五年（九五一）に宣旨によって設置された撰和歌所の事業のひとつとして撰集されたのであるが、このような時代の波に乗って、『古今集』が、「色好みの家の埋れ木」として切り捨てたところの褻《け》の歌を集成している。そのために『後撰集』は『古今集』を継いだ第二の勅撰集でありながら、『古今集』とは異質の面が多い。まず、集の基本的な構成である「部立」をみてみると、四季部八巻、「恋」部六巻、「雑」部四巻、「離別・羇旅」、「慶賀・哀傷」各一巻となっていて、『古今集』にあった「物名」歌や「雑体」、「大歌所御歌」などを除外してしまった簡素なものとなっている。これは歌体からいうと短歌のみに限定しているということであり、謡い物の歌はなくなり、技巧的興味の歌も除かれているということである。褻の歌を主な撰集素材とし、その人間関係に興味を示した撰集態度のあらわれとして捉えられよう。

また、四季の部の歌とその世界も特異である。たとえば、冒頭に引用した「五月雨に……」の歌は、五月半ばのころに少将藤原定方《さだかた》の不在なることを折からの情景に托して詠んだ生活歌であるし、巻六・「秋中」の

あひ知りて侍りける女の、あだな立ちて侍りければ、久しくとぶらはざりけり、
八月ばかりに女のもとよりなどかいとつれなきといひおこせて侍りければ
よみ人しらず

白露のうへはつれなくおきゐつつ萩の下葉の色をこそ見れ（285）

返し　　　　　　　　　　　　　　伊勢

心なき身は草葉にもあらなく秋来る風にうたがはるらむ（286）

は、中秋の景物に事寄せて交した恋の贈答である。『後撰集』の四季の部は、このような他集において恋・雑歌の扱いを受けるような歌を多く入集させて、自然の推移のままに織りなされた人々の日常生活における風雅を、元日に始まり歳暮に至るまでのうちに展開した、いわば生活絵巻を構成している。

さらに、『後撰集』の歌人構成をみてみると、その主要歌人は、紀貫之（七四）・伊勢（七〇）・凡河内躬恒（二三）・藤原兼輔（二三）・大輔（一六）・藤原時平（一四）・藤原師輔（一三）・在原業平（一〇）・藤原実頼（一〇）・藤原敦忠（一〇）・壬生忠岑（一〇）・紀友則（九）・藤原定方（九）・藤原清正（九）・在原元方（八）・素性（七）・藤原忠平（七）・土左（七）・藤原仲平（七）・藤原忠房（七）・藤原雅正（七）・中務（七）（数字は歌数）のようであって、権門貴紳、女性、古今歌人が主要な位置を占めている。『古今集』が歌人としての実力を優先しているのとは大いに異なるところである。権門貴紳と女性の歌が多く、それに伴って撰者の入集歌がないことを始めとして、当代のいわゆる専門歌人の入集歌が少ないということは、『後撰集』が褻の歌の集成であるということはもとより、その享受が主に高貴の女性（後宮）にあることを考慮した撰集ではないかということを予想させるものがあろう。『古今集』歌人の多さは、『後撰集』が『古今集』的世界の揺曳のうちにまだあるという、史的な位置を示していよう。

二　天徳内裏歌合

天徳四年（九六〇）三月三十日、天皇の御在所である清涼殿で行なわれた「天徳四年内裏歌合」は、その記録である「御記」に「男すでに文章を闘はせり、女よろしく歌を合はすべし」とあって、前年八月の「内裏詩合」に対抗する意図をもった後宮の要請により開催されたものであることが知られる。村上天皇がその要請を受け入れた意識については、「御記」に「けだし風騒の道いたづらにもって廃絶するを惜しまんがためなり」と記されている。日常生活での和歌流行期にあって、かつて宮廷文学としての地位を勝ち得た晴れの和歌とその行事の衰退を惜しむ心からであった。この歌合の開催は、晴れの歌の伝統を意識してのことであったが、後宮側からの要請によっているように、村上天皇と和歌との関係にはつねに女性的契機があるといってよい。

三　家集の編纂と『古今和歌六帖』

『後撰集』から『拾遺《しゅうい》和歌集』にかけては、目的、内容ともに異なる多種の家集が編纂された時期である。特徴的なものに、『一条摂政《いちじょうせっしょう》御集』『元良《もとよし》親王御集』『本院侍従《ほんいんじじゅう》集』や『伊勢集』冒頭部など恋愛贈答による歌物語化した家集があり、『朝忠《あさただ》集』『信明《さねあきら》集』の歌物語的改編も試みられている。また、『大斎院前の御集』『大斎院御集』『御堂関白《みどうかんぱく》集』に至る個人歌集にあらざる家集は『師輔《もろすけ》集』にその萌芽をみることができ、『海人手子良《あまのてこら》集』『朝《あさ》光《みつ》集』なども編まれて、権門貴紳の家集が続出している。これに対して、『能宣《よしのぶ》集』『元輔《もとすけ》集』『中務《なかつかさ》集』『兼盛《かねもり》集』『元真《もとざね》集』等々の当代専門歌人の家集や、勅命による『忠岑《ただみね》集』、『古今集』『後撰集』からの抜粋をもととする『敏行《としゆき》集』『宗于《むねゆき》集』など、また『是則《これのり》集』ほかの部類名家集等、前代歌人の現存家集はこの期の編纂になるものである。さらに、『順《したごう》集』『曾丹《そたん》集』『恵慶《えぎょう》集』など訴嘆、沈淪の色濃く、百首歌《ひゃくしゅうた》などの連作にその特徴をみる個性的で自己主張型ともいえる家集が自撰されてもいる。

和歌の一般化による作歌便覧、題詠の発達に伴う例歌検証の必要などのために編纂されたのが、『古今和歌六帖《こきんわかろくじょう》』であろう。円融から花山朝にかけて成立したと考えられるこの類題和歌集は、編者が漢学方面の人であったのか、部類そのものは『白氏六帖《はくしろくじょう》』の影響があるようである。しかし、例歌は、四類二十五項のもと、歌材によって五百余に分置されていて、例歌検証に至便、作歌への影響はもとより、歌論の発達への貢献もみのがせない。

四　『拾遺抄』から『拾遺集』へ

永観元年（九八三）源順《したごう》が没したのに続いて、正暦年間（九九〇～四）には清原元輔、平兼盛、大中臣能宣、藤原仲文といった『後撰集』時代からの歌人が相次いで世を去っていった。それに前後して、藤原長能、大中臣輔親や藤原朝光、藤原実方、藤原高遠、藤原道信などが出、また源兼澄、藤原相如、大江嘉言、藤原輔尹《すけただ》、藤原為頼といった受領層歌人が花山院のもとで活躍を始める。新しい時代の到来であるが、長徳年間（九九五～八）には藤原公任《ふじわらのきんとう》によって『拾遺抄《しゅういしょう》』が撰ばれた。公任は『新撰髄脳《しんせんずいのう》』に、「およそ歌は心深く姿も清げに、心にをかしき所あるをすぐれたりといふべし」と歌の理想をいい、また『和歌九品《わかくほん》』の上品上《じょうぼんじょう》には「これは詞たへにして余りの心さへあるなり」として、冒頭引用の「春立つと……」と「ほのぼのとあかしの浦の朝霧に島がくれゆく舟をしぞ思ふ」の歌を挙げている。さらに、「春来てぞ……」の歌は、公任自身の作歌例であるが、これらのことから公任の歌の理想は、平淡にして清美、余情豊かな歌であるとみることができるのであるが、それはすなわち『拾遺抄』の世界でもある。その『拾遺抄』成立のころから世は藤原道長の時代に入ることとなるが、公任も次第に道長に傾斜してゆき、花山院とは疎遠の状態となってゆく。『拾遺集』は、寛弘初年（一〇〇五～七）、一条朝の道長政権下に圏外の人であった花山院が、その断ちがたい和歌への情熱から、藤原長能などの助力を得て撰集したものとみられる。この『拾遺集』は『拾遺抄』の歌をすべて吸収していて、その継承であるとすることができる一方、独自な面もあって発展もみられる。部立の面においては、『拾遺抄』の「雑」部を細分化して、「物名」「神楽」「雑春」「雑秋」「雑賀」「雑恋」「哀傷」としており、直前の『後撰集』を越えて『古今集』にふたたび近づいたものとなっている。しかし、雑春・雑秋・雑賀・雑恋といった部立は、『古今集』にはなかったものである。これらの部立の設置は、それだけ和歌の撰別意識が厳しくなってきているということであり、やがてくる個性的な時代への方向を胚胎しているものとみられる。また、歌人の面においても、『拾遺抄』で九首であった柿本人麿《かきのもとのひとまろ》が百四首と大幅に増加しているのを始め、順、藤原輔相《したごう》といった特異な歌人の歌を増し、当代の和泉式部《いずみしきぶ》、源道済、大江嘉言などを新たに加えたりして新生面を出している。

さて、『拾遺集』は『後撰集』から一転して晴れの歌中心の撰集となっている。ことに屛風歌《びょうぶうた》は全歌の一割強にも達しているが、この屛風歌の偏重は『拾遺集』の構成と排列の面にも関わってきている。すなわち、他集に例をみない春夏秋冬各一巻という季の平均化は月次屛風の影響によるのであろうし、「哀傷」部や「恋」部にまで季順による排列がみられるのもその影響であろう。季の均等化と季順による排列は『拾遺集』の構成の基本となっているといっても過言ではなかろう。ところで、『拾遺集』の主要歌人は、貫之（一一三）・人麿（一〇四）・能宣（五九）・清原元輔（四六）・平兼盛（三八）・藤原輔相（三七）・凡河内躬恒（三四）・源順（二七）・伊勢（二五）・恵慶（一九）・村上天皇（一六）・公任（一五）・壬生忠見（一四）・中務（一四）・源重之（一三）・壬生忠岑（一二）（数字は歌数）のようで、人麿を除けば三代集時代の有力歌人を集成網羅したものとなっている。その点でも『拾遺集』は三代集の終着という位置にあるということができよう。

〔参考文献〕

『万葉集と勅撰和歌集』（和歌文学講座4）昭四五、桜楓社。

秋山虔・山中裕編『宮廷サロンと才女』（日本文学の歴史3）昭四二、角川書店。

全国大学国語国文化学会監修『講座日本文学3――中古編Ⅰ』昭四三、三省堂。

窪田章一郎・杉谷寿郎・藤平春男編『古今和歌集・後撰和歌集・拾遺和歌集』（鑑賞日本古典文学7）昭五〇、角川書店。

今井源衛『花山院の生涯』昭四三、桜楓社。

第二節　定家貞応元年九月本 ——筑後切とその本文——

(1)

『拾遺集』の定家校訂本については、はやくに松田武夫氏『王朝和歌集の研究』（昭和一一年、巖松堂書店）・『勅撰和歌集の研究』（昭和一九年、日本電報通信社出版部）、日野西資孝氏『定家本三代集解説』「解題」（昭和一六年、高松宮家蔵版）の研究があり、近年においては片桐洋一氏『拾遺和歌集　定家本』（昭和三九年、古典文庫）・『拾遺和歌集の研究　校本篇　伝本研究篇』（昭和四五年、大学堂書店）、北野克氏『拾遺集北野本』（昭和三九年、端居書屋）・『算合本拾遺集の研究』（昭和五七年、勉誠社）、平田喜信氏「拾遺和歌集考（上）」（「言語と文芸」第三五号、昭和三九年七月）などの諸研究がある。これにより、定家の『拾遺集』の書写、校訂は次のようであることが明らかにされてきた。[1]

(1)貞応元年1222七月八日〔定家六一歳〕
　国会図書館本奥書
(2)貞応二年1223九月一一日〔定家六二歳〕
　京都大学本・高松宮家本
(3)寛喜三年1231九月一二日〔定家七〇歳〕
　『明月記』（「朝書終拾遺集授女子」）

(4)天福元年1233八月中旬〔定家七二歳〕

流布の諸本

さらに、北野克氏(2)が御蔵の無年号本（算合本）を、「全体として天福本に近づきながら、なお、天福本以前の貞応元年、二年本の本文の語句を残存し、異本と称せられる拾遺集の語句、その他諸伝本とも同じきものを持つことは、算合本独自の点とも合わせて、天福本に定着する以前の定家の校訂家本の一本と言ってよかろうと思う」とされている認定に従えば、この無年号本（算合本）は(2)と(3)ないしは(3)と(4)の間に位置せしめることができ、貞応から天福に至る五度の書写、校訂を知りうるということになる。

これに対して、このたびいまひとつの定家の『拾遺集』書写、校訂の事実を知りうる貴重な資料が出現した。それは、三井文庫蔵の手鑑『たかまつ』に押されている「伏見院」（極札）の筑後切一葉で、内容は次のようである。

うへ人かしらをもたけて
　御かへしをたてまつる
いかるかやとみのをかはの
たえはこそ我おほきみの
みなをわすれめ

貞応元年九月七日壬子未時以家証本
重書之暗愚所存為備後代之証本

也　　　　　　民部卿藤原定家

本断簡は、縦二八・四センチ、横四七・六センチのもと巻子装の雲紙で、右端一行の削り取りがあって巻二〇・哀傷部の巻末歌が書写されており、六行分ほどの空白をおいて奥書が記されている。この奥書は従来知られていなかったもので、これにより伏見院筆筑後切の『拾遺集』の底本は、定家貞応元年九月七日本であることが明らかとなった。また、定家校訂本としては、さきの一覧の⑴と⑵との間に位置することとなる。

なお、この奥書にみる書写の日付は、『三代集之間事』の成立を示す、

貞応元年九月七日　非器重代哥人藤定家

と同日のものである。不審なこととともとれようが、同年の『明月記』は伝存していなくて確認などとれず、いまは奥書に信をおいておく以外にあるまいかと思う。因に、貞応元年定家六一歳の年における三代集の書写は次のようであった。(3)

六月一日　　　古今集（『諸雑記』）
六月一〇日　　古今集（書陵部本等奥書）
七月八日　　　拾遺集（国会図書館本奥書）
七月一二日　　後撰集（書陵部本等）
九月三日　　　後撰集（筑後切）
九月七日　　　拾遺集（筑後切。『三代集之間事』同日）
九月二二日　　古今集（吉川家本）

一一月二〇日　古今集（高松宮家本等）

定家は九月三日書写の『後撰集』の奥書に、「依老病去官職帰田里之秋也」と記している。これは八月一六日に参議を辞したこと（『公卿補任』）に関連しての記述であって、川平ひとし氏は[4]「その頃の定家の心境を窺わせるもの」で、「個的な世界への傾斜というべき情況をよく示している」と言われている。その「個的な世界への傾斜」は、具体的には三代集への思い入れであり没入であったとすることができよう。『拾遺集』九月七日本の校訂もその営為のひとつなのであった。

(2)

さて、この貞応元年九月三日本の奥書の内容をみるために、『拾遺集』定家本の奥書を年代順――無年号本（算合本）は北野氏説に従って天福元年本に隣接させる――に並べてみる。[5]

貞応元年七月八日本
　貞応元年七月八日申一點重以家本終
　書写之功為後学之証本也
　　戸部尚書藤在判
　同十六日令校合訖直付落字畢
貞応元年九月七日本
　貞応元年九月七日壬子未時以家証本

重書之暗愚所存為備後代之証本

他　　　　民部卿藤原定家

貞応二年九月一一日本

貞応二年九月十一日辰時以家本

重書写之

戸部尚書藤在判

同夕令読合了書入落字

此集世之所伝無指証本多以狼藉仍以

数多之旧本校合彼是取其要

猶非無不審

無年号本（算合本）

此集世之所伝無指証本仍以数多旧本校

合彼是取其要猶非無不審

（略）

以家本重書之

天福元年八月中旬本

天福元年仲秋中旬以七旬有余之

盲目重以愚本書之八ヶ日終功

翌日令読合訖

為授鍾愛之孫姫也

此集世之所伝無指証本仍以数多

旧本校合彼是取其要猶非無不審

この対照によると、貞応元年九月本の奥書には、無年号本（算合本）を除く他の奥書にある「校合」ないしは「読合」についての記載がみられないことにまず気付く。その内容は本文書写後の事柄に属するので、本文書写の記、また署名のある場合はその署名についで記されている。しかるに、この貞応元年九月本の奥書を記してある筑後切は、署名のところまでで用紙が切れている。本来は他本と同様にあり、伏見院の書写本にもあったが、本断簡では切断されてしまったために有していない、というようにみておきたい。また、「此集世之所伝……」の記は、貞応元年七月本にはなくて貞応二年本以降にあるが、その間の書写本である貞応元年七月本にはあったものかどうか、本断簡は切断が予想されるので、本来の姿が知られないと言わざるをえない。ただ、貞応元年九月本は同七月本と書写時点が近く、貞応二年本以降とは違い、その書写目的について「為後学之証本也」「為備後代之証本也」という同内容の文言を有したりしていて、その奥書が類似している。この両本と貞応二年本以降とは懸隔があるようであるので、貞応元年九月本の時点では、「此集世之所伝……」の記はまだ有していなかったという可能性の方が強いとはみられよう。とにかく、本断簡にみる貞応元年九月本の奥書は、定家の奥書すべてではなくて、続いてあった記載は切断されてしまっているのではないかと予想される。また、書写時点の近い貞応元年七月本と近似していることも知られるのである。(6)

(3)

ところで、筑後切は、『増補新撰古筆名葉集』伏見院の項に「筑後切　雲紙巻物、後撰・拾遺ノ哥三行或ハチラシ、金銀砂子帋モアリ」とあるように、縦二八センチほどのもと巻子本で、料紙は天地に藍または紫打曇りのある斐紙、しかし「金銀砂子帋」はまずないようである。本文は通常歌三行、詞書二、三字下り、作者名一行どりに書写され、ときに散らし書きを交え、また書体も変えており、用字は仮名交じりが一般であるが、万葉仮名のものもある。『後撰集』『拾遺集』のほか『古今集』の切も伝存しているので、もとは三代集で一具のものであったようである。うち『後撰集』は、巻二〇を書写してある誉田八幡宮蔵の一巻に、「永仁二年十一月五日書訖」の書写奥書があるので、伏見院在位中の永仁二年（一二九四）三〇歳の折の書写であったことが知られる。『拾遺集』また『古今集』も料紙や書写様式が共通するので、『後撰集』と近い時点での書写であったものとみられる。その『後撰集』は定家の貞応元年九月三日本を底本としているが、『拾遺集』も貞応元年九月七日本という、きわめて近い定家校訂本を用いている。『古今集』の底本は未詳ながら、あるいは京極家への定家本の伝流と関係があることかもしれない。

さて、『拾遺集』を書写してある筑後切は、小松茂美氏が『古筆学大成』第八巻（平成元年、講談社）に、予楽院の模写四葉を含めて三八の断簡と巻子本を複製されており、伊井春樹氏も『古筆切資料集成』巻二・勅撰集下（平成元年、思文閣出版）に二一の断簡と巻子本を翻刻されていて、本文をみる場合、容易にその恩恵に浴することができる。が、この二著以外に幾葉か知ることができ、うち四種は翻刻可能であるので、四五の断簡と巻子の、詞書のみなど一部を存しているものも一首と数えて計七七首分の本文を、ここにあらためてまとめておくこととしたい。

(1)巻一・春
38さきさかすよそにてもみむ
やまさくらみねのしらくも
たちなかくしそ
題不知
39ふくかせにあらそひかねて
あしひきのやまのさくらは
ほころひにけり

(2)巻一・春
天暦御時麗景殿女御と中将更衣と
うたあはせし侍けるに
清原元輔
42はるかすみたちなへたてそ
はなさかりみてたにあかぬ
山のさくらを

(3)巻一・春
円融院御時三尺御屛風に
平兼盛
52はなの木をうへしもしるく
はるくれはわかやとすきて
ゆくひとそなき
題しらす
53

(4)巻二・夏
拾遺倭哥集巻第二
夏
天暦御時のうたあはせに
大中臣能宣
79なくこゑはまたきかねとも
せみのはのうすきころもは
たちそきてける

(5)巻二・夏
たいしらす
みつね
87てもふれておしむかひなく
ふちのはなそこにうつれは

(6)巻二・夏

87なみそうちける
たこのうらのふちの花をみ○侍て
88

(7)巻二・夏
女四のみこの家哥合に
坂上是則
103やまかつとひとはいへとも
ほとゝきすまつはつこゑは
われのみそきく

(8)巻二・夏
九條右大臣の家の賀の屏風に
平兼盛
128あやしくもしかのたちとの
みえぬかなをくらのやまに
我やきぬらむ

(9)巻三・秋
149たなはたにぬきてかしつる
からころもいとゝなみたに
袖やぬるらん

(10)巻三・秋
小野宮太政大臣
158くちなしのいろをそたのむ
をみなへし花にめてつと
人にかたるな
女郎花おほくさける家に
まかりて
159

(11)巻三・秋
八月はかりにかりのこゑまつ
哥よみ侍けるに
恵慶法師
162おきのはもやゝうちそよく
ほとなるをなとかりかねの
をとなかるらむ

(12)巻三・秋

円融院御時八月十五夜かける
所に
もとすけ
174あかすのみおもほえんをは
いかゝせんかくこそはみめ
秋の夜の月
⒀巻三・秋
題不知
読人不知
196あき霧のたゝまくおしき
山ちかなもみちのにしき
おりつもりつゝ
⒁巻九・雑下
ある所に春秋いつれかまさると
とはせたまひけるに読てた
てまつりける
509
⒂巻一二・恋二

拾遺倭哥集巻第十二
恋二
題不知
読人不知
698春の野におふるなきなの
わひしきは身をつみて
たに人のしらぬよ
699なきなのみたつたの山の
あをつゝらまたくる人も
みえぬところに
人麿
700なき名のみたつのいちとは
さはけともいさまた人を
うるよしもなし
読人不知
701なきことをいはれの池の
うきぬなはくるしき物は
世にこそありけれ

人まろ

702たけのはにおきゐる露の
まろひあひてぬるとはなしに
たつわかな哉

読人不知

703あちきなやわかなはたちて
から衣身にもならさて
やみぬへきかな

⒃巻一二・恋二

766なにはなる身をつくしても
あはむとそおもふ

五月五日ある女の許につかはしける

767

⒄巻一二・恋二

773わひぬれはつねはゆゝしき
たなはたもうらやまれぬる
ものにそありける

⒅巻一三・恋三

いまはとはしといひ侍ける
女のもとにつかはしける

800

⒆巻一三・恋三

821しのゝめになきこそわたれ
ほとゝきす物おもふやとは
しるくやあるらん

822たゝくとてやとのつまとを
あけたれはひともこすゑの
くいなゝりけり

⒇巻一六・雑春

藤原忠房朝臣

1044うくひすのなきつるなへに
かすかのゝけふのみゆきを
はなとこそみれ

(21)巻一六・雑春

清慎公の《ミ》家にていけのほとりの
さくらのはなをよみ侍ける

元輔

1048 さくらはなそこなるかけそ
おしまるゝしつめるひとの
はるとおもへは

かつさよりのほりて侍けるころ
源頼光か家にて人ゝさけたう
へけるついてに

藤原長能

1049 あつまちののちのゆきまを
わけてきてあはれみやこの
はなをみるかな

(22)巻一六・雑春

山さくらをみて

平公真

1051 みやまきのふたはみつはに
もゆるまてきえせぬゆきと
みえもするかな

こむくうち侍けるときにはた
やき侍けるをみてよみ侍ける

藤原長能

1052 かたやまにはたやくをのこ
かのみゆるみやまさくらを
よきてはたやけ

いしやまのたうのまへに侍ける
さくらの木にかきつけ侍ける

よみひとしらす

1053 うしろめたいかてかへらむ
やまさくらあかぬにほひを
かせにまかせて

敦慶式部卿のみこのむすめいせか
はら《中務也》に侍けるかちかき所に
侍にかめにさしたるはなをゝく
るとて

貫之

1054 後撰 ひさしかれあたにちるなと
さくらはなかめにさせれと

うつろひにけり
　延喜御時南殿にちりつみて侍
　ける花をみて
　　　　源公忠朝臣
1055 とのもりのとものみやつこ
こゝろあらはこのはるはかり
あさきよめすな
　　　　読人不知
1056 さくらはなみかさのやまの
かけしあれはゆきとふれとも
ぬれしとそおもふ
1057 としことにはるのなかめは
せしかともみさへふるともおも
はさりしを
　　　　順
1058 としことにはるはくれとも
いけみつにおふるぬなはゝ
たえすそありける

三月うるふつきありけるとしやへ
　やまふきをよみ侍ける
　　　　菅原輔昭
1059 はるかせはのとけかるへし
やへよりもかさねてにほへ
山ふきの花
(23)巻一六・雑春
　屛風の絵に花のもとにあみ
　ひくところ
1060 うらひとはかすみをあみに
むすへはやなみの花をも
とめてひくらむ
(24)巻一六・雑春
　右衛門督公任こもり侍けるころ四
　月一日にいひつかはしける
　　　　左大臣
1064 たにのとをとちやはてつる
うくひすのまつにをとせて

はるもすきぬる
かへし
公任朝臣
1065ゆきかへる春をもしらす
はなさかぬみやまかくれの
うくひすのこゑ
(25)巻一八・雑賀
ためあきらの朝臣きのかみ
に侍ける時にちひさきこを
いたきいてゝ《これ》いのれ〳〵といひたる
哥よめといひ侍けれは
1162よろつ世をかそへむものは
きのくにのちひろのはまの
まさこなりけり
(26)巻一八・雑賀
1189からころもたつよりをつる水ならて
わかそてぬらす物やなになる
修理大夫惟正か家にかたゝかへ

にまかりたりけるに
1190
(27)巻一八・雑賀
1196よそにこそみめ
まかりて帰てすなはち女のもとに
つかはしける
一条摂政
1197くれはとく行てかたらむあふことの
とをちのさとのすみうかりしも
(28)巻一八・雑賀
かきつけ侍ける
1200かきつくる心みえなるあとなれと
みてもしのはむ人やあるとて
大納言朝光下臈に侍ける時女の
もとに忍てまかりて暁に
1201
(29)巻一八・雑賀
かへらしといひけれは

春宮女蔵人左近
1201いはゝしのよるの契もたえぬへし
(30)巻一八・雑賀
承香殿女御
1204あめならてもる人もなきわかやとを
あさちか原とみるそかなしき
(31)巻一九・雑恋
雑恋
題不知
柿本人麿
1210万をとめこかそてふるやまの
みつかきのひさしきよゝり
おもひそめてき
(32)巻一九・雑恋
題不知
1224こゆきのいそきてきつる
かひもなくまたこそたてれ
おきつしらなみ

人のめし侍けるおとこのひとやに
侍てめのとのもとにつかはしける
1225
(33)巻一九・雑恋
ひとまろ
1239万いはみなるたかまのやまの
このまよりわかふるそてを
いもみけむかも
いつみのくにゝ侍けるほとに忠房
朝臣やまとよりをくれるかへし
1240
(34)巻一九・雑恋
1241きみをのみおもひやりつゝ
神よりもこゝろのそらに
なりしよひかな
(35)巻一九・雑恋
1258しきたへのまくらもうきて
とまらさるらん

延喜御時按察のみやすところひさ

1259

(36)巻一九・雑恋

題不知

伊勢

1261 わかみこそにくゝもあらめ
わかやとの花みにたにも
きみかきまさぬ

つゝむことはへりけるおんなの

1262

(37)巻二〇・哀傷

女蔵人兵庫

1280 五月きてなかめまされは
あやめ草おもひたえにし
ねこそなかるれ

(38)巻二〇・哀傷

をかせの吹なひかしたる

御覧して

天暦御製

1286 あきかせになひく草葉の
露よりもきえにしひとを
なにゝたとへん

(39)巻二〇・哀傷

とひにつかはしける

清原元輔

1303 おもひやるこゝゐのもりの
しつくにはよそなる人の
そてもぬれけり

(40)巻二〇・哀傷

いせかもとにこのことをとひに

つかはすとて

平貞文

1308 おもふよりいふはおろかに
なりぬれはたとへていはん
ことのはそなき

(41)巻二〇・哀傷

紀友則身まかりにけるに
よめる
つらゆき
1317 古今 あすしらぬわか身とおもへと
くれぬまのけふはひとこそ
かなしかりけれ
あひしりたる人のうせたる
所にてよめる
1318 古今 夢とこそいふへかりけれ
世のなかはうつゝある物と
おもひけるかな
妻のしに侍てのちかなし
ひてよめる
ひとまろ
1319

(42)巻二〇・哀傷

大中臣能宣
1333 すみそめのいろは我のみと
おもひしをうき世をそむく
人もあるとか
かへし
読人不知
1334 すみそめのころもとみれは
よそなからもろともにきる
いろにそありける
成信重家等出家し侍けるころ
左大弁行成かもとにいひつか
はしける 成信従四位上右近中将 長保三年二月三日出家 重家従四位下左近少将
右衛門督公任
1335 おもひしるひともありける
世のなかをいつをいつとて
すくすなるらん
少納言藤原統理にとしころ契
こと侍けるを志賀にて出家し
侍ときゝていひつかはしける
1336 さゝなみやしかのうらかせ

いかはかりこゝろのうちの
すゝしかるらん

女院の御八講の捧物にかねして
かめのかたをつくりてよみ
侍ける

斎院選子

1337 こふつくすみたらしかはの
かめなれはのりのうきゝに
あはぬなりけり

天暦御時故きさいの宮の
御賀せさせ給はむとて侍けるを
宮うせ給にけれはやかてその
まうけして御諷誦をこな
はせたまひける時

御製

1338 いつしかときみにと思し
わかなをはのりのみちにそ
けふはつみつる

為雅朝臣普門寺にて経供養し侍て
又のひこれかれもろともに帰
侍けるついてに小野にまかりて
侍けるに花のおもしろかりけれは

春宮大夫道綱母

1339 たき木こることはきのふに
つきにしをいさをのゝえは
こゝにくたさむ

左大将済時白河にて説経せさせ侍
けるに

実方朝臣

1340 今日よりはつゆのいのちも
おしからすはちすのうゑ《へ》の
たまとちきれは

をこなひし侍ける人のく
るしくおほえ侍けれはえをき
あかり侍らさりける夜の夢に
をかしけなるほうしのつきを

とろかしてよみ侍ける
1341 あさことにはらふちりたに
あるものをいまいくよとて
たゆむなるらむ

(43)巻二〇・哀傷
性空上人のもとに読てつか
はしける
雅致女式部越前守大江雅輔女也致字此集如此
1342 くらきよりくらき道にそ
いりぬへきはるかにてらせ
山のはの月

(44)巻二〇・哀傷
1347 もゝくさにやそくささへて
たまひてしちふさのむくひ
けふそわかする

(45)巻二〇・哀傷
うへ人かしらをもたけて
御かへしをたてまつる
1351 いかるかやとみのをかはの
たえはこそ我おほきみの
みなをわすれめ

貞応元年九月七日壬子未時以家証本
重書之暗愚所存為備後代之証本
也　民部卿藤原定家

※『古筆学大成』『古筆切資料集成』の「筑後切」未収の断簡は、(11)『須磨寺塔頭正覚院所蔵古筆貼交屛風』、(14)架蔵、(18)醍醐寺蔵大手鑑、(22)徳川美術館（1054～1059）、(45)三井文庫蔵手鑑『たかまつ』である。なお、(11)につき田中登氏は、「水流に紅葉をあしらった。金泥の下絵」があり、「筑後切と同じ趣であるが、実際その筆蹟も筑後切と同一のもの」とされている。下絵は後書きではないかとみ、一応ここに収めておいた。(22)は1051～1053が『ふみのみち』に収

められて、『古筆切資料集成』に翻刻がある。徳川美術館蔵のこの一巻は縦二八・一センチ横一二三・二センチで、『徳川黎明会叢書』に収められている。⒂は富士美術館の現蔵である。

※㉖㉗㉘㉙は散らし書きである。翻刻は歌二行書きに改めた。

※㊱㊲㊳㊴は、陽明文庫蔵『予楽院臨書手鑑』の予楽院の模写である。

※㊷は畠山記念館蔵の一巻であるが、「書宛」（八―四）・『かな古筆てかがみ』には㊷㊸に関わる1341・1342の一四行分が収められている。現状は㊷㊸と分れているようであるので、そのように分けて翻刻した。

※⑸⑹、㉘㉙は接続するものである。

(4)

この筑後切によって知られる定家貞応元年九月本の内容について観察してみたい。まず、歌序であるが、定家本諸本間には、貞応二年本が天福元年本に対して、⑴1194の次に742が重出、⑵1269の次に1194が重出、⑶115、114の逆順となる、という異同がある。筑後切の伝存部分にはこの該当個所がなく、伝存部分は貞応二年本、天福元年本また無年号本（算合本）と同歌序であるので、歌序面から定家の校訂について知りうるところはない。[7]

次に、個個の本文についてみてみたい。定家本の諸本は、貞応二年本は京都大学本（中院Ⅵ92）、無年号本は北野克氏蔵算合本、天福元年本は京都大学本（中院Ⅵ93）をもって代表させ、筑後切伝存部分における諸本間の異同を一覧してみると次のようである。[8]

この本文異同は、⑴⑶⑸⑼⑽⑾⑿⒁は貞応元年九月本、⑵⑺⑻⒀は貞応二年本、⑷⑹は無年号本、⒂は天福元年本が、それぞれ孤立する本文を有していて他の諸本と異なるというものである。その孤立する本文は、片桐洋一氏『拾遺和歌集の研究』の校本篇に徴してみても、⒂以外は独自の本文となるところであるので、これらの異同は定家の校訂によるというよりも、後世的な変容による場合が多いものと認めておいてよさそうである。ことに、その半数以上が貞応元年九月本であるのは、伝流ないしは伏見院の書写に関わることなのであろう。「貞応本と天福本の本文校訂の際の態度の差を如実に示す」異文の存することを平田喜信氏が明らかにされているが、部分的とはいえこの本文の状態をみると、『後撰集』の場合と同様、貞応の時点での定家本の本文はかなり固定的となっていたということもまた事実とみてよいのであろう。定家が奥書に、「家本」「家証本」「愚本」をもって書写したと記しているのは、その現れであるとみられる。

通し番号	歌番号	種別	貞応元年九月本	貞応二年九月本	無年号本	天福元年八月本	備考（異本第一・第二の本文）
(1)	87	歌	なみそうちける	浪そおりける	――	浪そおりける	異一・異二「おり」
(2)	128	詞	賀の屏風	屏風	――	賀の屏風	異一・異二「賀の」
(3)	1051	詞	山さくらをみ　て	山さくらをみ侍て	山さくらをみ侍て	山さくらをみ侍て	異一・異二「侍」
(4)	1052	歌	かたやまに	かた山に	かめ《た》山に	かた山に	異一・異二「た」
(5)	1052	歌	みやまさくらを	み山さくらは	み山さくらは	み山さくらは	異一＝堀「に」・天甲「は」、異二「は」
(6)	1054	詞	ちかき所に侍　に	ちかき所に侍　に	ちかき所に侍けるに	ちかき所に侍　に	異一・異二ナシ
(7)	1064	歌	とちやはてつる	とちやはてたる	とちやはてつるに	とちやはてつる	異一・異二「つ」

(8)	1190	詞	かたゝかへに	方たかゝへに	――	方たか　へに	異一・異二「ナシ」
(9)	1258	歌	まくらもうきて	枕のうきて	枕のうきて	枕のうきて	異一「の」・異二「も」
(10)	1261	歌	わかみこそ	我こそは	我こそは	我こそは	異一・異二「我こそは」
(11)	1286	詞	吹なひかしける	ふきなひかしけるを	ふきなひかしけるを	ふきなひかしけるを	異一・異二「を」
(12)	1318	詞	あひしりたる人	あひしれる人	あひしれる人	あひしれる人	異一「しれる」・異二「しりてはへる」
(13)	1318	歌	世のなかは	世中に	世中は	世中は	異一＝堀「を」・天甲「は」、異二「を」
(14)	1333	作	大中臣能宣	よしのふ	よしのふ	よしのふ	異一「大中臣」・異二「ナシ」
(15)	1337	詞	御八講の	御八講の	御八講の	御八講	異一「ナシ」・異二「の」

※貞応二年本の⒀の「に」は字体確かならず、もっとも近いとみられる字をあてた。
※無年号本の――は補写部分であることを示す。

とはいえ、定家が『後撰集』において、貞応・寛喜本の「平貞文」・「文屋康秀」「文屋朝康」から、天福本に至って「平定文」・「文屋康秀」「文屋朝康」へと表記を変えているのと同様、『拾遺集』においても次のように表記の変更を行っている。(9)

		貞応元年九月本	貞応二年九月本	無年号本	天福元年八月本
1	詞	（ナシ）	さたふん	――	さたふん
2	詞	（ナシ）	貞文	定文	さたふん

43詞	(ナシ)	貞文	―	定文	さたふん
116詞	(ナシ)	貞文	―	さたふん
229詞	(ナシ)	貞文	定文	さたふん
481作	(ナシ)	―	定文	定文
846詞	(ナシ)	貞文	定文	さたふん
1091作	(ナシ)	貞文	定文	定文
1185作	(ナシ)	貞文	―	定文
1211作	(ナシ)	貞文	―	定文
1308作	貞文	貞文	定文	定文

貞応元年九月本は該当個所が一個所しか知られないが、もとより貞応本的な「貞文」の表記を有していることが確認される。[10]

ついで勘物についてみてみたい。筑後切伝存個所における定家本諸本[11]の勘物を対照してみると次のようである。勘物においては、貞応元年九月本にあったものが以後なくなっていたり、貞応元年九月本にはないが貞応二年本以降では施されていたり、天福元年本になって初めて加えられたりするなど、さまざまである。校訂本ごとに次第に詳細になっていく様子は窺われないではないが[12]、これから貞応元年九月本全体について推し及ぼして考えることには無理があろう。

次に集付であるが、貞応元年九月本は知られるかぎりでは1054「後撰」・1210「万」・1239「万」・1317「古今」・1318「古今」

所在	本文	貞応元年九月本	貞応二年九月本	天福元年八月本
(1) 1064 詞	右衛門督公任	（ナシ）	寛弘元年十一月以後不出仕二年七月廿一日上表辞中納言勅殊加従二位即日出仕	寛弘元年十一月以後不出仕二年七月廿日上表辞中納言勅殊加従二位即日出仕
(2) 1162 詞	ためあきらの朝臣	（ナシ）	（ナシ）	為光
(3) 1335 詞	成信重家	成信従四位上右近中将　重家従四位下左近少将　長保三年二月三日出家	従四位上右中将　従四位下左少将　長保三年二月三日出家	成信従四位上右近中将　重家従四位下左近少将　長保三年二月三日出家
(4) 1337 作	斎院	選子	（ナシ）	（ナシ）
(5) 1342 詞	性空上人	（ナシ）	書写上人	書写上人也
(6) 1342 作	雅致女式部	越前守大江雅輔女也致字此集如此	越前守正四下大江雅輔女致字如何	越前守正四位下大江雅輔女致字如何

と五首にそれがみられる。しかし、これら他集による集付のほかに貞応二年本・無年号本（算合本）・天福元年本がもつ『拾遺抄』による集付は、まったく有していない。この事実は定家がこの段階では『拾遺抄』による集付をまだ施していなかったことを示している、というように考えたいところではあるが、『後撰集』筑後切において勘物の省筆がままあるように、伏見院が除いてしまったという場合も考えられないではない。さらに本文伝流の問題もあり、貞応元年九月本における『拾遺抄』による集付に関しては、一応保留としておきたい。

(5)

以上、新出の筑後切によって、『拾遺集』の定家貞応元年九月七日本が知られたことについて報告し、定家の校訂という面からその本文等について考察してきた。その結果、定家が『三代集之間事』において、「拾遺集　於此集は未受一部之説、（略）微臣幼少之昔　初提携古集古哥之日、披見此集、忽抽感懐、愚意独慕之、窃雖握翫之、於亡父之眼前未読之、但僅聞其説事等」と述べ、『拾遺抄』に対して重視した『拾遺集』の、展開の具体相が、従前よりいくらかは明らかにすることができたかと思う。

注

（1）定家の『拾遺集』関係の事蹟は、拙稿「拾遺和歌集解題」（『拾遺和歌集』、日本大学総合図書館影印叢刊、昭和五五年三月）にまとめてある。
（2）『算合本拾遺集の研究』。
（3）『古今集』については、久曽神昇氏『古今和歌集成立論　研究編』（昭和三六年、風間書房）に拠った。
（4）「『三代集之間事』読解」（「跡見学園女子大学国文学科報」11、昭和五八年三月）。
（5）『拾遺抄』に関わる奥書は除いてある。
（6）算合本はこの奥書からも天福元年本に近い存在であると知られ、本来は無年号本（『後撰集』では初期校訂本）ではなく、後期校訂の年号本の一種であったように憶測される。
（7）京都大学本には114、115の歌序となるべきことが示されている。諸家の認定に従う。
（8）貞応二年本・無年号本（算合本）の補写部分における異同は除いてある。
（9）『拾遺集』には康秀・朝康関係歌がない。

（10）無年号本（算合本）はこの表記においても天福元年本に近い存在であることが知られる。
（11）無年号本（算合本）は勘物をほとんど有していない。これは書写態度によるものとみられるので、ここでは除外した。
（12）平田氏は前掲論文において、「貞応本に少なく天福本に多い勘物は、これを、貞応から天福に至る間の、定家の考証の深まりの結果と見做すことが可能である」とされている。

論文を草するにあたってお世話になった、三井文庫ならびに久保田淳氏・小島孝之氏、徳川美術館、富士美術館に御礼申し上げます。

〔追記1〕本稿は伏見院筆『拾遺集』筑後切が定家の貞応元（一二二二）年九月七日書写本に当ることを述べた論であるが、定家の最終的校訂書写本である天福元（一二三三）年八月中旬の定家筆本が、本稿発表と同じ年月に『藤原定家筆　拾遺和歌集　久曽神昇編』（平成二年一一月、汲古書院）として公刊されている。

〔追記2〕『拾遺集』筑後切は、上掲本文のほかに販売目録を除いて次の書に掲載されている（数字は歌番号）。池田和臣氏『古筆資料の発掘と研究』（平成二六年九月、青簡舎）33～34。小松茂美氏『古筆学大成　論文二　30』（平成五年一一月、講談社）126。田中登氏『平成新修古筆資料集　第二集』（平成一四年一月、思文閣出版）157。『徳川黎明会叢書・桃江・文庫』（昭和六一年八月、思文閣出版）766～767〔文庫〕。『松井文庫の絵画と書蹟』（昭和六二年四月、熊本県立美術館）1008。杉谷蔵切1032。『出光美術館蔵品目録　書』（平成四年七月）1044。伊井春樹氏「鑑定筆記抄（一）――小杉榲邨の古美術調査の世界（『詞林』第二〇号、平成八年一〇月）1047。『古筆学大成　30』1225～1226。『古経楼清鑑』（昭和二九年六月、五島慶太）1259～1260。水戸水府会蔵『大手鑑』1310。『鶴見大学蔵貴重書展解説図録　古典籍と古筆切』（平成六年一〇月）1311。『出光美術館蔵品目録　書』1312。

第三節　日本大学蔵伝二条為明筆本

(1)

『古今和歌集』『後撰和歌集』につぐ第三の勅撰和歌集である『拾遺和歌集』は、花山院が藤原長能、源道済などの近習歌人の助力を得て、藤原公任撰の『拾遺抄』を増補、発展させたもので、寛弘二年（一〇〇五）から同四年までの間に成立したものと考えられている。この『拾遺集』の現存伝本は、日野西資孝氏『定家本三代集解説』、松田武夫氏『勅撰和歌集の研究』、北野克氏『拾遺和歌集解説』、片桐洋一氏『拾遺和歌集の研究』などの諸研究により、藤原定家（一一六二～一二四一）が校訂した定家本系統と、定家の手を経ていないところのいわゆる異本系統とに二大別され、定家本系統はさらに貞応二年本、天福元年本および書写年時不明の無年号本に分たれることが明らかにされている。このうち、天福元年本は、定家の権威はもとより、定家の後裔で歌学宗匠家たる二条家、冷泉家がともに家の証本としたために、尊重されるとともに流布してきた。従って、今日伝存する『拾遺集』の伝本の大半は定家天福元年本に属するものである。

本複製の日本大学総合図書館蔵『拾遺和歌集』（九一一・一三五三・Sh・九九）も、この流布本たる定家天福元年本に属する一伝本であるが、なかでも数少ない二条家流の奥書を有する伝本のひとつであるばかりか、それら諸本中にあっては静嘉堂文庫蔵伝定為筆本とともに最も早い時点における書写本でもある。しかも、本書は定家筆本が定家の男為家（一一九八～一二七五）からその子冷泉為相（一二六三～一三二八）に伝領される以前、すなわち為家による定家奥書の改竄以前に、真観がその定家筆本をもって書写したという注目すべき奥書を有している。本書は、この貴重さゆえに、昭和五三年六月二五日付をもって、文部省から重要文化財の指定を受けている。

(2)

本書は、縦一四・九センチ、横一二・九センチの枡形、いわゆる六半本で、列帖装上下二帖から成る。二重箱に納められており、外箱は印籠蓋の桐箱、蓋の右端によせて遠州流で「拾遺和歌集　為明筆」とある。内箱は印籠蓋の黒漆塗箱、蓋の中央に「拾遺集二条家為明卿筆」（集名銀、筆者名金）と書かれている。

表紙は、金茶地横縞文様金襴緞子、左肩の金銀雲霞文様小短冊の題簽に「拾遺和歌集上（下）」とある。見返しは、金銀箔野毛砂子雲霞文様鳥の子。近世初・中期に改装されたものとみられる。本文料紙は、強糊の鳥の子。上・下冊ともに七帖仕立となっており、上冊は第一帖九紙、第二帖九紙、第三帖八紙、第四帖一〇紙、第五帖七紙、第六帖八紙、第七帖九紙、下冊は、第一帖から第六帖までが各一〇紙、第七帖が八紙で、それぞれ第一帖の最初と第七帖の最後の各一丁は表紙の中に綴じ込まれている。但し、下冊第七帖の下から二紙目の左半すなわち最終丁前一丁は切り取られてしまっている。従って、上冊は六〇紙で一一八丁、下冊は六八紙で一三三丁である。本文は、上・下冊ともに第一丁裏から始まっており、上冊は尾に遊紙一丁があって墨付一一七丁、下冊は尾に遊紙三丁があって墨付一三〇丁である。一面一一行、歌上下句別の二行、詞書二、三字下りに書写されている。本文のほかに集付、勘物、校異が施されており、それらはすべて墨筆であるが、校異は多く別筆と認められる。

本書の筆者については、古筆了珉〈古筆第五世、元禄一四年（一七〇一）没、五一歳〉の「戊寅八」（極札裏）元禄

一一年の、

二条家為明卿拾遺和歌集小本上下弐冊 外題照高院道晃親王御筆（山琴）

および古筆了音〈古筆第六世、享保一〇年（一七二五）没、五二歳〉の「戊戌七」（極札裏）享保三年の、

二条家為明卿拾遺集全部二冊 外題照高院道晃親王（山琴）

という二種の極札、また前述箱書にみるように、二条為明と伝えられている。為明は、二条為藤の男で定家の六代孫（定家―為家―為氏―為世―為藤―為明）にあたり、永仁三年（一二九五）に生れ、正三位、権中納言に至って貞治三年（一三六四）七〇歳で薨じた南北朝時代の人である。しかし、本書は為明の時代より少しく溯る鎌倉時代後期の書写と認められる（橋本不美男氏御教示）。

一方、外題筆者とされる照高院道晃法親王は、後陽成天皇の第一一皇子で、慶長一七年（一六一二）生れ、聖護院に入って剃髪し、園城寺長吏となり、万治元年（一六五八）に白河の照高院に移居し、延宝七年（一六七九）六八歳で薨じた人である。茶人で絵をよくし、書は中院流であった。

（3）

本書の伝来に関する記録としては、外箱上蓋裏に貼布されている遠州流で記された次の一文が存するのみである。

拾遺和歌集為明卿筆　二冊
延宝四丙辰年
高巖院様為御遺物
融相院殿御拝領

「高巖院」の御遺物であるために本書を拝領した「融相院」は、「高巖院」ゆかりの人に相違あるまいが、現在までのところ如何なる人物か明らかにしえていない。そのため、「高巖院」も確定できないでいるが、おそらく四代将軍家綱室の顕子女王であろう。顕子女王は、伏見宮家の貞清親王女で、浅宮と称され、明暦三年（一六五七）徳川家綱に嫁し、万治二年（一六五九）御台所となって、子はなく、延宝四年（一六七六）八月五日三七歳で薨じている。父の貞清親王は後陽成天皇の猶子であるので、外題筆者を極のごとく道晃法親王とすると、道晃は後陽成天皇皇子であるから、その縁で執筆を依頼されたものということになろう。このような面からみても、表紙の改装は延宝四年の伝領時におけるものとみられる。

なお、本書は昭和三一年三月九日付で弘文荘から購入されたものであるが、同年三月発行の『弘文荘待賈古書目第廿六号』も「高巖院」を家綱室顕子女王と認め、「精写、文字よく整ひて美し」「料紙装釘、文字とも古くかつ典雅で、高貴の婦人の机辺の書だった事のうなづかれる冊子」としている。

(4)

さて、本書には次の五種の奥書がみられる。

　本云

㈠　天福元年仲秋中旬以七旬有余之
　盲目重以愚本書之八ヶ日終功 翌日令読合訖
　為授鍾愛之孫姫也

㈡　此集世之所伝無指証本仍以数多
旧本校合彼是取其要猶非無不
審又算合抄之証本

㈢　抄哥五百九十四首上二百卌五首下三百五十九首
其中
恋上　　　中納言師氏
おもひつゝへにけるとしをしるへにて」一二九オ
なれぬるものはこゝろなりけり
或本無　入後撰云〻
恋下
題しらす　　　赤染衛門
わかやとの松はしるしもなかりけり
すきむらならはたつねきなまし
此二首集不見哥也
五百九十二首集抄無相違
拾遺抄哥
春五十七　　　夏卅一
秋卅九　　　冬卅二」一二九ウ

賀卅一　　　　別卅四
恋上七十五一首集不見或本無之　　　　恋下七十五一首集不見
雑上百廿二　　　　雑下八十六
已上五百九十四首

㈣　寛元三年六月九日前藤大納言為被
借送厳親入道中納言自筆之秘本
一夏行法雖無其隙故守彼奥書
旨八ヶ日終功早字点為不違透
而写之尤可謂証本歟即校合訖
真観」一三〇オ

㈤　此草子任本雖調一帖厚而
被見有煩仍後日相分四帖了
一校了」一三〇ウ

このうち、㈠㈡㈢が定家の奥書である。㈠は鍾愛の孫姫に授けるため天福元年（一二三三）に書写したものであることを記してある。㈡はさしたる証本のない『拾遺集』の本文整定には多くの本を照合した旨を記したもので、貞応二年本にもほぼ同じ奥書（天福元年本より「証本多以狼藉仍以」の四字が多い）が見られる。㈢は本文に丹念に集付した『拾遺抄』につき『拾遺集』との関係を記したものである。これに対して、㈣は寛元三年（一二四五）に真観が為家から定家筆本を借りて透写した時の奥書である。㈤は底本通り一帖であったものを被見の便から四帖に分けたという内容であるが、いつの時点におけるものであるのか明確にはしがたい。あるいは真観であるのかもしれない。

ところで、㈠奥書にみる天福元年といえば定家は七二歳、薨ずる八年前で晩年にあたるが、天福元年本は定家校訂本中においてどのような位置を占めるのであろうか。その点についてみるために、定家と『拾遺集』との関係を示す資料をまず次に掲げてみたい。

⑴建久九年（一一九八）二月五日『明月記』

天晴、自殿仰云、竹爾雪降、古歌少々可注進、予蒙此仰之後、引見三代集并後拾遺金葉之処、竹雪歌無之、近代常詠歌也、定巨多歟由存之処更不見、詞花集当時不持之間、又勘見柿本紀氏集、遂以無之（略）

⑵建仁元年（一二〇一）八月七日『明月記』

（略）参大臣殿、又見被撰後撰拾遺両集内、撰出百首被進院云々、依仰也、少々或出或入

⑶建仁二年（一二〇二）七月二日『明月記』

天晴、早旦家長奉書云、古今後撰拾遺歌各五首都合十五首可撰進午時以前、不及沈思、即引見之、即書進之（略）

⑷承元元年（一二〇七）四月二三日『明月記』

（略）此間又和歌沙汰、三代集歌以下又可書進、纏頭了

⑸貞応元年（一二二二）七月八日　国会図書館本『拾遺集』奥書

貞応元年七月八日申一点重以家本終書写之功為後学之証本也　戸部尚書藤在判　同十六日令校合訖直付落字焉

⑹貞応元年（一二二二）九月七日『三代集之間事』

於二此集一は、未レ受二一部之説一、云導、此集華山法皇御撰也、偏決二於叡慮一、被二撰定一了、今伺二事躰一、御存日

不レ及二披露一歟、所レ被レ入哥、及二長保寛弘一、以レ之察レ之、漸々披露之時、四条大納言、諸道之名誉、時輩之帰伏云々、独歩之心、無双之人歟、見二此御撰一、竊有下不二甘心一之旨上、忽抄二出其哥一、任レ意取捨、是法皇不二知食一事也(御没後事也)　天下好士、靡然而信仰、門々戸々、称二三代集一、書写握翫之人(于時行成卿相、並多被書此集)　偏以二十巻之抄一用レ之、更不レ見二本集一、因レ茲此集、還伝レ世已希、漸如二魯壁之古文一、殊集二和歌之文書一之人、博覧之余僅書レ之、猶不レ加二三代集一、至二于応徳宝暦一、通俊卿撰二後拾遺一之時、雖レ立二二十巻之部一、猶名二後拾遺和哥抄一、是猶庶二幾抄名一之故也、金葉詞花両集、各為二十巻一、又随二拾遺抄一之者歟、微臣幼少之昔、初提二携古集古哥一之日、披二見此集一、忽抽二感懐一、愚意独慕レ之、竊雖レ握二翫之一、於二亡父之眼前一、未レ読レ之、但僅聞二其説事等一、此集法皇御自撰之由、愚者或生レ疑、猶称二公任卿撰一之輩有レ之云々、雖二不レ足レ言事一、御撰証拠等略而注レ之、

(7)貞応二年（一二二三）九月一一日　京都大学図書館蔵『拾遺集』（中院Ⅵ92）奥書

貞応二年九月十一日辰時以家本重書写之　戸部尚書藤(在判)　同夕令読合了書入落字

(8)安貞元年（一二二七）一一月一九日『明月記』

（略）三代集作者各加文字(在頭)（略。連歌の記事）

(9)寛喜二年（一二三〇）六月一日『明月記』

天晴、午時許但馬前司朝臣来談、良久清談、又借拾遺参(本イ)(右少弁取籠之間以女子本借之)（略）

(10)寛喜三年（一二三一）八月三日『明月記』

（略）権弁返年来所借之拾遺集、此弁一昨日入勧修寺、老僧等垂涙云々（略）

(11)寛喜三年（一二三一）九月一二日『明月記』

朝天遠晴、夜月陰、朝書終拾遺集、授女子、依権弁供籠本不終其功、依適返以盲目染筆、（略）

⑿天福元年（一二三三）八月中旬（天福元年本を書写）

以上のようで、定家は、⑹の『三代集之間事』にみるように、世間に流布していた『拾遺抄』に対して『拾遺集』を高く評価し、その考えのもとに『拾遺集』を貞応元年七月八日、貞応二年九月一一日、寛喜三年九月一二日、天福元年八月中旬と校訂、書写していったことが知られる。さらに定家本には書写年時不明の北野克氏蔵本ほかの無年号本がある。定家は奥書㈡からも窺い知ることができるように、『古今集』『後撰集』におけると同様、『拾遺集』の本文を整定すべく、また子孫に証本を残すべく幾度となく校訂、書写を重ねていったのである。

これら度重なる定家校訂本のうち、天福元年本は知られる限りにおいて最終の位置にあるが、これは『後撰集』における天福二年本と同じく、校訂の最終段階を示した本であるとみてよかろう。しかればこそ、冷泉家においても二条家においても家の証本として伝えられることになったのであろう。以後、天福元年本が重視され流布本の位置を占めることになるが、三代集における『拾遺抄』から『拾遺集』への変転も、この定家の『拾遺集』重視によるところが大きい。平安時代後期から鎌倉時代初期にかけての古筆切は殆んど『拾遺抄』であり、定家以後のものは『拾遺集』であるという事実をもってしても、その事情が了解されよう。

さて、定家が『拾遺集』の本文につき最終決定を行なったとみられる天福元年定家筆本そのものは、昭和一六年二月刊の藤原定家卿七百年讃仰会発行の『定家卿筆跡集』に、巻一本文巻頭と本書奥書㈠㈡にほぼ相当する奥書との各半丁二枚の図版が掲載されており、また同年月刊の日野西資孝氏『定家本三代集解説』に同書実見のことが記されているので、その存在が確認され、今なお冷泉家に秘蔵されている模様である。その『定家卿筆跡集』の掲載図版によると、奥書は次のようである。

天福元年仲秋中旬以七旬有余之

盲目重以愚本書之八ヶ日終功
翌日令読合訖

此本付属大夫為相
頽齢六十八桑門融覚（花押）

此集世之所伝無指証本仍以数多旧
本校合彼是取其要猶非無不審
又算合抄之証本

これを本書ほか静嘉堂文庫蔵伝定為筆本、同伝為秀筆本、尊経閣文庫蔵伝浄弁筆本、書陵部蔵常縁筆本などにみる二条家流の奥書と比べてみると、定家筆本には「為授鍾愛之孫姫也」という定家奥書の一部がなく、そのかわりに「此本付属大夫為相　頽齢六十八桑門融覚（花押）」なる融覚（為家）の識語がある。もちろんこの部分は定家の筆にあらざる筆である。冷泉家蔵定家筆本に「為授鍾愛之孫姫也」の八字がないのは、同本を直接披見された日野西資孝氏が『定家本三代集解説』において、「冷泉家本はこの部分を削った痕跡が残って居り」と言われており、削り取られたためであると知られる。『定家卿筆跡集』の図版でも「為授鍾愛之孫姫也」とあったはずの部分（第三行目）が黒ずんで見え、また定家筆本を江戸時代初期に忠実に影写した京都大学図書館蔵本（中院Ⅵ93）には、「為授鍾愛之孫姫也」の部分の墨痕がかすかに残るように写されており、定家特有の字体が三字ほど確認できる。従って、「為授鍾愛之孫姫也」は、まさしく定家の書き記したものであったとしてよい。

これに対して、定家筆本にみる「此本付属大夫為相　頽齢六十八桑門融覚（花押）」という為家の識語は、為家六十八歳とあるゆえ、文永二年（一二六五）の時点におけるものである。本書の奥書㈣は、その文永二年を遡ること二〇年の寛元三年（一二四五）における真観の書写奥書で、定家筆本を為家から借覧して透写したとあり、「為授鍾愛之孫姫也」を有している（奥書が「本云」という底本の奥書とも校合本の奥書ともとり得る書き出しを持つことに不安を感ずるが、後述のごとく本文の根幹は明らかに天福元年本のそれであるので、底本をいうと考えたい）。これによって、寛元三年の時点においては、「為授鍾愛之孫姫也」なる定家の奥書が存在していたことが証明されるのであり、本書の価値はひとえにこの点にあるといっても過言ではない。

真観は、藤原（葉室）光親男で、俗名光俊、建仁三年（一二〇三）生れで、嘉禎二年（一二三六）出家し、右大弁入道と称され、建治二年（一二七六）七四歳で寂した。定家の弟子で、前掲の(9)『明月記』により寛喜二年に定家から『拾遺集』を借りたことが知られる。歌界に重きをなし、寛元二年（一二四四）には為家らと『新撰六帖題和歌』を撰しているが、同四年には六条知家らと為家に叛して反御子左家の立場に立ち、為家のもとにあった娘、為家丘父宇都宮頼綱のもとの息観円を引きあげさせている（安井久善氏『藤原光俊の研究』）。時に為家四九歳、真観四四歳であったが、真観が為家から定家筆本を借覧し書写したのは、奇しくもこの両者離反の前年におけることである。

さて、本書の寛元三年における真観の書写奥書によって、定家の奥書として「為授鍾愛之孫姫也」が本来存在していたことが知られるが、さらにその存在を証明する資料に尊経閣文庫蔵伝浄弁筆本等がある。すでに片桐洋一氏が『拾遺和歌集の研究』において説かれているところであるが、同本は本書と同じ(一)(二)(三)の奥書を有しており、その後に、

文応元年七月誂或人書写了
本先人御自筆也　即校合了
桑門融覚御在判

この為家が定家筆本をもって文応元年（一二六〇）に書写したという奥書がある。ほかならぬ為家が文応元年に書写した時点でも、「為授鍾愛之孫姫也」は存在していたのである。

しかるに、書陵部蔵正応三年（一二九〇）観慧筆本〔五〇三・二一六〕には、「為授鍾愛之孫姫也」はなくて、「此本付属大夫為相　頽齢六十八桑門融覚判」がある。正応元年の時点では、すでに定家の奥書の一部がなくて、為家の識語が付されているのである。

従って、定家筆本に「為授鍾愛之孫姫也」がなくて、「此本付属大夫為相　頽齢六十八桑門融覚（花押）」があるというのは、文字通り為家の所為であって、為家六八歳の文永二年に息為相に相伝するのに不都合な定家奥書の一部を削って、為相相伝の旨を書き加えたものとすることができる。この為家識語とほぼ同形同文の識語は、『古今集』の嘉禄二年冷泉家相伝本系に、

此本付属大夫為相

于時頽齢六十八桑門融覚判

とあり、また『後撰集』天福二年本のそれに、

此本付属大夫為相　頽齢六十八桑門融覚（花押）

のようにある。これによって、定家奥書の一部削り取りは、為家が晩年の子で阿仏尼を母とする三歳の為相に、定家筆の証本たる三代集を一具にして相伝するために行なったものであるとみることができよう。

(5)　本書は真観が定家筆本を透写した本の鎌倉後期における転写本であるが、祖本たる定家筆本からはかなり変容した

本文内容となっている。そのことは、今なお冷泉家に秘蔵されているであろう定家筆本そのものは披見できない状況にあるが、江戸初期に定家筆本を影写した京都大学本（中院Ⅵ93）、および同時代に透写した高松宮家本（但し同本も現在披見できない状態にあり、複製本による）の二本によって復元される定家筆本の本文と比べてみることによって知ることができる。その本文対照によると、書写様式、用字の相違はもとより、定家自身による本文訂正個所は、例えば（歌番号は京大本による、以下同じ）、

(1) 114　詞書

京大本　小野宮大臣家屏風にわたりしたる所に

日大本　（ナシ）

(2) 165　歌詞

京大本　かりにのみ《とて》我はきつれとをみなへし見るに心そ思つきぬる

日大本　かりにとて我はきつれとをみなへしみるにこゝろそおもひつきぬる

(3) 1113 1114　歌詞

京大本　秋風のさむくふくなるわかやとのをかのこのはゝ色つき《あさちかもとにひくらしもなく》にけり

あき風し日ことにふけはわかやとの。／

日大本　秋風のさむくふくなるわかやとのあさちかもとにひくらしもなく

秋風しひことにふけはわかやとのをかのこのはゝいろつきにけり

などのように、すべて訂正後の本文を本行にもっており、定家筆本の原態は保存されていない。そのため、京大本・高松宮家本に、

在恋四此事雖多此哥猶可止歟　題しらす　人まろ
「いはしろの野中にたてるむすひ松心もとけす昔おもへは」

としてある1256番歌一首は、墨滅歌とみなされて本書にはない（浄弁本ほかの伝本にもないが）。従って、定家筆本の総歌数一三五一首に対して、本書は一三五〇首となっている。

また、校勘等の傍書本文の異同は八個所（368 369 373 428 818 862 1194 1214）、集付の異同は表記の相違（例えば11番歌における京大本「万葉」・日大本「万」）も含めて八二個所（京大本アリ・日大本ナシ三八個所、京大本ナシ・日大本アリ一一個所、表記異同三三個所）、勘物は二三個所に異同がみられる。なお、792 840番歌の作者表記は、京大本に「中宮内侍馬」とあるが、日大本では「中宮内侍馬」と勘物を本文化している。

一方、本文においては、定家筆本（但し京大本・高松宮家本の間における異同ないしは疑問個所を除く）に対して一八一個所にわたる異文がみられる。しかも、この異文個所を片桐洋一氏『拾遺和歌集の研究』に示されている本文（為重本の校異本文を除く）等と対比してみると、実に一〇六個所までが他の諸本にはみられない本書独自の本文である。それらの中には、諸本本文を京大本で代表させて対照すると、

(1) 14　作者
　京大本　みつね
　日大本　（ナシ）

(2) 324　詞書・作者
　京大本　題しらす　よみ人しらす
　日大本　（ナシ）　（ナシ）

(3) 569 作者
京大本　人まろ
日大本　（ナシ）
(4) 986 作者
京大本　閑院大君
日大本　（ナシ）
(5) 1264 詞書・作者
京大本　題しらす　よみ人しらす
日大本　（ナシ）　（ナシ）

のように、本書の詞書、作者名表記における誤脱がある。また、例えば次のような、他の諸本の本文がすべて同文で、本書のみが異文であるという本文個所も多くみられる。

(1) 16 歌詞
京大本　かをとめてたれおらさらん梅花あやなし霞たちなかくしそ
日大本　かをとめてたれおらさらん梅花あやなしかすみたちなへたてそ
(2) 250 歌詞
京大本　見わたせは松のはしろきよしの山いくよつもれる雪にかある覧
日大本　みわたせは松のはしろきよしの山いくよつもれる雪か有らん
(3) 275 歌詞

京大本　色かへぬ松と竹とのすゑの世をいつれひさしと君のみそ見む
日大本　いろかへぬまつと竹とのゆくすゑをいつれひさしと君のみそみん

(4)
760　歌詞
京大本　草かくれかれにし水はぬるくともむすひしそては今もかはかす
日大本　草かくれかれにし人はぬるくともむすひし袖はいまもかはかす

(5)
819　歌詞
京大本　我背子をならしの岡のよふことり君よひかへせ夜のふけぬ時
日大本　わかせこをならしのをかのよふことり君よひかへせよのふけぬまに

(6)
1016　詞書
京大本　くらまにまうて侍けるおりにみちをふみたかへてよみ侍ける
日大本　くらまにまうて侍けるおりにみちをふみたかへて

(7)
1088　詞書
京大本　天禄四年五月廿一日円融院のみかと一品宮にわたらせ給て（略）
日大本　天禄四年五月廿一日円融院のみかと一品わたらせ給て（略）

(8)
1294　詞書
京大本　としのふかなかされける時なかさるゝ人は重服をきて（略）
日大本　としのふかなかされける時なかるゝ人は重服をきて（略）

以上のような本書における誤脱、誤写は、真観本から本書に至る書写過程において生じたもので、ある時点における書写がとりわけ杜撰であったものというほかあるまい。

これに対して、定家筆本と異なる本文一八一個のうち本書の独自異文一〇六個所を除く七五個所は、いずれかの伝本と同文本文を有するという個所である。それは、56番歌の作者表記に「紀貫之一本ナシ」、428番歌の作者表記にも「恵慶法師本ニナシ」のようにあり、また862番歌の歌詞には「ねき《いそね》そかねつる」と一部伝本にみる本文を傍書としても、1194番歌には「おい《ひ本》かはるまて」など、他本による校異の痕跡がみられるところからすると、他本との接触によって他本本文を摂取したところも多かったのではないかと予測される。そこで、本書がいずれかの伝本と同文本文をもつ個所を次に一覧してみよう。

(1)京都大学図書館蔵本（中院Ⅵ93）と高松宮家蔵本とが一致する本文をもって定家筆本の本文とみなし（略号「定」）、その本文と日本大学蔵本（略号「日」）の本文とを併記する形で示した。

(2)「定」「日」と同文の本文をもつ諸本名は、それぞれの本文欄の下の諸本欄に次掲の略号をもって示し、「定」「日」に対してともに異文である場合はその本文を本文欄に併記する形で掲げた。

(3)校異本文は、片桐洋一氏『拾遺和歌集の研究』により、定家本系統は、書陵部蔵東常縁筆本＝常、尊経閣文庫蔵伝浄弁筆本＝浄、京都大学図書館蔵二条為重奥書菊亭伊季所持本＝為、早稲田大学図書館蔵甘露路親長筆本＝親、京都大学図書館蔵冷泉為満奥書貞応二年本＝貞、北野克氏蔵無年号本＝北、片桐洋一氏蔵為秀奥書本＝片、陽明文庫蔵近衛基熙筆本＝陽、吉川家蔵本＝吉、国会図書館蔵永正十五年奥書本＝国、山岸徳平氏蔵寂恵筆本（巻一〇まで）＝寂とし、これに静嘉堂文庫蔵伝為秀筆本＝秀を加えた。また、異本系統のうち第一系統は、片桐氏に従い、書陵部蔵堀河具世筆本＝堀、天理図書館蔵甲本＝天甲、天理図書館蔵乙本（巻一〇まで）＝天乙、多久市立図書館蔵本（巻一〇まで）＝多とし、同第二系統は北野天満宮本＝野とした。

(4)定家本系統の校異本文がすべて同文の場合はその諸本名を掲げず、○印をもって示した。
(5)種別欄の「詞」は詞書、「作」は作者名、「歌」は歌詞を表わす。

通し番号	歌番号	種別	定・日の別	本文	諸本 定家本	諸本 異本第一	諸本 異本第二
(1)	28	歌	定 日	いさわかそのに いさわやとに	○	堀・天甲・天乙 多	 野
(2)	38	歌	定 日	よそにても見む よそなからみん	○	多 堀・天乙	野
(3)	45	詞	定 日	御屏風 御屏風に 屏風 屏風に	秀・常・浄・親・貞・北・片・陽・国・寂 為・吉	多 堀・天乙 天甲	 野
(4)	51	歌	定 日	あらしと思し あらしとおもふ	秀・常・浄・為・親・貞・北・片・陽・ 吉・寂 国	堀・天甲・天乙・多	野
(5)	56	作	定 日	(ナシ) 紀貫之一本 つらゆき	秀・常・浄・為・親・北・陽・吉・寂 貞(細字)・国 片	 堀・天甲・天乙・多	 野
(6)	68	詞	定 日	哥合に 哥合哥 哥合	○	堀・天甲・天乙 多	野

(7)	78	歌	定	のとけかりつる	秀・常・浄・為・親・貞・北・片・陽・国・寂		野
			日	のとけかるへき		堀・天甲・天乙・多	
				のとけかりける	吉		
(8)	109	歌	定	つまと見る哉	○	多	野
			日	つまとなるかな		天乙	
				つまとこそなれ		堀	
(9)	113	詞	定	かける所に	秀・常・浄・親・貞・北・片・陽・国・寂		
			日	かける所	吉		
				かける所を	為		
				のかたきたるところに		堀・天乙・多	野
(10)	122	歌	定	浦嶋のこか	秀・常・浄・為・親・貞・陽・国・寂	堀	
			日	うらしまかこか	吉		野
				浦嶋かこの	北・片	多	
				うらしまのこの		天甲・天乙	
(11)	123	詞	定	中宮哥合	秀・常・為・親・貞・北・片・陽・国・寂	多	
			日	中宮哥合に	浄・吉	堀・天甲・天乙	野
(12)	127	歌	定	さ月山	○	天甲・天乙・多	野
			日	さ月やみ		堀	
(13)	176	詞	定	御屛風に	○	堀・天甲・天乙	野
			日	御屛風		多	
(14)	245	歌	定	山ゐにふれる	秀・常・浄・親・貞・北・片・陽・国・寂	堀・天甲・天乙・多	野
			日	山あるにふれる	吉		

				山のゐにふれる	為		
⒂	271	詞	定 日	よみける よみ侍ける （ナシ）	○	堀・天甲・天乙・多	野
⒃	278	歌	定 日	いくら許の いくよはかりの	常・浄・為・親・貞・北・片・陽・吉・ 国・寂 秀	堀・天甲・天乙・多	野
⒄	280	歌	定 日	またもつきせぬ またつもきせぬ	○	天乙 堀・天甲・多	野
⒅	286	歌	定 日	春をこそへめ はるをこそつめ 春こそ思へ 春をこそへぬ	常・浄・為・親・貞・北・片・陽・吉・ 国・寂 秀	天甲 堀 天乙・多	野
⒆	293	詞	定 日	屛風 屛風に	常・親・貞・北・寂 秀・浄・為・片・陽・吉・国	天甲 堀・天乙・多	野
⒇	295	詞	定 日	人々にうたよませ侍 人〳〵うたよませ侍 哥よみともして哥よ ませ	常・浄・為・親・貞・北・片・陽・吉・ 国・寂 秀	天甲 堀・天乙・多	野
㉑	301	詞	定 日	まかりける人の まかりける人に まかり侍ける人の	吉・国 秀・常・浄・為・親・貞・北・片・陽・寂	天乙・多 天甲 堀	野

(22)	343	歌	定 日	わけゆけと わけゆけは けふゆけは	秀・常・親・貞・北・寂 浄・為・片・陽・吉・国	天甲・天乙・多 堀	野
(23)	385	歌	定 日	事はしらぬか ことをしらぬか 物としらすや 事はしらすや	秀・常・浄・為・親・貞・片・吉・寂 北 国	天甲 堀 天乙 多	野
(24)	401	歌	定 日	身はなけてまし 身はなけかまし 身はなけつへし 身をなけてまし	常・浄・北・陽・吉・国・寂 秀 為・親・貞・片	堀・天乙・多	野
(25)	404	歌	定 日	なとてなりけん なとてなるらん なとかなりけん なとてなしけん なとなりにけん	常・親・貞・北・吉・国・寂 浄・陽 秀・為 片	天乙・多 堀・天甲	
(26)	406	歌	定 日	舟はつく ふねはこく 舟はくる	常・浄・為・親・貞・北・陽・吉・国・寂 秀・片	天甲 堀・天乙・多	野
(27)	440	歌	定 日	影やとるらん かけやとすらん かけなかるらむ かけうつるらん	秀・常・浄・為・親・貞・片・陽・吉・ 国・寂 北	天甲・天乙 堀・多	野

(28)	482	歌	定　日	はねもならへて はねもならへす	○	堀・天甲・天乙 多	野
(29)	488	歌	定　日	そらの海に そらの海	○	天乙・多 堀・天甲	野
(30)	493	歌	定　日	おふの海に おふのうらに おふのうみ	○	堀 天甲・多 天乙	野
(31)	497	詞	定　日	きゝ侍て きゝて	秀・常・浄・為・親・貞・北・吉・国・寂 片・陽	天甲 堀・天乙・多	野
(32)	499	詞	定　日	こくのおひ うへのおひ いしのおひ	○	堀・天甲・天乙 多	野
(33)	499	詞	定　日	かり侍ける かりて侍ける	秀・常・浄・為・親・貞・片・陽・吉 北・国・寂	天甲 堀・天乙・多	野
(34)	512	詞	定　日	いつれかまさる いつれまされる	秀・常・浄・為・親・貞・北・片・陽・ 国・寂 吉	堀・天甲・天乙・多	野
(35)	529	歌	定　日	ねやそゆかしき ねやそ恋しき	秀・常・浄・為・親・北・片・陽・吉・ 国・寂 貞	堀・天乙・多	野
(36)	535	詞	定　日	いひて侍ければ いひ侍ければ いへりければ	○	堀・天甲・天乙・多	野

(37)	537	詞	定　日	家のかみゐ 家かみゐ 家のゐ	○	天甲 堀・天乙 多	野
(38)	545	詞	定　日	ことゝいひて侍 こといひて侍 事とひにつかはしたり 事いひつかはしたり ことゝいひ侍	○	天甲 堀 天乙・多	野
(39)	571	歌	定　日	たれこゝのつの たれこゝのへの こやこゝのえの	秀・為・親・貞・北・片・国・寂 常・浄・陽・吉	堀・天甲・天乙 多	野
(40)	574	歌	定　日	思ふもしるし 思ふもくるし 思もしるく	常・為・親・貞・北・片・陽・吉・国・寂 秀・浄	天甲・天乙・多 堀	野
(41)	575	詞	定　日	御返し 御返事 （ナシ）	常・浄・為・親・貞・北・片・陽・吉・国・寂 秀	堀・天甲・天乙	野
(42)	588	詞	定　日	まてきたり まうてきたり ましてきたり まうてたり	秀・常・浄・親・貞・北・片・陽・吉・国・寂 為	天甲 堀・天乙 多	野

(43)	594	歌	定	神さひにたる	常・為・親・貞・北・陽・吉・国・寂	天甲	
			日	神さひわたる	秀・片		
				神さひにける	浄	堀・天乙・多	野
(44)	614	詞	定	おほくにのさと	○		
			日	おほくらのさと		天甲・天乙・多	野
				をくらのさと		堀	
(45)	614	歌	定	おほくにの	○	天甲	
			日	おほくらの		堀・天乙・多	野
(46)	623	歌	定	しる人のなさ	常・親・北・陽		野
			日	しる人のなき	秀・浄・為・貞・片・吉・国	堀・天甲	
(47)	637	歌	定	水のあはに	秀・常・浄・為・親・貞・北・片・陽・国		
			日	水のあはの	吉	堀・天甲	
(48)	656	歌	定	わかこひやまむ	○		
			日	わかこひさらん		堀・天甲	野
(49)	728	詞	定	いひつかはし侍ける	常・為・親・貞・北・陽・国		
			日	いひつかはしける	秀・浄・片・吉	堀・天甲	野
(50)	758	詞	定	物のゝたうひける	秀・常・為・親・貞・北・吉		
			日	物のたうひける	浄・片・陽・国	堀・天甲	
				物のたまひける			野
(51)	761	歌	定	かゝれは袖の	常・浄・為・親・貞・陽・吉・国	堀・天甲	野
			日	かくれは袖の	秀・北・片		
(52)	790	詞	定	月のあかゝりける	○	天甲	
			日	月あかゝりける		堀	野

(53)	796	詞	定	月あかき夜	秀・常・浄・為・親・貞・北・野	堀	
			日	月のあかき夜	片・吉・国	天甲	野
(54)	882	歌	定	きえかへり	○（秀ナシ）	天甲	
			日	ゆきかへり		堀	野
(55)	907	歌	定	あひみぬほとの	秀・常・浄・為・貞・北・片・陽・吉・国	堀・天甲	野
			日	あひみんほとの	寂・親		
(56)	909	詞	定	人をゝき侍て	秀・常・浄・為・親・貞・北・片・陽		
			日	おもひをきはへりて	吉・国	堀・天甲	野
(57)	963	詞	定	せいし侍ければ	秀・常・浄・為・親・貞・北・片・陽・吉		
			日	せいしければ	国	堀・天甲	
				せいしければ遣			野
(58)	1015	詞	定	花のおもしろく	○	堀・天甲	
			日	花おもしろく			野
(59)	1037	歌	定	所からこそ	片・陽		
			日	こゝろからこそ	秀・常・浄・為・親・貞・北・吉・国	堀・天甲	野
(60)	1042	歌	定	ともにや我も	常・浄・為・親・北・吉・国		野
			日	ともにやわれと	秀・貞・片・陽	天甲	
				ともにや我を		堀	
(61)	1043	歌	定	花山に	○		
			日	はなの山		堀・天甲	野
(62)	1077	歌	定	ならしのをかに	秀・常・浄・為・親・貞・片・陽・吉・国		
			日	ならしのをかの	北	堀・天甲	

	⒀	⒁	⒂	⒃	⒄	⒅	⒆	⒇	(71)
	1197	1212	1218	1242	1247	1264	1293	1305	1311
	歌	詞	歌	歌	歌	詞	歌	詞	詞
	定　日	定　日	定　日	定　日	定　日	定　日	定　日	定　日	定　日
ならのみやこの	すみうかりしも すみうかりしを すみかはりしを	題しらす （ナシ）	する人を する人に する人をの［を］ する人そ	こえぬ日そなき みえぬ日そなき	我とのみ 我のみと	題しらす （ナシ）	けふぬきすてつ 今日ぬきすつる	き丶侍て き丶て	ひとりは ひとり
	秀・常・為・親・貞・北・片・陽・吉・国 浄	○	常・浄・為・親・貞・北・片・陽・国 吉 秀	秀・常・浄・為・貞・北・片・陽・吉・国 親	秀・常・浄・貞・北・陽・吉・国 為・親・片	○	秀・常・浄・為・親・貞・北・片・陽・国 吉	○	秀・常・浄・為・親・貞・北・片・陽・吉 国
	堀・天甲	堀・天甲	天甲 堀	天甲 堀	堀・天甲	堀・天甲	堀・天甲	堀・天甲	堀・天甲
野	野	野	野	野	野	野	野	野	野

(72)	1316	歌	定 日	なれる君かも なれる君はも なける君かな なれる君かな	常・浄・貞・北・片・陽・吉・国 秀・為・親	堀 天甲　野
(73)	1321	詞	定 日	なくなり侍ぬへき なくなりぬへき	常・浄・為・親・貞・北・片・陽・吉・国 秀	堀・天甲　野
(74)	1335	歌	定 日	世中を よのなかに	常・浄・為・親・貞・北・片・陽・吉・国 秀	堀・天甲　野
(75)	1351	歌	定 日	みなをわすれめ みなはわすれめ	○	堀 天甲　野

この一覧によると、定家筆本と異なり他本と同文をもつという個所は、前半の巻一〇まで（1～620）により多く、後半の巻一一以降（621～1351）の方に少ないが、これは他本を参照しての本文整定が丁寧に行なわれはじめ、次第に荒くなっていったことを示していよう。

また、他本との関係においては、定家本系諸本とは遠くて、異本系諸本により親しいということが知られる。すなわち、異本第一系統の堀河本とは対照の七五個所のうち三六個所が同文であり（以下36/75のように表わす）、天理図書館蔵甲本は30/72、天理図書館蔵乙本は16/46、多久市立図書館蔵本は15/43、また異本第二系統の北野天満宮蔵本が28/73であるのに対して、定家本系統の諸本は同文個所の多いものでも、吉川家蔵本の一七個所、静嘉堂文庫蔵伝為秀筆本の一六個所、国会図書館蔵本の一二個所である。従って、具体的な本文関係は表にゆだねて省略するが、本書の本文は真観から本書に至る過程において異本系統と接触があり、その本文をより多く摂取していると言うことができよう。

本書は以上のような本文内容であって、定家筆本に対する純粋性という面においては、まことに劣るものという判断を下さなければならなかろう。しかし、一般に定家本系統のうち二条家流の奥書をもつ諸本においては、定家筆本からより離脱した本文をもつ傾向にある。それは、冷泉家が定家筆本そのものを証本として伝えてきたのに対して、二条家が定家筆本の証本を持たず、そのためよりよい本文を求めるあまりに他本を参酌し、その本文を摂取したりしたからであろう。本書もその常態の例外にあるものではないということであり、早い時点における本文派生の一様相を如実にみることができ、本文研究史上における価値は大きいものがあろう。

(6)

最後に、本書の書写および複製に際して注意すべき点を摘記しておきたい。

まず、上冊の巻一・春上・22番歌「松のうへに」(五丁裏)においては、詞書と歌詞との間が一行分空白となっている。この一行は作者名表記の位置に相当するが、本歌は詞書中に作者名が含まれていて、諸本ともにこの位置に作者名をもっていない。作者名誤脱とみなし、他本による後補を考えて空白としたものであろうか。

また、上冊の巻七・物名・391番歌「さみたれに」(六九丁裏)は下句一行分がない。ところが、その下句は前丁の六八丁裏の第一〇行、すなわち384番歌「くきもはも」の作者名「すけみ」の上に貼紙に書き貼布されている。この貼紙の字体は本文に極めて類似しているが江戸期のものと認められる。本文誤脱に気づいて後補されたが、誤って(390・392番歌の作者が「すけみ」であることに惑わされでもしたか)一丁前に貼られてしまったものである。複製にあたっては、貼紙を除いた形で行なってあるので、(1)六八丁裏の貼紙を除いた場合、(2)六八丁裏の貼紙を置いた場合、(3)六九丁裏の各図版を掲出しておきたい。

解題の執筆にあたっては、橋本不美男、平田喜信両氏の御教示を受け、また片桐洋一氏『拾遺和歌集の研究』から多大の恩恵を受けた。記して感謝の意を表したい。

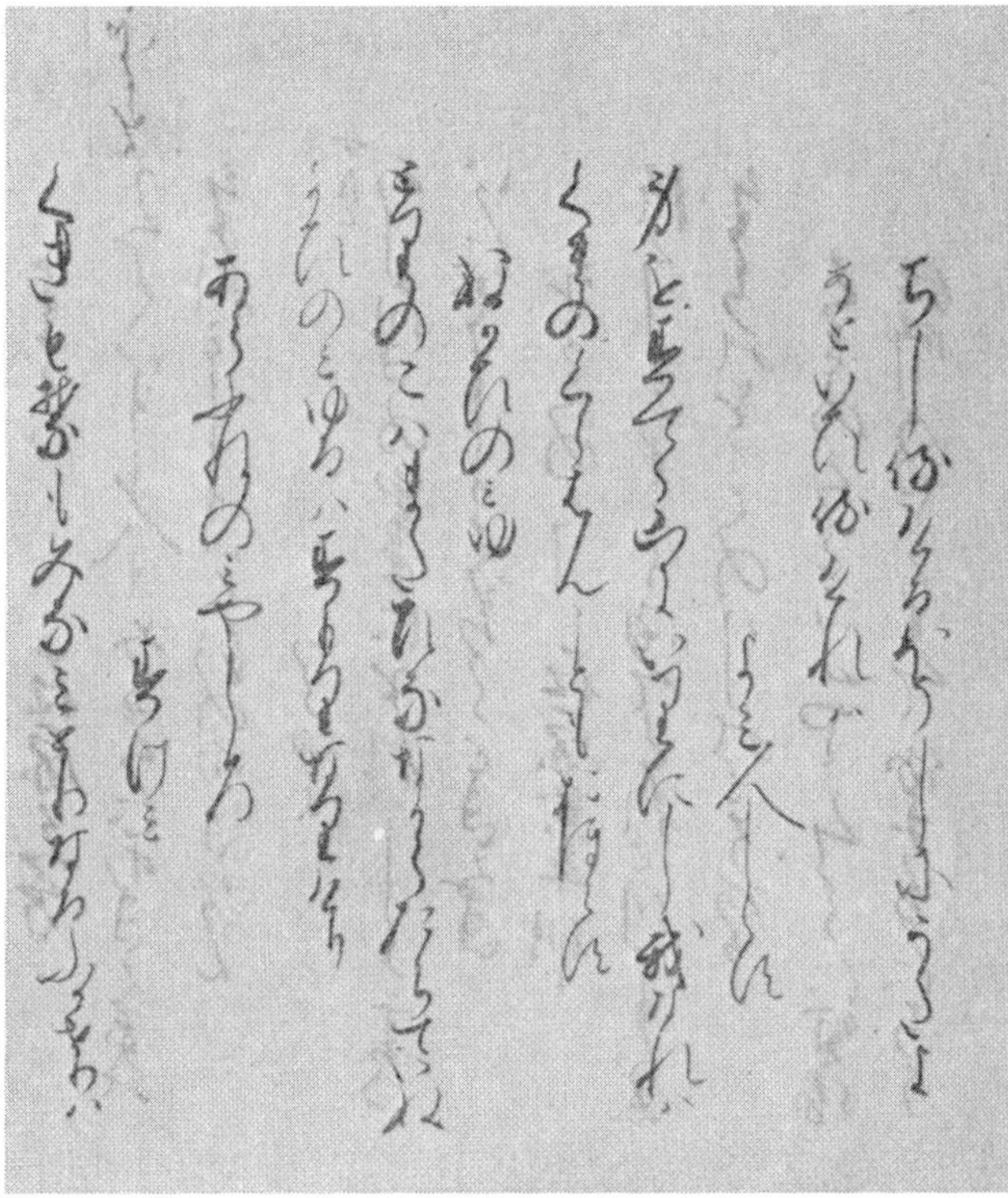

⑴六八丁裏の貼紙を除いた場合

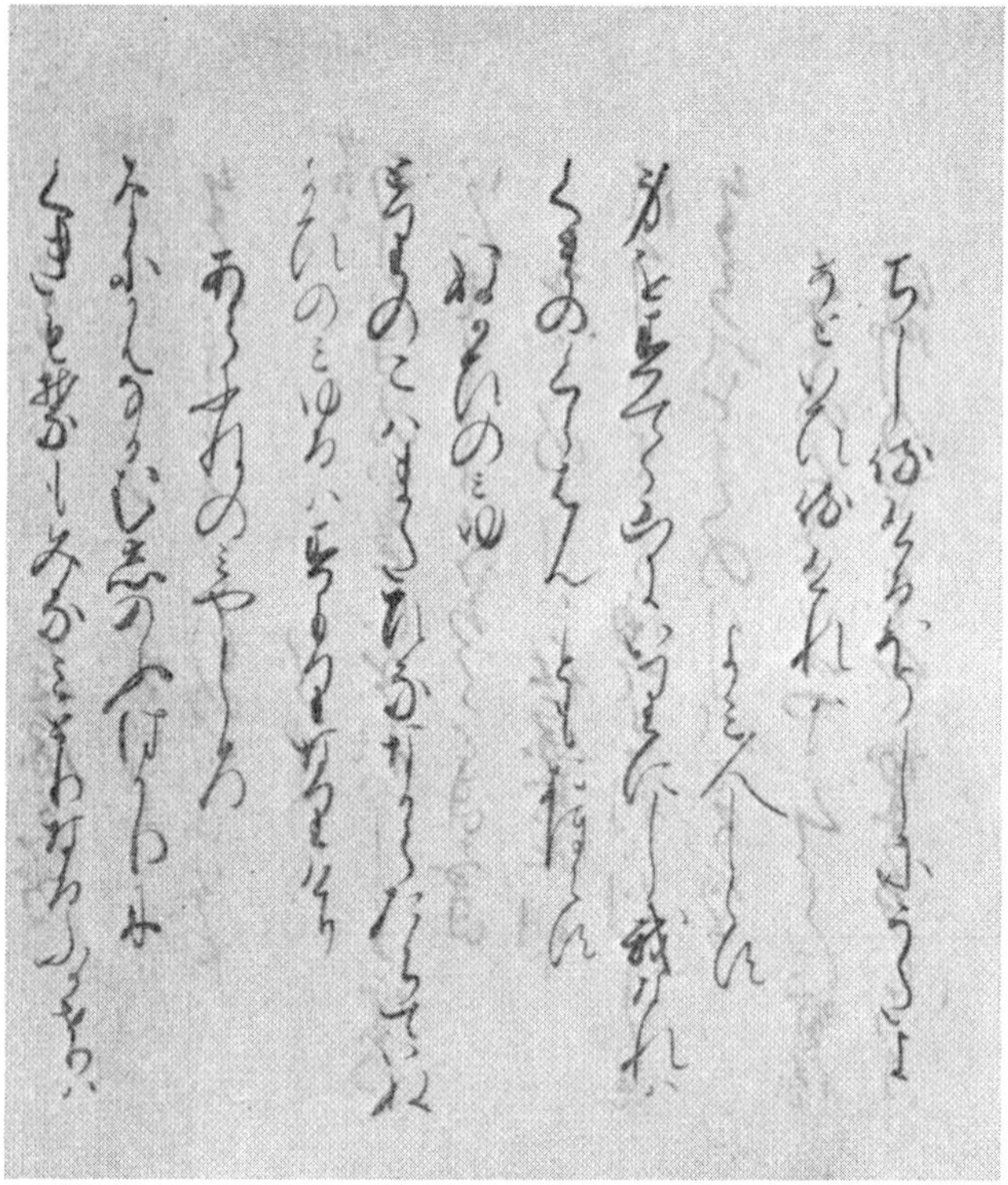

(2)六八丁裏の貼紙を置いた場合

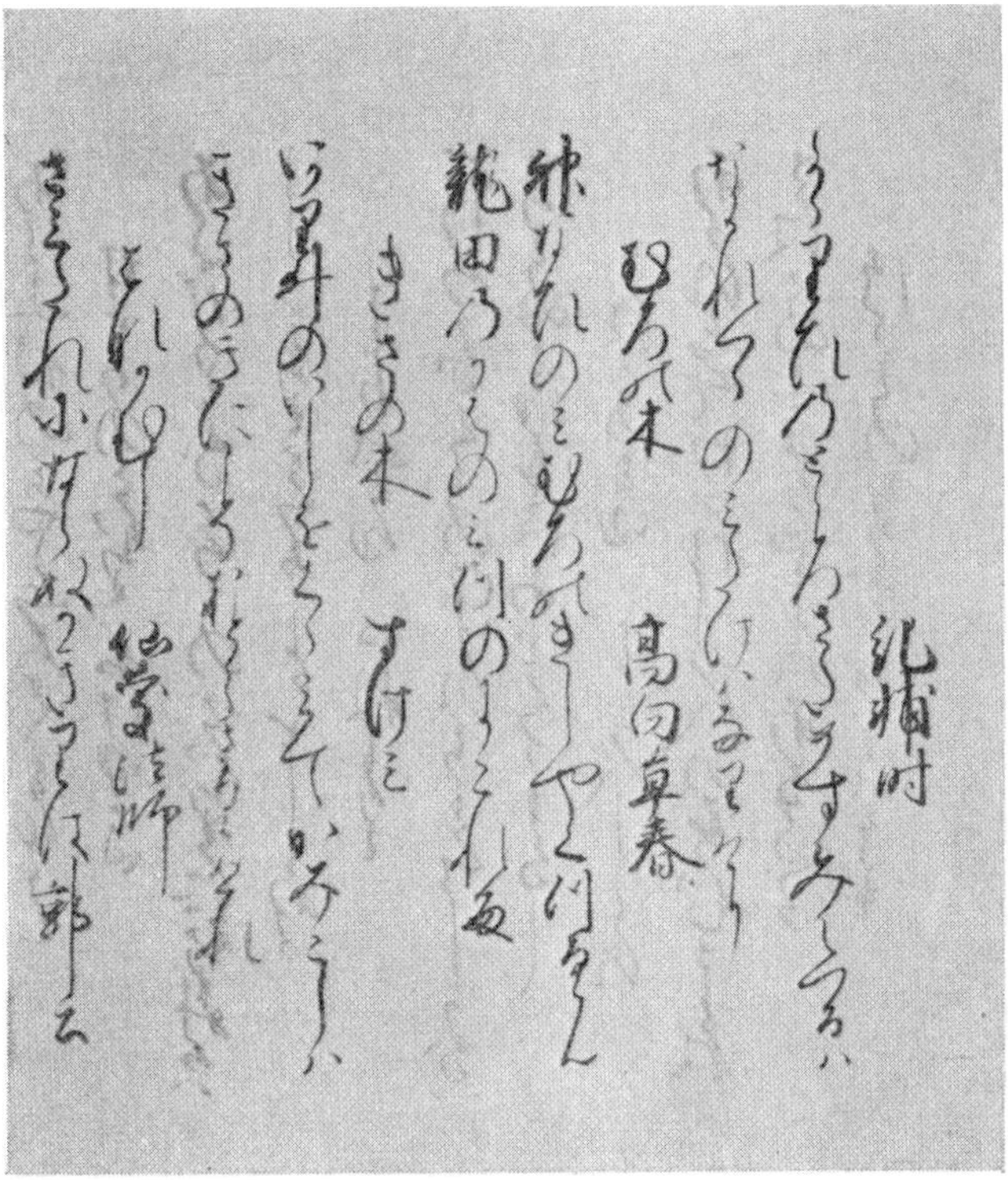

⑶六九丁裏

第二編

第一章　枕草子

第一節　清少納言の生涯

清少納言の生涯といっても、ここでは伝記的にみた生涯ということなのであるが、清少納言の伝記については、岸上慎二氏の『清少納言伝記攷』（昭18、畝傍書房・昭33、新生社）という名著のあることは周知の通りである。『伝記攷』はまさしく清少納言の伝記研究の決定版であって、以後の伝記研究はいずれも『伝記攷』を基礎に踏まえた上に成り立っている。がその後においても、たとえば石清水尚氏の「清少納言の家」（解釈と鑑賞、昭31・1）、また角田文衛氏の「晩年の清少納言」（古代学、昭42・2）などのような優れた業績があり、清少納言の研究成果ははなはだしく高いのである。清少納言伝についてはこのような現状であるので、清少納言の伝記的事実に関しては、殆ど岸上慎二氏をはじめとする研究によって祖述し、その間にいささか粗野・乱暴にわたる意見を加えてみることでもってお許し願いたい。

清少納言の家系は、天武天皇・舎人親王を遠祖とする皇別の清原真人で、その直系清原氏は舎人親王から三代おいて、清原氏を賜姓された有雄から、通雄—房則—深養父—春光—元輔—清少納言の系譜である。清原一族はかつて右大臣夏野、参議長谷・峰成のような公卿が出たのであるが、降って清少納言に近い血族では、曽祖父深養父は従五位下・内蔵大允、祖父春光は従五位下・下総守、父元輔は従五位上・肥後守が極官で、いずれも五位どまりのいわゆる受領階級である。

しかし一方、遠祖舎人親王が日本書紀の編纂責任者であったのをはじめとして、通雄の大学頭、叔父元真の学生（順集）など、漢学の家柄として聞こえ、父元輔も梨壺の五人の一人として万葉集読解の事業を担当したこと、また「三月三日亭子院にて文など作りて」（歌仙本元輔集）とあるのによれば、漢学の素養は深かったようである。が近くは古今集歌人深養父（勅撰集四一首・深養父集）、後撰集撰者元輔（勅撰集一〇六首・元輔集）など、漢学よりはむしろ歌道の面で多大の功績があったということが出来よう。

清少納言の出生は、ほぼ康保末年のころと推定してまちがいないようであり、岸上慎二氏は初婚の夫橘則光との結婚年時（天元五年則光男則長生、則光一八歳）等から、則光より一歳若く、康保三年（九六六）の出生と仮定されている（『伝記攷』）。しかしこれには、長徳二年（九九六）の記事中自身を「いとさだ過ぎふるぶるしき人」（八三段、以下段数は古典文学大系本による）と言っており、その「さだ過き」は三〇歳台後半以後と考えるべきであるということ、および父元輔の年齢、いま一人の夫藤原棟世との年齢差などによって、則光より年長と考える異論もある（石清水尚氏「作家の生立・没年、環境をどうして知るか」解釈と鑑賞、昭29・7など）。いまかりに康保三年出生としてみれば、父元輔は大蔵少丞で五九歳、相当高齢の折の子供である。母については全く資料がないが、岸上慎二氏は、かえってそれは、元輔・少納言父子に対して、それほど特徴のある母ではなかったのであろうという解釈をされている（岸上慎二氏『清少納言』人物叢書）。

清少納言の兄弟姉妹については、現在、為成（雅楽頭、小野宮実資家司、万寿2・9・12卒、八〇歳頃）・致信（太宰少監藤原保昌郎等、長和6・3・8殺害）・戒秀（花山院殿上法師、祇園別当、長和4・閏6・12落雷死）・姉（藤原理能妻）が確認でき（『伝記攷』・石清水尚氏、解釈と鑑賞、昭29・7、昭31・1）、石清水尚氏はさらに宗高をも兄弟と想定されている（「御仏名のまたの日」、国語と国文学、昭27・7）。また元輔集の「元輔がむすめ遠くまかりしに」・「むすめども裳きせけるに」から他の姉妹も考えられようか。これは兄弟姉妹のうち、兄姉および父の年齢（康保三年五九歳）からみると、清少納言はあるいは末子であったのではなかろうか。少女時代については不明であるが、成長するに従って元輔が再度地方に任官しており、経済的には裕福であったろうと思われる。

さて、清少納言の結婚相手については、藤原棟世（清原系図等、森治蔵氏）、藤原理能（尊卑分脈、桜井秀氏）、藤原実方（拾遺集等、関根正直氏）、橘則光（書陵部本枕草子勘物、塩田良平氏「枕草子の現代性」（文学、昭13・10）は情人説、のち『評釈』などでは夫説。岸上氏『伝記攷』は夫説）の諸説があるが、現在では『伝記攷』の定子宮仕を挟んでの前期橘則光、後期藤原棟世説が通説である（かりに宮仕退出後とすると棟世六〇歳半ば、少納言三〇歳半ばで年齢の問題が残される。他に考えられることとしては、則光との離別後宮仕え前、長徳二年、三年の里居中など）。

清少納言の子供については、一人は書陵部本枕草子勘物「橘則長……従四位下陸奥守則光一男　母皇后宮少納言」から則光男の則長が想定でき（また則光男季通も清少納言所生の可能性はなくはない）、いま一人は尊卑分脈「棟世―女子上東門院女房号小馬命婦」および西下経一氏発見（「清少納言の女」文学、昭7・9）の書陵部本範永朝臣集「女院にさふらふ清少納言かむすめこまかさうしをかりてかへすとて」によって「こま」が確認される。また、新拾遺集（巻一七、釈教一四五四）「清少納言女」は「こま」との関係でさらに検討を要するところである。

古来論議の多い清少納言の初宮仕の年代については諸説紛々であるが（諸説については岸上慎二氏「枕草子の問題点とその整理」解釈と鑑賞、昭34・9に整理されている）、正暦四年（九九三）説が容認されており、それはさらに春説（田中重太郎氏『枕冊子の研究』と冬説（坂本三郎氏「清少納言の宮中奉仕年代」、明41・7（未見）および岸上慎二氏『伝記攷』）とに分れる。

さて男性側から「あはあはしうわるきこと」（「おひさきなく」二四段）にも言われる宮仕えを、清少納言はどのような動機でもって始めたのであろうか。宮仕えの動機となった主因は、やはり結婚生活の失敗であろう（岸上氏、人物叢書）。初婚の夫則光とは出仕後まもなく殿上で再会し（長徳元年正月蔵人）、「せひと・いもうと」（八二・八四段）の交りをもつことになるが、この時点では婚姻関係にはないものとみられ（八二・八四段）、宮仕え以前に婚姻関係は解消していたものであろう。則光は母が花山院御乳母（小右記、長徳3・4・17）である関係からその前途は明るかったが、天皇は即位三年後の寛和二年（九八六）に退位され、出家法体の身となってしまわれた。以後も花山院の庇護を受け（長保三年正月三〇日従五位上昇叙任は「花山院臨時御給」（権記））則光も花山院に忠誠を尽くしたのであったが（塩田良平氏）、則光の栄達はおぼつかないものになってしまう。加えて則光は、例の「草のいほりをたれかたづねん」との少納言の機智ある応答に対する人々の賞賛にも「さやうの方（文学の方面）にさらにえさぶらふまじき身になん」と発言しているし（八二段）、また少納言の和歌攻勢に閉口して「おのれを思さむ人は歌をなん詠みて得さすまじき。すべて仇敵となん思ふ。いまは限りありて絶えんと思はん時にを、さることはいへ」（八四段）と述べているように、文雅の道には暗く、いたって不得手であったようである（金葉・続詞花集に各一首入集しているが）。その反面武勇の方面には優れていたようで（今昔物語巻二三「陸奥前司橘則光切殺人語第一五」（宇治拾遺にも）、江淡抄巻三・雑事「橘則光搦盗事」）。殿上においては武骨者として軽んぜられ、かえって則光自身も人のよい道化役を売物にしたようなふしもなくはない（八二・八四段）。清少納言はとにかく、橘氏の氏長者敏政男で、父の官位も上位である前途有望の青年則光と結婚し、子供も成した仲であったが、栄達の道も危うくなり、文雅の道に暗い夫であってみれば、和漢の教養を積み機智頓才に富む少納言と反りが合わなくなるのは当然の成り行きというもので、この結婚生活が「えせざいはひ」以外のなにものでもなく「いぶせく」（二四段）感ぜられたことであろう。ここに則光との不和離別が考えられると同時に、宮仕えへの心の動きが考えられはしまいか（もっとも正暦元年の父の死による経済的な理由も与っておろうが）。

　一方、宮仕えを受け入れる側からみると、清少納言の宮仕えはどのように考えることができようか。初出仕の折の記事「宮にはじめてまゐりたるころ」（一八三段）によれば、清少納言は「あへなきまで御前ゆるされ」ており、また伊周の手蹟の問いなどからみると、尋常の女房としての扱い方ではないようで、形式的でなくいたって自由のようであり、かつまた才能、教養があるという前提に立って待遇しているとみることができようか。こういった特殊な扱い方は、定子後宮側の清少納言を招く意図と関係があり、しかもその任用の仕方にもよるのではなかろうかと思われる。

　その扱い方という点をいま少しみてみると、出仕後まもない正暦五年二月の中関白家の盛事、積善寺供養（二七八段）の折には、上﨟の中納言の君と宰相の君と同座を与えられており、また同年春の記事である二三段（清涼殿の丑寅のすみの）によれば、色紙に和歌を書いていく順序が「上﨟二つ三つばかり書きて、これにとあるに」とあって、もっともそれは居合わせた女房の上下の度合いにもよろうが、とにかく三、四番目に回ってきている。こういった定子後宮の扱い方は、受領の女という出自からいっても、また少納言という「下らふながら中らふかけたる名」（女房官品）からいっても、その待遇はあるべき位置よりは高いもので、はなはだ特殊なものであると考えねばならなかろう。

　では、宮仕前の清少納言の才学・教養の点はどうかといえば、これは宮仕も後期の長徳四年（九九八）の記事（「五月の御精進のほど」、九九段）ではあるが、清少納言は「元輔が後といはるる君」といわれていて、歌人元輔の女として待遇されており、またそれに対して「その人の後といはれぬ身」と自認している。当時歌人としての元輔の名は、紫式部日記の中に「能宣・元輔やうの、いまいにしへの歌よみどもの家々の集」と家集の代表名として取り挙げられており、高く評価されていたことが知られる。その高名の歌人元輔の女としての認められ方を清少納言はされているのであって、そういった高名の歌人元輔女であるところに、定子後宮側が清少納言を招く要因があったものと思われる。

　しかしそれは、ただ元輔女という名だけではいけないのであって、清少納言自身に元輔女としての名に羞じないだけの才能・教養があっての上でのことである。宮仕前の清少納言のそれを示す材料は、わずかに一つだけであるが、枕草子の中にみられる。それは寛和二年（九八六、二一歳）の回想の記事「小白河といふ所は」（三五段）で、その中に清少納言が法華八講の聴問に出かけ朝講が終ったところで退出しようとした折、権中納言義懐が、「やや、まかりぬるもよし」と法華経（方便品）の「如キレ是ノ増上慢人ハ、退クモ亦佳シ矣」の故事を引いて清少納言をからかったところ、清少納言はその故事のうちの「五千人等即チ従レ座リ起テ礼シテレ仏ニ而退ク」を逆用して、「五千人のうちには入らせ給はぬやうあらじ」と義懐に応酬したという。もっともこの法華経の故事は、江納言「朱雀院被レ修二御八講一願文」（本朝文粋、巻一三・願文上）に「非レ無二退亦佳之輩一」と引用されてあり（岸上慎二氏のご教示による）、当時有名な故事であったようであるが、それにしても、義懐は元輔女と知って、またその才能を知った上で言葉をかけたものであろうと思われる。また後日出仕後、この法華八講のことを清少納言は伊周と話し合っているところから推測すると、義懐との問答は殿上でも広く語られていたことなのではなかろうか。

　これによって、元輔女としてその教養を名実ともに見込まれての招きであったものと考えたい。また出仕後の清少納言の女房としての扱われ方は、先にみたように、形式的ではなくはなはだ自由でしかも高く特殊なものであったようである。この招く意図と待遇とを合わせ考えるならば、中宮職員という型に嵌まった女房としてではなくて、中宮の私費による、いわば中宮家女房のような型での任用であったように推測できはしまいか。

　とすれば、自ら定子後宮での清少納言への期待・役割というようなものが限定されてくるのであって、枕草子にみる和漢の教養を縦横に駆使、応用しての機智振舞は、もっとも清少納言の自己顕示型の性格的なものにもよろうが、一方ではやはり清少納言を招いた中宮側の期待に応えた結果なのであり、またそれは役割とでもいったような意識があってのものでもあったのではなかろうかと考えてみたい。招いた後宮の意図と清少納言の家居からの超脱の動機とが合致したところに、いっそうの活躍をみせる原因があったように思う。そういった意味で、定子後宮という場は清少納言にとって、待遇・役割ともに万全であったのである。

　のちのち清少納言が「定子後宮の渉外係りとでもいうべき面が著し」く、蔵人頭や大斎院との「窓口」のような役目を担って、渉外の方面にその才を発揮している（岸上氏「清少納言とその周辺」国文学、10巻9号、昭40・7）のも、その必然的な発展というように解したい。中関白家流の今めかしい性格の定子後宮で、清少納言を加えて定子後宮は一段と「をかしう誇りかなるけはひ」（栄花物語・鳥辺野）を形成していったのであろう。

　宮仕え後、中関白家の隆盛であった長徳元年のころまでは、清少納言は中宮からも道隆からも信頼された（一〇四、一八四、二七八段など）得意の時期で、枕草子の記事も中宮・中関白家が中心である。ところが中関白家は長徳元年四月の道隆の死によって栄華の絶頂から衰運に向かっていく。道兼の七日天下の後、政権をめぐって権大納言道長と内大臣伊周の叔父・甥間での拮抗があり、東三条院詮子（一条天皇生母、道長姉）の支持によって道長が内覧宣旨（五月一一日）を得たが、両者の間には争いが絶えなかった（仗座での論争（7・14）・隆家道長従者闘争（7・27）・隆家従者の道長随人殺害（8・2）・道長呪詛（8・10））。結局翌長徳二年正月伊周の側に誤解のあったところから（栄花物語・見はてぬ夢）、伊周・隆家の従者が花山法皇を射奉った事件によって、伊周・隆家は左遷され、政権は完全に道長の手に帰したのである。この左遷によって中宮は落飾し、以後公季女義子（七月二〇日）、顕光女元子（一一月一四日）の入内があり、四年道兼女尊子（二月一一日）入内、さらに長保元年道長女彰子の入内（一一月一日）、二年定子皇后、彰子中宮の二皇併立（二月二五日）があり、後宮の勢力も完全に道長方のものとなる。

　この間長徳二年清少納言は、「左の大殿《道長》がたの人知るすぢにてあり」（「殿などおはしまさで後」、一四三段）という道長方との女房間の噂によって不知となり退出し里居の生活を送っている（清少納言は道長を畏敬していたことは事実のようであり（一二九段）、道長方の経房・成信などとも親しかったようである）。翌三年には右中将の執り成しによって一年余の里居生活ののち再び出仕した。

中関白家が衰運になるころよりのちの日記的章段の主題は、定子後宮・中関白家よりはむしろ殿上の男性であることが多い。殿上の男性が主役を演ずる記事が多くなるということは、定子後宮・中関白家の栄華・隆盛を賞賛・喧伝しても、その衰運・悲哀は書かないということと、表裏の関係にあろう。枕草子のなかで中関白家の悲哀を表向きに書いた記事は、一四三段「殿などのおはしまさで後、世の中に事出で来、さはがしうなりて」のみであり、他には萩谷朴氏「関白殿廿一日に」の末尾（「悲哀の文学—枕草子の一面」、国語国文、昭40・10）によって論証された二三九～二四二の四段がある。しかしこれとても前者はむしろ清少納言個人の方に主題をもつ段であり、後者は表立ってその悲哀を描写したものではない。こういった事実は、清少納言の定子への絶対的な尊敬のためであろうことはもとより、自身の自己顕示型といおうか、負い目の嫌いな性格によるところが大きかろうが、いま一つには定子後宮を顕示するというような役割を担っていた清少納言の後宮記録でもあったからだというようにみることは牽強付会であろうか。

さて宮仕時代の清少納言については、諸家による幾多の論があるので、一つの問題に限り、宮仕え以前の夫で殿上で再会した橘則光のことについて、八二段と関連させながら考えておきたいと思う。

則光は枕草子には三段に登場し、付加的にしか登場しない一三三段を除けば、八二段「頭の中将のすずろなる」（長徳元年二月の記事）の「草の庵をたれかたづねん」をめぐっての段、八四段「里にまかでたるに」（長徳三～四年の記事）の則光が清少納言の里居先を教えろと斉信から責められる段は、いずれも斉信とともに登場しており、則光はあたかも斉信の腰巾着のように行動している。もっとも八二段の長徳元年は蔵人頭斉信（正暦5・8・28任）と蔵人則光（六位蔵人長徳1・1任）の関係にあるが、その行動はただの上司と下僚の間柄とは考え難いと思われるふしがある。

その斉信と則光との関係を示す資料は御堂関白記の長和二年四月一三日の、中宮妍子が斉信第から土御門第へ還啓になった折の記事の頭注として（大日本史料の自筆本系統により、古写本本文を傍注した）、

朝経朝臣来仰云、可有賞本家人（本家人可有賞）、誰人歟（歟ナシ）可給者（乎）、問家主案内（家主問案内）、申云、以則光朝臣家司也（則光家司也）、給之如何、以此由奏聞、又来（云）、依叙一階、太（大）皇太皇宮大夫承之、則光賀啓（啓賀）。

とあり、これによって、則光が斉信の家司であったことが判明する。といっても、斉信の任参議は長徳二年、三位への昇叙は長保二年のことであるので、どの時点まで遡ってこの関係を認めてよいかは疑問である。がまた江談抄（巻三雑事）の「橘則光搦ㇾ盗事」に、

又被ㇾ命云、橘則光於㆓斉信大納言宅㆒自搦ㇾ盗勇力軼ㇾ人云云

とあり、年代は不明であるが、この記事は則光が斉信の家司ないしは家司格であったと考えれば理解しやすい。さらに、則光の母は花山天皇御乳母であり、花山天皇は則光を親昵され、則光も天皇に忠誠を尽くしたが、一方花山天皇の寵妃（栄花物語「花山たづぬる中納言」は忯子の崩御が天皇の発心の原因となったとの記述をしているほど）である女御忯子は為光女で斉信の妹である。この花山天皇を中においての関係をみるとき、たとえ家司としての正式な関係が後年のものであったとしても、その主従の関係は相当早い時点まで遡って考えられるのではなかろうか。

このように考えることによって、枕草子における斉信の腰巾着のような則光を自然に考えることができるのではなかろうか。と同時にこの両人の関係から、八二段の「草の庵」の一件によって斉信と「いもうと」清少納言との不和が氷解した折、「せうと」則光が安堵した言葉「これは、身のため人の御ためも、よろこびに侍らずや」（これは私にとっても、あなた清少納言にとっても、祝いごとではありませんか）の「身のため」を、上司でもあり主人でもある斉信に対する則光の立場から理解すると、「身のため」という言葉が生きてこようし、また斉信と清少納言との不和が、「せ

うとのためにもわるかるべしと思ひしに」という則光の言葉も自然に理解されようかと思う。

　枕草子の日記的章段の記事は、長保二年五月の二三九段（「三条の宮におはしますころ」）ないしは同年八月の記事やもしれぬ（二・三月または八月）二九二段（「成信の中将は」）が最終記事のようであるが、清少納言の宮仕は長保二年一二月一六日の定子皇后崩御（二五歳）まで続いていたものと推定され、とすれば正式には定子皇后の崩御によってその宮仕が終ったということになろう、時に清少納言三五歳（康保三年生として）。しかし「鳥は」（四一段）の段に「九重のうちに……十年ばかりさぶらひて」とあり、正暦四年（九九三）を初宮仕とすると長保二年（一〇〇〇）は八年目となる。これを勘案すれば事実上は、定子崩御によって後宮が解消されてのち、残務等の終った翌三年の退出というように考えてよいのではあるまいか。岸上慎二氏は、長保三年皇子女の身の振り方がきまってのち退出したものと推定されている（人物叢書）。定子後宮から退出した清少納言は、さらに他に宮仕えをしたという説があり、それには、淑景舎女御宮仕説（春曙抄）・御匣殿宮仕説（金子元臣氏『評釈』）、上東門院宮仕説（群書類従清原系図）があるが確証はなく、おそらく宮仕え退出と前後して藤原棟世と結婚し「こま」を産んだのではあるまいかと考えられていた。しかるに最近、角田文衛氏は「晩年の清少納言」（古代学、12巻4号、昭41・2）に権記「少納言命婦」等諸資料を勘案して、皇后定子崩去後、嬰児媄子内親王を引き取った東三条院詮子の要請によって、また自らも進んで媄子内親王付の女房となり、宮仕を続けたものと想定された。さらに媄子内親王薨逝（寛弘五年五月）後、第一皇女脩子内親王に仕えるようになったとされ、また紫式部日記の「清少納言こそ、したり顔にいみじうはべりける人」は、紫式部が清少納言に直接逢った上での批評であり、殿舎こそ違え枇杷殿でいっしょに宮仕えをした現職女房への批評だと主張されている。その後晩年は、月輪山荘に住み、随意に脩子内親王に出仕し（今鏡の記事の解釈）、最後まで「女房（命婦）」という地位を帯びていたであろうといわれている。卓抜な見解であるが、権記「少納言命婦」と清少納言との関係が新説の是非の別れ目となろう。

清少納言の晩年については、紫式部日記の「清少納言こそ……あだなるさまにもなりぬべし。そのあだになりぬる人のはて、いかでかよく侍らむ」によれば、老後の生活が順調ではなかったように受けとれ、また、枕草子の末尾（三二八段）には「まことにややがては下るといひたる人に」と地方下降を設定されており、古事談（第二臣節）・無名草子等に落魄・流浪が語られている。しかしこれについては、脩子内親王宮仕説はともかくとして、角田氏によって論証否定が成されている通りのように思われる（だが紫式部日記の解釈の問題が残ろうが）。一方、清少納言集（書陵部本）の「つのくににあるころ、うちの御つかひにたゞかたを」は、従来棟世の長保元年七月三日在任（小右記）から、長保三年宮仕え退出後と考えられていたが、角田氏は、忠隆の長保二年正月二七日の任蔵人頭（権記）と長保二年の忠隆の活躍資料から長保二年（6～9月）のことと推定され、宮仕え中摂津の夫のもとに一時降っていたものとされている。老年には、公任集「清少納言が月輪にかへりすむころ」（宮仕え退出後再び月輪にともとれようが）、また清少納言集から都付近の在住が考えられる（角田氏は月輪から脩子内親王のもとへ時折出仕していたとの説）。生存は長和六年（一〇一七）まで確認でき（古事談、桜井秀）、おそらくは治安・万寿のころ没したように推定される。

第二節　枕草子の性格

一　は型章段 ―聞きおきつるもの―

(1)

「池は」の章段は、随想化への方向という点からみると、さまざまな要素を内包している章段としてみることができる。三巻本によれば一〇項目、うち四項目は池名のみの掲出であって、六項目に評文がみられる。項目のみのものは、「勝間田の池」「磐余の池」「かみの池」「こひぬまの池」で、「かみの池」は能因本・前田家本には「鏡の池」とあって堺本にはなく、能因本・堺本・前田家本ではこれに「ますだの池」、前田家本ではさらに「広沢の池」が加わり、堺本は伝本によって「すがたの池」を持つものがある。これらの項目の掲出は、他のは型類聚章段のあり様から推して、「且又」、「謂はれ」、前項目の「御前」に対する「上」ないしは「神」、または「鏡」、「恋沼」「恋ひぬ間」などといったような、その名称に対する興味から挙げられたものが多いのではないかとみられる。また「御前の池は、またなにの心にてつけけるならむとゆかし」は、能因本に「たまへの池」、前田家本に「をさへの池」とあるが、「またなにの心に付けけるならむとをかし」と、名称に対する興味からの掲出であることに変わりはない。

これに対して「贄野の池」は、初瀬詣の折に見た水鳥について体験し記憶していることを示す「き」を用いて記しているが、「四月晦がたに」「九月二十日あまりのほど」の段にその初瀬詣のことがあり、『蜻蛉日記』に「贄野の池、泉川などいひつつ、鳥どもゐなどしたるも」とあることによっても、実見したことを記したものとしてよい。ただし、上野理氏(1)、三田村雅子氏(2)のごとく贄になる水鳥がいたというようにみるならば、その名称から連想される事物が現実にあったということになり、「名称と実体が一致(2)」する場合を叙したものとして読むことができる。この「贄野の池」につづいてある「水無しの池」は、山城国綴喜郡多河郷という初瀬詣の道すがらにあったようであり(3)、「贄野の池」とはひと続きの体験をした所であったものとみられる。しかるに、その内容は、「などてつけけるならむ」と名称の由来を問うたところ、水がある年もあるというのに、水無しと「ひとすぢにもつけけるかな」と名にこだわってそれを主題とし、名称と実体とが必ずしもかみ合っていないことを記している。

このように、「水無しの池」はもとより、「贄野の池」においても名へのこだわりがあるようであるが、実際の見聞を書き記しているという点で、単なる地名の列挙や「御前の池」の叙述と比べると、前進した内容を有しているということができ、随想化の方向をとっているとしてよい。それが次第に発展し、木・草・鳥・虫の諸章段に多くみられる、物の実体を独自の目で切り取り、体験や感想を交え、名称離れした随想的完成度のより高いものへと向かっていったことは、つとに上野理氏(4)、杉山重行氏(5)、三田村雅子氏(2)などによって説かれているところである。

それでは、伝記を記した「猿沢の池」や古歌・歌謡への興味で採りあげた「狭山の池」「はらの池」は、どのような位置にあるものとして読み取ればよいのであろうか。「猿沢の池」の話は、『大和物語』（一五〇段）などにみられる伝説で、采女が投身したことを聞いた帝が行幸したことを「いみじうめでたし」とし、人麿が「わぎもこが寝くたれ髪を猿沢の池の玉藻とみるぞかなしき」と詠んだことを「いふもおろかなり」としている。「狭山の池は、みくりといふ歌のをかしきがおぼゆるならむ」、「恋すてふ狭山の池のみくりこそ引けば絶えすれ我やねたゆる」（『古今六帖』第六・草・みくり、三九五五）という歌が「をかしき」ゆえとある。結句が「我や寝絶ゆる」と想像が広がるからであろうか。みくりそのものも、「草は」「歌の題は」の章段にその項目として採用されており、「五月の御精進のほど」にも「みくりの簾」がみえ、清少納言関心の植物であった。関心ある植物が詠み込まれている興味を引く内容の歌であるところからの掲出のようであるが、どのようにおもしろいかといった理由づけや感想は、「猿沢の池」と同じく記してはいない。また、「はらの池は、玉藻な刈りそと言ひたるも、をかしうおぼゆ」の歌は、風俗歌「をし　たかべ　かもさへ来ゐる　蕃良《はら》の池の　や　玉藻はま根な刈りそ　や　生ひも継ぐがに　や　生ひも継ぐがに」である。これも歌への興味からの掲出である。

　これら伝説や古歌・歌謡の位置について、上野氏[4]は、名称への関心を示す歌枕的性格の諸項とともに、「あはれともをかしとも聞きおきつるもの」（「花の木ならぬは」）すなわち「聞きおいたもの」とし、「目に見え心に思ふこと」（跋文）すなわち「独自な観察をとおして自己の印象を記録」した「見るもの」と区別し、前者から後者への変化を随筆完成度を測定する尺度としてみられている。一方、三田村氏[2]には、「和歌や漢文や『言ひ事』（ことわざ・故実）を引用することで自己の感性や『思ひ』の権威化を図っている」という発言がある。さてどのようにみればよかろうか、あらためて確認の作業を行ってみたい。

(2)

朝倉山、よそに見るぞをかしき。（「山は」）

「むかし見し人をぞ我はよそに見し朝倉山の雲居はるかに」（『夫木抄』巻二〇・雑二、八七六六、読人不知。「山、六帖」としてあり）[6]による。昔の恋人を今は関係ない人として見る、そんなことを想起させる山だから興味深いというのであろう。歌への関心からの掲出とみてよい。

大比礼山もをかし。臨時祭の舞人などの思ひ出でらるるなるべし。（「山は」）

東遊歌「大ひれや　小ひれの山は　や　寄りてこそ　寄りてこそ　山は良らなれや　遠目はあれど」の歌から、臨時祭の舞人が思い起されるという。「なほめでたきこと」に石清水臨時祭の御前の儀参観のことがみえる。『江家次第』（第六・石清水臨時祭）に「返二大比礼一後使舞人退出」とある。

榊、臨時祭の御神楽のをりなどいとをかし。世に木どもこそあれ、神の御前のものと生ひはじめけむも、とりわきてをかし。（「花の木ならぬは」）

臨時祭の御前の儀を実見している。神楽歌「神籬の　御室の山の　榊葉は　神の御前に　茂りあひにけり　茂りあひにけり」。

楠の木は、木立おほかるところにもことにまじらひ立てらず、おどろおどろしき思ひやりなどうとましきを、千枝に分れて恋する人のためしに言はれたるこそ、たれかは数を知りて言ひはじめけむと思ふに、をかしけれ。

（「花の木ならぬは」）

「千枝に分れて」云々は、「和泉なる信太の森のくすのはの千枝に分れて物をこそ思へ」（『古今六帖』第二・山・森、一〇四九）の歌とされている。清少納言が拠ったのは、葛の葉かもしれぬこの本文ではなくて、伝行成筆古今六帖切にみる「いづみなるしのだのもりのくすのきはちゞにわかれてものをこそおもへ」（「ちゝ」と「ちえ」は仮名類似）の方であったかとみられ、『八雲御抄』に「楠　信太の森の千枝は楠なり」とされているものである。楠そのものは「うとましき」であるが、歌によって「をかし」としている。

檜の木、またけ近からぬものなれど、三葉四葉の殿づくりもをかし。五月に雨の声をまなぶらむもあはれなり。

（「花の木ならぬは」）

催馬楽「この殿は　むべも富みけり　三枝《さきくさ》の　あはれ　三枝の　はれ　三枝の　三つば四つばの中に　殿づくりせりや　殿づくりせりや」から、御殿の建材を思い浮べさせるのも「をかし」ということであろうか。「五月に雨の」云々は漢詩。身近に生えていない木であるので、共感が得られそうにもないことを断った上で、詩歌への離れ難い心から挙げられている。

椎の木、常磐木はいづれもあるを、それしも葉がへせぬためしに言はれたるもをかし。（「花の木ならぬは」）

諸注「はしたかのとがへる山の椎柴の葉がへはすとも君はかへせじ」（『拾遺集』巻一九・雑恋、一二三〇、読人不知）の歌を引く。

白樫といふものは、まいて深山木の中にもいとけ遠くて、三位、二位の袍《うへのきぬ》染むるをりばかりこそ葉をだに人の見るめれば、をかしきこと、めでたきことに取り出づべくもあらねど、いづくともなく雪の降り置きたるに見まがへられ、素盞嗚尊、出雲の国におはしける御事を思ひて、人麿が詠みたる歌などを思ふに、いみじくあはれなり。（「花の木ならぬは」）

「人麿が詠みたる歌」は、「あしひきの山ぢもしらず白樫の枝もとををに雪の降れれば」（『万葉集』巻一〇、二三一五、人麿歌集。『拾遺集』巻四・冬、二五二、人麿、第四句「枝にも葉にも」）である。ただし、『能因歌枕』の「山　あしひきといふ、しなてるやともいふ、そさのをのみことの、あしひきの山へいらじと言ひけるをはじめていひそむ」以下『綺語抄』『和歌童蒙抄』には素盞嗚尊の歌とあり、「歌語り的な伝説の存在」[7]が考えられる。この白樫の項に続けて、「折につけても一節あはれともをかしとも聞きおきつるものは、草・木・鳥・虫も、おろかにこそおぼえね」の一文が置かれている（能因本では「言ひごとにても、折につけても」云々）。跋文の文章に通うが、跋文の「目に見え、心に思ふこと」に対して、ここには「聞きおきつるもの」とあり、この種の話は聞き伝えたものであったことが知られる。

また、この一文は、跋文の「歌などをも、木・草・鳥・虫をも、(略)ただ心ひとつにおのづから思ふことを、たはぶれに書きつけたれば」と合わせみると、通念や類型的美意識ではなくて、自分なりに感興を催し印象づけられたものは、おろそかには思われないということを言っているものと理解してよいのであろう。その弁明といったものが、「け遠くて」「をかしきこと、めでたきことに取り出づべくもあらねど」や、さきの「楠の木は、(略)うとましきを」などといった前置きとなっている。三田村氏(2)は、「木・草・鳥・虫章段にほぼ集中してみられる」これら「逆接文」は、「常識の枠内におさまりきらないものを志向しつつ、同時に常識にはばかっているからに違いない」と言われている。

ゆづり葉の、いみじうふさやかにつやめき、茎はいと赤くきらきらしく見えたるこそあやしけれど、をかし。なべての月には見えぬものの、師走の晦のみ時めきて、亡き人の食ひ物に敷く物にやとあはれなるに、また齢をのぶる歯固めの具にももて使ひためるは。いかなる世にか、紅葉せむ世やと言ひたるもたのもし。

(「花の木ならぬは」)

ゆづり葉の実体につき「あやしけれど、をかし」とし、その特殊な用途にも注目し、「旅人の宿かすが野のゆづる葉の紅葉せむ世や君を忘れむ」(『夫木抄』巻二九・樬、一四〇四四、読人不知。「題不知、六帖」としてあり)と歌われているのも(8)「たのもし」としている。

柏木、いとをかし。葉守の神のいますらむもかしこし。兵衛の督・佐・尉などいふもをかし。(「花の木ならぬは」)

「柏木に葉守の神のましけるを知らでぞ折りしたたりなさるな」(『大和物語』六八段。枇杷左大臣仲平)。歌語りの歌、官職の異名など、さまざまに連想の広がる木であって「いとをかし」なのであろう。

山鳥、友を恋ひて、鏡を見すればなぐさむらむ、心わかういとあはれなり。谷へだてたるほどなど心ぐるし。

（「鳥は」）

鏡の話が「山鳥のをろのはつさに鏡かけとなふべみこそなによそりけめ」（『万葉集』巻一四、三四六八）、「谷へだつ」話が「あしひきの山鳥の尾のしだり尾のながながし夜をひとりかも寝む」（『万葉集』巻一一、二八〇二或本歌）の歌に関して『俊頼髄脳』『奥義抄』ほかの歌学書に記されている。

鷺は、いと見目も見ぐるし。眼居《まなこゐ》などもうたてよろづになつかしからねど、ゆるぎの森にひとりは寝じとあらそふらむ、をかし

（「鳥は」）

鷺そのものは「見ぐるし」く「なつかしからねど」、「たかしまやゆるぎの森の鷺すらもひとりは寝じとあらそふものを」（『古今六帖』第六・鳥・鷺、四四八〇）の歌に興味が引かれての掲出。

水鳥、鴛鴦《をし》いとあはれなり。かたみにゐかはりて、羽の上の霜はらふらむほどなど（能因本「ほどなどいとをかし」）。

（「鳥は」）

諸注「羽の上の霜うちはらふ人もなしをしのひとり寝けさぞかなしき」（『古今六帖』第三・水・をし、一四七五）をあげている。「かたみにゐかはりて」とあり、この歌にまつわる話があったものとみられる。

鶯、（略）春鳴くゆゑこそあらめ、年たちかへるなど、をかしきことに歌にも詩《ふみ》にも作るなるは。（略）

（「鳥は」）

「あらたまの年たちかへるあしたより待たるるものは鶯の声」（『拾遺集』巻一・春上、五、素性）の屏風歌。類聚章段としては長文の一個の随想と言ってもよい文章の一部である。

布留の滝は、法皇の御覧じにおはしましけむこそめでたけれ。

（「滝は」）

史実など未詳。『古今集』（二四八・三九六）にみる「仁和帝親王におはしましけるとき布留の滝御覧」との混同かともされる。

飛鳥川、淵瀬もさだめなくいかならむ（能因本「はかなからむ」）とあはれなり。（「川は」）

「世の中はなにか常ねる飛鳥川昨日の淵ぞ今日は瀬になる」（『古今集』巻一八・雑下、九三三、読人不知）に淵源のある和歌の慣用表現から、川のありさまを推し量っている。

天の川原、たなばたつめに宿からむと、業平が詠みたるもをかし。（「川は」）

「狩りくらしたなばたつめに宿からむ天の川原に我は来にけり」（『古今集』巻九・羇旅、四一八、業平。『伊勢物語』八二段）。

走り井は、逢坂なるがをかしきなり。（「井は」）

これも和歌の慣用表現。自身も「逢坂は胸のみつねに走り井のみつくる人やあらむと思へば」（「便なき所にて」）と詠んでいる。走って男女が相逢うという語呂合わせに興じたものであろう。

山の井は、などさしも浅きためしになりはじめけむ。（「井は」）

「安積山影さへ見ゆる山の井の浅き心をわが思はなくに」（『万葉集』巻一六、三八〇七。『古今集』仮名序）から生まれた和歌の常套表現である。

飛鳥井は、みもひもさむしとほめたるこそをかしけれ。（「井は」）

催馬楽「飛鳥井に　宿りはすべし　や　おけ　蔭もよし　御甕《みもひ》もさむし　御秣もよし」。

杉の御社は、しるしやあらむとをかし。（「社は」）

「わが庵は三輪の山もと恋しくはとぶらひ来ませ杉立てる門」（『古今集』巻一八・雑下、九八二、読人不知）は、『奥義抄』に「三輪山をたづぬ、また杉をしるしなどよむことは、この歌よりはじまれるにや」とあるように、三輪山のしるしの杉を詠む類型表現の淵源となった歌で、「三輪山のしるしの杉はありながらをしへし人はなくて幾代ぞ」（『元輔集』）などのごとく詠まれる。もとは風俗歌のようで、「歌は」の章段に「風俗、中にも杉立てる門」とあり、『梁塵秘抄』に歌詞がみられる。『俊頼髄脳』ほかにこの歌にまつわる三輪山伝説があるが、『古事記』（崇神記）の説話に発したものである。

ことのままの明神、いとたのもし。さのみ聞きけむとや言はれ給はむと思ふぞ、いとほしき（能因本「いとをかしき」）。（「社は」）

願い言をそのままに聞き届けるという名称への興味から、そうすると「ねぎ言をさのみ聞きけむ社こそはてはなげきの森となるらめ」（『古今集』巻一九・俳諧歌、一〇五五、讃岐）のようになるという。

蟻通の明神、貫之が馬のわづらひけるに、この明神の病ませ給ふとて、歌詠みて奉りけむ、いとをかし。（略）（「社は」）

その歌は「かきくもりあやめもしらぬ大空にありとほしをば思ふべしやは」で、『貫之集』に詳細な詞書が付されている。『袋草紙』（希代歌）にみえる。本文には続いて長文の蟻通伝説がある。

平野は、いたづら屋のありしを、なにする所ぞと問ひしに、御輿《みこし》宿りと言ひしもいとめでたし。斎垣《いがき》に蔦《つた》などのいと多くかかりて紅葉の色々ありしも、秋にはあへずと貫之が歌思ひ出でられて、つくづくとひさしうこそ立てられしか。（「神は」）

貫之歌は「ちはやぶる神の斎垣にはふ葛も秋にはあへずうつろひにけり」（『古今集』巻五・秋下、二六二）。

(3)

以上、伝説や古歌・歌謡が扱われている項目を検証してきたが、古歌は歌謡とともに作者未詳歌で『万葉集』『古今六帖』など勅撰集外で伝えられてきている歌が多く、伝説は歌にまつわる話の多いことが注目される。歌で作者が明らかなのは、人麿・仲平・素性・業平・讃岐・貫之であるが、人麿歌や仲平歌は歌語りとして伝えられたものとみられ、業平歌や貫之「蟻通の明神」歌も同様であったものと思われる。また、素性歌は長文の「鶯」随想のうちに引用されているもので、この歌ゆえに「鶯」項目が成り立っているという場合ではない。貫之「平野」歌とともに洗練された随想のうちでの引用と言えようか。

そうすると、項目を成り立たせている伝説や古歌・歌謡は、清少納言が「聞きおきつるもの」であったと概括的には言ってよく、伝承の世界のものが中心であったとすることができよう。清少納言が叙述の対象としたものは、三巻本の跋文に「歌などをも、木・草・鳥・虫をも」であると例示されているが、能因本のこれに相当する部分には、「草・木の花よりはじめて虫に至るまで」「人の語る歌物語、世のありさま、雨・風・霜・雪の上をも」とある。伝承の世界のものは、「歌」具体的には「人の語る歌物語」を主とするものであったとしてよい。この「人の語る歌物語」は「世の中にをかしきこと、人のめでたしなど思ふべき」こと、すなわち『古今集』的世界のうちにあるものではない(9)。それは「ただ心ひとつにおのづから思ふこと」から選択されたものであって、叙述にあたってのひとつの柱として意識されていたものであった。もとよりその叙述は、文末が殆ど「をかし」「あはれなり」「たのもし」「かしこし」「めでたし」で結ばれていることからも知られるように、「聞きおきつるもの」への共感の上に立って成されている(10)。

一方、伝説や古歌・歌謡に関わる項目のあり方からみると、「柏木」「走り井」「言のままの明神」など、名称に対する興味がまだ揺曳しているものもある。これに対して、「大比礼山」「榊」では体験と歌、「ゆづり葉」では実体と用途と歌とが並列されている。また、「楠の木」「檜の木」「白樫」「鶯」などでは、採り上げ難いその形態や疎遠さなどを憚った上で、伝説や古歌ゆえに立項しているといえる。これらは「聞きおきつるもの」を、「目に見え、心に思ふこと」に相対して扱っている場合である。「蟻通の明神」の伝説は、長文の独立した物語ともなっている。「聞きおきつるもの」には、さまざまの段階の叙述のあることが知られる。

ところで、「池は」の段では、名称に対する興味、体験とともに、「聞きおきつるもの」も章段構成のひとつとして用いられていて、それらがないまぜにされている。類聚から洗練された随想へと展開していく、過渡期的な章段というように見ておきたい。

注

（1）上野理氏「枕草子「山は」考」（『平安朝文学研究　作家と作品』、昭和四六年）。
（2）三田村雅子氏「枕草子類聚章段の性格―「名」と「名」に背くもの―」（「平安朝文学」一―二、昭和五八年一〇月）。
（3）萩谷朴氏『枕草子解環』。
（4）上野理氏「枕草子「木の花は」考」（「平安朝文学研究」二―一〇、昭和四五年一二月）、「枕草子―見たことの記録―」（「解釈と鑑賞」昭和四七年四月）。
（5）杉山重行氏「枕草子研究の一視点―いわゆる「は」型章段を中心にして―」（「リポート笠間」一三、昭和五一年六月）。
（6）以下出典等は、金子元臣・岸上慎二・石田穣二・松尾聡・永井和子・萩谷朴・田中重太郎各氏の研究書・注釈書類に負うている。
（7）石田穣二氏『枕草子』（角川文庫）。
（8）「も」の意義については三田村氏論参照。
（9）「飛鳥川」「山の井」などは当代和歌の常套表現としてみられるものではあるが。

（10）帝・神に対しては「めでたし」「たのもし」を用い、畏敬の念がその根底にあってのことではあろう。

二　宮廷サロンと歌がたり

(1)

『枕草子』の日記的章段には、清少納言の中宮御前での会話や殿上人とのやりとりなどが数多く記されており、その機知に満ちて切れ味のよい発言からは、清少納言は聞くことよりも話すことの方により才があるとの印象を受ける。ところが、「つれづれなる折に、いとあまりむつまじうもあらぬまらうどの来て、世の中の物語、このころあることのをかしきもにくきもあやしきも、これかれにかかりて、公私おぼつかなからず聞きよきほどに語りたる、いと心ゆく心地す」（「心ゆくもの」）であるし、「よき人の御前に人々あまたさぶらふ折、昔ありける事にもあれ、今聞こしめし、世に言ひける事にもあれ、語らせ給ふを、我に御覧じ合はせてのたまはせたる、いとうれし」（「うれしきもの」）でもあるという。また、能因本の独自章段に「物語をもせよ、昔物語もせよ、さかしらにいらへうちして、こと人と物言ひまぎらはす人、いとにくし」ともある。清少納言は、話すことはとにかく、「昔ありける事」「昔物語」や「世の中の物語」「今―世に言ひける事」を聞くことに、無上の喜びを感じていたようである。その聞いたことが材料となって、『枕草子』には、例えば、中宮の謎々合の昔話（「殿などのおはしまさでのち」）が記され、方弘の宿直物についての今の世の話（「方弘はいみじう」）が語られている。

この執筆の材料源ともなる聞くことへの重視は、あるいは「老後の生活を物語るか」(1)であるのかもしれないが、「宮仕へする人々の出で集まりて」の章段に、女房達が宮仕先のことを「かたみに語り合はせたるを、その家主にて聞くこそをかしけれ」とあることからも知られる。しかも、「さべき折」には、

一所に集まりゐて物語し、人の詠みたりし歌、なにくれと語り合はせて、人の文など持て来るももろともに見、返事書き、

などするのを理想に思っていたという。この理想は、「宮仕人の里なども」の章段にも、「何の宮、内裏わたり、殿腹なる」方々の女房が集まって冬の夜を居明かし、来合わせていた殿方が「笛など吹きて出でぬる名残はいそぎても寝られず」、

人の上ども言ひ合はせて、歌など語り聞くままに、寝入りぬるこそをかしけれ。

とある。その話の内容の例示に、両段ともに「人の詠みたりし歌」「歌など」と歌のことを挙げており、清少納言にとって歌に関わる話が重きをなす関心事であったということが知られる。

(2)

さて、この歌に関わる話は、物に控えられることもあった。

もののの折、もしは人と言ひかはしたる歌の聞こえて、打聞などに書き入れらるる。みづからのうへにはまだ知らぬことなれど、なほ思ひやるよ。（「うれしきもの」）

この名詞としての「打聞」ということばは、『枕草子』にいま一例ある。

衛門尉なりける者の、えせなる男親を持たりて、人の見るに面伏せなりと苦しう思ひけるが、伊予国より上るとて、波に落し入れけるを、人の心ばかりあさましかりけることなしとあさましがるほどに、七月一五日、盆奉るとていそぐを見給ひて、道命阿闍梨、

わたつ海に親おし入れてこの主の盆する見るぞあはれなりける

と詠み給ひけむこそをかしけれ。(1)

をはらのとの（能因本「また小野殿」「またふの殿」・前田家本「又ふの殿」）の御母上とこそは、普門といふ寺にて八講しける、聞きて、またの日小野殿に人々いと多く集まりて、遊びし文作りてけるに、

薪こることはきのふに尽きにしをいざ斧の柄はここに朽たさん

と詠み給ひたりけんこそいとめでたけれ。(2)

ここもとは打聞になりぬるなめり。

また、業平の中将のもとに、母の皇女の、いよいよ見まくとのたまへる、いみじうあはれにをかし。ひき開けて見たりけんこそ思ひやらるれ。(3)

ここにみる「ここもとは打聞になりぬるなめり」という弁明は、(1)(2)(3)の歌話を続けて記したことに対してのものであるので、その記載をさして「打聞」と言ったものとみてよさそうである。そのことは、続いて「をかしと思ふ歌を草子などに書きておきたるに、いふかひなき下衆のうちうたひたるこそ、いと心憂けれ」という短い章段があり、「歌」を「書きおきたる」ことを内容としていることからも考えられるところである。そうすると、清少納言のいう「打聞」は、聞き知った歌に関わる話を記し留めたものというほどの意で用いているものとみられ、歌語りの記載をさしているようである。(2)

ところで、その歌語りの記載の実際である右の歌話は、(1)道命（九七四〜一〇二〇）、(2)道綱母（?〜九九五）(3)業平母（伊都内親王、八〇一〜八六二）の歌の話であるので、昔・今の時代を問わないものである。また、(1)は親を「波に落し入れ」た子が「盆奉る」のを見て詠んだ歌で、のちに『続詞花集』巻二〇の「戯笑」の部に入れられている。(2)は「斧」に詠歌の場の「小野」を掛けた折に合った歌の話で、これは『傅大納言殿母上集』（三六）のほか『拾遺抄』

（巻一〇・雑下、五七二）、『拾遺集』（巻二〇・哀傷、一三三九）に入集している。(3)は業平母の「いみじうあはれにをかし」き心情を託した歌の話で、『古今集』（巻一七・雑上、九〇〇）、『伊勢物語』（八四段）にみえる。(1)(2)は機知に富んだ歌の話とは言えるものの、内容的にはそれぞれであり、また(2)(3)は勅撰集入集歌であるが(1)はそうではなく、その内容あるいは権威性などとも関係がないようである。

『枕草子』には、このほか歌語りがいくつか記録されている。円融院が殿上人に歌を書くよう求めた時に、父道隆が「潮のみついつもの浦のいつもいつも君をばふかく思ふはやわが」の結句を「頼むはやわが」と書いて、御感にあずかったという中宮の話（「清涼殿の丑寅のすみの」）、村上天皇の御供をしていて機知ある応答をした兵衛蔵人の話（「村上の先帝の御時に」）などは、村上朝の宣耀殿女御芳子の話（「清涼殿の丑寅のすみの」）とともに、一条天皇の祖父村上、父円融と確かに連絡しているという一条朝の文化の担い手としての定子後宮のあり方を示しているもので[3]、そのような意図のもと中宮定子鑽仰の心をもって記し留められているのであろう。が、このような意図をもったとみられる歌語りが記録される一方、歌語りではないが、村上朝の「ゐぬたき」の話（「雨のうちはへ降るころ」）や花山朝かとみられる御形宣旨の話（「御形宣旨の」）は、そういった意識のもとにあるものではなさそうであるし、歌を含む藤三位の話[4]（「円融院の御はての年」）は笑話と言ってもよい。また、蟻通明神の話は説話といった部類に属するものとしてよいであろう。清少納言の書き記した歌語りは、古・今の多様にわたる内容の話であって、宮廷の正統な権威ある伝統文化を支えるものばかりではないとしてよかろう。

(3)

蟻通明神の話は、「社は」の章段に付属ないしは連続してある。[5]

社は　布留の社。生田の社。旅の御社。花ふちの社。杉の御社は、しるしやあらんとをかし。ことのままの明神、いとたのもし。さのみ聞きけんとや言はれ給はんと思ふぞいとほしき。

蟻通の明神、貫之が馬のわづらひけるに、この明神の病ませ給ふとて、歌詠みて奉りけん、いとをかし。

「この蟻通とつけけるは、（略）とのたまへりける」と、人の語りし。

蟻通の明神に奉ったという貫之の歌「かきくもりあやめも知らぬ大空にありとほしをば思ふべしやは」は、『貫之集』（Ｉ八〇六）に「紀の国に下りて、帰り上りし道にて、にはかに馬の死ぬべくわづらふところに、道行く人々立ちどまりていふ。これはここにいますがる神のし給ふならん、年ごろ社もなく、しるしも見えねど、うたてある神なり、さきざきかかるには祈りをなん申すといふに、御幣もなければ、なにわざもせで、手洗ひて、神おはしげもなしや、そもそも何の神とか聞こえんと問へば、蟻通の神といふを聞きて、詠みて奉りける、馬の心地やみにけり」という詳細な詞書のもとにある。『俊頼髄脳』には、「天雲の立ち重なれる夜半なれば神ありとほしも思ふべきかは」の歌に伴う話として、馬がいったんは「死にけり」、神前を馬に「乗りながら通」ろうとした、禰宜と貫之が問答するなど、『貫之集』とは異同のある話を載せているので、これは歌語りとなっていたものかとみられる。また、関連して記された蟻通明神説話も、『奥義抄』にもみえていて、伝承されていたものであることが知られる。清少納言はこの説話を「と人の語りし」と結んでいて、人から直接聞いたものであるとしているが、そのようにわざわざことわり、詳細に記しているところからすると、珍しい話であったものかと思われる。

一方「社は」の列挙のうち評言をもつ「杉の御社は、しるしやあらんとをかし」は『奥義抄』で「古今云、我庵は三輪の山もと恋しくはとぶらひ来ませ杉立てる門　といふ歌は、この明神の歌となむ申し伝へたる。三輪山をたづぬ、また杉をしるしなど詠むことは、この歌よりはじまれるにや」とされている、和歌の慣用表現を踏まえたものである。

「杉の御社は、しるしやあらん」という文だけで読者を納得させえたのは、この和歌表現が人々周知のことであったからであろう。また、「ことのままの明神」は、その名が「言のまま」に通ずるところから、「ねぎ言をさのみ聞きけん社こそはてはなげきの森となるらめ」（『古今集』巻一九・雑躰、一〇五五、讃岐）へと連想を馳せたものである。これが理解されたのは、読者は清少納言の叙述に導かれながらも、特定の和歌を想起しえたからであろう。さらに、馬がわずらったのは蟻通明神の祟りだと知って貫之が歌を奉ったことは「いとをかし」とのみ清少納言が言って、読者がそれを理解したり、納得したり、同調できたりしたのは、歌語りが記憶のどこかにひそんでいたからに相違あるまい。読者、直接には定子後宮においては、多くの人々がこれらの歌や歌語りを聞き知っていたものとみられる。清少納言の手柄は、「社」に関連して、ただちに「杉の御社」と「しるし」の関係を取り上げ、なじみのうすい「ことのままの明神」を想起して「言のまま」に通じさせるとともに、「さのみ聞きけん」の歌によくも関連づけえた、といったところにあるのであろう。また、聞きおいておいたもののうちから、社に関わるものとして貫之の歌語りを事も無げに呼び起しえたということであったのであろう。

　山鳥、友を恋ひて、鏡を見すれば慰むらむ、心わかう、いとあはれなり。谷隔てたるほどなど、心ぐるし。

（「鳥は」）

　山鳥が「友を恋ひて、鏡を見すれば慰むらむ」の具体的な内容は、「山鳥のをろのはつ尾に鏡かけとなふべみこそなによそりけめ」（『万葉集』巻一四、三四六八）の歌の説明として歌学書にみえる。すなわち、『俊頼髄脳』は、「昔隣の国より山鳥を奉りて、鳴く声妙にして聞く者愁へを忘るといへり。帝これを得て喜び給ふに、また鳴くことかたし。女御のあまたおはしけるに、この鳥鳴かせたらむ女御を后には立てむと宣旨を下されたりければ、思ひはかりおはしける女御の、友を離れてひとりあれば鳴かぬなめりとて、明らかなる鏡をこのつらに立てりければ、鏡を見て喜べる気色にて鳴くことを得たり。尾を広げて鏡の面に当てて喜び鳴く声まことにしげし。これを鳴かせ給へる女御后に立ちて、傍らの女御ねたみそねみ給ふこと限りなしといへり。」とし、『奥義抄』はこのほかに「山鳥は夜になれば、雌鳥と山を隔てて別々に寝るに、暁になりて雄鳥の尾をもたげて見るに雌鳥のある所の鏡にて見ゆるなり」という「或説」も挙げている。一方、「谷隔てたるほどなど」というのは、「あしひきの山鳥の尾のしだり尾のながなが し夜をひとりかも寝む」（『万葉集』巻一一、二八〇二或本歌、人麿歌集。『拾遺集』巻一三・恋三、七七八、人麿。『三十六人撰』人麿ほか）の著名な歌に関連して、「山鳥といふ鳥のめをとこはあれど、夜になれば山尾を隔ててひとつ所には伏さぬものなれば、夜の長くたへがたく思ふらむとおしはかりしことは、さらむものをこそはたづねてよする上に、かれが尾は鳥のほどよりは長ければよめるなり」（『俊頼髄脳』）のように、「峯を隔てて夜雌雄伏すとなり」（『和歌童蒙抄』）の話が諸書に伝えられている。また、『和歌童蒙抄』は、「昼は来て夜は別るる山鳥の影見るときぞねはなかれける」（『夫木抄』一二七二九には『古今六帖』歌として掲出）の歌を挙げて、「夜はひとり寝る心を詠めり」としており、『和歌色葉』では「この歌はわが尾を鏡見る心にかなへり」とも言っている。『源氏物語』には、塗籠に逃れた落葉宮を待って夜を明かした夕霧の心境を「山鳥の心地ぞし給うける」（夕霧）とし、薫が大君に会えない場面を「いとどしき水の音に目もさめて、夜半の嵐に山鳥の心地して明かしかね給ふ」（総角）と叙している。清少納言が山鳥についてもろもろ聞きおいていることの中から選んで記したであろう評言の内容は、特殊な知識であったのではなく、案外広く知られていたことであったようである。読者はその簡潔な文から、山鳥の鏡の物語を思い浮べ、夜は雌雄が別れて伏すという歌や伝承を思い起し、「心わかう、いとあはれなり」「心ぐるし」の感想に対していったのであろう。

(4)

白樫といふものは、まいて深山木のなかにもいとけ遠くて、三位・二位の袍染むる折ばこりこそ葉をだに人の見るめれば、をかしきことめでたきことに取り出づべくもあらねど、いづくともなく雪の降り置きたるに見まがへられ、素盞嗚尊出雲の国におほしける御事を思ひて、人丸が詠みたる歌などを思ふに、いみじくあはれなり。折につけても、一節あはれともをかしとも聞きおきつるものは、草・木・鳥・虫もおろかにこそおぼえね。

（「花の木ならぬは」）

ここにいう人麿歌は、『万葉集』（巻一〇・冬雑歌、二三一五）の「あしひきの山路も知らず白樫の枝もとををに雪の降れれば」であって、左注に「右柿本朝臣人麿之歌集出也、但件一首或本云三方沙弥作」とある。この歌は、『人麿集』（Ⅰ一五八・Ⅱ四二一・Ⅲ一九九）にみえ、(6)『拾遺抄』（巻四・冬、一五〇）では伝公任筆切は詞書、作者名ともになく、島根大学本・書陵部本・伝源承筆本の諸系統にもないが、(7)「此哥柿本人丸が集にいでたり、或本には三方沙弥のよめるともいへり」（島根大学本による）という注記を有しており、貞和本のみが「曽佐のをのみことの出雲国にいたるときの哥にいはく　人麿」なる『枕草子』と同じ内容の詞書と作者名とを有している『拾遺集』（巻四・冬、二五二）は「（題しらず）人麿」である。これに対して、『能因歌枕』は「そさのをのみことの、あしひきの山へいらじと云けるをはじめていひそむ」とし、『綺語抄』は「素盞烏尊歌云」、『和歌童蒙抄』も「此歌素盞烏尊の詠也といへり」として(8)この歌を挙げている。このように、さまざまに作者が伝えられてきているること自体、歌語りの存在を予想させるが、すでに石田穣二氏が(9)「歌学書の記載によれば、歌語り的な伝説の存在したことは確かで、作者はたまたま耳にした伝えに拠って書いたのであろう。いずれの歌によるも、作者の聞いた話はかなりの訛誤を含んでいるようである」と言われている。ただし、貞和本『拾遺抄』の記載は、『拾遺抄』の側からは問題を残し、また、その由来も知られないが、これによって『枕草子』の話は「かなりの訛誤を含んでいる」のではなくて、このような歌語りが存在したものとすることができようかと思う。

ところで、白樫は、縁遠い存在で「をかしきことめでたきこと」の中に持ち出すべきではないけれど、時を分かず雪が降っているのに見まちがえられて、素盞鳴尊のことを思って詠んだ人麿の歌のことを思うと、たいそう「あはれなり」としている。続く一文に、何かの折につけても、何かひとつ心をうたれたりおもしろく思ったりして、聞いて心にとめておいたものは、草でも木でも鳥でも虫でも、おろそかには思えないことだ、とある。(10) すなわち、白樫は一般論としては取り上げるべきものではないが、私に感動し心にとめておいたことがあって、それを書いたのだと言っているとしてよかろう。その感動の契機は人の話、話の内容は人麿歌に関わる歌語りであったということになる。

このことは跋文でも、

世の中にをかしきこと、人のめでたしなどと思ふべき、なほえり出でて、歌などをも木・草・鳥・虫をも言ひ出だしたらばこそ、思ふほどよりはわろし、心見えなりとそしられめ、ただ心ひとつにおのづから思ふことをたはぶれに書きつけたれば、

と、世間一般の美意識ではなくて、自分なりの感興に従って書いたとしている。能因本独自の跋文にも、「これはまた、世中にをかしくもめでたくも人の思ふべきことを選り出でたるかは。ただ心ひとつに思ふことをたはぶれに書きつけたれば」とあるが、続いて、

ただ人に見えそむるのみぞ、草木の花よりはじめて虫にいたるまで、ねたきわざなる。何事もただわが心につきておぼゆることを、人の語る歌物語、世のありさま、雨・風・霜・雪の上をも言ひたるに、

と記されている。心に印象づけられて叙述したものの例として、三巻本の「歌」に対してより具体的にここには「人

の語る歌物語」とあり、これによれば歌語りが素材源として大きな位置を占めていたということが改めて知られる。『枕草子』には、この「聞きおきつるもの」としての歌語りが重視されて、挿話としても独立章段としても記録され、また類聚章段の項目にもかなり多く取り上げられている。(11) その取り上げは、人々が「をかし」「めでたし」とする当代一般の美意識からではなくて、清少納言が私に感動し心にとめておいた感興をもって成された。従って、『古今集』的世界の外にあるものがおのずから多くなっているが、「はづかしきなんどもぞ見る人はし給ふ」、それが共感を得て賞賛されたという。定子後宮では、伝統的、権威的な世界をはみだしたり、個性的な発想に偏ることが許されていたのであって、その気風のもとで清少納言は能力を発揮することができたのであろう。歌語りは人々に共有されていて、読者には周知のことも多かったが、清少納言はより多く聞き知っており、それを随意に取り出しうるとともに、意表もつきえたということであったものとみられる。

注

（1）池田亀鑑・岸上慎二両氏校注『枕草子』（日本古典文学大系）。

（2）「打聞」一般については、雨海博洋氏「打聞きの世界」（「国文学研究」第一〇二集、平成二年一〇月。『物語文学の史的論考』所収）参照。なお、同氏『歌語りと歌物語』の第四章には「歌語りと『枕草子』」の諸論が収められている。

（3）高田祐彦氏「『枕草子』のことばと方法—時間をめぐって—」（「国語と国文学」平成三年一一月号）。

（4）北村杏子氏「仲文集の一考察—枕草子との関わりをめぐって—」（「青山学院女子短期大学紀要」第三二号、昭和五三年一一月）。

（5）例えば、萩谷朴氏『枕草子』（新潮日本古典集成）は同一章段、日本古典文学大系は別章段として扱っている。

(6)『家持集』(『私家集大成』Ⅱ二七九)には「山のかひそことも見えず白樫の枝にも葉にも雪の降れれば」とある。
(7)前歌は「屏風のゐにこしの山のかたをかきて侍けるに　藤原輔尹朝臣　われひとりこしのやまぢにこしかどもゆきふりにけるあとをこそみれ」。
(8)『綺語抄』「あしひきの山辺くらしと山樫の枝もたわわに雪の降れれば」、『和歌童蒙抄』「あしひきの山へはゆかし白樫の枝もたわわに雪の降れれば」。
(9)石田穣二氏『枕草子』(角川文庫)。
(10)能因本には「言ひごとにても、折につけても」とあって、三巻本の「折につけても」に対して、人の話を聞いて心にとめておいたということが、さらに強くうち出されている。
(11)拙稿「「――は」型章段―「聞きおきつるもの」―」(「國文學」第三三巻第五号、昭和六三年四月号)。

一　清少納言摂津国在住時贈答歌の時期

『清少納言集』のいわゆる異本に、清少納言が摂津国に在住していた時の、贈答とみられる歌二首がある。

　　つのくに、あるころうちの御つかひにたゝたかを
23よのなかをいとふなにそのはるとてや　伝本ニモ無末
24のかるれとおなしなにはのかたなれはいつれもなにかすみよしのさと

流布本では後者の歌のみが、
(26)のかるれと同しうき世の中なれはいつくもなにか住吉の里
としてある。流布本は多くの脱落個所が想定される集内容なので、異本23番相当歌も損傷により欠落してしまったものであろう。

さて、異本23番歌詞書の「たゝたか」は、『枕草子』の「うへにさぶらふ御猫は」に「蔵人忠隆」、「職の御曹司におはしますころ」に「式部丞忠隆」としてみえる源満政男の忠隆。23番歌は一条天皇の贈歌で、歌詞の「なにその」は「なにはの」の誤写か。24番歌は清少納言の返歌で、その歌内容から、またこれ以前の宮仕え時代の歌に対し、以後に25番歌詞書「としをいて人にもしられてこもりゐたるを……」・26番歌「月みれはをいぬる身こそかなしけれ」

の歌が続くことからも、人生後期における詠とされてきている。

その詠歌の具体的な時期について、岸上慎二氏『清少納言伝記攷』では、夫藤原棟世の摂津守在任の事実（『小右記』長保元年七月三日「摂津守棟世」）から、「摂津に何等かの住居が残してあり、そこに清女がすまふという事があったのではあるまいか」と、晩年の事蹟として考えてある。村井順氏『清少納言』も、24番歌を出家後の詠とみて、晩年の歌とされている。

これに対して、角田文衞氏「清少納言の生涯」（『枕草子講座』第一巻）は、この贈答に関連する人物をその任の現職とする立場から考察されている。すなわち、棟世の摂津守在任は長保元年から同四年ころまで、忠隆の蔵人補任は長保二年正月二七日（『権記』「蔵人被定云々、蔵人朝経、済政、孝標、忠隆」）であることから、「定子の身辺も小康を保っていた」長保二年清少納言下向時の贈答で、忠隆の派遣は「早く都に戻って宮仕えを続けるようにと言う皇后の令旨を伝えるためであったとみなされ」ている。しかし、「うちの御つかひ」は勅使であって、23番歌は一条天皇詠とみるべきであろう。また、その歌詞の「はる」は、忠隆の下向が春期であったことを示してはいまいか。とすれば、長保二年春は、忠隆が六位蔵人に任官したばかりであり、かつ定子には二月一一日今内裏へ、一八日敦康親王百日の儀、二五日皇后冊立、三月二七日生昌第へということなどがあった。『枕草子』にも、二月の「一条院をば今内裏とぞいふ」、三月の「うへにさぶらふ御猫は」、「今内裏の東をば」、「職の御曹司の西面の」（後半）、二、三月の「成信の中将は」の記事がある。従って、この春は清少納言が定子の側近く仕えていたとみなければなるまい。

一方、橋本不美男氏「原態『清少納言集』の推定とその享受」（『語文』第四四輯）は、「もし一条天皇がわざわざ隠栖中の清少納言にこのような使を差しむけるとすれば、寛弘二年（一〇〇五）三月二七日に並行された故定子皇后所生の敦康親王初覲の儀、脩子内親王著裳の儀（同二八日三品）の慶事を知らされるということがまず考えられよう。

それ以前とすれば長保四年（一〇〇二）正月一日の敦康親王戴餅の通過儀礼であろうが、この時点では清少納言の退出推定時期に近すぎ、摂津にはまだ下向していなかったと推定される」と想定されている。首肯すべき見解である。ただ関係人物をその任の現職とする立場からすれば、棟世はもとより、忠隆は三巻本『枕草子』勘物に「寛弘元年正月式部丞二年正月叙」とあって、寛弘二年正月に叙爵して殿上を降りているので、同年説は採り難いということになる（蔵人を降りて余裕あるゆえ勅使に任命されたとする議論はさておいてである）。

では、勅使忠隆が蔵人在任中であり、棟世が摂津守であったうちのこととすると、どのような年代が想定されようか。摂津守は、長徳四年（九九八）二月二三日の除目で、申請者の典雅・棟世・方隆・満正・光尹のうち、方隆が任ぜられた（『権記』）。がこの棟世甥の方隆は同年七月卒去し（『尊卑分脈』）、八月二七日「従四位下藤原朝臣典雅為摂津守」（『権記』）、九月二五日「摂津守典雅」（『権記』）とみえる。以後の摂津守の記録は、長保元年七月三日「摂津守棟世」（『小右記』）、二年六月二三日「摂津国司」（『権記』。人名未詳）、寛弘元年二月二六日「摂津守説孝」（『御堂関白記』『日本紀略』）、同二年六月一九日「除目（略）、摂津守方正」（『小右記』）、「前司守従四位上藤原朝臣方正、去寛弘二年六月一九日任、同六年正月廿八日得替解任」（『類聚符宣抄』）のようである。従って、棟世の在任は最大限、長徳四年冬から長保四年冬まで、あるいは長保元年から同五年にかけてである。ただ後任の説孝（左中弁在任中のようでもあり問題なくはないが）、方正の在任期間からみて、棟世長保末年の在任はおぼつかない状況であるといえよう。

以上によって、この贈答は長保三か四年の春のことと想定することができる。三年である場合は、前年一二月一六日に定子が崩御しているので、晩春ということになろうか。

この立場では、清少納言の宮仕え致仕後まもなくの贈答ということになる。が、歌内容はさらに後年のものとしてより似つかわしいものではあろう。これは仮説の上に立った一案である。

二　清少納言の詠歌免除願

『枕草子』の「五月の御精進のほど」の段に、清少納言ら中宮定子女房四人が賀茂の奥に郭公を訪ねたが、歌はついに詠まずじまいになってしまったという話についで、清少納言が中宮に詠歌免除の願を申し出たところ「ただ心にまかせよ。我はよめともいはじ[1]」との許可が出て、安堵したことが記されている。その免除願の理由は、歌の家の出でありながら、自分の歌には「つゆとりわきたるかひもなく」というもので、人より先んじて歌を詠むようなことをすれば、亡父元輔にとっても気の毒なことになるとしている[2]。実際に、庚申歌会での内大臣伊周の再三にわたる出詠の要請にも、中宮の許可を楯に「けぎよう聞き入れでさぶらふ」状態であったという。

ところが、その庚申当夜、中宮から「元輔が後といはるる君しもや今宵の歌にはづれてはをる」と問いかけられると、「その人の後といはれぬ身なりせば今宵の歌をまづぞよままし」と歌でもって応じている。また、『枕草子』には本段[3]以降の年次に属する諸章段に歌がみられるし、『清少納言集』にも晩年とおぼしい歌まである。詠歌の免除を願うに際して、「この歌よみ侍らじとなん思ひ侍るを[4]」と決意のほどを述べ、許可後には「いまは、歌のこと思ひかけじ」ともいうが、ここにいう「歌」は和歌一般を意味しているのではなくて、特定の「歌」を指しているのではあるまいか。そうでなければ、このような清少納言の言動は容易に解せそうにもない。

そこで、この解決の方向を求めるべく[5]、あらためて詠歌免除願の言葉に注目してみると、その詠出の場に関して、

　ものの折など、人の詠み侍らんにも、よめなどおほせられば、えさぶらふまじき心地なんし侍る。

と述べている。歌を詠むまいと思っているのは、「ものの折など」であるというのである。この「ものの折」につい

て、萩谷朴氏『枕草子解環』において、(A)なにかの機会＝評釈・全講・全解、(B)何か晴れの時＝角文の二説ありとし、「通例は、前者の意味に取るものが多いが」「晴れの場であればこそ、詠歌のご沙汰を承わると、とても居たたまれない気持ちがすると清少納言は告白しているのであって」、(B')晴れの場＝集成説を採るべきであるとされている。「ものの折」という言葉は、『日本国語大辞典』に「ものの＝折（おり）〔＝折節（おりふし）〕」なにかの機会がある時。また、ちょうどその機会」とあるように、

よろづの怠々しきことを、ものの折ごとに帝のなめしと思すばかりの事を作り出だしつつ手よく書き、歌よく詠みて、もののをりごとにもまづとりいでらるる、うらやまし
（『平中物語』）
（『枕草子』うらやましげなるもの）

心ばせのなだらかに、ねたげなりしを、負けてやみにしかなと、ものの折ごとには思しいづ
（『源氏物語』末摘花）

など、当代の用例は多くはこれであって、「ものの折ごとに」のほか「ものの折ふし」「ものの折ふしごとに」「ものの折折」の形で用いられていて、「思す」を伴うことが多い。これに対して、

ものの折にも語り出で給ひしことなれば
（『源氏物語』蛍）

の「ものの折」は雨夜の品定めのことであるし、

ものの折からにをかしうのみ見ゆ
（『源氏物語』御法）

は、二条院の法華八講の時の遊びを具体的には指している。また、『枕草子』の、

物のをりの扇、いみじとおもひて、心ありと知りたる人にとらせたるに、その日になりて、思はずなる絵などかきて得たる
（すさまじきもの）

ものの折に衣打たせにやりて、いかならんと思ふに、きよらにて得たる（うれしきもの）

もののをり、もしは、人といひかはしたる歌の聞えて、打聞きなどに書き入れらるる（うれしきもの）

前二例は晴儀を意味しており、後の一例は贈答と相対して格別の時の歌の場を言っている。このように、「ものの折」と単独で用いられている場合は、特定の場、ことに晴の場を指し示していることが多い。本段の「ものの折」もこの例であって、萩谷氏説はその用例からも是認され、清少納言は晴の場など格別の折の詠歌を御免蒙りたいと願い出たのであるとみてよいということになる。

ところで、清少納言の現存歌は五五首余ほどとみられよう(6)が、それらは晩年のものとおぼしい独詠歌を除けば、晴の場の歌など題詠と認めうる歌はなく、贈答など対人関係において詠まれたものである。連歌が五組と多いのもその現れであるといえ、勅撰集入集歌が恋部六首、雑部八首、釈教部一首であること(7)も、清少納言の歌の有り様をよく示している。一方、『枕草子』にみられる清少納言の歌に対する所感は、「人の歌の返しとくすべきを、え詠み得ぬほども心もとなし」（心もとなきもの）など返歌には即応すべきこと、「折にあふ」表現をすべきこと(8)が中心であるといえようが、これも社交など会話の延長上にあるともいうべき対人関係における表現に関してのことである。かの賀茂の奥散策での詠歌は、郭公題の歌を詠むということであるし、庚申歌会は、「題出して」「題とれ」とあるので、明らかに題詠である。これらは詠めず、また拒否したのであったが、中宮の問いかけに答えた歌は、いわば会話代りのものであった。

清少納言は『枕草子』において、例えば、和歌の世界では八月上中旬のものと固定化している萩を、「七月ばかりいみじうあつければ」・「九月ばかり、夜一夜降りあかしつる雨の」の章段で、和歌表現を基盤としつつも独自の感覚で描写し、「人の心にはつゆをかしからじ」と言っている。また、「休らはで寝なましものを小夜ふけてかたぶくまでの月を見しかな」（赤染衛門）といった、日常的なものが捨象された当代一般の表現に対して、「かならず来なんと思ふ人を、夜一夜起きあかし待ちて、暁がたにうち忘れて寝入りにけるに、烏のいとちかくかかと鳴くに、うち見上げたれば、昼になりける。いみじうあさまし」（あさましきもの）と実態をつつまず表現している。まさしく「ただ心ひとつに、おのづから思ふ事を、たはぶれに書きつけたれば」（跋文）である。

このような類型になずまない清少納言の感覚が、随想『枕草子』誕生への原動力であるとみたいのであるが、その感覚が一様な表現をこととする題詠の拒否に向かわせたのではなかったか。散策や歌会などにおける詠歌は、女房としての務めのうちにあるものといえようが、詠歌免除願はそのような晴の場などにおける題詠免除の願であったとみておきたい。

注

（1）『枕草子』の本文は日本古典文学大系による。
（2）閨秀歌人ではないという点で、この限りでは事実とみておいてよかろう。
（3）通説長徳四年（九九八）、一説長徳元年。
（4）能因本「この歌すべてよみ侍らじ」・前田家本「この歌さらによみ侍らじ」で、決意のほどがいっそう強い文となっている。
（5）『枕草子入門』で少しく考えたことがあり、以下それと重複するところもある。
（6）注（5）同書参照。
（7）金葉集三奏本にある一首も加えてある。

（8）　橋本不美男氏『王朝和歌史の研究』（昭和四七年一月、笠間書院）参照。なお、これは歌に限ったことではなく、歌を含めてのことである。

第二章　源氏物語

第一節　紫式部の宮仕えと交遊

（1）

寛弘五年一二月二九日、里から彰子中宮のもとに帰参した紫式部は、初出仕もこの日であったことを思い、今や宮仕えに「こよなく立ち馴れにけるも、うとましの身のほどやとおぼゆ」[1]と慨嘆している。宮仕えに「立ち馴れにける」ことを嘆かわしく思ったのは、「世に従ひぬる心」となったからである。またこの宮仕えには、夫宣孝没後の寡婦生活で高じてきた幽愁が、

はじめて内裏《うち》わたりを見るにも、もののあはれなれば
身のうさは心のうちにしたひきていま九重ぞ思ひ乱るる（Ⅰ56Ⅱ91）[2]

とついてまわってもきた。厭わしく思い、「身のうさ」にさいなまれたとは言い条、長い年月宮仕え生活を送っている。その女房紫式部についてみてみたい。

（2）

紫式部は『日記』に、「をととしの夏ごろより、楽府といふ書二巻をぞ、しどけなながら教へたて聞こえさせて侍る」と記している。萩谷朴氏は、[3]この中宮への楽府進講を、式部の「職能が、フルに発揮された」事例として、式部

は「中宮彰子の教養掛即ち家庭教師ともいうべき知的専門職であった」とされている。その証左として、「日記に見られる限りの、彼女の日常の勤めぶりは、怠惰というの他はない」事実も挙げて、職掌が「通常の女房とは異なるもの」であったことを論じられている。諾うべき見解であろう。

ただ、『日記』の諸行事部分の内容は、行事次第を録する男性日記に類するものではなく、さりとて個人的興味に発した関心ある事柄のみを記したものとも思えない。行事や人人の動静に広く目がくばられており、女房の服飾や感想も交ぜ記してもあり、それは女性の目からとらえた公の性格をもった行事記録と見られなくもないものである。また、記述に「……などぞ聞き侍りし。委しくは見侍らず」（七夜の産養）、「奥にゐて委しくは見侍らず」（五十日）などの断り書きのあることは、本来行事の全体像を義務的に記録するという前提があってのことのようにもみうる。とすれば、式部は職務として行事記録を成したのであって、彰子後宮にあって記録という職掌も担っていたということになるであろう。

この点にはとかくの論議があろうが、『日記』によると、式部には諸行事における定まった仕事の分掌がなかったことは事実のようである。そればかりか、若宮誕生の日にも、「いとどものはしたなくて、かかやかしき心地すれば、昼はをさをさし出でず、のどやかにて、東の対の局よりまうのぼる人人（女房）を見れば」と傍観しているように、後宮の雑事も殆んど行っていなかったようでもある。しかるに、中宮内裏還啓に先立つ冊子作りには、

明けたてば、まづ向ひ侍らひて、色色の紙えりととのへて、物語の本ども添へつつ、所所に文《ふみ》書きくばる。かつは綴ぢ集めしたたむるを役にて明かし暮らす。

と、この仕事の中心になってたち働いている。

一方、式部は事あるごとに賀歌を詠んだり、歌を求められたりしている。例えば、寛弘四年四月一九日道長男頼宗

が賀茂祭使となった際には、

桜の花の祭の日まで散り残りたる、使の少将の挿頭《かざし》に給ふとて、葉に書く

神代にはありもやしけむ山桜けふの挿頭に折れるためしは（Ⅰ104Ⅱ99）

この中宮下賜の挿頭の桜花に添える歌を詠んでいる。中宮女房の役目としての詠歌である。また、新春の里居中にも、

正月十日のほどに、春の歌奉れとありければ、まだ出で立ちもせぬかくれがにて

み吉野は春のけしきにかすめどもむすぼほれたる雪の下草（Ⅰ59Ⅱ94）

と中宮から歌を求められている。寛弘五年五月五日法華三十講五巻の日には、

土御門殿にて、三十講の五巻、五月五日にあたれりしに

妙なりやけふは五月の五日とていつつの巻にあへる御法《みのり》も（Ⅰ65Ⅱ115）

その夜、池の篝火《かがりび》に御明《みあか》しの光りあひて、昼よりも底までさやかなるに、菖蒲の香いまめかしう匂ひ来れば

篝火の影もさわがぬ池水に幾千代すまむ法の光ぞ（Ⅰ66Ⅱ116）

仏法を讃えることによって、主筋の栄花を寿いでいる。

宮の御産屋《うぶや》、五日の夜、月の光さへことにくまなき水の上の橋に、上達部、殿よりはじめ奉りて、酔ひ乱れ

ののしり給ふ、盃のをりにさし出づ

めづらしき光さしそふ盃はもちながらこそ千代をめぐらめ（Ⅰ86Ⅱ77、日記）

これは若宮五夜の産養に指名を受けての賀歌である。

御五十日《いか》の夜、殿の歌よめとのたまはすれば

いかにいかが数へやるべき八千歳のあまり久しき君が御代をば（Ⅰ88Ⅱ79、日記）

この歌は若宮五十日に「恐しかるべき夜の御酔ひ」の道長に強いられての詠歌ではあるが、祝宴における賀歌に準ずるものとしてよいであろう。さらに、伊勢大輔の「いにしへの奈良の都の八重桜けふ九重に匂ひぬるかな」は、寛弘四年四月奈良からの八重桜献上の折、「今年の取り入れ人は今参りぞとて、紫式部のゆづりしに」（『伊勢大輔集』）詠んだものであるが、「ゆづりしに」とあるので、本来は式部が詠むべきものであったのであろう。このように、式部は物の折に歌を詠むべき立場にある女房で、それが後宮における役目ともなっていたようである。

以上のように、式部の役向は中宮の教育に限らないもので、行事の記録、物の折の詠歌は中宮女房としての立場から行っているようであり、冊子作りは差配して行っているので、式部の後宮における職掌は文事全般にわたっているとみた方がよかろう。従って、式部の職掌は、通常女房が担う行事への参加や雑事の奉仕にあるのではなく、文事に関することを担当するという特殊なものであったとみられる。(4) それはもとより、『源氏物語』の作者としての実績と名声、歌人としての評価、さらには父為時ゆずりの漢学の才を見込まれてのことであったとしてよいであろう。

(3)

さて、式部の後宮における待遇も、この特殊な職掌と関連して特別なものであったようである。すなわち、周知のことではあるが、内裏還啓時の乗車順を記してある。

御輿には宮宣旨乗る。糸毛の御車に殿の上、少輔乳母若宮抱き奉りて乗る。大納言・宰相君黄金造りに、次の車に小少将・宮内侍、次に馬中将と乗りたるを、わろき人と乗りたりと思ひたりしこそ、あなことごとしと、いとどかかる有様むつかしう思ひ侍りしか。殿司侍従君・弁内侍、次に左衛門内侍・殿宣旨式部とまでは次第知りて、次次は例の心心にぞ乗りける。

この記事から、定められた乗車順のうち、中宮上臈女房の大納言・宰相・小少将・宮内侍の後で、殿司侍従・弁内侍・左衛門内侍・殿宣旨式部という「上の女房宮かけてさぶらふ」とみられる掌侍ほかよりも先に、内裏の馬中将と同車していることが知られる。清少納言が定子後宮において出自からみてあるべき位置を越えた待遇を受けていたように、式部も受領の女で中宮の身内でもないのに、かなり高い位置を与えられていたとしてよいであろう。

また、道長の、

源氏の物語、御前にあるを、殿の御覧じて、例のすずろごとども出で来たるついでに、梅の下に敷かれたる紙に書かせ給へる、

すきものと名にし立てれば見る人の折らで過ぐるはあらじとぞ思ふ（日記、Ⅱ127）

この式部への詠みかけは、『源氏物語』の作者に一声かけておこうという、道長流のもてなしであるとみられる。女郎花を折って几帳越しに式部に詠みかけるという行為（日記、Ⅰ76 77Ⅱ69 70）も同断であろう。

一方、倫子も、九月九日に菊の綿を名指しで式部に贈っているし（日記、Ⅰ114Ⅱ120）、里居中の式部に出仕を促す手紙をみずから出してもいる（日記）。

このような式部の席次や、中宮父母のもてなしは、尋常の女房における待遇とはいささか異っているものとみてよい。また、その勤務についても、寛弘五年一二月二〇日敦成親王百日の儀（日本紀略「新誕親王産生百日也、公卿以下献和歌、前太宰権帥作序」）には里にあって出仕していなく、「三月ばかりに宮弁のおもといつか参り給ふなど書きて」（Ⅰ60 61Ⅱ57）、「あからさまにまかでて」（寛弘五年秋）ほか、里居が多くあり、比較的自由が許されていたようである。

さらに、後宮女房との交際も親しいのは主の身内の上臈女房であった。「おのづからむつび語らふ人」で、里居中にも「恋しき」思いを抱いて歌を送った大納言君は、扶義女廉子で倫子の姪にあたる人である。「戸口をさしのぞき」

「おどろかす」ことをもした宰相君は、道綱女豊子で中宮の従姉である。「二人の局をひとつに合はせて」住んだこともある小少将君は、時通女でこれも倫子の姪である。式部は後宮において、これら主の身内で出自の高い上﨟女房と別け隔てなく睦み交際していたのである。

このような出自を越えて高く、自由も許される待遇は、式部の特殊な職掌と係わりがあるものであって、出仕はその旨の内意を受け懇請されてのものであったからなのであろう。こういった面からみると、式部は「掌侍(5)」や「五位命婦(6)」などではなくて、「私的上級侍女(7)」であるとみた方が理解しやすいものがある。

(4)

ところで、式部が後宮において親しく交わった上﨟女房達は、概して「あまり引き入り上衆《ざうず》めきてのみ侍る」人人であり、男性との応待は「いとあえかに子めい給ふ上﨟たちは対面し給ふことかたし」の状態で、「ただ姫君ながらのもてなしにぞみなものし給ふ」さまであるという。具体的には、大納言君は、小柄で愛らしく、「まほにもおはする人（申し分のない人）」で、「うき我身」（日記、Ⅰ67Ⅱ117）と観じている人である。宰相君は、「やうだいもてなし、らうらうしくをかし」き人。もっとも親しく交わった若い小少将君は、「やうだいいとうつくしげに、もてなし心にくく、心ばへなども、わが心とは思ひとるかたもなきやうにものづつみ」をし、式部にとってまことに気掛りな人であった。「父君よりこと始まりて、人のほどよりは幸のこよなくおくれ給へる」境遇、すなわち父時通が「永延元四出家」（『職事補任』）し、夫の「則理に婿取り給へりしかども、いと思はずにて絶えにし」（『栄花物語』）こととなり、宮仕に出て「世をうしと思ひしみてゐ給へる」身である。

このように、式部と親交のあった上﨟女房は、いずれも見目麗しくて上品、温厚であり、引っ込み思案で姫君時代さながらの、自己主張の殆んどない人達である。従って、「けしからぬかたこそあれ」（和泉式部）とか、「したり顔にいみじう侍る人」（清少納言）とかいった、自己の内に芽生えてくる否定すべき性情を、相手に見てとって目くじらを立てることなどしないですむ人人であった。また、「様よう、すべておいらかに、少し心おきてのどやかにおちゐぬるをもととしてこそ、ゆゑもよしもをかしく、心やすけれ」を理想とする式部の女性のあり方に適いもする。さらには、「いと艶に、はづかしく、人見えにくげに、そばそばしきさまして、物語このみ、よしめき、歌がちに、人を人とも思はず、ねたげに見落さむ」傾向にあったであろう本性を隠し、「呆れ痴れたる人となり果てて侍れば」「おいらけ者と見劣されにけるとは思ひ侍れど、ただこれぞわが心と習ひもてなし侍」っていた、式部の後宮における生活態度にちょうど合う人人でもある。ただ、「身のうさ」を観じ、それをともに語り合える仲ではあった。

しかし、このような交友は「ものはかなき」ものである。

ただ、えさらずうち語らひ、少しも心とめて思ふ、こまやかに物を言ひ通ふ、さしあたりておのづからむつび語らふ人ばかりを、少しもなつかしく思ふぞ、ものはかなきや。大納言君の、夜夜は御前にいと近う臥し給ひつつ、物語し給ひしけはひの恋しきも、なほ世に従ひぬる心か。

浮き寝せし水の上のみ恋しくて鴨の上毛にさえぞおとらぬ（日記、Ⅰ117Ⅱ124）

返し

うち払ふ友なきころの寝覚にはつがひしをしぞ夜半に恋しき（日記、Ⅰ118Ⅱ125）

この大納言君との贈答は、宮仕えに出てのち、「同じ心なる」昔の友達と疎遠になり、物語にも身が入らなくなった自分を、里居にあって改めて思い述懐した記事に続けて置かれている。すなわち、宮仕えに順応してしまい、日ごろ馴れ親しむ人人を自然となつかしく思うようになった、「ものはかなき」自分の心を示す例として挙げられている。

式部にとっては、宮仕え先における交友は、娘時代からの心の交友に対して、才知を出さず孤高を捨てた「心よりほかのわが面影（本性をかくした私の顔）」に合った、「身のうさ」をなめあう程度のものであったのである。もっともそれは、物語の執筆など人生をより深く見つめ、「身のうさ」の思いの深化した式部の側に原因のあることなのではあろうが。

とにかく、女房紫式部の宮仕えは、文事を役務とする特殊なもので、格別な待遇を受けたものであった。しかし、高い才知と忍び寄る「身のうさ」は如何とも成し難く、精神面では心のほかなる勤めと交友を余儀なくされた宮仕え生活であったとすることができようか。

注

（1）『紫式部日記』。以下断りなき引用はすべて同書である。

（2）『紫式部集』歌は『私家集大成』番号をもって示す。以下同じ。

（3）萩谷朴氏「紫式部と後宮生活」（『源氏物語講座　第六巻』）。

（4）古参女房となってからは、行成における清少納言のごとく、実資の彰子後宮への窓口となっていたことは、小右記（長和二年五月二五日）「越後守為時女、以此女前〻令啓雑事而已」によって知られる。今井源衛氏『王朝文学の研究』、角田文衛氏『紫式部とその時代』参照。なお、『日記』に「上達部、宮の御方に参り馴れ、ものをも啓せさせ給ふは、おのおの心寄せの人、おのづからとりどりにほの知りつつ」とある。

（5）角田文衛氏、右掲書。

（6）増田繁夫氏「紫式部の女房生活」（『中古文学』第三号、昭和四四年三月）。

（7）加納重文氏「女房と身分―紫式部の身分―」（『国語と国文学』昭和四七年三月号）。

第二節　斎宮女御と源氏物語

『源氏物語』の「賢木《さかき》」の巻は、六条御息所の娘（のちの秋好中宮）が斎宮として伊勢に下る場面から始まっている。その下向には母御息所が同行したのであったが、それはひそかに望んでいた光源氏との結婚が望み薄の状態となってきたため、懊悩の末決意したものであった。ところが斎宮にその母が同行するということは、「親添ひて下る例もことなけれど」とあるように、前例のないことで、斎宮一四歳という「いと見放ち難き御有様なるにことづけて」行なわれたことであった。この斎宮母の同行物語は、歌人として著名な斎宮女御徽子女王を準拠としたものである。

その斎宮は、周知のように、伊勢「大神御杖代《みつえしろ》」（『類聚国史』四、神祇）たる未婚の内親王または女王のこと、「斎王」「斎内親王」などとも称する。天皇の御代ごとに卜定して、まず東河（賀茂川）で御禊ののち内裏の便殿に入御、この初斎院で翌年七月まで潔斎し、八月に野宮《ののみや》に入る。野宮で足かけ三年潔斎したのち、九月に伊勢に赴く。この伊勢発向の日、斎宮は西河（桂川）御禊ののち内裏に入るが、大極殿で天皇は「以《テ》レ櫛《ヲ》刺《シ》二加《ヘ》其額《ニ》一、勅《シテ》、京乃方仁趣支給不奈」（京《みやこ》の方におもむき給ふな）」（『江家次第』一二・神事、斎宮群行）と宣う。この「別れの御櫛」（賢木）の儀を終えると、斎宮は直ちに伊勢に向うが、これが中納言または参議が任ぜられる長奉送使《ちょうぶそうし》に導かれゆく斎宮群行で、国家の大事であった。頓宮は「近江国国府、甲賀、垂水、伊勢国鈴鹿、壱志」の五個所に設けられる。群行五日斎宮（多《た》気《け》の宮）に入ったのちは、両宮への月例の参拝、恒例の祭祀に拝礼を行ない、退下するまで都に帰ることはない。

さて、その第四一代の斎王とされる徽子女王は、延長七年（九二九）重明親王女として生まれ、朱雀天皇御代の承平六年（九三六）八歳で斎宮に卜定され、天慶八年（九四五）に退下、天暦二年（九四八）二〇歳のおり村上天皇の後宮に入り、翌三年女御の宣下があった。よって斎宮女御の称がある。同年規子内親王を降誕、康保四年（九六七）天皇崩御によって内裏を後にした。

それから八年後の円融天皇御代の天延三年（九七五）二月二七日、規子内親王は斎宮隆子女王の薨去によって斎宮に卜定された。時に、女御四七歳、内親王二七歳である。その後新斎宮は、『日本紀略』によると、一二月二八日「伊勢斎内親王於テ二東河ニ一可キレ有ル二御禊一之由、先日被レ定メ了ヌ、而シテ本宮被レ申サ二不具之由ヲ一、以テ二後日ヲ一可シ二遂行ス一者、仍テ有ル二此ノ秡一也」とあって、初斎院入りは延期となったが、翌貞元元年二月二六日「伊勢斎王禊、遷シ一二坐ス侍従厨ノ家ニ一」、九月二一日には「伊勢斎宮従リ二侍従厨一禊シ二東河ニ一、入ル二野宮ニ一」と、野宮入りしている。『源氏物語』には、六条御息所女の斎宮卜定後のことについて、

斎宮は去年内裏《こぞうち》に入り給ふべかりしを、さま〴〵障《さは》ることありて、この秋入り給ふ。九月にはやがて野宮に移ろひ給ふべければ、再びの御禊のいそぎとり重ねてあるべきに（葵）

とあり、初斎院入りの延期のことが規子内親王のその折の事情と符合している。

また、六条御息所の伊勢下向を知った光源氏は、慰留のため野宮を訪れるが、その野宮の情景は、

秋の花みなおとろへつつ、浅茅の原もかれ〴〵なる虫の音に、松風すごく吹き合はせて、そのことも聞き分かれぬほどに、ものの音どもたえ〴〵聞えたる、いと艶なり（賢木）

（秋の花はみなしおれてゆき、野の雑草も枯れ、とぎれとぎれとなった虫の音に、松風がすさまじく音を添えて、何の曲とも聞き分けられないほどに、楽器の音などたえ〴〵に聞えてくるのは、まことに優艶である）

のようであった。一方、規子内親王の籠る野宮では、内親王の無聊を慰め、都と訣別する寂しい心を紛らわすためもあってか、母女御主導のもとに歌人を集めて歌会が幾度か催された。そのひとつ、十月二七日庚申の夜の歌会に、女御は次の名歌をものした。

野宮に斎宮の庚申し侍りけるに、松風入二夜琴一といふ題を詠み侍りける

斎宮女御

琴の音に峯の松風かよふらしいづれのをよりしらべそめけむ（『拾遺集』巻八・雑上、451）

『源氏物語』の野宮の情景はこの歌に拠っている。

規子内親王の群行は翌貞元二年九月一六日のこと、『日本紀略』に「伊勢斎宮規子内親王従《リ》二野宮一禊《シ》二西河《ニ》一、参‐二向《ス》伊勢斎宮《ニ》一、天皇出《デテ》レ自《リ》二承明門建礼門一、御《シ》二小安殿《ニ》一奉送《ス》」とある。六条御息所女の伊勢発向も、「十六日、桂川にて御禊し給ふ、常の儀式にまさりて」（賢木）云々とあって群行の日取りが一致している。その下向には、前述のごとく、母御息所が同行しており、それについて親が添って下る例もないとあるが、斎宮女御の同行には、翌一七日に「伊勢斎王母女御相従《ヒテ》下向《ス》、是《レ》无《シ》二先例一、早《ク》可《シ》レ令《ム》レ留《メ》者」との宣旨が下されている。

ところで、下り行く六条御息所と光源氏との別れの言葉は、斎宮の頓宮が設けられる鈴鹿にちなんでの贈答であるが、斎宮女御母子が都の人々の不安と心配をよそに先例を破って同行した行為を、それでよかったのだと確かめ合い安堵したのは、鈴鹿に着いてからであった。鈴鹿で斎宮のある伊勢国に入ったからである。

もろともに下り給ふ、鈴鹿山にて

世に経《ふ》ればまたも越えけり鈴鹿山昔の今になるにやあるらむ

宮の御返り

鈴香山しづのをだまきもろともに経るにはまさることなかりけり

（『斎宮女御集』Ⅰ117・Ⅱ263・Ⅲ57。Ⅰ118・Ⅱ264・Ⅲ58）

女御は四〇年の昔日を今のこととなし、内親王は母とともにあるにまさることはないと、やさしく母の心を労るのであった。この鈴鹿山に関して、『斎宮女御集』（Ⅰ141・Ⅱ131・Ⅲ82・Ⅳ36。Ⅰ142・Ⅱ132・Ⅲ83・Ⅳ37）には次のような贈答が残されている。

忍びて下り給ふなりとて、女御殿より

鈴鹿山ふるのなかみち君よりも聞きならすこそおくれがたけれ

下り給ふ心ばへなるべし、御返し伊勢より

鈴鹿山音に聞きける君よりも心の闇にまどひにしかな

親交のある御匣殿女御忯子から、自分に知らせないで伊勢に行ってしまわれたと怨む歌が送られてきた。斎宮女御はそれに伊勢に落ちついてから、藤原兼輔の子供のことを思って詠んだ「人の親の心は闇にあらねども子を思ふ道にまどひぬるかな」に拠って、あなたのことよりも子を思う道に迷ってついと申し送った。六条御息所の下向も子供への気がかりがその名目であった。

斎宮では九月の神嘗祭に先立って、「八月晦日、臨《ミ》二尾野湊《ニ》一為《ス》レ禊《ヲ》」（『延喜式』神祇五、斎宮）、すなわち尾野湊（大淀浦）で御禊が行なわれる。斎宮入りした翌年の天元元年（九七八）八月晦日のことであろう、女御は斎宮規子内親王の御禊に従って行き、大淀の松の昔に変らぬ色を見て伊勢に下向してよかったと改めて感ずるのであった。

伊勢に大淀の浦といふところに、松いとおほかりけるを、御禊に

大淀の浦立つ浪のかへらずは変らぬ松の色を見ましや（『斎宮女御集』Ⅰ138・Ⅱ265・Ⅲ78）

故郷《ふるさと》に帰ったも同じ安らぎを覚えたことであろう。その伊勢斎宮を第二の故郷ともした斎宮女御の生涯を、紫式部は子とともに伊勢に下った六条御息所と、斎宮を退下してのち後宮に入った秋好中宮の母子に二分して描き、味い深の斎宮関係の物語として結実させている。

第三章　更級日記

第一節　更級日記の構造

(1)

更級日記が事実記録を目的とする日乗ではなく、それを止揚したところに生まれた作品としての日記であることはいうまでもない。その素材は日乗と同様、作者自身の実人生における経験的事実にあるが、それは極度に選択され限定されて、ひとつの構想のもとに統括され再編成されている。その再編成という、いわば創造的な過程を経た結果として、作者の意図したところは自ら作品構成となって顕われていると思われる。更級日記は、その作品構成のままに読みとることによって、作者の意図するところがかなり明らかにできるようである。ところが、この方面からの研究は、近藤一一氏が「更級日記構想論」[1]において論ぜられて以来、あまり試みられていないようであるので、作品構成に焦点をあてることによってその点を考えてみたいと思う。本稿は、そのための素描である。

さて、そういった問題を考える上でまず問題となるのは、更級日記には、例えば、

雪の日をへて降るころ、吉野山に住む尼君を思ひやる

雪降りてまれの人めもたえぬらむ吉野の山の峯のかけみち（三〇段。章段は日本古典全書による。以下同じ）

などのような、家集そのものともいえる章段が存在することであろう。犬養廉氏[2]は、このような家集的章段の存在などから、更級日記が未整理の段階にあるものというように考えておられる。なるほどそのように考えられもする。し

かし、私はそれよりも、家集的章段の存在は日記を記念碑化する意図から出た歌稿のくりこみの結果でもあって、作品を十分に統一しきれなかった作者の構想力の弱さに、より重きをおいてこの現象を考えておきたい。(3) ともかく、更級日記は全篇統一された好個の作品であるとは言い難く、ことに犬養氏指摘の日記の末尾形式などに問題が残ろう。その更級日記の構成を支えているのは、主として、近藤氏が「整理された部分」とされた「述懐」および「夢」の記事であり、かつまた犬養氏が、「環境の変化、特筆すべき事件、折々の述懐として自叙形式に重要な役割を果している」とされた「歌を含まない」諸章段である。これらの諸章段は、作者晩年の心境からほぼ統一が与えられていて、作品を統括する基本となっている。

(2)

さて、更級日記の記事を、いま便宜上、玉井幸助氏の日本古典全書「更級日記」（朝日新聞社）の章段分類に従って分け、その各各の章段に出来うる限り年代をあてはめてみると、日記構成上における注目すべき事実が看取される。すなわち、それは、更級日記の記事には、幾年にもわたる年代的な空白ないしは省筆がみられること、またそこを堺として記事内容が明らかに転換しているということ、さらにその堺目のところには、当時の心境、生活状況の変化、晩年からの述懐など、まとめの記事が存在しているということである。これらの諸事実を綜合し勘案すると、更級日記は次のように大きく五群に分けて考えることが可能であると思う。

㈠第一段（寛仁四年・一三歳）～第三七段（万寿三年・一九歳）
㈡第三八段（長元五年・二五歳）～第四九段（長元九年・二九歳、およびその後の生活）
㈢第四九段（長暦三年・三二歳）～第六〇段（寛徳元年・三七歳、長久四年三六歳までの記事とその後日談とみてもよい）

㈣第六一段（寛徳二年・三八歳）～第七二段（永承六年・四六歳）

㈤第七三段（天喜五年・五〇歳）～第八〇段（晩年　なおこの間に天喜三年の夢の記事がある）

三七段は作者一三歳から一九歳ごろまでの生活についてまとめた章段であるが、それと父の常陸介任官のことを記した作者二五歳の三八段との間に、知られる限りでは年代的な空白がみられる。そこで、一段から三七段までを一群のものとして扱った。ところが、上京の旅の記（一段～一二段）が日記冒頭から長長と記され、それだけでも更級日記全体のおよそ五分の一の量を有している。また、これに以後の三七段までを加えると、日記全体の五分の二あまりという分量になる。そのため、従来、上京の旅の記は独立して扱われることが多いし(4)、また宮崎荘平氏(5)のごとく、本来別個に成立していて、日記執筆時に整理編集して繰り入れたという立場から説く意見もある。上京の記が、ひとつのまとまりをなすものであり、日記構成上きわめて不均衡なものであるとみることに異論はない。しかし、それは、更級日記が後年になるほど記事量が減少する傾向にあることからみて、作者の構成力や持続力とも関わりがないとはいえまい。従って、そのような量的な面よりも、後述のごとく、三七段が冒頭の一文と呼応していて、しかもそれ以前の生活をまとめた章段であるという内容面をより重視しておきたい。

次に、四九段は、長元九年父上京後の生活変貌を記した二九歳以後の生活と、長暦三年三二歳の祐子内親王家出仕とを連続して記した章段である。従って、ここには明らかに年代上における省筆があり、しかもそれ以前は父不在中の母のもとにおける生活、以後は宮仕え記事であって内容的な転換もみられる。ゆえに、四九段を堺としてそれ以前を㈡、以後を㈢と考えたい。

また、㈢六〇段は長久三年から寛徳元年まで三年間にわたる源資通との交渉を記した章段であるが、次の寛徳二年作者三八歳の石山詣の記㈣六一段との間には年代的な空白は認められない。しかし、長久三年作者三五歳の冬以降は、この資通との交渉の記事のみであること、また六〇段を堺として、それまでの宮仕え記事一連と以後の物詣記事との間に明白な内容転換がみられること、さらに六一段冒頭に生活と心境の変化が物語られていることなどから、四九段から六〇段までを一群の諸段㈢と考えたい。なお、この㈢は、五五段前半の結婚後の心境の変化の記事をはさんで、初出仕から結婚までを前半（四九～五四段）、再出仕後の宮仕え生活を後半（五五～六〇段）とみることができよう。

さらに、七二段の和泉下向は、曾沢太吉[6]・細野哲夫[7]両氏ともに永承六年作者四四歳の時のことかと推定されている。この七二段の前には、年時不詳の詠草群（六六～七一段）がある。それを七二段以前の時期のもの、あるいは家集的部分として構成の大筋からはずして考えると、七二段と天喜五年作者五〇歳の夫俊通信濃守任官下向の記事である七三段との間には数年間の空白がみられる。しかもここで内容面の転換があり、七三段の前半にまとめの記事が存在している。従って、七二段以前を㈣とし、七三段以降の夫の信濃守任官下向からその死、およびその後の述懐、詠草を記した八〇段までを㈤と考えたい。

なお、以上のようにみてきた更級日記の構成は、㈠が父の庇護のもとにおける生活、㈡が父の不在期間、㈢の後半は夫の不在期間、㈣が夫とともに過した中年期、㈤が夫の下向とその死を描いているというように、それを記述するとしないとにかかわらず、ほぼ父と夫の在・不在期間と合致するものである。この事実は、作者が父と夫とに関連して、おのずから自己の人生を回顧し構成しなければならなかったことを示していよう。各群は、その時時の実人生を主題にあうべく再編成し、典型化された内容をもつものであると思われる。

(3)

さて、その各群の内容であるが、まず㈠は、次の冒頭から始まり、それと呼応して書かれたと考えられる三七段でもって締め括られる。

あづま路の道のはてよりも、なほ奥つかたに生ひ出でたる人、いかばかりかはあやしかりけむを、いかに思ひ始めけることにか、世中に物語といふもののあんなるを、いかで見ばやと思ひつつ、つれづれなるひるま、よひゐなどに、姉、継母などやうの人人の、その物語、かの物語、光源氏のあるやうなど、ところどころ語るを聞くに、いとどゆかしさまされど、わが思ふままに、そらにいかでかおぼえ語らむ。（一段）

かやうに、そこはかとなきことを思ひ続くくる《ママ》をやくにて、物詣をわづかにしても、はかばかしく人のやうならむとも念ぜられず。このごろの世の人は十七八よりこそ経よみ、行なひもすれ、さること思ひかけられず。からうじて思ひよることは、「いみじくやむごとなく、かたち有様、物語にある光源氏などやうの人を、年に一たびにても通はし奉りて、浮舟の女君のやうに山里にかくしすゑられて、花、紅葉、月、雪をながめて、いと心ぼそげにて、めでたからむ御文などを時時待ち見などこそせめ」とばかり思ひ続け、あらましごとにもおぼえけり。（三七段）

この三七段は「かやうに」と前を受ける言葉で始められる。その「かやう」なる内容は、「そこはかとなきことを思ひ続くくる《ママ》をやく」としたこと、すなわち、具体的には、物語に憧れ（一段）、上京後それを入手して耽読し（一三段）、源氏物語を得て「光源氏の夕顔、宇治の大将の浮舟の女君のやうにこそあらめ」と思っていたこと（一七段）などをいい、それは三七段の括弧内に要約されたような浮薄なる生活をいっているとみることができよう。このようにみると、作者自身のまとめたこの一三歳から一九歳に至る娘時代は、信仰心などまったく持たず、光源氏のような人と結婚し、浮舟のようでありたいと思い、それが実現することのように考えていたというものである。すなわち、㈠は、物語に憧れ、その物語の世界と現実とを同一視していた浮薄なる時代の生活を描いたものとみることができよう。

㈡は、父の常陸下向から上洛に至る、作者二五歳から二九歳までの生活模様が描かれている。父が常陸介となり、作者は浮舟と同じ境涯となった。しかしその間の生活は、「かうてつれづれとながむる」ありさまであり、後から「などか物詣もせざりけむ」と悔れるほどで、これといった物詣もせず（四三段）、作者の将来を予言した夢にも「いかに見えけるぞとだに耳もとどめず」（四四段）、「天照御神を念じ申せ」という人の勧めにも「うきておぼゆ」（四五段）などといった状態であったという。母のもとにおいて過したこの期は、何をするということもなく、無為無関心に過してしまった悔まれる時代を描いていると要約できよう。そのことは後の五五段において、「などて多くの年月を、いたづらにて伏し起きしに」と述べていることからも証されよう。

その無為無関心さの諸記事のうち、もっとも詳細で注目すべきなのは、母が初瀬代参の僧に作者の将来を見させた、次の夢の内容であろう。

「（略）『この鏡を、こなたにうつれる影を見よ、これを見ればあはれにかなしきぞ』とて、さめざめと泣き給ふを見れば、ふしまろび泣きたる影うつれり。『この影を見れば、いみじうかなしな。これ見よ』とて、いまかたつ方にうつれる影を見せ給へば、御簾ども青やかに、几帳おし出でたるしたより、いろいろの衣こぼれいで、梅桜咲きたるに、鶯木づたひ鳴きたるを見せて、『これを見るはうれしな』とのたまふとなむ見えし」と語るなり。いかに見えけるぞとだに耳もとどめず。（四四段）

僧のみた夢には、作者の「あべからむさま」について、鏡の一面には「かなし」の影が映り、いまひとつの面には「うれし」の影が映ったとある。このうち、「かなし」の影については、夫の死を記した七五段に「初瀬に鏡奉りしに、伏しまろび泣きたる影の見えけむは、これにこそありけれ」とあり、また続く七六段にも「ただかなしげなりと見し鏡の影のみたがはぬ、あはれに心うし」とある。こうした晩年の記事との呼応からみて、作者はこの「かなし」の影を晩年の悲運不幸を招く予告であると考えていることは明らかであろう。その晩年の悲運不幸は、夫の死によって拠るべき安住の世界が瓦解してしまったことが直接の原因であるが、それはすなわち結婚という人生行路をとってきたがために惹起したことであった。これに対して、「うれし」の影の方は、「御簾ども青やかに」云云という場景から、宮仕え生活を意味していることは明白である。

作者は、この㈡に続く㈢において宮仕え生活を描き、また結婚を暗示する記述を行なっている。その直前にこの結婚と宮仕えという、ふたつの人生行路について予言した章段をおいているのである。まことに手際よい構成といえるが、そのうちの結婚が「かなし」の影であり、宮仕えが「うれし」の影であったのである。その宮仕えについては、本段に引き続き、さらに「つねに天照御神を念じ申せ」（四五段）と人に進められた章段をおいているが、これは宮仕えがかくもとるべき行路であると啓示されたことを強調しているのであろう。しかし、そのような啓示にもかかわらず、作者は無関心に過してしまった。その無自覚さゆえに、悲運不幸につながる、あるべきではなかった人生行路をとることになってしまったと作者は考えているのであり、その悔恨がこのふたつの人生を対照させ、ここに無自覚な自画像を描かせた所以であろう。

さて、㈢は、父は上京後隠退し、母は尼となり、作者が主婦代りという生活からぬけ、祐子内親王のもとに出仕することになったという記事から始まる。長暦三年作者三二歳の折のことである。

きこしめすゆかりある所に、「なにとなくつれづれに心細くてあらむよりは」と召すを、古代の親は、宮仕人はいとうきことなりと思ひて過さするを、「今の世の人は、さのみこそはいでたて。さてもおのずからよきためしもあり。さてもこころみよ」といふ人ありて、しぶしぶに出だし立てらる。（四九段）

この宮仕えは、人人の勧めの言葉に「さてもおのづからよきためしもあり」とあったと記し、またそのころの生活状況を「たのもしげなく心細くおぼゆる」としている所からみると、その「よきためし」を期待しての出仕であったものと読みとれる。しかし、その宮仕えも、

かう立ち出でぬとならば、さても宮仕への方にもたちなれ、世にまぎれたるも、ねぢけがましきおぼえもなきほどは、おのづから人のやうにもおぼしもてなさせ給ふやうもあらまし。親たちも、いと心得ず、ほどもなくこめすゑつ。（五四段）

翌年には結婚のため退出することとなった。その退出は、親達も（勿論夫もであろう）どういうつもりからか家に閉じ込めてしまったもの、本人の「かうたちいでぬとならば」の希望に反して、他律的に成されたものであった。家庭人となったからとて「きらきらしきいきほひ」などあるはずのものでなく、「水の田ぜり」の歌をつぶやく（五四段）。それでも、結婚後は、「物語のこともうちたえ忘られて」誠実となり、

このあらましごととても、思ひしことどもは、この世にあんべかりけることどもなりや。光源氏ばかりの人は、この世におはしけりやは。薫大将の宇治にかくしすゑ給ふべきもなき世なり。（五五段）

物語の世界が非現実的なものであったと悟ったという。

ところで、その後は再出仕後の宮仕え生活が連続的に描かれており、初出仕の記事に続いてみると、この㈢はほぼ宮仕えの記事で終始している。結婚後ほどなく誕生したはず（翌長久二年か）の仲俊についても、また結婚翌年の夫俊通の下野守任官下向も上京をもまったく記していない。それは、作者に悲運不幸という結果をもたらした結婚、この最も重大であったはずの出来事を、ただ暗示しているのみで正面きって叙述しなかった態度と軌を一にするものである。これはきわめて意識的な省筆とみねばなるまい。

作者は㈤の七三段において、「わくらばの立ち出でも絶えた」のちの時点における回想として、

宮仕へとても、もとは一筋に仕うまつりつかばやいかがあらむ時時立ち出でばなになるべくもなかめり。という言葉をおいている。この文の意味するところは、前引の初出仕の記事以降のことを言っているのであるから、それと合せ考えると、一貫して宮仕え生活を送っていたならば、「よきためし」が訪れていたはずであるということなのであろう。すなわち、作者は仮想の人生を想定しているのである。その「よきためし」とは、かの「人の御乳母して内わたりにあり、帝、后の御かげにかくるべきさま」（七六段）という、女房としての栄達に代表される幸運であろう。実際、宮仕え生活は、五六～五九段にみるごとき優雅なものであり、また「人柄もいとすくよかに世の常ならぬ」源資通との邂逅（六〇段）など、心行くばかりのものであった。そうすると、結婚当初の実人生の重要事をことさら切り捨てているのは、鏡の影のふたつの人生行路のうち、作者にまず始めに訪れた「うれし」の影の行路を典型的な姿でみせるための所為であったものとみられる。それは、この世界とはうらはらな晩年の悲運不幸を、より明瞭な形で強調するためでもあろう。

さて、㈣は、作者三八歳の石山詣から四一歳ごろのことかと推定される初瀬詣に至る物詣記事一連、年時不明の交遊歌群、および永承六年作者四四歳のことかと考えられる和泉下向の記から成っている。この中年期の生活と心境などは、五つの物詣記事をはさんでその前後に記されている。

今は、昔のよしなし心もくやしかりけりとのみ、思ひ知りはて、親の物へゐて参りなどせでやみにしも、もどかしく思ひ出でらるれば、今はひとへに豊かなるいきほひになりて、ふたばの人をも思ふさまにかしづきおほしたて、わが身もみくらの山につみ余るばかりにて、後の世までのことを思はむと思ひはげみて、霜月の二十余日石山に参る。（六一段）

何事も心にかなはぬこともなきままに、かやうにたち離れたる物詣をしても、道のほどををかしとも苦しとも見るに、おのづから心もなぐさめ、さりとも頼もしう、さしあたりて歎かしなどおぼゆることどもないままに、ただ幼き人人をいつしか思ふさまにしたててみむと思ふに、年月の過ぎ行くを心もとなく、頼む人だに人のやうなるよろこびしてはとのみ、思ひわたる心地、頼もしかし。（六六段）

この中年期は、まず、往年の浮薄な心を悔んで物詣をしきりにして「頼もしう」思われた。この物詣を連続して描いている。その意図は、このような物詣によって幸福となる利益が予想されるにもかかわらず、後年悲運不幸の身となってしまったのは、それがあまりにも遅きに失したということを強調するところにあろう。

また、この中年期においては、㈢とは一転して家庭生活についても記し、裕福な生活のうちに、子供の成長を期す母親としての姿が語られる。ところが、夫は子供との関連においてのみ描かれる。夫俊通との生活は、犬養廉氏(8)が「不和でないまでも共に語り得ない違和感は、彼女の家庭生活における一つの底流をなしていたと見てよいと思う」といわれている通りであろう。作者にとって夫は、子供を思い通りに育てるため任官を待ち望んでいると記しているように、経済的安定を与えてくれる「頼む人」であった。「共感の乏しい」結婚生活の代償として、経済的な安定を求め、子供の成育に心血を注いできたといわんばかりの記述である。とはいえ、夫はそのような意味からではあるが、ともかく安住の世界を保証してくれる人であった。夫との不仲を匂わせながらも、作者はこの安定した生活を描く方に筆をそそいでいる。それは後に訪れる悲運不幸をより浮き立たせるための配慮でもあったのではなかろうか。

㈤は、病身となって宮仕えも物詣もすっかり絶えてしまい、ただ子供の行末を見届けたいと思い、そのために夫の任官を願うという七三段に始まる。続いて夫の任官とその死が記され、述懐と天喜三年の夢の記事から、「をばすて」の身の生活詠三段があって終っている。本群のまとめの章段である七六段は、同時に日記全体のまとめの章段でもある。従って、作者晩年の心境、すなわち作品として日記を統括する意識が、ここに最も顕著に窺われる。

昔より、よしなき物語、歌のことをのみ心にしめで、夜昼思ひて行ひをせましかば、いとかかる夢の世をば見ずもやあらまし。初瀬にて前のたび、「稲荷より賜ふしるしの杉よ」とて投げいでられしを、出でしままに稲荷に詣でたらましかば、かからずやあらまし。年ごろ、「天照御神を念じ奉れ」と見ゆる夢は、人の御乳母して内裏わたりにあり、帝、后の御かげにかくるべきさまをのみ、夢ときも合せしかども、そのことはひとつかなはでやみぬ。ただかなしげなりと見し鏡の影のみたがはぬ、あはれに心うし。かうのみ心に物のかなふ方なうてやみぬる人なれば、功徳もつくらずなどしてただよふ。

作者はここで自らの境遇を「夢の世」と規定しているが、この「夢の世」というのは、夫の死によって拠るべき安住の世界を失ってしまった、儚なくも拙ない現実の境遇の謂であろう。その夫の死は人生行路も終りに近づいて惹起したこと、この悲運の境遇を打開し新しい人生を歩もうとする気力も意志も作者にはみられない。天喜三年の阿弥陀仏来迎の夢（七七段）を「後の頼み」とはするものの、現実においては、ただひたすらに「夢の世」となった誘因を、自身の過去の人生のあり方に求め、悔恨している。

その過去の人生について、作者は右の述懐の中で、ふたつの具体例を示して説明している。そのひとつは、永承元年の初瀬詣の際にみた「稲荷より賜ふしるしの杉」の夢であって、その夢の告示を実行しなかったことを悔んでいる。しかもその悔みが、「稲荷に詣でたらましかば、かからずやあらまし」という形で成されているところからすると、現在の悲運不幸の誘因が、過去の人生における信仰心の不足にあるとしていることが知られる。これは、㈠㈣㈤イ㈥㈦㈨㈩――夢の記載順番号――という、作者の信仰と運命に関する一系の夢の代表例[9]、すなわち、現実に歩んできたところの、実はあるべきではなかった人生の姿に関しての例示であるとみられる。これに対して、後者の具体例「年ごろ天照御神を念じ奉れと見ゆる夢」の方は、信仰がその根底にあるとはいえ、宮仕え生活について記されたものであることは、その内容から明らかである。[10] これは㈡㈤ロ㈧㈩の宮仕え生活に関する一系の夢の例示であろう。しかも、この宮仕え生活の夢が前者と並列されているところからすると、作者はこれが前者と対置すべきいまひとつの人生行路であると考えていたものとみることが可能であろう。このことは何よりも、更級日記が「かなし」の影の現実の人生と「うれし」の影の宮仕えの人生とを対照的に描いているとみてきた見解を証しよう。作者はこのかたちをとって、悲運不幸をもたらした誘因を語ってきたのである。

(4)

以上、更級日記を作者の創り上げた作品構成のままに、その内容を読みとってきた。その執筆動機は、夫の死後において自身の境遇が「夢の世」となったという、強烈な自己認識にあろう。作者はその「夢の世」の誘因を自身の過去の人生に求め、そのあるべきではなかった人生を悔恨しているのである。

「うれし」「かなし」のふたつの人生行路を予告されながら、「夢の世」の悲運不幸という結果を招く「かなし」の影の、あるべきではなかった行路を歩んできた自分。それは、物語の世界と現実とを同一視したような若年の浮薄さ、無為無自覚な心根によるものであって、たえず啓示され続けてきた物詣、勤行を早くから行なわなかった信仰心の不足が招いたものであった。中年期からの自覚、物詣は遅きに失し、虚飾ながらも安住の世界としてきた家庭は、夫の死によりもろくも崩壊してしまった。

こういった心境から、作者は自身の足跡をより明確な形に再編成したというように考えてきた。

なお、そこにおいて典型化されたのが、その反対像としての「うれし」の影のあるべきであった人生行路、すなわち宮仕えという人生である。しきりに語られる宮仕えについての記事は、従って単純なる宮廷憧憬によるものでもなければ宮廷礼讃でもない。それは経験的事実に根ざしながらも、悲運不幸の身と自身を観じてから、きわめて主情的に再認識された憧れであると考えておきたい。

注

（1）「国語と国文学」（昭和二六年五月号）。
（2）「更級日記臆断」（「国語国文研究」第一七号、昭和三五年一〇月）。
（3）家集的章段は、以下に述べる各群のうちに大きく包括して考えるべきもので、作品構成と無関係なものではない。
（4）例えば、玉井幸助氏の日本古典全書、西下経一氏の古典文学大系、犬養廉氏の日本古典文学全集など。
（5）「更級日記の構成とその成立」（「平安文学研究」第三五輯、昭和四〇年一一月）。
（6）「更級日記新解」。
（7）「更級日記小考——その文芸観の背景について——」（「国語と国文学」昭和二八年二月号）。
（8）「更級日記の虚構性——実人生とその自画像——」（「国文学」第一四巻六号、昭和四四年五月号）。
（9）作者の信仰と運命に関する夢について、近藤一一氏は前掲論文において、㈠㈣㈦㈨の「自己の信仰の足跡を辿る」夢と、㈤㈥㈩の「作者の運命観に繋る」夢とに分けて考えておられる。ここでは、なお検討の余地はあるが、それらを一系の夢とみる立場をとっておいた。
（10）この点からすると、四五段の「天照御神を念じ申せ」と人に進められたという章段も宮仕えを暗示されたことを記したものとみられる。また、いまひとつの天照御神についての五五段の記事は、再出仕後の宮中供奉の折、内侍所へ礼拝に行ったという記事であるが、その後は宮仕えの記事が続け記されている。そうすると、天照御神礼拝後は宮仕えが継続したことをみせるために、ここにこの章段が置かれているとも考えられる。

第二節　宮仕え記事

(1)

長元九年（一〇三六）、一条天皇の中宮彰子所生の敦良親王は、同母兄後一条天皇崩御のあとをうけて即位した。後朱雀天皇である。時に天皇二八歳、すでに道長女の東宮妃嬉子は親仁親王（後冷泉天皇）出産のために薨じており、三条天皇皇女の禎子内親王が東宮妃となっていて、その間に尊仁親王（後三条天皇）があった。時の関白頼通は、天皇即位ののち、一条天皇皇后定子所生の敦康親王の女・嫄子女王を養女として入内させ、禎子を皇后、嫄子を中宮とし、禎子皇后を牽制するという処置をとった。ために禎子皇后は、嫄子中宮が崩御するまでの約四年間、ついに参内することがなかったという。この嫄子中宮の崩御は長暦三年（一〇三九）のことであったが、その年のうちに、頼通の弟教通の女・生子が入内した。そのため頼通には、「宮の御事の程なきに」（栄花物語　暮待星）という想いがあったようであるが、兄弟間に相克はなく、また長久三年（一〇四二）には頼通の異母弟頼宗の女・延子も入内した。後朱雀後宮はこのような状態で、実質的には、国母上東門院彰子のもと、頼通兄弟の息女で構成されていた。

一方、関白で左大臣を兼ねる頼通の主宰する台閣も、右大臣実頼は齢八〇で実権なく、内大臣が教通、権大納言も四人のうち師房を除く頼宗・能信・長家の三人までが頼通弟であった。

このように、後朱雀朝は、後宮・台閣ともに、上東門院を頂点とする頼通的世界であった。更級日記の作者・菅原孝標女は、このような頼通的世界の、それも頼通の養女・嫄子中宮所生の第一皇女祐子内親王のもとに、長暦三年三二歳で出仕した。

その孝標女の初出仕については、日記に「まづ一夜まゐる。菊のこくうすき八つばかりに、こきかいねりをうへにきたり」（日本古典全書・五〇段。以下段数は同書による）と記されている。この装束は、装抄に「菊　表白、裏蘇芳、十月十一月晴ノ時用ユ」、また女官装束抄「十月より五節までのきぬの色」の項に、「菊の御衣うへ五、すわうにほひ八。した三、しろし」・「かいねりの事　うすき紅のねりはりたるきぬ也」とある。したがって、一〇月から一一月半ばまでの晴れのときに着用するものであることが知られる。また、日記には、次回の出仕について「一二月になりてまたまゐる」とあり、この書き方からみると、初出仕は一〇・一一両月のうち、一一月と考えるのが妥当かと思われる。(1) さらに、そのころの祐子内親王の動静をみてみると、一〇月一八日には母嫄子中宮の七七忌が行われており、一一月七日には藤原行経第から頼通の高倉殿へ移御していることが知られる（春記）。祐子内親王は、長暦二年四月二一日誕生し、まもなく入内（栄花）、一〇月一九日高倉第に移御、同三年母の死にあい、七七忌をすませて行経第から高倉第へ還り、以後ここが常住御所となった。こういう状況からみると、孝標女の出仕は、祐子内親王の高倉第移御後旬日を経ないころのことで、祖父頼通の高倉第で養育されることがきまり、そのために行なわれた女房召しの案内に応じたものではないかと思われる。

(2)

かくして出仕した孝標女は、同年一二月（五〇段）と、閏一二月二五日かと考えられる宮の御仏名（五一段）(2) に出仕し、翌長久元年には結婚のために退出した。その後二年ほどで再出仕するが、その間宮家では、元年八月母嫄子の一周忌、一一月御著袴の儀、二年五月名所歌合(3)のことなどがあった。

再出仕後の記事は、三年（一〇四二）四月一三日祐子内親王の新造内裏への入内（日記勘物）、孝標女の賢所礼拝（五五段）で始まり、その折りにみた梅壺女御生子の上御局参上の様子が次のように記されている（五六段）。

又の夜も、月のいとあかきに、藤壺(4)の東の戸をおしあけて、さべき人人物語しつつ月をながむるに、梅壺の女御の上らせ給ふなるおとなひ、いみじく優なるにも、故宮のおはします世ならましかば、かやうに上らせ給はましなど、人人いひいづる、げにいとあはれなりかし。

あまの戸を雲井ながらによそにみて昔のあとを恋ふる月かな

ここで宮仕え意識の上から注目されるのは、中宮嫄子の遺児・祐子内親王に仕える女房たちが、梅壺女御の時めく優なる姿に嫉視反目する様子がなく、その情景からただ故中宮を追憶しているという姿であろう。栄花物語（暮待星）も同様に、「殿の宮も入らせ給へり。昔おぼえて女房などのあはれなり。梅壺の女御などの上らせ給へるをみるにも、思し出づること多かりし」と、昔を知る女房たちの追憶という立場から叙述している。これは両者間が協調的であってはじめて生ずる雰囲気であり、それが事実であったろうことは、高陽院駒競（長久三年か）ののち入内した宮たち（祐子・禖子）に、梅壺女御がその上御局を優雅なしつらいさながら譲っていること（栄花）によっても裏書きされる。また、日記によると、孝標女は同じ邸内の頼通家女房と物語し、後に「こひしき」心の歌を交わしてもいる（五七段）。さらに、やや後のこととはなるが、祐子・禖子の両宮、四条宮寛子（頼通女、後冷泉后）の歌合には、上東門院の女房を加えて互いに出席して交流し、協調裡に歌合が催されている(5)。ただその場合、「よろづよそに聞かせ給ひて、おぼしめし歎くこと限り」（栄花物語）ない禎子の後宮のみは例外である。例外とはいっても、禎子後宮が対立的であったのではなく、いわば圏外なのであった。

このように、禎子後宮を除いて、後朱雀朝の後宮、宮家はいたって融和・協調的であり、これが上東門院を頂点とする頼通的世界の実質とみることができよう。そこには、かの一条朝における、定子後宮と彰子後宮、大斎院選子の斎院文壇が鼎立し、拮抗したような姿は見出しがたい。しかし、そのようであったがゆえに、一条朝におけるような緊迫した空気がなくぬるま湯的で、独自の世界をもちえなく、追慕と類聚、華美の域に留まらざるをえなかった。といっても、これも、外戚関係によって維持された王朝サロンの一様相ではある。

(3)

ところで、長久三年における源資通との邂逅を語った日記六〇段は、そのような王朝時代の情趣生活の典型的なひとこまとみられる。長文のため、いまはその語らいの場の要素のみをあげてみると、人＝源資通・同僚女房・孝標女、場所＝内裏ないしは高倉殿、時＝一〇月朔ごろの時雨ふる夜、話題＝春秋のことなど、となろう。

まず、この場の主役資通についてみると、父済政は贈従三位、母は道長追従の受領頼光女で、祖父時中は大納言正三位であった。曾祖父雅信の女に道長室倫子があり、頼通・教通・彰子らはその倫子の所生である。また、資通女は道長明子腹の能信男・能長に嫁してもいる。このように、資通は公卿に列する家柄の出で、家系的に頼通的世界の内にあるべき人であったとみられる。長久三年時には右大弁、正四位下で三八歳、翌四年八月一条院にて（日記勘物）孝標女と再会後には蔵人頭となり、正四位下から、高陽院（栄花）ないしは高倉殿における寛徳元年（一〇四四）春の孝標女訪問の極月には参議となっている。また、日記に語られている管絃の道においては、諸種御会の拍子・琵琶を務め（御遊抄）、「郢曲比巴和琴笛」（尊卑分脈）など管絃の人として諸記録・血脈・説話類にその名が残されており、経信の琵琶の師でもあったという（琵琶血脈・発心集）。さらに、和歌の面では、勅撰集に四首入集しており、歌合を主催し、また歌人（永承四年内裏）、講師（永承五年祐子）として列席している。加えて、相模との交渉など軽率な一面をもつ資通とは裏腹に、孝標女には「いとすくよかに世の常ならぬ人にて、その人はかの人はなどもたづねとはでやみぬ」人柄と認識されている。このように、孝標女にとって資通は、家柄身分、教養風雅などあらゆる面で、受領の夫俊通とは対蹠的であって、理想的な人物であったものと思われる。

語らいの場は、九月に祐子内親王の入内があったかと考えられる（前述）ので内裏とも、また日記勘物のごとく「高倉殿歟」ともみられる。いずれにせよ、至高の、しかも男性と「語らふべき戸口」（源氏・花宴）においてであった。

また、この語らいの時は、一〇月朔日ごろの時雨ふる「艶にをかしき夜」とある。そこで、日記における孝標女の季別の感興をみてみると、上京後（上京の旅はおのずから秋冬に限定される）の歌を含む章段において明白に季の知られる諸段では（ただし32 34 60段は二季以上にわたる）、春が九、夏が三、秋が一二、冬が一三となり、冬が最も多い。しかも夜の情趣を愛好する孝標女にとって、これはまことに好ましい時であったわけである。

さて、このような孝標女にとって最上とみられる人と場と時とを得て、話題は優雅ごとの春秋のさだめであり、またそれに関連する資通の冬の夜の体験的興趣であった。その春秋のさだめは、日記に、

「いづれにか御心とどまる」と問ふに、秋の夜に心をよせて答へ給ふを、さのみおなじさまにはいはじとて、

あさ緑花もひとつにかすみつつおぼろにみゆる春の夜の月

と答へたれば、かへすがへすうちずんじて、「さは、秋の夜はおぼしすてつるななりな、

今宵よりのちの命のもしもあらばさは春の夜をかたみと思はむ」

といふに、秋に心をよせたる人、

人はみな春に心をよせつめり我のみやみむ秋の夜の月

とある。資通の春秋「いづれにか御心とどまる」の問いかけに、同僚女房が秋を選んだのに対して孝標女は春をとり、その春の情趣を月で代表させている。この月は、日記の情景描写第一の素材であり、実に二四の場面が月を主題とするか、または背景として描かれている。[7]しかし、その月の季別が明白な場面においては、本歌を除くと、春が一、夏が四、秋が七、冬が五であって、春の月は孝標女の愛好するところではなかったようである。孝標女の春夏よりも秋冬に情感を得る個性は、月においても変わるところがない。そうすると、この春の選択は、「さのみおなじさまにはいはじ」という、その場の興趣をより重んずる立場に立ってのものであることが知られる。ここに、個性に優先する王朝的特性を看取することができよう。

(4)

ところが、春の情趣を代表するものとして、梅桜鶯などならぬ月、ことに朧月をもってするのは、当代一般の傾向からはやや特異であるとみられる。有吉保氏[8]は、八代集春部の春月主題歌は、新古今集に至って始めてみられるものであり、千載集以前の春月はほかの主題歌に付加的な景物として詠み込まれたものでしかないことを立証されている。春月は、

月夜にはそれともみえず梅の花香をたずねてぞ知るべかりける（古今集）

以下、梅に組み合わされるのが伝統的であった。また、古今六帖（第一・歳時部・天）「春の月」四首には朧月の歌がなく、和漢朗詠集「春夜」は闇夜梅香の詠であり、後拾遺集雑部冒頭の三九首から成る月歌群にも朧月はほとんどみられない。朧月の歌は、禖子内親王歌合の「月」（一三八、永承五年）・「霞隔月」（一四四、同六年）・「春夜月」（一八一、

不明）に一時的な現象としてみられ（漢数字は平安朝歌合大成の歌合番号）、盛行するのは新古今時代に入ってからのようである。当代一般には、たとえば、

心さへはれずぞなげく恋しさはおぼろげなりやくもりよの月（大斎院御集）

うらむなよ影みえがたき夕月夜おぼろげならぬ雲間待つ身ぞ（祐子内親王家紀伊集）

など、恋雑の素材として多く用いられている。とはいえ、孝標女の歌には、新古今集にともに採入されている、

不レ明不レ暗朧々月

てりもせずくもりもはてぬ春の夜の朧月夜ぞめでたかりける（類従本句題和歌、新古今集は下句「朧月夜にしくものぞなき」）

に先蹤がある。源氏物語を愛読した孝標女であるから、あるいはこの千里の歌による花宴の、源氏が朧月夜尚侍と始めて逢う、

いと若うをかしげなる声の、なべての人とは聞えぬ、朧月夜に似るものぞなきと、こなたざまには来るものか云云、

これが念頭にあったものかもしれない。

とにかく、朧月夜の歌は、異質ではないが当代一般の慣用的情趣であるとは言いがたく、孝標女のいたって主情的な立場からの発想であるものとみられる。とすると、孝標女は、王朝時代の一様相である頽通的な世界に身をおき、その基盤に立ちながらも、その類型的な常態にとらわれない側面をもっているものとみられる。そういった傾向は、日記全体からみると、前述の季感にも現われていようし、ことに宮仕え記事を除く諸章段が地域的な広がりをもち、王朝的室内的表現に必ずしも固着していない面に如実に窺われる。このような更級日記の王朝的類型からのずれは、

王朝の末期的な症状として、古体にばかりなずみえなくなった時代の反映であろう。と同時に、それは、当然のことながら、更級日記が里人孝標女の日記であることに誘因するものと思われる。

(5)

孝標女は、四九段からの宮仕え章段に先立って、初瀬代参の僧に見せた鏡の夢について記している（四四段）。その夢は孝標女の将来を暗示したもので、鏡の一面には、「かなし」の影がうつり、他面には「うれし」の影がうつったという。このふたつの影は、本段および日記のまとめの章段と認められる七六段などと合わせてみると、「かなし」の影は結婚生活の末路を暗示し、「うれし」の影のほうは宮仕え生活を意味していることが知られる。孝標女には、このふたつの人生のうち、まず始めに宮仕えという人生が訪れた。にもかかわらず、他律的とはいえ続いて訪れた結婚という人生を歩むこととなった。しかし、その人生の結末は、夫の死によって悲運不幸の身を招来するということになってしまったのである。

この点からみると、四九段から六〇段にわたって、この期の結婚・長子の誕生・夫の任官など実生活の重要事を切り捨て、宮仕え生活を連続的に描いたのは、晩年における過去の人生に対する悔恨から、「うれし」の影のあるべきであった人生を、典型的な姿でみせるための手法でもあったとみられる。ことに、資通との邂逅を語った、まことに王朝的なくだりは、その代表的な章段であろう。そうすると、宮仕え関係の記事はほかにもあるが、これら多く語られる宮仕えについての記事は、言われるような単純な宮廷憧憬による発露でもなければ、宮廷礼讃といったものでもなかろう。それは、悲運不幸を招いた結婚という人生行路と対置させた、いまひとつのあるべきであった人生への悔恨的顕現であるとみられる。

孝標女が上述のような頼通的世界にあって、前代追慕、類聚ならぬひとつの自叙をともかくも構成しえたのは、現実の悲運不幸の身という、強烈な自己認識から湧き起こる過去の人生への悔恨の情によるのであろう。その意味で更級日記はまさしく里人孝標女の自叙であって、いうまでもなく、宮仕え諸章段も祐子内親王家の女房であった立場からの回想ではない。日記執筆時に孝標女は個的な存在であればよかった。この点に、更級日記が王朝時代の所産そのものでありながら、その王朝的類型に必ずしもとらわれない一面をもつおもな理由があるのではなかろうか。

注

（1）前段の「十月になりて京にうつろふ」の年次が未詳で、ここでは用いなかった。
（2）記録未詳。二七日には故中宮諷誦が行なわれている（春記）。
（3）従来、孝標女が祐子内親王家歌合に出席していないという立場から説かれるが、本歌合は退出中のことであり、ほかは実質的に宮仕えを退いた後の永承五年以降の歌合のみが知られる結果でもある。
（4）栄花物語（暮待星）に「弘徽殿には皇后宮、藤壺には殿の姫君たちの入らせ給ふべきにて、置かせ給へり」とある。
（5）詳しくは、岸上慎二氏「宮廷生活と後宮と女房―後冷泉院期を一例として―」（『国文学』昭和四二年一月号）参照。
（6）犬養廉氏「孝標女に関する試論―主としてその中年期をめぐって―」（『国語と国文学』昭和三〇年一月号）。
（7）日記の孝標女の歌六七首（含連歌一）においても、一五首が月を背景とし、うち一〇首に月が詠み込まれている。
（8）『新古今和歌集の研究　基盤と構成』（昭和四三年四月、三省堂）。

第三節　旅と歌

『更級日記』には旅の記事が多い。上洛の旅をはじめとして、石山、初瀬、鞍馬、石山、初瀬への物詣と和泉への遠路の旅の記、また太秦など都近郊への旅の記もある。これら旅の記事の分量は、津本信博氏(1)によれば、作品全体の四四％を占めており、従って「『更級日記』中では重要な役割を担うものとして位置づけられている」ものである。この作品にとって重要な役割を担う旅の記と歌との関係はどのようなものであるのか、ここでは旅の記事の殆んどを占めている遠路の旅の記について、それを観察してみたいと思う。

(1)

旅の記のうちもっとも長く、作品全体としても二〇％という分量を占めているのが、上洛の記である。そこには、上総国から都に至る東海道を中心とするかずかずの地名やその光景などが記されている。その地名について、小林英範氏(2)は、孝標女の記憶にあるはずの上総、詳細に知っているはずの近江・京都を除外して、三四の地名に『能因歌枕』にみえるものに○印、「歌詠みの生活人として、当然知って置かなければならなかったと考えられる地名」に◎印を付して一覧された。その結果は、○◎印が一〇、○印のみが一、◎印のみが六で計一七、これにより小林氏は、

この東海道旅行記に記されている地名が、おおよそ歌枕的な知名度の高いそれに、ほぼ限定されている

と言われている。しかし、残る一七の地名は無印であって、歌枕とはみられない地名の多いことがむしろ注目される調査結果となっている。

また、工藤進思郎氏(3)は、上洛の記の地名を四五と数え、そのうち「といふ」など「伝聞形式によって記されている地名」が二七、「地名そのものの形で記されているもの」が一八とされ、歌枕に関する詳細な調査を通して、前者のうち「歌枕かと推測されるものは」「せいぜい二、三か所」、後者は「三か所」「のほかはまず歌枕ないしはそれに準ずる名所と考えて」よく、

　　四五の地名のうち、当時歌枕であったことがほぼ確実だと思われる〔のは〕一六、七か所であると言われている。しかも、「記事が比較的詳細であるもの」は伝聞形式で記された地名の方に多くて生き生きしており、

　　作者のより積極的な関心が、むしろ歌枕以外の地に向けられていた

とも言われている。

このような調査と考察とを通して、上洛の記には歌枕と歌枕でない地名とが明らかに混在していること、またそれゆえ歌枕で綴った旅の記そのものでは必ずしもないということが知られるのである。

それでは、歌枕と認めうる地名のところでは、歌枕として培われてきた表現とはどのように関わって描写されていようか。まず、例えば、

　　三河と尾張となるしかすがのわたり、げに思ひわづらひぬべくをかし。

この「しかすがのわたり」は、屏風の名所として多くみられ、

　　（村上の先帝の御屏風に、国々の所々の名をかかせたまへる）　しかすがのわたり

ゆけばありゆかねばくるししかすがのわたりにきてぞ思ひわづらふ（『中務集』Ⅰ二九）

（村上の御時に、国々の名だかき所々を御屏風の絵にかかせたまひて）　しかすがのわたり

ゆけどきぬくれどとまらぬ旅人はただしかすがのわたりなりけり（『信明集』Ⅰ一一・Ⅱ一七・Ⅲ九一）

（おなじ小野の家の屏風の）　冬、しかすがのわたりに雪ふる、旅人舟にのりてわたりする所

ゆきやらずかへりやせましかすがのわたりにきてぞ思ひたゆたふ（『能宣集』Ⅰ一三一）

（ものにつくべきとて人のよまする三首＝『金葉集』五八三「屏風の絵に、しかすがのわたりゆく人たちわづらふかたかけるところをよめる」）　しかすがのわたりにゆく人たちやすらふ

ゆく人もたちぞわづらふしかすがのわたりや旅のとまりなるらむ（『家経集』二四）

のように[4]、旅人が渡るのに「思ひわづらふ」「ただしかすが」「思ひたゆたふ」「たちぞわづらふ」ことが詠まれてきた。ここは、そういった伝統的な表現をふまえ、直接には中務歌に詠まれた光景を実際に見てとって、興趣がわき納得もしたと書き記しているとみてよいであろう。

また、「浜名の橋」の、

外の海は、いといみじくあしく浪たかくて、入江のいたづらなる洲どもに、こと物もなく松原のしげれる中より、浪のよせかへるも、いろいろの玉のやうに見え、まことに松の末より浪はこゆるやうに見えて、いみじくおもしろし。

この「松の末より浪はこゆるやうに見えて」は、

君をおきてあだし心をわがもたば末の松山浪もこえなむ（『古今集』一〇九三、東歌）

この歌をもととして、末の松山ないしは松山に浪が越える歌がしきりに詠まれてきた、その表現を踏まえている。そ

れは「男も女もことふるまひする」（『袖中抄』巻一八）ことをいう場合に用いられるものであったが、孝標女はその用法にかかわらず、松山に浪が越えるという文字通りの世界を実見し、本当に歌いつがれてきている通りであったと趣深く感じたというのである。

今は武蔵の国になりぬ。ことにをかしき所も見えず。浜も砂子白くなどもなく、こひぢのやうにて、むらさき生ふと聞く野も、盧荻のみ高く生ひて、馬に乗りて弓もたる末見えぬまで、高く生ひしげりて、中をわけゆくに、たけしばといふ寺あり。

紫の一本ゆゑに武蔵野の草はみながらあはれとぞみる（『古今集』八六七、よみ人しらず）
紫の色にはさくな武蔵野の草のゆかりと人もこそみれ（『拾遺集』三六〇、如覚）
しらねども武蔵野といへばかこたれぬよしやさこそは紫のゆゑ（『古今六帖』三五〇七）
武蔵野に生ふとしきけば紫のその色ならぬ草もむつまじ（『小町集』Ⅰ八二）
武蔵野の草のゆかりにふぢばかま若紫にそめてにほへる（『元真集』七〇）

歌枕「武蔵野」の歌は「紫の一本ゆゑに」の歌以来、武蔵野――紫――ゆかり――むつまじの表現類型が確立されてきており、孝標女の親しんだ『源氏物語』にも、

武蔵野といへばかこたれぬと、紫の紙に書い給へる墨つきの、いとことなるをとりて見給へり。すこしちひさくて、

ねはみねどあはれとぞ思ふ武蔵野の露わけわぶる草のゆかりを

とあり。（若紫）

などのようにみえる。従って「武蔵野」は「むらさき生ふと聞く野」ではあったが、実際は何の見所もない蘆荻ばか

りが生い繁る低湿地帯であったと、ここでは歌枕表現をもちだしてこだわり、あるべき世界を提示しながらも、歌の世界とは似ても似つかない実景を描写している。因に、「武蔵野」のそういった荒涼とした情景も詠まれるようになったのは、孝標女以後のことである。

武蔵野のあしのをぎふをわけゆけば葉ずゑよりこそ空はみえけれ（『散木奇歌集』Ｉ三六八）

武蔵野の草の下道ふかければすゑ葉の露に袖もおよばず（『寂身集』五四四）

武蔵野の荻の焼原かきわけてをちかた人のかすみゆくらむ（『玉吟集』一七一〇）

それよりかみは、ゐのはなといふ坂の、えもいはずわびしきを上りぬれば、三河の国の高師の浜といふ。八橋は名のみして、橋のかたもなく、なにの見どころもなし。二むらの山の中にとまりたる夜、大きなる柿の木の下に庵を造りたれば、夜ひとよ、庵の上に柿の落ちかかりたるを、人々ひろひなどす。

この三河国に入っての描写では、「高師の浜」(5)はその名のみを挙げ、「八橋」は関心をもつ業平（「あすだ川」の記事）の事跡をはじめとする歌枕の世界からみようとしても、その尺度からは程遠い実景を言い、「二むらの山」では「二《ふた》疋《むら》」との関係で詠まれる織物や紅葉の表現とは関わりなく、当夜の出来事のみを書き記している。また、「足柄山」では遊女のことを、「富士川」では国司任官についての伝説を詳述しているなど、歌枕の表現とは関わりのない記述が随所にみられる。

さて、この上洛の記の地名と歌枕との関係について、秋山虔氏(6)は次のように述べておられる。

この旅の記が基本的には歌枕の地名を連綴《れんてい》するものであることに注意したい。作者は歌枕への関心によって各々の土地とかかわりあってゆくのだが、そのことを突きぬけて随所で独自の斬新《ざんしん》な風景を発見していることも見逃せまい。

確かに、孝標女の挙げている地名の半数近くは歌枕として知られているところであり、かつ歌枕の培われてきた表現を尺度として実景に接しようとしてもいる。その点で、「歌枕への関心によって各々の土地とかかわりあってゆく」のであるが、歌枕でない地名を数多く挙げてその実景や伝説、体験などを記しているところも多いし、また歌枕である土地にあって、その歌枕に特有の表現をとらなかったり、それとは関わりのない実景や出来事などを記している場合も多い。三代集の時代、また親しんだ『源氏物語』からおおよそ半世紀後の王朝時代の作品として、それも「昔より、よしなき物語、歌のことをのみ心にしめ」てきたと自認している孝標女の叙述としては、旅の記は実体験をもとしているものとしても、歌枕とその表現にさらに密接であって然るべきであったと言えもしよう。歌枕とその表現からのずれがあり、「独自の斬新《ざんしん》な風景を発見している」場面が目立っていること、むしろその面に注目をそそいでおいてよいのではないかと思う。

(2)

『更級日記』には八七首の歌と連歌一組とが収められており、そのうち孝標女の歌は六五首、連歌は一である。遠路の旅の記の歌は、上洛の記が三首、石山詣一首、は初瀬詣一首、鞍馬詣一首、二度目の石山詣一首、再度の初瀬詣二首、和泉国下向の記が二首の計一一首であって、記事量に対して歌の占める割合が他の家居、宮仕え、晩年の記よりもかなり低いものである。その点にも、王朝時代の紀行文としては歌が少ないという側面をみることができようかと思う。

さて、上洛の記で最初にみえる歌は次のものである。

昔、下総の国に、まののてうといふ人住みけり。ひきぬのを千むら万むら織らせ、晒させけるが家の跡とて、深

き川を舟にて渡る。昔の門の柱のまだ残りたるとて、大きなる柱、川の中に四つ立てり。人々歌よむを聞きて、
心のうちに、

朽ちもせぬこの川柱のこらずは昔のあとをいかで知らまし

この歌は、「世の中にふりぬるものはつの国の長柄の橋とわれとなりけり」（『古今集』八九〇、よみ人しらず）に淵源をもつ一連の長柄橋関係歌に拠ったものである。長柄橋は、弘仁三年（八一二）に造られ（『日本後紀』弘仁三年六月三日条）、断絶して（『文徳実録』仁寿三年（八五三）一〇月一一日条）のちは再建されることがなく、孝標女の時代には「天暦御時、屏風の絵に長柄の橋柱のわずかに残れるかたありけるを」（『拾遺集』四六八、清正）、「古き橋の柱ただ一つ残れり」（『栄花物語』松のしづえ、延久五年（一〇七二）後三条院天王寺御幸の記事）の状態であり、以後は「けふみれば長柄橋はあともなし昔ありきときききわたれども」『千載集』一〇三一、道因）となってしまった。その長柄橋の歌は、「ふるきこと」（『和歌初学抄』喩来物）をいう場合に用いられ、「イマハナシ、ハシバシラバカリヲヨム」（同、所名）ものであって、「古る」「朽つ」「絶ゆ」「跡」また「つくる[7]」といったことばとともに詠まれる。「朽ちもせぬ」の歌は、それら長柄橋を詠んだ、

年ふれば朽ちこそまされ橋柱むかしながらのなにはかはらで（『忠見集』Ⅰ一四九・Ⅱ一一三）

朽ちもせぬ長柄橋の橋柱ひさしきことのみえもするかな（『兼盛集』Ⅰ六〇）

橋柱なからましかばながれての名をこそきかめ跡をみしまや（ママ）（『公任集』四三八）

橋柱のこらざりせばつの国のしらずながらやすぎはてなまし（『栄花物語』殿上の花見）

などの歌の用語と共通している。孝標女は「まののてう」（原文「まのしてら」）家の昔の門の柱が川の中にまだ残っているのをみて、長柄橋の歌表現を思い合わせ、それを援用して歌を作ったのである。

その夜は、くろとの浜といふ所にとまる。かたつ方はひろ山なる所の、砂子はるばると白きに、松原しげりて、月いみじうあかきに、風の音もいみじう心ぼそし。人々をかしがりて歌よみなどするに、

まどろまじ今宵ならではいつか見むくろとの浜のあきの夜の月

この「くろとの浜」の「砂子はるばると白き」は、前引「武蔵国」の「ことにをかしき所も見えず」の条件のひとつが「浜も砂子白くなどもなく、こひぢのやうにて」であるので、孝標女にとって好もしい光景であった。また、「松原しげりて」は、前掲「浜名の橋」の「いみじくおもしろし」の一要素。さらに、「月」は日記の情景描写第一の風物であって感興の最たるもの。(8)「風の音もいみじう心ぼそし」も「松原」と相俟って、「雙《ならび》の岡の松風、いと耳近う心ぼそく聞こえて」「いとをかしき」情景を構成する重要な要件となっている。「くろとの浜」は、孝標女が感興を催すもろもろの要素がとりあつめられているすばらしい光景のところであった。歌枕でない「くろとの浜」での詠歌は、孝標女のおのずからなる感興によるものであるとみられる。(9)

宮路の山といふ所越ゆるほど、十月つごもりなるに、紅葉ちらでさかりなり。

嵐こそ吹き来ざりけれ宮路山まだもみぢ葉のちらでのこれる

「宮路山」の歌はあまり多くなく、孝標女以前には、

君があたり雲井にみつつ宮路山うちこえゆかむ道もしらなく（『後撰集』九一八、よみ人しらず）

紫の雲とみつるは宮路山なだかき藤のさけるなりけり（『増基法師集』九二）

が知られるぐらいである。(10)「嵐こそ」の歌も、その「宮」が宮城に通い、「治天の君のおられる「宮」をその名に負う宮路の山ゆえ、凋落《ちょうらく》の影もありえぬ、という感嘆を詠んだとする解」(11)もある。そうであるとしても、この歌は『玉葉集』が巻六・冬の十月紅葉歌群（八八九〜八九四）のうちに置いているように、初冬も過ぎようとするころの紅葉を詠

んでいることに変りはなく、「もろこしが原」で歌の上では夏のものとされる大和撫子が、秋の末なのに「なほ所々にうちこぼれつつ、あはれげに咲きわたれり」と注目しているように、晩秋のものである紅葉が冬十月晦というのにまだ盛りであるという感動が詠出のもととなっていよう。和歌における常識との齟齬が、実際に即いて詠まれているということになろう。

(3)

孝標女は三八歳となった寛徳二年（一〇四五）の一一月、石山寺に詣でる途次、二五年ぶりに「逢坂の関」をみた。

雪うち降りつつ、道のほどさへをかしきに、逢坂の関を見るにも、昔越えしも冬ぞかしと思ひ出でらるるに、そのほどしも、いとあらう吹いたり。

逢坂の関のせき風ふくこゑはむかし聞きしにかはらざりけり

上洛の旅で「逢坂の関」を通ったのは寛仁四年（一〇二〇）一二月二日のこと、「ここらの国々を過ぎぬるに、駿河の清見が関と、逢坂の関とばかりはなかりけり」と記しており、印象づよく心にとどめおいたところであった。その関で「そのほどしも、いとあらう吹いたり」という風は、実際のことであったろうが、それに注目したのは「逢坂の嵐の風」（『古今集』九八八、よみ人しらず）が詠みつがれてきた表現世界のものであったからであろう。「のちの歌論用語で言えば歌枕の本意にかなった詠みよう[12]」をしている。

二度目の石山詣の折、谷川の流れる音を雨と聞いていたが、月を見出して、

二年ばかりありて、また石山にこもりたれば、よもすがら雨ぞいみじく降る。旅居は雨いとむつかしきものと聞きて、蔀をおしあげて見れば、有明の月の谷の底さへくもりなくすみわたり、雨と聞こえつるは、木の根より水

の流るる音なり。

谷川の流れは雨と聞こゆれどほかよりけなるありあけの月

と歌を詠んでいる。その月も、

いつまでか影とどむべき石山の谷にこもれる有明の月（『山田集』一二）

都にも人やみるらむ石山の峰にのこれる秋の夜の月（『長能集』Ⅱ九一）

このたびもうき身をかへていづべくは雲かくしてよ石山の月（『高遠集』四〇二）

などのように詠みつがれてきた石山の景物であった。

いみじう風の吹く日、宇治の渡りをするに、網代いと近うこぎよりたり。

音にのみ聞きわたりこし宇治川の網代の浪も今日ぞかぞふる

これは初瀬詣の帰途、宇治川での詠である。宇治川の歌は、網代と氷魚、また紅葉が一般であって、屛風歌にもそれがみられるが、網代に寄る浪も詠まれてきている。

宇治川の浪にみなれし君ませば我も網代に寄りぬべきかな（『後撰集』一一三六、興俊）

宇治川の浪によるよるねをぞなく網代もるてふ人のつらさに（『古今六帖』一六五一）

秋はひをかぞへてゆかむ寄りてみる網代の浪は色もかはらず（『和泉式部集』Ⅰ三一七）

また、この「音にのみ」の歌で注目すべきなのは、くりかえし詠まれてきた言いまわしを用いていることで、

音にのみききわたりつる藤衣ふかくわびしといまぞしりぬる（『本院侍従集』三四）

音にのみききわたりつる衣川たもとにかかる心なりけり（『元真集』二五九）

音にのみききわたりにし天の川旅の空にてけふみつるかな（『源賢法眼集』一五）

音にのみききわたりつるかはすがきそこともしらですぎにけるかな（『兼澄集』Ⅰ一・Ⅱ二四）

音にのみききわたりつるあまぶねをうらはまゆふによする白浪（『大斎院前の御集』Ⅰ一六七）

のようで、それは初二句に置いて用いられることが多かったものである。

同様に、和泉下向の折の「住吉の浦」での詠、

いかにいひなににたとへて語らまし秋のゆふべの住吉のうら

この歌の「なににたとへて語らまし」も、

こぬ人に《を》なににたとへて語らましくるる秋をしむ野辺のここちを（『元輔集』Ⅱ一三三・Ⅰ一三一）

山桜みすててかへる心をばなににたとへて人に語らむ（『元輔集』Ⅰ一三九・Ⅱ一五三）

のように、元輔歌に先蹤のあるものである。

さらには、

ゆくへなき旅の空にもおくれぬは都にて見しありあけの月

この二度目の初瀬詣の折の歌も、

はるかなる旅の空にもおくれねばうらやましきは秋の夜の月（『拾遺集』三四七、兼盛。『金葉集』三四〇、為成）

都にてながめし月をみるときは旅のここちともおぼえざりけり（『和泉式部集』Ⅰ六七六。他本に四句「旅の空とも」）

このような表現を倣ったものであろう。

こういった孝標女の歌のつくり様は、旅の歌以外にも多くみられるところである。(13)

そこはかと知りてゆかねど先に立つなみだぞ道のしるべなりける

先に立つなみだを道のしるべにて我こそゆきていはまほしけれ（『後拾遺集』六〇三、よみ人しらず）

よにしらずまどふべきかな先に立つなみだも道をかきくらしつつ（『源氏物語』浮舟）
先に立つなみだの道にさそはれてかぎりの旅に思ひ立つかな（『兼澄集』Ⅱ三二・Ⅰ七）
都には待つらむものをほととぎすけふ日ねもすに鳴きくらすかな
都にはまつらむものをほととぎすすさめぬ草のやどりしもなく（『長能集』Ⅱ五〇・Ⅰ三）
都には待つらむものを逢坂の関まできぬとつげややらまし（『大鏡』）
思ひ知る人に見せばや山里の秋の夜ふかきありあけの月(14)
思ひ知る人に見せばやよもすがらわがとこなつにおきゐたる露（『拾遺集』八三一、元輔。『仲文集』一六）
白山の雪の下なるさざれ石のなかの思ひは消えむものかは
浦ちかく浪はたちよるさざれ石のなかの思ひはしるやしらずや

（『伊勢集』Ⅰ四三四・Ⅱ一五四、四三九・Ⅲ四七七）

また、春秋の定めにおける歌、
人はみな春に心をよせつめりわれのみや見む秋の夜の月
人はみな花に心をうつすらむひとりぞまどふ春の夜の闇（『源氏物語』竹河）
これは『源氏物語』の歌の組み立てを倣ったものに相違あるまいが、石山での「音にのみ」の歌も、貫之の、
音にのみききわたりつる住吉の松の千歳をけふみつるかな（『拾遺集』四五六、貫之）
この歌の組み立てを模倣したものであろう。さらに、「鞍馬」での、
奥山の紅葉のにしきほかよりもいかにしぐれて深く染めけむ
この歌も、次の清正歌が念頭にあっての歌づくりなのであろう。

しぐるればいろまさりけり奥山の紅葉のにしきぬればぬれなむ（『清正集』三五）

さて一方、二度目の初瀬詣での歌、

初瀬川たちかへりつつたづぬれば杉のしるしもこのたびや見む

この歌にみる「初瀬川」と「杉」とは、

初瀬川ふるかはのべに二本ある杉としをへてまたもあひみむ二本ある杉（『古今集』一〇〇九、よみ人しらず）

の旋頭歌で知られ、躬恒はこれを、

初瀬川ふるかはのべに二本ある杉またもあひみむふるかはのせに（『躬恒集』Ⅲ二一五・Ⅰ八〇・Ⅴ一一〇）

と詠み変えている。『源氏物語』の右近の初瀬川での歌にも、

二本の杉のたちどをたづねずはふるかはのべに君をみましや（『源氏物語』玉鬘）

のように受けつがれている。すなわち、初瀬川の杉は「二本ある杉」である。しかるに、孝標女の詠み込んだ杉は、初回の初瀬詣における、

御堂の方より「すは、稲荷より賜はるしるしの杉よ」とて、物を投げ出づるやうにするに、うちおどろきたれば、夢なりけり。

この夢告を受けているのであって、「いなり山　神マススギアリ」（『和歌初学抄』所名）とされる伏見稲荷の杉である。孝標女が初瀬川を渡って杉を詠んだのは、「二本ある杉」の緑によってであろうとしても、これは和歌の常道に即き従った表現とはいえないであろう。

孝標女は四三、四歳の永承五（一〇五〇）、六年ごろの秋、子細あって兄の和泉守定義のいる和泉国に下向し、その帰路「石津」におてい歌を残している。

荒るる海に風よりさきに舟出して石津の浪と消えなましかば

この「石津」は『土佐日記』（二月五日）に「石津といふところの松原おもしろくて浜辺とほし」とみえるくらいで、歌に詠まれることはなく、都人にとってなじみのうすい地名であった。

(4)

孝標女は歌枕に接する場合、歌枕の常套表現を尺度としてみており、その表現へのこだわりは確かに強いものがある。しかし、その培かわれてきた表現世界とは異なる実景を描写したり、無視したりもしており、さらには歌枕ならぬ土地の実景や伝説、その日の出来事などを活写し、歌を詠んでもいる。一方、孝標女の歌づくりは、歌枕表現に添い、また既成の表現に拠り倣いしていて、伝統の世界に即きすぎるほどに寄りかかったものであった。が、その常道を外して詠んだり、おのずからなる感興によって詠歌するという場合もあった。

筆者は以前、『更級日記』にみる孝標女の表現の有り様について、資通との邂逅の場面を例として、

更級日記が王朝時代の所産そのものでありながら、その王朝的類型に必ずしもとらわれない一面をもつ

と述べたことがある。[15] この実体験をもととした旅の記においては、それがより顕著に現れているということができようかと思う。

注

（1）津本信博氏「更級日記―日記と紀行のオーバーラップ―」（『解釈と鑑賞』平成元年一二月）。

（2）小林英範氏「更級日記の成立覚え書―謂わゆる東海道旅行記を中心に―」（『試論』第一号、昭四七年九月）。
（3）工藤進思郎氏「『更級日記』に関する一考察―上洛の記に見える地名とその記事をめぐって―」（『金城学院大学論集』第五三号、昭四七年一二月）。引用の〔　〕内は私に補入。
（4）本文は、私家集が『私家集大成』、それ以外は『新編国歌大観』を用い、仮名づかい・漢字仮名を適宜改め、濁点も付した。
（5）「高師の浜」は和泉国の歌枕。三河国のは「高師の山」が詠まれているのみである。
（6）秋山虔氏『更級日記』（新潮日本古典集成、昭五五年七月）。
（7）これは「難波なる長柄の橋もつくるなりいまはわが身をなににたとへむ」（『古今集』一〇五一、伊勢）に拠る表現。
（8）拙稿「更級日記―宮仕え記事を通して」（『解釈と鑑賞』、昭四七年四月）。
（9）三角洋一氏「孝標女とことば」（『ミメーシス』第六号、昭五〇年一二月）に、「散文部分を集約して「くろ（黒）との浜（白砂青松）の秋の夜の月（あか）と、配色の妙を折りこんだもの」で、「ことばの彩りによって幻景を見あらわしたことが歌を詠ませ、その歌が彼女の情緒をみごとにからめとっている」との論がある。
（10）『躬恒集』の「名にしおはばとほからねども宮路山これにたむけのぬさにせよきみ」は、西本願寺本などに「みやぎ山」とある。
（11）秋山虔氏、前掲書。その「解」は三角氏前掲論文。
（12）三角洋一氏「更級日記　歌ことば」（『国文学』、昭五六年一月）。
（13）諸注釈書のほか、三角氏前掲論文、秋山氏前掲書、津本信博氏『更級日記の研究』（早稲田大学出版部、昭五七年七月）に多く指摘されている。
（14）着想は「あたら夜の月と花とをおなじくはあはれしれらむ人にみせばや」（『後撰集』一〇三、信明）によろう。
（15）拙稿、前掲論文。

主要書誌情報索引

・書誌学及び文献学に関わる主要情報に特化した索引である。そのため必ずしも網羅的ではなく、例えば出典として明記されただけの作品名などは採取の対象外となっている。
・本索引では「書名」「人名」「筆者等」「所蔵先（含旧蔵）」「古筆関連」という大分類を設けた。その上でまた必要に応じ、各項目に適した下位分類をも設けた。
・各項目の配列について、「人名」「筆者等」「鑑定家」のみ、名の音読み五十音順とした。その他については、基本的に、通行の読み方での五十音順とした。ただし「書名」では三代集を最初に掲げ、次いでその他の作品をあらためて掲げていった。また三代集の下位分類「本文種別」では、ほぼ本書における分類順とした。
・三代集の「本文種別」「伝本」などで、頻出する語については、個々のページを示さずに「第一編第一章」「同二章」などのように示した。
・原本類の所蔵先が個人の場合は、立項を控えることとした。

【書名】

古今集　第一編第一章・同二章・142・173・192・203・402・413・496・502・504・540・560・564・572
［本文種別］
俊成本　第一編第一章・同二章
　永暦二年本　第一編第二章・6
　昭和切　第一編第二章・6
　了佐切　6
定家年号本
　承元三年六月一九日本　41
　建保二年秋本　第一編第二章・6・41
　建保五年二月一〇日本　第一編第二章・6・41
　貞応元年六月一日本　40・41
　貞応元年六月一〇日本　41
　貞応元年九月二二日本　40・42
　貞応元年一一月二〇日本　40・42
　貞応二年七月二二日本（貞応二年本・貞応本）　第一編第二章・40・42
　嘉禄二年三月一五日本　16・40〜42
　嘉禄二年四月九日本（嘉禄二年本・嘉禄本）　第一編第二章・16・42
　安貞元年閏三月一二日本　42
　嘉禎二年七月本　40・42
　嘉禎三年正月二三日本　40・42
　嘉禎三年八月一五日本　40・42
　嘉禎三年一〇月一二日本　42
　嘉禎三年一〇月二八日本　42
［伝本］
定家年号本・建保五年奥書本

関西大学図書館本　57
定家年号本・貞応二年本
　梅沢本　45
定家年号本・嘉禄二年本
　高松宮家本　45
　冷泉家本　575
定家無年号本
　伊達家本　43
伝藤原為家筆本　第一編第二章　43
清輔本
　内裏切　136
非定家本
　元永本　87
　筋切　87
後高倉院御本　43
光悦流整板本　39
後撰集　第一編第一章・同三章・558〜560・564・570・572
[本文種別]
汎清輔本系統（清輔本）　第一編第一章・同三章・145・513・520・524
　二荒山神社本　第一編第一章・同三章・148・517・518
　片仮名本　第一編第一章・同三章・148・517・518
伝慈円筆本　第一編第一章・同三章・148
承安三年本　第一編第一章・同三章・127・143・148・514・517
古本系統　第一編第一章・同三章・146・513・524・525
白河切系　第一編第一章・同三章・同三節一・同四節二－二〜三
白河切　第一編三章第三節一・148・150
角倉切　第一編三章第四節二－二・148
木曽切　第一編三章第四節二－二・148
堀河本　第一編第三章第四節二－二〜三・143・145・147・148・150・514
烏丸切系　第一編第一章・同三章
烏丸切　第一編第一章・同三章・149
雲州本　第一編第一章・同三章・143〜146・149・150・514
慶長本　第一編第一章・同三章・143・144・149・514
胡粉地切　第一編第一章・同三章・148
行成本　第一編第一章・同三章・148・517・523
伝坊門局筆本　第一編第一章・同三章・144〜146・149
承保三年本系統（承保本）　第一編第一章・同三章・145〜147・149・150・513・514・517・518・523〜525
定家本系統（定家本）　第一編第一章・同三章・143・145・146・149・513・519・523〜525
定家無年号本　第一編第一章・同三章・146・149
定家無年号本Ａ類　第一編第一章・同三章・149・514・517・523〜525
定家無年号本Ｂ類　第一編第一章・同三章・149・515・517・523〜525
定家年号本　第一編第一章・同三章・149・514・515・524・525
承久三年五月二一日本　第一編第一章・同三章・143・149・525
貞応元年七月一三日本　第一編第一章・同三章・149・525
貞応元年九月三日本　第一編第一章・同三章
貞応二年九月二日本　第一編第一章・同三章・56・149・525
寛喜元年四月一日本　第一編第一章・同三章・56・149・525
天福二年三月二日本（天福二年本・天福本）　第一編第一章・同三章・43・56・143・146・149・513・525
嘉禎二年一一月二九日本　第一編第一章・同三章・同二節・149

俊成本　第一編第一章・同三章
[伝本]
汎清輔本系統
二荒山神社本　137・138
田中四郎氏蔵（加納諸平旧蔵）片仮名
本　134・137・138
伝慈円筆本　134・138
天理図書館蔵（佐佐木信綱旧蔵）伝慈
円筆本　135
宝厳寺蔵伝慈円筆本　135
鳥取県立図書館蔵二十一代集本校合本
136
古本系統・白河切系
伝西行筆白河切　第一編第三章第三節
一・138〜140・150・153
角倉切　第一編三章第四節二-二・140
木曽切　第一編三章第四節二-二・140
宮内庁書陵部蔵堀河具世筆八代集本
（堀河本）　第一編第一章・同三章・
同四節二-二〜三・124・139・140・150・
371・517・518・523〜525
古本系統・烏丸切系
伝藤原定頼筆烏丸切　第一篇第三章
慶長本　第一編第一章・同三章・142・
517・523・528
静嘉堂文庫蔵岸本由豆流筆稿本校合慶
長本　143
東京国立博物館蔵穂積白敏筆本校合慶
長本　143
内閣文庫蔵藤原重訣筆本校合慶長本
142・528
雲州本　第一編第一章・同三章・
142・517・523〜525
伝頓阿筆雲州本　143
古本系統
伝寂蓮筆胡粉地切　141
行成本　141
伝坊門局筆本　144
承保三年本系統
関西大学蔵（久曽神昇氏旧蔵）伝日野
光慶筆本（久曽神本）　145・147・299
天理図書館蔵伝正徹筆本　146
定家無年号本Ａ類
京都大学図書館中院家旧蔵本　125
高松宮家蔵飛鳥井雅有奥書本　125・126
定家無年号本Ｂ類
宮内庁書陵部蔵家仁親王奥書本　126
小汀利得氏蔵本　126
京都大学図書館蔵中院本　126
順徳院献上本　126
武田祐吉氏旧蔵伝亀山天皇宸翰本　126
日本大学蔵正平五年奥書本　126
ノートルダム清心女子大学蔵伝月樵筆
本　126
陽明文庫蔵近衛基凞筆本　126
定家年号本・承久三年五月二一日本
嘉永六年版三代集本　127
宮内庁書陵部蔵二十一代集本　127
東北大学図書館蔵八代集本　127
鳥取県立図書館蔵（池田家旧蔵）二十
一代集本　127・136
定家年号本・貞応元年七月一三日本
宮内庁書陵部蔵東常縁筆本　127
関戸家蔵片仮名本天福二年校合本　127
日本大学文理学部図書館蔵八代集本
127
藤原長綱筆本仁治元年転写本　127
定家年号本・貞応元年九月三日本
筑後切　9・541
誉田八幡宮本（伏見天皇筆筑後切残
簡）　124・128
定家年号本・貞応二年九月二日校訂本
太山寺蔵橋本公夏筆本　128
高松宮家蔵藤原俊定奥書本　128
多和文庫蔵本　128
常磐井家蔵本　128
定家年号本・寛喜元年四月一日本
小松茂美氏蔵伝蜷川親当筆本　129

定家年号本・天福二年三月二日本
関戸家蔵片仮名本　127
高松宮家蔵定家三代集本　129
伝浄弁筆本　124
日本大学蔵冷泉為相筆本　124・129・157・166
定家年号本・嘉禎二年一一月二九日本
飯田市立図書館本　第一編第三章第二節・131
岸上慎二氏蔵本　第一編第三章第二節・131
小松茂美氏蔵本　第一編第三章第二節・131
非定家本系
伝藤原清輔筆切　第一編第三章第四節一―一
伝慈円筆切　第一編第三章第四節一―二
伝中院通方筆切　第一編第三章第四節二―一
伝阿仏尼筆角倉切　第一編第三章第四節二―二・198
伝園基氏筆木曽切　第一編第三章第四節二―二・198
伝冷泉為相筆切　第一編第三章第四節二―三・198
伝後伏見院筆切　第一編第三章第四節二―三・198
伝資経筆切　第一編第三章第四節三―一
伝冷泉為尹筆切　第一編第三章第四節三―二
伝寂蓮筆切　第一編第三章第四節四
伝坊門局筆本　第一編第三章第四節四
伝源頼政筆切　第一編第三章第四節五―一
伝藤原為家筆切（一）系　第一編第三章第四節五―二
伝藤原為家筆切（三）系　第一編第三章第四節五―三
伝二条為藤筆切　第一編第三章第四節五―四
伝坊門局筆切　第一編第三章第四節五―五
伝津守国夏筆切　第一編第三章第四節五―五
伝世尊寺行尹筆切　第一編第三章第四節五―六
混態本
伝二条為冬筆残欠本　第一編第三章第三節二・150
正保四年版二十一代集本　123
大島雅太郎氏蔵残欠本　124
高岡市立図書館本　136
筑波大学本　136
俊頼基俊本　287
伴信友影写本　124
拾遺集　第一編第四章・23・307・504・505
［本文種別］
定家本系統　第一編第四章・19・514
貞応元年七月八日本　第一編第四章第二〜三節
貞応元年九月七日本　第一編第四章第二〜三節
貞応二年九月一一日本　第一編第四章第二〜三節
寛喜三年九月一一日本　第一編第四章第二〜三節
天福元年八月本　第一編第四章第二〜三節・513
定家無年号本
算合本　第一編第四章第二節
異本系統　第一編第四章第三節
異本第一系統　514
［伝本］
定家本系統・貞応元年七月八日本
国立国会図書館本　第一編第四章

第二節
定家本系統・貞応元年九月七日本
　筑後切　第一編第四章第二節・128
定家本系統・貞応二年九月一一日本
　京都大学図書館本
　　第一編第四章第二節・同三節・557
　高松宮家本　第一編第四章第二節
定家本系統・天福元年八月本
　寛元三年六月真観奥書本
　　第一編第四章第三節
　京都大学本　557
　静嘉堂文庫蔵伝定為筆本
　　第一編第四章第三節
　日本大学蔵伝二条為明筆本
　　第一編第四章第三節
定家本系統・無年号本
　北野克氏蔵算合本　第一編第四章
　第二〜三節
定家本系統
　片桐洋一氏蔵冷泉為秀奥書本　第一編
　第四章第三節
　吉川家蔵本　第一編第四章第三節
　京都大学図書館蔵二条為重奥書菊亭伊
　季所持本　第一編第四章第三節
　宮内庁書陵部蔵観慧筆本　575
　宮内庁書陵部蔵東常縁筆本
　　第一編第四章第三節・573
　国立国会図書館蔵永正十五年奥書本
　　第一編第四章第三節
　国立国会図書館本　570
　静嘉堂文庫蔵伝定為筆本　573
　静嘉堂文庫蔵伝冷泉為秀筆本
　　第一編第四章第三節・573
　尊経閣文庫蔵伝浄弁筆本
　　第一編第四章第三節・573・574・577
　高松宮家本　第一編第四章第三節
　山岸徳平氏蔵寂恵筆本
　　第一編第四章第三節
　陽明文庫蔵近衛基凞筆本
　　第一編第四章第三節
　早稲田大学図書館蔵甘露寺親長筆本
　　第一編第四章第三節
定家本・無年号本（算合本）
　北野克氏蔵本　557
異本第一系統
　宮内庁書陵部蔵堀河具世筆本
　　第一編第四章第三節
　多久市立図書館蔵本
　　第一編第四章第三節
　天理図書館蔵甲本
　　第一編第四章第三節
　天理図書館蔵乙本
　　第一編第四章第三節
異本第二系統
　北野天満宮蔵本　第一編第四章第三節

＊＊＊＊＊

ア行

赤人集　190・481〜483・490〜492・499・502・
503・505・506
敦忠集　514・515
[本文種別]
　歌仙家集本系　513
　宮内庁書陵部御所本　513
　西本願寺本系　513
　冷泉家本　513
伊勢集　23・412
伊勢物語
[本文種別]
　小式部内侍本　496
詠歌大概（伝本）
[伝本]
　綾小路俊資筆本　35
恵慶集　19
延喜五年四月廿八日定文歌合　17
奥義抄　25・134・136・141・164・195・281・
307・313
小野宮集　→実頼集

カ行

歌仙家集（正保四年版）　27〜29
兼輔集　517・522
[伝本]
　部類名家集本　521
綺語抄　631・634
金玉集　499
金葉集　203・570・571
[本文種別]
　三奏本　641
源氏物語　第二編第二章・64
顕注密勘　7・125
古今栄雅抄　42
古今集注（顕昭）　281〜283
古今集注（教長）　283
古今集目録　17
古今集両度聞書　43
古今童蒙抄　43
古今六帖　21・190・412・482〜484・490・492・495・496・499〜501・504〜506
後拾遺集　570・571
後撰集新抄　519・522
後撰和歌集標註　124・143・528
古来風躰抄　8・11〜13・15・16・23・125
是則集　21

サ行

信明集　412
実頼集（小野宮集・実頼の家集）　15
実頼の家集　→実頼集
猿丸集　87
[伝本]
　宮内庁書陵部本　87
　伝藤原行成筆切　87
　西本願寺本　87
　陽明文庫本　87
三十六人撰　87・190・499
三代集之間事　8・125・134・136・160・164・540・562・570・572
詞花集　570・571
拾遺愚草　22・24・41
拾遺抄　第一編第四章第二〜三節・631
[伝本]
　宮内庁書陵部本　631
　島根大学本　631
　貞和本　631
　伝源承筆本　631
　伝藤原公任筆切　631
拾芥抄　143
袖中抄　141・160・282
諸雑記　41・540
新古今集　64・329
深窓秘抄　190・499
清少納言集　635・638
[本文種別]
　流布本　635
　異本　635

タ行

高光集　25〜28
[伝本]
　正保四年版歌仙家集本　27
　河野記念館本　27
　書陵部本　27
　彰考館本　27
　伝藤原行成筆切　25・27
　伝源俊頼筆切　25・27
　内閣文庫本　27
　長野市旧真田家本　27
　西本願寺本　25・27・28
　藤原定家筆切　25・27
忠岑集　173・194
勅撰和歌作者目録　14
貫之集　21・28〜30・32・38・89・90
[伝本]
　宮内庁書陵部御所本　28・29・30
　正保四年版歌仙家集本　28・29・30・32・89
　伝寂然筆本　28・30

伝二条為氏筆本　29
西本願寺本　28・29・30・90・97
藤原定家筆切　28・32
村雲切　28・29・30・32
陽明文庫本　30
土佐日記　5
[伝本]
紀貫之自筆本　5
藤原定家筆本　5
藤原為家筆本　5
松木宗綱筆本　5
三条西実隆筆本　5
俊頼髄脳　141・160
友則集　487

ナ行

廿巻本類聚歌合　17
二十一代集（正保四年版）　123
能因歌枕　631

ハ行

八代集
[伝本]
堀河具世本　139
八代集抄　123・514・522
毘沙門堂本古今集註　41
人麿集　190・191・448・481〜484・486・487・490
〜492・498〜500・502・507・631
深養父集　21
袋草紙　15・134・137・143・281
僻案抄　8・22・24・125・130・136・160・
162・164・165・175・176

マ行

枕草子　第二編第一章
[伝本]
三巻本　634・637
能因本　634・641
前田家本　641
万葉集　14・190・191・196・283・448
[本文種別]
仮名万葉　503・506
仙覚・寛元四年本　483・495・496
仙覚・文永三年本　482・490・495
[伝本]
元暦校本　483・484・490・492・495・498・
500・502・503・505・506
神宮文庫本　483・490・495
天治本　490・495・500・506
西本願寺本　479・483・490
万葉集註釈　492
躬恒集
[伝本]
西本願寺本　697
御堂関白記　141
宗于集　507
明月記　5・6・41・42・538・540・570・
571・574
師輔集　15

ヤ行

八雲御抄　126・143
大和物語　第一編第三章第七節・306・307
[伝本]
天福本　515
伝二条為氏筆本　513
鈴鹿本　306・515・522・526
御巫本　306・515・522・526
唯心房集　413
木綿手繦
[伝本]
細川幽斎筆本　35
義孝集　15
夜鶴
[伝本]
冷泉為和筆本　35

ラ行

類聚古集　483・484・490・495〜498・501〜
503・505・506
麗花集　500・505・506

ワ行

和歌一字抄　134

和歌初学抄　134・281・313
和歌童蒙抄　631・634
和漢朗詠集　64・499・500
家持集　191・448・481〜483・497〜499・634

【人名】

阿仏尼　130・575
伊尹（藤原）　130
伊季（菊亭）　580
為子（藤原為家女）　130
為相（冷泉）　第一編第四章第三節・41
家綱（徳川）　567
貫之（紀）　141
季吟（北村）　123・522
基俊（藤原）　137
教長（藤原）　177・283
顕子女王（高厳院）　566・567
顕昭　14・141・281〜283
顕輔（藤原）　281
後陽成天皇　566・567
時文（紀）　141
俊成（藤原）　125・144
順徳院　126
俊頼（源）　137・141
乗願　377
小式部内侍　496
小兵衛（中山）　36
真観（藤原光俊）　第一編第四章第三節
清輔（藤原）　15・24・134・136・137・141・274・510
仙覚　482・490・492・495・496
探幽（狩野）　185・200
定家（藤原）　第一編（全）
貞清親王　567
美石（中山）　519・522
由豆流（岸本）　143
融覚　↓為家（藤原）
融相院　566・567

【筆者等（含伝称）】

ア行

阿仏尼　第一編第三章第四節二－二・140・198
為尹（冷泉）　第一編第三章第四節三－二・144
為家（藤原）　第一編第二章・同四章第三節・同四節五－一〜三・5・39・57・129・143・420
為兼（京極）　43
為氏（二条）　29・38・41
為秀（冷泉）　580
為重（二条）　580
為相（冷泉）　第一編第三章第四節二－三・41・43・124・129・130・157・166・198・364・419・420
為冬（二条）　第一編第三章第三節二・150
為藤（二条）　433
為満（冷泉）　580
為明（二条）　第一編第四章第三節
為和（冷泉）　35

カ行

家仁親王　126
雅有（飛鳥井）　125・126
貫之（紀）　5
基凞（近衛）　126・580
亀山天皇　126
基氏（園）　第一編第三章第四節二－二・140・198
季鷹（賀茂）　186
教長（藤原）　137・277
具世（堀河）　124・139・580
月樵　126
源承　631
行尹（世尊寺）

第一編第三章第四節五－六
公夏（橋本）　128
光慶（日野）　146
光広（烏丸）　36・37
行成（藤原）　25・87・125・571
後伏見院　第一編第三章第四節二－三・198
公任（藤原）　631
国夏（津守）　451
国冬（津守）　451

サ行

資経　第一編第三章第四節三－一
慈円　134
実隆（三条西）　5
重訣（藤原）　143
俊資（綾小路）　35
俊成（藤原）　413
俊定（藤原）　128
俊頼（源）　25
常縁（東）　126・127・580
浄弁　124・580
親長（甘露寺）　580
信友（伴）　124
西行　第一編第三章第三節一・138・150・377
清輔（藤原）　274
正徹　146
寂恵　580
寂然　28～30・32
寂蓮　第一編第三章第四節四・141・145・419・420
宗綱（松木）　5

タ行

長綱（藤原）　127
通方（中院）　第一編第三章第四節二－一
定家（藤原）　5・25・28・32・57・131・132・451
定頼（藤原）　142・177
道晃　566
頓阿　143

ハ行

白敏（穂積）　143
伏見天皇（伏見院）　124・128・539
文正（藤原）　141
坊門局　第一編第三章第四節四・144・210・451

マ行

明静　↓定家（藤原）

ヤ・ラ・ワ行

融覚　↓為家（藤原）
幽斎（細川）　35
由豆流（岸本）　143
頼政（源）　第一編第三章第四節五－一
隆経（藤原）　137

【所蔵先（含旧蔵）】

ア行

飯田市立図書館　131・176・240
イェール大学（バイネキ稀覯書図書館）　341・366・367
石川県立美術館　275・277・340
出光美術館　293・319・340・414
ＭＯＡ美術館　343
大阪青山短期大学（現・大阪青山歴史文学博物館）　179
大阪市立美術館　377・381

カ行

春日井市道風記念館　404
関西大学図書館　57・145・147
観音寺　338・342
北野天満宮　580
吉川家（現・吉川史料館）　540・580
京都光華女子大学　339
京都大学図書館　125・126・538・557・580
宮内庁　342
宮内庁書陵部（書陵部）　27・87・124・

126・127・139・185・436・540・580・631
河野記念館（現・今治市河野美術館）　27
五月堂美術店　343
国文学研究資料館　184
国立国会図書館　538・540・580
五島美術館　323・341
金刀比羅宮　183・340
誉田八幡宮　124・128

サ行

西円寺　392
三松園文庫　287・293・319
茂山書道文庫　347
島根大学附属図書館　631
彰考館（現・彰考館徳川博物館）　27・276・277
書陵部　→宮内庁書陵部
神宮文庫　483・490・495
須磨寺塔頭正覚院　346・556
静嘉堂文庫　143・580
尊経閣文庫　124・580

タ行

醍醐寺　556
太山寺　128
大東急記念文庫　32
高岡市立図書館　136
高松宮家（現・国立歴史民俗博物館高松宮家伝来禁裏本）　27・124・125・128・129・176・185・538・541・580
多久市立図書館　580
多和文庫　128
筑波大学　136
天理大学附属天理図書館　304・580
東京国立博物館　143・341・346・379
東京大学史料編纂所　178・342・393
東北大学附属図書館　127
徳川美術館　16・35・38・180・324・338・339・341・421・435・458・556・557
鳥取県立図書館　127・136・274・395
富岡美術館（現・早稲田大学會津八一記念博物館）　434

ナ行

内閣文庫　27・142
長野市旧真田本　27
西本願寺　87・90・97
日本学士院　346・388
日本大学総合学術情報センター
　第一編第四章第三節・126・129・157・166
日本大学文理学部図書館　127
仁和寺　366・367
根津美術館　343・402
ノートルダム清心女子大学附属図書館　126

ハ行

白鶴美術館　339・365
畠山記念館　557
原美術館　316・344
東山御文庫　283
富士美術館　557
二荒山神社　第一編第一章・同三章・277
文藻堂　344
宝厳寺　304

マ行

三井文庫（現・三井記念美術館）　539・556
盛岡市中央公民館　294・323

ヤ・ラ・ワ行

弥彦神社　342
陽明文庫　87・126・557・580
冷泉家（現・冷泉家時雨亭文庫）　16・572
蓮華王院宝蔵　5
早稲田大学図書館　580

【古筆関係】

［古筆切類］

右衛門切（古今集）　402
大六半切（後撰集）　419

小野切（金葉集） 203・204
烏丸切（後撰集） 第一編第三章・177
木曽切（後撰集）
第一編第三章第四節二－二・140・198
古筆切十七種（宮本長則氏蔵） 184
胡粉地切（後撰集） 401
四半切（古今集） 413
四半切（後撰集） 144・451
紹巴切（後撰集） 131・132
白河切（後撰集）
第一編第三章第三節一・150・153
筋切 87
角倉切（後撰集）
第一編第三章第四節二－二・140・198
内裏切（古今集） 136
筑後切（古今集）
第一編第四章第二節・128
筑後切（後撰集）
第一編第四章第二節・124・128・151
筑後切（拾遺集）
第一編第四章第二節・128
伝後伏見院筆切（後撰集） 198
伝寂蓮筆切（後撰集） 401
伝冷泉為相筆切（後撰集） 198
吉田切（新古今集） 329
六半切（後撰集） 329・414

【手鑑類】

一号手鑑（根津美術館蔵） 343
二号手鑑（根津美術館蔵） 402
大手鑑（水府明徳会蔵） 276・277
大手鑑（醍醐寺蔵） 556
御手鑑（慶安手鑑） 293・316
御手鑑（個人蔵） 320
慶安手鑑 →御手鑑
古手鑑（西円寺蔵） 392
古筆手鑑(5)（『名家古筆手鑑集』所収） 330
古筆手鑑帖（『旧高瀬藩主子爵細川家御蔵品入札』所収） 458
古筆貼交屏風（須磨寺塔頭正覚院蔵） 346・556
十二号手鑑（東京国立博物館蔵） 341・379
住吉家讃集手鑑 344
手鑑（イェール大学蔵） 341・366・367
手鑑（石川県立美術館蔵） 275・277・340
手鑑『隠心帖』（松下幸之助旧蔵） 393
手鑑『翰園百華』（高城弘一氏蔵） 342
手鑑（観音寺蔵） 338・342
手鑑『翰墨城』（MOA美術館蔵） 343
手鑑『翰墨城』（茂山書道文庫旧蔵） 347
手鑑『玉海』（徳川美術館蔵） 324・338・339・421・435・458
手鑑（宮内庁蔵） 342
手鑑（宮内庁書陵部蔵） 436
手鑑『群英手巻』（盛岡市中央公民館蔵） 294・323
手鑑『群鳥蹟』（日本学士院蔵） 346・388
手鑑（鴻池家旧蔵） 203
手鑑『古今筆陣』（金刀比羅宮蔵） 183・340
手鑑（個人蔵） 204・316・320
手鑑（高城弘一氏蔵） 421
手鑑『たかまつ』（三井文庫蔵） 539・556
手鑑『桃花水』（東京国立博物館蔵） 346
手鑑（仁和寺蔵） 366・367
手鑑（白鶴美術館蔵） 339・365
手鑑（東山御文庫蔵） 283
手鑑『筆陣』（個人蔵） 178
手鑑『筆陣毫戦』（五島美術館蔵） 323・341
手鑑『筆林』（大阪市立美術館蔵） 377・381
手鑑『碧玉』（古賀家蔵） 338・340
手鑑『鳳凰台』（徳川美術館蔵） 338・341
手鑑（『司少庵愛蔵品入札』所収） 347
手鑑『墨宝』（出光美術館蔵） 293・319・340
手鑑『見ぬ世の友』（弥彦神社蔵） 342

手鑑『藻塩草』(個人蔵)　345・426
手鑑『もしの関』　438・458・459
手鑑『文彩』(富岡美術館旧蔵・早稲田大学會津八一記念博物館蔵)　434
手鑑『文彩帖』(根津美術館蔵)　343
手鑑(林家旧蔵)　342
手鑑『麗藻台』(原美術館蔵)　316・344
予楽院臨書手鑑(陽明文庫蔵)　557

[書目類]

御道具帳御側渡四　35
拘摹古筆帖　32
古筆展観　346
増補新撰古筆名葉集　128・131・141・142・292・329・338・364・401・402・414・433・458・544
眺望集　203
にしき木　182・188

[売立目録類]

旧高田藩主榊原家御蔵品　451・452・458
県下関町飄々庵仝町淡々軒所蔵品売立　293・321
司少庵愛蔵品入札　342
某家所蔵品入札　185・186・356・404

[鑑定家]

勘兵衛(古筆)　→了任(古筆)
牛庵(畠山)　338・366
汲水(大倉)　203
好斎(大倉)(古昔庵・古昔園)　202・203
古昔庵・古昔園　→好斎(大倉)
常智(藤井)　338
重光(古筆)　→了雪(古筆)
了音(古筆)　143・566
了佐(古筆)　414
了雪(古筆)(重光(古筆))　414・419
了仲(古筆)　37
了任(古筆)(勘兵衛(古筆))　35・36・38
了珉(古筆)　565

あとがき

還暦を過してから病膏盲に入って入院、退職ということになり、その後に石井文夫氏との共著『大斎院前の御集注釈』『大斎院御集全注釈』を出版してはもらったものの、隠棲状態となって研究生活とは決別ということになっていた。

しかるに、近年になって、私の手許にある古筆切について、名品はなくとも国文学研究にいかほどかでも資することができそうなものは公開しておくことが望ましいのではないかとの勧めが久保木秀夫氏からあり、氏は自ら選択した切について私の備忘録を改良していくという作業を進めてくれていた。そこに、私に古筆切に関わる話を書いてもらいたいと思うので出版社に交渉してもらえないかと加藤裕子氏が久保木哲夫氏に依頼したところ、青簡舎の大貫祥子氏が許諾されたという寝耳に水の話が持ち込まれた。さらに、その直後に、来年は傘寿を迎える年に当たるはずだから、まだ成書化していない論文をまとめて記念にしては如何かという勧奨がもたらされた。さてこのような厚意ある奨励にどのように応えたらよいのかと思いを巡らせていたところ、青簡舎から論文集成を先に作成するという方向が打ち出されてきた。

その成書は、既発表の論文と解説および早くに記しておいた草稿のうちから選び出すとともに、補筆すべき新研究の指摘という久保本秀夫氏の作業にまず始まったものであって、その主たる対象は第一編とした『後撰和歌集』をはじめとする三代集にあり、それに同時代の散文三作品の論が加わる内容となった。氏には索引の作成と伝二条為冬筆本の撮影とその表示にも携わってもらった。また、河井謙治氏には面倒な『後撰和歌集』本文の点検と校正とを担当してもらい、加藤裕子氏にはその他の本文の点検および表記の統一と校正とを荷ってもらった。さらに、大貫祥子氏は出版そのものについてはもとよりのこと、各論の組織化についてもお世話になった。

かくして、本書は企画から完成に至るまで、すべて各氏の御厚志のもとに成り立ったものであって、ここに謹んで深謝申し上げる次第である。

なお、本書で用いた歌番号は、私家集は『私家集大成』、その他は『新編国家大観』に拠ったが『万葉集』のみは旧番号とした。

また、本書の各論とその出典との関係は次の通りである。

第一編

第一章　定家の本文（「国文学研究資料館文献資料部研究調査報告」第一五号、平成六年三月）

第二章　古今和歌集

第一節　徳川美術館蔵伝藤原為家筆本（『徳川黎明会叢書　和歌篇一　古今和歌集』、昭和六一年五月、思文閣出版）

第二節　古今集の意義と特徴（「梅檀社研究会講演録」一、平成九年一二月）

第三節　古今集歌の表現
一　花橘の香（「短歌」第四九三号、角川書店）
二　奥山にもみぢふみわけ鳴く鹿の（「学叢」第二三号、昭和五二年一二月、日本大学文理学部）
三　峰に別るる白雲（「短歌誌　礫」第一一〇号、平成七年一二月、礫の会）
第四節　歌枕
一　大荒木の森の下草
二　長柄橋
第三章　後撰和歌集
第一節　諸本とその研究概要
一　定家本系統
二　汎清輔本系統
三　古本系統
四　承保三年奥書本系統
第二節　定家嘉禎二年書写本考（「日本大学人文科学研究所　研究紀要」第四三号、平成四年三月）
第三節　本文の改変
一　伝西行筆白河切—詞書の更改—
二　伝二条為冬筆残欠本—混成本の生成—
第四節　非定家本系古筆切

一―一　伝藤原清輔筆切
一―二　伝慈円筆切（古筆学研究所『古筆学叢林　第五巻　古筆学のあゆみ』、平成七年一二月、八木書店）
二―一　伝中院通方筆切
二―二　伝阿仏尼筆角倉切・伝園基氏筆木曽切
二―三　伝冷泉為相筆切・伝後伏見院筆切
三―一　伝資経筆切
三―二　伝冷泉為尹筆切
四　伝寂蓮筆切
五―一　伝源頼政筆切
五―二　伝藤原為家筆（一）系切
五―三　伝藤原為家筆（三）系切
五―四　伝二条為藤筆切
五―五　伝坊門局筆切・伝津守国夏筆切
五―六　伝世尊寺行尹筆切
第五節　表現の類型性（『和歌文学講座　第五巻　王朝の和歌』、平成五年一二月、勉誠社）
第六節　後撰集における万葉集歌
Ⅰ（「万葉文学」第三号、平成六年九月、万葉文学会）

Ⅱ（「むらさき」第三一輯、平成六年一二月、紫式部学会）
Ⅲ（有吉保氏編『和歌文学の伝統』、平成九年八月、角川書店）
第七節　後撰集と大和物語
Ⅰ（雨海博洋氏編『歌語りと説話』、平成八年一〇月、新典社）
Ⅱ（雨海博洋・神作光一・中田武司氏編『歌語り・歌物語辞典』、平成九年二月、勉誠社）
第四章　拾遺和歌集
第一節　後撰集から拾遺集へ（秋山虔・藤平春男氏編『中古の文学（日本文学史2）』、昭和五一年七月、有斐閣）
第二節　定家貞応元年九月本―筑後切とその本文―（「語文」第七八号、平成二年一一月）
第三節　日本大学蔵伝二条為明筆本（『日本大学総合図書館影印叢刊之六　拾遺和歌集』、昭和五五年三月）
第二編
第一章　枕草子
第一節　清少納言の生涯（「国文学」第一二巻第七号、昭和四二年六月、学燈社）
第二節　枕草子の性格
一　は型章段―聞きおきつるもの―（「国文学」、昭和六三年四月号、学燈社）
二　宮廷サロンと歌がたり（「国文学」平成四年四月号、学燈社）
第三節　章段研究
一　清少納言摂津在住時贈答歌の時期（田中重太郎氏「『日本古典評釈全注釈叢書　枕冊子全注釈

四『月報』、昭和五八年三月、角川書店）
二　清少納言の詠歌免除願（「むらさき」第二四輯、昭和六二年七月、紫式部学会）

第二章　源氏物語
第一節　紫式部の宮仕えと交遊（「国文学」、昭和五七年一〇月号、学燈社）
第二節　斎宮女御と源氏物語（「瑞垣」第一一〇号、昭和五一年一二月、神宮司庁）

第三章　更級日記
第一節　更級日記の構造（「語文」第三七号、昭和四七年三月）
第二節　宮仕え記事（「国文学　解釈と鑑賞」第三七巻第四号、昭和四七年四月、至文堂）
第三節　旅と歌（『女流日記文学講座　第四巻　更級日記・讃岐典侍日記・成尋阿闍梨母集』平成二年一一月、勉誠社）

平成二八年一〇月

杉　谷　寿　郎

杉谷　寿郎（すぎたに　じゅろう）

昭和11年三重県に生まれる。

昭和33年日本大学文学部国文学科卒業。昭和39年同大学院文学研究科国文学専攻博士課程退学。文学博士。

日本大学助手、教授などを歴任。

編著書

後撰和歌集諸本の研究（昭和46年３月、笠間書院）

鑑賞日本古典文学　第７巻　古今和歌集・後撰和歌集・拾遺和歌集（昭和50年３月、角川書店）窪田章一郎・藤平春男氏と共著

陽明叢書　５　中古和歌集（昭和51年９月、思文閣出版）橋本不美男・久保木哲夫・松野陽一氏と分担執筆

古今和歌集入門（昭和53年３月、有斐閣）藤平春男・上野理氏と共著

枕草子入門（昭和55年２月、有斐閣）稲賀敬二・上野理氏と共著

日本大学総合図書館影印叢刊之六　拾遺和歌集（昭和55年３月、日本大学総合図書館）

古筆手鑑大成　第１巻～第16巻（昭和58年11月～平成７年12月、角川書店）橋本不美男・久保木哲夫・山本新吉・平林盛得・徳川義宣・伊井春樹氏と共編

天理図書館善本叢書　第69巻　後撰和歌集別本　詞花和歌集（昭和59年11月、八木書店）後撰和歌集担当

細川家永青文庫叢刊　別巻　手鑑（昭和60年２月、汲古書院）橋本不美男・久保木哲夫氏と共編

徳川黎明会叢書　第１巻～第16巻（昭和60年11月～平成６年１月、思文閣出版）徳川義宣・久保木哲夫・伊井春樹氏と共編

二荒山神社本　後撰和哥集（昭和62年３月、桜楓社）高橋良雄氏と共編

後撰和歌集（昭和63年５月、笠間書院）岸上慎二氏と共著

後撰和歌集研究（平成３年３月、笠間書院〕

日本大学蔵源氏物語　第１巻～第13巻（平成６年９月～平成８年９月、八木書店）岸上慎二・岡野道夫・阿部好臣氏と共編

平安私家集研究（平成10年10月、新典社）

古筆手鑑叢刊１　宮内庁書陵部蔵古筆手鑑（平成11年10月、貴重本刊行会）久保木哲夫・平林盛得・別府節子氏と共編

大斎院前の御集注釈（平成14年９月、貴重本刊行会）石井文夫氏と共著

大斎院御集全注釈（平成18年５月、新典社）石井文夫氏と共著

後撰和歌集前後

二〇一六年一二月二五日　初版第一刷発行

著　者　杉谷寿郎

発行者　大貫祥子
発行所　株式会社青簡舎
〒一〇一-〇〇五一
東京都千代田区神田神保町二-一四
電　話　〇三-五二一三-四八八一
振　替　〇〇一七〇-九-四六五四五二
印刷・製本　株式会社太平印刷社

ISBN978-4-903996-97-4　C3092